Vila und Renz, beide fürs Fernsehen tätig, sind ein Paar im Takt der Zeit mit erwachsener Tochter, Wohnung in Frankfurt und Sommerhaus in Italien – so weit alles gut, wäre da nicht die unstillbare Sehnsucht nach Liebe: die einzige schwere Krankheit, mit der man alt werden kann, sogar gemeinsam. Noch aber sind Vila und Renz nicht alt, auch wenn sie erfahren, dass sie Großeltern werden. Sie stehen voll im Leben, nach außen erfolgreich und nach innen ein Paar, das viel voneinander weiß, aber nicht zu viel. Ein ausbalancierter Zustand; bis zu dem Augenblick, in dem Vila mit ungeahnter Intensität einen anderen zu lieben beginnt, den Einzelgänger Brühl, Biograf eines legendären Paars früherer Zeiten, Franz von Assisi und die künftige hl. Klara.

Bodo Kirchhoff erzählt von Glückssuche, von einem frühen Missbrauch als späterer Weltverengung und einem lebenslänglichen, nur im Stillen erfüllten Verlangen. Nach seinen beiden großen Romanen ›Infanta‹ (1990) und ›Parlando‹ (2001) zeichnet er mit ›Die Liebe in groben Zügen‹ das Panorama einer Ehe als Lebensprojekt in einer Zeit, die den Moment verherrlicht. Und wenn es einen Höhepunkt in der Ehe gibt, erkennt Vila am Ende, dann besteht er in deren Dauer.

Bodo Kirchhoff, geboren 1948 in Hamburg, lebt in Frankfurt am Main und am Gardasee, wo er mit seiner Frau im Sommer Schreibkurse gibt. Sein umfangreiches Werk umfasst Romane, Erzählungen und Novellen, Theaterstücke und Drehbücher. Er wurde u. a. mit dem Deutschen Kritikerpreis (2002) und mit der Carl-Zuckmayer-Medaille ausgezeichnet (2008). ›Die Liebe in groben Zügen‹ war 2012 für den Deutschen Buchpreis nominiert.
www.bodokirchhoff.de
www.schreibkurs.bodokirchhoff.de

Bodo Kirchhoff

Die Liebe in groben Zügen

Roman

Ausführliche Informationen über
unsere Autoren und Bücher
www.dtv.de

Von Bodo Kirchhoff
sind bei <u>dtv</u> außerdem erschienen:
Infanta (14029)
Erinnerungen an meinen Porsche (14062)
Eros und Asche (14129)
Die kleine Garbo (14173)
Parlando (14225)
Schundroman (14358)

4. Auflage 2015
2014 dtv Verlagsgesellschaft mbH & Co. KG, München
Lizenzausgabe mit Genehmigung der Frankfurter Verlagsanstalt
© Frankfurter Verlagsanstalt GmbH, Frankfurt am Main 2012
Umschlagkonzept: Balk & Brumshagen
Umschlagfoto: Laura Letinsky, Laura and Eric. Hands Clasped, 1995,
Courtesy Galerie m Bochum
Druck und Bindung: Druckerei C.H.Beck, Nördlingen
Gedruckt auf säurefreiem, chlorfrei gebleichtem Papier
Printed in Germany · ISBN 978-3-423-14317-2

für Ulli hinter allen Worten

O gioia, gioia, gioia ...
C'era ancora gioia
in quest'assurda notte
preparata per noi?

O Freude, Freude, Freude ...
War da noch Freude
in dieser unsinnigen Nacht,
die uns bereitet war?

(Pier Paolo Pasolini)

I

SEHNSUCHT nach Liebe ist die einzige schwere Krankheit, mit der man alt werden kann, sogar gemeinsam. Und ihre Erfüllung? Ist alles und nichts, ein Ewig bis auf weiteres; Details pfeifen seit jeher die Spatzen vom Dach. Aber welches Liebesglück ist schon originell, und welches Sehnen hat nicht etwas von einem Gedicht, das die Zeiten überdauert? Es gibt kein modernes Unglück, es gibt nur das alte Lied.

Zwei Paare, getrennt durch ganze Epochen, zweimal das alte Lied: Franz und Klara, das Jahr zwölfhundertsechsundzwanzig, er halbblind und singend, den Spatzen nah, sie sein betender Schatten – Verrückte aus heutiger Sicht, der des anderen Paars: Vila und Renz, erwachsene Tochter, Wohnung in Frankfurt, Haus in Italien, beide im Takt unserer Zeit. Und als Bogen zwischen den Epochen ein Mann auf den Spuren des Franz von Assisi, Vilas unverhoffte Liebe, nach einem Zwischenfall auf und davon; seine erste Nachricht an sie, eine lange Mail ohne Anrede: Die Geschichte von Franz und Klara, vorletzter Akt. Ein Tag im umbrischen Juni, aus den Ölbäumen die Hysterie der Zikaden, an- und abschwellend mit jähen Pausen, in der Stille nur noch Franz' und Klaras Atem, er mit Blättern auf den Augen gegen die Sonne. Klara hat ihren Arm angeboten, aber er will den Arm nicht. Wie lange kennen wir einander? Eine Frage, die ihn selbst überrascht auf dem Weg zu einer Hütte, die seine Brüder für ihn vorbereitet haben, zwischen dem Geäst Erde und Laub, damit kein Licht eindringt. Viele Jahre, antwortet sie und nimmt jetzt seinen Arm. Es geht steil abwärts durch Eichenwald, und Franz läßt sich führen, zum ersten Mal auf all seinen Wegen von Schwesterhand – er könnte kaum sagen, wie oft er über den Apennin ist, wie oft durch die Ebene um Mantua oder die Sümpfe vor Rom. Er schaute die Dämmerungen und schwarzen Nächte, er war Hüter der schlafenden Vögel und seines Leibs: den rieb er sich winters mit Schnee ab und tauchte ihn sommers in Schmelzwasser, daß ihm die Hitze darin in Wellen verging. Der Sommer ist schön, aber eine Frau. Und noch immer Klaras Hand, die ihn hält, bis sie die Hütte im Topino-Tal erreichen. Franz legt sich auf ein Lager am Boden, Haut und Knochen zu Blättern und Zweigen. Geh jetzt, sagt er, aber die Schwester der Schwestern bleibt, kniend in ihrer Kutte, die Hände vor dem Hals gefaltet. Keine betet so anmutig, Altissimu onnipotente bon Signore, seine Worte aus ihrem Mund. Er ahnt das helle Gesicht, hell wie das Haar, das er ihr vor langer Zeit abnahm. Was du einem Bruder gestattet hast, gestatte auch mir, hält sie ihm vor. Und was habe ich einem Bruder gestattet? Franz bedeckt das Gesicht mit den Händen, jeder Lichtstrahl ein Splitter in den Augen. Erst vorigen Monat haben Ärzte in Siena mit heißer Klinge das Narbige darin aufzulösen versucht, vier Brüder mußten ihn halten, am Ende schrie er zum Höchsten. Klara nimmt seine Hand, nur gehen sie jetzt keinen steilen Weg mehr, und er sagt, es sei ihm arg, wie sie ihn halte. Sie sei wie die Ärzte, nur mit heißer Hand! Aber das läßt sie nicht gelten. Erinnere dich, was du in Siena einem der Brüder gesagt hast: Ich will, daß du heimlich eine Zither besorgst, um meinen Bruder Leib, der voller Schmerzen ist, zu trösten. Das vermag ich ohne Zither! Klara reibt seine Finger. Um ihn ist Sommer, und er friert. Als sie sich zuletzt im Sommer sahen, bei Peschiera, da war sie die Kranke, geschwächt vom Fasten, er der mahnende Besucher: auch der Leib sei ein Geschöpf. Und dann erzählte er von einer Wanderung um das Kleine Meer, wie der Benacus-See bei den Römern hieß, von jungen Frauen, die sich dem

Orden anschließen wollten, bereit, ihm ihr Haar zu geben, sich vor ihn zu werfen, damit er es abschneide, und Klara konnte nicht weghören, wie er die Hand nicht wegziehen kann. Wie lange kennen wir einander, fragt er erneut, obwohl er es weiß: Palmsonntag vor fünfzehn Jahren, er half ihr, aus einem der Adelstürme in der Oberstadt zu fliehen, sie beide verkleidet, Magd und Knecht, nachts die Feier für die Neue im Kreis der Brüder. Und zwei Jahre später schon ihr Streit um die Leitung von San Damiano. Klara war zwanzig und wollte noch keine Oberin sein, aber ihr Wille war nie sein Himmelreich. Sie will ja auch, daß er sich an die eigenen Worte erinnert, wie Pica, die Mutter, als sie ihn gepflegt hat nach seiner Kerkerhaft: Erinnere dich deiner Ritterträume, deiner Reden! Alle Frauen wünschen das Horchen nach innen, aber keine wie Klara. Kniend im Dunkel der Hütte, lenkt sie ihn auf den Tag, an dem er, auf ihren Wunsch, ihr Verlangen, Karren und Esel besorgt hat, nur für sie beide: damit sie hinfahren könnten, wo niemand sie stört. Kein Wort mehr von früher, sagt Franz, nichts von uns! Er fährt ihr über den Mund; es reicht, daß sie die Dunkelheit mit ihm teilt. Sie beide sind ein Kästlein, das besser zubleibt.

Das Gold des Schweigens, ein alter Männerglauben (in einer Mail nach alter Rechtschreibung); ganz anders dagegen Vila, wenn sie zu Renz sagt: Stell dir vor, wir beide wüssten plötzlich alles vom anderen, wir könnten uns nur auf der Stelle trennen! Einer ihrer Lieblingssätze nach einem Essen für Freunde beim Aufräumen der Küche und dem Glas zu viel; sie mit ihren zweiundfünfzig zieht die Wahrheitskarte, er, der um einiges Ältere, kommt ihr mit Gedankenspielen: Wenn wir alles voneinander wüssten, und nichts würde einen treffen, wie langweilig wäre der andere dann! Renz spricht sich für den Schrecken ohne Ende aus, kann sich aber im Schrecken einrichten. Sie vertritt das Radikale: alles auf den Tisch und aus, hängt nur am

Tisch selbst. Beide kennen sich seit Ewigkeiten, ihre eigenen Worte. Vila wurde schwanger, und man blieb zusammen, gleich um Geld bemüht. Er, anfangs Filmkritiker, geht zu Drehbüchern für Vorabendserien über, sie, irgendwie beim Fernsehen, PR-Arbeit, schafft den Sprung in ein Kulturmagazin, Mitternachtstipps. Da ist Katrin, die Tochter, schon in der Schule, ein Haus am größten See Italiens (dem Kleinen Meer) zur Hälfte bezahlt, und sie wohnen in der häuslichsten Ecke Frankfurts, ruhige Straßen, nach Malern benannt, schöne Altbauten, hohe Bäume, das nahe Mainufer und seine Museen; nah auch die lebhafte Schweizer Straße, ihre Lokale, ihre Läden. Dazu ein Kreis von Freunden wie komponiert, besonnene Paare mit ein, zwei Kindern, Ärzte, Therapeutinnen, Medienleute, Gründer kleiner innovativer Firmen – gemeinsame Abende, gemeinsame Urlaube, ein Leben, für das es kein Ende zu geben scheint.

Alles, was uns zerstören kann, existiert bereits, sagt Renz gern, wenn er beim Aufräumen der Küche weitertrinkt. Der Mensch, den wir mehr lieben werden, als er uns liebt, die Wahrheit, die einen fertigmacht, das Messer, in das wir rennen – Sprüche, die erst ins Gewicht fallen, nachdem Renz die Geschichte von Franz und Klara gehört hat. Der Verfasser: ein beurlaubter Lehrer, Latein und Ethik, von Vila in ihr Leben geholt, als sie und Renz längst ein erfahrenes Paar waren, aber noch nicht das Paar, das zu viel voneinander weiß.

*

II

VILA und Renz, das Paar, das noch nicht zu viel voneinander weiß, die beiden nachts auf ihrem Boot, einer alten Sea Ray mit Kabine unter dem Bug und Polstern im offenen Rückteil. Eine Fahrt bei leichtem Regen, die letzte in dem Jahr, Ende ihres Sommers am Kleinen Meer zwischen Trentiner Alpen und Veroneser Land mit dem Haus an der Ostseite über der Ortschaft Torri; schräg gegenüber, an der Bucht von Salò, haben sie zu Abend gegessen, jetzt sind sie auf dem Heimweg. Noch einmal ihr weiter See, den sie selten beim Namen nennen, seine Uferlichter im Süden kaum zu erkennen, nur ein Flimmern. Und auch noch einmal beide allein auf ihrem Boot, ja allein auf dem Wasser, kein anderes Blinken weit und breit in der feucht-kühlen Nacht Ende September, sie schon mit Pullover, er noch im Hemd. Und dann bricht jäher Wind den See auf, aus herangedrückter Front ein stürzender Regen, Sterne und Lichter, eben noch funkelnd, verschwinden. Vila presst die Fäuste in den Sitz, während Renz mit aller Motorkraft, einem Acht-Zylinder-Mercury, den Kurs hält, mal mit den Böen, mal dagegen. Wellen heben das Boot und lassen es fallen, hart über den Untiefen an der einstigen Gletscherkante, die vor der Insel verläuft, der See dort an manchen Stellen nur knietief. Renz durchfährt die schmale Passage, irgendwann hat er hier nicht aufgepasst, sich eine Schraube ruiniert, ein Tag im Juli, aber welches Jahr? Seit Katrin aus dem Haus ist, kaum noch auftaucht, verschwimmt alles: wie oft schon diese Überquerung nach Abenden auf der anderen Seite, in Gargnano, in Gardone, in Salò. In warmen Nächten, wenn der See ganz ruhig ist, halten sie in der Mitte – die weite Fläche, ihr nahes All, sommersüchtig lassen sie sich treiben. Es gibt kein festgelegtes Alter für solche Stunden. Und der Schlaf in den warmen Nächten, traumzerfurcht; bei Renz oft das Bild des entleerten Sees, eines tiefen moosdunklen Spalts, bei ihr das Bild, darin als Liebende zu ertrinken. Morgens fühlen sich dann beide erledigt, alt, auch wenn sie Föten sind, verglichen mit dem See, seinen Jahren, seiner Größe – bei Dunst im Süden uferlos, im Norden dagegen die Berge eng, ein Fjord, urzeitlich schroffe Wände, senkrecht über jadegrünem Wasser, atemlos still in der Mittagszeit. Und abends die Angler, die auf Sardinen aus sind, klein, silbrig, schmackhaft, Beweis, dass hier früher ein Meer war, lange vor den Menschen, vor ihrer Sehnsucht.

Renz zeigt in Fahrtrichtung, man sieht schon wieder Lichter, das gewohnte Ufer, die Kirche von Torri, der Hafen, das Kastell; der Regen endet einfach, der Wind flaut ab. Wir werden zu schwach für das Boot, ruft Vila und lacht, ein kleines unbefreites Lachen, die immer noch prahlerisch schönen Lippen kaum geöffnet. Noch taucht sie alle zwei Wochen, immer am späten Sonntagabend, mit ihren Mitternachtstipps auf, und vor jedem Beitrag, den sie anmoderiert, auch ihrem eigenen, das kleine unbefreite Lachen, als genierte sie sich, zu so vorgerückter Stunde noch in alle möglichen Schlafzimmer mit Fernseher zu platzen. Jede Moderation ein Schleier aus Worten, über sich selbst geworfen, und in den Sommerwochen dazwischen, zu zweit an ihrem See, wenn die Freunde ausbleiben und auch die Tochter sonst wo ist, sagt sie oft nur das Nötigste, Bring eine Zeitung mit, wenn du Brot holst, Mach das Gartentor zu, Wir hören gar nichts mehr von Katrin, wieso nicht, Renz? Schon immer hat sie ihn beim Nachnamen genannt, zärtlich rau – sein Bernhard klang ihr zu bieder, zu dumm –, und im Gegenzug schuf er aus ihrem ganzen Namen, Verena Wieland, die Vila, die sie von da an war. Bis auf weiteres, Vila und Renz!,

Schlussformel ihrer Mails an Bekannte und Freunde; Paare, die
zu viel unter sich sind, bekommen etwas von alten Indianern –
Großer Mund und Graues Auge, so könnte sie heißen, könnte
er heißen. Erste Bojen tauchen auf, dunkle Köpfe über dem
Wasser, der See ist in Ufernähe schon wieder ruhig, das Boot
gleitet im Leerlauf, ab und zu ein Klatschen, wenn Fische nach
Mücken geschnappt haben und ins Wasser zurückfallen; die
besten Seefische sind die Aale, man fängt sie mit lebenden
Stichlingen, den Haken durch den Leib gezogen. Die spüren
das, soll Katrin als Kind gesagt haben – ein Vilasatz, den Renz
nicht bestätigen will. Seine Boje ist schwer zu sehen im Dunkeln, nur durch das gelbe Schlauchboot, das an ihr hängt. An
den Nachbarbojen die Jollen der Einheimischen, die alte Heu-
reka, die Agnese, die Carmen, ihre Besitzer wohnen auf demselben Hang mit Blick über den See bis zur Insel vor der Bucht
von Salò, zur Hälfte noch Olivenhang, früher von armen Bauern
bewohnt, noch früher von verdienten römischen Legionären,
denen etwas Land am Lacus Benacus zugeteilt worden war.
Irgendwann wird alles hier den Chinesen gehören, meint Vila,
nichts wird mehr an uns erinnern. In der Dunkelheit das
Klacken des Karabiners, die gute alte Sea Ray ist festgemacht,
man muss sie nur noch abdecken. Ein stummes Arbeiten, sie
kennen die Griffe. Die Polster in der Kabine sind nass, sagt
Vila, in ihrer Stimme ein leiser Triumph, die Fahrt war Renz'
Idee, obwohl es nach Regen aussah. Sie wischt die Polster mit
einem Handtuch ab, dem großen blauen Edelhandtuch von
Elfi und Lutz, ein Geschenk zu ihrem Fünfzigsten: besser als
alle Polster. Wann hatten sie sich zuletzt in der Kabine geliebt,
in der Mittagsstille vor San Vigilio, im zitternden Licht bei
einer von Katrins CDs, für Renz heruntergeladen, damit er
seine alten Songs an Bord hätte. Ein paar der Selbstgebrannten
haben schon Schäden, Lieder verflüchtigen sich, ganze Refrains
fehlen; die funkelnden Scheiben hängen jetzt über der Plane

und schrecken die Möwen ab. Vila wirft Renz den Zündschlüssel zu, Du hast ihn schon neulich vergessen!, noch ein kleiner Triumph: Er hätte ihn auch wieder fast vergessen. Danach das Lösen des Schlauchboots von der Boje – das wäre besser gleich beim Festmachen getan worden, so muss Renz noch einmal an der Bootskante entlang, es wird immer schwerer, die Balance zu halten. Zuletzt das Abstellen des Stroms, das Schließen der Persenning, durch einen Stab in der Mitte erhöht, damit sich kein Regenwasser sammelt. Vila steigt in das kleine Boot, ihr Hintern wird nass, sie schimpft, während Renz zum Ufer übersetzt; am Wasser ein Pärchen, nur zwei glimmende Zigaretten. Zwischen den Glutpunkten ein Flüstern, das sie aufhorchen lässt – Liebende setzen ihr zu, ob im Film oder im Leben, immer. Renz trägt schon das Schlauchboot zur Straße, wo ihr alter Jeep steht, sie vertäuen es wie eh und je auf dem Dach. Dann die Fahrt in den Ort und hinter der Ampel den Hang hinauf in den steilen gewundenen Hohlweg; aus der Dunkelheit das Zirpen einer Zikade wie ein vergeblicher Notruf. Und als sie auf das Haus zufahren, nichts als Stille, nun schon seit vierzehn, fünfzehn Jahren, Vila hat längst aufgehört, die Jahre zu zählen, sie weiß auch, wann: nach Kaspers Tod – er könnte immer noch dem Jeep entgegenstürmen, jaulend vor Glück, als seien sie tagelang fort gewesen, ihr aller Geschöpf ohne Nachfolger. Das Gartentor steht halb offen, Du hast es nicht zugemacht, sagt sie. Renz hält auf dem Rasen, der gemäht werden müsste, sie heben das Boot vom Dach; früher hätte der Bewegungsmelder das Außenlicht angeschaltet, irgendwann ist er kaputtgegangen. Renz schließt das Tor, sie geht schon ins Haus, im unteren Wohnraum brennt Licht, sie hatte es angelassen, sie will nicht ins Dunkle treten, es reicht, wenn unter den Sohlen die Fliesen knacken, wo sie gebrochen sind. Sie öffnet die Terrassentür; über dem Pool eine späte Fledermaus, ihre lautlosen Stürze. Es ist warm auf der Terrasse, der Sommer sitzt noch im

Stein. Vila streift sich die Kleidung herunter, sie geht nackt ins Bad, an der Wand eine Springspinne, die schlüpfen im August, sie ruft nach Renz, knapp und laut sein Name, er kennt das: ein Schreckenstierchen, und Vilas Ruf, als hätte er es ins Haus gebeten – überall an den Wänden die kleinen Kammerjäger-spuren; er macht das nicht gern, aber er macht es. Nach dem Erschlagen der Spinne das Sitzen auf der Terrasse, zwischen ihnen die Flasche vom Vorabend. Nachts trinken sie nur Rot-wein, eher süß als herb, im Moment einen Amarone, schwer und betäubend; Weißwein dagegen wie ein Wasser auf den Mühlen alter Wunden. Willst du Musik? Vila, nur ein Hand-tuch um die Schultern, geht in den Wohnraum, sie bückt sich zur Anlage, Renz, in Pyjamahosen, sieht ihr zu; beide haben sich bequemere Formen gegönnt, bei ihr schmiegen sie sich um die Knochen – ihr helles Becken, immer noch anziehend, die lichten Kniekehlen, die Fesseln. Wären wir lieber hiergeblie-ben, ruft sie. Es war abzusehen mit dem Regen! Noch ein Nachtreten, das gehört dazu. Renz hebt nur eine Hand und lässt sie fallen, er nimmt sein Glas, Vila legt Scarlatti auf, eben-falls absehbar, sie setzt sich wieder, das Glas in der Hand. Auf der anderen Seeseite die vertrauten Lichter, der Blick, seit sie das Haus haben. Vila trinkt in kleinen Schlucken, im Schoß jetzt das Telefon; Katrin lässt seit zwei Wochen nichts von sich hören, ihr letzter Anruf aus Yucatán, Mexiko, immer ist sie wo-anders, schon als Kind rief sie plötzlich aus Hanau an, war bei Freunden. Jetzt also Yucatán, Mexiko. Und was machst du da?, die normale Frage. Antwort: Ich sehe mich um! Eine Dokto-randin, die gern reist, so weit normal bei Ethnologie, wenn sie nicht immer Geld nachschießen müssten, um Katrins Reisen abzufedern, Geld, das sie beide beim Fernsehen verdienen, Renz mit Vorabendzeug: sein eigenes Wort dafür. Vila leert ihr Glas, eine Hand auf der Brust über dem Herzen, den Daumen in Bewegung. Sie streichelt sich, in den Augen etwas, das Renz beunruhigt – bis heute weiß er nicht, warum sie weint, wenn in einem Film die Dinge zwischen zwei Leuten das erhoffte Ende nehmen. Katrin wird es schon gutgehen, sagt er, und Vila hebt die leere Flasche, Holst du noch eine von oben? Sie trinken zu viel, wenn sie allein sind, es gibt immer Gründe.

Die Treppe zum ersten Stock hat kein Geländer, da hatten sie damals gesagt, wozu, und nun tastet er manchmal schon nach der Wand, darin filigrane Risse wie Greisenfalten: eine tektonisch unruhige Gegend, nichts Beängstigendes – nichts gegen das Beben von Assisi, das sie miterlebt haben –, nur immer wieder kleine Erschütterungen, die ihre Spuren hinterlassen, auch durch abgeplatzte Mosaike im Pool. Mit einem weißen cremigen Gips kann man sie neu verfugen, wenn das Becken leer ist, ein mühsames Verfahren, er hat es aufgegeben, und beide schwimmen sie über immer abstrakteren Mustern, wo der Estrich zum Vorschein kommt; nur Oliven und Regenwürmer fischt er noch vom Grund. In den ersten Jahren hatte Vila die Oliven geerntet, jeden November lieferte sie acht Säcke in einer Genossenschaft ab, und am Ende hatten sie zwei Flaschen eigenes Öl, sämig und hell. Renz bringt einen Terre Brune nach unten. Jeder noch ein Glas, sagt Vila, in ihrem Schoß jetzt ein Buch. Die letzten Tage am See sind ruhig, sie liest und schreibt Mails, er feilt an seinen Vorabendhelden oder streicht etwas nach; die alten Malereimer stehen noch im Schuppen, in jedem ein Rest unter staubiger Haut. Die Hausfarbe, ein erschöpftes Sienarot, bläht sich an vielen Stellen, stößt man dagegen, fällt sie ab. Die Wände in den Bädern sind feucht, unter den Fliesen im Wohnraum nisten die Ameisen, zwei, drei Grissini-Krümel, und schon sind sie da. Man gewöhnt sich daran, sagt Renz zu Besuchern, man gewöhnt sich an alles Getier, sogar Vila an die Springspinnen! Das Haus lebt und sie beide mit; wenn es im Winter verlassen war, fallen an Ostern poröse Käfer aus den Vorhängen, nur Räuber überstehen die düsteren Monate: Vor der warmen Jahreszeit siedeln sie die Skorpione um, die unter Türrahmen ausgeharrt haben. Auf einem Blech tragen sie die gekrümmten, wie toten Wesen an den Rand des Gartens. Das Grundstück ist terrassiert, es gibt einen unteren, ungenutzten wilden Bereich voller Geraschel; im Vorjahr defilierten allabendlich zwei Ratten auf der Brüstung über dem Unkrautwäldchen, in diesem Sommer hat sich eine schwarze Schlange hervorgewagt und auf dem Rasen plötzlich aufgerichtet, ein kaum zu glaubendes Bild. Nur Renz hat die Schlange gesehen, nicht Vila: Sie hält die Geschichte für eine Erfindung, ein Märchen. Dafür hat sie einen Molch am Poolrand entdeckt, erschreckend wie eine Fledermaus, die starr auf dem Boden liegt. Als Katrin noch harmlos war, noch nicht das elterliche Leben kommentierend, hatte sich eine Fledermaus in ihr Zimmer verirrt, bei dem Versuch, sie nach draußen zu jagen, traf Renz sie mit dem Besen, sie fiel zu Boden und überschlug sich, die geäderten Flügel gespreizt, ein langsamer Tod, keiner konnte das zuckende Etwas erlösen. Und noch im selben Jahr der erste Einbruch, Katrins neue Halskette war morgens weg, seltene Tränen, die Renz trocknen durfte. Albaner, hieß es im Ort, aber es waren zwei hungrige Einheimische, Tage später gefasst, leider ohne Kette; sie hatten sogar den Kühlschrank geöffnet und sämtlichen Käse, den Parmaschinken und eine Trüffelsalami gegessen, während die drei Bewohner, Vater, Mutter, Kind, in den oberen Räumen schliefen. Danach die Anschaffung der Bewegungsmelder, die jetzt kaputt sind. Renz hätte sie ausgetauscht, aber in diesem Winter werden sie einen Hausbewohner und also auch Bewacher haben, zum ersten Mal in all den Jahren, einen alleinstehenden Mann aus Frankfurt, beurlaubter Lehrer nach Brandreden gegen die Dummheit seiner Schüler und Kollegen, einer, der das Haus mieten will, um an einem Buch über Franz von Assisi zu schreiben. Er war in Vilas Sendung, so hatte es sich ergeben – für die

Mitternachtstipps ein Lichtblick, aber auch nicht ihre Rettung tief in der Nacht zum Montag. Und für ihn, Renz, ein kurioser Mensch, wenn nicht komischer Heiliger; sie hatten bisher nur telefoniert. Machen wir Schluss, sagt Vila, und sie leeren die Gläser, ein guter Wein, flüssige Erde. Sie gehen ins Haus mit all den brennenden Lampen, schließen die Türen; Stromkosten werden abgebucht, auch die für Wasser und Gas, Telefon und Internet. Der Gärtner wird bar bezahlt, schwarz wie die Handwerker, es gibt keine Rechnungen, keine Belege, es gibt nur Ausgaben. Das Haus frisst uns, sagt Renz, und dabei hängt er an jedem Stein und heißt alles gut, auch wenn es schädlich ist oder stört. Er mag den Efeu um die Bäume, den Telefonmast am Nachbarzaun, den erstickenden August, das Gartenchaos nach Gewittern, sogar die Ameisen auf der Treppe, ihre Straße in den oberen Stock. Er weicht ihnen aus beim Hinaufgehen, seine Hände suchen das Geländer, das es nicht gibt. Renz geht ins Bad und macht kein Licht, er mag sich nicht sehen, Bootsfahrten machen alt, bleigrau um die Augen, der Rest krankhaft gebräunt, die Lippen wie die Haut auf trockenen Trauben. Er klappt den Klodeckel hoch und danach wieder herunter, er will keinen Unfrieden; nachts benützt Vila das obere Bad, sonst geht sie ins größere unten. Er hat auch das kleinere Schlafzimmer und will dort nur weg sein, wie sie in ihren Kissen. Gute Nacht! Den ganzen Sommer über rufen sie es fast gleichzeitig, Parole ihrer Verflüchtigung, danach das Abtauchen. Von seinem Bett aus, bei geöffneten Läden, der Blick auf den nächtlichen Ort, die Kirche, den alten Uhrturm, die Zypressen im Straßenlicht; an der Wand längs des Bettes eine Tischbein-Zeichnung, einsames Land, hingeworfen mit ein paar Strichen. Die übrigen Bilder im Haus aus der Gegend, immer wieder der See, seine Weite, sein Glanz; am Morgen hängt manchmal eins schief, wenn nachts unmerklich die Erde gebebt hat, und Vila betrachtet es als Ausdruck von Leben, an den man nicht rühren darf, wie an den wuchernden Jasmin, der schon die Laube erdrückt mit seinen Trieben. Renz ruft ihren Namen, sie hat nicht geantwortet auf sein Gutenacht, sie ist noch unten im alten Kinderzimmer, wo sie ihre Mails liest, immer die letzte Tagestat mit Lesebrille, in der Hoffnung, dass sich Katrin gemeldet hätte. Und rascher als sonst das Löschen aller Lichter, der Widerschein auf den Olivenblättchen vor seinem Balkon verschwindet. Dann Vilas Schritt die Treppe hinauf, auch rascher als sonst, und ihre sonst so ruhige, moderierende Stimme seltsam hastig, Renz? Sie tritt ins Zimmer, barfuß, nackt: die Gestalt, die ihm am vertrautesten ist, seine Frau. Was denn, fragt er, als sie sich schon herunterbeugt, die Arme schützend über den Brüsten. Eine Nachricht von Katrin – die Worte fast geflüstert, während sie sich zu ihm legt –, unsere Tochter ist schwanger, hörst du?

Und Renz hörte es mit jeder Faser, es drang in ihn ein, als Schnitt durch die Zeit: auf der einen Seite die Jahre davor, sein Leben als Vater, auf der anderen alles, was jetzt noch käme, wie damals, als Vila Wir bekommen ein Kind! rief. Und sie hatte auch etwas von damals, als sie seinen Kopf an sich zog, die Hände in sein Haar grub, als sei es noch dicht, von der Frau, die in allem jünger war als er selbst, nicht so sehr an Jahren, an Wünschen – vor ihm ihr blasser Bauch, darin die Narbe eines Kaiserschnitts. Wie schön, sagte er nur, den Mund schon an ihrem mythischen Spalt.

JETZT noch ein Kind, ist dir klar, was das heißt? Renz' erste Worte, als Vila vor Jahren, acht oder neun, und da musste sie schon nachdenken, beim Frühstück fast verlegen nach seiner Hand griff, nachdem sie gesagt hatte, es sei ein Wunder passiert. Und ihr war klar, was das hieß: noch einmal solche Erschöpfung, auch ein so erschöpfendes Glück, dass alles andere keinen Platz mehr hätte, einschließlich der Mitternachtstipps, die in Planung waren. Stattdessen das Beruhigen nachts, das Auf-und-ab-Gehen, der geteilte Halbschlaf, ja die geteilte Milch aus der Flasche und das geschwächte Verlangen nach Wein, nach Fisch, nach allem Gewohnten; nur noch das Kind und sein Geruch, sein Klammern, der kleine warme Leib wie ein Gewächs an ihrer Brust: auch für sie zu viel. Sie war dreiundvierzig und wies das Geschenk zurück, ein eisiger Märztag, Bagdad wurde gerade mit Bomben belegt, Beginn der Rache für nine/eleven, eine doppelte Kerbe in den Jahren, den Sommern, die schon verschwammen, und im Herbst hatte sie ihre erste Sendung – der Grad des Glücks oder Unglücks bestimmt den Lauf der Erinnerungen unbestechlicher als die Zeit: Das war die Nacht, in der ich gefeiert wurde, das der Tag, an dem ich ein Leben geopfert habe. Mit Erinnerungen ist nicht zu handeln, man kann ihnen nur den Rücken kehren, vor dem Umriss des eigenen Lebens die Augen zumachen, sich ganz dem Jetzt hingeben.

Vila – im Dauerpräsens ihres Sommerlebens am See, bis zu der Mail, dass sie und Renz Großeltern würden – saß am anderen Morgen allein auf der Terrasse, ein milder später Septembertag; sie schrieb an einer Liste der zu beachtenden Dinge in Haus und Garten, einer schriftlichen Hilfe für den künftigen Mieter, *Für Kristian Bühl*, wie über den einzelnen Punkten in kursiver Schrift stand. Er hatte angerufen, als sie sich Tee machte, gefragt, ob er etwas mitbringen sollte aus Frankfurt, er sei gerade im Woolworth auf der Schweizer Straße, Druckerpapier oder eine bestimmte Zahnpasta?, und sie nur: Nein, sehr lieb. Keine besonders gelungene Antwort, aber das ging ihr erst auf, als sie das Telefon weglegte. Sie schrieb weiter an der Liste, bis Renz von oben kam, sich Tee einschenkte, ihn mit Honig süßte, nicht mit Zucker, so hielten sie es. Wer hat angerufen? Seine übliche Frage, und sie sagte es ihm, er rührte den Honig um. Was macht der im Woolworth, oder ist er unten bei den Lebensmitteln? Aber was muss er noch einkaufen, wenn er morgen hier ist. Also hängt er nur herum, blättert in Zeitschriften, ja? Renz trank einen Schluck. Weiß Katrin schon, was es wird? Er setzte die Tasse ab, Vila stand auf – Das ist keiner, der in Zeitschriften blättert, der kauft sich eine Zahnbürste, Stifte, Papier –, sie nahm die Liste und ging damit zur Heizungstherme, wo es am meisten zu beachten gab. Es wird ein Junge, rief sie, was genauso eine Vermutung war wie die Vermutungen über den Mieter. Vila und Renz also bei Spekulationen, Renz auch bei eigenen. Er erwartete Besuch von einer Producerin, die er seit Jahren flüchtig kannte, erst als Redakteurin im Bayerischen Fernsehen, da war sie noch verheiratet, dann als Producerin bei Hermes Film, wo er schon das eine und andere untergebracht hatte. Inzwischen war sie selbstständig und wollte ihn als Co-Autor für eine Serie. Oder wollte überhaupt Kontakt mit ihm, seine Nähe. Renz machte sich Gedanken um eine Frau: zu anziehend, um seit Jahren allein zu sein; Vila machte sich Gedanken um einen Mann, viel zu sehr in seiner Welt, um in einem Kaufhaus in Zeitschriften zu blättern.

Was er auch nicht tat – der künftige Mieter war auf der Suche nach einem Koffer, um die Schulter eine Notebooktasche und in den Händen je eine große gefüllte Plastiktasche mit Kleidung und Schuhen für die Zeit in Italien, zusammengestellt aus seiner eingelagerten Habe. Er sah sich jeden Koffer an, ob die Dinge ihren Platz hätten, und den ersten geeigneten kaufte er und verstaute Kleidung und Schuhe darin. Ein Allerweltskoffer mit Rollen, den er über die Schweizer Straße zog, zum U-Bahn-Zugang vor seinem langjährigen Wohnhaus, unten eine Parfümerie, die ihre Gerüche nach oben schickte, bis zu den zweieinhalb Zimmern, die er am Morgen endgültig geräumt hatte.

Bühl nahm die U-Bahn zum Bahnhof und bestieg einen Zug nach Freiburg, Breisgau, um das Grab seiner Eltern zu besuchen, beide im Frühjahr durch einen Autounfall ums Leben gekommen; erst am nächsten Tag die Weiterreise über Mailand nach Verona und von dort an den großen See.

Eine schnelle Fahrt Richtung Süden, Karlsruhe, Baden-Baden, Offenburg, die Landschaft zusehends weicher, fließende Höhenzüge, Waldpolster, Wiesen – Abbild der Erinnerungen an seine Jugendsommer, das Verfließen der Tage, der Wochen in einem Schwarzwaldtal, er und ein Freund, der ihn oft im Sommer besucht hatte, einen anderen Freund gab es nicht, außerhalb der Ferien teilten sie ein Internatszimmer – keine Fahrt in diese Gegend ohne das Bild eines Jungen mit runder Brille und glatt zurückgekämmtem Haar, auf jedem Hemd seine Initialen, CKS, Cornelius Kilian-Siedenburg, ein Name wie ein furchtbares Versprechen, immer der Erste zu sein, niemals der Zweite. In der Mittelstufe organisierte er die Feste der Oberstufe und verdiente daran, über Nacht wurde er Schulsprecher; seine geheimen Mängel: Latein und Deutsch. Der Zug bremste ab, der neue Koffer kam ins Rollen – Freiburg, das Münster, ewig mit Gerüst, ein behindertes Bauwerk. Bühl nahm sich ein Taxi und ließ sich ins Dreisamtal fahren, bis vor die Kirche von Zartenbach, Ort seiner Kindheit, auf dem Friedhof Rauchverbot. Er zog den Koffer bis zum Elterngrab, um auf dem Stein die Namen zu sehen, ihre Vereintheit, *Rita Bühl, geb. Steiert, Rupert Bühl, Kaufmann*, eher separiert als vereint, wenig bewegend, und er verließ den Friedhof wieder, die Kofferrädchen knirschend im Kies. Bühl ging zum einstigen Vorhanggeschäft des Vaters, heute Bistro, und auch dort wenig Bewegendes, aber ein innerer Friedensschluss: die nachgeholte Verbeugung am Grab. Rupert Bühl hatte immerhin die Thai-Seide in die Gegend geholt, ein Kaufmannsfuchs, der häufig nach Bangkok geflogen war. Und Rita Bühl, vom Leben mit

Vorhangstoffen nicht ausgefüllt, war eine Größe im regionalen Kulturleben gewesen, dazu in den Ferien nett zu seinem Freund, der auch im Laden ein und aus ging, sogar geschäftlichen Rat erteilte; der eine durchschaute schon Steuerdinge, ganz Kilian-Siedenburg, und er durchschaute die lateinische Grammatik. Sie hatten sich gegenseitig bewundert, er das Geschmeidige an dem Freund, Cornelius das Strikte an ihm, eine Art Liebe, die Art, die nach außen verblasst, wenn Lebenswege auseinandergehen, aber unter dem Blassen noch glüht wie das Innere der Erde unter der Kruste. Bühl rief sich ein Taxi, eines vom Taxidienst Wunderle, den gab es noch immer in Zartenbach, als sei dort alles totzukriegen, nur nicht die Namen, ihr alter Klang. Er ließ sich nach Freiburg zurückfahren und nahm im Intercity-Hotel am Bahnhof ein Einzelzimmer, letzte Enge vor der Weite des Südens, dem anderen Licht: die alte arkadische Hoffnung, noch weit von sich gewiesen, als ihm Vila, vor seiner Zusage, sich in dem Haus einzumieten, damit kam: Sie werden dort aufblühen, so, wie schon viele vor Ihnen! Und er nur: Was erzählen Sie da.

Ein Vorgespräch im Museumspark, wo auch gedreht werden sollte, so waren sie über Franz von Assisi und dessen Aufenthalte in Norditalien auf das Haus am See gekommen, und auf einmal (aus Vilas Instinkt für Leute, aus denen etwas herauszuholen war) das Angebot: Wenn er dort in Ruhe arbeiten wollte, dann könne er es im Winter gerne haben, für wenig Geld und etwas Gartenpflege. Wollen Sie? Und er wollte; es war der Reisegutschein, der ihn aus Frankfurt wegbrachte, weg von seinen gelangweilten Schülern und stumpfsinnigen Kollegen am Hölderlin, wo er ohnehin keine große Zukunft hatte nach seinen sonntäglichen Brandreden im Park.

Vila hatte von den Auftritten gehört, sie kannte Frauen mit Kindern am Hölderlin, und gleich am folgenden Sonntag war sie in den Park gegangen und sah ihn dort auf einer Bank stehen, einen Kerl mit klingender Stimme und breiter Stirn, Wangen und Mund unter einem überflüssigen Bart. Er sprach vor einem Dutzend Leuten über das Gelangweilte seiner Schüler mit Polohemden und über Franz von Assisi, als junger Mann allem Modewahn entkommen, und sie legte ihm ihre Karte hin. Noch am Abend rief er an, und sie malte ihm aus, wie es wäre, demnächst einer von drei Mitternachtstipps zu sein und so eine halbe Million Leute zu erreichen. Und in der neuen Woche schon das Vorgespräch mit der Hausofferte und zwei Tage später die Aufzeichnung im Park – Moderatorin und Prediger auf einer Bank zwischen alten Bäumen, eine Unterhaltung, als seien sie allein, geradezu intim, Vilas Stärke in der Sendung; und am Schluss sogar ein doppelter Tipp von ihr: In den Frankfurter Museumspark gehen, dem Mann mit dem Bart bei seinen Reden zuhören und sich mit Franz von Assisi befassen. Das Ganze in der Nachbearbeitung auf vier Minuten dreißig gekürzt und am Sonntag darauf schon ausgestrahlt, die letzte Sendung vor der Sommerpause. Das Echo war erstaunlich, viele Mails, die dem Lehrer den Rücken stärkten, aber auch empörte Anrufe im Kultusministerium und dort die Erwägung eines Disziplinarverfahrens, aber da hatte sich Bühl schon selbst beurlaubt. Er begann, seine Wohnung aufzulösen, und verließ sie nur noch, um im nahen Textorbad Schwimmrunden zu drehen – ein Schwimmer schon im Internat am Bodensee – oder im Woolworth-Tiefgeschoss ein paar Lebensmittel zu kaufen; sein Kontakt zur Welt bestand aus dem Lesen und Schreiben von Mails. Er bekam Mengen von Post in diesen Tagen seines vorübergehenden Ruhms, aber nur ein einziger Eingang interessierte ihn: Die Moderatorin der Mitternachtstipps hatte sich gemeldet, etwas besorgt über die Folgen des Beitrags für sein berufliches Leben, und sie erwähnte noch einmal die Haussache, befürwortet auch von ihrem Mann. Ab Ende September, wenn wir dort unten genug haben, können

Sie bis Ostern in unser Haus, alles Nähere bei der Übergabe, wäre das in Ordnung? Eine von Bühl ausführlich beantwortete Mail, auch wenn er kaum auf den Inhalt einging. Das meiste galt seiner Beschäftigung mit dem unerschöpflichen Francesco, wie er ihn nannte – jemand, den alle Fragen der Liebe gequält hätten, die einen auch heute quälten. Franz von Assisi, der könnte genauso gut Franz von Frankfurt heißen, geboren im Jahr der Wende; es gebe kein modernes Glück oder Unglück. Und so weiter.

Vila hatte die Antwort in ihrer großen Altbauwohnung in der Schadowstraße gelesen (drei Minuten von der Schweizer, keine zehn vom Museumspark), der Abend vor dem Aufbruch zum See, Renz im Nebenraum vor seiner alten Filmbibliothek aus der Kritikerzeit, er sah sich Folgen der Serie an, in die er einsteigen sollte, im Mittelpunkt eine Pathologin; seine Producerin-Bekannte hatte eine ganze Staffel geschickt und einen Arbeitsbesuch am See vorgeschlagen. Ganz nette Frau: Renz' prophylaktische Worte zu Vila, etwas fern der Realität. Sie war eine Dunkelblonde Anfang vierzig, meistens die Hand mit Zigarette am weichen Mund, dazu ein verrätselter Blick unter japanischen Lidern, die Figur mädchenhaft. Marlies Mattrainer. Und nun stand ihr Besuch bevor, fast eine Überschneidung mit der Ankunft des künftigen Mieters.

ZWEI Tage nachdem Vila und Renz erfahren hatten, dass sie Großeltern würden, erschien Kristian Bühl in ihrem Sommerort. Er hatte von unterwegs noch einmal angerufen, ihm war der Name des Hotels entfallen, in dem er wohnen sollte, solange das Haus noch belegt war, am anderen Ende Renz und gleich mit einem Kompliment: Gut rübergekommen in dem Interview, auf den Punkt! Und das Hotel war das Gardesana am kleinen Hafen von Torri, Bühl hatte dort das Eckzimmer zum See mit altem Holzbalkon, am Abend wurde er zum Essen erwartet; auf seinem Bett ein Umschlag, darin ein Wegeplan, wie er zum Haus käme, narrensicher, unter der Zeichnung eine Frage, Vilas fließende Schrift – Sie mögen doch Fisch, einen Branzino? (Alles Umwerbende geschah bei Vila und Renz im Rahmen italienischer Gerichte und Weine, für Tochter Katrin nur eine Sitte derer, die an den Seitenarmen der Schweizer Straße als isoliertes Völkchen der Gourmets und Besitzer von Audi- und BMW-Kolossen lebten, auch wenn Renz einen kolossalen, nicht mehr ganz taufrischen Jaguar fuhr, Super V 8, Langversion, schwarz.)

Vila zog sich noch um für den Besuch, Leinenhose und einen Pullover wie aus Watte, beides in Verona gekauft. Die Tage waren immer noch mild, von schleirigem Blau, abends konnte es schon frisch werden, die letzten guten Tage am See und für sie der Abschluss, morgen um die Zeit wäre sie schon im Flugzeug nach Orlando, Florida, zu ihrem Kind mit dem neuen Leben im Bauch. Wenn du willst, dann komm, hatte Katrin etwas vage geschrieben, ich weiß nicht, was ich tun soll, wie löst man sich in Luft auf? Eine Panik, die sie damals, schwanger mit Katrin, auch erlebt hatte, also wollte sie bei ihr sein, ihr Mut machen. Und wenn das Kind zur Welt käme, wäre sie immer noch zweiundfünfzig, nur für Eingeweihte eine Großmutter. Vila strich ihr dunkles Haar hinter die Ohren und schlang es zu einem losen Knoten über dem Nacken; die grauen Streifen darin sah man kaum, und Helge, Visagist vom Mitternachts-Team, konnte sie ganz verschwinden lassen vor einem Dreh. An diesem Abend gefiel sie sich mit dem Hauch von Silber, passend zum Anlass, dem letzten Essen im Freien, auf dem Tisch drei Windlichter, für jeden eins. Der Branzino war frisch, sie hatte ihn vormittags eingekauft und später noch das eine und andere entdeckt, für Katrin eine CD, Paolo Conte, den mochten sie beide, für sich selbst ein paar offene Schuhe, schmal und gläsern wie Libellen, und auch etwas für Renz, einen Gürtel, nicht der erste. Er trug am liebsten gar keinen Gürtel und nahm Ziehharmonikafalten im Kauf – ein weiterer Versuch, und erfolgreich, die Gürtelschnalle glänzte an ihm. Sie verbesserte Renz, seit sie sich kannten, besonders vor Besuchen; früher bedeutete jedes neue Gesicht ein Risiko, man wusste nie, wen er ignorieren würde, und inzwischen hatten sie einen Freundeskreis, auf den andere schon neidisch waren. Jedes Paar, das bis an den See fuhr, um sie beide zu sehen: ihr Verdienst. Anne und Edgar, Elfi und Lutz, Heide und Jörg, die beiden Schaubs, das Hollmann-Gespann und die Wilfingers. Und seit einiger Zeit, vielleicht auch sein Verdienst, die Englers aus Mainz, Thomas und Marion, Marion nur etwas jünger als sie, aber mit demselben Frisör in Frankfurt; an manchen Tagen kam sie kaum nach mit dem Schreiben und dem Beantworten von Mails, um irgendein Samstagabendessen abzustimmen.

Ist der Wein schon auf? Eine ihrer alarmierenden Fragen vor jedem Essen, laut nach unten gerufen, und von Renz nur ein Ja, so knapp wie das bei ihrer Heirat, als sie im sechsten Monat war. Vila zog die Libellenschuhe an und trat vor den Spiegel in dem Bad neben ihrem Schlafzimmer. Der Pullover erschien ihr zu herbstlich, sie wählte ein Hemd, transparent wie die abgestreiften Häute von Schlangen gegen Ende des Sommers unter der alten Steinmauer am Gartentor, von der Hitze gewellt. Drei, vier windstille Tage im September genügten, um zwischen den Bergen noch einmal die Hitze zu stauen, eine Hitze, die sich dann bis in die Nacht hielt, dazu der Mond groß und rötlich über dem See. Beide liebten und fürchteten sie dieses finale Lodern, ihre Gnadentage vor der Abfahrt, die ersten wilden Weinblätter schon mit dem Rot von getrocknetem Blut; wer nicht bei Regen abreisen wollte, musste es vorher mit Wehmut tun. Vila zog die Schuhe wieder aus und ging barfuß durch die oberen Räume, der Boden aus Schweizer Lärche warm und glatt, sie hatte ihn selbst versiegelt, ihr warmer Boden, auf dem sie ging. Im Grunde gab es zwei Häuser in einem, das von Renz und ihr ganz eigenes; der Mieter würde unten schlafen, im alten Kinderzimmer. Sie mochte das Septembertrödeln in ihrem Reich, das Musikhören oder Lesen im Bett, und ohne die Sorge um Katrin – ihr war alles Mögliche zuzutrauen – wäre sie noch bis zum Auftauchen der *ganz netten Frau* oder Producerin geblieben, von Renz schon beim Vornamen genannt: Marlies, Sie können auch die Fähre nehmen, wenn Sie von Brescia kommen! Vorige Woche hatte sie die Nette selbst kurz am Telefon gehabt, eine Heimatfilm-Stimme und Raucherhusten.

Es klingelte zweimal, eher ein verunglückter Einzeldruck auf den Knopf am Tor, und immer noch die seltsame Ruhe danach, das ausbleibende Gebell von Kasper. Kommst du?, rief Renz, und sie drückte die grünen Läden vor der Balkontür auseinander, die Schulter am splittrigen Holz, sein Grün gebleicht von zu viel Sonne. In zwei Minuten, rief sie zurück. Eine ihrer Zeitangaben, die nie stimmten, bis auf den Trost darin oder den Wunsch dahinter. Zwei Minuten waren zehn Minuten, und zehn Minuten konnten schon eine halbe Stunde sein, Renz hatte Jahre gebraucht, um ihr anderes Maß zu verstehen. Selbst zu dem Interview im Park war sie zu spät gekommen, fast erstaunt, dass man auf sie gewartet hat, Kamera, Ton und Helge, ihr Zauberer mit dem Koffer voller Stifte und Pinsel, dazu die Hauptperson des Beitrags; sie hätte nie live moderieren können. Und natürlich dachte sie auch nicht daran, in zwei Minuten herunterzukommen, sie hörte sogar noch Musik, Best of Aida, eine CD von de Beni für treues Einkaufen, ihr Stückchen Oper, während Renz den Hausmieter, sie sah es vom Balkon aus, durch den Garten führte.

Er ging neben ihm her, mit Gesten und Erläuterungen, als

hätte er alles selbst erschaffen und es wäre gutgetan. Renz Schöpfer der Zitronenbäume im Eingangsbereich, der hohen Bananenstauden neben einem runden Granittisch und zweier Palmen links und rechts des Pools; Schöpfer eines prächtigen Feigenbaums, die Äste fakirhaft verschlungen, und der alten knöchrigen Olivenbäume, manche höher als das Haus, einer Laube unter Jasmin und Wein sowie allem, was Anfang Oktober noch blühte. Sogar zu dem Chaos unterhalb des angelegten Gartens bekannte er sich, dem Unkrautwäldchen zwischen einer Mauer aus Natursteinen und einem rostigen Zaun, dahinter die Gemüsebeete des unteren Nachbarn und einige marode Hühner. Es gab auch einen Hahn, den hat irgendwer kaltgemacht, sagte er, als Vila auf die Terrasse trat, nochmals umgezogen, statt Leinenhose jetzt eine Jeans, eng an den Schenkeln. Die Stirn leicht gerunzelt – ihr Ausdruck vor einem heiklen Beitrag – kam sie auf den Gast zu, schon die Hand ausgestreckt, und er griff um ihre Finger, ohne an den Daumen zu stoßen, als hätte sie viel kleinere Hände als er. Wie geht's, sagte sie nur, und danach gleich eine richtige Frage, ob er für all die Winterabende gewappnet sei. Sie sah zu Renz, ein Blick, der ihn ins Haus schickte, die Vorspeisen samt Bruschetta waren seine Domäne, der Salat war ihre, und den Fisch würde er wieder machen. Bühl, in einem Pullover, der über den Schwimmerschultern zu knapp war, sah in das Unkraut, als gäbe es keinen Pool, kein Haus und auch keine Frau des Hauses. Ich bin hier nicht allein, sagte er, ich habe meine Arbeit. Und für einige Zeit werde ich auch in Assisi sein. Kennen Sie's? Er drehte sich um, und Vila fiel auf, dass sein Bart anders war, der Mund freigeschnitten. Assisi? Ja. Aber wozu diese Arbeit? Gehen Sie ins Internet: es wimmelt von Franziskus-Büchern. Was glauben Sie, wie viele auf ein weiteres Buch über einen warten, der seit achthundert Jahren tot ist, fünf vielleicht, wenn ich mich dazuzähle.

Dann würde mir das reichen.

Das würde Ihnen reichen? Ich zeig Ihnen jetzt das Haus! Und sie zeigte ihm alles, jeden Winkel, jeden Griff, jeden Schalter, mehr eine Gebrauchsanleitung als eine Führung, immer ein Stück vor ihm hergehend, um dann, wenn er selbst einen Griff oder Schalter probierte, halb hinter ihm zu stehen, bis er über die Schulter sah und ihr zunickte, mit einem Blick aus gereizten Augen (er war schon im See geschwommen, gleich nach der Ankunft). Und das anschließende Essen ein kleines Examen, Renz stellte Fragen zur Person und den Auftritten im Museumspark, zu Bühls Lehrermisere; die Antworten knapp, aber höflich, moderiert von Vila. Über den Unfalltod der Eltern nur zwei, drei Sätze, Ausgangspunkt für einen Sprung von dem See, auf den sie schauten, zum Bodensee, seinem matten unteren Arm, an dem er die Schulzeit verbracht hatte, zehn Jahre Internat Aarlingen. Bühl sprach leise, die Blicke gerecht verteilt; er trank nur Wasser zum Essen, erst später einen Grappa – schon der Schlusspunkt, sein Aufbruch. Vila ging noch bis zum Hohlweg mit, das Übliche bei neuen Gästen. Jetzt immer abwärtslaufen, sagte sie, wir sehen uns morgen noch einmal. Und ich beneide Sie um Ihr Zimmer, es hat den besten Blick im Hotel, ich habe es schon vor Wochen reserviert. Außerdem ist es ein historisches Zimmer: Der Schriftsteller Gide hat dort einen ganzen Spätsommer verbracht. Oder machen Sie sich nichts aus solchen Dingen? Sie gab ihm die Hand, und wieder sein Griff um ihre Finger, als hätte sie keinen Daumen. Für heute reicht es mir, dort nur zu schlafen – ruhige Worte im Weggehen.

Renz saß noch auf der Terrasse, als Vila zurückkam, er hatte Wein von oben geholt, ihr letzter gemeinsamer Abend in dem Sommer, aber ein anderer letzter Abend als in all den Jahren zuvor; sie würde morgen abreisen, weit weg, er noch bleiben,

Besuch empfangen. Und gefällt er dir? Vila nahm das Glas, das Renz ihr hinhielt, sie stieß mit ihm an, auf das Leben in Katrins Bauch, auf den Abschied. Seltsamer Mensch, sagte er, wahrscheinlich zwei linke Hände. Ich lade ihn morgen zum Essen ein. Übermorgen ist ja diese Frau schon da.

Und kommt sie nun mit der Fähre? Vila sah über den Glasrand auf Renz' faltige Stirn: die einer Vierzigjährigen, oder wie alt Die Nette war, interessant erscheinen mochte, lebensgeprägt, und dabei waren es nur Folgen von zu viel Sonne und den Zigaretten bis zu Katrins Geburt. Falls sie raucht, sagte Vila, und am Telefon hat es so geklungen, soll sie das nur im Garten tun. Oder hat sie gerade aufgehört, aber muss noch husten, du kennst sie doch. Also was? Vila trank einen Schluck, wieder mit Blick über den Glasrand: Renz schenkte sich nach, auch seine Antwort eine Art Nachschenken. Was weiß ich, ich kenne sie nur etwas. Ja, sie raucht, in dem Geschäft für eine Frau normal. Wann geht dein Flug? Warum will Kati überhaupt, dass du kommst, ist alles in Ordnung?

Kati ist zum ersten Mal schwanger, da ist nichts mehr in Ordnung, das kennst du doch auch etwas – Vila leerte ihr Glas und ging ins Haus. Ich hab hier noch den halben Vormittag, rief sie, dabei schon ihre Schritte auf der Treppe, fast eine Flucht. Renz hörte sie noch ins Bad gehen, die Tür hinter sich abschließen, das tat sie, seit er häuslicher geworden war, fixierter auf sie, ohne Dinge hinter ihrem Rücken, zuletzt mit der Gegenspielerin in einer Restaurantserie; deren Rolle war durch ihn gewachsen, das macht dankbar, und er hatte sie auch nur etwas gekannt, aber anders etwas als die Mattrainer, mit der er keine Sekunde im Bett war. Dafür hatten sie schon auf Raucherbalkonen zusammengestanden, in München, in Köln, in Berlin, er hatte sie hinausbegleitet, um irgendein Gespräch über Filme fortzusetzen, und einmal hatten sie in Frankfurt Mittag gegessen, bei einem Italiener an der Messe, nicht seine

Gegend, was auch einiges hieß. Sie hatten über die Fernseh-
landschaft gesprochen, wie es immer schwieriger werde, etwas
Neues zu platzieren, und am Ende, beim Espresso, war es ein
Gespräch über die Landschaft der Ehe, wie schwierig es war,
dort die sicheren Pfade zu verlassen. Wenn er das überhaupt
wollte, er hatte doch alles: das Glück einer junggebliebenen
Frau, die ihn nicht einengte, die Genugtuung des Geldes, das
ihm durch seine Arbeit zufloss, eine komplizierte, aber schöne
Tochter, dazu bald ein Enkelkind. Und auch erstmals einen
Mieter, offenbar sogar gescheit und, wie er fand, für diese
Nacht angemessen untergebracht.

DAS Eckbalkonzimmer im Hotel Gardesana am kleinen Hafen von Torri oder Torri del Benaco, nach dem alten Namen
des Sees, Lacus Benacus, war von dem Schriftsteller André
Gide im Spätsommer achtundvierzig (Renz' Geburtsjahr) in
der vergeblichen Hoffnung bewohnt worden, dort für immer
einzuschlafen, während Bühl nicht einmal die Hoffnung hatte,
überhaupt einzuschlafen. Also machte er Licht und griff zu seinen Franziskus-Notizen, einem Blätterberg aus Versuchen über
den Anfang des Buchs, der eigentlich klar war. Die erste Seite
müsste vom Weinen handeln – Franz war ein Meister darin –,
denn was erzählt stillschweigend mehr als das Weinen, ob vor
Kummer, Glück oder Wut, aus Berechnung oder, heutzutage
seltener Fall, wenn ein Romantiker aus uns weint? Und ob die
Tränen nun befreien oder andere erpressen, immer fließen sie
aus einem alten Kinderkörper, als würde man nie erwachsen.
Oder sie fließen gar nicht, wie an dem Tag, an dem er zwei
Schaufeln Erde auf zwei Särge gestreut hatte, die seiner Eltern,
noch kurz davor voller Stolz auf einen Neuwagen, 6er-BMW,
Cabrio, während das Fahrzeug, das auf ihres prallen sollte,

schon unterwegs war (alles, was uns zerstören kann, existiert bereits). Keine Träne also am offenen Grab, wie ein Kindheitsabschluss, in Wahrheit das Gegenteil: Nach seiner Heimat gefragt, würde er immer noch das Tal südlich von Freiburg nennen, die umgebenden Berge im Sommer von rauchigem Grün. Das ganze Klingen dieser Gegend war in ihm, so, wie es aus dem Mund seiner Kinderfrau kam, die nie ein hartes Deshalb kannte, nur ein weiches und oft dunkles *Vuudämmhäär*. Eine Welt, die Bühls handelsreisendem Vater für den Sohn zu gering war, also schickte er ihn, trotz ein paar Tränen der Mutter, ins Internat Aarlingen an dem Bodenseearm, der sachte zum Rhein wird – im Oktober süßer Fäulnisduft, wenn die Sonne das Fallobst erhitzt, kaum dass die Nebel aufreißen, darüber ein Himmel von rasendem Blau, oft Auslöser absurder Glücksgefühle; für Kristian Bühl Jahre der Freundschaft und anderer, dunkler Dinge, die ganz plötzlich in ihm aufschnellen konnten – das Gedächtnis, es ist taktlos, dazu ohne Sinn für Ästhetik, es haut nur rein.

Nach Abitur und Ersatzdienst dann Studium in Tübingen, alte Sprachen und etwas Philosophie, dazu noch das Nötige, um an Gymnasien unterrichten zu können, und die erste Stelle gleich am Hölderlin in Frankfurt, für ihn die Stadt mit den unbeherzten Hochhäusern, nicht hoch genug, den Atem anzuhalten, aber schon zu hoch, um nur mit der Achsel zu zucken, am Ende aber als Wahlheimat angenommen, bis hin zur Sorge um die Frankfurter Eintracht mit ihrem schwankenden Stand. Er wohnte von Anfang an im Süden der Stadt, jenseits des Mains, in der Wohnung mit den Parfümeriegerüchen, die zweieinhalb Zimmer jahrelang verstopft mit Büchern, Zeitschriften, Ordnern, Kartons, in den Kartons Kleidung und Kleinkram, es gab keinen Schrank, keine Kommode, und am Ende ein radikales Ausmisten, sogar alter Briefe oder Zeug aus der Schulzeit, Mäppchen, Hefte, Material, und dabei auch das Finden von schon verloren Geglaubtem, etwa einer grünen Dose mit Diabolo-Luftgewehrkugeln oder einer Postkarte aus New York, nach ein paar Grüßen die komplette Unterschrift seines Freundes, Cornelius Kilian-Siedenburg, Beweis einer New-York-Eroberung schon als Schüler. Und dann fand sich auch noch ein altes Schwarzweißfoto, sechs mal sechs, von ihm gleich beiseitegelegt. Auf dem Foto ein blondes Mädchen in einem Ruderboot, dunkler Badeanzug, helles Gesicht, weiche Wangen, und unter den geraden, fast japanischen Lidern ein sogenannter tiefer Blick, dazu eine Hand mit Zigarette am breiten Mund: die kleine Pause zwischen zwei Zügen, die er im letzten Urlaub mit den Eltern – er war achtzehn – für den Schnappschuss genutzt hatte. Die junge Raucherin zu Besuch bei ihrer Tante, der am Ossiacher See das Strandhotel Mattrainer gehörte, und am letzten Abend ging er mit ihr am See entlang, obwohl ein Gewitter aufzog; beim Rückweg, eine Abkürzung neben dem Bahndamm, auf einmal strömender Regen, und unter einem überhängenden Busch, kaum geschützt vor dem Prasseln, der Kuss seines Lebens.

Trotz einer schlechten Nacht – wenig Schlaf, viele Gedanken, keine Ergebnisse – war Bühl am Morgen hellwach, das Frühstück auf der Balkonterrasse über den Hotelarkaden. In dem Bereich zwischen Hotel und Hafenbecken jetzt lauter Stände, aufgebaut in der Morgendämmerung, Stände mit allen möglichen Waren und Gedränge davor. Es war der Montagsmarkt von Torri, und obwohl er das Haus noch gar nicht übernommen hatte, kaufte er nach dem Frühstück schon ein paar Lebensmittel, Brot, Schinken, Käse, eingelegte Sardinen und Eier. Das Brot war spröde, es zerfiel, sobald man davon etwas abbrach, und die Spatzen kamen den Möwen zuvor; überhaupt war es ein Ort der Spatzen, furchtlos flogen sie ihm vor die Füße und pickten die Krümel, ja flatterten ihm über Arm und Hand, während die Möwen feige abdrehten, sich mit dem weißgrauen Himmel mischten, einem Sommerende wie zum Greifen – der See so glatt, als ließe sich darauf schreiben, und auf dem Markt der große Ausverkauf. Billige Schuhe, Hüte und Spielzeug, Wäsche für alle Gelegenheiten, Stickereien auf kleinem Dreieck, eine Rose, eine Zunge, ein Fragezeichen; darüber halbe Zelte aus hängenden Unterröcken, schwarz oder fleischfarben, und die Verkäuferinnen faltige Schönheiten, heiser lachend, immer ihr Telefonino und eine dünne Frauenzigarette zwischen den Fingern. Bühl ging von Stand zu Stand, und ein verblasstes Bild des Weiblichen nahm wieder Farbe an. Jemand tippte ihm an die Schulter, zweimal leicht, wie ein sachtes Anklopfen.

Vilas Flug nach Frankfurt mit Anschluss Orlando ging erst gegen Mittag, eine Stunde blieb ihr noch, Zeit genug für den Markt. Unser Ort, sagte sie – keine Camper, also auch keine Holländer, dafür umso mehr Melancholie, wenn der Sommer vorbei ist. Bald kommen die Busse mit den Alten, das Publikum für die Schwäne, Scharen in Beige, die Capes, die Schirme, die Schuhe. Soll ich Sie nach oben fahren? Der Jeep steht vor der Farmacìa, der Apotheker ist unser Komplize, er weiß genau, woran Renz und ich leiden, wenn wir zu lange hier sind, er macht die Cremes mit Cortison alle selbst! Vila nahm die Tüte mit den Einkäufen, sie führte Bühl zu dem Jeep, einem alten Suzuki, und fuhr durch den Hohlweg zum Haus, sechzig Höhenmeter über dem Ort und dem See.

Das Gartentor stand auf, ebenso die Haustür. Vilas Gepäck war schon im Eingang, ein Koffer, eine Tasche; am Garderobenspiegel mit Tesafilm befestigt ihre Liste der zu beachtenden Dinge in Haus und Garten. Gehen wir's gleich durch? Sie löste das Blatt und reichte es Bühl, ohne es loszulassen, er überflog die hervorgehobenen Punkte. Entnommene Bücher wieder zurückstellen. Die Bilder nicht der Sonne aussetzen. Täglich Ameisen bekämpfen. Topfpflanzen ins Haus, wenn es friert, die Zitronenbäume einpacken, Folie im Schuppen. Den Heizungsdruck kontrollieren (nicht höher als eins fünf!), jede Woche die Wasseruhr ablesen. Beim Verlassen des Hauses alle Läden schließen, Gas abdrehen, Gartentor zuziehen. Streunende Katzen gelegentlich füttern (nichts Gesalzenes), auch für Vogelfutter sorgen. Auf Mülltrennung achten, die Tonne für Umido (Speiseabfall) gut geschlossen halten. Den Briefkasten leeren, nichts wegwerfen, auch keine Werbung. Und nie den Hausschlüssel von innen stecken lassen, nie!

Renz kam von der Terrasse in den Wohnraum, ein Telefon am Ohr; er winkte Bühl zu, und Bühl winkte zurück, dazwischen Vila, die Hände unterm Kinn. Mein Mann spricht mit seiner neuen Producerin, die taucht morgen hier zum Arbeiten auf. Sie bleibt eine Nacht, dann bringt er sie nach München, und das Haus gehört Ihnen. Oder wollen Sie gern heute schon einziehen? Fast eine suggestive Frage, und die Antwort nur Kopfschütteln; Bühl stand jetzt vor einem der Bilder, einem Venedig-Motiv, Tusche und Bleistift, die Lagune wie eine intime Haut. Renz ging an ihm vorbei, in der Hand den Schiffsfahrplan für den See, er ging wieder nach draußen. Vila schloss die Terrassentür – letzte Nacht war Renz noch in ihr Zimmer gekommen, der Wintermieter beschäftigte ihn, sein Haar, sein Bart, die melodische Stimme. Der werde hier auffallen im Ort, sagte er und hätte ihn am liebsten zum Friseur geschickt; ohne Bart wäre er zwar immer noch ein komischer Heiliger, nur kein Typ mehr, nach dem sich die Leute umdrehten. Renz störte sich an etwas, das sie mit Schwung übersah. Sie sah mehr die Augen, den Mund, den Gang und fand ihn weder heilig noch komisch, eher etwas unheilig.

Producerin, was heißt das, fragte Bühl, und sie warf einen Blick auf ihre Uhr, eine kleine Reverso, die sie locker gebunden trug, das erste größere Geschenk von Renz: zu ihrem Vierzigs-

ten, als Katrin in den schrecklichsten Jahren war, ein flug-
untauglicher Vogel, und sie in den besten, eine Falkin. Producerin heißt eigentlich gar nichts, sagte sie und riss die Terrassentür
auf, Wir müssen los! Und unser Mieter möchte gern wissen,
was eine Producerin hier am See zu tun hat! Vila lief in die
Garderobe, sie zog ihre Reisejacke an, als Renz wieder hereinkam, das Telefon in der hängenden Hand.

Die Mattrainer, rief er, will mir die Patologinnenserie erklären, und sie kommt freundlicherweise mit einer Liste der
schon angewandten Tötungsarten, damit die schöne Pathologin ja nicht zweimal vor demselben Rätsel steht! Er sah zu
Bühl, als sollte der ihm zustimmen, und Vila, während sie ihr
Gepäck vors Haus stellte: Es gibt keine schönen Pathologin-
nen, sie sind alle hager und blass, es gibt höchstens schöne Pro-
ducerinnen, auch wenn sie qualmen! Ein Wort, das noch nach-
schwang, als sie auf Bühl zutrat, ihm alles Gute für den Winter
wünschte, und diesmal war ihre Hand schneller als seine. Behalten Sie meinen Garten im Auge, sagte sie noch, da ging die
Hand schon auf, und seine Hand zog sich zurück – er winkte
damit, wie Leute von ablegenden Schiffen winken, in einem
Bogen, dann lief er Richtung Hohlweg, und sie lud ihre Sachen
in den übergroßen Wagen.

RENZ brachte Vila zum Flughafen, eine wortlose Fahrt, jeder
bei sich, immer dicht davor, etwas zu sagen, sich Luft zu machen, aber dann blieb es beim Atmen, stur durch die Nasen, ein
Aufpassen, als drohte mit der Luft aus den letzten Tagen auch
gleich das Erstickte aus Jahren mit nach oben zu kommen:
Renz kannte das und hielt den Mund – alte Paare sind Archive,
weh dem, der sie öffnet. Erst an der Sperre vor der Sicherheitsschleuse von ihm ein Passaufdichauf, hastig und leise, danach

eine Pause, ein Atemholen, für ein noch leiseres, fast schon verschämtes Undküsskatrinvonmir, dazu eine Hand an Vilas Bauch, als sei das neue Leben auch in ihr, und von Vila am Ende eine Fingerkuppe an seinem Mund, ihre Art zu sagen, sei geküsst, jetzt und in den kommenden Tagen, den Tagen mit deiner ganz netten Begleitung. Renz sah ihr hinterher, bis sie zwischen Fremden verschwunden war, dann fuhr er zurück in seinem zu großen, zu schnellen Auto.

Und abends das Essen mit dem Mieter, die Einladung bei Da Carlo, einer Pizzeria am Wasser mit Tischen im Freien, dem Wind ausgesetzt, für ihn, Renz, ein Nachteil, sein Haar schien davonzufliegen, während sich Bühl dem Wind sogar zudrehte, oft eine ganze Strähne im Gesicht. Franz von Assisi, sagte Renz nach dem ersten Wein, war hier mehrfach am See, auch eine Zeitlang auf der Insel, wussten Sie das? Er saß Bühl gegenüber, wie er sonst Vila gegenübersaß, aber angespannter, vorgebeugt, froh, als die Pasta gebracht wurde. Natürlich wissen Sie das, sagte er, man weiß über seine Helden immer alles, besonders, wenn sie tot sind. Mit lebenden Helden hat man es schwerer. Kennen Sie Bradley Manning, den jungen US-Soldaten? Renz schenkte Wein nach und erzählte von Manning, der ein Geheimvideo von einem Massaker der Amerikaner in Bagdad weitergegeben hat, das Hasenschießen aus einem Hubschrauber auf Unbewaffnete samt Witzen über die Sterbenden auf der Straße, er hatte das Video im Internet gesehen, Bradley Manning war ein Held für ihn, ein Fernsohn, um den er bangte. Und mein Jugendheld, sagte er, war Buddy Holly. Ich hörte stundenlang die Hymne auf seinen Tod bei einem Flugzeugabsturz. Zuerst ein Wolfsgeheul des Sängers, bevor die Welt, begleitet von zarten Gitarren, Abschied von Buddy nimmt, umgekommen, als es schneite und Wind blies. Snow was snowing, wind was blowing, eine Tautologie, die mich auf Anhieb berührt hat. Und immer, wenn der Name Buddy Holly fiel, im Grunde auch eine Tautologie, wollte ich mich so leicht wie er zwischen Liebe und Sex bewegen, der Spagat der frühen Sechziger, zu dem seine Brille gepasst hat, ihr schwarzer, weiblich geschwungener Rahmen! Renz winkte einem Kellner mit Pferdeschwanz, er ließ sich die Rechnung bringen und zahlte. Und Ihr erster Held?

Ein Freund, sagte Bühl, als sie schon aufgestanden waren, am Wasser entlang zum Hafen gingen. Wie wär's mit einem Abschlussgrappa? Renz wollte noch nicht nach oben, nicht allein sein. Grappa, sagte er: unser Getränk, wenn wir nachts auf dem See sind, Musik hören, die unsere Tochter heruntergeladen hat. Auf einer CD ist alles, was man auf einem Boot braucht, wenn man sich bald dreißig Jahre kennt. Wir trinken und singen manchmal auch mit. Capri c'est fini. Senza fine. Il mondo. Gira, il mondo gira. Langweile ich Sie? Renz sah auf die schaukelnden Masten im Hafen – sein Mieter war Zuhörer, eine Sorte Mensch, die ihm nicht geheuer war. Seltsam, dass wir uns nie in Frankfurt begegnet sind, uns vom Sehen kennen, meine Frau konnte sich auch nicht erinnern. Oder sind wir Ihnen aufgefallen? Wir gehen oft essen ins Bella Donna, wir kaufen beim Metzger Meyer ein – Sie haben schon Sachen in unserem Kühlschrank, warum bleiben Sie noch im Hotel? Wir haben zwei Gästezimmer, Sie stören nicht, wenn ich mit meiner Besucherin arbeite. Sie kommt morgen mit der ersten Nachmittagsfähre, ich hole Frau Mattrainer ab, dann können Sie mit nach oben fahren, ja? Renz hielt sich wieder das Flatterhaar; Bühl stellte sein sachtes Zuhörernicken ein. Zur ersten Frage, Bella Donna, Metzger Meyer: nicht meine Orte. Außerdem war ich tagsüber in der Schule oder zu Hause. Die Straße erst abends, wenn man das Hässliche weniger sieht. Frankfurt ist voller Narben, die Hochhäuser täuschen darüber hinweg. Und zu Frage zwei: Ich bleibe gern in dem Hotel. Trinken wir den Grappa unter meinem Balkon.

Das wäre dann an unserem Lieblingstisch, sagte Renz. Er legte seinem Mieter eine Hand in den Rücken, und sie gingen an den Tisch, der frei war, wie die meisten Außentische an dem windigen Abend. Vila und ich essen hier einmal in der Woche, der Tisch mit dem besten Blick. An klaren Abenden bis hinüber zur Insel, auf der schon Ihr heiliger Franz war. Und über den wollen Sie schreiben? Renz bestellte zwei Grappa Amarone und rückte ein Stück näher an Bühl heran, wie für eine Eroberung. Was ist Ihre These, Franziskus, ein Mensch wie du und ich? Oder ein Heiliger, den wir heute kaum noch begreifen können? Was wissen Sie über ihn?

Das Wenige, das man überhaupt wissen kann. So gut wie nichts – Bühl lehnte sich zurück, er sah auf die unruhigen Masten im Hafen –, also bleiben nur Vermutungen. Franz fühlte sich wohl zu Frauen hingezogen und ist ihnen ausgewichen, wenn möglich. Eine dieser Frauen war seine liebste Ordensschwester Klara. Franz und Klara waren gewissermaßen ein Paar. Über das ich nicht mehr weiß als über Sie und Ihre Frau. Aber man kann auch aus dem Leeren schöpfen.

Dann wird das ein Roman, sagte Renz, als der Ober zwei Gläser auf den Tisch stellte, der Grappa bernsteinfarben. Er stieß sein Glas an das von Bühl: Auf Franz und Klara!

Ein Roman? Bühl nippte nur, er behielt das Glas am Mund. Franz und Klara waren wie Bruder und Schwester, nur waren sie auch Mann und Frau. Und es stellt sich die Frage der Differenz, von der man nichts weiß. Aber schon Thomas von Celano, der als Erster Franz' Leben aufschrieb, eine Generation nach ihm, konnte sich nur auf Erzählungen stützen. Die er dann verklärt hat. Also muss man es rückverdüstern. Franz hat gestunken, ein Landstreicher. Seine Augen waren blutig, zwei überreife Beeren. Auch Klara dürfte gestunken haben, von faulen Zähnen, offenen Füßen. Und beide trugen an einer namenlosen Schuld, an etwas, das letztlich nie gesühnt und nie vergeben werden kann, die Sehnsucht nacheinander. Klara wäre heute vielleicht bei der Drogenhilfe, nach der Arbeit eine einsame Frau, die mit ihrem blonden Haar in der Kälte vor einem Lokal steht und raucht. Und Franz wäre bei Greenpeace.

Also etwas fürs Fernsehen, ein schöner Zweiteiler, könnten Sie sich das vorstellen? Renz sah seinen Mieter an, ein Head-hunter-Blick, den Bühl übersah; er trank jetzt erst den Grappa, mit einem Zug, er stellte das Glas in die Tischmitte, sein Zeichen zum Aufbruch, und Renz holte einen Gästeschlüsselbund aus seiner Jacke und übergab ihn: Falls wir uns hier nicht mehr sehen. Was ich sehr bedauern würde. Mich interessiert, was Sie machen – Franz und Klara, das wäre Hauptprogramm, gleich nach Neujahr. Und wie gesagt, Sie stören nicht, wenn ich im Haus mit jemandem arbeite. Aber Ihr Hotelzimmer hat natürlich seinen eigenen Reiz, wenn man sich etwas aus Büchern macht. Sie wissen, dass André Gide in dem Zimmer sterben wollte und es nicht funktioniert hat? Ich sehe mit einer Art Verzweiflung den Sommer enden, heißt es in seinem Tagebuch.

Ein Hinweis, mit dem es nicht leichter wurde, in dieser Nacht besser zu schlafen als in der ersten. Bühl stand mehrmals auf und trat auf den Balkon, wie es der berühmte Vorbewohner vielleicht auch getan hatte, als er nicht schlafen konnte. Das Zimmer lag im zweiten Stock, an der dem See zugewandten Hotelecke, und der Holzbalkon war das einzig Alte an dem Ganzen mit der Nummer hundertdreiundzwanzig an der Tür. In dem Zimmer des Dichters, wie es auf der Hotel-Website hieß, unter Schleiflack mit lieblicher Blumenbemalung verschwunden. Und wer sich ins Bett legte, dachte eher an die Paare, die sich dort schon umarmt hatten, als an einen vogelgesichtigen Greis oder weltlichen Abt, gehüllt in eine Wolldecke, sein Tagebuch auf den Knien, ein altes Foto in einer Ausgabe von Gides Stirb und werde, einem Buch, aus dem er sich einiges machte – wie auch aus vielen anderen Büchern, an die er gekommen war, weil eines Abends ein neuer Mitschüler, seine Initialen auf dem Hemd, CKS, das Internatszimmer in Aarlingen betreten hatte. Ein stummer Auftritt, in der einen Hand eine Sporttasche, in der anderen Zigaretten und Feuerzeug, schlecht verborgen, weil die Hand noch schmal war, dafür hatte sein Blick durch die feine runde Brille schon etwas von künftiger Cleverness, besonders mit einem Objekt der Überheblichkeit in der Hand. Das Feuerzeug war ein Dupont, und der kaum Dreizehnjährige legte es auf den Tisch am Fenster, setzte seine Tasche ab und machte sich bekannt, als wollte er ein Geschäft abschließen: Kilian-Siedenburg. Dann öffnete er die Sporttasche und entnahm ihr nicht etwa Polohemden oder einen Tennisschläger, sondern zwei Dutzend Bücher, die er neben das Feuerzeug auf den Tisch legte. Bedien dich, sagte er und griff ein Buch heraus, Conrads Herz der Finsternis, auf dem Umschlag ein gewundener Fluss; er schlug es auf und holte, wie anstelle eines Lesezeichens, einen Geldschein aus den Seiten, fünfzig Mark, und steckte ihn ein. Die Erklärung dazu in knappen Worten, während er von den Zigaretten, Roth-Händle, eine halb aus der Packung schnippte und sie ihm, Bühl, vor den Mund hielt, wie eine Übung für kommende Dinge, das Teilen von Geheimnissen oder einer Flasche Bier. Sein Vater war der Schriftsteller Hans-Georg Kilian, damals noch mit Schwierigem erfolgreich, und der bezahlte den Sohn für das Lesen guter Bücher, und der Sohn war bereit, sie weiterzugeben, wenn man ihm den Inhalt zusammenfasste. Er aber, baldiger Empfänger und Leser aller Bücher, nahm die Köderzigarette, und Kilian-Siedenburg – zuerst bei der Mutter aufgewachsen, bis die sich nach Indien abgesetzt hatte – ließ den Überheblichkeitsgegenstand aufschnappen und gab ihm hinter schützender Hand Feuer, Geburtsmoment ihrer Freundschaft. Danach sie beide am Fenster mit Blick über den Untersee, auf der anderen Seite die Schweiz, rauchend hinausgebeugt, so konnte man die verbotene Zigarette in den Hof fallen lassen, wenn ein Erzieher hereinkäme. Und, schon mal in New York gewesen, fragte der Neue zwischen zwei Zügen, worauf von ihm, dem Mitraucher, ein Nein kam, nein, nur in Assisi, und der in Wahrheit noch gar nicht Weitgereistere zeigte beim langsamen Ausblasen des Rauchs bereits im Ansatz das Lächeln, das einen Menschen dazu bringt, einem anderen, wildfremden Menschen zu trauen. Naja, das läuft nicht davon, sagte er. Und Assisi, was ist da abends so los?

DAS Traghetto, ganzjährig verkehrende Fähre zwischen Maderno und Torri, war nach der Mittagspause wie eine überfüllte Arche, Familien in ihren Autos, Wanderer mit Stöcken, ganze Gruppen auf Mountainbikes, und kaum war die Rampe zur Mole gelegt (am südlichen Ortseingang von Torri), drängten alle von Bord, unter den Nachzüglern eine Frau mit Sonnenbrille und halblangem blondem Haar, das bei jedem Schritt wippte. Sie trug einen leichten Mantel und hielt in der einen Hand eine Reisetasche, in der anderen eine Zigarette: ein schönes Bild der Ankunft durch ein Fernglas gesehen, fast ein Stück Kino, als sie sich auch noch die Sonnenbrille ins Haar schob, um dann mit der Zigarettenhand zaghaft zu winken, eher wie bei einem Abschied, bis sie die Zigarette einfach zu Boden fallen ließ, ohne sie noch auszutreten, und einen Fuß vor den anderen setzte, den Kopf leicht geneigt. Bühl brauchte jetzt kein Fernglas mehr – eins für Segler mit stabilem Bild aus dem Optikerladen von Torri –, alles Weitere ließ sich mit bloßem Auge erkennen: Renz, der aus einem großen schwarzen Wagen stieg, sonst wohl in der Garage hinter dem Haus, und auf die Frau im Mantel zuging. Er begrüßte sie mit Wangenkuss, nahm ihr das Gepäck ab und verstaute es im Kofferraum, während sie schon vorn einstieg; Renz schloss noch, nach Chauffeurart, die Beifahrertür, lief um den Wagen herum, setzte sich hinters Steuer und fuhr davon, Ende der Szene. Bühl steckte das Fernglas ein und verließ seinen Standort zwischen Weiden am Seeufer.

Die Frau mit fallen gelassener und nicht ausgetretener Zigarette war die, die er als Schüler im strömenden Regen geküsst hatte, und war es nicht. Sie war es dem Namen und ihrem Aussehen nach, aber sie war es nicht in ihm – er hätte mehr erschrecken müssen oder gebannter hinsehen, es kaum fassen können und müsste noch immer fassungslos sein, aber er war so ruhig auf dem Weg in den Ort wie bei seinem Gang hinter den Särgen der Eltern. Die waren tot, weil sie sich ein schnelles Auto gekauft hatten, und Marlies gab es noch, weil man mit Anfang vierzig eben noch lebt und im Beruf steckt, und wenn man mit Fernsehserien zu tun hat, auf einen wie Renz trifft. Es gab nur Grund für ein gewisses Erstaunen, sieh an, wer da auftaucht, so klein ist die Welt. Oder er hätte schreien müssen, hier bin ich, hier, du gehst mit deinem Gepäck zu dem Falschen! Aber er hatte auch im Hölderlin nie geschrien, nie. Schon seit Aarlingen ist alles Laute in einer Kapsel und rundherum Stillschweigen, eine Stille wie in der Hauptgasse von Torri um diese Zeit. Noch war Mittagspause, auch wenn das Traghetto schon wieder fuhr; nirgends ein Mensch, und die ausgelegte Ware vor den Läden zugedeckt. Nur ein Ständer mit Ansichtskarten vor einem Tabacchi war zur Besichtigung frei, auf einigen der Karten alte Torri-Fotos, auch von der Gasse, als dort noch mäusehafte Fiats fuhren und auf Treppenstufen weiße Katzen dösten und jedes dritte Geschäft ein Friseur war, die Inhaber in ihren Kitteln müßig auf der Türschwelle, über allem eine lüsterne Verschwiegenheit. Und heute nichts mehr davon. Statt der Frisöre Eissalons von Designern und eine letzte

Katze, die davonschlich, als er näher kam; alles Übrige hinter geschlossenen Fensterläden, das Italien, in das ein Fremder kaum eindringt, das auf gerahmten Fotos von prallen Hochzeiten und schmalen Tanten und Männern in bunten Trikots auf ihren Rennrädern. Aus dem Tabacchi-Laden kam leise Marschmusik, und Bühl trat durch die offene Tür in ein Labyrinth aus Zeitschriften, Magazinen und Büchern, aus Rauchwaren und Schreibartikeln, hinter der Kasse ein Spitzbartgreis, in der Hand eine der Ansichtskarten mit altem Foto. Umsonst, sagte er auf Deutsch und hielt sie ihm hin, unklar, warum. Ihm blieb nur, leise zu danken und mit der Karte aus dem Laden zu gehen. Er ging zum Hafen und bestellte unter den Hotelarkaden ein Bier; außer ihm dort nur eine Bikerin in Montur, das Gefährt fast mit am Tisch. Der kleine Hafen hatte die Form eines Tropfens, die vertäuten Fischerboote mit Frauennamen, Gazza, Agnese, Carmen. Er sah sich die Karte an, das Foto hundert Jahre alt, es zeigte den Hafenplatz, sonnengrell, darauf nur ein einzelner Mann, dunkle Kleidung, dunkler Hut, vor sich einen kurzen Schatten, vielleicht ein Priester. Am Lungolago, der Promenade, gab es ein Haus für alte Priester und Schwestern, abends sah man sie am See, die einen noch immer in Schwarz, ihre Begleiterinnen in Weiß. Hätte es vor achthundert Jahren schon Fotografie gegeben, wäre vielleicht Franziskus auf einer der Karten, wie er am Hafen mit einer jungen Wäscherin spricht, in seiner Kutte vor ihr steht, in der Hand ein Säckchen mit Zitronensamen. Franz will die Zitrone am Benacus einführen, die Frucht, die weiter im Süden, bei Rom und auch mitten in Rom gut gedieh, die Wäscherin kann ihm die beste Erde zeigen. Ihr Haar liegt wie Pelz auf den Schultern, das kann er sehen, es ist zu schön, als dass sie es hergeben würde wie Klara vor Jahr und Tag. Seht her, sagte er, das ist ein Samen, willst du mich zu einem Platz führen, wo er Sonne und fette Erde hat? Wörter zuerst, dann ganze Sätze, die wie aus sich selbst neue Sätze hervorbrachten – Bühl füllte die Rückseite der Karte mit kleiner Schrift, in der anderen Hand sein Bier, ein Satz, ein Schluck. Als das Glas leer war und die Karte voll, sah er zum Nebentisch. Die Bikerin brach auf. Sie zog Fahrradhandschuhe an, schob sich ein GPS-Gerät in die Brusttasche und packte ihr Gefährt mit funkelnden Zahnrädern, eine Kriegerin gegen die Jahre. Marlies Mattrainer musste jetzt dreiundvierzig sein. Damals war sie einundzwanzig und studierte schon, unfassbar, wenn man selbst noch auf die Schule geht. Und für immer eingebrannt, wenn der erste Kuss gleich nach Rauch schmeckt.

DIE Jahre, die Zeit: Renz' Kampf gegen das Älterwerden bestand vor allem aus Ignorieren. Früher hatte er noch Tennis gespielt, bis Katrin an ihm vorbeizog, jetzt hielt er sich für bleibend sechzig, nur weil er seit längerem nicht mehr rauchte – und auf einmal gab es wieder diese stummen Zigarettenzeremonien zwischen ihm und einer Frau. Seit er mit seiner Besucherin bei einer Spätnachmittagsflasche Lugana am runden Steintisch unter den Bananenstauden saß, hatte er ihr schon dreimal Feuer gegeben. Er sprach sie mit Marlies an, Marlies und Sie, durchaus angemessen, wenn man sich etwas kannte, während sie seinen Namen vermied, aber bei ihrem jedes Mal den Kopf leicht zurückwarf und Rauch ausblies. Bei der letzten Begegnung, ihrem Mittagessen, hatte sie den Kopf noch ruhig gehalten, das war im Frühsommer, keine drei Monate her, und nun war da etwas Neues, etwas Ungelöstes, ein Druck.

Fangen wir einfach an, sagte sie und schwenkte das Skript, das er ihr zugeschickt hatte, zwischen den Seiten kleine Zettel, blaue, grüne, rote, ihre Einwände gegen sein Probebuch für die Pathologinnenserie. Sie schob es über den Tisch, auf der

Frontseite auch ihr Name, Marlies Mattrainer, Producerin, und ihre Rolle in dem Geschäft: Stoffentwicklung, Dramaturgie, Marketing. Sie war ihre eigene Firma, und sie kam auch gleich zur Sache, seine Tötungsart, Ersticken mit Kuchen, unter Umständen albern, ein Stück Komödie. Albern? Renz sah über ihr Haar hinweg auf den See und konterte mit einem Bildungsbröckchen: Das ist eine Rohfassung, früher genannt Manuskript. Und Manuskript heißt im Italienischen la brutta copia, die hässliche Kopie oder noch nicht perfekte Fassung. Aber mit kurzem O gesprochen, la coppia, heißt es auf einmal das Paar. Möchten Sie etwas Käse, frischen Parmesan? Und anstelle einer Antwort leises Räuspern, leises Husten, und die nächste Zigarette, Renz gab ihr wieder Feuer. Man kann natürlich alles ändern, fügte er hinzu. Möchten Sie alles ändern, Marlies? Eine Frage beim Nachschenken von Wein, und seine Besucherin, noch immer im Mantel, als wollte sie gleich wieder gehen, sich ein Hotel suchen, schlug das Skript auf und begann darin zu blättern, ihre Anmerkungen mit grünem Stift: wie Efeu, der an seinen Worten fraß. Sie überflog ganze Szenen mit Lippenbewegungen und sah ihn dann durch den Rauch an. Könnte nicht Organhandel dazukommen oder ein rassistisches Motiv oder beides? Ihre Zigarettenasche fiel auf den Tisch, er blies sie fort. Das waren Hauptabteilungsleiterideen: die großen Themen schon in den Vorabend ziehen, wenn es sein muss mit Russenmafia – er blähte die Backen, und Marlies Mattrainer tippte auf eine Seite ohne Efeu. Das hier, wunderbar! Unsere Heldin findet ein beschriebenes Papier im Magen der Toten, wie kommt es dort hin, was kann man noch lesen darauf? Die Pathologin in ihrem Element, doch dann gerät sie in ein ganz anderes, das der Liebe, denn es ist ein Liebesbrief. Und Liebesbrief auf leeren Magen wäre ein schöner Titel. Zeigen Sie mir das Haus? Das Haus, was sollte er zeigen, die Bilder, die Möbel, den Schnitt der Räume, den Blick vom Dach – er müsste ihr die

Jahre zeigen. Katrin klein auf dem Sofa, ihr Schlaf in der Hitze, Kasper in der Sonne auf dem Holzboden im oberen Stock, die Balkontür weit auf, Vila und er im Bett, ein unendlicher Mittag. Überall waren die Jahre, wenn er durchs Haus ging, auf dem großen Tisch im Wohnraum, auf den alten Grappaflaschen, im geschwärzten Kamin. Er sah Katrin in die Flammen schauen, den stillen Gang ihres Körpers, während Vila in der Wanne lag, aus dem Bad schläfriges Plätschern, wie in den ungenutzten Tränken auf den Hängen des Monte Baldo, wenn sich das Vieh vor der Hitze in die Macchia zurückzog. Renz zeigte auch die oberen Räume, seinen Arbeitsplatz und Vilas Reich. Hier schläft meine Frau, sagte er, und von Marlies ein Lächeln. Ihr Mund: wie eine teure Uhr im Samtbett. Die Führung endete im Gästezimmer; ein Hotel hatte er ihr am Telefon ausgeredet, zwei längere Gespräche, während Vila unten im Ort war. Vielleicht kannte er sie auch schon mehr als etwas. Ein wohnliches Haus, sagte sie. Und jetzt?

Sie tranken noch ein Glas im Garten, das war jetzt, und er erzählte vom See, als würde man ihn nicht liegen sehen, von seiner Pracht, seiner Gewalt. Und später kochte er, auch das war jetzt, er machte Nudeln al pesto. Ich mag das Wort Spaghetti nicht, sagte er, und Marlies stieß mit ihm auf der Terrasse an, noch ein Gnadenabend. Er trank seinen Wein, sie ging zu Wasser über, keine Frau, die alles mitmachte, aber eine, die alles wissen wollte – weshalb gerade dieser See, weshalb diese Ehe, dieses Leben. Kein Wort mehr über sein Skript, nur nebenbei die Idee, dass eine Serie hier am See spielen sollte, der Held ein junger Arzt mit Riva-Boot, die weibliche Hauptperson von unklarer Herkunft, ihre Mutter etwa Vorsteherin eines kleinen Klosters und so weiter. Sie war voller Figuren, die Producerin Mattrainer, voller Ideen zu Ideen. Oh, wenn ich schreiben könnte, die Ruhe hätte, rief sie, ein Seufzen in Worten, und auf einmal von ihm ein Vorschlag, auch nebenbei: Morgen nicht nach München fahren, sondern in die Gegenrichtung. Kennen Sie Chioggia, Marlies? Ein guter Ort zum Arbeiten, kleine Kanäle, alte Brücken. Oder Lucca, ein Traum! Er schenkte ihr Wasser nach, sie trank einen Schluck, ihr Glas und die Zigarette in einer Hand. Chioggia, liegt das am Meer? Im Grunde keine Frage, im Grunde ein Wunsch, danach langsames Ziehen an der Zigarette, und er sagte ja, obwohl man das Meer dort höchstens ahnte, ein Ja, das den Abend schon fast beschloss. Die Besucherin ließ sich noch von Lucca erzählen, wie ein Kind, das vor dem Schlafengehen einem Märchen zuhört, und am Ende ein halber Händedruck, halber Wangenkuss, mehr ein Abstreifen der einen Hand und Wange an der anderen. Renz nahm den Rest der Flasche mit nach oben. Wo führte das hin, kennen Sie Chioggia, Marlies? Er sprach im Dunkeln ihren Namen aus, eine Übung für Zunge und Ohr. Marlies klang offen, wie ein Doppelpunkt, ganz anders als Vila, Vila klang zu, Punkt und aus. Später hörte er seine Fast-schon-Begleiterin husten, ein leiser, von der Bettdecke gedämpfter Husten, und irgendwann ging unten Licht an, auf den Olivenblättchen vor dem Balkon Geschimmer – eine Frau, die nachts im Bett las, oder was sie tat. Marlies: auch ein Name, um damit in den Schlaf zu finden.

Und am Morgen kalter Rauch im Wohnraum, auf dem Esstisch ein fremdes Notebook, Apple, daneben Zettel mit Notizen, ein voller Aschenbecher, Wasserglas und Schmerztabletten, das Päckchen aufgerissen; die Tür zum Gästezimmer war geschlossen, im Bad brannte Licht. Marlies? Ein Proberuf, aber keine Antwort, und Renz ging in den Ort. Er kaufte Brot und eine Zeitung, wie er es im Sommer oft machte, wenn Vila noch im Bett lag, er ihr Zeit gab, in Ruhe aufzustehen, die Nacht abzuschütteln, jede Frau hat dafür ihren eigenen Aufwand, Marlies vielleicht einen besonders großen. Also ging er noch für einen Espresso zum Hafen und traf dort auf seinen Mieter,

Bühl an einem der Tische unter den Hotelarkaden, vor sich Papier und Stift. Renz hatte ihn kaum begrüßt, als sein Telefon summte, auf dem Display der Name, der auch Lebenspasswort war. Meine Frau, sagte er und ging zu den vertäuten Booten, nur ein paar Schritte von den Arkaden entfernt; er behielt Bühl im Auge, während Vilas Stimme, ungewohnt hastig, vom nächtlichen Florida aus in sein Ohr drang. Irgendetwas war mit Katrin, Renz verstand es nicht gleich, Also was, rief er, was?, und sie fing noch einmal an, und nun konnte er folgen, eine Geschichte, die ihn hin- und hergehen ließ, vom Hafenbecken wieder zu Bühls Tisch – auch dort ein Hin und Her, eine Schreibbewegung, er sah dem Mieter über die Schulter, *Franz läuft barfuß am See, eine Gestalt in grauer Schafwollkutte*, der erste Satz auf dem Papier –, und vom Tisch lief er die paar Schritte zurück ans Wasser, als würde die Geschichte damit besser. Katrin hatte nicht, wie vereinbart, in Orlando am Flughafen gestanden, sie war auch nicht mobil erreichbar, für Vila erst ein Schrecken, dann eine Kränkung, dann ein Verdacht und noch größerer Schrecken. Katrins Mitbewohnerin auf dem Campus, eine Lynn, hat erzählt, Katrin sei mit einem Kubaner zusammen, einem, der frei hin- und herreisen könnte, der Onkel irgendeine Größe in Kuba. Und dieser nicht gerade Vatertyp-Kubaner habe sie zu einem Trip nach Havanna überredet, so weit Lynn. Und Vila: Der will kein Kind, und Katrin will es auch nicht mehr. Deshalb war sie nicht da. Sie war schon unsicher, als sie mich bat zu kommen, und dann brach die Panik aus! Vila weinte jetzt, ein Verschwinden der Stimme im eigenen Atem, Renz versuchte, sie zu beruhigen, nur wollte sie gar nicht beruhigt werden, sie wollte nicht einmal, dass er sich ins nächste Flugzeug nach Florida setzt, sein Vorschlag. Wenn er mitweinen würde, das wäre schon viel, rief sie, und er, lieber um absurde Sachlichkeit bemüht, stellte ihr Fragen, ob sie schon etwas unternommen habe, andere Leute eingeschaltet, und diese Lynn, ob die seriös sei oder vielleicht nur kubafeindlich. Renz stand wieder hinter Bühls Rücken, als Vila von einem Anruf beim Deutschen Konsulat im Miami sprach. Die sagten mir, mit Beziehungen sei in Havanna alles möglich, auch eine Abtreibung nach der vierzehnten Woche ohne Indikation, und Katrin ist längst so weit, sie hat uns erst informiert, als sie schon durcheinander war, hörst du überhaupt zu? Eine im All oder Vilas eigenem Durcheinandersein halb erstickte Frage, und er riet ihr dringend ab, nach Havanna zu fliegen, falls sie das vorhabe. Lass das bitte, rief er, und plötzlich ein Klicken und Stille, Vilas Art, einfach aufzulegen, etwas abzubrechen. Renz setzte sich zu seinem Mieter und erzählte, was passiert war. Und was soll ich jetzt tun? Er griff Bühl an den Arm, ein trainierter Arm, er fasste sich an die Stirn. Ich wollte eigentlich abreisen heute.

Dann reisen Sie ab, sagte Bühl.

Glauben Sie, ja? Renz steckte sein Telefon ein. Gut. Und sollte meine Frau hier anrufen, nach dem Haus fragen, dann nur beruhigende Worte. Alles ist in Ordnung. Das andere ist schlimm genug. Und ich weiß: Dahinter steckt nichts weiter als ein gutaussehender Typ. Katrin hatte immer gutaussehende Typen, ihr erster war halb Franzose, halb Marokkaner, da war sie sechzehn. Ihr Held Franziskus könnte so ausgesehen haben, vor seiner Bekehrung. Kommen Sie voran mit der Arbeit? Renz tippte an das beschriebene Blatt, dann gab er Bühl die Hand und stand auch schon auf, Bleiben Sie sitzen. Aber hüten Sie unser Haus! Sein Schlusswort, im Weggehen.

UND Bühl, der kam voran, nicht schnell am Notebook, Zeile auf Zeile, nur stetig in der abendlichen Stille des Hauses, am Esstisch über Papier gebeugt. Seine Schrift eng, zwischen den Wörtern kaum eine Lücke, die Sätze glichen den Ameisenstraßen in den unteren Räumen. Gegen die Eindringlinge streute er Backpulver, wie es die Tulla, seine Kinderfrau, früher getan hatte, stets um ihn, wenn der Vater in Thailand war, Seide kaufte und sich herumtrieb und die Mutter ihre Kulturabende gab. Die Ameisen naschten von dem Pulver, quollen auf und zerplatzten, ihre Kadaver, ein schwarzbrauner Teppich, fegte er zusammen und warf sie nachts in den Hühnerpfuhl des unteren Nachbarn. Er schlief wenig und schwamm morgens im Pool, schnelle Runden im schon kühlen Wasser, eine Abhärtung, wie sie Franz in Bächen oder im Schnee gesucht hatte. Und in den ersten Tagen lebte er nur von Gartenfrüchten, Feigen, Äpfel, Brombeeren: ein Experiment, wie auch jede Stunde allein mit sich und dem, was er zu Papier brachte, als einen zweiten, unantastbaren Körper aus Worten, die aber erst richtig Sinn machten, wenn er sie sich abends selbst vorlas und seine Stimme das Haus erfüllte.

Franz läuft barfuß am See, eine Gestalt in grauer Schafwollkutte, grob vernähten Flicken, ohne Ärmel, ohne Kragen, eine Vogelscheuche, könnte man denken, würden nicht Spatzen heranflattern, sobald er die Arme ausbreitet. Sie lassen sich nieder und picken zwischen den Hautfalten, sie zwitschern, und er zwitschert zurück. Sein Haar und der Bart sind zerzaust, die Augen eingesunken, mager der Hals. Er ernährt sich von Fallobst und schläft in Ställen, an die Ziegen geschmiegt, er wäscht sich im See. Von San Damiano kommt er, dem Haus, das seine liebste Schwester leitet, und er will ins Trentin, seit Wochen ist er allein. Klara wollte nicht, daß er geht, am Ende vom frühen Winter der Berge umschlossen wird, sie hielt seine Hand, und er floh förmlich, er müsse zu den Brüdern im Trentin, ehe sie nach Augsburg wanderten, um dort zu wirken. Ave viator, Klaras letztes Wort an ihn. Er pflückt zwei Feigenblätter und legt sie sich auf die Augen, er hört ihre Stimme in sich, keine Frau kann so leise reden wie sie. Chiara intissima. Seine schlechten Augen nützen nichts in ihrer Nähe, nur taube Ohren. Ihr Flüstern in der Dunkelheit brennt noch in ihm. Vorher durfte allein Pica, die Mutter, im Dunkeln zu ihm reden, piccolino, poverino, Wörter, die wärmen. Ein Jahr Kerkerhaft in Perugia hat sie ihm weggeflüstert. Franz liegt auf dem glatten Fels vor Torri, die Oktobersonne trocknet seine Kutte. Es ist still, und er spürt sein Herz, wie es im Liegen schlägt, als er Schritte hört – ein Mädchen, barfüßig, auf Zehenspitzen, die junge Wäscherin mit dem Haar, das sie nie opfern würde. Sie bleibt stehen, und er fragt nach dem besten Platz für eine empfindliche Pflanze. An der Stadtmauer, sagt sie, ganz in der Nähe, der Stein dort auch nachts noch warm von der Tagessonne. Franz nimmt die Blätter von den Augen, und sie geht auf ihn zu, er zeigt ihr den Samen. Limone, sagt er, und sie spricht es nach. Ihre Stimme ist rau und doch nah am Gesang. In seinem Säckel sind auch Zitronenblüten, er zerreibt welche zwischen den Fingern und läßt sie daran riechen. Sie wirft den Kopf zurück und stößt einen verbotenen Laut aus. Gottes Werk, dein Seufzen, sagt Franz, nicht das meine! Und er läßt sie noch einmal riechen.

Bühl war in den Sätzen, wie andere unterwegs sind, fremde Länder erkunden, ein Vorstoß ins Unbekannte, nur mit dem Kompass oder Kompaß der gelernten Schreibweise. Und mitten bei der Arbeit das Telefon, Renz aus Chioggia: ob seine Frau sich gemeldet habe. Seine Frau, nein, warum. Warum? Weil Vila sich bei mir erst einmal gemeldet hat, auf der Mailbox, und ich sie auch nur so erreiche. Sie ist entschlossen, nach Havanna zu fliegen, vielleicht auch schon dort, ich weiß es nicht. Aber sie weiß, dass ich nicht in Frankfurt bin. Mach du deine berühmte kleine Arbeitsreise, ich mache meine: ihre Worte, was soll man da tun? Renz schien im Freien zu telefonieren, im Hintergrund Kinderrufe, Glockengeläut. Das, was man für richtig hält, sagte Bühl, eine Lehrerantwort; danach nur noch das Nötigste bis zum Auflegen.

WENN der lebenslange andere verstummt, nur noch als Stimme auf der Mailbox spricht – eine Konserve des Verschwindens, je öfter man die Nachricht abhört, desto mehr –, bleibt man mit der eigenen Stimme zurück, höchstens noch imstande, in ein kleines Gerät zu plappern (after the beep) oder sich damit zu trösten, jemanden an der Seite zu haben, der das absurde Reden gar nicht beachtet, weil er Besseres im Kopf hat, ein berufliches Projekt, ein paar Tage am Meer, frischen Fisch und frischen Wind, Letzteres eventuell auch privat.

Renz hatte seine Vermutungen, warum Marlies mit ihm in die Gegenrichtung von München gefahren war; sie hatte nur ein Essen und einen Arzttermin umlegen müssen, und seitdem sah er sie als Frau mit Blick für seine Möglichkeiten, auch der Möglichkeit, sich an ihn anzulehnen, weil dort Platz war, eine Leerstelle. Nach einem Essen weiter südlich am See waren sie erst nachmittags aufgebrochen, und hinter Ferrara, schon fast im Dunkeln auf einer Landstraße, auf einmal ihre Hand an seinem Arm. Wird das jetzt schwierig mit uns? Sie machte ihr Notebook an, wie um dagegenzuhalten, die neue Datei Am großen See, und er stellte sich vor, sie zu küssen – sein letzter erster Kuss lag ein paar Jahre zurück, in einem Taxi mit einer Schauspielerin, die er in seine Serie gehievt hatte: also mehr ein Dankeskuss, der nicht zählte. Renz fuhr langsam, obwohl alles frei war, eine gerade leere Straße, flaches Land, hin und wieder Gehöfte, verlassene Festungen mit Kapelle, und die wenigen Ortschaften wie ausgestorben. Vor den kleinen Bars die Rollgitter, darüber Leuchtschriften, bleich wie der Mond, Totocalcio, Segafredo. Draußen war es kalt und im Wagen so warm, dass

Marlies oder die Mattrainer – Renz schwankte innerlich noch – in einem T-Shirt von American Apparel dasaß, das Emblem bekannt; er zog seine Vorabendheldinnen in den Büchern an, nicht aus. Die Straße wurde schmaler, jetzt ohne Bäume an den Seiten, nur manchmal eine Palme inmitten einer Rotunde an einsamer Kreuzung. Wir sind bald da, du wirst es mögen, sagte er, ein erstes Du, und sie schien sich dem anzuvertrauen, rauchte, schloss die Augen. Chioggia mit seinen Kanälen war Anfang Oktober leer, vielleicht wären sie die einzigen Gäste in einem Speisesaal, Wein und Fisch in modriger Luft. Er bremste vor einem der Kreisel. Fast die Hälfte des Lebens war er jetzt mit ein und demselben Menschen zusammen und würde bald ein Enkelkind haben, immer noch seine Hoffnung: Das waren die Fakten, die er aussprach, um ehrlich zu sein, einen ehrlichen Anfang zu machen, und seine Begleiterin legte ihm einen Finger auf den Mund, damit Schluss ist mit Fakten, eine Geste, die nicht zu dem Nur-etwas-Kennen passte. Bisher hätte er immerhin ihre Vita aufsagen können. Sie hatte in München studiert, eine Quereinsteigerin vom Theater zum Fernsehen, erst Redakteurin, Abteilung Film, später Produktionsleitung, treibende Kraft bei zwei Familienserien, schließlich selbstständig nach einer Trennung, keine Kinder. Was wusste er noch? Sie ging gern gut essen und hatte Freundinnen noch aus der Schulzeit, die brachten dann Bekannte mit, Assistenzärzte, junge Anwälte, Fotografen, gelegentlich landete wohl einer bei ihr. Und sie schaute gern alte Serien, etwa die mit Lee Marvin als Chicagoer Kommissar mit Voice-over-Szenen, die hatte sie als Kind mit ihrem Vater gesehen, Marvins Stimme war für sie wie sein Gesicht, rau und weich. Seitdem wählte sie Männer danach aus, und der raue Anteil nahm angeblich zu. Im Grunde wusste er eine ganze Menge.

Aber in Chioggia dann zwei Zimmer mit Verbindungstür, ein altes Hotel, der Speisesaal tatsächlich modrig, dafür ein tiefer Schlaf in der Lagunenluft, wie betäubt von ihrem Moder. Und am anderen Tag die Suche nach dem Meer hinter schier endlosem Schlick und Nebel, ein langer Gang auf weichem Grund; später in einer Caffè-Bar noch einmal sein Pathologinnen-Skript, das Ausdenken immer raffinierterer Tötungsarten, damit die schöne Pathologin glänzte. Und beim Abendessen das neue Projekt, die Seearztserie, Marlies wieder mit Ideen zu Ideen, die dem Ganzen auf die Sprünge helfen sollten, zwischendurch ihr Rauchen im Freien, immer von ihm begleitet, sie beide auf einer kleinen Brücke, nicht ganz Schulter an Schulter. Zuletzt auch noch ein Nachtgespräch über Filme, kluge und dumme, halb Verhör, halb Flirt. Und erst am Abreisemorgen – gegen die Zimmerfenster tickender Regen –, als sie in der offenen Verbindungstür plötzlich voreinander standen, er schon fertig angezogen, sie mit noch bloßen hellen Beinen, vom Hotelbademantel nur nachlässig verhüllt, das Überwältigende eines Augenblicks. Renz schloss ihr den Mantel, nahm aber seine Hand nicht weg, und von Marlies mehr als nur Stillhalten, ein stilles Gutheißen, einer jener Momente – der Griff von hinten um eine Schulter, das Schließen eines Knopfes, der nicht der eigene ist –, die über ganze Strecken des Lebens entscheiden. Eben war alles noch offen, ein Spiel, und jetzt zieht sich schon eine Schlinge zusammen. Die fremde Schulter bleibt ruhig, ja kommt der fremden Hand mit ihrer Ruhe entgegen (schwer zu sagen, wie: die versteckte Grammatik solcher Momente), und den Knopf oder Bademantel des anderen zu schließen fügt sich in etwas, für das es noch keine Worte gibt. Die Anfänge von Liebesgeschichten liegen vor den Geschichten, in einem pantomimischen Raum; Marlies sah auf Renz' Hand, die ihr den Bademantel zuhielt, die kleine Nachlässigkeit behoben hatte, ohne sie aus der Welt zu schaffen, ein Blick an sich herunter wie auf einen frischen Fleck – schlimm oder nicht schlimm? Und auf einmal legte sie ihre Hände um seine Hand, die Art Bewegung, bei der man nichts weiter als zusehen kann, was ist nur in meine Hände gefahren? Liebende entscheiden sich nicht, sie sind entschieden – es war ein entschiedener Druck auf Renz' Hand, gegen den Schwung eines Schenkels unter dem Bademantel und auch zwischen den nur lose zusammengehaltenen Hälften. Drei Hände waren jetzt beschäftigt, eine Hand war noch frei, Renz legte sie mit den Knöcheln an Marlies' Schläfe, und sie drückte dagegen: Seit Jahren hatte keine Frau mehr so deutlich ja zu ihm gesagt, ja, ich will, aber gib mir noch Zeit, lass uns erst eine Geschichte anfangen, auch wenn wir nicht wissen, wohin sie führt.

Und dann nahm sie ihre Hände zurück, und er ließ den Bademantel los, der Abbruch der Situation, das Ganze nur eine Sekundensache, keine zehn Herzschläge zwischen Vorsicht und Leichtsinn. Marlies machte kehrt, sie schloss die Verbindungstür hinter sich, Renz ging schon nach unten. Und beim Frühstück von ihm der Vorschlag, trotz Regen nach Lucca zu fahren, für eine Nacht, dann vielleicht weiter nach Assisi: eine Idee wie das unerbittliche Wirken von Gift.

*

III

REGEN in ganz Norditalien, tagelang. Über Torri und dem See ein Schütten aus hängenden Wolken, Bühl sah kaum den Kirchturm vom Haus aus. Aber er nutzte weiter den Pool, ein Pensum zwischen welken Blättern vor seiner Arbeit am Esstisch. Nachmittags dann Gänge durch den Olivenhang, alte, nasse Wege zwischen geschichteten Steinen, viele Käfer, viele Vögel, einmal ein großer Lurch. Und abends im Haus sein Achten auf jedes Geräusch, das Knacken im Holz, ein Fliegensummen, den eigenen Atem. Er war allein, wie andere zu zweit sind, allein mit sich, bis Mitte der ersten Woche, tief in der Nacht, er hatte schon geschlafen, als im Wohnraum das Telefon ging.

Vila. Knapp ihr Name, dann Stille in Erwartung einer Antwort. Wie spät ist es bei Ihnen, fragte Bühl; er suchte einen Lichtschalter, auf dem Telefontischchen am Sofa stand eine Lampe, ohne Schalter. Die Lampe beim Telefon, wie geht die an? Er stieß sie fast um, und vom anderen Ende die Anweisung, am Kabel zu ziehen: Der Schalter liegt hinter dem Sofa. Und hier wird es jetzt dunkel. Kommen Sie zurecht? Vilas Stimme klang nah, nur gestört durch ein Donnern. Er zog an dem Kabel, der Schalter war mit Klebeband umwickelt, aber das Licht ging an. Und das Wetter in Florida? Bühl rückte die Tischlampe wieder gerade. Wo sind Sie im Moment?

Nicht dort, wo Sie denken. Ich bin in Montego Bay, Jamaika, in einem alten Hotel, es heißt Casablanca wie der unverwüstliche Film. Können Sie mich verstehen? Hier kracht die Brandung, das Hotel liegt auf einer Klippe. Vor Jahren war ich schon einmal hier, mit meinem Mann und unserer Tochter, für eine Nacht, wir waren die einzigen Gäste. Abends gehörte uns der ganze alte Ballsaal mit Fotografien von Errol Flynn und Duke Ellington, die hatten sich dort amüsiert, und Renz sang When my baby smiles at me und tanzte mit mir, während Katrin in einem fort Tagebuch schrieb. Wollen Sie wissen, warum ich mitten in der Nacht bei Ihnen anrufe?

Ich muss es nicht wissen, sagte Bühl, und Vilas geschulte Stimme drang jetzt durch das Anrollen und Brechen der Wellen. Unsere Tochter ist in Havanna, Katrin und ihr Freund wollen kein Kind, darum rufe ich an. Mit meinem Mann kann ich darüber nicht reden, er ist mit seiner Producerin beschäftigt, oder nicht? Ich rufe auch als beunruhigte Frau an. Und als jemand, der noch nie in Havanna war. Darum bin ich ja hier in Montego, weil man von den USA nicht direkt nach Kuba kommt, aber das wissen Sie bestimmt. Und Katrins Freund ist Kubaner, mit einflussreichem Onkel, wohl der bedeutendste Dichter Kubas, ein alter Genosse von Castro. Ich bin mit unserer Botschaft dort in Kontakt, die können nichts tun, aber haben mir einen Deutschen in Havanna empfohlen. Ich bin auch mit meinem Mann in Kontakt, er würde kommen, wenn ich ihn bitte, nur kann er noch weniger tun. Und wie gesagt: Er ist mit seiner Producerin beschäftigt, auf kleiner Arbeitsreise. Er hat sich vertan, denke ich. Sind Sie noch da?

Bühl ging mit dem Telefon zum Kühlschrank. Ja, warum fragen Sie? Er nahm sich ein Bier, und in der Pause zwischen zwei Wellen ein Lachen von Vila – wie eine seiner Schülerinnen, Elli Weiler, wenn er sie beim Abschreiben erwischt hatte. Warum? Ich will nicht ins Leere reden. Meine Tochter ist in Havanna, um ihr Kind loszuwerden. Sie hat mir auf die Mailbox gesprochen, wie leid es ihr tue, wie leid, und dass ich mir keine Sorgen machen müsse, nur ist ihr Telefon immer ausgeschaltet, da macht man sich Sorgen. Und ist bei Ihnen alles in Ordnung, haben Sie es warm im Haus?

Tagsüber oder nachts? Im Hörer jetzt das Zuschnappen einer Tür, und das Anbranden wurde leiser, als sei Vila von einem Balkon in ihr Zimmer gegangen. Das heißt, Sie frieren nachts? Eine Besorgnis aus der Ferne, und er verneinte jedes Frieren und sagte, alles sei bestens. Und warum interviewen Sie nicht diesen berühmten Dichteronkel für Ihre Sendung? Dann könnten Sie die Havannareise sogar steuerlich absetzen! Bühl ging ins Bad und machte die Lampen über dem Spiegel an, das Telefon am Ohr. Seit Tagen hatte er sich nicht mehr richtig gesehen, seinen schmalen Kopf mit leicht hohlen Schläfen, das fast noch dunkle Haar, das vorn zu den Falten über der Nase fiel. Er zog mit einer Hand sein Hemd aus: im Spiegel eine hagere Gestalt, bis auf die Schultern, wie gepolstert vom Schwimmen, schon mit zwölf im Bodensee weite Strecken. Hören Sie, Kristian – ganz überraschend der Name, mit dem er selbst nicht viel anfangen konnte –, Ihre Idee ist gut, ich müsste nur irgendeine Kamera und ein Mikro am Flughafen kaufen. Wo sind Sie jetzt im Haus?

Wo ich bin? Bühl löschte das Licht im Bad und lief in den Vorratsraum, nach Vilas Liste die Cantina, darin der Brenner für die Heizung und die Waschmaschine. Vor Ihrer Heizung. Sagen Sie mir, wie die angeht? Er klopfte gegen den Kessel, und schon kam eine Erklärung. Unten rechts am Heizofen ist ein roter Knopf, den drücken Sie, dann springt der Brenner an. Aber vorher den Hauptschalter auf Winterbetrieb stellen, der Pfeil muss auf die kleine Schneeflocke zeigen – sehen Sie die Schneeflocke? Sie ließ ihm etwas Zeit, und er stellte den Schalter auf die Schneeflocke und drückte den roten Knopf, hinter einem Bullauge glühte es hellorangen auf. Es funktioniert, rief er, und vom anderen Ende Lob, viele seien schon gescheitert daran. Jetzt nur noch den Wasserdruck regulieren, links neben dem Brenner ist eine Anzeige, der Zeiger muss sich bei eins fünf einpendeln. Unter der Uhr ist ein Flügelschräubchen, das drehen Sie sachte auf, bis sich der Druck erhöht, ja nicht zu weit. Sehen Sie das Schräubchen? Man braucht Gefühl, zwei Finger reichen. Morgen bin ich in Havanna, die Stadt soll chaotisch sein, ich nehme nicht an, dass Sie schon dort waren. Glüht es noch hinter dem Fenster? Bühl ging in die Knie. Ja, es glüht. Gut. Und es dauert einen Tag, bis es warm wird. Holen Sie sich von meinem Bett noch eine Decke. Können Sie jetzt schlafen? Ich habe Sie geweckt, nicht wahr? Und hier fängt erst der Abend an. Vielleicht melde ich mich noch einmal.

Wann, fragte Bühl, ein Wort, das sich Luft machte, so, als sei ein Flügelschräubchen in ihm zu weit aufgedreht.

DAS eine, kleine Wort, das etwas besiegelt, so unbemerkt wie der stille Beginn einer Krankheit: Danke hatte Renz in der einen Nacht von Lucca gesagt, ein Wort in völliger Dunkelheit, ihr Hotel im verwirrend runden Kern der alten Stadt, das Zimmer wie eingekeilt von Gemäuern, ein Verlies mit zwei Geretteten. Renz hatte sich nicht *vertan*, er hatte sich verliebt. Aber erst am anderen Tag, auf der Fahrt Richtung Assisi, als sie am Trasimenischen See haltmachten, im Freien etwas tranken, traf es ihn mit der Schärfe, die er schon vergessen hatte – Verliebtsein, beglückendes Schwert quer durch einen selbst, Wunde und Heilung ein und dasselbe. Ein Sitzen auf Plastikstühlen vor einem Schilffeld, dahinter der flache olivgrüne See, seine Inseln eine Art Fata Morgana in der Nachmittagsonne. Renz hielt Marlies' Zigaretten, sie spielte mit seiner Sonnenbrille, ein Auf- und Absetzen, und dann probierte sie den Namen, der für Vila nicht existierte: Bernhard, wo bleibt die Arbeitsreise? Ihr Mund ging in die Breite, links und rechts eine Sichel, gerade noch Mädchenwangen, sie nahm sich von den Zigaretten. Fahren wir weiter, sagte Renz. Wolltest du keine Kinder? Er gab ihr Feuer, und sie erwähnte eine Abtreibung, zu der Zeit ihr Wille. Sie sprach noch im Auto davon, eine Geschichte, die nicht besser wurde durch das Erzählen; sie rauchte, und für einen Moment sah es aus, als würde sie weinen unter den japanischen Lidern. Auch nach seinem Danke hatte er diesen Eindruck gehabt, trotz Dunkelheit – ein Dank für das unglaublichste Einvernehmliche zwischen zwei Menschen, beim ersten Mal noch kaum zu begreifen, noch kaum in Worte zu fassen, wie viel darüber auch geredet wird oder wie oft man es in Filmen sieht.

Und auf einmal Assisi, wuchtig am Berg, wie ein geordneter Steinbruch: War das elf oder zwölf Jahre her, dass er mit Vila durch die Gassen fuhr, einen Weg zum Hotel San Francesco suchte, hinten der Hund, ein geduldiges Bündel? Renz kam es vor, als läge zwischen damals und jetzt das Gewicht seines Lebens. Sie waren noch jung in ihren ersten Assisi-Tagen, und dann hatte er Kasper von der Leine gelassen, als sie über den Platz vor der Basilika gingen, und die Katze übersehen, die auf einer der Steinbänke in dem Kreuzgang saß. Damals wollte er für eine Priesterserie recherchieren, und nun suchte er im eigenen Leben herum, nach den Tagen, den Nächten vor dem Unglück, nach Stunden auf der kleinen Dachterrasse des Hotels, Vila und er unter Sternen wie an den Himmel genagelt, oder mittags am Zimmerfenster, als ein Sturzregen niederging und sich die Tagesbesucher unter Schirmen und Pelerinen vor den Basilikamauern drängten, während er Vila von hinten nahm, den Kopf halb neben ihrem, sie beide unschuldig aus dem Fenster sahen; danach das Beieinanderliegen, nichts als atmend, seine Hand in den Mäandern eines satten Schoßes, eine der Stunden, die ihm ein ganzes Wort erschlossen hatten, Zufriedenheit. Renz fuhr Schritt, eine steile Gasse an der Rasenfläche vor der Basilika, und dann tauchte das Hotel auf, quer über die Front der Name, über dem letzten Buchstaben das Fenster von damals, die Läden geschlossen. Er hielt auf dem Vorplatz neben Andenkenbuden, Pilger und Nonnen wichen zur Seite – der große schwarze Wagen, auch ein monströser, zu Boden gefallener Priester. Renz ließ den Motor im Leerlauf; man durfte hier nur halten, um Gepäck auszuladen, dann musste man weiter zu einem entfernten Parkplatz, und natürlich hatten sie vor elf, zwölf Jahren – eher zwölf – sofort gestritten, sich angeschrien, alles war zu viel, die lange Fahrt, die Hotelsuche, der Hund, die Hitze. Er hatte dann eins nach dem anderen geregelt, sogar eine kleine Wiese für Kasper gefunden, und als er schließlich ins Zimmer kam, lag Vila nackt auf dem Bett, das Haar noch nass vom Duschen. Sie sagte kein Wort, sie rückte nur, und er begriff zuerst gar nicht, wie sehr sie ihn wollte nach seinem Weg durch das Chaos – wer ist schon gefasst auf die guten Momente im Leben, man rechnet mit dem Schlimmsten, nicht mit dem Besten, allenfalls noch mit dem Glück. Nur hatte es nichts mit Glück oder Fügung zu tun gehabt, als Vila seinen Kopf umarmte und ihr eines Bein anzog; es war einfach nur das Beste, das am Beginn ihrer Assisi-Tage passieren konnte. Geh schon mit den Sachen hinein, sagte er zu seiner Mitfahrerin in die Gegenrichtung von München, ich parke noch und komme dann.

Und Marlies Mattrainer stieg aus, in Leggins und einem Pullover, beides grau in grau, wie die weichbeflügelten Falter der Nacht, die morgens manchmal schon tot sind. Sie nahm das ganze Gepäck, ihre Sachen, Renz' Sachen und um die Schultern je eine Notebooktasche. Es ist vorbestellt, hörte sie ihn noch rufen, als der Wagen schon anfuhr, also nannte sie an der Rezeption seinen Namen. Sie sprach Englisch, und der Mann am Empfang mischte die Sprachen, Your passaporte, please per favore, sagte er und schrieb dann ihren Namen ab, den Geburtsort, die Ausweisnummer, das Ausstellungsdatum, ein stummes, zeitlupenhaftes Tun. Als es erledigt war, steckte sie den Pass wieder ein und trat vor den Eingang. Sie wollte rauchen und sich die Füße vertreten, nur wurde die Gasse zur Oberstadt neu gemacht, bis auf einen Pfad aus den noch alten Steinen war alles aufgewühlt, Rohre und Leitungen lagen offen wie Adern und Knochen der Stadt, dazwischen blanker Fels, und sie ging ein Stück auf dem Pfad bergan, die Hand mit der Zigarette am Mund, ein Bild der Abwesenheit, und im ganzen Gesicht – von nahem gesehen, wenn man sich auf dem Pfad an ihr vorbeigeschoben hätte – winzige Schweißperlen noch vom Tragen des Gepäcks, aber auch schon vom Anstieg, der ihr die Luft nahm (und wohl auch einer Angst, wie sie alle Liebenden haben, vor der Trauer, die auf sie zukommt; jemand müsste ihr also sagen: Hab keine Angst, du *hast* ihn schon verloren, nur wer). Sie ging weiter, bis die Zigarette geraucht war, dann machte sie langsam kehrt.

Eine Frau allein auf der Straße, rauchend, immer ein Bild der Abwesenheit: des anderen, welcher Abwesenheit sonst – seit der Vertreibung aus dem Paradies nichts Neues. Adam und Eva hatten einander in Unschuld geliebt, also gar nicht, bis die Schlange kam. Vorher gab es keine Abwesenheit, wenn einer von beiden allein durch den Garten Eden zog; ohne Nähe auch keine Ferne. Erst mit dem Sündenfall wuchs das andere im anderen, das Gefühl von Abwesenheit war geboren, der Beginn von Sehnsucht und Liebeswahn, der sich auf jeden richten kann, der nur andeutet, dass er bereit wäre, an dem Wahn teilzunehmen, um ihn gemeinsam aufzulösen. Ein kleines Wann?, wann man wieder anrufe, reicht schon.

Vila trug dieses Wort mit sich herum wie das erste Ichmagdich, das ihr ein Junge geschrieben hatte, noch auf Papier mit Füller, ein Gruß zu ihrem vierzehnten Geburtstag nach den Sommerferien, und seitdem wusste sie, dass dieser achtundzwanzigste August – später nur noch in Torri gefeiert, jedes Jahr an einem langen Tisch unter dem Eckbalkon des Hotels Gardesana – ein Datum der Extraklasse war: ihr goethesches Datum, wie Renz gern sagte. Und der Geständnisgruß mit Füller, Jahrzehnte her, war durch Bühls Wort wieder Gegenwart, was nicht hieß, dass sie sich vorkam wie mit vierzehn, aber auch nicht zweiundfünfzigjährig; sie kam sich etwa so alt vor wie der Mann, mit dem sie telefoniert hatte, als es bei ihr früher Abend war und bei ihm tiefe Nacht.

Beim ersten Mal wollte sie nur überhaupt mit ihm reden, seine Stimme hören, auch sein Erstaunen über ihren Anruf (oder was sonst noch mitspielte – es gibt keine Worte für die Geschichten vor der Geschichte), aber Bühl klang gar nicht erstaunt, er klang ruhig, fast sachlich, wie von Anfang an. Eigentlich hatte sie ihn vor seinem Auftauchen in Torri ja auch schon etwas gekannt, durch die Stunde im Café Dulce, durch das Interview im Park, die Ruhe bei der Vorbereitung, Maske, Ton, Licht, die Ruhe bei den Antworten, immer mit Blick zu ihr, nie in die Kamera. Nur was hieß das, jemanden etwas kennen: dass man zusammen verreisen konnte, wie Renz es tat? Für sie hieß es höchstens, dass man anrufen durfte – das zweite Mal schon am nächsten Abend. Und?, sagte sie. Was geschieht bei Ihnen gerade, stör ich? Er war beim Schneiden einer Zwiebel, das geschah, und es setzte ihre Phantasie in Gang, was er wohl kochte, ob er wohl weinte, ja, wie er seine Abende außer mit Kochen herumbrachte – Leute wie Sie sind mir ein Rätsel! Und von ihm nur ein knappes So?, nicht etwa ein Aha oder Warum lösen Sie's nicht? Dann kurzes Schweigen, das Messergeräusch, er schnitt einfach weiter die Zwiebel, bis zur nächsten Frage. Sagen Sie, mögen Sie Tiere, Kristian?, ein Name, den sie nur mit Disziplin an das Sie knüpfen konnte, doch es blieb während des ganzen Gesprächs dabei; das Ende erst, als er die Zwiebelstückchen für ein Omelett mit frischen Pfifferlingen anbriet.

Dann guten Appetit, Kristian, und holen Sie sich einen Wein von oben!, ein intimer Zuruf, aber kurz nach dem Auflegen – schon in Havanna, davon hatte sie kein Wort gesagt – war er für sie wieder Bühl, der neue Mieter, so wie Renz für sie Renz war, der ewige Mann.

Und beim dritten Anruf wollte sie noch etwas mehr, das leicht Benommene in seiner Stimme, wenn es schon kein Erstaunen war, die Spur von Schläfrigkeit, als sie wieder spät in der Nacht, Torri-Zeit, ihren Namen nannte. Sie stand am Malecón, der langen Promenade von Havanna, auf der einen Seite das Meer, auf der anderen leere Kontore, leere Hotels, die Fenster vernagelt, die Säulen der Vordächer von Salpeter zerfressen. Eine tote Kulisse, das Leben nur auf der Kaimauer, gegen Abend saß dort Pärchen an Pärchen, die Frauen kreischend, wenn ein Brecher die Mauer traf, die Gischt nach oben schoss, oft bis über die Straße. Sie hielt das Telefon in den Wind und stieß selbst einen Laut aus, als das Wasser kam, und Bühl erkannte den Laut zwischen dem Kreischen der anderen: Das waren Sie, Vila, rief er ihr aus dem oktoberkalten nächtlichen Oberitalien zu, und sie erzählte ihm, wo sie war, wo sie stand und alles, was um sie herum passierte, bis zum Versinken der Sonne. Wie ein roter Ball, sagte sie. Und wenn wir hier wirklich drehen, wenn ich den Beitrag über diesen Dichtervolkshelden mache, muss am Ende so ein Sonnenuntergang kommen, sonst krieg ich das nie ins Programm. Können Sie mich verstehen? Sie ging ein Stück weg von den kreischenden Pärchen, und offenbar verstand Bühl jedes Wort. Wer ist wir, fragte er, mit wem drehen Sie, mit Ihrer Tochter? Haben Sie Katrin schon gefunden? Drei Fragen auf einmal und nur die erste interessant, obwohl ihr die anderen viel näher sein müssten, waren sie aber nicht, nicht im Moment. Wir, das bin ich, sagte sie. Er sei denn, Sie kämen hierher – eine Wahnsinnsstadt! Den Ausruf warf sie ihren Worten noch nach, nur änderte er nichts

mehr daran, sie hätte jetzt höchstens noch *ein Witz* rufen können, hören Sie, Kristian, das war ein Witz, aber es waren ihre
Worte in der Worte ganzer Bedeutung, der Wunsch, dass er
sich ins Flugzeug setzen sollte, möglichst bald – eben noch un-
geboren in ihr, jetzt in der Welt. Und sie sprach schnell von
etwas anderem, das hätte jede getan, jede mit gesundem Frauen-
verstand, sie sprach von der Heizung im Haus, schwer zu regulieren, wenn es mittags noch warm werde. Vielleicht arbeiten
Sie dann besser im oberen Stock, Sie können gern an meinen
Schreibtisch! Ein Angebot, auf das der Mieter gar nicht einging. Und Havanna, sagte er, wie darf man sich das vorstellen,
voller Musik, voller Provisorien, als blühenden Verfall? Noch
ein paar Worte mehr von Ihnen, und ich komme.

Was für Worte? Vila wollte jetzt über die Uferstraße, unter
eins der Vordächer auf der anderen Seite, mit Telefon am Ohr
suchte sie in dem Hin und Her von alten Autos wie riesige
Badewannen eine Lücke, um dann zu rennen. Sagen Sie mir,
was ich sagen soll, rief sie in einem Hupkonzert bei ihrem Zick-
zacklauf über den Malecón. Gar nichts mehr sagen geht auch:
Bühls Antwort, als sie endlich zwischen Salzwasserlachen und
mageren Hunden an einer der Säulen stand. Sie sagen einfach
nichts mehr, und mit einem Mal bin ich da.

Was heißt, Sie sind da? Schlagartig, wie bei einer unverhofften Umarmung, verteilte sich ihr Blut neu, vom Kopf in die
Beine, sie ging um die Hunde herum, drei, vier, fünf, und kam
in einen Schwall von Gischt nach einem Brecher über die Straße,
in Sekunden nass bis auf die Haut, ein Rausch in jeder Pore –
sie war vierzig, alles andere war falsch, die Hormone, die Zäpfchen, die Ratschläge, wie das Lieben noch gehen konnte, ohne
wund zu werden. Und auf einmal das Bild, dass Renz sie so
sehen könnte, mit dem Rücken an der Säule, triefendes Haar,
das Telefon an ihrer nassen Wange; nur wer in der Leitung war,
könnte er nicht sehen. Sind Sie noch dran? Ihre alte Frage, die

Antwort ein gesummtes Ja, schwerwiegender als jedes gesprochene, und sie, nach einer Pause: Gut, meinetwegen – sind wir verrückt? Fast ein Stück Resignation, wenn es sich nicht vermeiden lässt, bitte, aber dabei schon die Vermutung von Verrücktheit, die alles entschuldigen kann. Franz von Assisi war auch verrückt, rief ihr Bühl durch den Äther oder ein ozeanisches Kabel zu, den Kopf hat er trotzdem behalten. Wissen Sie, dass ich einen Böcklin geerbt habe? Ich konnte ihn über eine Auktion verkaufen, er hat kein Vermögen gebracht, nur genug, dass ich First Class fliegen könnte, da gibt es immer Plätze. Alitalia fliegt doch von Mailand nach Havanna, was meinen Sie? Er spielte den Ball oder Versuchsballon zurück, und Vila bat ihn förmlich aufzulegen, Schluss zu machen, nachzudenken. Ein Break, rief sie, etwas Besseres fiel ihr nicht ein, wir sprechen uns dann wieder – ihr letzter Satz, als er schon aus der Leitung war.

Sie wrang sich das Haar aus und ging weiter, ohne Angst, ihr könnte in der Dunkelheit etwas zustoßen: die erste Beruhigung durch den deutschen Havanna-Scout, der sich am Nachmittag in der Hotelhalle vorgestellt hatte, ein gebildeter Trinker. Sie bog in eine Seitenstraße, ungepflastert, die Häuser fast lichtlos, und versuchte, sich Bühls Gesicht vorzustellen, was kaum gelang, wie es auch kaum gelang, sich während eines Frankfurter Winters ihren See in der Juliglut vorzustellen, sie und Renz in seiner Mitte auf dem Boot, die paar besten Stunden im Jahr. Am Morgen kam eine SMS von ihm: Wenn du mich brauchst, breche ich alles hier ab, wo bist du? renz. Und ihre Antwort: Tu, was du musst, vila, vier bewegliche Worte, ein stabiles. Sie brauchte Renz nicht, nicht seine Nähe; er trug sie ohnehin mit sich herum, beim Gang durch eine Stadt, beim Bestaunen einer Kirche, überall, sie war sein geheimer Reichtum, auch in jedem Bett. Es begann zu regnen, Tropfen platzten in den Staub, und sie lief den zunehmenden Lichtern entgegen, sicherster Weg zum Hotel: zweite Lektion ihres trinkenden Kenners der Verhältnisse, angeblich Gründer eines deutschen Kulturinstituts in Havanna, des Instituto Fichte – nach dem Philosophen einer Vernunft, die weder ihr noch Katrin im Augenblick helfen könnte. Irgendwo in dieser Stadt war ihre Tochter im vierten Monat, offenbar verzweifelt entschlossen, das Zuviele im Bauch mit allen Mitteln loszuwerden, so wie sie entschlossen war, das Zuviele, das gerade in ihr am Entstehen war, zu behalten.

Sie wohnte im Plaza am Parque Central, ein Haus aus den dreißiger Jahren, zehn Stockwerke und eine Dachterrasse mit Blick bis zum Meer. Noch nass von Gischt und Regen ließ sie sich auf eines der Sofas in der Halle fallen, ein Platz zwischen hohen Säulen und Pflanzen, in einem Licht wie in einem Aquarium. Neben einer Bar ohne Barmann, einer langen leeren Theke, spielten zwei Männer Gitarre und ein dritter mit Rassel sang, ein Ständchen für ein japanisches Paar, dem nichts anderes einfiel, als Fotos zu machen, alles in allem das Gegenteil einer unvergesslichen Nummer wie der von Renz in dem windigen Ballsaal. Er fing auf einmal an zu singen, vor ihr stehend, sie in einem der Korbstühle, zum Schein gelangweilt, während sich Katrin ins Tagebuch gräbt, ahnt, was gleich kommt. Tanzen wir, sagt er vor dem Refrain, und sie steht gleitend auf, schon liegt ihre Hand in seiner, er dreht sie um die Achse, When my baby smiles at me, ein Song für seine Frau und die Leute auf den Fotos, schlaksige Schwarze im Smoking, die es sich leisten konnten, nach Jamaika zu fahren, um Billie Holiday zu hören, Boxer, Musiker, Gangster. Renz trifft jeden Ton, eine Hand unter ihrer Achsel, ein genialer Laie, der den Saal noch einmal mit Leben füllt, ja überhaupt Leben in etwas pumpt, das nur als Idee existiert. Entertainer hätte er werden sollen, kein Filmkritiker und später notgedrungener Fernsehschreiber. Katrin hat an dem Abend mitgetrunken, sie fällt ins Bett und schläft auch gleich, ein Zusatzbett in dem Zimmer über der Klippe, und Renz und sie, immer noch Arm in Arm nach dem Tanz, decken ihre Tochter zu und gehen auf den Balkon. Sie schließen die von Salzluft gebleichten Läden, und schon packt jeder den anderen, ein hastiges Greifen, und sie tun es im Lärm der Brandung. Wie breite Schatten rollen die Wellen heran, türmen sich schäumend und treffen unter dem Balkon den Fels, dass ein Zittern durch die Holzbrüstung geht, danach ihr Zurückrollen, das Klickern der mitgerissenen Kiesel. Und inmitten des Lärms hell ein Name – sein Name, den sie sonst kaum in den Mund nahm: in dem Moment das einzig mögliche, einzig gute Wort.

Zwei in grauen Anzügen, die Gesichter afrikanisch, kamen zum wiederholten Mal an ihr vorbei, sie gehörten zum Hotel: Security, hatte der Havanna-Kenner gesagt, sei nur ein besserer Ausdruck für Geheimdienst; er hieß Karl Spiegelhalter und ließ sich gern mit Carlos anreden. Vila zog ihr Telefon aus der nassen Tasche. Es war auch nass, aber funktionierte, und sie wählte noch einmal die lange Nummer vom Haus.

TELEFONE, ob smart oder häuslich, sind Objekte des Wartens und der Erlösung, durch ein paar Buchstaben oder gleich eine Stimme – noch vor dem Lieben kommt das Warten, wie der Schüttelfrost vor dem Fieber; wer wissen will, ob er Gefahr läuft, sich zu verlieren, muss sich fragen, ob er schon wartet, nachts etwa wach liegt, das Telefon am Bett (und am liebsten nur skypen würde, als dauerhafte Erlösung vom Warten).

In Torri war es drei Uhr früh, als Bühl nach dem ersten Klingeln das Licht anmachte und nach einem weiteren schon die Verbindungstaste drückte, dann von seiner Seite ein kurzes, fragendes Ja, und nach sekundenlanger Stille, vielleicht auch nur zwei Herzschlägen, ein schnelles Hallo wie geht's?, Worte, um irgendwie weiterzukommen oder nicht abzurutschen in ein Meer aus Stille, als sei es schon das Ende von allem und kein Anfang. Gut, sagte Bühl und fiel der Anruferin damit ins Wort. Ich habe nachgedacht – Vilas Worte jetzt langsam, gesetzt –, selbst ein vollbezahlter Flug ist sehr teuer. Und Sie haben keine Arbeit mehr, auch durch mich. Ich weiß nicht, was dieser Böcklin gebracht hat, aber Sie sollten das Geld zusammenhalten. Und das Hotel hier ist auch nicht billig. Ich sitze in der Halle, und drei Typen mit Sombreros und Gitarren ziehen hier umher und singen. Können Sie es hören?

Wieder kurze Stille, und dann hörte er den Gesang, deutlich sogar, ein Lied, das an seine Mutter erinnerte, an ihre wehenden Gewänder, ihren Lippenstift. Ja, sagte er, Guantanamera. Und Geld soll man ausgeben. Haben Sie schon Verbindung zu Ihrer Tochter, haben Sie Unterstützung? Er ging jetzt auf und ab, vom Gästezimmer ins Bad und wieder zurück – Unterstützung: ein Wort, das er sonst nie gebrauchte. Kann ich irgendetwas tun, fragte er noch und wollte schon seine Gelddinge ganz offenlegen, aber erzählte dann nur von dem Böcklin, Mondscheinlandschaft mit Ruinen, unter Kriegsumständen in die Soldatenhände seines Großvaters gelangt, der auch schon mit Tuch gehandelt hatte, und in Schweizer Privatbesitz mit demselben Titel eine Fälschung: Ergebnis einer Provenienzprüfung durch das Auktionshaus. Ach so, wie schön für Sie, kam es aus der fernen Hotelhalle, und dann die Bitte um eine Beschreibung des Bildes, alle Details, und er sprach über die Linien und Farben und feinen Striche der Ruinen, als spräche er von Menschen im Mondlicht. Zwei Ruinen, sagte er, und so gemalt, als hätte es nie zwei Nichtruinen gegeben. Wie warm ist es in Havanna? Bühl machte die Tür zur Terrasse auf und trat in die feuchte Kälte, er ging um den Pool. Das kann man kaum beschreiben, das erlebt man am besten selbst! Eine verzögerte Antwort und an sich schon so warm, dass man nichts mehr sagen musste, es auch gar nichts mehr gab, höchstens noch Unsinn. Ich bin müde, erklärte er, obwohl er hellwach war, und von der anderen Seite ein Dann schlaf jetzt! Danach schon ein Geräusch wie das Zerbrechen der Leitung und eine Stille, in der das halbe Du als kleine Vogelfeder auf die Kacheln zu taumeln schien. Bühl zog sich an und suchte nach Ameisenstraßen, ein Gerücke an Tischen und Stühlen gegen die Stille, aber es gab keine Ameisen mehr, sie waren besiegt, es gab nur noch das nächtliche Haus. Unter dem Telefontischchen aber ein Stapel CDs, die meisten mit eigener Beschriftung, Don Giovanni oder einfach nur Callas, Bach, Gillespie, Coltrane, ein musikalisches Chaos. Er entschied sich für Bach, eine der Sonaten für Violine, wie er sie am Beginn einer Ethik-Stunde oft drei, vier Minuten hatte laufen lassen, um die Handvoll Gelangweilter zu erweichen, was allenfalls bei den Mädchen gelang und eigentlich nur bei einer: die ihren Mund streichelte, während der schuleigene CD-Player lief. Und jedes Mal war es ein Akt zwischen ihm und Elli Weiler, wenn er die Stop-Taste drückte, für einen Moment völliger Stille, letztlich schon Höhepunkt der Stunde, den Moment, in dem sie sich beide ansahen, darin einig, dass die schönsten musikalischen Sätze im Nirgendwo anfangen und im Nirgendwo enden – und hätte Franziskus schon Bach hören können, wäre er vielleicht nie mit Pferd und Rüstung aufgebrochen, um sich als Ritter im Kampf zu beweisen, und hätte auch gar keine Bekehrung nötig gehabt. Bach wäre die Bekehrung gewesen.

Er wusste alles über Franziskus, alles, was Bücher und Internet hergaben, im Grunde nicht viel. Schon das Geburtsdatum: ungenau. Um elfhundertzweiundachtzig soll der spätere Franziskus als Sohn des Pietro di Bernardone in Assisi zur Welt gekommen sein, in Abwesenheit des Vaters, der in Südfrankreich Stoffe einkauft. Das Kind bekommt von der Mutter den Namen Giovanni, nach Johannes, dem bedeutendsten Heiligen, doch der Vater lässt es nach seiner Rückkehr umtaufen, auf Francesco, Referenz an die begehrten französischen Modestoffe, denen Bernardone sein Vermögen verdankt. Dem Heranwachsenden fehlt es an nichts, aber statt die Nachfolge des Vaters als Kaufmann und Geldverleiher anzustreben, will er mit väterlicher Hilfe lieber ein Pferd und eine teure Rüstung; das ritterliche Herz für die Armen und genug Mut hat er selbst, dazu die Lebenslust.

Kaum erwachsen, fünfzehnjährig, zieht Franz schon nachts durch die Stadt mit Freunden, ist Tänzer, Sänger, Mädchenumgarner, Sommer für Sommer. Aber das reicht nicht für einen Ritter, also zieht er mit den Freunden auch in den Krieg, den gegen das verhaßte Perugia; auf die blutige Niederlage folgen ein Jahr Kerker und eine schwere Krankheit mit Fieberträumen von Wohntürmen voller Waffen. Pica, die Mutter, pflegt ihn, sie flüstert ihn gesund und sät ein neues, tieferes Fieber. Und noch wacklig auf den Beinen, will Franz das gewohnte Leben wieder aufnehmen, aber in seine Träume hat sich eine Sehnsucht gemischt. Und mit dreiundzwanzig, bei einem Ritt in die Ebene vor der Stadt, trifft er auf einen Aussätzigen und tut, was ihm bisher am widerwärtigsten war, er küßt dem Kranken die Schwären und läßt sich als Dank von ihm küssen. Wenige Tage später wiederholt er das nicht für möglich Gehaltene im Aussätzigenhaus, verbunden mit einer Geldspende an jeden, eine Erfahrung, die ihn aus dem Bann des Vaters holt. Er verläßt die Stadt, aber der väterliche Zorn verfolgt ihn, und so kehrt er zurück, stark genug, sich zu stellen. Er tritt nackt vor den Bischof von Assisi und eine Gerichtsversammlung, einberufen vom eigenen Vater, der sein an die Armen verschleudertes Geld zurückfordert, und in seiner Nacktheit macht Franz mit heller Stimme folgende Erklärung: Bis jetzt habe ich den Bernardonis meinen Vater genannt. Weil ich mich nun aber entschlossen in den Dienst Gottes stellen will, gebe ich jenem das Geld, das ihn so in Unruhe bringt, und alle Kleider, die ich je durch ihn besessen habe. Und von heute an werde ich sagen: Vater unser im Himmel, nicht mehr Vater Pietro di Bernardone.

Eine kurze Nacht, nur bis zum Morgenläuten von der Kirche; beim Frühstück wieder Bach, dann ein Arbeiten im oberen Stock, Stunden an Vilas kleinem Schreibtisch. Und mittags ein weiterer Anruf, Vila gerade aus dem Bett gekommen für ein Meeting mit ihrem Exildeutschen. Meine ganze Hoffnung hier, erklärte sie. Und nun zu uns: Havanna ja oder nein? Sie holte geräuschvoll Luft, eine Pause wie gestaute Leere – ein Wort, und alles würde sich vollsaugen. Dann ja, sagte Bühl, fast das Ende des Gesprächs. Vila rief noch Mein Gott! und musste auch schon los, um ihren Scout in der Halle zu treffen, er rief noch, dass er nach Flügen schaue, was er auch schon am Nachmittag tat, und nicht nur das. Er buchte.

Alles Langsame, Schwierige findet im Kopf statt, der Rest ist ein Mausklick; und der Schirm heller als der Nachmittagshimmel. Es war Herbst geworden am See, am frühen Abend schon Dunkelheit, klamme Luft. Als Bühl zum Essen in den Ort ging, trug er wie die Einheimischen eine Steppjacke, die er im Haus gefunden hatte; sie gehörte Renz und war von Paul & Shark, während die Jacken der Dorfbewohner, die sie auch im Lokal anbehielten, aus dem Shopping Center Affi an der Autobahn kamen. Er hatte noch drei Tage bis zum Abflug in Mailand, und seine Vorräte waren aufgebraucht, also musste er im einzigen Alimentari, der nach Ende der Saison nicht geschlossen hatte, einkaufen. Der Laden in der Hauptgasse ein Gewölbe, so eisig, dass der Inhaber zwei Steppjacken übereinander trug, ein früh ergrautes Männchen mit Madenaugen, das an der Seite einer alten Mutter Schinken oder Käse schnitt und dann zur Kasse eilte, um in anderer Eigenschaft, als Kassierer, die Sohnespflicht zu erfüllen. Der Laden führte alles, was man in kalter Jahreszeit braucht, auch Kerzen und Taschentücher und Kohle in Papiersäcken, dazu die Weine und Grappas der Gegend. Bühl kaufte Pecorino, Salami, Eier und Brot, etwas Butter und drei Dosen Moretti-Bier, danach ging er in die nächste Quergasse, zur einzigen Marcelleria, ab Oktober höchstens stundenweise geöffnet. Er brauchte dort eigentlich nichts, nur war der Metzger nebenher Bildhauer, ein Schöpfer frommer Motive, der sich mit Fleischverkauf über Wasser hielt: im Ort die tragischste Person. Zwischen Würsten und gehäuteten Kaninchen standen die Modelle seiner Werke, und jedes Mal holte er ein anderes hervor, um es Bühl von nahem zu zeigen, zerbrechlich in einer schweren Hand. Er war ein Schrank von Mann mit einem auch breiten Gesicht, aber verträumten Augen, schmalen Koteletten und einem schmerzlichen Zug um den Mund, unter dem weißen Metzgerkittel immer ein schwarzes Hemd. Und an dem Abend, einem Freitag, zeigte er die Papierversion einer Pietà, das Original aus alten Eisenplatten zusammengeschweißt, sein erklärendes Murmeln mit einem Minzgeruch aus dem Mund. Und gleichsam im Gegenzug kaufte Bühl fünf der kleinen, hodenförmigen Polpette aus gemahlenem Kalbfleisch und Brot, die der Metzger nur für ihn zu formen schien; nach dem Essen in einem Pizzalokal an der Straße verteilte er sie an zwei Hunde.

Den Espresso trank er später am Hafen, aber es ging dabei nicht um die Nähe zum See – unter den Hotelarkaden kam jeden Freitagabend und bei jedem Wetter ein Tanzkreis zusammen. Ein Dutzend Paare, keines unter sechzig, bewegte sich, trotz Steppjacken, elegant zur Musik von drei Beinahegreisen, Klarinette, Harmonika und am Schlagzeug der Spitzbart aus dem Tabacchi, ein Schauspiel im Schein der bleichen Hafenbeleuchtung. Die Alten spielten Evergreens und als Finale ein Lied, das auch das dickste Jackenfutter gegenstandslos machte, der Refrain vom Jüngsten der drei heiser gesungen, So darling save the last dance for me. Punkt elf Uhr klang der Tanz damit aus, und die Zuschauer auf dem Hafenplatz zerstreuten sich, darunter auch der bildhauernde Metzger, jetzt nur noch im schwarzen Hemd, trotz Kälte. Bühl legte Geld auf den Tisch und folgte der breiten Gestalt, sie hielt sich im Dunkel eines der Quergässchen zwischen See und Straße, fast eins mit der Dunkelheit, bis sie darin verschwand, und statt ihrer die Idee, der Metzger könnte irgendwo lauern, ihn abpassen, die Kräfte ausspielen, mit denen er sonst Kälber zerteilt, ihn dann aber mit seiner anderen, untröstlichen Seite von hinten umarmen: zähes Bild aus den frühen Aarlinger Jahren. Er kaum zwölf, ein sehniger Junge, angeblich hübsch und mit Sicherheit schon einer der Besten im Wasser und auf dem Wasser, jetzt aber im Ruderhaus, wo die schlanken Boote aufgebockt liegen, auch der Zweier, mit dem er an warmen Abenden zwischen Aarlingen und Wangen trainiert, bei ihm Gerd Heiding, Leiter der Ruder-AG, auch als Lehrer, Geschichte und Sport, immer etwas entblößt: Indianergerd, das glänzend schwarze Haar im Nacken geknotet. Und wenn der Zweier mit Kiel nach oben abgelegt ist, kommt Heiding von hinten und presst ihn gegen den Achter, mit einer Kraft, der er nichts entgegenzusetzen hat als die Nachgiebigkeit, in der sich der Stärkere schließlich erschöpft, so sehr, dass er ihm fast leidtut und ihn streichelt, wie man ein sterbendes Tier streichelt, auch wenn es einen abstößt.

Die Metzgergestalt tauchte noch einmal auf, sie lief über die Straße, zu einem der Durchgänge in der alten Stadtmauer von Torri, und Bühl schlug den Rückweg zum Haus ein; er ging schnell bergan, fast im Laufschritt, Sport hatte immer geholfen, das zähe Bild in ihm kleinzuhalten, auch jetzt hielt er es sich gewissermaßen vom Leib, es war nur da wie ein stiller Krebs. Heiding war ihm Vater, Mutter, Lehrer gewesen, dazu noch ein stärkerer, beherrschender Körper, er hatte ihm blind vertraut:

Heiding, sein indianischer Gott. Daneben gab es nur noch den Freund mit all den Büchern, die er für Geld lesen sollte, aber nicht las, sein brüderlicher Halbgott, deus cornelius. Zwei Vielversprechenden hatte er sich anvertraut, wie Franz in frühen Jahren der Schönheit und dem Rittertum, später erst Gott dem Vater und dem Sohn; Klara, die Schwestermutter, das war schon zu viel. Männer setzen nicht gern alles auf eine Karte, sie tun nur gern so. Ganz anders die Frauen, eine der entschiedensten, Heldin mancher Ethikstunde: Teresa von Ávila. Nach ihrem Tod fand sich eine Notiz, drei Worte in blasser Tinte, Solo Dios basta, Gott allein, das reicht, geschrieben von einer, die nur aus Seele bestand, wie die spätere Thérèse von Lisieux, zweite Heldin seiner Ethik-Stunden, im Alter von vierundzwanzig in sich zusammengefallen. Eine Liebende, die nicht lieben konnte und an ihrem einzigen Geliebten, Gott dem Unfassbaren, irrewurde – was auch entgegengesetzt hätte laufen können bei ihrer Begabung: ein Gedanke im Hohlweg. In Paris zur Welt gekommen, wäre Thérèse womöglich Dichterin geworden, eine Heilige ohne Gott wie Gertrude Stein, fast im selben Jahr geboren, achtzehnhundertdreiundsiebzig, und die Summe ihrer Erfahrungen hätte Solo amor basta geheißen. Teresa und Thérèse hatten natürlich auf keinem Lehrplan gestanden, so wenig wie Franz von Assisi, aber das war ihm gleichgültig. Und er hatte seine Heldin Nummer zwei dem Dutzend Gelangweilter im Ralph-Lauren-Zeug einfach als schrägen Star präsentiert, als Girlie, das nach dem Tod vom Himmel Rosen auf die Erde streuen wollte: am Ende nur eine andere, stumme Art zu sagen, eine Rose sei eine Rose sei eine Rose. Er erreichte das Haus, bei ruhigem Atem, und schloss die Tür auf, im Flur schon der Koffer für Havanna – erst ein einziges Mal hatte ihn bisher eine Göttin umarmt, vor vielen Jahren für Minuten, blond, mit japanischen Lidern, sonst nur falsche Götter.

TU, was du musst, vila: eine ungelöschte Nachricht, auf die Renz zweimal am Tag einen Blick warf, vor dem Frühstück, wenn Marlies im Bad war, und nachts, wenn sie Mails durchging, als die Person, mit der er unterwegs zu sein vorgab, um das Konzept einer Serie rund um seinen See zu entwerfen. Tu, was du musst, falls du dazu imstande bist: den Nachsatz las er mit, obwohl nichts davon auf dem Display war, Vilaworte, die er im Ohr hatte, dazu ihr helles Lachen, während seine Begleiterin nur mit ersticktem Atem lachte oder ein schwieriges Lächeln zeigte, wenn er beim Essen von Vila anfing, der Suche nach ihrer schwangeren Tochter, um sich und ihm das Enkelkind zu erhalten, ihm, der eigentlich bei ihr sein sollte, aber stattdessen – und davon kein Wort bei Tisch – in Assisi saß, mit einer Producerin, die keine drei Stunden am Tag diese Rolle ausfüllte und ansonsten die Frau war, die seit ihrer Ankunft am See und vielleicht auch schon vorher auf seiner Seite stand, ohne dass er sagen könnte, warum: bei einem Vierteljahrhundert Differenz zu ihm.

Zwei Tage waren sie jetzt in Assisi, zwei Tage fast nur Regen, und auf einmal warm die Nachmittagssonne. Die letzten Blüten an den Oleanderbüschen zwischen den Häusern sahen aus wie lackiert, und die alten Mauern hatten in sich etwas Glühendes; selbst auf Marlies' Wangen, sonst von der Blässe einer geheimen, immer bekleideten Haut, lag eine Spur Farbe. Sie hatten sich die Basilika angesehen, die Decke mit den Giotto-Fresken, alles in neuem Glanz, die Arbeit von Jahren, nachdem Teile der Kuppel eingestürzt waren. Ein Erdbeben: Renz' knappe Erklärung, während sie nach oben blickten, er dicht hinter Marlies, die Hände an ihren Schultern. Mehr sagte er dazu nicht, auch wenn ihm mehr auf der Zunge lag, als sie das Stück von der Basilika zum Hotel gingen, ein Schlendern in der unverhofften Sonne – das Hotel, in dem er zur Stunde des Bebens mit Vila im Bett war, am Fußende Kasper, wie ein

Bewacher ihres Tuns. Sie liebten sich an diesem Mittag, Auge in Auge, statt den Blick auf die Fresken zu richten und mit den anderen Opfern von Gesteinsbrocken erschlagen zu werden, die erste Reise ohne Katrin, die als junge Austauschschülerin Amerika entdeckte. Ein später, noch warmer Septembertag, und die Umarmung ging über in Halbschlaf, aufgestört von Kaspers Bellen und einem Wandern des Betts auf schwankendem Boden, aber erst als Putz von der Decke fiel, weiß wie Mehl, und auf Vilas nassem Rücken liegen blieb, kam ihm das Wort Erdbeben. Und nun also die restaurierten Fresken, ihre Farben strahlend, rein; mit dem Kinn in Marlies' Haar hatte er nach oben gesehen und dabei plötzlich die Vorstellung, dass erneut alles einstürzen könne und ihm die Konsequenzen aus dieser Reise erspare. Die Pfützen glänzten in der Sonne, die ganze an den Berg gedrängte Stadt hatte etwas Schimmerndes, Verjüngtes durch das Licht. Seine Begleiterin rauchte schon wieder, nicht weit von der Stelle, an der Kasper umkam, eine Frau in leichtem Mantel, die Wangen anziehend weich, aber mit feinen Falten darin, auf versteckte Art desolat wie er selbst, und er begann zu begreifen, warum sie von Anfang an auf seiner Seite war: weil sie sich damit auf eine ganz bestimmte Seite schlug, eine, die Vila nicht besetzt hielt, sein schon mehr der Erschöpfung als dem Leben zugewandter Teil. Bring mich ins Hotel, sagte Marlies, als würde sie den Weg nicht mehr finden. Und im Zimmer dann gleich das Ablegen aller Kleidung, Mantel, Schuhe, Pullover, die Leggins, den Slip. Komm, sagte sie, aber mit Liebe, geht das? Eine Frage bei gekreuzten Händen über der Brust, halb im Spaß, halb im Ernst, bevor sie sich hinlegte, ganz ernst auf den Bauch, das Gesicht in der Armbeuge. Und er streichelte ihr Haar und die Schulterblätter, ihre Mädchenhüften und die Beine; er küsste ihre Kniekehlen, das Kreuz und den Nacken, die freiliegende, schon wieder blasse Wange und das geschlossene japanische Lid.

Renz schwankte zwischen Nehmen und Geben, zwischendurch sah er zum Fenster, der Himmel rötlich blau, es ging auf den Abend zu, und er konnte nicht, wie er wollte; am Ende ein beschämendes Herumziehen an sich, bis Marlies die Hand darauf legte. Es muss jetzt nicht sein, willst du schlafen? Sie streichelte ihn, und er sah dabei zu, den schmalen Fingern, die fast etwas Kindliches hatten, mit seinem Bauch, seiner Brust, seinen Armen spielten. Und weiß Vila, dass wir hier sind? Sie gebrauchte den Namen zum ersten Mal und gleich so, als sei sie mit Vila befreundet, Renz schloss die Augen, was ja hieß, ja, sie weiß es, ohne es zu wissen, auf ihre vilasche Art. Und weiß sie auch, wie sie damit zurechtkommen soll, oder ist es ihr egal? Marlies blies ihm ins Gesicht, bis er die Augen öffnete, sie schob seine Hand in ihren Schoß und kreuzte die Beine, ein Spiel, das keins war. Was hast du, was ist mit dir, fragte er, und sie griff nach den Zigaretten, er nahm ihr das Feuerzeug weg, Hör damit endlich auf!

Und von ihr ein Nein, einmal, zweimal, dann zog sie ihm das Feuerzeug aus der Hand und sprach von einer Krankheit, festgestellt schon vor einem Jahr bei einem Routinecheck, weil sie die Versicherung wechseln wollte. Sie suchte jetzt seine Brust, mit der Stirn, mit dem Mund, und sprach von Knoten und Blutbildern, von Diagnosen und Prognosen und Therapien, die nur Trost seien, und er versuchte, allein auf die Stimme zu hören, nicht auf die Worte, ihre sommerhaft lebendige Stimme, in der alles Ungute aufgelöst war. Du bist der Letzte, der mich festhält, sagte Marlies, ein Du in des kleinen Wortes ganzer Kraft, und Renz umarmte sie, eine Klammer um ihre Klammer, und wollte mit ihr schlafen, auf die einzige Art, die ihm möglich war im Moment, weil sie etwas Magisches hatte: Er glaubte, sich mit dem Lebendigen ihrer Stimme verbinden zu können, und suchte ihren Mund, das erste Mal, dass er danach drängte, sie darum bat, nur mit zwei Worten, ihren eigenen,

Geht das? Und sie sagte einfach ja, ein kurzes, beinahe heiteres Ja, um es ihm leichtzumachen, so wahnsinnig leicht, dass es am Ende in seinen Augen brannte, wie in den Augen alter Männer, wenn ihnen noch einmal etwas gelingt, ein Tänzchen, das Radfahren, ein Ballwurf – Liebende müssen nicht üben, sie können schon alles, sie müssen auch nicht recherchieren, sie wissen genug.

Das Fenster stand noch auf, außen seitlich der letzte Buchstabe des Hotelnamens, das O von Francesco, die Leuchtröhre darin war angesprungen, weißlich flackernd, Renz sah es vom Bett aus, samt einem Falter, der sich gegen das Helle warf: immer wieder der Anprall der kleinen Masse unter seidigen Flügeln, bis er kraftlos ins Dunkel fiel und sich alles, was Marlies gesagt hatte, zu einem einzigen Bild klumpte, er an ihrem finalen Bett, hilflos, nicht einmal imstande, ihr die Hand zu halten, wie sie ihm die Hand hielt. Renz traute sich kaum, ihr Haar zu streicheln, an sich herunterzusehen: Was da geschah, war nicht mehr erzählbar. Es zählte nur, wie bei einem Rennen die Sekunden, bei einem Sprung die Zentimeter, in einem Leben die Momente zählen. Und in den Sekunden, die einen sonst alles vergessen lassen, die Dinge davor, die Dinge danach, schien ihm plötzlich der Schädel zu platzen, ein Schmerz, wie er ihn auch schon mit Vila erlebt hatte, im einzigen Dachzimmer des Hotels, eine Stunde in letzter Septemberwärme, auf dem Balkon das Geräusch welker Blätter, hin und her geschoben von drückender Luft, das alles nach dem Erdbeben, dem sie nicht entflohen waren wie andere, im Gegenteil, das sie zusammengepresst hatte: zur Festung Vila und Renz in dem frei gewordenen Zimmer. Und zwei Tage nach Kaspers Tod, als doch noch Gestein auf sie eingestürzt war, auf einmal Vilas Hand, ihr Verzeihen, obwohl er nie die Leine hätte lösen dürfen in einer Stadt voller Katzen – sofort Kaspers Losstürmen über den weiten Platz, der Lieferwagen bremst noch, aber die

Reifen walzen den Hinterleib, drücken ihn entzwei, das Gedärm in der Sonne blitzend. Renz hielt sich den Kopf, er riss den Mund auf vor Schmerz, es gab dafür keine Erklärung, kein passendes Wort, nicht einmal ein medizinisches. Das passiert, wenn es zu viel wird, sagte Marlies und streichelte ihn, wie er Vila in den Tagen nach Kaspers Tod gestreichelt hatte, immer wieder über Stirn und Schläfen.

Alte Paare sind auch Festungen, weh dem, der sie stürmen will; Marlies wollte es nicht, sie wollte nur den Abend retten. Und Renz war ihr dankbar, sein Schmerz ließ nach, wie der in Vila nachgelassen hatte, Kaspers Schreie, sein entsetzliches Heulen, nachdem ihn der Lieferwagen auf dem Platz vor der Basilika überrollt hatte und das Innere aus dem geplatzten Leib quoll, ein Kind mit Fell, über das Vila sich warf, als sei noch irgendetwas zu retten, während er auf die Knie fiel, wie schon so viele vor ihm an diesem Ort, ein Gebet auf den Lippen, das erste als Erwachsener, Gott, lass das nicht wahr sein, hilf! Kasper aber wälzte sich weiter, schreiend wie ein Mensch, und auch Vila schrie jetzt, Pilger aus aller Welt, die in den Kreuzgängen an den Seiten des Platzes geruht hatten, umringten die drei, den Mann auf Knien, den Hund in seinem Blut und die schreiende Frau; einige beteten laut, andere glaubten an neue Erdstöße und riefen Warnungen über den Platz, bis die Carabinieri kamen, den Andrang auflösten und einer mit Säbel und Schirmmütze Vila unter die Arme griff, sie von der Kreatur auf dem Pflaster wegzog und ein anderer Kasper mit seiner Pistole erschoss, das war die Hilfe von oben. Sie hatten ihn fast zwölf Jahre, Katrin konnte gerade laufen, als er in die Wohnung kam, ein weiches Knäuel, noch namenlos, und als Katrin sprechen konnte, da sprang Kasper schon an der Wohnungstür hoch, wenn Vila die Treppe heraufkam. Er kannte ihre Schritte und stieß Freudenlaute aus, sie war seine Nummer eins, nur wenn

Vila einen ihrer Mitternachts-Kandidaten traf, rückte er, Renz, als Herrchen auf, dann war Kasper sein Hund, sein Tier, sein Kleiner: der Sohn, den sie beide versäumt hatten auf die Welt kommen zu lassen, weil sie mit anderem beschäftigt waren, Vila mit Katrin, er mit einer Schauspielerin. Der Carabiniere hatte auf den Kopf gezielt, aber nicht gut getroffen, Kasper lebte noch etwas, er schrie nicht mehr, er starrte Vila nur an, tief enttäuscht, wie es schien, dann ein Erbeben, das stille Aus, und Vila schlug nach dem, der nicht aufgepasst hatte, noch die Leine in der Hand hielt. Sie weinte und schlug um sich, während Kasper hinter ihrem Rücken in einem Müllsack verschwand. Eine der Pilgerinnen, klein, dunkelhäutig, Asiatin, ergriff dann Vilas Arme, und ihr Aufruhr fiel in sich zusammen. Und er, ihr Mann, brachte sie zum Hotel, drei Tage verließ sie das Zimmer nicht. Sie lag auf dem Bett und sah mit roten Augen zur Decke, in der Hand eine Flasche Wasser. Und am Abend von Tag zwei brachte er ihr Brot und Käse, schwarze Oliven und den herben Weißen der Gegend. Erst wollte sie nichts, und dann ließ sie sich füttern und trank den Wein, Glas um Glas. Sie tranken beide, und in der Nacht umarmten sie sich. Ein wortloses, fast erbittertes Tun, ein Ringen um sein erlösendes Ende, gleichgültig wie, und während der erkämpften Sekunden die Schmerzattacke, wie ein Schädelbersten, ich sterbe, rief er, den Kopf zwischen den Fäusten, aber er starb nicht, er schlief nur ein. Beide schliefen sie bis zum Nachmittag, gegen Abend reisten sie ab; sie fuhren die ganze Nacht, und Katrin in Los Gatos, Kalifornien, hörte am Telefon nur von mildernden Umständen, ihr aller Kasper sei an einem Schock gestorben, bei dem Erdbeben in Assisi, sie selbst seien mit dem Schrecken davongekommen.

Die Leuchtschrift am Hotel ging schon um elf Uhr abends aus, Assisi war keine Nachtstadt, und einen Augenblick lang glaubte

Renz, von dem fehlenden Leuchten des O neben dem Fenster geweckt worden zu sein; in Wahrheit hatte ihn ein Geräusch aus dem Halbschlaf geholt, sein summendes Telefon in einer neuen Jeans aus Lucca, anprobiert unter Marlies' ironischem Beifall, einem angedeuteten Händeklatschen. Er zog das Telefon aus der Tasche und sah die Nummer vom Haus auf dem kleinen Schirm. Der Mieter hatte ein Problem, das nicht warten konnte, verlorene Schlüssel oder Stromausfall, Renz ging die Möglichkeiten durch, mit dem Rücken zu einer Frau, die Krebs hatte: auf einmal doch dieses Wort, und als hätte er es laut gesagt, kam ihre Hand. Wer ist das, deine Frau? Marlies hielt sich an ihm, und er sagte nein. Nein, der Mann in unserem Haus, er hat wohl ein Problem, willst du mithören? Renz drückte zwei Tasten, er meldete sich, ein gedämpftes Ja, und aus dem winzigen Lautsprecher die Stimme des Mieters, eine Entschuldigung für die späte Störung, aber es gehe jemand ums Haus. Das sind nur Bananenblätter im Wind, sagte Renz und zog sein Bein an, der Schenkel eine Lehne für das Telefon. Der Wind? Es weht kein Wind, kam es zurück, und Renz tippte auf die Sprinkleranlage, die höre sich auch manchmal menschlich an. Die Sprinkleranlage, nein, die ist abgestellt. Hier schleicht einer herum, ich sage das, weil ab morgen das Haus unbewacht ist, ich werde durch Umbrien wandern, es hat mit der Arbeit zu tun. An unserer Vereinbarung ändert das nichts – zwei Monatsmieten, irgendwo gut versteckt, ist das in Ordnung?

Eine, das reicht, sagte Renz. Und wenn Sie von Verstecken reden: Im Haus gibt es eine Waffe. Wo sind Sie im Moment? Er beugte sich zum Telefon, in seinem Nacken, seinem Haar Marlies' Hand – nur ein einziges Mal war bisher eingebrochen worden, als Katrins Kette weg war, aber die Zeiten hatten sich geändert, jetzt kamen sie von Bulgarien, Lampedusa, von überall. Unten im Wohnraum, sagte Bühl, und Renz beschrieb das Versteck: Neben dem Kamin in dem Buchregal, hinter

Faulkners Schall und Wahn, ein alter belgischer Revolver, der meinem Vater gehört hat, er ist geladen. Hören Sie die Schritte noch? Renz beugte sich zu dem Telefon, als könnte er selbst etwas hören, und aus dem Lautsprecher tatsächlich Schritte, aber klackend auf den Fliesen, also im Wohnraum, ein nervöses Hin und Her, dagegen die Stimme des Mieters dann seltsam ruhig, wie von einer anderen, schon den Einbruch oder sonst etwas ermittelnden Person. Und was macht Frau Mattrainer, kommen Sie mit der Arbeit voran? Stille nach der Frage, keine Schritte mehr, und Renz nahm das Telefon wieder in die Hand, Frau Mattrainer ist ein Arbeitstier. Ich habe ihr von dem Franziskusstoff erzählt, von der Geschichte, an der Sie schreiben, Franz und Klara, das findet sie interessant, ein Stoff über einfaches Leben und Daseinssinn. Oder hätte ich das nicht erzählen sollen? Er sah zu Marlies, als wäre die Frage an sie gegangen, und Marlies sagte Doch, doch, zwei halblaute, entschlüpfte Worte, Renz konnte nur schnell hineinreden, es ging den Mieter nichts an, wer nachts bei ihm im Zimmer war. Was machen die Schritte, rief er, will da noch einer ins Haus? Wenn nicht, sollten Sie schlafen gehen. Und diesen Revolver vergessen. Und Ihre Miete, das Geld, es kommt bei uns jeden Sommer in ein anderes Buch, in dem Jahr Moby Dick, mein Versteck, im obersten Regal rechts vom Kamin. Und gut das Haus abschließen – hat meine Frau angerufen? Noch mehr entschlüpfte Worte, in die Stille des Zimmers wie in ein Vakuum. Nein, sagte der Mieter, danach nur noch Schlussformeln. Renz legte das Telefon weg und sah auf eine Hand um sein Geschlecht wie um ein kleines krankes Tier, die Finger hell, ihre Nägel farblos lackiert, und auf einmal die Idee oder das Bild pergamentener Finger, blutleer, mit weitergewachsenen Nägeln, darauf immer noch etwas farbloser Lack.

Und was macht Frau Mattrainer? Nur deshalb hatte Bühl mitten in der Nacht angerufen, um zu hören, wo sie war, was sie tat, was Renz und sie gemeinsam taten – kein Mensch ging ums Haus. Aber der Hausherr war nicht so gelassen, wie er sich gab, sonst hätte er keine Waffe. Oder hätte sie nicht erwähnt. Sie lag mit dem Griff nach vorn hinter dem genannten Buch, einem gemaserten Holzgriff, an seiner Unterseite eine Öse für ein Kettchen, um die Waffe am Mann zu befestigen, damit sie auch im Getümmel nicht verlorengeht. Kein Vorzeigestück, ein Gebrauchsgegenstand, der letzte verlässliche Teil einer Ausrüstung; nach ihr blieb nur noch das Messer, wie früher der Stein, der Knüppel, wenn alle Pfeile verschossen waren: in der Schlacht gegen Perugia, als Franz, vom Pferd gerissen, um ihn die Kameraden in ihrem Blut, mit allem, was er greifen konnte, auf die Gegner einschlug, bis ihn selbst etwas traf, er im roten Tibersand liegen blieb. Bühl berührte den Holzgriff, dann schloss er das Versteck wieder. Marlies Mattrainer, im Bett von Vilas Mann oder umgekehrt, er bei ihr, hatte jetzt seine Stimme gehört – entfernt sicher noch die Stimme des Jungen vom Ossiacher See, für sie zu weit entfernt. Ihre Erinnerung an ihn, verschwindend, weniger als die Reste, die sich beim Auflösen seiner Wohnung gefunden hatten, unter dem Bett etwa Haare der Kollegin Kressnitz, Kunst und Geschichte, Leiterin der Theater-AG, seine einzige Affäre am Hölderlin, fast eine Liebe, aber die Kressnitz wollte keine Verhältnisse, wie in den Stücken, die sie einübte; am Ende ließ sie sich versetzen, und er ließ die Wohnung verkommen. Auf den Rohren nach und nach Gebilde an der Grenze zum Leben, auf dem Boden Staub wie Asche, darin ein Weg vom Bett zum Bad, der Kressnitzweg, so blieb sie erhalten, mit einem Namen wie die Quergässchen im Ort, die Vicolo Trinità oder Via Nascembeni, wahrscheinlich die lächerlich kleinste Straße Italiens, aber vor dem Vergessen bewahrt.

Er trat in Vilas Bademantel auf die Terrasse. Seit er allein war, trug er abends nichts anderes als dieses Stück von

Le Coultre, weich wie ein Pelztier; seine letzte Nacht in Torri, der See in Bewegung, herausgepresst aus dem fjordartigen Nordteil – doch ein Wind und die Geräusche der Bananenblätter wie schlurfende Schritte. Ein Flugzeug kreuzte den Himmel in großer Höhe, es sah aus, als würde es mit einem Stern kollidieren. Er ging ins Haus zurück, zu seiner Arbeit, seinem Halt. Franz hatte das Alleinsein über Wochen ertragen, dazu Kälte und Hunger, so eins mit den Entbehrungen wie die Hirten in der Not mit ihren Ziegen. Und trotzdem von ihm der verbürgte Satz, seinen Mitbrüdern, als er schon abgezehrt war, drohend entgegengehalten: Ich kann immer noch ein Kind machen! Der Kressnitz hätte er ein Kind machen sollen. Oder gleich der Frau, die keine Erinnerung mehr an ihn hatte. Noch nie war sein Samen aufgegangen, nur zerronnen, zerstäubt. Er legte sich in Vilas Mantel aufs Sofa; von den Bananen noch immer das Schleifen, und in ihm ein Reisefieber, das im Grunde sein Heimweh war.

KATRIN – je länger Renz mit Marlies unterwegs war, letztlich nur ein paar Tage, desto öfter quälte ihn der Name seiner Tochter, er musste ein Katrin vor sich hin flüstern, er musste es im Gespräch gebrauchen: für den Moment eine Entlastung, dann das Gegenteil. Renz konnte kaum schlafen und essen. Wenn es ernst wird, spricht der Körper, der Rest stimmt nur ein, auch sein Credo bei den Vorabenddramen; immer wieder hatte er Nebenfiguren mit Migräne, Herpes oder nervösem Tic kreiert, denn der Körper lügt nicht, das wusste Renz, und als er nach dem Anruf seines Mieters selbst noch einmal zum Telefon griff, während Marlies zur Wand gedreht schlief, war der Schweiß, der ihm beim Antippen von Vilas Nummer auf die Stirn trat, ein einziger kalter Wahrheitsausbruch.

Renz stand am offenen Fenster, vis-à-vis die Basilika, aber es war ein Gesicht, das er vor sich hatte, wie ein zweites eigenes: der Mund mit feinen Spalten in Ober- und Unterlippe und zwischen den Brauen zwei Fältchen, kleine, aparte Zerrung von zu viel Willen, zu viel Dulden; Vilas schöne, solide Nase, die soliden Augen, Rahmen um etwas Maßloses in ihr. Ich vermisse dich, sein erstes Wort. Dann fragte er nach Katrin, und Vila machte ihrer Enttäuschung Luft, weil Katrin sie hatte anreisen lassen, von Verona bis Orlando, vierzehn Stunden, aber selbst schon abgereist war, ohne Nachricht. Eine Frechheit oder Katastrophe, rief sie, und nach einer Pause die Mitteilung, es gebe nichts Neues, nur die Hoffnung, Katrin zu finden, auch wenn Havanna ein einziges Chaos sei, laut und schwül. Ganz nebenbei erfuhr er, wo sie war, und konnte es kaum glauben, Havanna? Wie willst du Katrin dort finden, die Zeit läuft davon! Renz schrie fast, und Vila erzählte von ihrem deutschen Scout (ohne sein Trinken zu erwähnen), Ein guter Mann, sagte sie. Man muss nur seinem Kulturinstitut Geld spenden und dazu noch einen Leibwächter oder Gehilfen bezahlen, einen jungen Afghanistan-Veteranen.

Wieso Afghanistan? Renz rieb sich Schweiß aus den Augen, er kam sich fast klein vor, mit einer kranken Geliebten in Assisi, während Vila in der letzten Bastion einer blutgetränkten Romantik ihrem Enkel das künftige Leben zu retten versuchte. Ein Deutscher, der dort ein Bein verloren hat, jetzt in Kuba von einer Rente lebt. Und du?, rief sie, als sei er auch Veteran, nur nicht jung, und er sprach von der geplanten Serie rund um den See, dem Arzt mit Riva-Boot, verliebt in eine Studentin aus München, die in der Vorsteherin eines kleinen Klosters ihre leibliche Mutter findet – die Klosterbilder legen wir nach San Vigilio, sagte er. Und Bühls Heiliger bekommt auch eine Rolle, in einem Alptraum der Vorsteherin, als ihr Fehltritt bekannt wird! Renz sprach weit aus dem Fenster gebeugt, er erwähnte die Absicht des Mieters, durch Umbrien zu wandern, und die Einigung in der Geldfrage: das alles für ein absurdes Buchprojekt! Und Vila: Warum absurd, wer sich mit Franz von Assisi befasst, muss in diese Gegend. Und wo bist du? Sie zog Luft durch die Nase, das konnte er hören, und seine Antwort: Florenz. Dann wieder der Sprung nach Havanna, dieser Deutsche mit dem Institut, mehr Spinner oder Abenteurer? Und am anderen Ende das scharfe Einatmen, wenn Vila nicht mehr wollte – weder noch, er ist ein Fürst ohne Hof, so wie du! Ihr letztes Wort. Kein Gutenacht, kein Trost, aber auch kein Nachhaken: seit wann die kleine Arbeitsreise, ob allein oder zu zweit, noch über Florenz führt.

Renz' erste Frau im Leben, seine Mutter – früher Dokumentarfilmerin mit nicht mehr aufräumbarer Wohnung im guten alten West-Berlin, kettenrauchend, eitel, fett, eine sich selbst vernichtende Ex-Schönheit –, hatte in ihm das Barockhafte gesät, den Fürsten ohne Hof, nur milde belächelt von ihrem Mann, seinem Vater, einem belesenen Allgemeinarzt mit melancholischem Schnurrbärtchen und dem belgischen Gegenstand, wie er den bei Kriegsende an sich gebrachten Revolver nannte. Und Renz' erste Frau im Bett, Bühnenbildnerin am gewesenen Schiller-Theater, hatte ihm eingehaucht, er sei der geborene Künstler, ein Naturtalent, also fing er an zu malen, mit ihr als Modell, besessen von der eigenen Weiblichkeit, deren sichtbarstem Beweis. Ihr Geschlecht füllte bald ganze Leinwände, farbgetreu und haargenau, ein Resultat, das seinen Schöpfer selbst um den Verstand brachte: Renz bewarb sich an Kunstakademien, und an der Frankfurter Städelschule machte man ihm mit seinen seriellen Vulvas sogar Hoffnung, nur war die Auswahlkommission leider zur Hälfte mit Frauen besetzt – Fotzen, die keine Fotzen sehen wollten, sein Rachesatz für Jahre. Auf jeden Fall war Schluss mit Malen, auch Schluss mit der Bühnenbildnerin; es zog ihn nach Frankfurt, den Ort seiner Zurückweisung. Renz wollte es den Frauen dort zeigen, wusste aber nicht, wie, ja nicht einmal, *was* er ihnen zeigen wollte, und in seiner Ratlosigkeit ging er täglich ins Kino und begann Filmkritiken zu schreiben und wurde der Kinomann vom Pflasterstrand, wie die Stadtzeitung damals hieß, ein gutes Leben, das sich mit Vila noch verbesserte: Vila, hinreißend jung, das Haar bei jedem Luftzug im Gesicht, und dabei auch hinreißend reif, schon mit den Fältchen über der Nase. Beide hatten ein Zimmer, aber in der ersten Zeit taten sie es lieber im Kino, in den leeren Nachmittagsvorstellungen des verschwundenen Olympia, in der Raucherloge des vergessenen Gloria, auf dem Balkon der Harmonie, beide unter einem großen Mantel, er der Fürst ohne Hof, das dunkle Kino sein Schloss, der Mantel ein Baldachin, darunter das nackte Fleisch. Und auf der Leinwand das Leben.

Noch immer war Renz am offenen Fenster, während seine Begleiterin und neue Geliebte hinter ihm schlief und sich an falscher Stelle ihre Zellen teilten – wo war all das Irre zwischen Vila und ihm geblieben? Fürst, sei kein Frosch, sagte sie manchmal, gehen wir ins Kino! Und wo war das Irre der Stadt, in der sie sich geliebt hatten, Fragen, die selbst etwas Wucherndes hatten, immer neue Fragen hervorbrachten. Wo war der Pflasterstrand, wo das Olympia, das Gloria, wo das Theater am Turm mit seinen Leuten? Die Stadt sagte irgendwann: Wir brauchen dort etwas anderes, ein Kino-Center, aber gemeint hat sie: Was dort geboten wird, ist Unfug. Und dazu lebensgefährlich. Fast alle am Turmtheater hatten Aids, alle auch elend verreckt, er hat jeden gekannt, jeden gemocht. Also die Schwulen weg und das Metropolis hin, dachte die Stadt oder wer auch immer. Zwölf Kinos, für die es keinen einzigen Filmkritiker seiner Sorte brauchte. Da brauchte es bloß Popcorn aus Eimern und Taschentücher, aber die nur für Nase und Augen.

Renz holte einen Brunello aus seinem Gepäck, er zog den Korken und trank aus dem Zahnputzglas. Seit er Dinge schrieb, die idiotisch waren – nicht einmal witzig, einfach nur idiotisch –, trank er Rotwein vor dem Schlafen. In den letzten fünfzehn Jahren kaum eine verdammte Nacht ohne verdammt guten Wein. Und wenn Vila nicht vor die Kamera musste, war sie dabei, dann tranken sie beide. Sie hatte ihr Nachtkultureckchen, er verdiente Geld. Das Geld für ein Leben in der Schadowstraße mit ihrem kleinen Freundesstamm: für Katrin kaum der Erforschung wert. In der dunklen Jahreszeit ein Wohnungsleben, außer, er fährt seinen Jaguar spazieren, erst durch die Waschanlage, dann auf die Autobahn, einmal Mainz und zurück, und am Abend durch die Stadt mit Musik aus zwanzig versteckten Boxen, einem ganzen Orchester. Mit Leonhard Cohen oder Miles Davis geht es die Bockenheimer entlang, da ist er früher zur Uni geradelt, seine drei, vier Semester Soziologie, zu Habermas und Alfred Schmidt, in Seminare voller Frauen, oft gesprengt von ihrer Wildheit: Was die alles im Kopf hatten, Benjamin, Kracauer, Hannah Arendt, ein Salz, das er aufgeleckt hat. Wie das von Vila manchmal noch, nachts auf dem See und buchstäblich, den Kopf zwischen ihren Beinen, blind wie die Elefanten, die ferne Höhlen aufsuchen, um in ihrer Tiefe den mineralischen Stein abzulecken, sonst würden sie eingehen. Das war der Mangel bei seinen Vulvabildern: Das Salz hatte gefehlt. Die Frauen in der Kommission wollten ihr Salz sehen, dann hätten sie ja gesagt. Und er wäre Maler geworden, kein Serienschreiber. Es war nichts als dumm gelaufen, wie bei Hitler. Hitler hätte sein Leben lang Berge und Festungen gemalt, und das jüdische Hollywood läge in Babelsberg, und er, Renz, wäre Filmkritiker Nummer eins. Jetzt ist alles zu spät, er geht auf Mitte sechzig zu. Sein Bart ist weiß und um den Schwanz ein Häufchen Lametta, er könnte in den eigenen Serien das alterslose Charmeschwein spielen, das Sympathietier, wie's in der Produktion immer heißt. Er kennt alle drei Stars in dem Fach, sie haben schon getrunken und getanzt zusammen, München, Mallorca, Kitzbühel. Kurze Beine, rotes Stirntuch, falsches Haar und Grimassen: dreimal Berlusconi, aber *bezahlt* vom Fernsehen, Vorabendmonster, hinter Kindfrauen her und im Grunde auf Jungs aus. Nie hat er sich mehr gehasst als in Gegenwart dieser Schauspielersaurier, die seine Billigsätze fressen, um sie am Set wieder auszuspucken. Und das Präziseste, das Vila ihm je angetan hat: mit einem der Saurier nachts am Strand zu verschwinden, dem Sympathietier Maiwald, der im Fernsehen schon Leute verhaftet hatte, als er, Renz, noch halb zur Schule ging, dieses salzlose, poröse, falsche Urgestein soll Vila geradezu angefleht haben, ihm seine Tropfen aus dem Maiwald-Ding zu holen, und sie hat es getan, nur um es irgendwann erzählen zu können, ein Jahr später nach drei Flaschen Barolo zu zweit. Sie war betrunken, aber wollte in der Nacht mit ihm schlafen, es dauerte ewig, bis sie kam, und in den Sekunden danach sah er ihr Mädchengesicht, zum ersten Mal – das Gesicht, mit dem sie ihn betrogen hatte. Katrin war damals sechzehn, sie ging schon ihrer Wege, und Vila hatte nach all den Mutter-Kind-Jahren wieder Zeit für sich; sie traf sich mit alten Freunden, sie lernte Italienisch, und in den Sommerwochen im Haus machte sie ihn mit jedem Handwerker nervös. Sie war nicht zehn Jahre jünger als jetzt, sondern dreißig, nur nicht, wenn sie abends zum Essen den steilen Hohlweg hinunterging: da hielt sie sich plötzlich an ihm, um mit ihren jugendlich unvernünftigen Schuhen nicht auf dem glatten Stein abzurutschen, hängte sich ein, ja berührte sogar mit dem Kopf seine Schulter, und immer wieder kurz sein Gedanke, sie würde wirklich Halt bei ihm suchen, den Halt, den er bei ihr fand.

Eine Katze lief über den Platz vor der Kirche, über die Stelle, an der Kasper, auf dem Sprung zu einer anderen Katze, überrollt worden war; Renz korkte die Flasche zu und ging ins Bad. Das Fürstenhaar hing ihm über die Ohren, und auch die Backen hatten etwas Hängendes, nur der Blick war gerade, gerade auf ihn im Spiegel gerichtet. In Assisi zu sein war das Präziseste, das er Vila antun konnte, nur ertrug sie mehr als er, weil sie *ihn* ertrug, auch wenn sie manchmal von Trennung sprach, wir können uns trennen, auf der Stelle, einer ihrer Sätze bei jedem Streit. Oder: Er sei nichts als ein riesiger Irrtum, seine Bilder hätten es ihr schon sagen müssen: nicht ihr Gegenstand sei Grund für sein Scheitern gewesen, sondern die lieblose Darstellung – deine eigene Lieblosigkeit! Der saß bei ihm, dieser Aufschrei, und was von den Bildern noch übrig war, landete auf dem Sperrmüll. Nur eines behielt er, das einzige in Schwarzweiß und in leichter Unschärfe, wie durch eine falsche Brille gesehen und gerade darum scharf in übertragenem Sinn. Es hing im Flur, bis Katrin eines Abends *Iiih* machte, als sie daran vorbeiging, für Vila die Chance zu einem vernichtenden Kommentar: Das ist dein Vater, sagte sie, und er stellte auch dieses Bild zwischen kaputte Fernseher und alte Matratzen auf die Straße, Schlussakt seines Künstlertums, eine offene Wunde. Und trotzdem blieb man zusammen, Jahr für Jahr – trennen kann sich jeder, also trennte er sich nicht, nahm aber Zuflucht bei einer Schauspielerin, die ihn einfach nur gernhatte und umgekehrt auch, mehr wollte er gar nicht. Jemanden wirklich gernhaben war mehr wert als alle mühsame Liebe. In ihren Assisi-Tagen hatte er vom Hotelfenster aus gesehen, wie Vila nachts auf dem weiten Rasen vor der Basilika mit Kasper spielte, unter dem Reiterdenkmal des heiligen Franz im Moment seiner inneren Umkehr ließ sie Kasper über ihren Arm springen, und er, ihr Mann, hatte sie gern, wie man einen anderen nur gernhaben kann. He, ihr beiden, rief er herunter, und sie winkte ihm zu und hatte ihn wohl auch gern oder dachte nichts Arges, was auf dasselbe hinausläuft, ein kurzer und doch ewiger

Augenblick, wieder in ihm auferstanden vor dem Badspiegel. Renz sah sich an: den, den Vila nicht so liebte, wie er war, aber vielleicht so brauchte, um sich nach etwas anderem zu sehnen. Schon als sie sich kennenlernten, war er der mit dem kühlen Blick auf die eigentlich warme Mitte der Frauen, kein verhinderter Maler, ein verhinderter Gynäkologe in ihren Augen, während er sie mit einer gewissen Sturheit liebte, um überhaupt zu lieben als der, der er war – zurzeit mit einer anderen in der Stadt, in der man nur sein sollte, wenn man sich für Franziskus interessiert oder einen Menschen, der einem so nahe ist, dass man ihn kaum erträgt, aber ohne ihn zugrunde ginge. Renz putzte sich die Zähne nach dem Wein, den Blick noch immer auf sich gerichtet: den, der sich nachts im Hotel, während die Geliebte schläft, die Zähne putzt, zur Not auch von sich selbst gerngehabt, solo ego basta.

FRANZ im Moment der inneren Umkehr – er sitzt auf seinem Pferd, den Kopf gesenkt, passiv, träumend im Sitzen, bereit, jeder Stimme, die nur ein wenig lauter als die eigene ist, Folge zu leisten, ja auch bereit, sich von einem Pferd tragen zu lassen, wohin es ihn tragen will, weil das Tier in seiner Unschuld dem Höchsten näher ist als der Mensch in seiner Verblendung: die ihn in Kriege ziehen lässt oder antreibt, sich in feinem Tuch zu zeigen. Franz in einer Art Halbschlaf, anwesend abwesend, Reiter und zugleich Teil des Pferdes, das schon in eine Richtung strebt – ein Passagier im Sattel, so vertrauensvoll wie der moderne Reisende im Flugzeug, das ihn zwischen Himmel und Erde zu neuen Ufern bringt, stundenlang über Wasser, auf dem es nicht landen könnte.

Bühl saß am Fenster, eine Schläfe am Rahmen, er sah auf das nicht endende Blau tief unter dem Gehäuse, in dem er und viele andere den Atlantik überflogen. Auf seinem Sitztablett, Business Class, Blätter des Alitalia-Malpapiers, das die Kinder in den hinteren Reihen beschäftigen sollte, zwei Blätter schon vollgeschrieben, die ersten Worte mit rotem Buntstift, dann war er abgebrochen. Sein Notebook und alle Notizen lagen im aufgegebenen Koffer, vor dem Abflug war Franz so weit weg wie Kuba, bis über dem Meer auch ein Umkehren einsetzte, ebenfalls träumerisch, vor leerem Blatt. Am Anfang noch Schreibübungen, Unterschriftvarianten für das Einreisedokument, *Kristian Bühl, K. J. Bühl, Kristian Johannes Bühl*, und danach alles in einem Zug, wie ein eilends verfasster Liebesbrief, der dem Adressaten auferlegt, ebenso eilig zu antworten, ja die Antworten fast vorwegnimmt, indem er sie nahelegt. Schreiben also als Taktik, um etwas vom eigenen Wollen in den anderen zu pflanzen, aber auch, um seiner Herr zu werden: ein Mittel gegen die Zwangsgedanken aller Liebenden – auch derer, die bestreiten würden, Liebende zu sein –, dass der andere ihnen schulde, was sie am nötigsten brauchen. Ein Zittern ging durch das Flugzeug, dann auch schon mehr, Schütteln und Gerucke wie in einem Auto auf schlechter Straße; die Anschnallzeichen blinkten, und Bühl nahm sich ein neues Blatt, Schreiben als Beruhigung.

Das Jahr zwölfhundertsiebzehn, im August, ein glühender Tag, Windstille, kaum ein Vogel, kaum ein Mensch. Franz, der sich Poverello nennt, Ärmling, Bettlerchen, kommt aus Verona. Er hat den Dom und die Arena gesehen, den Stein für Gott und den Stein für die Menschen, dann ist er über Bussolengo nach Affi gewandert, bei sich Zitronenschößlinge. Und von Affi geht es morgens Richtung Garda, von der Anhöhe bei Costermano sieht er den Benacus im Dunst. Er erreicht den See gegen Mittag, erfrischt sich und zieht weiter, die Hände als Schirm über den wunden Augen; seine Milz ist hart wie Holz, der Kot blutig, er hat Malariaanfälle. Barfuß geht er am Seeufer, die Füße seine Schuhe, ledrig, dunkel, die Zehen gelb. Abends läßt er sich an der Mauer von Torri nieder, er setzt die Schößlinge ein. Vor zwei Sommern hat ihm eine junge Wäscherin die Stelle gezeigt, damals hatte er Samen dabei, nichts davon ist aufgegangen. Mit den Händen holt er Wasser vom See, dann betet er für die Pflänzchen: daß sie wachsen mögen, Menschen wie Vögeln ihren Saft geben. Nach ein paar Ruhestunden, noch im Dunkeln, zieht er weiter, um einer neuen Schwester das Haar abzunehmen; es gibt kein Ende, nur den Tod. Mit vierzig ist er Haut und Knochen, des Allmächtigen gefressener Narr, von Licht gequält. Alles an ihm ist Wunde, er ist da, wo er hinwollte. Seine Gebete klingen wie Lallen, keiner versteht sie mehr, aber jeder empfindet das Lallen als wahr. Zuletzt haucht er nur noch, ein Atmen aus der Dunkelheit, das immer leiser wird: Bruder Esel, wie er das eigene Fleisch nennt, haucht sich aus. Nackt auf nackter Erde stirbt Franziskus am dritten Oktober zwölfhundertsechsundzwanzig unweit von Assisi, und gleich entbrennt ein Streit: Wer wird die Gebeine besitzen? Schon gibt es Eiferer in seinem Namen, schon schwärmen Scharlatane aus.

Aber noch lebt der Poverello, noch läuft er am See entlang und trifft bei Nago die Gläubige, die sich ihm anschließen will. Er schneidet ihr das Haar, ganze Büschel, die er in der Hand hält, er schabt die Stoppeln mit dem Messer, die neue Schwester betet, Blut läuft ihr über die Schläfen, die Stirn, ihr Name: Agnes, Agnes von Nago. Als es vollbracht ist, umarmt Franz den roten Kopf, er drückt ihn an ein pochendes Herz, zum Zeichen, daß sie von nun an dazugehört, danach verliert er das Bewußtsein. Er hat tagelang kaum gegessen, kaum geschlafen; nach ein paar Stunden in einem Stall bei Torri ist er in einem einzigen Tagesmarsch bis ans Nordende des Sees gelaufen. Dort verläßt ihn Bruder Esel. Eine Weile liegt er wie tot auf der Erde, die neue Schwester beugt sich über ihn, sie hört sein

Herz, es schlägt schwach, aber schlägt, und sie küßt die Stelle mit dem Vogelherzzittern darunter. Franz spürt ihren Mund und öffnet die Augen, er sieht ihr Tun und kann selbst nichts tun, noch reitet er den Esel nicht, kann weder Arme noch Beine bewegen, weder sprechen noch flüstern, nur schauen. Er spürt die Lippen auf der Brust, das Warme, Innige erschreckt ihn, er will es von sich stoßen und kann nicht, er glaubt zu sterben, aber lebt. Etwas in ihm bäumt sich, nur bäumt es sich im Einklang mit dem Innigen, Warmen. Franz kommt wieder auf die Beine, und ein Fischer bringt ihm Sardinen, er verschlingt sie, auf der Zunge feine Gräten und eine Entschuldigung an die Sardinen. Die letzte teilt er mit zwei Spatzen, dann macht er sich auf den Rückweg nach Torri. Die Wäscherin mit dem vielen Haar: Wenn sie es doch noch opfern würde, den Kopf vor ihm beugte, damit er alles Haar abschneide, könnte das in seine Eselslenden fahren. Aber ihr ausweichen, so wie er Klara ausweicht, nur weil sie ihn ins Wanken bringt? Man geht auch seiner Wege auf einer Erde, die wieder und wieder bebt, wie die umbrische, wir sind Menschen, weil wir wanken – ein erlösender Gedanke, Franz singt und zieht weiter, er verbringt die Nacht im kleinen Campo über dem See, das Lager wieder in einem Stall, raschelnde Mäuse. Pica, die Mutter, hat ihn nur Giovanni genannt, das glaubt er im Dunkeln zu hören.

Kein Mensch-Sein ohne Wanken, kein Lieben auf sicherem Boden: im Roman nur eine Metapher, im wirklichen Leben eine Erschütterung, im Lebensroman gleich beides – das Assisi-Beben, hatte Bühl nachgelesen, war am sechsundzwanzigsten September neunzehnhundertsiebenundneunzig, einem Freitag, achtzehn Minuten vor dem Mittagsläuten. Es hatte die eher geringe Stärke von fünf Komma sieben, forderte aber vier Tote in der Basilika, begraben unter Schutt und den Farben Giottos, während im Hotel Francesco, nur durch eine Rasen-

fläche von der Tragödie getrennt, ein Paar offenbar lieber das
Bett zerwühlte, als sich nach Deckenfresken zu verrenken, Vila
und Renz, schon etliche Jahre zusammen und in so kritischer
Verhakung wie die zwischen zwei Erdplatten, die ihre Spannung halten und halten, bis sie sich, nach Vorzeichen, die
höchstens Tiere erkennen, entlädt.

*

IV

LIEBE kommt auf uns zu, nicht andersherum, wir können ihr nur davonlaufen, sie als trauriger Sieger abhängen, oder den Atem anhalten, wenn sie plötzlich wie etwas Drittes neben uns und dem anderen steht: ein Schrecken fast ohne Vorzeichen, wohl der heilsamste, den das Leben bereithält. Und so hätte Vila auch gar nicht sagen können, warum sie den in Renz' Augen komischen Heiligen, aber für Haus und Garten nützlichen Wintermieter, ihren offenbar von nichts und niemandem abhängigen Gast aus den Mitternachtstipps dazu gebracht hatte, ihr nachzureisen, aber sie ahnte es, wie man den Beginn eines Fiebers ahnt, noch ehe das Thermometer etwas Beunruhigendes anzeigt. Er war abends gelandet, aber erst spät im Hotel angekommen, sie hatte an der Rezeption eine Nachricht hinterlassen: dass sie ihn beim Frühstück auf der Dachterrasse treffen wollte – acht Uhr, da ist das Licht am besten! Ein Ort und eine Zeit ganz in ihrem Sinne, nicht in seinem, er müsste eigentlich ausschlafen nach dem langen Flug, aber sie wollte ihm in morgendlicher Nüchternheit wiederbegegnen, wenn die Luft noch frisch war in Havanna und das Licht alles durchsichtiger machte, ihn eingeschlossen.

Und dabei war Bühl schon um sieben Uhr wach, in einem Zimmer mit Blick auf ein Wohnhaus, wo sich auf dem Balkon gegenüber ein Schwarzer nass rasierte, so nah, dass er das Kratzen zu hören glaubte; er stand im Bad, einem Raum ohne Fensterläden und Vorhang, als hätten die ersten Besitzer des Plaza mit seinen elf Stockwerken nicht damit gerechnet, dass auf der anderen Straßenseite ebenso hoch gebaut werden könnte. Eine

Weile sah er dem Mann beim Rasieren zu, den ruhigen Bewegungen, durch die der Schaum auf den dunklen Wangen immer weniger wurde, und das ohne Spiegel, dann nahm er eine Nagelschere und begann sich den Bart abzuschneiden, keine einfache Arbeit. Seit ihn in Tübingen, erstes Semester Philosophie, die Einladung zu einer Münchner Hochzeit erreicht hatte, *Cornelius Kilian-Siedenburg & Marlies Mattrainer heiraten*: eine pompöse, durch das gewollte Et-Zeichen noch abstoßendere Karte, war Schluss mit Rasieren; er hatte sich zuwachsen lassen, mal mehr, mal weniger, also gab es einiges abzuschneiden, und mit einem zwar nicht glatten, aber doch entblößten und ihm selbst nicht ganz geheuren Gesicht erschien er gegen acht auf der Hoteldachterrasse mit Blick über die Stadt und das Meer. Was sah man da? Auf den alten Gebäuden eine geradezu maurische Morgenröte, verwischtes Aufglühen zwischen Pastelltönen, davor nichts als schmutzig gelbe oder minzeblasse Häuser, mal bunkerartig, mal barock, übergehend in ein Gewirr verrotteter oder nie ganz fertig gewordener Teile, ein Ineinander und Aufeinander von Vorsprüngen und halben Fassaden, Treppen und Dächern. Und mitten darin eine Welt aus heiklem Wachstum, ganzen Bäumen, aus gesprengten Hauswänden ragend, halben Zelten auf halben Balkonen, Blechbuden an Mauern geklebt, und all das im Weißgraurosa einer morgendlichen Medina, selbst die klaffenden Lücken zwischen den Häusern: malerisch. Die Sonne wärmte schon, er zog den Pullover aus, mit dem er am Vortag ins Flugzeug gestiegen war, und stand in verbeulter Hose und hängendem Hemd auf dem Dach und sah sich nach einem Tisch um, einem mit gutem Blick, und an dem mit dem besten Frühstücksblick saß die Person, der er nachgereist war.

Und? Vilas Auftaktwort und damit gleich die Frage nach der Verfassung, dem ersten Eindruck, den Erwartungen, während ihre Hand zu seinem hellen, nur noch von Stoppeln bedeckten Kinn ging, eine Bewegung, die sich erst auf halbem Weg stoppen ließ, und schon war ihr Plan von der Morgennüchternheit durchkreuzt. Sie schob Bühl einen Stuhl hin, schräg zu ihr, um wenigstens das in die Hand zu nehmen, nur wählte er einen anderen Stuhl und setzte sich gegenüber, wo schon gedeckt war. Wie ist der Tee? Er zeigte auf ihre gefüllte Tasse, und sie nur: Trinkbar, möchtest du Tee? Ein Du wie eine kleine Nagelprobe, ob es einschlägt oder nicht; sie nahm die Kanne und füllte seine Tasse mit Tee, noch ein Vorschnellen, gegen das sie machtlos war. Bühl dankte ihr, und sie tat eine ihrer Brotschnitten auf seinen Teller – am Rand der Dachterrasse ein Buffet, aber belagert –, auch ein Stück ihrer Butter und zwei Scheiben Käse. Das mit dem Bart, wann ist das passiert? Vila trank von ihrem Tee und sah Richtung Meer, um nicht auf seinen Mund zu schauen. Vorhin, sagte Bühl, es fühlt sich noch nackt an. Er verstrich die Butter auf dem Brot, ein konzentriertes Tun. Vila, das ist nicht dein richtiger Name. Soll ich dich Vila nennen? Zu mir sagten sie früher in der Schule einfach Bühl. Oder Bühle, aber das hat nur ein Freund gesagt. Ist Vila eine Abkürzung? Er aß von dem Brot, und sie erzählte, wie der Name zustande kam, durch Renz den Täufer, eine seiner besseren Taten. Also nenn mich auch so. Und wenn mir danach ist, sage ich Bühl. Wie hast du geschlafen, Bühl? Sie stellte ihre Tasse ab und sah nun doch auf seinen Mund, die Hände als Fäuste gegeneinandergepresst.

Geschlafen, kaum. Deine Tochter, was ist mit ihr?

Vila nahm die Hände unter den Tisch. Ich weiß es nicht. Ich weiß noch gar nichts. Ich laufe hier nur herum und weiß nicht, wie es weitergeht. Und Katrin läuft hier auch irgendwo herum. Oder liegt schon irgendwo auf einem OP-Tisch, ich weiß es nicht! Nur dieser Deutsche ist optimistisch, wir treffen ihn heute Abend. Willst du ein Ei? Sie zog ihre Sonnenbrille aus einer Umhängetasche, aber behielt sie noch in der Hand. Nein, sagte Bühl – eine klare Entscheidung, während Renz sich mit Eiern anstellte, das eine zu weich, das andere zu hart, kein Ei ohne Drama. Sie setzte die Brille auf und sah in Bühls Gesicht. Es hatte etwas Junges ohne Bart, und wenn das Gestoppel noch wegkäme, wäre es vielleicht zu viel des Guten. Oder kam sie sich nur älter vor, so alt, wie sie war? Als sie sich zuletzt mit einem Mann hinter Renz' Rücken getroffen hatte, war sie im besten Alter dafür, Mitte vierzig und seit kurzem Frontfrau der Mitternachtstipps, er war Galerist in Berlin, ohne Alter, sie hatte in seinen Räumen eine Malerin vorgestellt. Drei- oder viermal trafen sie sich noch, an immer neuen Orten, sie und Holger, ein tödlicher Name zwischen zwei Küssen, Kristian war Gold dagegen. Und jetzt zu unserer Sache, sagte sie: Der Mann, den ich dafür bezahle, Katrin zu finden, ehe es zu spät ist, macht mir jeden Tag neue Hoffnungen. Wir treffen ihn samt seinem Helfer oder Leibwächter, der in Afghanistan ein Bein verloren hat und so gut wie gar nichts sagt. Dafür redet der andere umso mehr, er sagt, Havanna sei im Grunde klein für Leute, die sich nur in bestimmten Freiräumen bewegten, wie den Neffen des berühmtesten lebenden Dichters. Kann sein, dass du ihn furchtbar findest, den Gründer des Instituto Fichte. Auf seiner Karte steht Fichtes Satz, dass der Mensch nur unter Menschen ein Mensch wird, das kommt hier an. Aber er hat mir ein Interview mit dem berühmten Pablo Armando Fernández versprochen, dadurch würden wir seinen Neffen und auch meine Tochter finden. Willst du lieber Rührei, oder was willst du?

Sie wollte irgendetwas tun für Bühl, aber ihm reichten ein Brot, Käse und Tee – Renz hatte in ihrer ersten Nacht zwei Spiegeleier in einem Lokal gegessen, das eine gelungen, das andere nicht. Das gelungene trennte er von dem verlaufenen, löste das Weiße vom Dotter und bot ihr die unversehrte Halbkugel an, eine Silvesternacht, und das Lokal ganz in der Nähe ihrer heutigen Wohnung, um sie beide ein Vorhang aus Rauch, aus Musik. Sie sind die Einzigen, die dort nicht tanzen morgens um zwei, sie sitzen sich gegenüber, weit nach vorn gebeugt, und teilen sich das Eigelb, wortlos, gerecht. Sie wissen fast nichts voneinander, einen Namen, eine vage Berufsrichtung, und wissen doch alles: dass der andere der Einzige inmitten der vielen ist, und wenn sie heute alles voneinander wüssten, bliebe nichts als die Trennung. Das Lokal tobt, und zwischen ihnen feierliche Stille. Sie wischen einander die Eireste vom Mund, sie trinken Bier, schauen sich an und rauchen. Mal gibt er ihr Feuer, mal sie ihm, ihr Rauch vermischt sich, gute alte Zeit des Indoor-Rauchens, gute alte Zeit auch des Schlagers, der Refrains und der Luftschlangen: die ersten Stunden neunzehnhundertvierundachtzig, das Orwell-Jahr, das orwellmäßig zum Reinfall wird. Noch steht Aids vor der Tür, und in Berlin steht die Mauer, und alle singen Boney M. mit. Sie sind in diesem Lokal gelandet, unweit vom Schweizer Platz, im Plus – das vor einem Jahr erst dichtgemacht hat, nach außen eine Folge der Finanzkrise und in Wahrheit eine Folge des Lebens, der Wirt und seine Gäste waren gemeinsam älter geworden –, das Lokal ist brandneu, mit langer Bar, Stehtischen und jungen Bedienungen, das Publikum aus Offenbach oder Hanau, Autohändler, Makler, Arschlöcher, aber lustig. Und auch später, als sie fast um die Ecke wohnen, gehen sie noch ins Plus, es hat eine Terrasse nach Süden, und an warmen Sonntagen frühstücken sie dort mit den Autotypen in der Sonne und hören zum ersten Mal das Wort Prosecco. Aber nur diese lange Silvesternacht zählt, alles Spätere eher ein Witz; Renz ist zu der Zeit noch Filmkritiker bei der Rundschau, und sie schreibt kleine Kulturartikel, beide glauben an das, was sie tun. Sein Lachen ist ein Ja zu allem Komplizierten, Renz fiel ihr schon bei Filmpremieren auf, ein Kerl, dem lange Mäntel standen, mit Schnauzer und Notizblock. Und am Abend des letzten Tages im Jahr dreiundachtzig sieht sie ihn vor dem Hauptbahnhof, er treibt sich dort herum, seine Flucht vor Silvester, während sie von zu Hause kommt, ihre Flucht. Sie nicken sich zu, er zeigt auf eine Tasche, die sie trägt, darin Bettwäsche und Kleidung, die sie bei ihrer Mutter in Hannover gewaschen hat. Ich trage das mal, sagt er, und sie sagt, nicht nötig, und er nimmt ihr die Tasche ab, da hätte sie schon einiges über ihn lernen können. Dann gehen sie zur Straßenbahn, und er steigt mit ihr in die Vierzehn, begleitet sie einfach, und nachdem sie ihr Zeug in die Wohnung gebracht hat, ziehen sie herum und landen im Plus. Und dort erst tippt sich Renz an die Brust, so wie sich Robinson gegenüber Freitag bekannt gemacht hat: Bernhard. Und darauf sie, laut gegen Boney M., Verena! Wieland! Und er: Verena Wieland, wieso das denn? Und dann sieht er sie an, als sei ihr Name nur so lange gültig, bis er auf den Plan tritt, ein Kerl mit Schnauzbart, um den Namen zu ändern, sie an Ort und Stelle umzutaufen, auch da hätte sie schon viel über ihn lernen können. Aber sie hat nur eins im Kopf, den Kerl zu küssen, wenn vorher der Schnauzer verschwindet. Und das sagt sie ihm nach dem vierten, fünften Bier, hör mal, ich würde dich küssen, aber erst muss der Bart weg, und da bahnt er sich einen Weg durch die Tanzenden zum Wirt des Lokals und kommt mit einer Büroschere wieder. Los, ruft er, und sie fängt an zu schneiden, die dicken braunen Haare fallen auf das weiße Tischtuch, er pustet sie fort, und mit jedem Schnitt wird seine Oberlippe voller, Minuten wie im Märchen: sie Mitte zwanzig und er der Erste, bei dem sie sich vorstellen kann, ein Kind zu bekommen. Und was nun, fragt er, als der Bart ab ist. Er bedeckt sich den Mund, und sie greift nach seiner Hand, eine Premiere in dem Gefühl völliger Ungeschütztheit, und hebt die Hand an, da sitzen sie schon fast Stirn an Stirn, ohne Ahnung, was hinter der anderen Stirn vorgeht. Sie hoffen nur das Beste in dem Moment, und auf einmal liegen ihre Lippen auf seinen, die Hoffnung erfüllt sich, ein Kuss bis zum Gehtnichtmehr über ihren Tisch hinweg, das Menschenmögliche mit nur zwei Zungen.

Vila schenkte sich Tee nach, sie trank in kleinen Schlucken; Renz hatte nachts eine SMS geschickt, Ein Wort von dir, und ich komme. Sein Mund war inzwischen ein anderer, wie in sich zurückgezogen, und ihrer war noch voll, ohne fremde Hilfe. Oder gerade darum. Und sie hatte ihn auch gelassen, wie er war an dem Morgen, nichts gegen seine Blässe getan, überhaupt nur die Schatten unter den Augen abgepudert. Warum trennen wir uns nicht, das wollte sie zurückschreiben, aber da war es gleich acht, und um acht war sie verabredet. Und nun saß sie hier, und der mit am Tisch saß, hatte sich auch den Bart abgenommen, für ihn noch ungewohnt, auch so zu essen – an seiner Oberlippe ein Krümel, nicht groß genug, um ihn darauf hinweisen zu müssen. Aber dann doch ein Wort, halb abgewendet, Du hast etwas am Mund. Und wie geht es hier weiter? Wir können uns die Umgebung ansehen, oder bist du zu müde? Sie nahm die Sonnenbrille ab, und seine Hand ging zu dem Krümel, als ihre schon in dieselbe Richtung ging, nur gelang es jetzt, die Bewegung noch aufzuhalten.

EIN warmer, windiger Tag, die Luft würzig vom Meer; Bühl war nicht müde oder wollte nicht müde sein, auch wenn ihm die Augen brannten. Also der Gang durch die Umgebung, danach erst das Bett, aber statt Schlaf ein Herumliegen, alles Mögliche noch im Ohr, Du hast etwas am Mund: immer wieder diese Worte, weil sie nicht neu waren, weil er sie kannte; sein Mund hatte schon viele beschäftigt, Männer und Frauen, alte und junge, fremd oder nahestehend. *Liebs Mündle*: seine alemannische Kinderfrau, die Hug Tulla, wenn sie von ihm sprach. Tulla Maria Hug, damals über vierzig und noch ehelos, eine Eigensinnige mit reicher Sprache, erprobt in einem Süßigkeitenladen, Confiserie Rombach, wo sie als Verkäuferin aushalf und der Kundschaft auch die feinsten Nuancen aller nicht zum Probieren bestimmten Pralinen oder *Prallinees*, wie sie sagte, nur mit Worten schmackhaft machte; und ihre Gebrauchspoesie aus der Welt des Süßen wandte sie auf sein Gesicht und speziell den Mund an. Dazu sprach sie noch vom Küssen, das sie aus den Zartenbacher Dreisam-Lichtspielen kannte, und gab ihm ein Ranking mit auf den Weg. Ganz unten der Judaskuss, dann der versäumte Kuss, der Abschiedskuss und der berühmte erste und als Gipfel der Kuss der Küsse, so nannte sie ihn, und das mit verdrehten Augen und nie in Gegenwart der Eltern ihres Mündles, wie er für Tulla auch summarisch hieß – ihr Mündle oder Liebskerle, für das sie da war, wenn die Mutter in Kultur machte und der Vater für die Vorhangseide durch das ferne Bangkok zog; ihm war beim Mund des Sohns nur das Wort Mädelgosch eingefallen, auch ein Wort, mit dem er leben musste. Alte Wörter: Teil seiner inneren Kapsel, die nur ihn etwas anging, also hatte er noch keiner Frau davon erzählt. Und auch beim Erkunden der Hotelumgebung kein Wort über sich, er war nur neben Vila hergelaufen, rund um einen kleinen Park mit staubigen Palmen, eine Art verwahrlostem Nest inmitten der Stadt, dem Parque Central, und dann mit ihr vor einem Straßencafé stehen geblieben. Das Francesa, sagte sie, Außenposten des Instituto Fichte. Spiegelhalter sitzt jeden Abend am selben Tisch, und überhaupt hängen dort die Deutschen herum, mit normaleren Namen als er und nur einer Philosophie, Sex mit kleinen Kubanerinnen. Und dein Bart, der kam wirklich erst heute Morgen ab? Eine Frage mit Blick auf seinen Mund, da waren sie schon wieder vor dem Hotel, und von ihm eine ganz andere Antwort, als sie die kathedralenhafte Lobby betraten: Spiegelhalter sei kein so seltener Name in der Gegend, aus der er komme. Und Sex gar keine Philosophie. Weil die nicht platzen darf nach dem letzten Seufzer. Und von ihrer Seite dazu nichts, sie blieb bei Spiegelhalter: der für eine Spende sonst wen in sein Institut aufnehmen würde. Hier gehören schon lauter Tätowierte mit Ring im Ohr und grauem Zopf zum sogenannten Fichte-Colloquium. Und nun solltest du schlafen, Bühl, oder was willst du? Worte, die ihm auch noch im Ohr waren, oder was willst du?, als könnte man das so mühelos sagen, schon gar nicht, als sie dann eine Fahrstuhlkabine für sich hatten, sie zum fünften Stock, er zum achten, ein kriechender Fahrstuhl, die Kabine aus dunklem Holz, an ihrer Decke eine Leuchtröhre, beide mit Blick zu einer der Seitenwände, in der Mitte die Speisekarte vom Dachrestaurant. Da gibt es sogar Schnitzel und Weißbier, hatte er schließlich gesagt, als der Fahrstuhl hielt, die Tür aufging und Vila sich das Haar hinter die Ohren strich, wie ein Reflex aus ihren Mitternachtstipps.

Er sollte also schlafen, wie er schon als Kind mittags einen Schlaf halten sollte, am Bettrand seine Mutter, aber gerade die Müdigkeit, das Brennen in den Augen, hielt ihn wach. In einer Art Alarmzustand lag er auf dem Bett, in der Hand eine Fernbedienung, über sich den Ventilator, der die Luft umrührte, während neben der Tür zum Bad der Zimmerfernseher lief, das Bild wie aus den Frühtagen dieser Erfindung. Die Programme schienen alle aus denselben Gesichtern, derselben Musik gemacht, dazwischen alte US-Serien, noch in Schwarzweiß, und auf einmal Castro, auch eine Konserve. Castro vor einer riesigen Versammlung, Tausenden von Leuten, die etwas mit Erziehung zu tun hatten, immer wieder das Wort educación. Bis es vor dem Fenster dunkel wurde, sah er sich die Rede an, selbst Gedankenpausen hatten es in sich, Castros zerstreute Mimik, bevor er mit Anlauf zu einer Zwischenerkenntnis kam, die der

ganze Saal sofort mit Beifall und verständigem Lachen be-
lohnte, wie ein selbstverliebtes Jazzpublikum. Ein zerzauster
Greis im Kampfanzug mit Pistole am Koppel hielt da eine mal
versonnene, mal strenge Predigt für Freund und Feind – und
krönte sie mit einem Gedicht von dem Mann, dessen Neffe
Vilas schwangere Tochter für eine Abtreibung nach Havanna
gelotst hatte, wenn er die Zusammenhänge richtig verstand
und sein gutes altes Latein genug Verwandtschaft mit dem
kubanischen Spanisch hatte.

Keine Politik in Kuba ohne einen Schuss Poesie: Karl Spiegelhalters Kommentar am Abend im Café Francesa, wo die Castro-
Rede immer noch oder schon wieder in einem großen, unter
dem Vordach aufgestellten Fernseher lief. Der Leiter des Instituto Fichte stand dort wie eine weitere der bröckligen Säulen
des Dachs, nur kleiner und in abgewetztem Anzug statt ver-
blichener Farbe, einen Trümmer von Zigarre im Mund, passend zu einer Brille mit fehlendem Bügel. Er zeigte auf einen
Tisch voller Papiere, beschwert von Bierflaschen gegen den sal-
zigen Meerwind, Setzen wir uns! Und kaum saßen seine Auftraggeberin und ihr Begleiter – Vila über den Mann an ihrer
Seite: ein Bekannter aus Frankfurt, Lehrer für Latein und
Ethik –, rief Spiegelhalter den Dienstgrad Hauptmann ins
Innere des Cafés, Hauptmann, komm mal her! Seine Stimme
war verwaschen, teils von Dialekt, teils von dem Zigarrentrümmer im Mund; er nahm ihn nur heraus, um ihn als stummligen
Zeigestock zu benutzen: für den gerufenen Hauptmann, der
mit einem Bein und zwei wenig romantischen Standardholz-
krücken an den Tisch kam, den Stumpf in einer abgeschnittenen Khakihose, ein Kraftpaket mit dunklem Bürstenhaar und
Flaum auf den Wangen, als sei er noch keine zwanzig; nur seine
Augen hatten etwas Besiegtes, wie bei Fußballern, wenn sie
vorzeitig aufhören müssen. Mein Assistent, erklärte der Leiter

des Instituto Fichte, Hauptmann Kampe, nebenbei auch Lehrer. Er bringt hier Straßenmädchen das Deutsch bei, das sie für ihre Arbeit gebrauchen können, ansonsten sorgt er mit seiner Erfahrung für die Sicherheit meiner Klienten. Das fehlende Bein hindert ihn nur an Wettrennen und Kniebeugen, und eine Prothese lehnt er aus Prinzip ab. Er denkt radikal, das verbindet uns – sag's!

Und der Hauptmann murmelte ein Ja und gab der Klientin und ihrem Bekannten die Hand, dann entfernte er sich Richtung Straße in einer Art Krückenlaufschritt, wie eine Demonstration seiner guten Verfassung, während Spiegelhalter, in Rauchwolken gehüllt, schon weitersprach, auf sein Institut und dessen Ziele kam: in Kuba deutsche Kultur zu vertreten, solange die in Berlin die amerikanische Dummheit mitmachten und es hier keine offizielle Einrichtung gebe. Er sprach jetzt breites Alemannisch, aber druckreif, ständig an dem vor Feuchtigkeit schon dunklen Trümmer saugend wie an einem Schnuller, wobei sich in den Mundwinkeln Schaumperlen sammelten, die er manchmal mit einsaugte. Und kommen Sie weiter, was meine Tochter betrifft, fragte Vila auf einmal. Haben Sie schon eine Spur, hat das überhaupt einen Sinn hier? Sie sah auf ihre Hände, die einander festhielten, als könnten sie sonst ausrutschen, und Spiegelhalter nahm die einbüglige Brille ab; er winkte damit einen schläfrigen Kellner heran und bestellte Rum für alle. Die Spur zu einer Spur, sagte er. Der Hauptmann unterrichtet auch hübsche Jungs, und einer arbeitet für den früheren Ballettkönig von Havanna, Tommy Reyes. Und der betreibt in der Calle Gervasio ein diskretes Haus für Liebespaare. Der lebenslustige Fernández-Neffe verkehrt dort, und wir gehen morgen Abend hin. Das Haus hat morgen Ruhetag, und Reyes empfängt uns.

Der Kellner brachte den Rum, drei volle Gläser, Spiegelhalter tunkte das Trümmermundstück in seins, Trinken wir, sagte er, und Vila stieß ihr Glas sachte an Bühls, eine Bewegung, die sie noch hätte aufhalten können. Sie saß neben ihm, mit etwas Luft, bis der Hauptmann von der Straße zurückkam, sich mit an den Tisch setzte; er machte seinem Chef beruhigende Zeichen, und der trank den Rum in einem Zug, dann wandte er sich an Bühl – Ethik, das heißt etwas Volksphilosophie? Eine Bemerkung mit halbem Lächeln über die ganzen zerknitterten Wangen und von der Farbe seines klebstoffgelben, wohl ursprünglichen weißen Hemdes; der Leiter des Instituto Fichte trug sogar eine Krawatte, bräunlich wie der Rum und seine Schuhe, aus denen hellrot die Knöchel sahen. Nur, wenn man nach Lehrplan geht, wenn man stur ist, sagte Bühl, das noch volle Glas am Mund. Er wiederholte die letzten vier Worte im Ton seiner Kindheit und nannte das Dorf, aus dem er kam. Und Sie? Auch aus der Ecke?

Unterried – Spiegelhalter steckte sich den Trümmer neu an, er blies den Rauch Richtung Straße, wo jetzt ein paar Knappgekleidete auf und ab gingen, Plateauschuhe, Shorts und Tank Top, und zog dabei ein Papier aus dem Anzug und reichte es dem Mann, der aus seiner Ecke kam. Hier unterschreiben, und du beziehst meine Vorlesungen, der Jahresbeitrag liegt bei nur zwanzig Euro, eine vernünftige Lösung, auch ethisch vertretbar. Was war dein liebstes Thema in dem Fach? Spiegelhalter duzte seinen Landsmann ohne Herablassung, wie einen Sohn, der gelegentlich geistig geprüft werden muss.

Das Wirken des heiligen Franz, sagte Bühl, in der Hand schon einen Geldschein, der ihm gleich zwischen den Fingern hervorgeholt wurde. Der selbsternannte Attaché in Sachen Kultur ließ sich eine Monte Christo bringen, biss eine Kerbe ins Mundstück und steckte sie mit dem Trümmer an. Fällt dir kein Besserer ein? Franz von Assisi war nicht einmal Märtyrer – was ich sogar von mir behaupten könnte. Du kennst das alte Zartenbacher Freibad? Da gab es diese Reckstange, wenn man aus den Kabinen kam, links auf der Wiese vor dem Bach, und eines Tages packten die Halbstarken in den Dreiecksbadehosen, aus denen immer ein Kamm stand, einen bebrillten Jungen und hängten ihn mit den Kniekehlen an der Stange auf und verlangten, dass er Gottvater, den Sohn und den Heiligen Geist, also die Dreifaltigkeit, an die ich geglaubt hatte, das dreifaltige Arschloch nennt, und das so laut, dass man es bis zum Sprungbrett hören sollte, und dabei bogen sie mir die Fersen an die Schenkel, bis ich es herausgeschrien habe, nur um einen Buchstaben erweitert, Die Dreifaltigkeit ist *kein* Arschloch, aber meine Schergen liefen in ihren Dreieckshosen davon, während ich noch an der Stange hing, ein Achtjähriger, von einer Minute zur anderen entschlossen, sein Leben in den Dienst der Vernunft zu stellen, selbst unter Bedingungen wie hier in Havanna: ein Aufklärungskampf gegen die Halbstarken aus unserer Botschaft, die mich nur als Konkurrenz sehen, und die Gottlosen vom Geheimdienst, die unter Aufklärung das Anbringen von Wanzen in meinem Institut verstehen. Du kennst doch das alte Freibad, wenn man durch die Felder Richtung Unterried geht?

Bühl kannte das Bad, und wie er es kannte, er hatte das Schwimmen dort entdeckt, sein Ja war knapp und fiel mit einem Nein von Vila zusammen, Nein, deshalb sind wir nicht hier, rief sie, ich will zu meiner Tochter, sonst nichts! Sie pochte sich mit den Handballen an die Stirn, und Spiegelhalter schob ihr das Rumglas hin, Morgen kommen wir weiter, heute wird erzählt! Und schon sprang er von der Dreifaltigkeit zur reinen Idee Gottes und zu den Gottesbeweisen: welcher ihm am meisten einleuchte. Mein eigener, sagte Bühl. Dass *ich* ausgerechnet ich bin, hier und heute die Welt erlebe, statt in einem anderen Leib zu anderer Zeit, etwa als Franziskus, dafür gibt es keine irdische Erklärung. Und danach der anselmsche: Wenn über Gott hinaus nichts Höheres gedacht werden kann, dann muss es ihn auch geben, ein Beweis, verrissen von einem Mönch, worauf ihn Anselm immer nur samt dem Verriss abschreiben ließ, eine Größe, die meine Schüler aber als Schwäche sahen: Der Anselm hätte dem Mönch Geld bieten müssen, damit der Verriss verschwindet. Kritikpunkt war, dass sich allein aus einem Begriff, dem Begriff Gott, nichts über die entsprechende Realität sagen lasse, sonst wäre es ja auch auf andere Idealvorstellungen anwendbar, etwa auf die von der Insel der Seligen, die bekanntlich nicht existiert.

Das sieht die Führung hier ganz anders, sagte Spiegelhalter und machte einen weiteren Sprung, von der Insel der Seligen über Kuba zur Insel der Kindheit: die es wenigstens in der Erinnerung gebe. Du kennst wirklich das alte Zartenbacher Freibad? Er löschte die Monte Christo und schob sie als Reserve in die Brusttasche, während Bühl noch einmal ja sagte, jetzt aber langsamer, weicher, offen, und schon begannen sie, über ihr gemeinsames Tal zu sprechen, wo das Dorf mit der Reckstange im Freibad – längst demontiert für eine Badelandschaft – und das von Spiegelhalter samt den dazwischenliegenden Wiesen und Wäldern noch immer dieses Inselreich der Kindheit war. Sie sprachen von ihren alten Schulwegen, der spiegelhaltersche auf noch lehmiger Straße von einem abgelegenen Hof in das Dorf, vorbei an vier Kruzifixen am Feldrand, Bühls entlang des Rotbachs oder Ruschebachs, vorbei am Gasthof Sonne und einer Schmiede, in der noch letzte Pferde beschlagen wurden, heute Internetcafé. Sie sprachen von der unerschöpflichen oder lieben Sommerzeit aus dem Lied im Gesangbuch und vom Duft der Nivea-Creme im Freibad, vom Wogen der Ähren, wie man es vor Gewittern vom Giersberg aus sah, und der Einsamkeit in der alten Bergwerkshalde von Kappel; von den Molchen in den Wasserläufen zwischen den Wiesen, den Tricks, sie zu fangen, und dem Schrecken, sie austrocknen und sterben zu sehen. Und sie erzählten von Kartoffelfeuern im Herbst, ihrem beizig-süßen Geruch, und den ausgehöhlten Rübenmasken, ohne von amerikanischen Bräuchen gehört zu haben; vom langen Winter, wenn der Schnee alles stilllegte und es bei jedem Schritt knackte unter den Sohlen, bis ein Flammenmeer, die Hexenverbrennung, wie es zu Spiegelhalters Zeit noch erlaubt war zu sagen, den Winter austrieb – scheiden tut weh, aber dein Scheiden macht, dass mir das Herze lacht! Und so kamen sie auf die Fasnet, das höllische Treiben, das am Donnerstag ausbrach, am Schmutzig Dunschtig mit den Schweinsblasen, die man Kindern auf den Kopf schlug, damit sie ein Lied anstimmten, Borstig, borstig, borstig ist die Sau, und wenn die Sau nicht borstig wär, dann gäb sie keine Würste her! Und auf einmal sangen beide, Bühl halblaut, balancierend, Spiegelhalter ein Kapellmeister seiner selbst, und im Zuge dieses Stoßgesangs erhob er sich, wankend vom Rum, der Hauptmann stützte ihn, seine erste klare Tätigkeit. Vila aber legte Geld auf den Tisch, genug für allen Rum, und ihr Schleuser durch den Wirrwarr von Havanna nahm sich einen der Scheine, Fürs Taxi, vergeltsgott – morgen Aufbruch von hier, man erwartet uns zum Abendessen! Spiegelhalter gab dem Hauptmann ein Zeichen, und der griff nach den Krücken, ein Abgang auf drei Beinen. Gehen wir auch, sagte Vila, verwehtes Haar im Gesicht, dass nur noch ihr Mund hervorsah.

Mit einer unlogischen, einer weichen Logik nimmt man den anderen, den man kaum kennt, als Ganzes wahr, sobald der Blick auf ihn ein liebender Blick ist, als Ganzes und zugleich Leeres, noch nicht Gefülltes, das einem mit weicher Logik als vollkommen erscheint. Der andere wird so zum ganz anderen und hat nichts von dem, was man kennt – für Vila war Bühl, als sie mit ihm durch den nestartigen Park ging, plötzlich das Gegenteil von Renz. Renz erzählte von sich, wenn er von früher sprach, Bühl erzählte von früher. Und war gleichzeitig bei ihr; er kannte sie kaum, aber ging mit ihr nachts durch einen Park und teilte die Sorge um ihre Tochter. Wir werden sie finden, sagte er, für einen Moment seine Hand an ihrem Arm. Renz und sie kannten sich dagegen ein halbes Leben: eine ständige Fessel, obwohl er weit weg war. Ihnen beiden waren die Hände gebunden, so lange kannten sie einander. Ja, wir finden Katrin, bevor es zu spät ist, wollte sie erwidern, aber dann sagte sie nur seinen Namen und wusste nicht weiter: Bühl oder der Beginn eines langen Textes und sie vor Lampenfieber gleich steckengeblieben.

Eine unruhige Nacht, wirbelnde Blätter und Staub; wie auf der Suche nach etwas Verlorenem, Geld oder Ring, durchquerten sie den Park, längs des krummen Wegs schlummernde Hunde und Bänke mit Pärchen, eins so verklammert, dass Vila den Schritt anhielt, als drohe Gefahr, wo doch nur die Nachtvögel piepsten. Und ihr Begleiter (oder Bekannter aus Frankfurt) streckte eine Hand nach ihr, die konnte sie nehmen oder nicht, und Vila nahm sie, wie man ein Geschenk nimmt. Hand in Hand gingen sie weiter, und es war gut so, es schärfte den Sinn, stellte beide vor ein Problem, als der Park durchquert war: was nun mit den Händen. Und die Lösung lag sozusagen mit auf der Hand, einfach noch nicht zum Hotel gehen, sondern weiterziehen, es darauf ankommen lassen, was mit ihnen passiert. Unter dunklen Arkaden gingen sie um ein großes Gebäude, dahinter ein nackter Platz, nur zum Teil gepflastert; auf der übrigen Fläche schütteres Gras, ein paar Jungs kickten mit einer Plastikflasche, knappe Rufe, kurze Pässe, und der Wind mischte mit. Der Platz endete an einer abgerissenen Hausfront, man sah noch die Einteilung der Zimmer. Vila strich über die alten Wandfarben, irgendwann von irgendwem gewählt, um das Leben etwas freundlicher zu machen; ihre Schritte wurden immer kleiner, bis sie stehen blieb, Bühls Hand noch in ihrer oder umgekehrt. Sie bat ihn um ein Wort aus seiner Kindheitssprache, eins, das jetzt, in dem Moment passen würde. Komm, bitte, nur ein kleines Wort!

Vila ging auf die Fußspitzen, sie sah ihn an, mit seinen Geschichten, seiner Stimme, mit seiner Hand – an der sie kurz rüttelte, fast ein Betteln um das Wort – hatte er sich nicht nur vor Renz geschoben, er schob sich auch langsam vor Katrin, und nur wegen Katrin war sie hier; selbst wenn er ihre Sorge teilte, schob er sich noch davor. Warum lassen wir nicht die Worte Worte sein, sagte er und nahm sie in den Arm, ohne Absicht oder nur in der Absicht, genau das zu tun: friedlich die Arme um sie zu legen. Und sie hielt still, aber war nicht still. Ich werde umarmt: ein Bild aus drei Worten, als sei sie ihre eigene Zeugin, die Zeugin von etwas schrecklich Schönem, wie manchmal noch nachts auf dem See, wenn Renz im Boot den Arm um sie legt, oder lange davor, bei den letzten Malen, als ihr Vater sie in den Arm nahm, ein Mädchen von zwölf, das sein Rasierwasser roch, seine ganze nahe Fremdheit, weil er nur selten kam und dann gar nicht mehr, sie allein blieb mit der Mutter in Hannover, allein mit einer Zahnärztin, die geliebt werden wollte. Vila hielt sogar den Atem an, um auch das Mädchen in sich anzuhalten, ihre kindliche Freude. Die Worte Worte sein lassen, gar nichts mehr sagen, auch das war Gegenteil von Renz, und sie holte Luft, als hätte sie die ganze Zeit geredet, und Bühl nahm die Arme weg, vorsichtig, wie man ein Pflaster von einer Wunde zieht, und ging dann ein Stück vor ihr her, den Kopf halb gewendet; sie überquerten wieder den Platz, auf dem noch immer gekickt wurde, und liefen unter den dunklen Arkaden zum Hotel.

Bühl hielt ihr die Tür, er ließ sie vorbeigehen, schloss aber gleich zu ihr auf, und als Paar gingen sie durch die Kathedralenhalle mit ihren schwarzen Geheimdienstlern und traurigen Musikanten bis zum Treppenhaus hinter den Liften, als hätten sie es abgesprochen: nach oben zu laufen und nicht zu fahren.

Erst im fünften Stock blieben sie stehen, Bühl mit ruhigem Atem, während sie kaum einen Abschied herausbrachte nach all den Stufen. Sie sagte nur ein Wort, Schlaf, und ging rückwärts, bis er verschwunden war, dann lief sie in ihre Etage, vorbei an einer Palme im Topf, die am Morgen noch etwas Bedauernswertes hatte, einsam und sinnlos im langen Flur. Jetzt stand sie da, und es mangelte ihr an nichts.

AM nächsten Tag fand Bühl – er hatte bis zum Nachmittag geschlafen – einen unter der Zimmertür hindurchgeschobenen Zettel, darauf die Bitte, am frühen Abend in der Halle zu sein, Vila. Ihr Namenszug, ein Grund, sich die Bartstoppeln noch weiter zu kürzen, Feinarbeit in dem Bad ohne Vorhang und Fensterläden; auf dem Balkon gegenüber die ganze schwarze Familie bei Bier und Musik, die Frauen mit Lockenwicklern. Sie winkten ihm zu, und er winkte zurück, eine Bilderbuchstunde. Und mit hellen Wangen, hellem Kinn trat er bei Anbruch der Dämmerung auf Vila zu, Vila schon vor dem Hotel im T-Shirt, um die Schulter eine Rucksacktasche. Sie drückte ihm eine Faust an die Brust, sachte wie ihr Anstoßen vor dem Trinken, und er nahm ihr die Tasche ab, sie liefen zum Café Francesa, wo Spiegelhalter schon im Eingang bereitstand, im Mund seine gestrige Monte Christo, jetzt auch schon mehr Trümmer als Zigarre. Wir gehen zu Fuß, sagte er.

Ein von Lärm begleiteter Weg durch die nahe Calle Neptuno, in den Fünfzigern, zur großen Mafiazeit, Schlagader von Havanna, überall noch die Leuchtschriften unter Schichten von Staub und Kot. Spiegelhalter ging voran, mit dem Zigarrenstummel seinen Kommentar dirigierend, dazu jede Musik aus jedem Auto oder einer der unzähligen Fahrradrikschas mit Boxen im Fahrgastgehäuse. Hinter einer großen Querstraße, der Avenida Italia, beruhigte sich der Verkehr, und ein paar Häuserblocks weiter bog der Dirigent rechts ab, in eine schottrige Schneise ohne Autos, stattdessen schlafende Hunde, wie erschlagen, und alte schwarze Frauen vor ihren Türen, rauchend auf einem Schemel, einer Kiste, im krausen Haar ein bunter Kamm. Das Viertel der kleinen Leute, verkündete Spiegelhalter, als hätte er die kleinen Leute erfunden. Die Straßen heißen hier Beharrlichkeit und Bitternis, Unverbrüchliche Treue oder Sehnsucht. Und was fällt an den Häusern auf? Er machte eine Geste zu den Dächern: nirgends eine Satellitenschüssel, die sind verboten. Die Leute leben hier im Informationsparadies, sie erfahren nur das für sie Nötige, aber der wahre Effekt der Zensur ist ein ästhetischer! Und mit diesem Ausruf bog er in eine leicht abschüssige, von Schlaglöchern übersäte Straße, die als lange Gerade auf das Meer zulief; man hörte die Brandung und sah Gischt gegen den dunklen Himmel. Die Calle Gervasio – das Intakteste ihr Straßenschild – war unbeleuchtet, nur aus offenen Fenstern fiel manchmal Fernsehflimmern auf die Hunde oder eine der Fahrradrikschas, die ihren Weg vorbei an den Löchern suchten. Spiegelhalter ging auf ein über und über bemaltes Haus mit Dachgarten zu, ein Kleinparadies zwischen Ruinen, er zog an einem Glöckchen neben einer gut gesicherten Tür. Kurz darauf Schritte, als näherte sich eine Geisha, mal schlurfend, mal trippelnd, und durch ein Loch in der Tür mit kindlicher Stimme die schlichte Frage, was man wünsche, in einer Mischung aus Spanisch und Englisch, halb *desear*, halb *desire*, und Spiegelhalter antwortete mit seinem Namen, schon ging die Tür auf, dahinter ein kahlköpfiger gedrungener Mann im Trainingsanzug, barfuß, mit Ringen an jedem Zeh und Ringen an jedem Finger. Er ruckte mit dem Kopf, seine Erlaubnis zum Eintreten, dann verschwand er im Halbdunkel eines Gartens, während ein vor sich hin summender Junge die Tür zur Straße wieder schloss.

Der mit den Ringen ist Reyes, sagte Spiegelhalter, der war hier die große Ballettnummer, jetzt vermietet er Zimmer. Der Junge ist einer von zwei Dienern, der, den mein Hauptmann kennt, heute leider verhindert, er muss sich um sein Invalidengeld kümmern. Der zweite Diener ist der Koch, ein Österreicher, noch so ein hübscher.

Und der summende Nichtkoch war dunkelhäutig, mädchenhaft, nur in knappen Shorts, mit einer Handbewegung lud er dazu ein, ihm zu folgen. Nach einigen Schritten durch einen engen Flur kamen sie in einen Raum ohne Beleuchtung, dafür mit einem leisen, wie von allen Seiten ausgesandten Klingeln, sobald man den Fuß aufsetzte. Der junge Schwarze machte Licht, Licht von einem zierlichen Lüster über einem frei in der Mitte des Raumes stehenden Eisenbett, und es fiel auf Aberhunderte von kleinen Kaffee- und Teeservice, Tässchen und Tellerchen, winzigsten Löffeln und Zuckerdosen, liliputanischen Kännchen und puppenstubenhaften Keksschalen oder Likörgläsern, die an allen vier Wänden hingen und sogar an der Decke, als ein einziges Gebilde aus Porzellanblüten, buchstäblich an seidenen Fäden, was schon bei geringster Erschütterung das feine, den ganzen Raum erfüllende Klingeln hervorrief – wer sich im Eisenbett zu ruckartig bewegte, wurde zum sprichwörtlichen Elefanten im Porzellanladen. Das Innere dieses Hauses, das ist Havannas geheimes Herz – Spiegelhalter sprach jetzt hinter vorgehaltener Hand, als könnte ein lautes Reden alles schon zerbrechen lassen; er teilte einen Vorhang aus Tässchen an Schnüren, und dahinter ein weiterer Raum, größer als der erste, aber ebenso ausgestattet. Wie dichte Rankengewächse hingen hier die winzigen Service an Wänden und Decke, und das Bett stand wieder genau in der Mitte. Gerade breit genug für zwei, sagte Spiegelhalter, zwei, die sich lieben unter den Klingelgeräuschen, die sie damit erzeugen, als hätte die Begierde ihre ganz eigene, nur Paaren, die in die Calle Gervasio finden, zuteilwerdende Musik, wenn man es mit etwas Pathos beschreiben will.

Wo sind wir hier, was soll das alles? Vila, neben Bühl auf den Zehenspitzen, um sein Ohr zu erreichen, versuchte noch, das Ganze mit Katrin in Verbindung zu bringen. Komm, sag, dass wir hier richtig sind, was denkst du? Sie zog an seinem Arm, damit er ihr antworte, und dann wagte sie es, sich auf die Bettkante zu setzen, was gleich ein leises Konzert auslöste, das Aneinanderticken unzähliger Tassen und Löffelchen, und von dem Diener in Shorts – für Bühl eher eine knappe Turnhose – ein nachsichtiger Blick, dabei schon das Öffnen des nächsten Vorhangs aus Winzigem, das irgendwo, irgendwann einen Tisch geziert hatte, dahinter ein Bad, und Vila suchte zum ersten Mal Bühls Hand, als sie den schachtelkleinen Raum betraten, die Klosettschlüssel wie eine Insel im Gewirr der Zuckerdöschen und Unterteller. Fließendes Wasser gibt es auch nachts, sagte der Diener auf Deutsch, was für den Hauptmann als Lehrer sprach, dann ging es schon in den Nachbarraum, und der Grundriss erschloss sich. Die Räume mit Betten bildeten ein Karree um einen Zentralraum, in dessen Mitte sich, anstelle des Eisenbetts, ein Thron erhob, wie man ihn aus Opern kennt, einer mit Löwenkopffüßen und scharlachrotem Polster, auf dem der Hausherr und einstige Tänzer in seinem Trainingsanzug saß. Tommy Reyes, die Füße mit den beringten Zehen auf einem Samtkissen, die Hände mit den beringten Fingern unter dem Kinn, sah sich in einem bis auf das schwarzweiße Bild von Löffeln und Mokkatässchen behängten Fernseher eine alte Bonanza-Folge an.

Little Joe – Vila kannte sich aus, die renzsche Schule, aber sie wollte das alles gar nicht sehen: noch ein Hindernis zwischen ihr und Katrin –, Little Joe reparierte gerade den Viehzaun, als Hoss trotz Körperfülle heransprengte und Überfall auf die Ponderosa! rief, und schon saß der Bruder auf dem

Pferd, während der Ex-Tänzer auf dem Thron vor Aufregung Nägel kaute. Sein schwarzer Dienerjunge nahm die Besucher für eine Erklärung beiseite – der Ruhetag war Bonanza-Tag für Reyes, mit zwölf Folgen in einem Kanal, auf dem nur alte US-Serien kamen; an normalen Arbeitsabenden dagegen sein Achten auf die Klingelgeräusche, angeblich konnte er jeden Stammgast heraushören. Nur den Neffen unseres berühmtesten Dichters hat er vorgestern für den Onkel gehalten, sagte der Diener in einer Mischung aus Englisch und Deutsch.

Der Typ war also hier: Vila, fast den Mund an Bühls Ohr, seine Hand noch in ihrer, flüsterte jetzt. Aber mit wem? Sie wandte sich an den Diener. Dieser Neffe, wer war bei ihm, a young woman from Germany? Vila zog Geld aus der Tasche, zehn Euro, sie wedelte damit vor dem Diener. Es waren zwei Frauen, sagte er und nahm das Geld. Eine hat nur fotografiert. Sie ging dann mit ihm nach einer Stunde wieder.

Katrin, sagte Vila. Katrin muss alles fotografieren, und das hier ist wie unbekannte Gebräuche für sie. Vorgestern war sie in diesem Haus, und ich hatte keine Ahnung!

Dann war sie vorgestern wohl noch schwanger: Bühl flüsterte jetzt auch, dicht neben Vila, beide standen hinter dem Thron, auf dem Reyes die Episode verfolgte, bis Ben Cartwright am Ende den Kamin entzündete, während der chinesische Koch in seiner Ecke schnarchte, dazu schon die Abspannmusik. What do you want, fragte Reyes halb nach hinten, und Vila reichte ihm ein Foto von Katrin: ob diese Frau vorgestern hier gewesen sei, mit einem namens Fernández, und wie man den erreiche. Der frühere Tänzer warf einen Blick auf das Foto und murmelte etwas Längeres, dann rief er einen Namen, Dodi. Er will uns helfen, wenn wir nach dem Essen eine Spende dalassen, übersetzte Spiegelhalter, als der österreichische Diener erschien, ein gealterter Wiener Sängerknabe im Kochdress; er nahm ein paar Anweisungen entgegen und verzog sich wieder, als schon die nächste Bonanza-Melodie ertönte und alle Löffelchen rund um das Bild zittern ließ und den Hausherrn unerreichbar machte.

Der junge Schwarze winkte die Besucher ins Freie, an eine steile, wie einem rostigen Dampfer entnommene Treppe zum Hausdach. Reyes macht sich Gedanken, die Spende dafür beträgt zwanzig Euro, sagte Spiegelhalter beim Hinaufsteigen hintereinander, so schmal war die Treppe; und Licht gab es erst auf dem Dach, von alten Verhörlampen mit schwarzem Blechschirm. Ihr Schein fiel auf die Wände der benachbarten Ruinen, darauf Bilder aus dem Leben des Ex-Tänzers, von der Geburt in einer Hütte über die Ausbildung in Moskau und Triumphen unter den Augen von Castro und Breschnew, endend mit dem Verlust eines Geliebten, der ihn bis zum Jahrtausendende begleitet hatte: ein karibischer Athlet mit den Augen eines Rehs, gestorben an Aids, und über seinem Bild auf der Hauswand groß die Worte Adios a la vulgaridad!

Übersetz uns das mal, sagte Vila, und Bühl verließ sich auf sein Latein. Ein Lebewohl dem Gewöhnlichen, adieu gemeine Lust, auf ein Wiedersehen im Fleisch, kommt das hin? Er tippte an Vilas Hand, sie saßen über Eck, er mit Blick auf das Wandbild. Und Vilas Antwort ein Nein, leicht gedehnt, also auch halb bejahend; sie wollte weitere Versuche, aber der Diener kam mit Neuigkeiten, die er Spiegelhalter ins Ohr sagte, und der gab sie weiter. Die eine Begleiterin von Belarmino Fernández, so heißt der Typ, die Frau, die hier fotografiert hat, der wurde zweimal übel. Und Belarminos berühmter Onkel war auch schon hier, nur nicht mit einer Frau. Reyes lässt ausrichten, dass er den Kontakt zu Pablo Armando Fernández herstellen könne, für eine Sonderspende von fünfzig Euro. Den alten Kerl interviewen hält er für eine gute Idee. Fernández sollte das Gefühl bekommen, vor dem Nobelpreis zu stehen, dann würde er den Neffen über die Klinge springen lassen. Als Kandidat für den Preis genießt er hier Immunität und muss höchstens Castros Bruder fürchten: dem imponieren nur Ehrungen, die er selbst vergibt oder empfangen hat. Wie Sie sehen, kommen jetzt wir weiter. Und bekommen auch noch ein Essen!

Dodi der Koch betrat mit einem großen Tablett das Dach, darauf drei Teller mit je zwei Langusten, rot wie die Buchstaben von Adios a la vulgaridad, er stellte sie auf den Tisch und ging wieder. Mahlzeit, sagte Spiegelhalter, Auftakt eines Roof Dinners im Schein der alten Lampen, die neben dem Wandbild des Toten auch Szenen zwischen dem Tänzer und seinem athletischen Reh anstrahlten, beide nackt umschlungen, vor und während des Akts in den schaumigen Ausläufern einer Welle, die das Meeresessen geradewegs auf die Teller gespült zu haben schien. Der schwarze Diener brachte noch Rum, er schwebte um den Tisch, und schon waren die Gläser gefüllt, dunkelbraun funkelnd. Vom Meer ein lauer, wie in Salz und Öl getauchter Wind; der Rum stark und süß: ein flüssiges Fest. Vila sah zu der Wandzeile – es gab keine Übersetzung. Sie streifte einen Schuh ab, um den Boden zu spüren, ihr Fuß stieß an Bühls Fuß, kaum einen Herzschlag lang, dann tastete sie mit den Zehen nach dem Schuh, sie wollte wieder hinein, nichts war alberner, als unter einem Tisch herumzumachen. Ich habe ihn, sagte Bühl, und ihre Zehen kamen an seine. Er bückte sich und schob ihr den Schuh über den Fuß, ein Akt des Anziehens wie ein Ausziehen, als auf dem Tisch schon die Schalen geknackt wurden und ein glänzend weißes Fleisch hervorkam. Keiner sagte etwas, jeder aß, Vila mit den Fingern, so war es am einfachsten. Sie zerbrach die Krusten und zog das Innere heraus und schob sich das Fleisch in den Mund, eine barbarische Geste in dem Bewusstsein, dass sie schön dabei aussah.

DREI, viermal hatte Bühl sie nur angesehen während des Essens, wenn ihre Hände die roten Schalen zerbrachen oder der Wind das Haar aufstellte, wenn sie sich Öl von den Lippen wischte und den Mund verzog, als würde sie lächeln, oder einen Anlauf machte, *ihn* anzusehen, wie er sich die Finger ableckte, wie er seinen Rum trank – und das alles kein Wunder, nichts, das einen wie ihn überrascht hätte. Eins seiner Dinge, um einen Ethik-Kurs aufzumischen, waren die Liebesreflexe, erste Blicke, erste Worte – Wir können nichts anderes lieben als das, was schön ist, schrieb Augustinus, und im alten Rom hieß es: Pulchrum est quod visu placet, schön ist, was im Anschauen gefällt. Ich liebe den anderen mit den Augen, darum ist er schön, er hat etwas, das mir die Augen, nach allem neugierigen Schauen, noch einmal öffnet. Und als Vila beim Bezahlen der Sonderspende an den Hausherrn, damit er das Interview vermittle, plus den Taxispesen für Spiegelhalter, damit er verschwinde, das Geld abzählte und ihn bat mitzuzählen, Los, hilf mir, Bühl, und sie beide die Scheine hielten, aber sich ansahen, statt zu zählen, vermutlich sekundenlang, hatte das nicht mehr viel mit Neugier zu tun. Kurz danach ein Gang auf der unbeleuchteten Calle Gervasio, und da sahen sie sich schon, allen Schlaglöchern zum Trotz, immer wieder von der Seite an und rempelten sogar einander sanft mit dem Ellbogen.

Vila wollte ans Meer, obwohl es zu regnen begann, dazu ein Wind, der nach Tang roch, und je näher sie der Uferstraße kamen, desto mehr mischte sich der Regen mit verwehter Gischt, wenn das Wasser über die Kaimauer schoss, für sie kein Grund umzukehren. Sie nahm im Gehen die Rucksacktasche ab und zerrte einen dünnen, geknüllten Mantel heraus, den warf sie über sich und Bühl, ein Flatterdach, vom Wind fast weggerissen, als sie zur Uferstraße kamen, und sie rannten unter die verwaisten Arkaden am Malecón, der sich in weitem Bogen, wie vom Meer nach und nach eingedellt, bis zu einem

Leuchtturm zog; nur vereinzelt ein Klotz mit Lichtern in der
Schwärze und das Blinken von Buchstaben, die zu dem Wort
Hotel gehörten, ein O, ein T, der Rest verloren. Dort, wo sie
Schutz fanden, unter dem Vordach eines Gebäudes mit ver-
nagelten Türen, lebten nur magere Hunde, schlafend auf ge-
sprungenen Kacheln oder still umherschleichend, und davor
das laute Hin und Her uralter Chevys, Lincolns und Fords,
Pontiacs und Cadillacs in sämtlichen Farben. Weißt du, was dir
fehlt, rief Vila im Lärm von Brandung und Autos, dir fehlt ein
richtiger Rasierer! Sie stand mit dem Rücken an einer der Säulen, eine Hand im Haar, die andere Hand hielt noch den Mantel, jetzt ein Geflatter vor Brust und Bauch, bis Bühl ihr den
Mantel abnahm, und nun hatte sie eine Hand frei, mindestens
eine, und die legte sie ihm um den Nacken, etwas, das so geschah, als würde eine Vila der anderen zuschauen, unfähig
einzugreifen, und dabei sah sie schräg an Bühl vorbei auf den
Boden, wo der Wind kleine Schauspiele anschob – alte Zeitungen als verletzte, sich überschlagende Vögel, Regenlachen als
stürmische See, die Hunde mit Wellen im Fell. Mir fehlt gar
nichts, sagte Bühl, und jetzt sah sie ihn doch an, aus schmalen
Augen gegen den Wind, immer noch die Hand in seinem Nacken, und er knüllte den Mantel und schob ihn sich zwischen
die Beine. Erzähl von deiner Tochter, wie ist sie? Er tippte ihr
an den Bauch zwischen Hemd und Hose, einmal, zweimal, und
sie griff sich den Finger. Katrin, was soll ich da erzählen? Das
Kind hat sich mit sechzehn zum ersten Mal verliebt. In einen
Hazim, der auch genauso aussah. Ich konnte sie gut verstehen,
mein Mann gar nicht. Er hasste den Jungen, und sie wollte in
den Sommerferien zu ihm nach Marokko, wir waren beide
dagegen, und sie fuhr mit an den See und hat dort sechs Wochen kein Wort gesagt, Renz ist fast verrückt geworden. Am
Ende hat er sie angefleht, mit ihm zu reden, und sie hat sich auf
die Lippe gebissen, bis Blut kam. Erst auf der Rückfahrt sagte

sie etwas, kurz hinter Kufstein, als wir wieder in Deutschland waren. Noch zwei Jahre, und ich bin weg, sagte sie. Und nun willst du sie holen? Bühl legte den Kopf zurück, er ließ Vila sein Haar spüren. Ich weiß nur, was ich in Havanna will, meine Tochter finden, weißt du, was du willst?, die Gegenfrage, und von ihm nicht mehr als ein Öffnen der Hand, ein Schwerzusagen oder Sag du, was ich will, verbiete mir nur eine Kleinigkeit, dich anzusehen, und schon weiß ich alles. Ein stummes Reden, Luftworte, salzig wie die Gischt; für Vila schien die Säule in ihrem Rücken wegzukippen, also hielt sie sich an Bühl, die Hand in seinem Nacken jetzt verklemmt, weil er den Kopf noch mehr zurücklegte. Er sah sie von oben an, aber kein Blick von oben, ein Verharren, wie Tiere bei Gefahr, bereit, in die eine oder andere Richtung zu springen, zu fliehen oder anzugreifen, während sie sich schon stellte, mit den Augen, dem Mund, die verwundbarsten Stellen zeigte, nun auch die andere Hand in seinem Nacken. Und plötzlich schlug alles Verharren ins Gegenteil um, in den einzigen, ganz und gar menschlichen Angriff auf ein Gesicht.

Der erste Kuss, vollkommene Fülle und Leere zugleich, ein Sturz in den Himmel – zwei machen einen Anfang, umarmen einander und schwingen sich über die Kante des Eigenen, sie küssen und riskieren den freien Fall, das höchste der Gefühle: Du bist der, der mich küssen soll, du bist der, den ich küssen will, welch ein Glücksfall. Und die erste Unterbrechung von Vilas Seite, ein Atemholen, war auch ein erneutes Ansetzen: warum den Anfang nicht gleich noch einmal machen? Also ein langer Kuss, Erteilung von Erlaubnissen in kleinen Schritten, nimm meine Lippen, koste von meiner Zunge, halte mich, wie du willst. Vila holte Atem, ohne den Mund von Bühls Mund zu lösen, und auf einmal seine Hand an ihrem Gürtel – die Hand, die besser als die eigene war, darin bestand der Glücksfall –, sie öffnete den Gürtel, die Jeans, und ihr blieb nur, den Bauch etwas einzuziehen, das war ihr ganzer Beitrag, scheinbar gering, in Wahrheit riesig: Wie viele Jahre war es her, dass sie zuletzt, im Freien stehend, eine entschlossene Hand zwischen Hose und Bauch gespürt hatte? Die letzte war die von Renz, eine Umarmung mitten in Berlin nach einer Fernsehgala, sie beide angewidert von falschen Küsschen, also taten sie es in einer Fotokabine; die paar Hände, die danach noch kamen, ihr zwischen die Beine griffen, waren höchstens neugierig, nicht entschlossen. Weiter die Säule im Rücken, ein Bein jetzt etwas angewinkelt, strich sie über die Hand, die nicht ihre war, und erteilte noch eine Erlaubnis, noch einen Segen. Und sie küsste auch wieder und ließ sich küssen und sprach zwischendurch den noch neuen Namen in den neuen Mund, Kristian Bühl: auch eine Art, sich bekannt zu machen, ich bin die, die deinen Namen sagt, ihn im Mund führt. Gleich zweimal machte sie das, und er legte das Gesicht an ihres, als sei es weder älter noch jünger als seins, nur das Gesicht, dem er nah sein wollte, und da begann ihre Hand zu tun, was auch für ihn gut war, vorsichtig langsam unter dem geknüllten Mantel, dabei ihrer Sache ganz sicher. Als ein Bündel Mensch standen sie an der Säule, das Frau-und-Mann-Bündel, kaum geschützt vor den Autos, kaum geschützt vor dem Aufspritzen der Meerwasserlachen, und nach einer Weile hoben alle Hunde die Ohren, stets aufmerksam bei ungewohnten Lauten.

*

V

DER noch neue, noch fremde, aber schon gewollte Körper: dass es ihn gibt, reicht aus, um nach seinen Details zu verlangen; er muss nur da sein, wie jene Weckeruhren oder Stofftiere, die ein Kind erst bestaunt und später zerlegt, um vielleicht den Ursprung der Zeit oder Schönheit zu finden.

Vila lief mit Bühl über die Uferstraße, Hand in Hand, und unter dem Mantelzelt, an seinen Arm gepresst, ging es an der Kaimauer entlang weiter. Vila, berauscht im einen Moment und im nächsten nüchtern, erschrocken: Sie war hier, um Katrin zu finden, Katrin noch mit Kind im Bauch, es gab keinen anderen Grund oder sollte keinen anderen geben – einen anderen Arm, an den sie sich presste, ja, aber keinen anderen Grund. Sie war hier, um die alte, eigene Geschichte von dem Kind, das sie noch hätte haben können, aber nicht wollte, ihrem ungeborenen Sohn, wiedergutzumachen, absurd, aber die Wahrheit. Weißt du noch, warum wir hier sind, was wir wollen, Bühl? Sie strich ihm das Haar aus der Stirn, eine Art Probe, kann ich das noch, und er fragte nach dem ersten Freund von Katrin, warum ihr Mann den gehasst habe. Hazim? Vila blieb stehen. Der war wie aus einem französischen Film noir mit Lino Ventura als Kommissar, der junge Mann, den alle für den Täter halten, weil er nur stumm in der Ecke sitzt und mit einem Zahnstocher spielt. Angeblich war Hazim auf einer Kunsthochschule, mit neunzehn: genau das Richtige für Renz. Ein nervöser Schweiger, immer eine kleine Kamera in der Hand, und auf einmal ein Nietzsche-Zitat, nach langem Garnichtssagen abgefeuert. Seine Mutter war Deutsche, aber lebte in Paris, der Vater kam aus Tanger, Hazim war dreisprachig, das hat Katrin umgehauen. Eines Morgens lag er in ihrem Bett und blieb dort den ganzen Tag. Abends gingen die beiden dann aus, und Renz fragte Katrin, wann er sie wiedersehen würde, und Hazim sagte lächelnd Nie wieder. Von da an hat er den Jungen gehasst, nur sich nichts anmerken lassen, und eines Nachts brach alles heraus. Wir saßen mit Freunden auf der Terrasse, Katrin und Hazim waren im Ort, und Renz stellte sich eine Notlage vor, wir alle bei Sturm auf dem Boot, auch Monsieur der Künstler, wie er ihn nannte. Er stellte sich vor, ihn ertrinken zu lassen, weil es nicht genug Schwimmwesten gab. Wenn es hieße, er oder ich, dann eben nur ich. Monsieur der Künstler fickt unsere Tochter, soll er doch absaufen! Renz war noch ganz aufgebracht von einem Bootstag mit Hazim und Katrin, nur er und die beiden auf dem See, er hat versucht, mit Hazim ins Gespräch zu kommen, über Jeff Koons, obwohl der für Renz ein rotes Tuch war, und dieser Junge brachte es fertig, über einen Mann zu sinnieren, der Vorabendserien schreibt, aber weiß, wer Jeff Koons ist. Renz bekam Herzprobleme, zum ersten Mal, Katrin musste das Steuer nehmen. Und nach dem Sommer trennte sie sich, von einem Tag zum anderen. Ihr Nächster hieß Bernd und war Reisefreak und brachte sie auf Ethnologie. Wollen wir ins Hotel, willst du schlafen?

Ein Brecher traf die Kaimauer und schoss als umgekehrter Wasserfall über die Kante. Schlafen, wieso, rief Bühl, wie begossen von dem Schwall, mit nassen Haaren, nasser Kleidung. Weil du ab morgen mit der neuen Kamera üben musst, die ich am Flughafen gekauft habe, du bist mein Kameramann, wenn ich mit dem Nobelpreisanwärter rede, geht das? Sie drückte ihm eine Faust an die Brust, er nahm ihr Gesicht in die Hände, sein Ja, und damit liefen sie weiter an der Kaimauer entlang, nun ohne Manteldach. Kurz vor dem Leuchtturm überquerten sie noch einmal den Malecón und kamen in eine breite, leicht ansteigende Querstraße, zu beiden Seiten der geteilten Fahrbahn bröselnde alte Villen, in der Mitte eine Promenade zwischen großen Platanen. Sie gingen jetzt langsamer, fast ein Schlendern in dem Tunnel unter den Bäumen, immer wieder mit düsteren Steinbänken in Gebüschnischen und auf jeder zwei, drei von der knappgekleideten Sorte, die abends vor dem Café Francesa auf und ab ging, nur zu erkennen, wenn ihre Zigaretten aufglimmten. Die Mädchen, die der Einbeinige unterrichtet, sagte Vila, du kannst jede haben, sie küssen sogar für Geld. Was machen wir jetzt mit uns?

Sie stieß den Kopf an Bühls Schulter, im Grunde schon eine Antwort: machen wir einfach weiter so, und wieder der Gedanke, warum sie eigentlich hier war, der Appell an sich selbst, aber nun auch ein Gegengedanke: was Renz wohl gerade machte. Diese Producerin, mit der mein Mann weggefahren ist, die hast du gar nicht kennengelert, warum nicht? Sie stieß noch einmal mit dem Kopf an seine Schulter, und jetzt stieß er zurück und küsste dabei gleich ihre Schläfe. Es hat sich nicht ergeben, sagte er. Ich habe sie nur einmal aus der Ferne gesehen. Und dein Mann wollte auch sicher allein sein mit ihr, oder wäre er sonst mit ihr verreist? Eine Mutmaßung, fast schon Behauptung, und Vila ging etwas schneller, als könnte sie damit alles mehr oder schneller hinter sich lassen. Ich weiß nicht, was Renz will, rief sie. Weißt du, was du willst? Schon zum zweiten Mal diese Frage, einfach in die Dunkelheit gestellt; Bühl hatte ihr Tempo nicht mitgemacht, er lief irgendwo hinter ihr, seine Schritte waren kaum zu hören; er fehlte ihr schon. Erst in der Eingangstür zum Hotel kam er wieder auf gleiche Höhe, fast eine Kollision durch die nachschwingende Tür, und sie schob ihn förmlich in die Halle, ein Gang bis zu den Fahrstühlen und in eine Kabine, zu einem italienischen Pärchen, die Frau mit beruhigenden Worten für ihren Mann mit Darmproblemen, und am liebsten hätte sie mitgeredet, sich in ihre Sommersprache zurückgezogen. Bühl stand vor ihr in der engen Kabine, sein Hemd klebte noch auf der Haut, sie fuhr mit der flachen Hand darüber, in der anderen Hand den Rucksack und ihren durchweichten Mantel, in der Tasche ein nüchternes Klingeln, als der Lift im Fünften hielt. Die Tür ging auf, und sie drückte sich an ihm vorbei, Du musst richtig gut sein als Kameramann, damit die im Sender nichts merken, also üben wir morgen, was denkst du? Sie küsste sein Ohr, mit einem Fuß schon auf ihrer Etage, und der noch Auszubildende sah sie an. Dein Telefon läutet.

Ein Klingelton, ein Seitenblick, das Matte in einer Stimme, fast ein Nichts kann den Alarm auslösen, dass der andere sich abkehrt oder überhaupt zwei Seiten hat und man für ihn nicht der Einzige ist. Bühl war auf sein Zimmer gelaufen, er hatte sich hingelegt, neben sich die Franziskusblätter, das Assisifragment, den Rückhalt, den ihm keiner nehmen konnte.

Seine Mutter, die litt schon, wenn ihr Mann mit Ballen von Seide aus Thailand zurückkam, nicht wegen der Mädchen, die es dort gab: Sie war eifersüchtig auf den schimmernden Stoff, der ihn mehr beschäftigte als die Haut seiner Frau. Und der Vater blieb ihren Kulturabenden fern, als seien es Kulturnächte und die Kultur ein junger gewandter Mann. Und er selbst, beider Sohn, war alarmiert, sobald sein Freund Cornelius nur mit einem anderen sprach, und kam sich noch dümmer vor, als ihm die Eltern vorkamen. Aber eigentlich war es nur die Knechtschaft unter dem Dummen der Eifersucht, mit der er nichts zu tun haben wollte, als er auf dem Bett lag, an den Fingern noch die Spuren einer Stunde, die seine ganzen Erwachsenenjahre wie verlorene Zeit aussehen ließ. Allein die Zeit davor galt noch, die Internatsjahre, dazu die Tage vom Ossiacher See mit dem Mädchen Marlies, die später Mattrainer-Kilian hieß, ihre verlorenen Jahre, und die jetzt mit Vilas Mann unterwegs war;

auch sein Wissen um den einen Kuss im Regen mit ihr konnte ihm keiner nehmen. Und im Grunde war es genau das, was er wollte, etwas ein für alle Mal wissen: Das hätte er antworten können auf Vilas Weißt du, was du willst? O ja. Ich will wissen, warum du wolltest, dass ich dir nachreise, und ich es getan habe und nun hier bin in dieser zerfallenden Stadt, hier den Mund auf deinen presse, minutenlang, und stillhalte, wenn deine Hand kommt, warum ich mich ausliefere, als sei nichts fremd an dir, nicht dein Geruch, deine Stimme, nicht dein Gesicht.

Bühl drehte sich zur Wand, er versuchte zu schlafen, nur ließ es ihm keine Ruhe, wie wenig er in diesem Fall – dem Glücksfall mit Vila – wusste. Wer nichts weiß, steht mit leeren Händen da, ein Idiot, darum wollte er schon immer viel wissen, alles, was anderen fehlt. Cornelius etwa hatte es an Latein gefehlt, also kam De Bello Gallico mit ins Schilf. Erst das Schwimmen im See, dann lagen sie beieinander, Se prius in Galliam venisse quam populum Romanum: Accusativus cum infinitivo, seine eindringlichen Worte, fast zärtlich. Und weiter: Numquam ante hoc tempus exercitum populi Romani Galliae provinciae finibus egressum. Quid sibi vellet? Er schlug sich an die Brust bei dieser Frage nach einem Wunsch, der besser nicht in Erfüllung geht – sein Wunsch, endlich den Freund zu umarmen –, er schlug sich auf den Kopf, damit der Freund es kapiere, und der beruhigte ihn, indem er sich helfen ließ: wohl seine Geburtsstunde als Lehrer. Wie Franz eine Geburtsstunde als singender Prediger hatte, auf der Straße vor dem väterlichen Laden, all die feinen Stoffe mit seiner Kutte verhöhnend, Anfang eines Lebens, das am Ende nicht verloren war, auch wenn ihn Bruder Esel kaum noch tragen konnte.

Herbstanfang um zwölfhundertsiebzehn, der Poverello, eine Hand über den wunden Augen, zieht weiter um den Benacus. Sieht er den See überhaupt? Vielleicht sein dunkles Oktoberblau, davor das Weiß der Kiesel. Es hat ihn nach Torri zurückgezogen, in der Mittagssonne sucht er dort den Schatten vor einem Speicher am Hafen. Keiner erkennt den kleinen Mönch, Fischer überlassen ihm Abfälle, Köderreste und Innereien, auch einen Barschkopf, die Möwen lauern schon. Soll er sich aufraffen, tanzen und singen, damit es den Leuten wie Schuppen von den Augen fällt, soll er all seine Wörter für den Gekreuzigten ausrufen, Herr des Universums, Menschensohn und Leidensfürst, du Gesegneter, Höchster, Geliebter, benedictus, altissimus, dilectus? Franz fühlt sich zu schwach, zum ersten Mal. Auf bloßen Knien, wie ein verletztes Tier, kriecht er zum Wasser, trinkt zwischen den Steinen. Übermorgen will er in Verona sein, kommende Woche in Bologna. Reisende sagen, die Brüder dort hätten ein neu erbautes Haus erhalten: Dann würde er um diese Stadt einen Bogen machen. Der Höchste hatte gar kein Haus. Er senkt den Schädel ins Wasser, er wäscht sich den Schorf ab und uriniert im Liegen, die Krankheit aus dem Nildelta hat seine Blase erreicht. Er dankt für das Wasser, er kühlt seine Augen. Und Momente lang sieht er etwas, hell und dunkel zugleich, ein helles Gesicht, umrandet von Haar, das herabfällt, auf dem Haar Bündel von Weißwäsche. Die, die ihn hat zurückkehren lassen, steht vor ihm, ihre Hände stützen das Bündel. Wer er sei. Sie erkennt ihn nicht wieder, so sehr hat das Leben an ihm gezerrt. Un uomo, antwortet er, keine Lüge, aber auch nicht die Wahrheit. Und dann erzählt er von den Zitronenschößlingen, die er auf dem Hinweg eingesetzt hat, er, der Wanderer, der vor Jahr und Tag schon einmal hier war, sie nach dem fruchtbarsten Boden gefragt hat, und sie bekreuzigt sich, aber aus Angst vor ihm, und geht davon. Er hört ihre Schritte, wie sie schneller werden, und tritt ans Hafenbecken. Im Flachwasser flitzende Fische, Schatten, die ihn anzuspringen scheinen; noch nie zuvor hat er sich seiner faulen Zähne geschämt, der Fetzen am Leib, seines Gestanks. Franz wendet sich um, er sieht sie noch, die Hände am Bündel auf ihrem Kopf, darunter das Haar, dann etwas Helles, Fließendes, als hätte sie sich auch umgewandt – sein Wunsch. Den Lieblingsbruder Stephan hat er für solch einen Wunsch in den winterlich eisigen Tiber geschickt, ihm die Gedanken an alles Weiche, Süße ausgetrieben. Franz hebt einen Arm, er winkt, Ich bin es, ruft er auf Französisch, Le petit d'Assisi!, und die junge Wäscherin fällt auf die Knie, ihr Bündel kollert in den Staub, er hat sich hinreißen lassen, seine Strafe: ein Blick in die Sonne. Der See ist noch zu warm im Oktober, um den Leib mit Kälte zu strafen, erst ab November kann man sich reinwaschen darin. So lange sollte er noch bleiben, nur etwas weiter südlich auf der Landzunge, die er beim Hinweg besucht hat, an der Spitze eine Kapelle für den heiligen Vigilio. Sag deinem Geringsten, was er tun soll, ruft er dem Höchsten zu, und der schickt ihm als Antwort den Schlaf.

DAS Liebessehnen, ob bei Vila und Bühl in Havanna, ob bei Renz und seiner Begleiterin in Assisi oder bei Franziskus vor achthundert Jahren, besteht aus Warten, Warten auf den einen, erlösenden anderen, auf sein Ja und Amen zu allem; und was kann eine Geduldsprobe erträglicher machen als der Schlaf. Bis man erwacht und das Ganze von vorn anfängt.

Renz war von einem Windstoß gegen den Fensterladen geweckt worden, tief in der Nacht, er hatte den Laden geschlossen und war dann so hoffnungslos wach, dass er nicht mit sich allein sein konnte. Also zog er sich an und ging auf die kleine Dachterrasse des Hotels, um Vila anzurufen. Er erwischte sie in ihrem Zimmer, nach zehn leisen Freizeichentönen, als hätte sie schon geschlafen oder gezögert, das Gespräch anzunehmen, Ich bin es, sagte er, auch wenn sie seine Nummer sehen konnte, und von ihr nur ein Achja, dann stilles Abwarten, im Hintergrund Gebrumme (ein Generator auf der Straße), und Renz in der Versuchung, sich Luft zu machen, zu erzählen, wie er am späten Abend über seine Begleiterin hergefallen war, sich auf ihr schlaftrunkenes Gesicht, die hellen, nur leicht abgewinkelten Beine, auf ihren Mund und ihr Geschlecht gestürzt hatte: ein alter Satyr, kein älterer Liebhaber. Er wollte sich Marlies einverleiben, so, wie sie im Moment noch war, und sich die Angst vor ihrem Wenigerwerden nehmen, dem Haarausfall, ihrem Abmagern, den Erstickungsanfällen – er hatte sich das alles zusammengereimt, auch ohne Internet, ein Grauen nach dem anderen. Bebend in sich wie beim ersten Mal mit der Bühnenbildnerin vor bald fünfzig Jahren, hatte er auf seiner kranken Geliebten gelegen, einen Arm unter ihrer Kniekehle, und erlebte ein noch höchst gesundes Mittun, wenn nicht An-ihm-Vorbeiziehen, mit einem Lachen, als seine Kraft nachließ und das Organ, das er so oft lieblos gemalt hatte, ihn herauspresste wie ein weiches geschältes Ei.

Bist du noch da? Vilas Stimme, als stünde sie vor dem Hotel, und er erzählte, wo er war, weil es sich von der Route so ergeben habe, ein halber Ehrlichkeitsanfall. Aber wir fahren heute ab, sagte er noch, da war die Verbindung schon unterbrochen, er hatte das Geräusch gar nicht gehört. Renz schloss seine Jacke, eine kalte Oktobernacht. Er blieb noch auf dem Dach und sah sich dort, die Hände im Nacken: ein Mann, der nicht weiterweiß. Erst als unten ein Müllauto vorfuhr, noch bei Dunkelheit, kehrte er zurück ins Zimmer. Marlies schlief, das Betttuch war verrutscht, ein Bein und eine Hinterbacke sahen hervor, die Rundung kleiner als die von Vila, kleiner und unschuldiger. Er legte sich neben sie, den Kopf an dieser Rundung mit Falte, und kam sich plötzlich selber krank vor: keine Krankheit, an der man elend starb, eine, mit der man elend lebte. Sie würden ohne Pause zurückfahren, dann tagsüber an der neuen Serie sitzen, sein Titelvorschlag: Der große

See – für sie zu trocken. Und abends der Kamin und irgendwann die Frage, wie das alles weitergehen sollte, nicht in der Serie, sondern mit ihnen, Was machen wir jetzt mit uns?, das würde sie wissen wollen. Marlies drehte sich, ihre oben liegende Hand tastete nach seinem Kopf, er hörte sie atmen, ein zerhacktes Geräusch. Von der Basilika das erste Läuten, und er bot dem Gott, an den er zuletzt als Konfirmand geglaubt hatte, eine Art Deal an: dass er mit Vila alt werden wollte, wie auch immer, wo auch immer, wenn Katrin ihr Kind behält und die Person neben ihm im Bett das Leben – oder wenigstens Letzteres. Wo warst du, fragte Marlies, hast du mit deiner Frau telefoniert? Sie nahm seinen Kopf in die Arme, und er drehte ihn schwach hin und her.

Und keine Stunde später saßen sie im Wagen, eine Flucht aus Assisi. Bei Perugia ging es auf die Autobahn, vorbei am Trasimenischen See, wo sein Herz gepocht hatte bei der Mittagsrast, vorbei an Florenz und Bologna. Am frühen Nachmittag waren sie im Haus, der abgereiste Mieter hatte alles aufgeräumt; nur das Geld in Moby Dick bewies, dass er anwesend gewesen war. Der ist jetzt dort, wo wir herkommen, sagte Renz (alles andere für ihn: unvorstellbar). Er sah Bühl durch Umbrien ziehen, im Rucksack Trockenobst, Schlafmatte und seine losen Blätter, ein Weltenferner, und er sah Vila durch Havanna laufen, tapfer inmitten des Verfalls, Tag und Nacht auf der Suche nach Katrin, während in ihrem Haus eine andere gerade Tee aufsetzte, eine, die sich schon auskannte mit der Küche. Renz schaute Marlies beim Teemachen zu, er stand mit dem Rücken zu Vilas und seinen Büchern. Und den Tee gab es dann im früheren Kinderzimmer auf dem jetzigen Gästebett bei Mozarts Klarinettenkonzert; ihrer beider Pilotfilm ging damit zu Ende, nun kämen die einzelnen Folgen.

WAS machen wir jetzt mit uns? Vilas Frage hätte auch Marlies' Frage sein können, nur ohne die kleine, aber wichtige Abweichung, die ihr nach schlechter Nacht auf Renz' Anruf hin morgens im Bett einfiel: Was machen wir jetzt *aus* uns? Und das beschäftigte sie bis zum Mittag zwischen Halbschlaf und unruhigem Liegen und ließ sie auch später auf einem der Sofas in der Lobby nicht los. Sie aß dort ein Chicken-Sandwich, zu erschöpft, um sich der Musikanten zu erwehren; die spielten und sangen nur für sie, eine Frau mit verknicktem Haar, in die Sofaecke gekauert, auch nicht imstande, sich ihrer selbst zu erwehren. Das alte Guantanamera, es brach über sie herein wie das Boney-M.-Zeug in der Silvesternacht, in der sie Renz den Schnurrbart abgenommen hatte.

Sie ging wieder aufs Zimmer und legte sich hin, und nun endlich der Schlaf (der das Liebessehnen erträglicher macht); als sie aufwachte, wurde es schon dunkel, am Zimmertelefon das Blinkzeichen für eine Message. Und dann hörte sie Bühls Stimme, ein Guten Morgen: als sei das normal, den Tag zu verschlafen, an dem seine Ausbildung zum Hilfskameramann losgehen sollte. Er teilte ihr mit, wo er war, in Spiegelhalters Café – Komm nach, wenn du wach bist, ich vermisse dich! Also stand sie auf und ging unter die Dusche; sie wusch ihr Haar und sprach seinen Namen aus, mal streng, mal lobend, auch noch beim Anziehen – ein leichtes Kleid, darüber ein Hemd, das eigentlich Katrin gehörte. Dann noch einmal die Lobby, wieder ein Sofa, sie studierte das Begleitheft für die neue HD-Kamera und ließ die drei Musikanten abblitzen.

Das Café Francesa oder Spielhalters Büro – Bühl war dort auf Hauptmann Kampe gestoßen, der junge Veteran an Spiegelhalters Tisch wie in Vertretung, und zum ersten Mal gesprächig. Er erzählte vom Umzug der Eltern nach der Wende, von Frankfurt/Oder nach Frankfurt/Main, er noch ein Kind, als er in die Bankenstadt kam, aber nicht dorthin, wo man die Hochhäuser sah, sondern weit weg vom Geld. Sie tranken Bier und aßen Nüsse, und der Hauptmann a. D. kam auf den Tag, an dem er sich als Junge zum ersten Mal allein in die Stadt gewagt hatte. Ich war auf der Zeil, im Kino, sagte er, als Vila an den Tisch trat. Bühl wollte aufstehen, aber schon waren zwei Hände an seinen Schultern, er konnte Vila nur einen Stuhl heranziehen, sie setzte sich und trank von seinem Bier, während Kampe die Hemdsärmel aufkrempelte, ein sandfarbenes Hemd, über der Brusttasche Dienstgrad und Name, Hptm. Kampe, als sei er noch Soldat, und er hatte es nicht umsonst aufgekrempelt, seine Unterarme waren tätowiert, mit Wörtern wie Alles klar, Ja/Nein, Danke, Bitte und Hilfe, daneben die afghanische Entsprechung in Lautschrift, ein Notvokabelheft. Und was macht die Zeil, fragte er. Ich war zuletzt mit beiden Beinen dort. Was macht sie?

Sie muss ihre Verschönerungen ertragen, sagte Bühl, sie wird immer käfighafter. Wie ist das passiert mit dem Bein?

Kampe beugte sich über den Tisch, Spielt das eine Rolle? Wollen Sie wissen, warum ich hier bin? Weil Veteranen bei uns die Dummen sind. Selber schuld. Hier ziehen die Leute ihre Kappe, respeto – Krieg ist Krieg. Kennen Sie den Film Troja mit Brad Pitt, da geht's am Ende auch um Respekt. Hab ich im MGM gesehen, neben der Zeil. Schäfergasse.

Das Kino gibt's nicht mehr.

Das ganze Kino?

Ja, alles weg, sagte Bühl. Nur noch eine Grube.

Nur noch eine Grube, wiederholte der Hauptmann. Und da war ich in Titanic, mit einer aus Walldorf, auf dem Doppelsitz in der Mitte, wo man einsank und die Lehne im Nacken hatte. Und Platz für alle Beine. Und gar nichts mehr da?

Kein Stein mehr. Und das Rundschau-Haus ist auch weg.

Das beim Turm-Palast, schräg über die Straße?

Genau das. Es ist einfach weg.

Im Turm-Palast, da hab ich Speed gesehen. Keanu Reeves, Sandra Bullock. Und Sie?

Im Turm-Palast? Ich weiß es nicht. Irgendwas bestimmt.

Irgendwas bestimmt ist keine Antwort.

Vielleicht Apokalypse Now, sagte Bühl.

Das gab's im Kundus-Lager – Kampe trank sein Bier aus und legte Geld auf den Tisch –, erst das, dann Platoon, dann Deer Hunter. Deer Hunter ist der beste. Die Szene mit dem russischen Roulette: immer noch eine Patrone in die Trommel, bis es reicht, die Schlitzaugen fertigzumachen.

Wenn wir zu diesem alten Staatsdichter fahren, was wird da Ihre Tätigkeit sein?

Security. Fernández wohnt im Diplomatenviertel, das heißt im Militärgebiet, überall Geheimpolizei, also muss einer die Augen aufhalten. Sie waren kein Soldat?

Nein, kein Soldat.

Und warum kein Soldat?

Ich war bei behinderten Künstlern. Ersatzdienst.

Du warst bei behinderten Künstlern? Vila blätterte in dem Begleitheft zu ihrer Kamera, fast schon ein Buch.

Ja. Behinderte Künstler, nicht ganz dicht, aber eigen.

Und die können malen, fragte Kampe.

Malen, zeichnen, basteln. Einer hat nur Flugzeuge aus Papier gebastelt, verrückte Riesendinger.

Und die sind geflogen?

Nein, die hingen nur von der Decke. Als fliegende Schiffe. Die hatten alles an Bord, eine Welt in der Luft.

Wie Air Force One – Kampe holte Zigaretten aus der Hemdtasche, er stecke sich eine an und schluckte den Rauch –, das hab ich auch im MGM gesehen, mit einer aus Dietzenbach, Hexenberg, wo die Besseren wohnen. Wir saßen ganz hinten, allein. Und als die Typen kapieren, dass der Präsident noch in der Maschine ist, haben wir uns geküsst, sie schwang sich auf meine Beine. An welcher Schule waren Sie Lehrer?

Am Hölderlin.

Nie von gehört.

Hölderlin?

Von der Schule.

Aber den Namen, sagte Bühl, den Namen haben Sie schon gehört, den kennt jeder. Friedrich Hölderlin. Hyperion. Bis in mein Viertel drang er nicht. Nur zu mir. Mögen Sie Frankfurt? Ich mag's. Wenn im Herbst der Wind den Himmel aufreißt, die Hochhäuser in hartem Licht, davor die Bäume am Main, und wenn dann wie auf ein Zeichen Tausende von Krähen auffliegen, die Glasfronten verdunkeln, glaubt man, die eigenen Dämonen würden mit in die Luft steigen, oder? Kampe griff zu seinen Krücken, er wandte sich an Vila. Der Termin mit Pablo Armando Fernández kann ganz plötzlich zustande kommen, stellen Sie sich darauf ein! Er drückte die Zigarette aus und ging ohne ein weiteres Wort, und Vila legte das Handbuch zu der HD-Kamera auf den Tisch.

Die Theorie am Abend, die Praxis bei Tag – sie schlug den deutschsprachigen Teil auf und präsentierte einen Stift –, wir lesen alles durch und markieren das Wichtigste, danach sehen wir uns das Gerät an. Oder andersherum?

Auf gar keinen Fall, sagte Bühl. Am Anfang war das Wort. Was heißt HD? Ich hasse Abkürzungen.

Sie schlugen es nach, die erste Abkürzung von vielen, ein Beieinandersitzen, über das Heft gebeugt wie für eine Schularbeit, und am Ende des Abends schon ein Reden in Halbsätzen und Kurzwörtern. Wir beide, verrückt, sagte Vila, als sie aus dem Lift trat, und Bühl nur: Du HD, ich Ohweh.

ABER am anderen Tag fingen sie gleich nach dem Frühstück mit Außenbildern an, diszipliniert, nicht verrückt, Bildern für einen Trailer zu dem Interview – die maurische Morgenröte vom Hoteldach aus, der nestartige Park, in dem noch Leute schliefen, der Platz mit der abgerissenen Hausfront, als Close-up Tapetenreste, die erste Schlange vor einem Schuhladen, die Waschung eines alten Fords, das Anrauchen einer Zigarre im Mund einer Greisin. Und später der Malecón ohne Menschen, das Meer, wie es einfach dalag, perlmuttfarben, die Agonie des Mittags bei Ebbe, ein Junge im glänzenden Schlick, sein Suchen nach irgendwas, dann die Fahrt in einer Fahrrad-rikscha, für Fremde verboten, die toten Straßen ohne Polizei, der Zickzack um dösende Hunde, die Hand des Fahrers, noch das erhöhte Fahrgeld darin, sein Blick beim Aussteigen, dank-bar, verschlagen. Und gegen Abend das Chaos auf der Calle Neptuno, die alten Schilder an schwarzen Fassaden, RCA Vik-tor, Broadway, Flamingo, die wannenartigen Autos und Frauen in Bodysuits wie auflackiert, ein offener Frisörsalon, dreißig Stühle in Reihe und eine Band zur Unterhaltung der schwulen Frisöre; und schließlich ein Lokal mit Musik, ein ganzer Trupp in schillernden Jacken, der Sänger ein schwarzer Stecken mit Hut, dann Schwenk auf einen Namen am Tresen, Bar Mont-serrat, und einen Tisch übersät von Pistazienschalen, auf eine Frau, die sich setzt, ihr Haar aus der Stirn pustet und alle Scha-len auf den Boden fegt, die unter dem Tisch die Schuhe ab-streift und staubige Füße gegeneinanderreibt, die ihre Beine massiert und über dem Tisch, im Off, den Satz Ich fürchte, ich verliebe mich gerade sagt.

Es ging in der Musik fast unter, in den Trompeten und dem Falsett des Sängers mit Hut, im ganzen Lärm der Bar, aber eben nur fast, und was ankam, war eine Art Seufzer in Worten, wie die Vermischung aller Worte zu einem einzigen: das nur be-deutet, was es bedeutet, und, obwohl schon milliardenfach ausgesprochen, für den, der es hört, selbst aus dem Off etwas unfassbar Neues hat, außerhalb alles Bekannten, ja außerhalb jeder Zuständigkeit; zuständig nur die Lippen, über die es kam, und die Ohren, die es hörten, als den einzig klaren Ton in dem Gesang, das einzig Stille inmitten des Lärms, ein Ich und Du im selben Atemzug, auch wenn das Du ganz mit den Raffinessen einer elektronischen Kamera beschäftigt war – auf deren Display, nach den staubigen Füßen, nun ein Gesicht, noch benommen von den eigenen Worten.

Bühl legte das Gerät auf den Tisch, er nahm sich einen Stuhl und setzte sich neben die Frau, die den Tisch leergefegt hatte. Er griff um ihre Hand, mehr nicht, und winkte mit der anderen dem Kellner. Es war ein langer Tag, sie hatten Hunger. Die Bar war kein Esslokal, und doch brachte ein greiser Kellner aus einem Hinterraum Essen an die Tische, Fleischstücke so dunkel wie die Hausfassaden, Hühnerteile mit Salat, Sandwiches mit Thunfisch und Ei. Vila aß von dem Huhn, das Besteck ließ sie liegen, sie zog die welke Haut ab und brach die Knochen, Bühl aß das dunkle Fleisch, keiner sagte etwas, ihre Zehen berührten sich, ein einfacher Kontakt. Bis der Musiktrupp Pause machte, saßen sie an dem Tisch, dann wollte Vila zu den Mädchen auf den Steinbänken in dem Platanentunnel. Es ging um Nachtaufnahmen für den Trailer, also zogen sie dorthin, und Bühl fragte eine der Knappgekleideten, ob er sie filmen dürfe. Und er durfte; sie lief auf Plateauschuhen hinter die Steinbank und holte ein schlafendes Kind aus den Büschen, sie wiegte es und rauchte dabei, und er nahm beide auf, in seinem Nacken eine Hand.

Und jetzt die Brandung, sagte Vila, als gäbe es einen Drehplan, der den Liebesplan ersetzte, und sie zogen weiter, zum Meer. Dort drückte die Flut herein, und sie filmten die Gischt vor dem Nachthimmel, ihr Zerstäuben, und die Lachen auf dem Malecón, vom Wind wie gekämmt; sie filmten das Vorbeifahren der Autos und auf dem Rückweg schlafende Hunde. In einem Ausschank mit Kerzen statt Glühbirnen tranken sie noch etwas, vor jedem Schluck ein Anstoßen mit den Flaschen, ihre ganze Unterhaltung, Schulter an Schulter über die Theke gebeugt, Bühl mit einer Hand am Magen. Und zuletzt zogen sie durch den nestartigen Park, die späten Vögel piepsten, auf den Bänken die umschlungenen Pärchen, sicher auch ein Motiv, aber Vila winkte ab: Was nicht ausgeleuchtet ist, hat keine Chance, es heißt nur Nachtaufnahmen, die Nacht im Fernsehen ist allenfalls blau. Bist du müde, willst du ins Bett? Sie griff um Bühls Rippen und er um ihre, so gingen sie zum Hotel und kamen in eine leere Halle; nur zwei Geheimdienstler in einer der Sofanischen, sie hoben ihre Köpfe wie die Straßenhunde.

Die mögen uns nicht, sagte Vila auf dem Weg zu den Fahrstühlen, und von Bühl erst in der engen Kabine ein Wort, immer noch die Hand am Magen, Warum sollten sie auch. Und jetzt? Er hatte auf Fünf gedrückt, aber Vila stieg nicht aus, als der Lift hielt, also eine rucklige Weiterfahrt bis zum achten Stock, sie mit der Stirn an Bühls Rücken, einen Arm um den Mann, mit dem sie aufs Zimmer wollte. Man entscheidet sich nicht für die Liebe, wie man sich für ein Kind entscheidet, die Entscheidung ist schon getroffen, bevor man sie zu treffen glaubt. Und eigentlich dürfte sie nichts anderes tun, als Katrin zu suchen, auch an nichts anderes denken, und jetzt dachte sie an nichts anderes als an die nächste Stunde oder genauer, die nächsten zehn, zwölf Minuten, wie sie in Bühls Zimmer gleich ins Bad verschwinden würde, noch angezogen, und nach dem Duschen im Hotelbademantel wieder auftauchte – es war Jahre her, dass sie sich jemandem nackt gezeigt hatte, der nicht Renz war, ihr ein Mann es wert erschien, sie zu sehen, wie sie war, nur war sie sich nicht sicher, nicht wirklich auf die blinde Art früherer Jahre sicher, ob es liebende Blicke wären oder nur interessierte – ein Schwanken zwischen der fünften und achten

Etage, ehe Bühl sie aus der Kabine zog. Er drückte sie an die Flurwand neben einem gerollten Feuerwehrschlauch, er griff unter ihr Hemd und legte eine Hand auf die linke, vollere Brust – die erste Hand dort seit der Nacht, in der sie erfahren hatte, dass Renz und sie Großeltern würden –, dann küsste er ihre Lippen, ihre Wange, das Ohr, und sagte ihr etwas ins Ohr, eigentlich kaum auszusprechen, wenn zwei sich kaum kennen, noch wie auf einem Hochseil gehen. Das Fleisch in diesem Musiklokal war nicht gut, sagte er, ich sollte besser allein sein. Und das jetzt gleich.

Keine Ideen vom Glück, sondern Bakterien bestimmten also den Verlauf dieser Nacht (wie eine Bestätigung des renzschen Pessimismus, dass alles, was uns zerstören kann, schon existiert, aber zerstört war nur eine Darmflora). Wieder und wieder saß Bühl in seinem Bad ohne Vorhang und ohne Fensterläden, und als die Sonne aufging und der Mann auf dem Balkon gegen-über seine Nassrasur begann, trat alles Leid zutage, und der schwarze Nachbar winkte ihm zu, ein solidarisches Winken, und dann sogar ein Ratschlag, herübergerufen: dünner Tee und kleine weiße Tabletten, die es im Hotel gebe. Und Bühl winkte zurück, erschöpft, entleert, am Ende und Anfang zu-gleich. Mit Schüttelfrost ging er ins Bett, ein Dämmern und ein Zähneklappern – Franz kann es kaum elender gegangen sein, winters in der umbrischen Macchia, wenn seine Brüder in ihre Schlafecken krochen und die Poverelle, wie er die Schwes-tern genannt hat, ob Klara, Agnes, Pacifica, noch etwas Holz auf die Glut legten, bevor sie unter ein eigenes Strohdach ver-schwanden, während er sich mit einem scharfen Stein die Wundmale neu aufrieb: ein Bild, das ihn nicht mehr losließ, bis es an der Tür klopfte.

Vila brachte den Tee, die kleinen weißen Tabletten und einen Vorrat an Klopapier, als hätte er sein Leid geklagt. Sie ging ins Bad und machte ein Handtuch feucht, sie wischte ihm das Gesicht ab, und er wollte etwas sagen, das alles wie einen Irrtum aussehen ließ, als hätten sich die Bakterien den Falschen gesucht. Auf dem Balkon gegenüber die erste Sonne, der Schwarze streckte sich, und er tat es ihm nach, dass die Gelenke knackten. Vila streichelte seinen Mund, seinen Hals, die Schultern, sie kämmte ihn mit den Fingern. Sag am besten gar nichts, schlimm sind nur die Worte dazu. Von den kleinen Weißen jede Stunde zwei, dann beruhigt es sich. Wir haben nämlich unseren Termin schon heute Nachmittag. Also werde gesund. Und rasier dich, Fernández hat ein Auge für Männer! Vila holte Dosenschaum und ein Päckchen Wegwerfklingen aus ihrer Tasche. Mit den Tabletten vierzig Euro, sagte sie, und dabei ein Lachen, das umsonst war, aber viel mehr wert.

Und mittags wartete sie in der Lobby auf ihren Kameramann, in einem hellen Kleid von COS, das käme ins Bild, und einer alten Jeansjacke gegen den Fahrtwind – der Einbeinige hatte am Vormittag von einem Ausflug im Cabrio gesprochen. Sie sah auf die Uhr, die Renz ihr geschenkt hatte, die kleine Reverso mit arabischen Ziffern – vor einer Viertelstunde hatte Bühl von Zimmer zu Zimmer angerufen, gesagt, er komme. Vila zog die Uhr auf und mit dem Hin und Her von Daumen und Zeigefinger auch eine Art Uhrwerk in sich, nur mit rückwärtslaufender Zeit: in kurzen Bildern von Renz oder Gedanken an ihn, an die Eigenheiten seines Körpers, an Linien, die deutlicher wurden, wenn sie sich konzentrierte, und auseinanderfielen, sobald sie die Augen öffnete. Von Bühl hatte sie dagegen auch mit offenen Augen ein Bild, sein Gesicht: das Beste, das sie seit langem in Händen gehalten hatte, vielleicht seit Katrins Geburt, auch wenn sie Jahre ihres Lebens damit preisgab. Als Mädchen war sie lange in einen Jungen aus einer höheren Klasse verliebt, er hatte es nie bemerkt; wahr ist nur, was sie empfindet, schon wenn sie denkt, was sie empfindet, wird alles verfälscht. Und mit jedem gesprochenen Wort betritt man das Reich von Psychologen und Juristen. Also besser den Mund halten und noch einmal im Leben so viel empfinden, dass man am Ende kaum mehr überlegt, ob man liebt oder nicht liebt. Man liebt und ist verloren, wie sie auch bei Renz verloren war. Bühl kam geduscht und rasiert aus dem Fahrstuhl, in grauen Hosen, weißem Hemd, das Gesicht noch blass, die Augen groß und glänzend, das Haar provisorisch gekämmt, er winkte ihr zu, und sie winkte mit der Kamera zurück. Eine Hand auf dem Bauch, die andere noch halb erhoben, lief er im Bogen zu ihrem Sofa: der, den sie wollte, heute noch, und wenn nicht heute, dann morgen, oder so bald wie möglich – zuletzt hatte sie ihren Job bei den Mitternachtstipps mit solcher Sturheit gewollt. Bühl zog sie vom Sofa hoch, in seinen Arm, sie fasste ihm an die Stirn, Wird es gehen? Eine halbmütterliche Frage, die musste sein, und er: Warum sollte es nicht gehen, ein Klo wird es dort wohl geben, wie schön du aussiehst, sind die Akkus geladen? Er nahm ihr das Gerät ab, und sie führte seine Hand in ihre Tasche, zu den Akkus, aufgeladen, seit es am Morgen Strom gab. Alle möglichen Männer hatten ihr schon alle möglichen Komplimente gemacht nach ihren Sendungen, aber das war keine Kunst: einer Frau, die aus der Hand eines Visagisten kam und spätabends auf dem Schlafzimmerfernseher erschien, Komplimente zu machen, sie hatte all diese Mails und sogar Briefe nie ernst genommen. Ihre Hand war noch – mit vollem Ernst – um Bühls Hand in der Tasche mit den Akkus, als der Hauptmann in Spiegelhalters Diensten an seinen Stöcken in die Halle kam. Der Wagen steht draußen, rief er, und sie drückte die Hand.

*

VI

ES war ein 58er Pontiac Super Chief von dem Blau eines zu
warmen Hotelpools mit Sitzen in der Farbe einer Hochzeits-
torte, Vila und Bühl sanken in die Rückbank, über ihnen
blanker Himmel, der Fahrtwind warm und würzig: ohne Bühls
Leiden der perfekte Beginn eines Ausflugs – Aber die Scheiße-
rei gehört zu Havanna wie der Geheimdienst, sagte Spiegelhalter. Der Leiter des Instituto Fichte saß vorn, eine Flasche
Wein in der Hand; sein erster Blick auf Vilas Begleiter hatte für
die Diagnose gereicht. Und hinter dem mächtigen Lenkrad der
Hauptmann, das Modell hatte schon Automatik, es ging auch
mit einem Bein, er fuhr zum Malecón hinunter und dort in
nördlicher Richtung auf die alten Casinos zu. Das Meer dunkelblau, über den Wellen die Möwen, torkelnd im Wind, am
Horizont ein dünnes Wolkenband; italienisches Licht.

Und Vila hielt zwei Hände, die nicht Renz' Hände waren,
kühl und leicht in ihren ohne Schmuck, sie trug weder Ring
noch Armreif, nur die Reverso, innen das Datum von Katrins
Geburt, ihr wahrer Hochzeitstag, wie diese Uhr auch ihr geheimer Ring war – ein klarer Tag im März, sie hatte lange versucht, Katrin auf die Welt zu bringen, so, wie es sein sollte,
dann die Entscheidung, das Kind zu holen, also bekam Renz es
vor ihr zu sehen, einen halben Nachmittag war er allein mit
dem knittrigen Wesen, die innigsten Stunden, die er mit Katrin
je hatte, und am Abend brachte er ihr das Bündel, der Mutter,
die sie selbst noch dabei war, wieder die Welt zu betreten. Unser Kind, sagte er, und bis Katrin aus dem Haus war, dachte sie,
es sei der beste Moment ihrer Jahre gewesen, und im Grunde

dachte sie es noch immer, nur war die Kehrseite dieses ersten Abends zu dritt, der dunkle Punkt, an dem ein Paar zum Paar verdammt wird, als gäbe es ein verborgenes, eigentliches Sakrament der Ehe, die heilige Hassliebe, stark genug, jedes Verlangen nach Veränderung im Keim zu ersticken. Und auf einmal der unbegreifliche Wunsch, dass Renz neben ihr säße, seine Hände in ihren lägen und sie sich gegenseitig auf Dinge aufmerksam machten, wie immer bei Reisen, Siehst du die Kaimauer: wie eine gebogene Schiene, die alles dahinter Liegende, Bröckelnde abstützt. Und er: Ja, ja, die Höhenflüge längst vergessener Bauherren.

Wir schaffen das, sagte Bühl, als sie vor einer Ampel standen, wir finden deine Tochter. Heute finden wir sie!

Vila legte den Kopf an seine Schulter. Sie konnte nichts erwidern, nichts – jahrelang hatte sie sich ihre Verdammnis mit der Fessel an Katrin erklärt, das Kind, das sie am Leben erhalten musste, Tag für Tag, Nacht für Nacht, eine Fessel, die erst von ihr abfiel, als Katrin zwölf war und mit den Eltern einer Freundin im Sommer ans Meer fuhr, ohne die Spur einer Abschiedsträne, und sie mit Renz auf einmal ganz allein im Haus war, mit schrecklich viel Zeit füreinander, aber ohne Plan, wie sie zu füllen sei. Renz putzte aus lauter Verlegenheit und kaufte auch ein, er brachte ein enthäutetes Kaninchen von dem künstlerischen Metzger und packte es vor ihr aus, erbärmlich wie eine Frühgeburt lag es auf altem Zeitungspapier, sie konnten es nicht zubereiten, nicht essen, und begruben es schließlich im Garten und aßen stattdessen Nudeln mit Butter und gingen danach ins Bett, in seins, in das man nur ging, um zu kommen: *ihr* Wortspiel, das er später vor Freunden, Heide und Jörg mit mallorquinischer Finca, zum Besten gab; wie immer waren es die kleinen, ungeheuren Vertrautheiten, die sie zueinandertrieben, ein Wort, eine Geste, ein Anblick, Dinge, die keine Gütertrennung je erfassen könnte. War das Bett dann erledigt, fing Renz an zu warten, dass Katrin anrief, aber sie rief ihn nicht an, wie sie auch nie Papa sagte, höchstens als Witz. Als sie das Sprechen lernte, hatte er sich gerade einer Schauspielerin zu Füßen geworfen und es versäumt, Teil ihrer kindlichen Sprache zu werden, und gar nicht gemerkt, wie seine Tochter ihn, allerliebst lächelnd, exkommunizierte. Er bemerkte nur bald die Folgen und begriff, dass er drei weibliche Wesen auf einmal nicht halten konnte, also versuchte er, das schwächste loszuwerden, die Geliebte, und das ganz allmählich, damit es weniger wehtat. Er hat die Schauspielerin, die mit seinen Sätzen im Mund als Chefin eines Lokals ihren täglichen Kampf mit den Gästen und Angestellten führte, jeden Dienstag ab neunzehn Uhr fünf, langsam vergiftet, ihre Gefühle für ihn immer unmöglicher gemacht, indem er sich unmöglich machte, ein Verfahren, das sie, als seine Frau, erschreckt hatte, obwohl sie Nutznießerin war. Zuletzt tat ihr die Schauspielerin fast leid, zumal sie noch seine Sätze sprechen musste und dabei alterte; das Ganze wurde vorzeitig abgesetzt, es gab auch keine Wiederholungen. Monatelang hat der Sender noch erklärt, die Sache würde weitergehen, ja sogar Drehbücher in Auftrag gegeben und die Schauspielerin in Talkshows geschickt, und dann hörte es mittendrin auf, eine saumäßige Trennung wie die von Renz. Lippenstift und Rosmarin hieß die Serie. Und als sich das Ganze erledigt hatte, reisten sie zu dritt durch Florida und bereiteten im Grunde Katrins späteren Abgang vor. In einem Holiday Inn bei Daytona Beach, wo es Kinderbetreuung gab, fanden sie nach fast einem halben Jahr wieder zusammen, und beide hielten sie diese Nachmittagserlösung für göttlich, wo sie doch nichts als menschlich war.

Schläfst du? Bühl tippte ihr an die Stirn, und sie streichelte seine Hände, Zeichen, dass sie wach war, bei ihm und nicht woanders, die erste kleine Falschheit. Was macht dein Leiden, fragte sie ihn, und er zog nur ihren Kopf an seine Brust: die etwas Festes und zugleich Weiches hatte, ein entspannter Muskel, fest und weich wie die Beine von Renz, als er noch Tennis spielte oder sonst wie in Bewegung war – nach der Floridareise hatten sie einen Tanzkurs belegt, mit Freunden aus derselben Straße, Anne und Edgar, sie Physiotherapeutin, er Sportjournalist. Und nach der dritten Stunde hatte Anne einen Radunfall und musste aufhören, und Renz lag mit Grippe im Bett, aber der Kurs war bezahlt. Also machten Edgar und sie allein weiter, er wollte unbedingt Tango lernen, Anne hatte ihm den Kurs zum Geburtstag geschenkt, und so übte er alle Griffe und Schritte mit ihr, die kleinen Befehle, die der Mann in den Rücken der Frau drückt, und nach dem vierten Mal gingen sie hinterher etwas trinken, während Anne in der Reha war und Renz in Berlin, und irgendwie eskalierte alles, sie gingen in Annes Praxis und trieben es dort oder versuchten, es dort zu treiben, sie noch im Tanzkleid, auf dem Boden Strumpfhose und Slip, er idiotisch nackt. Es war so gut wie nichts passiert, folglich gab es auch nichts zu erzählen, und Anne und Edgar waren nach wie vor ihre Freunde, obwohl alles existierte, was die Freundschaft zerstören konnte. Aber irgendetwas musste sie loswerden, und sie erfand eine Geschichte für die Edgar-Geschichte, eine Hotelzimmersache mit einem ihrer Kandidaten, der am Ende aus Termingründen gar nicht in die Sendung kam; sie erfand sogar Details, nur um Renz zu verletzen, und er brachte auch welche, zwischen ihm und der abservierten Schauspielerin. Sie überboten sich gegenseitig bei zwei Flaschen Barolo, bis sie weinten und übereinander herfielen: das erste Mal, dass es keinen würdigeren Ausweg gab als den des Sex, der an sich schon wenig Würde hat, aber blödsinnig guttun kann, wie ein Hausputz im Sommer und das Rasenmähen, wenn danach das gereinigte Haus auf einem grünen Teppich steht, so satt geborgen in der Abendsonne, dass man ein Foto macht und beim Anschauen des Fotos leise seufzt.

Sie waren ein Stück vom Meer abgebogen, die Gegend der einstigen Casinos und Ballroom-Hotels lag hinter ihnen, jetzt ging es durch weites Brachland, darauf nur verstreute Gebäude, wie vom Himmel gefallen, eine Öde, die abrupt endete; auf einmal blühende Bäume, jungfräulich weiße Palais und Polizei an jeder Ecke, das Diplomatenviertel. Und in der Calle Vente oder Straße Nummer zwanzig wohnte der Dichterheld des kubanischen Volkes Pablo Armando Fernández mit Verbindungen bis in die Staatsspitze. Vila griff Bühl an den Magen, Was macht die Krankheit? Sie war besorgt um ihren Kameramann, und der presste seine Lippen aufeinander, wie amerikanische Präsidenten, wenn sie sich und der Welt Mut machen wollen, und zog eine Falte an ihrem Kleid glatt, eine Bewegung ganz nebenbei, als Kampe mit dem alten Pontiac schon in die Calle Vente bog, um gleich vor dem ersten Haus zu halten, einer verwinkelten Villa halb unter Bäumen, alle Fensterläden zu, alles ruhig. Nur eine Katze strich durch den Vorgarten, die erste Katze, die Vila in Havanna auffiel, eine Hundestadt.

Spiegelhalter und der Hauptmann stiegen aus, sie besprachen die Taktik, falls Sicherheitsleute auftauchen sollten, ein Geflüster in der Nachmittagsruhe, bis ihr Havanna-Führer einmal leicht an die Türglocke schlug, ein Ton wie der im Kirchturm von Torri bei Kinderbegräbnissen, und nach kurzer Stille ging eins der Fenster auf, darin eine Frau um die Fünfzig mit militärisch anmutendem Funkgerät. Die mürrische Tochter, so heißt sie hier, sagte Spiegelhalter und rief dann etwas auf Spanisch, eine Art Parole, zweimal, dann machte die Tochter ihm Zeichen: um das Haus herumzugehen, allein. Und schon verschwand er im Dickicht des Gartens, während der Veteran samt Krücken bei einer Bananenstaude vor dem Grundstück Spähposten bezog. Vila zeigte auf die Kamera, sie wollte Außenbilder, und Bühl tat, was er konnte, trotz unerbittlicher Peristaltik. Das schlösschenartige Haus in der Totale, mit und ohne Garten. Close-ups auf die Veranda, die kleinen Balkone; zuletzt der Spähposten und ein Schwenk über die Straße. Danach gleich das Sichten der Bilder, bis Spiegelhalter wieder aus dem Dickicht trat, in der Hand schon ein Glas Rum. Fernández empfängt uns!

Die Haustür ging von innen auf, und nacheinander betraten sie das Dichterreich im Diplomantenviertel, zuerst der schon Vorgelassene mit seinem Rum, gefolgt von der Interviewerin und zuletzt Bühl mit der Kamera. And where is your sound man? Die mürrische Tochter stand in einem Vorraum neben einer weißen geschwungenen Treppe, rauchend in einem Anzug mit Kragenspiegeln, Uniform oder Phantasieuniform, in einer Hand das Funkgerät, in der anderen Zigaretten. Spiegelhalter gab ihr eine Erklärung, was den Ton betraf, kein Wort ihres Vaters gehe verloren, und Bühl nahm schon architektonische Kleinode auf, Halbbögen und Kapitelle, marmorne Nischen, Fenster aus buntem Glas, dahinter Meisterwerke von Gittern, Schutz für die Kunst an den Wänden. Russische Kubisten, die musst du scharf bekommen, sagte Vila, nur blieb für scharfe Bilder keine Zeit mehr. Wie man es von karibischen Dichterberühmtheiten erwartet, kam Pablo Armando Fernández im Tropenanzug über die geschwungene Treppe seinen Besuchern entgegen, ein untersetzter Mann mit Beethovenschopf und eisgrauem Kinnbart, einer gestauchten Raubvogelnase und dem Blick eines Revolverhelden aus zwei Husky-Augen. Das Leben und das Denken haben uns hier zusammengeführt, sagte er auf Englisch, und Vila wurde gleich eine Frage los, wie man in so schöner Umgebung überhaupt denken könne. Der alte Dichter legte Bühl eine Hand auf die Schulter, als hätte er ihm die Frage gestellt – I think with my heart, so it works. What's your name? Und Vila übernahm es, ihren Kamera- und Tonmann vorzustellen, mit vollem Namen: der Beste auf seinem Gebiet im ganzen Sender.

Then welcome in my heart, Chris! Fernández hakte sich bei Kristian Bühl unter, er führte ihn von dem Vorraum in ein verwinkeltes Wohnzimmer, die Wände dort ebenfalls voller Bilder wie aus einem Museum. Alles aufnehmen, sagte Vila, als sich der Hausherr schon auf einem Sofa im halben Sonnenlicht niederließ – der Grund für die Tageszeit des Interviews, erklärte er, smoothy sunshine. Leise Worte nur für den Kameramann, und dabei stieß er, wie aus Versehen, an ein gerahmtes Foto auf dem Sofatisch, eine Bewegung, die überging in das Glätten von Falten an seinem hellen Anzug, der ihn größer erscheinen ließ; den Rest besorgten die Absätze schon mehr funkelnder als glänzend schwarzer Schuhe. Vila tippte an Bühls Arm, Das Foto auf dem Tisch, in Groß! Und er holte es heran, in allen Details – drei alte Männer saßen auf dem Sofa, auf dem Fernández saß, an zentraler Position er selbst, links neben ihm leibhaftig Fidel Castro, schon von Krankheit gezeichnet, aber noch im Kampfanzug, und zu seiner Rechten, für einen Leser von Romanen noch erstaunlicher als Castro, der Autor von Hundert Jahre Einsamkeit, García Márquez, offenbar bestens gelaunt, in einem weißen bestickten Hemd, die Manschetten umgeschlagen, dass man die goldene Rolex sah, wie bei dem Vater der kubanischen Revolution die schwere seitlich sitzende Pistole. Der Freund beider Berühmtheiten wandte sich an den unbekannten Kameramann: sein Achtzigster vorigen Monat. Und er hätte ihn eingeladen, wäre er da schon in Havanna gewesen – you und your camera, Chris!

So ist der Mann: schwul, sagte Spiegelhalter, inzwischen vom Rum zum Wein übergegangen, während Bühl gar nichts sagte, ja hinter dem HD-Gerät förmlich Zuflucht suchte; wie eine Nasenmaske, skurril venezianisch, hielt er es vors Gesicht, die andere Hand am Bauch, auf dem Rumoren darin und darunter, im Moment durch nichts zu beruhigen, am wenigsten durch einen Eistee, den die Tochter servierte, das Militärfunkgerät jetzt am Koppel. Signor Fernández, wenn Sie hier in Ihrem Haus sitzen und schreiben, sagte Vila mit Seitenblick auf Spiegelhalter – der sofort laut übersetzte, wie es mit der Tochter vereinbart war, und ihr dabei das leere Glas hinhielt –, gibt es da nicht immer den Konflikt zwischen dem gefeierten Staatsdichter, den das kubanische Volk verehrt, und dem Mann, der nichts weiter will als eine Sprache der Liebe erschaffen? Wie vertragen sich Eros und Politik? Vila zeigte ihr Fernsehlächeln, Bühl hatte auf sie geschwenkt, so war es geübt worden, und der von Castro und García Márquez Gefeierte hob einen dürren Finger in Richtung der Kamera; überhaupt hatte er ständig die Kamera im Auge und mehr noch den vermeintlichen Kameramann, die Interviewerin interessierte ihn nur am Rande, und von ihrer Frage waren genau zwei Worte hängengeblieben. Ich feiere den Eros, erwiderte er – Spiegelhalter übersetzte jetzt simultan und streute ein Lob für den Wein aus Italien ein –, eine Feier, bei der das kubanische Volk immer bei mir ist, es gibt keinen Widerspruch zwischen Kunst und allgemeinem Willen. Wie viele Zuschauer hat Ihre Sendung? Fernández sah einen Moment lang zu Vila, nicht wirklich interessiert an einer Zahl, nur an einer Beschämung, als hätte seine Tochter die Quote längst übers Internet abgefragt, dann sah er wieder zu Bühl. Chris, are you sick? Der alte Dichter hatte nicht nur Gespür für Worte, auch für alle Erscheinungen des Havanna-Leidens, und Spiegelhalter rückte an seine Auftraggeberin heran. Das Nobelpreisthema, jetzt oder nie, flüsterte er, und Vila rückte ihrerseits so nah an Fernández, dass er sie kaum ignorieren konnte. Sie sprach von europäischen, aber vor allem von amerikanischen Stimmen, die ihn gern in Stockholm sehen würden, als Empfänger des Nobelpreises für Literatur, und von den Stimmen kam sie auf den guten Geist amerikanischer Universitäten und ihre gute Tochter, die in Orlando studiere, genau wie sein Neffe. Die zwei kennen sich sogar, ist das nicht lustig, sagte sie auf Englisch. And how do you like America? Der mütterliche Vorstoß war nicht abgesprochen, Spiegelhalter räusperte sich leise, während Bühl Fernández' Aufpasserin filmte, der beste Weg, sie abzulenken. Er holte ihr Gesicht heran, den mürrischen Blick, er ging auf die Hände, die sie am Koppelschloss eingehakt hatte, er hielt die Luft an für ruhige Bilder, und seine Krämpfe kehrten zurück. Amerika, rief Fernández, auch ein Teil seines Herzen! Die vierziger Jahre in New York, mit seiner Frau, einer Sängerin, sie hätten Geld gehabt, durch die Auftritte in Jazz Clubs, gute Dollars, damit hätten sie Bilder von Emigranten gekauft, einen Kandinsky, zwei Klees, ein paar Picassos, alle weg. Und wohin, fragte Vila, als ihr Kameramann das Gerät auf den Tisch legte – eine Notlage, vom Hausherrn sofort erkannt. Fernández griff Bühl unter die Arme, seine Husky-Augen strahlten. So ist das Leben, erklärte er an Vila gewandt und mit kurzer Pause für seinen Simultanübersetzer: Wir können uns nicht aussuchen, was uns heimsucht, weder im Darm noch in den eigenen vier Wänden – den Kandinsky hat sich Che geholt, ein Matisse hängt bei Fidel, für die zwei anderen wurde Rohöl gekauft, Fidels ungebildeter Bruder hat die Picassos über dem Sofa – alle bis auf einen. Am Ende des Lebens bleibt nichts als das Leben, Madam, sagen Sie das Ihren Zuschauern, um welche Zeit wird gesendet? Acht Uhr abends, das ist meine Zeit hier im Fernsehen. Die Menschen müssen gegessen haben und mit einer Zigarre in der Hand zuhören. Und das Richtige gegessen, kein Fleisch vom Freimarkt – vamos, my friend! Und damit führte er Bühl aus dem Wohnzimmer, vorbei an seiner rauchenden Tochter, die das Funkgerät jetzt um die Schulter trug wie Wachposten eine Maschinenpistole.

Sie gingen durch zwei kleine verdunkelte Räume und danach einen Flur entlang, schmal wie ein Geheimgang, der

Hausherr hatte die Hand unter Bühls Achsel, ein Polizeigriff, aber weich, dazu ein beruhigendes Einreden auf den Kranken, bis er am Ende des Ganges eine unscheinbare Tür öffnete; sie führte in ein enges Bad mit Klo, unter der Waschschüssel ein Hocker, den nahm sich Fernández und stellte ihn in den Flur wie den Hocker eines Toilettenmanns. Dann langte er in ein Regal und zog eine Zeitung hervor und reichte sie Bühl. Die Granma, mein Freund, unsere einzige Tageszeitung, es gibt kein weicheres Papier in Havanna – er sprach jetzt amerikanisches Englisch, hervorgepresst zwischen weißen Gebisszähnen –, und wenn die Tür zu ist, gibt es eine einzigartige Ablenkung. But don't touch it, Chris, it's just for your eyes!

Und von Bühl nur ein Yes Sir, dann war er schon in dem Bad mit baumelnder Glühbirne. Er drückte die Tür zu, es gab weder Riegel noch Schlüssel, und ließ den Dingen freien Lauf, die Augen zugekniffen wie beim Zahnarzt, wenn der Bohrer pfeift. Erst als es getan war oder vorbei zu sein schien und sich auch die Spülung beruhigt hatte, blinzelte er, und genau vor seiner Nase, so nah, dass er den Kopf zurücknahm, die berühmteste aller Signaturen, der Namenszug, der sogar Autos zierte. An der Innenseite der Klotür hing ein Picasso aus der frühen, wild erotischen Phase, leicht zu erkennen, wenn man im eigenen Elternhaus mit Picassos Faunen und Ähnlichem in von Metallrahmen gezähmten Reproduktionen aufgewachsen war. Ein kleinformatiges Ölbild auf Holz hing da an einem Nagel, ein echter Trost durch Kunst, während seine Umwandlung in Flüssigkeit weiterging. Und er konnte nicht anders, als das Bild zu berühren, unter den Fingern Picassos Strich zu erfühlen, noch nach der Natur, und zuckte auch nicht zurück, als der Besitzer vor der Tür die Stimme erhob. Barcelona neunzehnhundertfünf, rief Fernández, künstlerischer Aufbruch in ein Leben aus Liebe und Wein, bienvenido a la vulgaridad, if you know what I mean!

Yes, I do! Bühl, trotz allem noch geistesgegenwärtig, beugte sich zum leeren Schlüsselloch und erwähnte, wo ihm hier in Havanna dieses Wort, vulgaridad, schon begegnet sei, über einem Wandbild in der Calle Gervasio, auf dem Dach eines Hauses für nächtliche Zwecke. And somebody told me, your nephew was there.

Belarmino! Fernández schlug gegen die Tür, halb empört, halb zärtlich, der Picasso schwankte am Nagel. Ein prächtiger Kerl, aber immer verliebt, im Moment in eine Deutsche, rief der berühmte Onkel, und Bühl hakte gleich nach – hätte nicht Castro auch einmal eine deutsche Geliebte gehabt, bezahlt von der CIA? Vorsicht vor deutschen Frauen, die würden sogar schwanger für ihre Ziele! Er wiederholte das Stichwort, er soufflierte es förmlich, und Fernández sprang darauf an. Eine Tragödie, sagte er, die Deutsche sei nämlich schwanger geworden, Belarmino habe ihn deshalb aufgesucht, eigentlich ein kinderlieber Mann, wie jeder Kubaner. Andererseits voll großer Pläne, zu große für eine Familie, also sei die Sache hier erledigt worden, beide erholten sich jetzt in einem Hotel am Meer – you need any help, Chris? Fernández klopfte an die Tür, Bühl versicherte, es sei alles in Ordnung, aber Erholung würde auch ihm guttun, Can you recommend this hotel? Und Fernández, arglos wie alle Verliebten, ob zwanzig- oder achtzigjährig, sagte, es sei das alte Copacabana, nicht weit von hier und empfehlenswert – der Moment, um wieder auf den Picasso zu kommen: warum der einsam im Klo hänge. Bühl nahm sich jetzt Zeit für das Bild, für die Details. Ein Jüngling mit dunklen Knopfaugen, der Künstler, wer sonst, halb entkleidet auf einem Lotterbett beim Masturbieren, mit dem Beistand zweier dirnenartiger Frauen. Bett und Wände in kräftigen Farben, und dann gab es noch eine Staffelei, darauf etwas Halbfertiges, das Porträt einer blühenden Frau, wie ein selbstgesetzter Anker, um den Lockungen der Faune im Bild nicht zu erliegen – kein Ferkel suhlte sich da, eher ein verirrter Heiliger, der Poverello als Künstler. Es hängt aus Sicherheitsgründen im Klo, niemand vermutet dort einen Picasso, erklärte Fernández, als Bühl schon die Spülkette zog, entschlossen, mit Vila erst zu reden, wenn seine Kameraarbeit getan war. Er wusch sich noch die Hände, dann drückte er die Tür auf, und der Staatsdichter empfing ihn mit erhobener Faust wie einen Sieger über korruptes Gedärm, und sie kehrten zu dem gerahmten Foto der drei alten Helden zurück.

Die Stimmung im Wohnraum jetzt entspannt, von der Tochter sogar ein Lachen, sie lachte über Vilas Kärtchen mit Zitaten von Fernández und allen Fragen an ihn. So etwas habe man im Kopf oder nirgends, sagte sie, als ihr Vater wieder Platz nahm, sichtlich zufrieden mit dem Kameramann, der noch blass war, aber schon nach seinem Gerät griff, Vila ein Zeichen machte, weiter geht's. Und die Moderatorin der Mitternachtstipps sprach den Dichter auf sein Verhältnis zu Europa an, auch im Hinblick auf die Nobelpreisstimmung für ihn. Europa, seine älteste Geliebte, rief Fernández, und damit meine er Italien, Spanien, Frankreich, den Süden, aber auch nicht zu vergessen: das schöne Schweden. Deutschland kenne er bloß von einem Besuch der Buchmesse, ruhmloser als dort könnte sich ein Autor nicht mehr fühlen. Nur hätten die deutschen Kollegen – my very personal impression – alle Geld, ruhmlose Leute mit Geld, während er kaum in der Lage sei, das Haus zu halten. Putzfrau, Gärtner, Köchin, Security, viermal zwanzig Dollar im Monat, der dreifache Lohn eines Arztes! Fernández machte eine Pause, die Pause des Bittstellers, der seine Bitte nicht aussprechen will, und Vila holte ihr Geld aus der Tasche. Sie zählte unter den Augen der Tochter großzügig siebzig Euro ab, und kaum war das Geld im Batteriefach des Funkgeräts verschwunden, fragte sie, wie viel er mit dem Schreiben überhaupt verdiene – dafür interessiere sich vor allem ihr jüngeres Publikum –, und wenn es so wenig sei, was ihn dann hier halte. Vila wollte das näher ausführen, aber der Freund von Fidel Castro oder Fi*dell*, wie ihn Fernández betonte, fiel ihr ins Wort. Was, fragte er theatralisch, habe ihn wohl in Kuba gehalten, als andere – Cabrera Infante, Raúl Rivero, Jesús Díaz, um nur drei zu nennen – das Rampenlicht des Exils gesucht hätten? Verlorene Söhne, rief er, von Spiegelhalter wieder simultan übersetzt, und wir, ihre Väter, verteidigen die Stellung. Ich bin der Sänger der Revolution, ihr poetischer Commandante, ich kann nicht von Bord dieser Insel, auch ich bin ein Vater des Volkes. Und das alles, obwohl ich Italien bereist habe, erst im letzten Jahr. Ich habe das Schöne gesehen, aber das Notwendige gewählt.

Italien, wo waren Sie da? Vila wich von ihren Kärtchenfragen ab, und Fernández zeigte der Kamera sein Profil – Taormina, Ravello, Venedig, Gardone. Er sagte zu jedem Ort ein paar Worte, das Ganze aber nur ein Ausholen, um am Ende auf einen Artikel über sich in der Stampa zu kommen: drei Spalten mit großem Foto! Der alte Staatsdichter schlug sich auf die Schenkel, als hätte er die Stampa überlistet, und seine Interviewerin griff den Ort Gardone auf. Vila suchte jetzt das private Gespräch, also erwähnte sie ihr Haus schräg gegenüber von Gardone mit Blick auf den schönsten See Italiens, an klaren Tagen bis hinüber zum Reich seines toten Kollegen D'Annunzio, kein unriskantes Stichwort, aber ein Treffer. Fernández zitierte sofort eine Zeile des *poeta ilusión*, er erwähnte den eigenen Aufenthalt im Grand Hotel Gardone als Teilnehmer einer kubanischen Delegation: unvergesslich das Dinner im Garten mit Blick auf die Insel im See, einst Exil des großen Dante, zuvor auch Refugium des heiligen Franziskus, wie man ihm erzählt habe. Und die Zypressen auf der Insel im Abenddunst wie eine Fieberkurve! Er sprach jetzt direkt in die Kamera und grüßte das italienische Volk, er zitierte Catull und pries die Augustnächte von Gardone, über dem weiten See ein rötlicher Mond, langsam wandernd. Zeit, rief er, Zeit ist alles! Ein Interview mit ihm müsse eine ganze Nacht dauern, nur so würden die Zuschauer ihm folgen können, der Wanderung seiner Gedanken. Wie viel Sendezeit ihm zur Verfügung stehe, fragte er, als aus dem Funkgerät ein Knarren kam. Die Tochter nahm das Gerät ans Ohr, irgendwer rief Worte im Befehlston, während ihr Vater schon aufstand. Das Leben hat uns zusammengeführt, das Leben trennt uns wieder, sagte er in seinem amerikanischen Englisch, und die Tochter sagte etwas von fehlender Drehgenehmigung und aufgetauchter Geheimpolizei. Der mit dem einen Bein, der warte schon mit dem Wagen am Hintereingang. We can't do anything, erklärte sie ohne eine Spur von Bedauern, und Vila wandte sich noch einmal an Pablo Armando Fernández.

Why don't you just call your friend Castro?

Why don't you just go, erwiderte der Dichter.

Nichts wie weg hier, sagte Spiegelhalter und trank noch schnell sein Glas Chianti classico aus.

UND wohin jetzt? Der Afghanistan-Veteran reagierte gereizt auf die neue Lage, er beschleunigte bei jeder Mülltonne, wie er es im Krieg gelernt hatte, und wurde langsamer, wenn ein Polizeiposten auftauchte, eine Fahrt durch stille Straßen, keine Menschen, keine Hunde, nur manchmal eine privilegierte Katze. Vila beugte sich zwischen die Vordersitze, Wofür bezahle ich hier? Für dieses Treffen mit einem, der uns hinauswirft, bevor ich etwas über meine Tochter erfahre? Bringen Sie mich zu ihr! Sie rüttelte an Spiegelhalters Schulter, sie boxte den Fahrer, fast hätte sie ins Lenkrad gegriffen, Bühl zog sie auf den Sitz zurück, Fernández hat mit mir gesprochen, ich weiß, wo deine

Tochter ist, sie ist nicht weit von hier in einem Hotel am Meer, dem Copacabana. Kenn ich, sagte Spiegelhalter, ein Betonding mit Meerwasserschwimmbad und Bar! Er sah nach hinten, strahlend wie der Gewinner in dieser Sache, während Bühl noch die Worte fehlten, um zu sagen, was er wusste, er konnte nur in die Gegend schauen. Zu beiden Seiten wieder Brachland, schmutzig grün und flach, hinter Zäunen vereinzelte Villen und in der Ferne ein Gebäude wie eine riesige umgekehrte Pfeilspitze. Die russische, früher sowjetische Botschaft, erklärte Spiegelhalter; er war betrunken, aber hellwach, die roten Augen fixierten Bühl. Und was hat der Alte erzählt, als du dich geplagt hast? Ein Toilettenmann in Havanna ist immer gesprächig. Also, wie sieht es aus, kritisch? Der Leiter des Instituto Fichte mit einem Gespür für die Wahrheit, aber Bühl stellte sich taub; er wollte Zeit gewinnen, den Anblick des Meeres auf seine Seite bekommen, und als das Meer plötzlich dalag, blau hinter dem Brachland, weiße Brandung gegen schwarzen Fels, war die Zeit um. Sie fuhren schräg darauf zu, ihr Reiseführer zeigte auf einen bunkerartigen, halbfertigen oder aufgegebenen Bau am Felsrand, übriggeblieben oder fertig war nur der Schriftzug auf dem Dach, freistehende Buchstaben, an denen der Wind zerrte, besonders am zweiten, dem O. Der Ex-Hauptmann bog in die Zufahrt, einen lehmigen Weg neben Gestrüpp, und Bühl nahm Vilas Kopf in den Arm und sagte in einem Satz, was es zu sagen gab.

Das Copacabana war ein Hotel aus den Fünfzigern mit leeren Anbauten aus den Siebzigern und einem kleinen, neuen Teil, der noch unfertig war, aber schon in Betrieb, das Ganze an einem öden Küstenstrich, wie eine vergessene Befestigungsanlage; selbst das Meerwasserschwimmbad hatte etwas von einem Bunker durch seine dunklen, mit Muscheln bewachsenen Mauern. Es war schon später Nachmittag, man konnte fast in die Sonne schauen, über dem gischtnassen Fels, wo das Land endete und das Meer begann, flogen Möwen und Krähen durcheinander. Ein schönes Bild, aber kein Trost. Am Rand der überspülten Felsen Vila und Bühl, sie waren allein, Spiegelhalter und der Veteran prüften Fernández' Angaben. Bühl hielt die Kamera, während Vila ihr Gesicht zwischen den Händen hatte, als könnte es im Wind davonfliegen, samt allen Träumen von einem Neugeborenen, das auch ihr Leben mit Renz erneuern würde.

Wir brauchen den Sonnenuntergang, sagte sie, die ersten Worte, seit sie es wusste, dazu ein Blick auf Bühl, ein Klammern mit den Augen, an seinem Haar, seinem Mund, dem Kieferbogen, allem, das sie anzog, wie fremd es auch war, so anzog, dass ihr Herz klopfte, erfüllt von ihm und schwer wegen Katrin, ein schwer erfülltes Herz, wie es nur Kinder und Liebende haben. Die Sonne stand noch so hoch, dass Zeit blieb, in die Cafeteria neben dem Meerwasserbecken zu gehen, durch dunkle Lachen auf dem Fels und über Ketten mit Bärten von Tang; Vila hielt ihr Kleid angehoben, wie die jungen, aber schon erwachsen wirkenden Frauen in alten Filmen, wenn sie erfüllt durch Pfützen eilen, um genau dort hinzukommen, wo sie hinwollen.

Nur ein paar Gäste saßen in der Cafeteria, und ebenso viele Kellner schienen im Stehen zu schlafen. Die Bar gut sortiert, aber auch hier kein Barmann, zwischen den Flaschen ein Kofferradio, Salsamusik. Vila stellte sich an den Tresen, sie machte ihr Telefon an, Renz hatte ein Recht, es gleich zu erfahren, auch wenn die andere neben ihm schlief. Spiegelhalter und sein Securityman kamen auf die Bar zu, der frühere Soldat hob eine der Krücken: Fernández' Neffe sei gestern mit einer jungen Frau im Hotel eingetroffen, die beiden ließen sich aber nicht blicken – was sollen wir tun? Er sah Vila an, aber Vila suchte Renz' Nummer, sie entfernte sich ein Stück, gefolgt von zwei gelbgrauen Hunden, die als Paar durch die Cafeteria schlichen; trotz der Musik lag etwas Stilles, Totes über allem, ein Alptraum in Beton, mitten darin der Leiter des Instituto Fichte. Er sprach mit einem der Kellner und zog sich dabei aus, Jackett und Schuhe, das ehemals weiße Hemd, die Hose, seine Kleidung im Arm, stand er in welker Wäsche da und zeigte zur obersten Etage des Hotels, einmal, zweimal, dreimal, bis der Kellner nickte. Spiegelhalter zog noch das Unterhemd aus, er legte alles auf einen Stuhl, und das Hundepaar schnupperte an der Kleidung, während er schon Anlauf auf das Meerwasserbecken nahm und Bühl ein Kindheitswort aus dem Zartenbacher Freibad zurief. Bombe!

Es hallte noch nach in der Cafeteria, als er mit angezogenen Knien ins Wasser sprang, und Kampe, der Afghanistan-Veteran, stieß einen Fluch aus, die Arme als Deckung vor dem Gesicht, das Ganze eine Sache von Sekundenbruchteilen; die wenigen Gäste sahen nur kurz auf, Vila bemerkte gar nichts davon. Sie hatte Renz am anderen Ende, angeblich machte er seiner Begleiterin gerade Tee. Die huste schon seit Tagen, eine fiebrige Erkältung, und er müsse sich auch sonst um alles kümmern im Haus – unser Mieter lässt nichts von sich hören, sagte er, und Vila rief, das tue ihr aber leid, eine kranke Producerin und der Mieter verschollen, da gebe es Schlimmeres. Und damit wurde sie leiser, ein leises Mitteilen des Nötigsten, von Renz stumm aufgenommen. Katrin erholt sich in einem Hotel, sagte sie noch. Ich gehe jetzt zu ihr, und du bist also Krankenpfleger? Vila drehte sich zu Bühl und legte ihm eine Hand auf die Wange, Tränen in den Augen, dahinter ein Strahlen, verzweifelt glücklich, glücklich verzweifelt; Renz' Stimme drang aus dem smarten Telefon, er schien nicht weiterzuwissen, aber gab sich entschlossen, entschlossen zur Reue, sein altes Konzept. Ich sollte verdammt noch mal bei dir sein, rief er. Und nicht hier herumsitzen. Wie geht es dir? Man hörte ein fernes Klirren, als sei die Teetasse heruntergefallen. Wie es mir geht? Ich bin jetzt wieder weit von einer Großmutter entfernt, wieder die Frau in den besten Jahren, könnte man sagen. Und vergiss nicht, den Wasserkocher auszumachen, er schaltet sich nicht mehr ab von selbst. Und in der Cantina steht auch eine Büchse mit Pfefferminztee, eine Handvoll Blätter auf einen Becher, lass es fünf Minuten ziehen und gib zwei Löffel Honig hinein. Für deine Kranke! Sie unterbrach die Verbindung, sie stellte das Telefon ab. Irgendetwas in ihr, das sie nicht kannte, eine Art innerer Erzengel der Worte, hatte sie über sich selbst hinausschießen lassen, und sie war noch nicht wieder auf sicherem Boden, alles wankte, nur ihr Kameramann nicht. Der sah sie an, wie Renz in der Nacht zum Jahr vierundachtzig, der Blick vor dem Kuss auf dem Grat zwischen vorher und nachher, dem Leben ohne sie und dem Leben mit ihr. Sie hatte immer noch die Hand an Bühls Wange, die nahm sie jetzt weg, und er zog sich aus vor ihr, das Hemd, die Schuhe, die Hose, ohne überflüssige Bewegung. Ich gehe schwimmen, danach bin ich für dich da, sagte er und lief schon zum Beckenrand, die Hände auf dem Kopf. Er wartete, bis der einzige Schwimmer in klebender Wäsche aus der Betonwanne stieg, dann sprang er gestreckt ins Wasser, und Vila sah ihn davonkraulen.

Der Kellner, auf den Spiegelhalter eingeredet hatte, kam zu ihr und bot seine Hilfe an, für zehn Euro, The person you look for is in our number one poetic room, called Pablo Neruda Suite. Sie steckte ihm zwanzig Euro zu, wenn er sie sofort dorthin bringe, und vom Kellner eine Kopfbewegung, sein Follow me, sie nahm die Kamera, und Spiegelhalter, in nasser Unterhose, gab ihr noch etwas mit auf den Weg. Belarmino Fernández sei hier der liebe Gott, darum besser keine Vorhaltungen, der werde ihretwegen kaum auf die Knie fallen oder auch nur ins Grübeln kommen – Gott grübelt nicht, er handelt, die Dinge sind nun einmal geschehen! Ein Appell an die Vernunft, nur nicht ihre, und sie legte die Kamera unter Bühls Kleidung und rief ihm Denk an die Sonne! zu. Der rote Sonnenball und das Meer, ihre Kurzfassung seiner Aufgabe, und die Antwort eine hochgeworfene Faust, jetzt konnte sie dem Kellner folgen. Vor einer Glastür, die ins Hotel führte, drehte sie sich noch einmal um. Bühl kraulte nicht mehr, er flog förmlich durch das lange, von ihm aufgewühlte Becken. Schmetterling hieß das, als sie schwimmen lernte, und immer wenn sein offener Mund und die ausgebreiteten Arme kurz auftauchten, war das wie ein Ja zu ihr, im Grunde die ganze und einzige Philosophie der Liebe.

DAS Meer war unruhig unter rotem Abendhimmel, ein funkelndes Auf und Ab hinter dem Anbranden gegen den Fels, auf dem der alte Teil des Hotels in verblasstem Rosa lag. Bühl filmte die Wolken über dem Horizont, darin die Sonne, wie zerfranst, ihr Untergang auf Kubanisch; er stand am Rand einer einstigen Terrasse, überall Reste von Lampen und Stühlen, dazwischen abgefallene Leuchtbuchstaben, ein C, ein N, ein Stück O. Von dem Wort Casino, sagte der Hauptmann außer Dienst oder junge Veteran und Securitymann – Bühl wusste nicht recht, wie er ihn einordnen sollte, einen Beinamputierten, der mit Krücken in Buchstabenscherben stochert.

Afghanistan hat ihn fertiggemacht! Spiegelhalter tauchte neben dem N auf, wieder angezogen, sogar mit Schlips. Die Welt besteht für ihn aus Hinterhalten, sein ganzes Glück ist der Deutschunterricht für die Mädchen. Und was macht der Darm? Er hakte sich bei Bühl unter, er führte ihn um das abgefallene C herum. Den einen macht der Krieg fertig, sagte er, den anderen das Essen hier – mich macht es fertig, kein Geld zu haben, du könntest mir etwas leihen, wie wär's mit fünfzig Euro? Spiegelhalter versuchte, den nass gewordenen Zigarrentrümmer anzustecken, Bühl schlug ihm einen Handel vor: Fünfzig Euro für eine kleine Geschichte aus dem alten Unterried. Er zückte den Schein und war ihn auch schon los. Schweineschlachten, sagte Spiegelhalter. Ich habe als Kind einmal zugeschaut, wie drei Metzgerburschen die schreiende Sau festhielten, an den Füßen, am Schwanz, an den Ohren, und der Stärkste ihr die stumpfe Seite einer Axt an die Stirn schlug, dass die Augen platzten, und sie immer noch schrie und auf die Seite fiel, und ein anderer Bursche ihr die Kehle aufschlitzte. Das Blut brach hervor, und die drei versuchten, einer nach dem anderen, auf dem zuckenden Leib zu stehen, vier, fünf Sekunden, bis jeder herunterfiel, und sie ließen es auch mich versuchen, Los, Kerle, ich brunzte mich an vor Schreck. Dann warfen sie die Sau in einen Bottich mit kochendem Wasser und schabten ihr die Borsten ab. Am Ende war sie glatt und weiß wie eine dicke Frau. Die Burschen zogen ihr Haken durch die Fersen und hängten sie mit dem Kopf nach unten auf, und einer schnitt längs durch den Leib, die Därme stürzten heraus, Ende der Vorstellung. Und an einem Feiertag, Fronleichnam, als der ganze Ort mit Blumenbildern geschmückt ist, schickt mich mein Vater in eins der Wirtshäuser, um Bier zu holen, du kriegst auch was, sagt er, und ich gehe in die Fortuna, heute Drogeriemarkt, und da sitzen die drei Metzgerburschen in der niedrigen Stube ganz aus Holz und wie in Fett getaucht. Der Wirt ist nicht da, ich muss warten, während die Burschen vespern, ihre Sackmesser in der Hand. Rauch hängt in der Luft, und die Messer blitzen, weil die Junisonne hereinscheint. Ein Strahl fällt auf den Boden, und da liegt ein Zehner. Er wird einem der Burschen gehören, denk ich und heb ihn rasch auf, eine unbemerkte Sünde, und heiß im Gesicht gehe ich zum Rotamint-Automaten neben der Tür zu den Aborten und stecke den Zehner in den Schlitz, und die drei Glücksräder fangen an sich zu drehen, schneller und schneller, die Bilder darauf wie eins, das Herz, das Kleeblatt, die Sonne, der Mond. Ich schlage auf die Tasten, sobald sie aufleuchten, einmal und noch einmal, und drei Sonnen bleiben stehen. Ein Augenblick Stille, dann das Klickern des Hauptgewinns, eine Mark in Zehnern, ganz unten am Automaten springen sie über den Rand, fallen zu Boden und kollern, und die Metzgerburschen sehen herüber. Sie sind neidisch auf meinen Gewinn, und ich bete zum Herrgott, dass sie mich nicht aufschlitzen wie die Sau, da kommt der Wirt in seine Stube, einen Stumpen im Mund, und der Spiegelhalter Karl ist gerettet samt seiner Mark. Ich besorge das Bier und laufe nach Hause, vorbei an den Blumenbildern, ich danke Gott und hüpfe mit den Flaschen in der Hand, und mein Vater belohnt mich fürs Bierholen mit einem Fünfzigpfennigstück. Bis dat qui cito dat, sagt er, doppelt gibt, wer gleich gibt – ein Beispiel, Kerle, für Knappheit und Erkenntnisreichtum im Lateinischen! Denn er war ein Lehrer wie du, Bühl, der gebildetste Mann im Dorf, ich verdanke ihm alles, auch mein Exil, die ganze schöne kubanische Scheiße!

Und die Geschichte ist wahr? Hauptmann Kampe stand vor dem halben O, eine Hand auf dem Kopf, er hatte zugehört. So wahr wie dein fehlendes Bein, rief Spiegelhalter, und der Afghanistan-Veteran ließ die Hose herunter und zeigte den Stumpf. Auch ein Schlachtfest, aber keine Geschichte – die muss man sich machen. Wenn wir Patrouille fuhren und das Gelände übersichtlich war, saßen wir mittags unter Sonnensegeln und aßen unser Zeug, und die Lichttupfen liefen bei jedem Windhauch über die sandige Erde, die großen verfolgten die kleinen. Und am Schluss eine Zigarette, jeder ein paar Minuten mit sich und dem Rauch. Und dabei kommen die Sachen, die man sich selbst erzählt, die Fragen, ob die Freundin schon einen anderen hat und wie es dem Großvater mit seinem Krebs geht. Was im Kino so läuft und was mein Golf TDI macht. Dann war die Zigarette geraucht, es ging weiter, vor Anbruch der Dunkelheit mussten wir in einem Kaff sein, um dort eine Straße zu sperren, aber unser Dingo blieb zweimal im

Sand stecken, also waren wir erst bei Dunkelheit in dem Kaff, und es gab kaum Lichter, man sah nur Tee in kleinen Tassen glänzen und Männer am Straßenrand mit schiefem Lächeln, und als ein Moped knatterte, da zuckten alle zusammen, und ich sagte Absitzen, sichern. Zwei Frauen liefen vorbei, völlig verhüllt, bis auf die Sehscharte über der Nase, und der Obergefreite Schnieder aus Cottbus sagte Jetzt ein Bier, und auf einmal roch es nach Diesel, und ein Generator fing an zu brummen, und Stabsunteroffizier Ammon, immer mit offenem Kinnriemen als Zeichen seiner Unerschrockenheit, sagte Waffen und Munition überprüfen, und unser Ältester, Feldwebel Dautz aus Nürnberg, sah auf seine Fliegeruhr, die für alle galt, und dann auf das GPS, wegen der Stelle für die Straßensperre, dabei kam ein Hund heran, merkwürdig dick um den Bauch, und der Feldwebel rief Schaahdasstwaiterkummst! und richtete die Waffe auf ihn, man weiß ja nie bei dicken Hunden, und der Obergefreite Schnieder, den alle nur Schniedel nannten, warf sich hinter den Dingo, der ja auch nach einem Hund benannt ist, aber schlank, und unser Feldwebel mit einer Frau im sechsten Monat, der sein erstes Kind nie sehen sollte, verjagte den dicken Hund, ein Fehler. Denn er griff nach einer Latte, die er dem Hund hinterherwarf, traf aber in der Dunkelheit einen Jungen, der uns deutsche Wörter zurief, Bayern München, Tor, Wichser, und aus der Latte stand ein Nagel, und der Junge blutete plötzlich am Arm, ein roter Streifen erschien auf seiner hellen Kutte, und die Sanis taten ihr Bestes, als wir schon die Krallen aufstellten, die jeden Autoreifen zerreißen, und irgendwo in einem Lehmhaus Scharfschützen ihre gestohlenen Nachtsichtgeräte aufsetzten und immer noch viel zu viel Aufmerksamkeit bei dem Jungen war und Schniedel zu mir sagte Cottbus kommt wieder, zweite Liga, und ich zu ihm: Logisch, klar – da wurde die erste Panzerfaust abgeschossen, und sie traf nicht den Dingo, sondern Feldwebel Dautz, und der schrie nicht, sondern brüllte. Bin am Arsch, brüllte er so laut, dass ich in die Hose pisste, wie Sie auf der zuckenden Sau, und meine Pisse lief heiß am Bein herunter, dem Bein, das mir bald davonrollen würde, und Schniedel feuerte einfach ins Dunkle, und Ammon rief Weg hier, los, und der Hund mit dem dicken Bauch kam zurück, und mein Herz raste. Dann schon die zweite Panzerfaust, ihr Feuerblitz, und die Granate flog mit einem Schweif heran und traf den Dingo an der empfindlichsten Stelle, seinen Dingoeiern, und schon war alles in Flammen, auch Schniedel, der sich die falsche Deckung gesucht hatte, er lief als Fackel herum, während ich mich an den Straßenrand warf, hinter einen dicken Stein, oder hatte ich das schon gesagt? Manchmal fängt das Ganze an mit dem Stein, und manchmal hört es dort auf, je nachdem, ich weiß nicht, wie man erzählt, Erzählkunde stand nie auf dem Plan, nur Waffenkunde, Wetterkunde, Landeskunde, oder wie man verhört und sich selbst Atropin spritzt oder zur Not eine Arterie zukriegt, einfach den Finger rein, leichter gesagt als getan, aber man tut's. Im Schein der Schniedelfackel – er torkelte auf mich zu, während unser Feldwebel Dautz schon gen Himmel fuhr – sah ich mein Bein, das Wegfliegen von Fleisch- und Knochenstückchen durch ein Geschoss, und wie das Blut aus der Arterie kam, als steiler Strahl, es war gar nicht leicht, die Öffnung zu finden, ich hatte auch Angst, sie könnten noch die Hand erwischen, es waren Eins-a-Schützen, die uns da fertigmachten, aber sie wachsen ja auch auf mit Waffen, die Taliban, während wir Counterstrike spielen, und die Nachtsichtgeräte, die sie uns am Flughafen klauen, sind die besten. Fast jeder Schuss saß, das Bein wurde immer kürzer, es passte nicht hinter die Deckung, entweder mein Bein oder mein Kopf, und ich brüllte jetzt auch, und das eigene Gebrüll war noch schlimmer als das von Schniedel, er und ich, wir brüllten um die Wette, könnte man sagen, fast hätten wir den ersten Black Hawk übertönt und gar nicht gemerkt, dass Hilfe kam. Sie waren in der Nähe, die Amerikaner, kein Zufall, denn sie hören jeden Funkverkehr mit, und für kurze Zeit war unser Brüllen wohl noch lauter als der Hubschrauberlärm, bei Wetten dass die ideale Außenwette, das Publikum stimmt ab, wer lauter war. Noch am Vorabend hatten wir die letzte Sendung im Camp gesehen, als DVD, ich saß neben Schniedel, der ein T-Shirt von Energie Cottbus anhatte, und jetzt brannte er ab, sein Gebrüll ließ erst nach, als ihm das Fleisch an den Armen schmolz. Er brach zusammen, als sich mein unteres Bein samt Knie im Sand überschlug und die Hunde anlockte. Dann wurde der Sand schon aufgewirbelt und das Bein davongeweht, die Hunde rannten kläffend ins Dunkle, und ein Scheinwerfer erfasste mich, helle Kotze lief auf den Beinrest, während MG-Feuer mit Leuchtspur in das Lehmhaus ging und die Kameraden, die unverletzt waren, herumstanden und heulten. Der Hubschrauber setzte auf, und jemand rief Fuck, und der Sand in der Luft legte sich, und der Mond schien, und mein Herz schlug, also lebte ich, und einer nahm meine Hand, obwohl noch Schüsse fielen. Er hielt sie, und aus seinem Funkgerät Stimmen, als sei gar nichts passiert, nur lag ich auf der Straße, und mein Bein war weg, und zwei Meter weiter der Junge mit der Armverletzung, ein Loch im Gesicht. What's your first name, fragte der mit der Hand um meine, und ich sagte Sören, und er rief I'll be with you, Sören! Und der Mond schien, und ich dachte, es sei die Sonne, nur kleiner und dunkler, eine Sonnenfinsternis, dachte ich, und das Schießen ging weiter, und mein Bein war weg, und die Hunde kläfften, und der Feldwebelrest lag herum, und der Mond schien, und der Dingo brannte – und und und, finito, sagte Kampe schließlich, um überhaupt an ein Ende zu kommen, und ging dabei schon an seinen Krücken davon.

ALLE Redseligen sind Wiederkäuer, sie ernähren sich von alten Wunden und Zweifeln, in einer Art Schluckauf würgen sie die Wunden und alle Zweifel ein ums andere Mal herauf und verschlingen sie erneut. Vila hatte ihrer Tochter in der Neruda-Suite von der eigenen Abtreibung erzählt, ihrem preisgegebenen, verlorenen Sohn, bis Katrin, wenn auch stillschweigend, nachzog und sie dann beide weinten, während der Hauptmann außer Dienst auf der einstigen Tanzterrasse vor dem halben O aus dem Schriftzug Casino stand und die Afghanistanleier drehte oder eigentlich nur der Kasten war, an dem Bühl und Spiegelhalter kurbelten, indem sie zuhörten – dem Redseligen geht es nicht so sehr um die Wahrheit, ihm geht es darum, mit der eigenen Dürftigkeit fertigzuwerden, immer wieder und wieder.

Nach seiner Beingeschichte war Kampe an die Bar gegangen und hatte eine Flasche Rum gekauft, den besten, einen siebzehn Jahre alten Matusalem vom Combinado de Bebidas in Havanna, und auf der Rückfahrt ließ er die Flasche herumgehen; sie fuhren offen durch das Brachland, auch die Scheiben heruntergekurbelt gegen die drückende Luft. Der Rum war scharf und ölig, darin eingeschlossen die gereifte Süße. Der schmeckt nach Leben, sagte Vila. Sie weinte noch und trank, bis ihr der Rum über die Lippen lief, dann gab sie die Flasche an ihren Kameramann weiter, und der reichte sie wieder nach vorn; auf dem Brachland jetzt vereinzelt Lichter von Karbidlampen oder Kerzen in Hütten, es roch nach Kerosin und Tang. Vila legte den Kopf an Bühls Schulter, die warme Luft im Gesicht tat ihr gut, auch die Gerüche darin, die ganze Fahrt. Und dass ihr Begleiter nicht mit Fragen kam, ihr Zeit ließ, ja sie überhaupt so ließ und so nahm, wie sie war. Er stellte eine Schulter zur Verfügung wie der junge Veteran einen alten Rum, und für beides war sie dankbar, und allein aus diesem Gefühl heraus, gut aufgehoben zu sein in dem Wagen, fing sie auf einmal an zu erzählen, auch für sich, um es selbst zu verstehen. Kein Wiederkäuen, ein Verdauen.

Die beiden haben auf dem Bett gelegen, sagte sie. Auf einem Kingsize-Bett mit Tagesdecke, meine Tochter im Jogginganzug und der Kubaner in Armani-Jeans und einem T-Shirt mit einer Zeile seines Onkels. Und vor dem Bett lief der Fernseher, und Katrin aß Chips, ihr Typ trank aus einer Bierdose, am Handgelenk eine Patek Philippe und zwei Goldketten. Er erinnerte mich an Benicio del Toro in dem Film Traffic, nur schmaler und jünger, aber auch mit diesen Schatten unter den Augen. Auf dem Bett stand ein Tablett mit Essen, ein Kellner hatte es eben gebracht, ich war in die Suite gekommen, als er ging, er glaubte wohl, ich gehöre dazu. Also sah ich die zwei da liegen, bevor sie mich sahen. Sie schauten sich eine alte Serie an, Die Waltons, die hatte ich früher mit Renz gesehen, er wollte etwas in der Art für Deutschland machen, aber die Waltons funktionieren nur, weil das Ganze während der Depression spielt und John-Boy grenzenlos optimistisch ist. Er notiert gerade was in sein Tagebuch, als ich seitlich auf das Kingsize-Bett zugehe, und Benicio Belarmino sieht mich vor meiner Tochter und sagt Your mother, honey, als wären wir schon einmal aneinandergeraten, und er hätte mich erwartet. Und ich sage Hallo, und Katrin, meine Tochter, legt die Hände aufs Gesicht und sagt Scheiße, mit Betonung auf dem Sch, irgendwie auch von Herzen, aber Scheiße bleibt Scheiße, und ich sage Tut mir leid, ich bin deine Mutter, ich musste was tun, nachdem du verschwunden warst mit dem Bauch, und als ich von Havanna hörte, bin ich nach Havanna geflogen. Und habe dich gesucht, okay? Und leider zu spät gefunden! Und Katrin nimmt ihre Hände vom Gesicht und sagt Nein, nicht okay, das ist CIA!, und dann fragt sie, wie ich sie gefunden habe, wer da bezahlt worden sei, und ich erzähle irgendein Zeug, um den schwulen Dichteronkel nicht mit reinzuziehen, aber sie glaubt kein Wort, Mama, du redest nur Scheiße, sagt sie und spricht auf Spanisch weiter, sie stellt mich ihrem Typen vor, sie nennt mich Moderatorin, wow, damit er nicht denkt, ich sei eine Schachtel, und ich schreie sie an, sie solle wenigstens englisch reden, und sie sagt mir auf Deutsch, dass es ihr gutes Recht sei, kein Kind zu kriegen, und ich erzähle ihr von dem Tag, an dem sie um einen Bruder gebracht wurde, im Grunde um eine echte Familie, Vater, Mutter und zwei Kinder. Renz fuhr mich zu der Klinik, sage ich, während du in der Schule warst, er hat dann im Foyer gewartet, sein Notebook auf den Knien, um die Zeit zu nutzen, und ich lag im Untergeschoss mit breiten Beinen, diese Dinge passieren im Souterrain, nicht im richtigen OP, in einer Art Hinrichtungsraum, und sie wollten alles abdecken, bevor sie mit der Todesspritze kamen, auch wenn es Instrumente waren, ihre grünen Tücher davorhängen, ich aber wollte dabei sein, ich wollte es sehen, das war das mindeste, das ich tun konnte für mein Kind, sage ich zu Katrin, und auf einmal laufen ihr Tränen, während der Mann auf dem Bett einfach weiter die Waltons schaut. Und dann wage ich ein Warum, ermutigt von den Tränen, und meine Tochter erzählt mir von einem Forschungsauftrag, unterstützt von ihrer Fakultät, einer Walter-C.-Mills-Stiftung, ein halbes Jahr Brasilien schon ab kommenden März, eine Arbeit über die Gebräuche irgendwelcher Indianer an irgendeinem Nebenfluss im Amazonasdelta, ich habe es mir auf dem Block, der neben dem Kingsize-Bett lag, notiert, um es irgendwie auszuhalten, was man mir da erzählt hat.

Vila zog ein Blatt aus der Rocktasche, jetzt ganz an Bühl gedrückt, ein Bein halb über seinem. Da steht es: Sie fährt zum Rio Xingu, und es geht um die Kamayurá-Indios mit einer furchtbaren Tradition. Kinder ohne Vater, ohne Familie, ohne Zukunft, werden dort von den Müttern mit stiller Billigung des Staates lebendig begraben. Und die Forschungsfrage lautet: Wie kann der Staat in diese Tradition eingreifen, ohne die

Grundfesten dieser Menschen zu gefährden. Und das Kind mit dem Bad auszuschütten – das waren meine Worte. Zu meiner Tochter. Oder hätte ich dich etwa lebendig begraben sollen, nur weil dein Vater, als du mich Tag und Nacht beschäftigt hast, mit anderen herumgemacht hat, rufe ich ihr ins Gesicht, und sie sagt, der Auftrag sei eine Riesenchance, auch für ihre Promotion, ein kleines Kind zur selben Zeit: unmöglich. Und ich verfluche ihr Studium und diese idiotische Walter-Mills-Stiftung, und Katrin wiederholt das Todesurteil für ihr eigenes Kind auf Englisch. Impossible! Erst danach fällt sie in sich zusammen, ein wütendes Häufchen Elend im Joggingzeug, unfähig, richtig zu weinen, aber auch unfähig, cool zu bleiben. Es ging gar nicht anders, schreit sie, und da schaltet sich Signor Belarmino ein und kommt mir mit dem Ausbildungsstand kubanischer Ärzte, die hätten das alles perfekt gemacht, Perfectly, Madam, und ich sage, Oh, da danken wir aber, und der Schwarm meiner Tochter greift sich ein silbernes Feuerzeug und die amerikanischen Zigaretten auf seinem Nachttisch und verschwindet auf die Terrasse der Suite, während im Waltonhaus die Lichter ausgehen, alle sich Gute Nacht sagen, ganz am Ende Opa Walton, schon ohne Gebiss, Good night everybody – ein Opa, dem es gutgeht mit seinen Enkeln, und ich muss weinen, so weinen, dass meine Tochter mich tröstet und taktvoll genug ist, den Fernseher abzustellen. Endlich ist es still in dem Raum, für eine Zigarettenlänge sind wir allein, Katrin zieht sich die Decke über den Kopf, das hat sie immer getan, wenn es eng wurde, und ich hole mein Telefon aus der Tasche und sage, wir rufen jetzt Renz an, der hängt an dir, er erzählt mir immer wieder, wie du ihn aufgemuntert hast, als ich nicht da war, am ersten Tag im neuen Haus, wo alles noch schrecklich aussah – sprich mit ihm, rufe ich und wähle die Nummer, und sie schüttelt unter der Tagesdecke den Kopf, was ich fast respektiert hätte, aber eben nur fast. Renz meldet sich gleich, er hat auf den Anruf gewartet, und ich sage ihm, wo ich bin, bei unserem einzigen Kind, und ziehe die Decke weg und drücke Katrin das Telefon ans Ohr und mache sogar den Lautsprecher an, weil ich hören will, was er sagt, und Katrin heult, wie sie geheult hat, als sie von Kaspers Tod erfuhr, ein Ausbruch, bis sie sich gegen die Stirn boxt und es schafft, von sozialer Indikation zu reden, und dann erwähnt sie auch gleich den Forschungsauftrag, ein halbes Jahr am Rio Xingu, und Renz ruft Glückwunsch Kleines, Wahnsinn! Er kriecht förmlich aus dem Gehäuse und schlägt vor, sich bald zu treffen, was Katrin gleich einschränkt, frühestens um Weihnachten, sie sei noch an einer Arbeit. Und auch dann nur in der Region, sagt sie. Darauf von mir der Vorschlag, sich in Jamaika zu treffen, in unserem Weihnachtshotel – wir fahren schon seit Jahren, seit dem Tod meiner Mutter, in dieses Strandhotel, der Heiligabendvermeidungsurlaub. Warum also nicht uns dort treffen, sage ich, und Renz wechselt das Thema, er kommt auf eine Bemerkung, die ich gemacht habe: dass ich wieder die Frau in den besten Jahren sei, weit davon entfernt, Großmutter zu werden. Was meinst du damit, fragt er mich allen Ernstes, da ist mein Daumen schon auf der Austaste. Vergiss es, rufe ich, wir reden später, in zwei, drei Tagen bin ich zu Hause, und wenn du etwas für mich tun willst, mach die Umsatzsteuer! Mein letztes Wort, Umsatzsteuer, als der Neffe schon wieder ins Zimmer kommt, und Katrin will wissen, wann ich genau zurückfliege, sie mich also los wäre, und ich nehme ihre Hand, das ist alles, was ich tun kann, die Hand einer Tochter halten, die sich ihr Kind hat wegmachen lassen, aber schon wieder nach vorn schaut. Und dein Typ, frage ich leise, kommt der mit nach Brasilien, und Katrin, noch leiser, nein, es sei auch eigentlich vorbei. Obwohl er wirklich etwas hat, flüstert sie mir zu: im Profil, wie die auf den Vasen in der Etruskerausstellung, erinnerst du dich? Und natürlich erinnere ich mich, ihr Ferienjob, als sie studierte,

Führungen im Liebieghaus, die Etrusker fand sie immer schon toll, und abends zogen wir privat durch die menschenleeren Räume, allein mit all den Grabpornos, und Renz sagte Zum Sterben schön! Das hat sich Katrin gemerkt und ließ sich von Herrn Belarmino, auch zum Sterben schön, nach Havanna locken, und dort führte er sie, um ihr mehr zu bieten als nur eine Klinik, zuerst in dieses Haus mit den Tässchen und Tellerchen und winzigen Löffeln an allen Wänden, wie Grabbeigaben für eine Königsschwuchtel, und sie fand das obertoll, meine gescheite Tochter, weil sie ganz besessen ist von allem Fremden, irgendwie Erotischen und wohl jedem zeigen will, dass sie es aufnehmen kann mit den Frauen auf den Vasen, die Jahrhunderte in der Dunkelheit der Tumben überdauert haben, gevögelt von allen Seiten. Für ihre etruskischen Stunden mit einem Edelkubaner hat sie unser Enkelkind geopfert, meine Theorie, nur hielt ich den Mund und dafür weiter Katrins Hand, und ihr Möchtegernliebergott stocherte in Chickenwings, die längst kalt waren, und machte mir ein unterirdisches Kompliment, Such a good looking mother, und ich nur: Nice to meet you, das Schlusswort, denn zu Katrin sagte ich gar nichts mehr, ich umarmte sie nur, und sie murmelte Mamma, mit zwei m. Mehr kann man gar nicht verlangen von seiner erwachsenen Tochter. Ende.

Vila drückte Bühls Hand, beide hatten sich klein gemacht hinter dem Fahrersitz, kaum zu sehen in der Dunkelheit und erst recht nicht zu hören, weil das Radio lief, eine laute, überstürzte Musik, seit sie wieder am Meer entlangfuhren, an schwarzem Fels und Brandung. Es regnete leicht, einzelne Tropfen flogen in den Pontiac, Vila machte die Augen zu, eine Hand in dem Haar, das nicht ihres war, aber sich anfühlte wie ihres, als hätten sie ihre Haare zusammengeworfen. Der Matusalem wurde noch einmal nach hinten gereicht, und sie tranken; die alten Stadthotels an der Uferstraße tauchten auf, alle dunkel bis auf den Doppelklotz des Hotels National. Und auf dem Malecón dann tiefe Pfützen, der Regen war erst abgezogen, die Luft noch zum Greifen. Wir steigen hier aus, sagte Vila, und der Veteran stoppte den Wagen unter dem Vordach eines einstigen Theaters, Vila beugte sich nach vorn – Trotzdem danke. Und ich weiß jetzt immer noch nicht, wie das mit Ihrem Bein passiert ist.

Kampe stellte den Motor ab, er bat um den Rum und trank einen Schluck, dann brachte er seine Beingeschichte, nur etwas verkürzt; Vila hörte geduldig zu, ebenso Bühl, während Spiegelhalter zu schlafen schien. Aber so war es nicht, es war anders, sagte er vor der Stelle mit dem Hubschrauber. Ein normaler Tag zunächst, aufstehen mit der Sonne, Frühstück, Briefing, Prüfen der Ausrüstung, dann Zeit für Mails und Sport und nachmittags die Patrouille. Erst ein Stück über Land im Konvoi, später Inspektion einer Behelfsbrücke und gegen Abend die Kreuzung bei der Ortschaft Chahar Darreh, die wir sperren sollen. Ich erinnere mich nicht einmal an einen Knall. Eben noch eine Straße über einer Flussschleife mit blassen Sandbänken, im nächsten Moment schon ein blasses Bett, und Hände richten mir den Kopf auf, ich kann aus einem Fenster schauen, dahinter ein Farbenrätsel. Das ist der Herbst, willkommen in der Pfalz, sagt jemand, und die Hände drehen mir den Kopf, bis ich mein eines Bein sehe. Es liegt auf der Decke, gleich daneben wird die Decke flach, und eine Frau sagt, ich hätte nur ein Bein verloren, Glück gehabt. Und ich will ihr Gesicht sehen, aber sie trägt einen Mundschutz bis über die Nase und eine Haube bis in die Stirn, allein die Augen sind frei, wie bei den Frauen, die uns überall ausgewichen sind, näher kann man einem Traum nicht sein. Das ist die ganze Geschichte, also erzähl ich gern eine eigene.

Nur kommt die immer anders, sagte Spiegelhalter, mal besser, mal schlechter, er hat sie auch schon versaut. Aber die ewige

Gefahr des Misslingens gibt ihr die Würde des Ernstfalls – trinken wir auf den Hauptmann! Er nahm den ersten Schluck, und als jeder getrunken hatte, kam der Moment des Abschieds. Spiegelhalter nahm den Matusalem an sich, Vila zahlte das restliche Honorar. Alles Gute für Ihr Institut, sagte sie, während es der Leiter des Instituto Fichte bei einem Adde beließ, mehr zu Bühl als zu ihr, das kleine Wort wie weggeschubst, nur mit etwas Druck auf dem e, so, wie man es immer noch hören kann in ihrem gemeinsamen Tal.

SIE waren die Einzigen weit und breit, kein Mensch auf der Kaimauer, kein kreischendes Pärchen, zu stark die Brandung, immer wieder ihr Emporschießen und das Klatschen auf die Straße. Vila an einer der Säulen des Vordachs, Rücken und Kopf angelehnt, über ihrem Haar Reste kobaltblauer Farbe, darin Tupfer wie von getrocknetem Blut. Sie weinte wieder, ein stilles Herauslaufen, Tränen, die man nicht trocknen oder aufhalten musste, nur so ertragen, wie Bühl sie ertrug.

Renz und ich, wir haben vor Jahren Die Marquise von O. im Kino gesehen, da liefen nur so die Tränen im Film, und die Leute lachten. Warum? Vila löste sich von der Säule und hakte sich unter bei Bühl, sie küsste sein Ohr im Gehen, seine Schläfe. Weil das so komisch war oder anders nicht auszuhalten? Sie drückte sich an ihn, sie sagte, er könne gern lachen, los! Aber im selben Atemzug, als sie sich übers Gesicht wischte, etwas ganz anderes: warum es in seinem Leben kein Kind gebe – wolltest du frei sein, oder was wolltest du? Keine harmlosen Fragen, also schob sie gleich ein paar andere nach, Gab es eine Frau in deinem Leben, gab es einen Lieblingsschüler, wollen wir etwas essen gehen, wollen wir ins Hotel? Die Zeit schien ihr davonzulaufen, während sie Richtung Hotel gingen, nicht die gegebene, die Vila-Renz-und-Katrin-Zeit, plus die ihrer Mitternachtstipps, sondern die andere, kostbare Zeit, die man sich nimmt, ohne zu fragen. Ja, es gab eine Frau, sagte Bühl, eine lange Geschichte, zu lang für mich. Und es gab auch einen Lieblingsschüler, Fährmann, Latein zwei, Ethik eins, er war schmal, fast mädchenhaft, nur mit dunkler Stimme. Und ich könnte etwas essen, aber wo? Bühl winkte ein Taxi heran, der Fahrer verstand Englisch, Good restaurant, wiederholte er, und Vila, beim Einsteigen, Not too far from the Plaza Hotel! Es war ein rostiger Honda, die Rückbank durchgesessen, sie rutschten förmlich ineinander, als es um den Parque Central herum ging; der Fahrer bog in eine Straße, die sich im Dunkeln verlief, aber mit zwei, drei erleuchteten Schildern, davon eins über einer Lokaltür, Castillo de Farnes. Dort hielt er an, und Vila bezahlte, ihr Part aus Gewohnheit.

Das Lokal war fast leer, und sie wählten einen Wandtisch unter einem großen, feierlich eingerahmten Schwarzweißfoto: Che und Fidel an genau dem Tisch, fünf Kellner in weißen Dinnerjacketts seitlich davon, den Stolz auf ihre Helden in den Augen, während die Helden selbst weder einen stolzen noch sonst wie zufriedenen Eindruck machen, eher versteinert herumsitzen, Che wie ein gelangweiltes Kind, trotz seiner Jugend schon in dem Gefühl, dass nichts Großes mehr kommt, und Castro, grimmige Entschlossenheit im Blick, davon ausgehend, dass Kuba bis ans Ende seiner Tage eine unerschöpfliche Geliebte bleibt; für ihn ist die Zeit nach dem Sieg alles, für Che ist sie nichts, er erscheint leblos, nur der Qualm seiner Zigarre suggeriert etwas Leben. Wie Renz und ich, sagte Vila mit Blick auf das Bild. Sie bestellte sich Hühnchen mit Reis und für Bühl nur Reis, dazu schwarzen Tee, er filmte das alte Foto. Und dein Mann, das ist Castro? Liebst du ihn noch? Die Frage, die kommen musste, weil sie immer kommt oder immer mitschwingt, wenn man Teil eines Ganzen ist, einer Familie, und sei sie noch so klein, nur Mann und Maus. Vila beugte sich über den Tisch, ein Herüberbeugen für einen Kuss; die ein, zwei anderen Gäste waren gegangen, und die Kellner, vielleicht Söhne der Kellner auf dem Foto, schauten schläfrig. Und Bühl, der beugte sich vor und nahm ihre Lippen zwischen seine, es war ein schmaler Tisch, auch Che und Fidel auf dem Foto mit geringem Abstand, vielleicht zu gering. Es heißt, Castro habe dafür gesorgt, dass sein einstiger Mitstreiter in Bolivien erschossen wird, flüsterte Bühl – ein kleines Kunststück mit dem Mund an Vilas Mund. Einer der Kellner brachte das Essen, er stellte Vila den Tee hin, Bühl das Bier, und sie tauschte es um. Trink, sagte sie und hielt ihm die Teetasse an den Mund, ein Spiel, und er machte es mit, so wie Renz bei keinem Spiel mitmachte, selbst beim Monopoly war er ausgestiegen, und sie und Katrin mussten sich Schlossallee und Parkstraße teilen. Die Kellner schauten herüber, einer rauchte, einer kämmte sich, das Lokal hatte andere Zeiten erlebt; das Hühnchen zäh, der Reis grau. Vila trank von dem Bier, sie spülte das Zähe herunter. Ich will mit dir schlafen, sagte Bühl, ruhige Worte in ihr Gesicht, als hätte er gesagt, ich will mit dir schwimmen. Aber es geht nicht, fuhr er fort, es ist noch nicht vorbei, wollen wir los? Er legte Geld auf den Tisch, er war es, der jetzt zahlte. Und er war es, der vor ihr aufstand und um den Tisch ging, ihren Stuhl abrückte, als sie selbst aufstand, der ihr die Schwingtür hielt und auf der Gehsteigseite an der Straße ging. Er war es, der die Kamera trug und den Arm um sie legte und kein Wort mehr über seine Krämpfe verlor: ihr Kavalier oder Retter dieses verstaubten Worts, das keiner mehr über die Lippen bekam. Sie gingen langsam, fast schlendernd im Dunkeln, wie ein Paar, das sich gerade geliebt hat, alle irdische Kleinlichkeit abgestreift. Nach und nach gab es Lichter und fast am Ende der Straße ein steiles Leuchtschild, Floridita. Die ewige Hemingway-Bar, sagte Vila, mehr musste sie gar nicht sagen, um weiterzugehen; ein Blick zur Theke reichte, wo der Alte mit Bart als Holzfigur einen Männerdrink nahm. Sie gingen noch das Stück zum Hotel und schafften es, Arm in Arm durch die Tür zu kommen, vorbei an zwei Schwarzen in Anzügen, ihrem Gemurmel in kleine knackende Funkgeräte.

Das Oberlicht war schon aus in der Halle, die Nachtlampen brannten, mondblass zwischen den Pflanzen und Sofas, eine Art Niemandszeit, schon nicht mehr später Abend, aber noch nicht tiefe Nacht; nur die Musikanten saßen herum, die Hüte halb im Gesicht, und an der sonst verwaisten Bar lehnte ein Kellner, auch wie aus Holz. Vila und Bühl gingen auf ihn zu, sie bestellten Tee, fast im Chor ein leises Can we get some tea, dann gingen sie in den hintersten Winkel der Halle und ließen sich auf eins der Sofas fallen, halb versteckt hinter Bananenpflanzen im Kübel; das Sofa durchgesessen wie die Honda-Rückbank, es blieb nur eine Kuhle zum Sitzen, aber wer das Havanna-Leiden hat, der muss liegen, seinen Magen entspannen: Vila wollte es so, sie klopfte sich auf den Schoß, und Bühl tat seinen Kopf hinein, die Füße auf der Seitenlehne des Sofas. Sie streichelte sein Haar, bis der Kellner den Tee brachte, eine Kanne und zwei Tassen auf einem Tablett. Er wollte sofort kassieren, also zog Bühl einen Schein aus der Hose, For you, der Kellner konnte es kaum glauben, es hätte für fünf Kannen Tee gereicht, rückwärts ging er davon, und Vila griff in Bühls Tasche mit dem Geldvorrat, Darf ich? Sie fühlte ein ganzes Bündel aus Scheinen und durch den Hosenstoff auch sein Fleisch und Blut, den Wunsch, mit ihr zu schlafen. Bist du vermögend? Vermögende Leute, die müssen nicht ameisenhaft fleißig sein, mit Mist ihr Geld verdienen. Bist du's? Sie zog an dem Bündel, und er schlug ihr leicht auf die Hand. Vermögend, nein. Aber es reicht für ein Jahr in Hotels, dann ist meine Franziskus-Geschichte fertig. Und wenn sie keiner will, werde ich wieder Lehrer. Warum bleibst du nicht noch länger? Bühl griff nach ihrem Gesicht, sie drückte seine Hand auf ihre Wange und erklärte es ihm und auch sich. Sonntag in einer Woche sei schon die Sendung, ein Beitrag von ihr, zwei von anderen, aber sie für alles verantwortlich. Und am Samstag danach kämen Gäste, die Englers aus Mainz, er beim Fernsehen, Jugendthemen, sie frühere Pastorin, dazu Nachbarn von gegenüber, Heide und Jörg mit kleiner Firma für Solartechnik, Gebhard Cleanlight: Sagt dir nichts, sagte sie. Die zwei haben ein Haus auf Mallorca, wir waren schon dort und wollen wieder hin, im November kann es noch warm sein. Ich würde lieber mit dir fahren, in Palma gibt es ein Hotel am Yachthafen, wir würden den Reichen zuschauen, aber beneiden würden sie *uns*. Diese zu lange Geschichte mit der Frau, hast du die Frau geliebt? Vila nahm die Beutel aus der Kanne, sie schenkte den Tee ein, Bühl zog sich an der Sofalehne hoch. Geliebt, sagte er, vielleicht für Minuten im Bett. Sie war eine Kollegin. Und wollte eine Familie. Mir genügt ein einziger Mensch. Im Internat hatte ich einen Freund, wir teilten ein Zimmer, wir sind zusammen geschwommen, wir lagen im Schilf. Er hat mich später verraten, wir haben uns danach nie mehr gesehen. Gibt es keinen Zucker in den Tee? Wann geht dein Flug?

Zucker ist nicht gut für dich. Und mein Flug geht schon morgen Abend. Ich habe einen Platz bekommen, den letzten. Ich muss zurück. Was hat dieser Freund getan?

Er hat mich verraten, ist das so unklar?

Verraten ist ein Wort aus Filmen.

Sagt das dein Mann? Bühl trank von dem Tee, das Glas in beiden Händen. Verraten ist ein gewöhnliches Verb, lateinisch tradere. Es ging um ein Mädchen, heute eine Frau. Warum verlässt du deinen Mann nicht? Er reist mit einer anderen durch Italien, sie ist höchstens noch tagsüber eine Producerin, nachts liegt sie an seiner Seite. Ihr Name ist Marlies Mattrainer. Sie war mit meinem früheren Freund verheiratet, er kam nur über mich an sie, vor zwanzig Jahren, und als dein Mann ihren Namen nannte, war es wie gestern. Es gab ein Foto, das ich gemacht hatte, sie in einem Ruderboot im Badeanzug mit Zigarette, es stand auf einem Internatsklappbett in dem Zweierzimmer mit meinem Freund. Bis zum Abitur stand es dort, und ein Jahr später entdeckte er sie in einem Münchner Café. Er kannte sich mit Romanen aus, nur durch mich, und Marlies las viel, also bekam er sie herum, und beide waren für mich gestorben. Und plötzlich ist sie wieder da: So ein Zufall, könnte man denken, aber wer Dinge schreibt wie dein Mann, den gabelt Marlies irgendwann auf. Ich bin ihr aus dem Weg gegangen in Torri. Ich habe sie nur durch ein Fernglas gesehen. Wie sie von der Fähre kam.

Und sonst? Vila knöpfte sein Hemd auf, sie legte ihm eine Hand auf den Bauch, Was machen die Krämpfe, ist es vorbei? Ein Themawechsel, aber halbherzig, nur ihre Hand war ganz bei der Sache. Nein, es ist nicht vorbei – Bühl rutschte wieder tiefer in dem Sofa –, hätte ich früher sagen sollen, dass ich sie kenne? Er griff in Vilas Haar, sie beugte sich zu ihm. Früher, nein. Aber auch nicht später. Und was ist an dieser Frau dran, warum hast du sie geliebt, aus welchem Grund?

Das ist die falsche Frage.

Willst du noch Tee, soll ich das fragen?

Man kann den anderen auch gar nichts fragen.

Also keinen Tee?

Ja. Das heißt, nein.

Bühl wollte keinen Tee und wollte auch keine Fragen beantworten, schon gar keine Fragen nach Gründen – weder seinen Freund aus langen Schülerjahren noch das rauchende Mädchen im Ruderboot hatte er aus Gründen geliebt, und auch im Augenblick, auf einem Sofa in der Halle des Plaza Hotels von Havanna, den Kopf in einem warmen Schoß und eine interessierte Hand auf dem Bauch, die Finger unter seinem Gürtel, liebte er nur *weil.* Weil er so gebettet lag, über ihm ein gutes Gesicht, weil der Mund darin so weich war, der Blick aus den Augen so unruhig. Wenn es Gründe gab, lagen sie an der Oberfläche. Er zog das Schöne, Weiche, Warme noch mehr an sich heran, eine Hand unter Vilas Kleid, auf der Brust über einem schlagenden Herzen, und alles andere verschwand dahinter, das Sofa, die Pflanzen, die Lobby, die noch bleibende Zeit.

Erst als die Schwarzen von der Security ihre Runde machten, das Knacken aus den Funkgeräten näher kam, kam auch die Zeit wieder ins Spiel – ob er nicht müde sei, nicht lieber schlafen sollte, im Bett gesund werden, leise Worte in sein Ohr. Wir haben morgen noch den ganzen Tag, sagte Vila, für ihn kein Argument. Nein, keine letzten Stunden neben gepackten Koffern, während die Sonne wandert, erst aufs Bett scheint, dann an die Wand, dann gar nicht mehr ins Zimmer. Wir verabschieden uns hier – du weißt, wie sich Franz in Assisi von Klara verabschiedet hat? Ich wandere jetzt nach Spanien, auf dem Rückweg sehen wir uns wieder. Oder was sollen wir tun? Eine Frage in Vilas fallendes Haar, den Mund an ihrem Mund, die Hände an den Wangen. Er hielt ihr Gesicht wie etwas, das unter keinen Umständen verlorengehen darf, und sie sagte nichts mehr, aber auf ihrer Zunge wohl die drei Worte, die zu viel wären. Sie streichelte nur seine Lippen, die Nase, die Stirn, sie zog die Falten zwischen den Brauen glatt und atmete im Takt mit ihm, das alles hinter dem Haarevorhang, als seien sie allein auf der Welt, nur waren sie nicht einmal in der Halle allein. Die Security hatte auf ihrer Runde im hintersten Winkel haltgemacht, mit sicherem Auge für das berüchtigte Glück.

*

VII

UND Renz? Der glaubte, anders als Vila, nicht an ein Recht
auf Glück oder überhaupt an diesen Zustand, für den man nur
bereit sein müsste, um daran teilzuhaben; er glaubte viel eher
an den Zufall, das Spielerglück, und sein Recht, die Gunst der
Stunde nutzen zu dürfen, an das berüchtigte Abstauben: Wenn
schon, aus seiner Sicht, alles bereits existiert, was einem Schaden zufügen kann, das Unglück also nur darauf wartet, dass
man ihm in die Quere kommt, wieso dann nicht mitnehmen,
was im Augenblick guttut? Und wie es schien, war er damit gar
nicht so weit von Vila entfernt, die ja auch einfach mitnahm,
was der Zufall in ihr Leben getragen hatte, aber etwas mit
offenem Ausgang, letztlich unabsehbar, während er schon
den Verlauf bis zum bitteren Ende vor sich sah, Marlies' stille
Verflüchtigung.

An dem Oktobertag, an dem Vilas Koffer in Havanna gepackt war, fuhr Renz in seinem übergroßen Wagen von Oberitalien nach München, neben sich die Frau, die ihn von Anfang
an bejaht hatte, unendlich jünger als er und krank. Sie hatte
abends einen Arzttermin in München, das Fieber ging nicht
zurück, ihre Wangen – Teil seines Spielerglücks – glühten; sie
schlief oder dämmerte, er wusste es nicht genau und wollte es
auch nicht wissen, er wusste schon viel zu viel von ihr. Marlies
hatte zwei Chemotherapien hinter sich, mit mäßigem Erfolg,
eine weitere stand bevor, die Entfernung eines Lungenflügels
lehnte sie ab. Sie glaubte an die Heilkraft der Liebe, auch und
gerade mit einem älteren Mann, der etwas im Rücken hatte,
eine Frau, eine Tochter, seinen Beruf. Und sie glaubte an die

Heilkraft der Arbeit, an die Serienprojekte: deren Gedeihen wäre auch ihres, und das jüngste Projekt war nach den Tagen in Assisi schon nicht mehr die Seearztserie, sondern, weit ehrgeiziger, ein Zweiteiler über das Leben des Franziskus, Arbeitstitel Der heilige Sänger. Renz hatte immer wieder von der Hineingraberei seines Mieters in dieses weit zurückliegende Leben gesprochen: Bühl, ein idealer Experte für das Vorhaben. Der Rest bestand aus Dramaturgie und Akquisition, beides Marlies' Gebiet, und wie er sie kannte, machte sie sich sogar im Dämmern noch Gedanken dazu, halb zur Fahrerseite gedreht, eine Hand in seiner Hand. Die Autobahn war nicht voll, nur auf dem Gefälle vor Innsbruck viele LKWs unter tiefen Wolkenfetzen; am Brenner hatte es schon geschneit. Und auch die letzte Nacht im Haus war kalt, das alte Problem mit dem Heizungsdruck, sie hatten im Gästezimmer gelegen, Marlies mit Schüttelfrost in einem Flanellhemd von Katrin aus der Zeit, als man Weihnachten noch am See verbracht hatte. Sie trug nichts anderes als dieses Hemd, und er rieb ihren Rücken, die Pobacken, die Beine, alles Zitternde, unter seinen Fingerkuppen ihre Poren wie Blindenschrift. Schlaf mit mir: ihre Worte in der Dunkelheit, etwas, das Vila nie sagen würde, wenn sie krank war, und er hatte ihre Beine auseinandergelegt und die Hand gespürt, die ihm helfen wollte, und keine Hilfe war, ihn am Ende nur tröstend umschloss. Er konnte nicht mit ihr schlafen, es ging nicht, sosehr er es auch wollte, nie zuvor war er so in sich eingefallen, bis zur äußeren und inneren Gleichheit, ohne die Differenz, die ihm noch in Assisi geholfen hatte, ehe Vila am Telefon sagte, sie sei wieder die Frau in den besten Jahren – und ihm davongezogen war, wie er den Familienkutschen und fetten Audis hinter Innsbruck, wenn er nur kurz aufs Gas ging.

Marlies hielt immer noch seine Hand, ein Festhalten an ihm auch im Schlaf. Was bin ich für dich, hatte er sie nachts in Assisi gefragt, und von ihr eine Antwort, über die Vila nur gelacht hätte: Erwachsen. Also ein Mann mit Frau und Kind und Haus, einem Leben, auf das er blicken kann – seine Worte, nicht ihre. Und was willst du von diesem Mann? Die eigentliche Frage, und sie hatte sich an ihm gehalten, wie Katrin, als sie zur Schule kam, ein Kind, das sich an ihn hängte, ganz einfach weil er größer war. Ich will nur etwas von seiner Zeit, sagte Marlies, eine Antwort, um ihn zu beruhigen. Natürlich wollte sie mehr, wie auch er mehr wollte, wenn er bei ihr lag: ihre Liebe, bis es hell wurde, danach reichte das Liebhaben, für noch mehr war sein Leben zu fortgeschritten. Wenn er erwachsen war, dann so erwachsen, dass es schon eine Krümmung nach vorn gab beim Denken, so wie beim Gehen ein Übergewicht des lebensvollen Schädels. Er hatte etwas Verstopftes, anders als Vila, die etwas Festes hatte, während Marlies klug und weich war, aber nicht klug genug, seine ganze Erwachsenenlast zu sehen, sie sah nur das Volumen. Ihre Hand lag um sein Gelenk, bis sie München erreichten und er zwei Hände am Steuer brauchte; die Arztadresse hatte er schon vor dem Start eingegeben, eine Straße zwischen Schwabinger Tor und Englischem Garten – früher hatte er sich immer in München verirrt, weder zu Hermes Film noch zur Bavaria gefunden, jedes Mal ein Streit mit Vila, wenn sie dabei war; heute blieb nur noch die Liebe, um sich zu verirren, da gab es keine Frauenstimme, die sagte: Nach hundert Metern halblinks. Auf der Leopoldstraße wirbelndes Laub, am Gehsteigrand Blätterberge, der Gnadensommer wie weggeblasen; Lieben war vielleicht nicht seine Stärke, und dennoch liebte er, wie die, die im Grunde unsportlich sind, dick und mit kurzen Beinen, aber sich jeden Abend am Mainufer quälen und sogar einmal im Jahr, Ende Oktober, den Frankfurt-Marathon mitlaufen, ab Kilometer fünf schon groteske Figuren.

Sie waren eine halbe Stunde vor dem Termin an der Praxis in einem Haus mit lauter Arztschildern; alles, was Leben zerstört, konnte dort entdeckt werden, nur sein geheimes Leiden nicht, die Unfähigkeit, jemandem ganz und gar nahe zu sein, ein Stückchen näher als sich selbst. Marlies rauchte jetzt wieder, sie bestand darauf, rauchend drückte sie seine Hand. Nur wenige Male hatte Vila sich so gehalten an ihm, zuletzt nach dem Tod ihrer Mutter, guter Abstand hatte sie beide immer mehr verbunden als schlechte Nähe. Assisi, sagte Marlies auf einmal, das hat was, auch ohne uns. Ich habe nachgedacht auf der Fahrt. Alles ist dort alt, die Häuser, die Gassen, der Berg, eine Idealkulisse. Ich stelle mir das Ganze so vor: im ersten Teil Franz der Troubadour, der junge Mann, der gern ein Ritter wäre, der Kriegsgefangene, dann als Cliffhanger noch sein Bruch mit dem Vater, die Umkehr, der Skandal. Und in Teil zwei die ersten Predigten, das Tanzen, das Singen, seine langen Wanderungen, auch über die Alpen, der deutsche Bezug, eine Co-Produktion. Und der Lehrer, den deine Frau in ihrer Sendung hatte, kann schon beim Exposé helfen, du schreibst später das Skript. Aber parallel die Serie am See – zwei Sachen, einmal Vorabend, einmal Prime Time. Sag ja, und ich bin gesund.

Ja, sagte Renz und sah auf die Uhr im Wurzelholz, es war schon nach sieben, sie hatte den letzten Termin, ein Radiologe mit langem Tag. Er bot ihr an, im Wagen zu warten, aber sie wollte nicht, dass er wartet. Fahr nach Frankfurt und ruf mich an. Und ruf deinen Mieter an, wenn er wieder im Haus ist, wir treffen uns dann mit ihm, wir machen das, wir machen es zusammen! Sie küsste ihn auf die Stirn, die Backen, den Mund, ein Überborden, das ihn sekundenlang ansteckte, ihr ins Haar greifen ließ, unter den Rock, an die Beine, bis er ruckartig ausstieg. Er holte ihre Tasche aus dem Kofferraum, und sie versprach, nach dem Termin ins Bett zu gehen, noch etwas, das ihn beruhigen sollte. Denk an unsere Dinge, rief sie als Letztes und winkte, als er schon wieder im Wagen saß, und er winkte zurück. Auch als er sie gar nicht mehr sah, immer noch eine hin und her wischende Hand, die schließlich aufs Lenkrad fiel; blieb nur noch das Fahren durch die Stadt und über den Zubringer auf die Autobahn. Er machte das Radio an, Bayern drei mit den Nachrichten, und machte es wieder aus – alles klingt dumm, wenn man gerade den Tod hat anklopfen hören: ein Satz, den er noch vorigen Monat notiert hätte für sein Vorabendzeug, jetzt fuhr er damit weiter, trotz Stop and go.

Renz hasste die Strecke München–Frankfurt, erst das Schleichen bis zur Flughafenabzweigung, dann Hopfenfelder, später das Altmühltal, im Herbst die Nebel, und zwischen Nürnberg und Würzburg Gegenden, die ihn umbringen würden, müsste er seine restliche Zeit dort zubringen, gefangen in Orten wie Geiselwind oder Schlüsselfeld, Schlüsselfeld mit einer Wundertütenfabrik, die sah er jedes Mal vom Auto aus, da kamen also die Wunder her, aus dieser kleinen, selbst tütenhaften Fabrik mit dem ältlichen Schriftzug Wundertüten: Lieber wäre er tot, als in Schlüsselfeld weiterzuleben. Zwanzig Jahre gab er sich noch, jedes Jahr viermal München–Frankfurt oder umgekehrt, achtzigmal die verhasste Strecke. Und vor Würzburg dann nichts als Rücklichter, er bog in die Raststätte Haidt, oft ihr letzter Halt vor Frankfurt. Meistens fuhr Vila, sie ertrug es kaum, wenn er überholte, an BMWs und Porsche Cayennes vorbeizog, wie sie den ganzen Wagen mit ihm darin kaum ertrug, vielleicht aber auch nur ihn, während Marlies mit dem Wagen und ihm zurechtkam, sogar noch das Beste aus beidem herausholte. Einmal hatte er im Dunkeln angehalten, ein einsamer Platz im Apennin, er war zu einem Strauch gegangen, und als er zurückkam, saß sie hinten, Kaspers alte Decke über den Beinen, und sie machten es in dem Fond mit extra Fußraum, das einzige Wort dafür. Sie machten es, ohne auch nur zu flüstern, da war nur ihr Atmen und manchmal ein Lachen so unvermeidlich wie Schluckauf.

Er ging in die Raststätte, er hatte Hunger, sein Abendessen war ausgefallen, es war schon spät nach Staus bei Nürnberg, fast Vilas Sendezeit. Renz nahm sich Rostbratwürstchen mit Kraut vom Buffet, dazu Salat und Cola, er suchte sich einen Tisch, weit weg von anderen, und stellte sein Telefon an, es gab zwei Nachrichten. Melde dich, Marlies. Und von Vila ihre Flugnummer und Landezeit, neun Uhr vierzig. Er aß die Würstchen, das Kraut, den Salat, dann rief er in München an, melde dich, das klang wie in Not, am liebsten hätte er sich nicht gemeldet. Marlies nahm gleich ab, also hatte sie gewartet, sie fing auch gleich an zu reden, er konnte hören, dass sie rauchte, sie sprach zwischen den Zügen, die Sache mit ihrer Lunge, sagte sie: Nicht so gut. Nächste Woche sollte die neue Chemo anfangen, aggressiver als vorher, da würden alle Haare ausfallen – schlimm? Sie lachte oder weinte, er konnte es nicht unterscheiden, nur wollte er auch nicht fragen; er wollte sie aufmuntern und erzählte von Recherchen für eine frühere Arztserie, von Heilungen, die keiner mehr erwartet hatte. Alles immer auch psychisch, sagte er, und von ihr jetzt nur kleine Laute, wie ein Schnappen nach ihm, und er kam auf das Zweiteilerprojekt und versprach ihr eine Ideenskizze, gleich morgen würde er die schreiben, damit könnte sie schon hausieren gehen, etwa bei teamartfilm, Berlin. Das lenkt dich ab, sagte er, und sie sprach von ihrem Körper, was damit geschehe in nächster Zeit, ein Referieren, als ginge es um die geplante Nachbearbeitung eines Films, das Ganze mit ferner Stimme, sie irgendwo auf dem Meer, nur schwach über Funk mit ihm verbunden, wie aufgesogen von ewiger Nacht. Marlies, rief er, so laut, dass Leute sich umdrehten, Wir beide, wir machen das! Ein Anposaunen gegen das Nächtliche, Ferne, ihre Verflüchtigung, und tatsächlich kehrte etwas zurück von der Producerin Mattrainer. Sie entwarf die Titelfigur, Franz, den Sänger und Prediger, klein, aber charismatisch, sie baute ihn förmlich auf, bis sie zu husten anfing, hustend mit den Zweifeln kam, dass kein Sender bei so etwas mitmachen würde und die Figur damit wieder einriss, demontierte – wer will so einen in Lumpen schon sehen? Heiser lachend kam das, Husten und Lachen wie eins, und fast hätte Renz mitdemontiert, alles für sinnlos erklärt, einzig sicheres Vergnügen in dem Gewerbe, nur war Marlies am Ende, sie wollte auflegen, nichts als schlafen. Wir reden morgen, ruf mich an, sagte sie noch, und er versprach es und lief zu seinem großen, tröstlichen Wagen.

Renz fädelte sich in die Rücklichterkette, die ewige Baustelle bei Würzburg, wenn das letzte Stück fertig wäre, hätte das erste schon wieder Schäden oder wäre überholt, wie die Gebäude aus den Achtzigern, die sie jetzt in Frankfurt einrissen, das hatte etwas, darauf freute er sich geradezu, da konnte das Begraben von Filmprojekten kaum mithalten. In seinen Schreibpausen stand er oft eine Stunde lang am Straßenrand und bestaunte den beingroßen Stahlnagel, wie der von Pressluft getrieben immer wieder in den Beton fuhr, bis wieder ein Stockwerk wegbrach, krachend in den Schutt fiel – der Degussa-Komplex am Mainufer war jetzt an der Reihe, da hatte er es nicht weit, und am besten war es, wenn sie die Scheiben einschlugen, hinter riesigen Vorhängen alles zersplitterte. Er stellte die Musikanlage an, eine der CDs von seinem Sechzigsten, wo jeder sich einen Song wünschen durfte, Katrin hatte sie alle heruntergeladen und für ihn gebrannt, er hörte Fever mit Peggy Lee, das hatte sich die Engler gewünscht, demnächst mit ihrem Mann in der Schadowstraße zum Essen – Fever: erstaunlich für eine Pastorin, auch wenn sie keine mehr war, sie war jetzt Mediatorin und verdiente besser als vorher, eine schöne kluge Frau wie Vila, dazu noch leicht unter fünfzig. Nach Peggy Lee kamen die Everly Brothers mit Cathy's Clown, Edgars Wunsch, Edgar, sein Jahrgang, ein Achtundvierziger, nur beweglicher als er, tangoversiert und beim Halbmarathon dabei, ein Vollblutsportjournalist, in zwei Jahren berentet. Und dann kam Vilas Lied, Vivrò per lei, das sie oft auf Autofahrten gehört hatten, nachts zwischen Venedig und Torri. Er sollte sie am Flughafen abholen, oder warum hatte sie sonst diese Nachricht geschickt, und vorher wollte er gar nicht in die Wohnung, er könnte irgendwo sitzen, bei Starbucks, und die Ideenskizze schreiben, wie andere in den Morgenstunden irgendwo in der Bild-Zeitung blättern, auch nicht daran denken, ob das Sinn macht, ob es ihr Leben verbessert.

Er drehte die Musik laut, nichts wühlte sein Denken mehr auf als die alten Lieder – dass er mit fast vierundsechzig und einer Geliebten, der bald die Haare ausfielen, auf der falschen Seite stand, ja vielleicht selbst diese falsche Seite war: ein Blitzgedanke bei Honky Tonk Woman, seinem Wunschlied. Andererseits hatte ihm Marlies in den letzten Tagen mehr zugehört als Vila in einem ganzen Jahr; er lag in ihren Armen und durfte reden, sie lag in seinen Armen und hörte zu. Also war er unter die Liebenden gefallen, ohne echten Sturz, der käme früh genug. Bis Frankfurt hörte er die Geburtstags-CDs, zwischendurch in einem Unfallstau und später sogar noch im Parkhaus am Flughafen, morgens um halb vier Capri c'est fini, das hatte er sich auch ausgesucht, mit dem Trommelauftakt am Beginn wie bei einem Soldatenlied, und dann sang er es mit, ganz allein in dem weiten Parkhausdeck, ein Singen bei offener Wagentür. Und nach dieser Nummer war nur noch eine übrig, ebenfalls seine Wahl, er, der Jubilar, hatte als Einziger drei freie Wünsche gehabt, zwei davon nicht verteilt, seine Lieblingslieder. Er hatte Katrin gebeten, sie zu bündeln am Ende des Wunschkonzerts während einer Schifffahrt über den See: wie die Doppelfanfare für einen letzten Lebensabschnitt. Renz zog den Zündschlüssel heraus und hörte das eigene Körperschaffen in der Stille, sein Herz, das bei der Finalnummer, Il Mondo, womöglich zu Schaden gekommen wäre; auf dem See hatte er in der Bucht von Salò für Vila noch den Refrain mitgesungen, nur für sie, die er von hinten im Arm hielt, ihre Hände an seinen. Sie beide auf dem kleinen Oberdeck des gemieteten Schiffs, der Mantua, während alle anderen an dem milden Aprilabend auf dem Hauptdeck standen und gar nicht merkten, wie ernst es ihm und ihr war, so ernst wie erst Jahre danach wieder, auf die Mail hin, dass sie Großeltern würden, als sie noch einmal eine Zukunft hatten. Und nun sind sie wieder, was sie waren, das alte Paar mit erwachsener Tochter. Renz stieg aus dem Wagen, die Tasche mit seinem Notebook in der Hand, er sah auf die Uhr. Sechs Flugstunden lagen noch zwischen ihm und Vila, reichlich Zeit für einen Zweiteilerentwurf – und warum nicht über den, der immer unterwegs war, den ewigen Wanderer Franziskus, in der Durchgangswelt eines Airports nachdenken?

DER Frankfurter Flughafen, wahres Herz der Stadt, nur etwas ausgelagert, eine Maschine, die seine Stadt am Leben erhält, wie die Maschinen, die früher oder später an Marlies' Bett stehen werden: ein Gedanke oder Bild auf dem Weg zu den Terminals durch einen schier endlosen Tunnelgang, ganz allein um diese Zeit zwischen Nacht und Tag, wie ein Teil der Monotonie; nur alle hundert Meter ein Parkscheinautomat, keine Bänke, keine Nischen, wer nicht weitergeht, bleibt auf der Strecke. Erst an der Abzweigung zum Terminal A eine junge Reisende mit Rucksack auf dem Boden, mehr liegend als sitzend, den Kopf auf ihrem Gepäckstück, Schulter und Hüfte an der Wand unter einer Werbung für Investments in Dubai. Sie schlief, und Renz blieb stehen, wie Polizisten vor Herumliegenden stehen bleiben, um zu sehen, ob sie tot sind oder nur betrunken, und je jünger jemand ist, desto länger bleibt man stehen, und die dort lag, war noch sehr jung: wie den Songs von Kummer und Glück entsprungen, die er im Wagen gehört hatte. Zwanzig mochte sie sein, mit fransigen Jeans, Sweatshirt und Stirnband, das Band leicht verrutscht; ihre Sandalen lagen auf dem Boden, sie hatte zierliche Füße, nur etwas schmutzig, dafür umso sauberer ihre US-Adresse auf dem Rucksack, Los Gatos, Cal., Quito Road, die Hausnummer verdeckt von Haaren. Katrin war ihm früher, wenn sie zu ihren Fernzielen aufbrach, ganz ähnlich erschienen: als wollte sie ausreißen statt auf Reisen gehen – Runaway, an dieses Glückslied seiner frühen Schulzeit hatte er immer gedacht bei ihrem Anblick, my little runaway mit diesem Geigenlauf der höchsten Töne, wie ein Tirilieren der eigenen Freude. Sie lag ihm auf der Zunge, diese Stelle, und er setzte sich schräg gegenüber der Kleinen mit dem Rücken zur Wand auf den Boden, als könnte das die Jahre zurückholen, zog das Notebook aus der Tasche und klappte es auf. Franz von Assisi: Warum dieser historische Stoff, wo ist der Bezug zu heute, zu unserem Leben, so wollte er anfangen, aber nach der Überschrift war schon Schluss, er sah zu der Schlafenden mit Sternenbanner auf dem Sweatshirt, eine junge Patriotin. Cathy könnte sie heißen, weil sie ihn an Katrin erinnerte, so simpel sind die Dinge in einem, und wenn Cathy aufwacht, sich erst die Augen reibt und ihn dann schreiben sieht, kommt ein verschlafenes *Jesus* über den Gang, Jesus, what are your writing in a place like this? Und er würde ihr sagen, dass es um einen heiligen Helden geht, Franz von Assisi, darauf sie nur: Franz who?, und schon wären sie im Gespräch, er könnte ihr von Franz erzählen, auch wenn er kaum etwas über ihn weiß, dafür umso mehr über Assisi, wo es liegt und wie es dort aussieht, was sich dort abspielt. So, you are from Italy, an Italian, ihr schlichter Rückschluss, und seine Antwort: Leider nein, ein Deutscher. Aber das Leider, sein Sorry reizt die Patriotin in ihr, A German, why not? And why don't you write about a German hero? Eine gute Frage, amerikanisch pragmatisch, und er müsste ihr sagen, dass es in Deutschland heute an Helden und großen Stoffen fehlt, man könne nicht ewig über die Nazis und die paar Widerstandskämpfer schreiben, auch nicht ewig über den Mauerfall. Und was danach kam, reicht nur noch als Stoff für Komödien oder die immer gleichen Filme über good guys and bad guys, die im richtigen Leben nur Möchtegerns sind. Er könnte ihr das alles nicht mehr erklären, ihm würde schon das englische Wort für Möchtegerns fehlen, und ohne das kommt man nicht aus. Möchtegernstars, wohin man auch sieht, singende Underdogs, die sich immer noch kleiner machen lassen, Heulsusen auf dem Catwalk, dazu die Würmerfresser und Bettgeschichtenerzähler im ausgeleuchteten Dschungel, und in Talkshows Politiker, die gegen ihr fieses Gesicht anreden, wieder und wieder, weil sich ja nichts daran ändert. Alles wird nur schlimmer, je älter sie werden, also müssen sie reden und reden, parodiert von Komikern, die vor allem komisch ausschauen, Möchtegerns auf allen Kanälen, einzige Ausnahme: die Sportler, die etwas taugen. Wer dauernd Tore schießt oder als Erster ins Ziel kommt, ist kein Schnäppchenjäger, noch ein Wort, das ihm im Englischen fehlen würde. Aber auch Sporthelden sind immer dünner gesät, Leute wie Hoeneß, der bei der EM in Jugoslawien seinen Elfer verschossen hat, den Titel verspielt, ein tragischer Held. Oder Becker, als er das Wimbledonfinale gegen Stich verlor, so wird man geprägt, bis einen die Medien wieder plattmachen, so auf Händen tragen, dass man den Boden vergisst und zum Deppen wird. Kaum einer, den alle kennen, bleibt heute sein Leben lang heldisch, nicht im Sport, nicht in der Unterhaltung, nicht in der Politik, dort schon gar nicht. Der letzte Politikerheld, das war Brandt, sein ganzes Leben ein Stoff. Das frühe Exil, die späteren Schmähungen, die Frontstadtzeit mit Mauerbau und Kennedy, Alkohol und Künstlernähe, der Aufstieg nach Niederlagen bis zum Nobelpreis und zuletzt der Verrat. Sentimentalität und Intellekt, die Pole von Brandt. Und die Pole heute: die von Bild-Zeitung, RTL und Pro7, Sentimentalität und Zynismus – wie sollte er das einer mit Sternenbanner und Stirnband erklären, dass man nicht über Leute schreiben kann, die im Fernsehen bestehen wollen anstatt im Leben. So I have to write about Franz von Assisi. Or did you ever hear the name Willy Brandt? Und natürlich hat Cathy den Namen noch nie gehört, sie kennt nur Hitler und mit etwas Glück noch Stauffenberg durch Tom Cruise, er müsste im Grunde beim Zeitgeist anfangen. Willy Weinbrand nannten ihn die Witzemacher, als Witzemacher noch in Bierzelten auftraten und keine eigene Sendung hatten, nicht Comedians hießen und nur geschweinigelt haben, statt dauernd ficken zu sagen und ein ganzes Wort zu ruinieren. Das war die Zeit, in der man Brandt mit klugen Frauen sah, was die Witzemacher auf den Weinbrand brachte, weil ihnen zu klugen Frauen nichts einfiel. Es gibt ein Foto aus der Zeit, das sah er vor sich in seinem Dämmer in dem Tunnel zwischen den Parkhäusern und den Terminals, auch wenn es in Wirklichkeit etwas anders aussehen mochte, auf jeden Fall war es schwarzweiß und zeigte Brandt mit Ingeborg Bachmann und Romy Schneider, Politik, Intellekt und Anmut, oder umgekehrt: Romy Schneider mit der Bachmann und Brandt oder die Bachmann mit Brandt und Romy Schneider, ein rauchendes, trinkendes, lachendes Trio, aber kein blödes Gala-Lachen, eher eins, als hätten sie keinen Zweifel, dass von ihrem jetzigen, strahlenden Sein ein Weg zum elenden Ende führt. Ein Bild, mit dem ein Film beginnen könnte, nur fehlt ihm der Schwung für das Drehbuch, auch der Stolz, um so etwas in Angriff zu nehmen, alles Weitere wäre dann Unterordnung, Faktentreue, ebenfalls keine Stärke von ihm. Und dabei hat er Brandt zweimal erlebt, das erste Mal in Berlin noch in der Schulzeit, Brandt vor einem Ku'damm-Kino im Blitzlichtgewitter zur Premiere von Mary Poppins, bei sich die Hauptdarstellerin Julie Andrews, ein Mann mit Glamour, lange bevor es hier dieses Wort gab. Und das andere Mal saß er mit ihm sogar im selben Flugzeug, nur durch eine Sitzreihe getrennt, ein Flug von Frankfurt nach Graz, Brandt war schon alt, von Krankheit geschwächt, aber noch unterwegs für den internationalen Gewerkschaftsbund, sein ganzer Tross zwei Sicherheitsleute, und Brandt so in sich gekehrt, wie ein Mensch nur sein kann. Er flog praktisch allein, obwohl die Maschine voll war, für diese eine Stunde schon vorübergehend tot, und er, Renz, sah ihn an: die zum Greifen nahe Geschichte. Und das exakte Gegenbeispiel, das müsste er Cathy auch erzählen, ein Frühstück im Ritz-Carlton, Wolfsburg. Er hatte sich dort für eine Folge mit Autonarren etwas Anschauung geholt, Neuwagenabholer, denen VW eine Nacht im Ritz spendiert, wo sie dem Entjungfern ihrer Autos entgegenfiebern, und bei dem Frühstück saß der für VW zuständige schulsprecherhafte Ministerpräsident und spätere erste Mann im Staat mit Frau und Kindern am Nebentisch, ein Schauspiel von Familie und Bürgernähe, und am Buffet streiften sich dann sogar ihre Hemdsärmel, weiß an schwarz, und es war nicht die Geschichte, der er sich nahe gefühlt hat, sondern die Geschichtchen, eigentlich seiner Vorabendwelt. Er hat Vila davon erzählt, in allen Farben, während er den Flug mit Brandt für sich behalten hatte wie eine Affäre, und eines Tages kam Vila mit der Bunten ins Haus, darin die Homestory von des Ministerpräsidenten neuer Gefährtin. Aber so sind sie, sagte Vila, die Politiker und Schauspieler und Bosse mit Erfolg: Sie setzen die Frauen, die ihnen Kinder geschenkt haben und alles abgefedert, damit sie reibungslos nach oben kommen, irgendwann vor die Tür, weil sie ihnen zu kompliziert werden und dazu all ihre miesen Seiten kennen, die Schwächen, die sie sonst als Stärken ausgeben, und dann heiraten sie ihre PR-Tussis oder gleich eine Medienfee wie die Politiker vor ihnen ihre Sekretärinnen, aber sie vögeln schon mit ihnen, während sie im Parlament noch von Solidarität reden oder sich mit Familie noch beim Gottesdienst zeigen, man sie im Fernsehen sieht, wie sie die Hostie empfangen, mit derselben Zunge, die sie am Tag zuvor sonst wohin gesteckt haben, das ist die Wahrheit, Renz! Und zweifellos hatte sie recht, auch wenn damit ein Stück seiner eigenen Wahrheit gemeint war, nur schwingt er keine moralischen Reden, selbst seine Figuren halten sich in dem Punkt zurück, und er hat auch andere Freunde als diese Leute. Da gibt es keine Finanzhaie, Partylöwen, Agenten oder Lobbyisten, keine Nuttenschauspielerinnen und keine Gefälligkeitsredakteure, die einen irgendwann doch zur Sau machen, und für die wenigen Male, die er mit solchen Leuten gefeiert hat, schämt er sich. Oder würde sich schämen, wenn er der kleinen Patriotin, die immer noch vor sich hin schlief, davon erzählte. Für alles andere muss er sich nicht schämen. Nur wer sich christlich oder sozialistisch gibt und seine Frau betrügt und gegen eine jüngere austauscht, muss sich schämen. Über solchen Leuten sollte in großen Lettern das Wort Ehebrecher oder Scheinheiliger leuchten, wenn sie in Talkrunden ihre menschenfreundlichen Phrasen loswerden, damit alle sehen, dass es bei ihnen keine Mülltrennung gibt, auch wenn sie sie predigen, dass alles in einem Maßanzug steckt, der Brustton der Überzeugung und etwas darunter ein nicht gerade wählerischer Schwanz. Und Vila geht sogar noch weiter: Diese Leute gehören geohrfeigt wie der Kanzler Kiesinger vor Zeiten von der unerschrockenen Klarsfeld geohrfeigt wurde, weil er ein Nazi war, damals wie heute die sinnvollste Handlung. Sagt Vila. Oder diese Politiker mit angeblichem Charisma, ein Wort, das man verbieten sollte, die Typen mit geschliffenen Manieren und Sätzen, so geschliffen, dass sich die Medien daran in den eigenen Finger schneiden, auch sie gehören geohrfeigt, dass ihnen die Designerbrille davonfliegt. Sagt Vila. Sie sagt es nicht öffentlich, aber sie sagt es ihm. Und er zieht vor ihr den Hut. Und denkt nicht daran, sie zu verlassen, und hat auch nie daran gedacht, in keinem fremden Bett, oder vor wem zieht man heute noch den Hut, den man gar nicht mehr trägt. Vila ist unerbittlich. Sie urteilt auf ihre Art über eine Welt, die schon längst verurteilt ist: zu immer mehr Dummheit, und glaubt, sie könnte die Welt damit erziehen, wie sie Katrin erzogen hat. Mit dem Ergebnis, dass Katrin sogar glaubt, sie könnte die Welt neu entdecken, als sei vor ihr noch niemand am Rio Xingu gewesen. Oder in Havanna, wo sie nur die Abtreibung entdeckt hat. Und natürlich kauft sie auch überall in den NGO-Läden ein, wo alles gerecht und recycled zugeht. Katrin lebt mit dem Globus im Gleichklang, eine Weltpatriotin, nur nicht, wenn es ums Eingemachte geht: wieder ein Wort, das er Cathy nicht übersetzen könnte. Wenn es ums Eingemachte geht, das, was wir wollen, um uns rund zu fühlen, ichbinich, mit der besten Ausbildung, dem besten Job und dem besten Partner in der besten Umgebung, hört aller Fairnessspaß auf. Man fragt nicht mehr nach den Rechten des ungeborenen Lebens, oder ob der Partyfummel oder das passende Tropenoutfit aus Bangladesch kommen, wo es genug Kinder gibt, die für ein paar Cent alles nähen, ja, man sieht nicht einmal die Widersprüche, man überlässt sie den Parodisten und lacht auch noch mit, und jedes Maß geht verloren, auch seins. Er war maßlos, als er Marlies vorschlug, eine kleine Arbeitsreise durch Italien zu unternehmen, und Vila ist maßlos in ihrem Verlangen nach Einfühlung, er soll etwas verstehen, was er gar nicht verstehen kann, ihre Frauenwelt, und erwartet dafür, noch maßloser, von ihr das Gleiche: Einfühlung in seine Situation mit Marlies. Als sollte Vila am Bettrand sitzen, wenn er sein vierundsechzigjähriges Teil in Marlies steif zu halten versucht, und ihm dabei über den Kopf streicheln, das wird schon, Renz, du schaffst das, na komm, mach es ihr schön, sie lebt nicht mehr lang, was du tust, ist nur eine Form von Sterbebegleitung, du zeigst dich von deiner besten Seite, auch für mich, also los! Was sie letztlich voneinander erwarten, ist totales Verständnis, als wären sie psychoanalytische Aggregate und keine Menschen, nicht Mann und Frau. Nur ist das totale Verstandenwerdenwollen auch der totale Krieg, versteh mich oder verschwinde aus meinem Leben, stirb. Frauen wie Vila geht es immer um das Ganze oder Stimmige, aber man weiß erst beim letzten Wort, ob das erste Wort und damit das Ganze stimmt. Auf jeden Fall ist es bei seinen Vorabenddramen so, wie banal die Geschichten auch sind, wenn die Leute höchstens trauern oder jammern und nicht leiden, ein alter Vilavorwurf: In deinen Drehbüchern quatschen alle viel zu viel, bezahlt man dich nach Worten? In gewisser Weise ja, er könnte kein Buch von zwanzig Seiten abliefern, neunzig müssen es schon sein bei achtundvierzig Minuten, und dann noch die großen Themen, Liebe, Tod, Verrat, Reich und Arm, Schönheit und Neid, Glück und Pech, und alles in aktueller Kulisse, Berlin, die tolle Hauptstadt, Frankfurt, Metropole von Geld und Rotlicht, das Große, das ins Kleine spielt, so wollen es die Redakteure, die fast alle schon Redakteurinnen sind, Frauen, die ihm nichts durchgehen lassen als Mann, nur als Schreiber. In den Dialogen soll er dauernd mehr sagen, als er weiß, die heutige Geisteskrankheit Nummer eins: dass alle dauernd mehr sagen, als sie wissen, weil sie glauben, das Internet würde die Lücke füllen, aber es zeigt den Abgrund nur auf, so wird man zum Antipoden vom alten Brandt auf dem Flug nach Graz: Da saß vor ihm einer, der wusste tausendmal mehr, als er sagte. Und kein einziges seiner Haare war gefärbt, wenigstens darin glichen sie sich. Ihm, Renz, hat noch keine junge Frau übers aschige Haar gestrichen, gesagt, sei kein Frosch, lass es wieder dunkel machen, schließ mal die Augen. Immerhin etwas, vor dem Vila den Hut zieht: dass er nicht an seinem Haar herummacht, nur gegen den Bauch ankämpft. Sie selbst muss natürlich eine Art

Krieg gegen ihr Haar führen, oder hat man schon ergraute Moderatorinnen gesehen. Und trotzdem wird sie ihren Job bald verlieren, er spürt das. Nicht dass sie schon zu alt wäre, das ist sie noch früh genug, aber sie ist zu anständig. Ihr fehlt der leicht schlechte Geschmack, die gewisse ferklige Kuschelei, wenn man sich vor der Kamera halten will. Vila ist für Klarheit, ihr liegt das Lockere nicht, sie hat keinen Style, sie hat Stil, ja sogar Takt, wenn sie Menschen vorstellt, die etwas sonderbar sind, wie den Ex-Lehrer Bühl, der inzwischen ihr Haus hütet und über Franz von Assisi schreibt, seinen Experten, ohne dass er sich selbst so sehen würde, und auch Vila hat ihn nicht so anmoderiert, sie sprach von ihm als dem Zeitenwanderer, ein Ausdruck, auf den ihre Nachfolgerin, er tippt auf die junge Kollegin Yilmaz, niemals käme – Hayat Yilmaz, die im Übrigen mehr deutsch als türkisch ist, auch kaum Türkisch spricht, aber gern auf Türkisch macht, aus Spaß sogar hin und wieder mit Kopftuch erscheint, eine Schicksalsschwindlerin wie so viele, die ins Rampenlicht drängen, all die Leute mit den Gesichtern, denen es an Geschichte mangelt, weil es nur die Geschichten ihrer Auftritte gibt. Irgendeine Durchsage drang bis in den Tunnelgang, er verstand nur das Wort Gepäckstücke, angeblich hört er nicht mehr alles, geh mal zum Akustiker, sagt Vila sogar, wenn sie mit Freunden am Tisch sitzen. Sie meint es gut und sagt nicht Ohrenarzt, aber Akustiker klingt viel schlimmer, und dabei hört er noch genug, auch Vilas Geflüster mit Elfi, Renz muss da was tun, mach doch mal einen Test und schau auch gleich nach seinem Cholesterin, er hat das alles verstanden, obwohl Musik lief, die letzte CD von Johnny Cash, diese unglaubliche Nummer mit dem schwarzen Pferd, niemand konnte das Wort Horse so männlich singen, und trotzdem hat er noch die letzten Silben von Cholesterin mitbekommen. Also kein Grund für ein Hörgerät, auch wenn die jetzt winzig sein sollen, aber irgendwie sieht man sie doch, und schon kommt man auf den Gedanken, dass so einer mit Stütze hinterm Ohr, diskreter als früher das Kaugummi, auch woanders seine Probleme haben wird, die Durchblutung macht keinen Unterschied zwischen den Gefäßen im Kopf und im Unterleib, jedes noch so kleine Gerät hätte für ihn etwas von einer Viagrakapsel am Ohr, tut mir leid, aber meine Organe brauchen einen Kick, sonst gehen auch noch die Worte unter, die mich hochbringen – mach mit mir, was du willst, hatte Marlies nachts in Lucca gesagt, da kann keine Chemie und keine Elektronik mithalten. Cathy oder little runaway schob einen ihrer Füße unter die Kniekehle des anderen Beins, als würde sie bald aufwachen, so weit noch logisch, aber die Gedanken gingen darüber hinaus, schon war da ein Bild, wie sie sich nach dem Wachwerden zu ihm setzt: zwei Gestrandete in dem Tunnelgang, die sich leise über ihre Welten unterhalten und am Ende, ehe jeder in eine andere Richtung verschwindet, vorsichtig küssen, wie das ungleiche Paar in Lost in Translation, einer der besten Filmküsse überhaupt, weil ja die besten Küsse die ohne Zukunft sind. Aber Cathy wachte nicht auf, sie schlief noch weiter und träumte von irgendwas, ihre Zehen bewegten sich wie die Pfoten von Kasper, wenn er geträumt hatte, und die Frage, was sie wohl tun würde, wenn sie aufwachte, musste er sich selbst beantworten, die Art von Antwort, die am meisten hoffen lässt. Vila hatte nach ihrer ersten gemeinsamen Nacht in seiner Dachbude über der Ostbahnhofstraße beim Wachwerden nur ein paarmal seinen Namen genannt, den sie später ersetzte, mit Renz statt Bernhard, so wie er sie einfach Vila nannte, und als sie beide ihre Namen hatten, fing ihr goldenes Zeitalter an, bis Katrin zur Schule kam, auch wenn Vila gern so redet, als hätte es diese Zeit nie gegeben, und er dann so redet, als ginge sie immer noch weiter, ihr Doppeltheater. Jeder weiß, dass der andere übertreibt, ein Wissen wie eine beschützende Werkstatt, die er bei keiner anderen als Vila findet – vielleicht existiert ja auch alles, was einen retten kann, schon, er muss nicht recht behalten mit seinem Pessimismus. Auch wenn Vila denkt, er könnte sich nie ändern. Dein Gewicht ändert sich, sagt sie, deine Haarfarbe, die Größe deiner Prostata, deine Art nie. Sie hält ihn für einen manisch-depressiven Negativisten und gleichzeitigen Angeber, aber für lebenstüchtig trotz allem, dazu gebildet und schöpferisch begabt, also ein Angeber mit Substanz, ihr Fürst ohne Hof, mit dem Körper, den er verdient hat: nach tausenden Flaschen Wein und Tonnen von Pasta, aglio olio, carbonara, bolognese, al pesto, al Vila, al Renzo, nach Bergen von Osso buco und Parmaschinken und ganzen Netzen voll Meereszeug, Seeteufel, Branzino, Dorade, Schattenfisch und Drachenkopf, mal mit temperiertem Barolo, mal mit eiskaltem Lugana heruntergespült. Er ist die Schlacke dieses Sommerglücks von bald zwanzig Jahren, die Harnsäure und der Zucker, die Fette aller Art und das erwähnte Cholesterin; er ist auch die Müdigkeit nach all dem und seinen Anstrengungen, es sich leisten zu können, nach Dutzenden von Drehbüchern und unzähligen Entwürfen, nicht realisiert, aber bezahlt. Und er ist die Erschöpfung nach den Nächten, um alles Billige, das man von ihm verlangt hat, zu vergessen und sich selbst gleich dazu, nach ganzen Lachen von verspritztem und seit einigen Jahren, der Übergang unmerklich, nur mehr hervorgesickertem Samen, dem eines älteren oder bald schon alten Mannes. Wenn er morgens ins Bad geht, erkennt er sich manchmal kaum noch im Spiegel oder will mit dem, der ihm dort entgegenblickt, nichts zu tun haben. Als seine Mutter, die qualmende, trinkende, ewig naschende Dokumentarfilmerin, überraschend starb, eine Frau, die am Ende auch nichts mehr mit sich zu tun haben wollte, war er mit Vila gerade im Urlaub, zwei Wochen Djerba, während Katrin einen Sprachkurs machte. Und am Strand haben sie sich tagelang fotografiert, aus dem Gefühl heraus, körperlich noch einmal auf der Höhe zu sein, womöglich zum letzten

Mal, beide schlank und gebräunt, schlank schon vom ungenießbaren Hotelessen, und beide mit festem Fleisch vom vielen Schwimmen. Sie hatten ihre erste Digitalkamera, und Hunderte von Fotos entstanden, aber nur mit einer Handvoll waren sie zufrieden, darunter ein einziges, das sie beide zufriedenstellend zeigte, gemacht von einem Kamelführer mit gutem Auge oder glücklichem Finger. Vila und er ausbalanciert in allem, der Haltung und dem Bauch, dem Lachen und besonders dem Haar, weder aufgeweht noch zerzaust, ein gerechtes Foto: das Paar als Einheit, jeder mit einem Arm um den Rücken des anderen, sie die Beine leicht gekreuzt, was sie noch weiblicher macht, er die freie Hand in die Hüfte gestemmt, was Taille und Schulter betont, ein Foto, als seien sie unsterblich und das Leben ganz und gar sinnvoll, wo es doch eine Lotterie ist, und für seine Mutter an dem Tag, als das Foto entstand, durch einen Infarkt zu Ende ging. Und trotzdem, wenn er auf das eigene Leben blickt, ein absurdes Gefühl von Dankbarkeit, an diesem Leben zu sein und hier, in dem Tunnelgang am Frankfurter Flughafen auf die Ankunft seiner Frau zu warten, ja sich zu freuen auf sie, auch wenn er weiß, dass schon in den nächsten Tagen die Frage nachkommt, ob das überhaupt Freude war und nicht nur der Wunsch, sich zu freuen, die Frage, die ihn immer einholt, auch nach den ersten Nächten mit Marlies. Oder wenn er an das eine Foto von Vila und ihm denkt, ein Bild, als könnten sie gleich an den Starhimmel aufsteigen wie ein Ballon. Sein Vater, er starb kein Jahr später, hatte das Foto, noch auf einem Laptop, gesehen, das seid ihr doch gar nicht, sagte er. Es gab nie einen Ausdruck davon, und Vila hat es irgendwann aus Versehen gelöscht, der Ballon platzte schon am Boden. Und heute bleibt nur ein guter Stoff, um noch etwas Höhe zu erreichen, Franz von Assisi. Er müsste das Ganze allerdings in die Gegenwart ziehen oder noch besser, einen heutigen Christus erfinden, irgendeinen Schwarzafrikaner, der sich aus der Tiefe seines elenden Kontinents in einer Odyssee durch Savannen und Wüsten und über das Meer nach Deutschland durchgeschlagen hat und hier plötzlich Wunder wirkt, Kranke heilt und die Armen speist, der Gewalt und der Dummheit Einhalt gebietet, bis ihn Neonazis erschlagen und an ein Kreuz nageln, jeder Sender würde darauf abfahren, nur fehlt ihm, Renz, dazu die Kraft, der Mut, das Leben, einfach alles, er müsste sich selbst übertreffen, aber wie soll das gehen. Und dennoch fühlt er sich wohl, er hat sein Haus, er hat zu tun, und viele beneiden ihn um seine Frau, er ist so weit gesund und kann noch immer nachts in einem Flughafen auf dem Boden sitzen und sich frei fühlen; er kann Blicke erwidern und italienisch kochen und seinen Wagen auf zweihundertfünfzig beschleunigen, bis eine höhere Vernunft ihn abbremst: Abgeregelt bei Tempo zwei-hundertfünfzig, heißt es im Handbuch, ein Stopp, der in sei-nem Alltag sonst fehlt. Mit Marlies wird er gegen die Wand fahren, er ist nicht der Typ des Sterbebegleiters, da muss man Schritttempo halten, und am Ende steht man im Stau, tagelang, nächtelang. Mehr will er gar nicht wissen darüber, mehr wird er sich auch nicht aus dem Internet holen, er wird nicht recher-chieren, wie dieses Leiden verläuft, er wird sich nicht mit Fach-wissen und den richtigen Ausdrücken wappnen, wozu und für wen. Er muss ohne Eloquenz und ohne Publikum damit fertig-werden, nicht wie diese Halbstars, die im Fernsehen ihre süch-tigen Kinder verraten oder den eigenen Krebs ausplaudern. Er wird schweigen, auch wenn er kein leiser Mensch ist, er ist mehr Sohn seiner Mutter als seines Vaters, der nur gelesen und geraucht hat, wenn er nicht in der Praxis war. Aber die Leisen, sagte sein Vater, sind die Lauteren!, ein Wort, um ihm den Witz der Sprache zu zeigen. Marlies' Krebs, den muss er mit sich ausmachen, wie Vila auch Dinge mit sich ausmacht. Sie hat ihre Welt, er hat seine. Als sie das letzte Mal in Rom waren, wollte Vila unbedingt zum Pantheon, wo schon Katrins Babyschreie gehallt hatten, in diese Kuppel, in der man mit den Augen atmet, während das Licht durch das Auge im Deckengewölbe fällt. Nur wollte sie eigentlich gar nicht dorthin, sie wollte zu einem schäbigen Hotel schräg gegenüber zeigen, dem Albergo Abruzzi, das es aber gar nicht mehr gab – ich habe mir dort einmal, vor unserer Zeit, ein Zimmer angesehen, sagte sie, und er spürte, dass es nur der Anfang einer Geschichte war, einer, die sie bei dem Rombesuch mit Katrin als Baby nicht einmal angedeutet hatte, das war Vila und ihre Intimwelt. Sie will sein volles Verständnis, aber alles von ihr wissen, das soll er nicht, das wäre die Vorhölle, sagt sie: durchsichtig zu sein, entblößt. Während die eigentliche Hölle für sie die Unsichtbarkeit ist, irgendwann nicht mehr gesehen oder angesehen zu werden. Ein weibliches Paradox, hat er lange gedacht, und inzwischen sieht er die Logik darin, auch wenn das Wort Hölle nicht passt. Oder nur Sinn macht, weil sie in den Breiten der Seligen leben. Sein Vater gehörte noch zu denen, die hier eine Hölle mit Hand und Fuß erlebt hatten, den Krieg, und einige Male, jeweils an Weihnachten, kamen die kleinen Geschichten vom großen Grauen, von Hunger und Kälte und Notoperationen unter Beschuss, dem Absägen von Beinen ohne Narkose, dem Zurückstopfen von Gedärm, das herausquillt, den Schreien, die ein Feldarzt ertragen musste, Tag für Tag, Nacht für Nacht, Schreien von halben Kindern, die er bis zu seinem Ende immer wieder geschluckt hatte. Und heute gehört Viagra zu den Kröten, die einer schlucken muss, wenn er älter wird, dazu der Seniorenpass, mit dem man umsonst in alle Museen kommt und der einem Mann sagt, dass es eng wird mit jüngeren Frauen, es sei denn, er wäre reich, dann macht er auch auf Mädchen in Cathys Alter Eindruck und wird nicht verlegen, wenn sie einen ansehen, und sie sah ihn jetzt an, wie geweckt von der Unruhe in seinem Schädel. Hi. Das kam einfach so, von Mädchen zu Mann oder einem Häuflein Mann auf dem Tunnelboden unter dem Frankfurter Flughafen, dem Häuflein gegenüber ein Wesen, das ihn aufrichten könnte, come on, man, let's catch a plane to India, aber es stellte nur eine höfliche Frage, Excuse me, what time? Und er sah auf die Uhr, es war kurz nach fünf, shortly after five in the morning, und Cathy, oder wie sie hieß, kam mit Aplomb auf die jungen Beine, nahm ihren Rucksack und ging, take care: Das meinte er noch zu hören oder hörte es aus sich selbst, als sein Finger schon die Taste drückte, die den Schirm wieder erhellt, und die Überschrift Exposé zu einem Zweiteiler über Franz von Assisi erscheinen ließ und unten rechts die genaue Zeit, fünf Uhr elf. Also näherte sich Vila schon dem Kontinent Europa mit den Breiten der Seligen, keine viertausend Kilometer lagen mehr zwischen ihr und ihm, das reichte immer noch für einen Zweiteilerentwurf, selbst mit einem Helden, über den man so gut wie nichts weiß.

*

VIII

DAS Dilemma jedes Erzählens: ganz bei den Tatsachen bleiben, auf die Gefahr hin, nichts Besonderes zu erzählen (Das ist der Herbst, willkommen in der Pfalz …), oder eine eigene Wahrheit schaffen, mit dem Risiko, dass andere sie abtun können, als pure Erfindung. Was bleibt einem bei dem Dilemma? Man kann nur schweigen oder weitererzählen, und dann hilft es, wenn Fakten und Erzählerwahrheit gelegentlich ein und dasselbe sind wie bei Reiseumständen, etwa auf Flughäfen, wo Passagiere nach einer schlechten Nacht mit zu wenig Fußraum und trockener Luft in der bekannten Verfassung ankommen.

Fast eine Stunde nach ihrer Landung kam Vila hinter dem Zoll aus einer der Türen, die ständig auf- und zuglitten, übermüdet, aber noch wach genug, um Renz sofort im Gedränge der Abholer zu sehen. Er hielt ein Notebook und Blumen im Arm und rechnete wohl schon nicht mehr mit ihr; etwas eingesunken stand er in seiner Steppjacke von Paul & Shark da und sah halb zu Boden, das graue Haar fiel ihm über die Ohren, und auch die Blumen, mehr Gebinde als Stängel und Blüten, hingen herunter, alles in allem jemand, der auf einem Begräbnis keine gute Figur macht. Außerdem hatte er Ringe unter den Augen, tiefer als sonst, und er war nicht rasiert, die Stoppeln wie Schmutz an Wangen und Hals, und überhaupt der Hals: ein altes Bandoneon, hatte Katrin einmal gesagt, sicher ein übertriebenes Bild, aber schwer wegzudenken.

Vila ging um das Geländer und trat von hinten an Renz heran, sie holte *ihn* ab, nicht umgekehrt, aus einer Art Schlaf im Stehen holte sie ihn mit einem Hallo, wie geht's? Er fuhr herum und sah sie an, Wo kommst du her?, eine hilflose Frage, hilflos wie die Blumen, die er vergessen zu haben schien. Gib mir deine Tasche, sagte er und nahm ihr die Tasche ab, kein leichtes Stück, sie hatte noch drei Bildbände gekauft, die alten Autos von Havanna, die alten Fassaden, der dritte über das Leben von Che Guevara, auf zwei der Fotos an Bühl erinnernd. Auf einem fotografiert Che selbst, ein Schelm mit Kamera, auf dem anderen liegt er auf einem Feldbett, das Haar zerwühlt, in den Händen ein Buch wie ein Groschenroman, darauf aber der Name Goethe, der Titel nicht erkennbar, nur ein Teil des reißerischen Covers, vielleicht Die Wahlverwandtschaften. Sie rollte den Koffer, während Renz an ihrer Tasche schleppte, seine Füße kamen in dem langen Gang zu den Parkhäusern kaum vom Boden: Das war neu, oder sie hatte es noch nie bemerkt. Er tat ihr leid mit seinen vergessenen Blumen und einem Schritt wie Leute in Krankenhausfluren. Sind die für mich? Sie tippte an das Papier um die Blumen, und er reichte sie ihr. Gut, dass du zurück bist, wie geht es Katrin, wird sie fertig damit? Eine Frage fast ohne Luft, danach sein Atmen durch den Mund, der immer noch etwas Anziehendes hatte, ein Mund, der eine Frau zuschanden küssen konnte.

Der Tunnelgang nahm gar kein Ende, Renz mit der Tasche jetzt über der Schulter, das machte ihn jünger, sie mit den Blumen im Arm, was sie älter machte. Körperlich steckt Katrin es weg, und das andere kommt später. Ein paar Tage erholt sie sich noch, dann geht es zurück nach Orlando, angeblich ohne den Typen. Und du? Warum Assisi, musste das sein? Sie sah ihn von der Seite an, Renz kramte den Parkschein aus seiner Jacke, er ging auf einen Automaten zu. Warum? Weil es Sinn hatte. Ich habe Frau Mattrainer von dem Buchprojekt unseres Mieters erzählt, das hat bei ihr eingeschlagen. Sie denkt an einen Zweiteiler über Franz von Assisi, also mussten wir dahin. Wir wollen das ein paar Leuten vorschlagen, und für die historischen Details haben wir Bühl, hast du Kleingeld? Renz drehte sich um, aber sie ging schon weiter, und er schob einen Schein in den Schlitz. Kannst du nicht warten, rief er, und von ihr nur ein Worauf, dann schon seine schnell schlurfenden Schritte; er holte sie ein, und sie zwängten sich zu anderen in einen Fahrstuhl, er atmete ihr in den Nacken. Marlies ist sehr krank, sagte er, und sie drückte nur die Stirn gegen die metallene Wand – Welches Deck? Sie musste gähnen, und er gab ihr den Parkschein, sie sah die Ankunftszeit. Was hast du hier so lang gemacht, auf mich gewartet? Sie griff hinter sich und suchte Renz' Hand, der Fahrstuhl hielt. Wo stehst du?

Irgendwo, ich weiß es nicht.

Du weißt es nicht? Vila fuhr sich durchs Haar, sie stampfte mit dem Schuh auf. Was sie jetzt am wenigsten wollte: in einem Parkhaus herumirren, vor den offenen Seiten schon die ersten Schneeflocken. Renz lief vor ihr her, von Reihe zu Reihe, und endlich auf den Wagen zu, mit dem sie nicht warm wurde, weil er zu groß war, zu schnell, zu auffallend; Bühl hatte gar keinen Wagen, ja, sie wusste nicht einmal, ob er einen Führerschein hatte, sie wusste nur, dass er ihr fehlte. Renz hielt die Wagentür für sie auf, das machte er sonst nur, wenn jemand zusah. Du siehst kaputt aus, sagte sie, als er neben ihr saß. Was ist los? Sie legte die Blumen nach hinten und klappte ihre Sonnenblende herunter, auf der Innenseite ein Spiegel mit Lämpchen, inzwischen überall Standard. Sie versuchte, ihr zerknicktes Haar aufzulockern, alle Fülle von der feuchtwarmen Luft war weg. Renz bog in die Schnellstraße nach Frankfurt-Süd, Unsere Tochter hat abtreiben lassen, das ist los, sagte er. Und ich war mit einer kranken Frau unterwegs. Und du bist wieder in den besten Jahren! Er wollte die Klimaanlage anstellen, Vila schob seine Hand von dem Touchscreen. Ich fühle mich nur so, das lässt wieder nach. Und deine Begleiterin ist jetzt in München, warum bist du nicht bei ihr, wenn sie so krank ist?

Sie klappte die Sonnenblende herauf; in der Ferne schon die Hochhäuser, die Stadt, also bald ihre Straße, die Wohnung, ihr Leben – als Erstes würde sie baden, dann etwas einkaufen, vielleicht schon die Getränke für den Abend mit den Englers und den beiden von gegenüber. Heide wollte die Vorspeise machen, kleine frittierte Paprika, Pimientos de Padrón, ihre mallorquinische Spezialität, ich mache das, hatte sie gemailt, und auf Heide war Verlass. Jörg wäre eine Hilfe beim Kochen, von Renz käme nur grobes Salz, die Salzmühle hatte er vor Jahren im berühmten Waldhaus im Engadin mitgehen lassen, diese Geschichte käme dann auch bei Tisch. Und nachmittags würde sie in den Sender fahren, das Havanna-Material Jens Podak, ihrem Redakteur, zeigen, SPD-Mann ohne Humor, aber mit tausend Begründungen, warum man etwas *nicht* machen sollte. Abends könnte sie mit Renz ins Bella Donna gehen, für ein Risotto mit Steinpilzen, dann wäre sie angekommen. Warum Assisi, fragte sie noch einmal, als schon das Parkplatzsuchen begann, und Renz, ohne sie anzusehen: Steig hier ruhig aus, ich bringe deine Sachen. Willst du mich verlassen? Eine Frage beim Halten mitten auf der kleinen, wie privaten Schadowstraße, in der sie wohnten, seit Katrin von fernen Ländern träumte und er für den Vorabend schrieb, hingesprochen zu seinem offenen Fahrerfenster, als würde sie am Bordstein stehen, eine renitente Geliebte. Verlassen, wieso, sagte sie im Aussteigen, ich will nur für mich sein.

Und ihr Tag dann wie geplant, erst das Bad, während Renz Frühstück machte und die Wohnung langsam warm wurde, ein Frühstück ohne Gesellschaft; sie aß zwei Brötchen in der Wanne, und als Renz mit frischem Espresso hereinkam, drückte sie sich den Schwamm auf ein Gesicht, das ihn nichts anging. Nach dem Frühstück fiel er ins Bett, und sie konnte in Ruhe ihr Haar nachdunkeln, ein paar Silberfäden verschwinden lassen. Gegen Mittag schließlich der Einkauf für die restliche

Woche, sie nahm das Rad, an dem noch der Kindersitz hinter dem Sattel war, da passte ein Wasserkasten hinein. Als sie zurückkam, schlief Renz noch immer, und sie packte ihr Zeug aus, füllte die Waschmaschine, zog sich um, Jeansbluse, Seidenhose, Wildlederstiefel – Jens Podak war einer, der ans Stimmige glaubte: eine Nachtsendung brauchte eine Nachtfee. Sie traf ihn im Freien vor der Kantine, er glaubte auch noch ans Rauchen, sogar an eine Pfeife, alles an ihm roch nach süßem Tabak. Das bringen wir, sagte er bei Bühls Sonnenballbildern. Aber das Dichterding höchstens eins dreißig, zwei Fragen, zwei Antworten, der eigentliche Tipp ist die Musik, das Lokal mit den Nussschalen, die du vom Tisch fegst, das ist Bewegung, damit fangen wir an, okay? Er stopfte seine Pfeife neu, und sie besprachen noch die kommende Sendung, die Tipps für den Sonntag waren fast fertig, nur ihre Anmoderationen mussten noch aufgezeichnet werden – Übermorgen, sagte Podak. Und Havanna bringen wir erst vor Weihnachten, als Salsabonbon! Er zog an der Pfeife, und Vila sah auf ihren Kalender; sie kannte Jens Podak seit zwanzig Jahren, er hatte in Frankfurt herumstudiert, so wie sie, einmal war sie sogar in seiner Pfeifenqualmbude, um eine VHS-Kassette anzusehen, Fassbinders Effi Briest, und Podak fing danach an, über Sex zu reden, ein Verführungsversuch, damals schon frauenfreundlich, und am Schluss hatte sie ihn mit einem Vortrag über Georges Bataille und die sexuelle Vergeudung buchstäblich kleingekriegt; seitdem hielt er sie für nachtprogrammtauglich. Aber auch nicht zu nah an Weihnachten, sagte sie, und man einigte sich auf den dritten Advent, kein schlechtes Datum für etwas Karibik mit einer Prise Poesie und Sozialismus.

Auf der Rückfahrt in der U-Bahn summte ihr Telefon, eine beglückende Nachricht: Gibt es dich noch? Sie schrieb sofort zurück, Es gibt mich wieder, seit es dich gibt, Worte, die ihr Angst machten, als sie sie abschickte, als gäbe es eine Vila davor und danach, und die Vila danach müsste sie von nun an sein, Tag und Nacht – fast eine Erleichterung, als Renz ihr die Tür öffnete. Er sah besser aus als am Morgen, rasiert und ohne Augenringe, das Haar noch dunkel vom Duschen, um die Hüften ein Badetuch. Sie trat in die Wohnung, die seit Katrins Auszug zu groß war, Renz hielt ihr den Band über Che Guevara hin: ob sie in den verliebt sei. Er zeigte ihr eins der Fotos, das mit dem Goethe-Buch, auch der Name Goethe reißerisch geschrieben, er hielt es ihr hin, als könnte er Gedanken lesen, und sie sagte Ja, und Renz nahm sie in den Arm, die freie Hand unter der Seidenhose mit etwas Spielraum über dem Steiß. Und Minuten später lagen sie schon im Bett, wortlos, schutzlos, mehr als nackt, höchstens noch geschützt durch die Jahre, ihre unzähligen überstandenen Male, am Ende so erlöst wie erledigt. Es gibt nur guten Sex und schlechten, keinen gewissenhaften, das wusste sie längst und wollte nichts weiter als sich auflösen im Halbdunkel, auf keinen Punkt kommen, sondern zerfließen, Mach, sagte sie, ihre ganze Rede im Bett, und Renz wollte das Gegenteil. Er wollte sie füllen und in ihr zerplatzen, der Frau, die ihn als Einzige wieder zusammensetzen und auf die alten Beine stellen konnte. Hilf mir, sagte er, seine ganze Rede, denn da war nicht genug, sie damit auszufüllen, auch wenn sie ihm half, das wenige wie ein weiches Tier in das Nest zu schieben, aus dem es gefallen zu sein schien, einmal, zweimal ihr Versuch, dann rollte sie sich zur Seite, und Renz schlang von hinten die Arme um sie. Er drückte den Mund in ihr Haar, an ihr Ohr, komm, Vila, hilf mir, also half sie ihm noch einmal, damit Ruhe wäre, Frieden, für Sekunden drang er ganz in das Nest, wie verwandelt, und Sekunden später war schon alles vorbei – kein Zerplatzen, auch ein Zerfließen. Sie duschte danach, ihm reichte das Waschbecken. Gehen wir noch etwas essen, rief er ihr zu; der letzte Tagespunkt.

Sie aß ihr Steinpilzrisotto, Renz Kalbsleber mit Salbei. Er

wollte über Katrin reden, was ihr wohl mehr den Kopf verdreht hatte, der Forschungsauftrag oder dieser Kubaner, und sie sagte dazu nichts und kam auf Assisi zurück: warum dort, warum nicht woanders? Sie stieß mit ihm an, ihren Lugana gegen seinen Ripasso, und er wiederholte die Zweiteilerversion: ein Arbeitsaufenthalt, die Mattrainer sollte ein Bild von der Kulisse bekommen, eine Version, die er schon glaubte, so gut war sie. Die Mattrainer, sagte Vila hinter ihrer Serviette, heißt Marlies, nicht wahr, und wurde in Assisi ins Bett gelegt, hat es da noch geklappt? Sie leerte ihr Glas und stand auf, jemand winkte ihr zu. Am einzigen Ecktisch saßen die Schaubs, Elke und Jochen, sie beim Hörfunk, er Handchirurg, zwei aus dem Anhang von Elfi und Lutz, kinderlos mit schöner Dachwohnung. Vila winkte zurück, schon im Gehen, und Renz zahlte hastig, auf dem Teller noch die halbe Leber; er holte sie vor dem Lokal ein. Bleib stehen, rief er und sah sie an, wie Bühl sie nie angesehen hatte – Liebende sezieren einander nicht mit Blicken, als sei der andere ein entnommenes Organ, frei zur Erforschung. Ihre Blicke geben Trost oder beglücken, ein Hinschauen, kein Mustern. Lass mich, sagte sie und lief einfach weiter, froh, dass es dunkel war, die Winterzeit nahte.

UND in Havanna war noch heller Nachmittag, ein Himmel wie aus Gries, als Bühl im kleinen Parque Central sein Telefon anmachte, für ihn nur *das Ding*, gekauft vor einer Klassenfahrt nach Prag, um die Versackten zu erreichen. Ein paar Schritte musste er noch hin und her gehen in dem verwinkelten Park, das Telefon wie einen Kompass in der Hand, dann erschien schon Vilas Nachricht. Es gibt mich wieder, seit es dich gibt – schöne Worte, keine beruhigenden. Und Worte, die man nicht speichern musste, die sich von allein einbrannten, in einem weiterwirkten, andere Worte erzeugten, ich weiß jetzt, was ich bin für dich, nur weiß ich nicht, was daraus folgt, ich weiß ja nicht, wer du bist, es geht mir wie dem Erzähler, der sich in seine Figuren tastet und ihnen nur andichten kann, was er mit sonst wem erlebt hat oder von sich selber kennt, mit der Möglichkeit, dass es am Ende nicht passt, kein Ganzes ergibt, nur scheitert. Dich auf der Welt zu wissen, tut gut, schrieb er zurück. Und der Magen im Übrigen auch wieder gut. Ich esse real und küsse in Gedanken, B. Etwas mehr als eine Kurznachricht, schon ein Billett, so expressiv wie alle Botschaften zwischen Liebenden, die Bereitschaft, sich in einen Rausch zu stürzen, auszuliefern wie als Junge im Ruderhaus, über den Achter gebeugt, aber auch bei Cornelius, als sie im Schilf lagen und er dem Freund Latein beibrachte: das berauschende Gefühl, auf der Welt zu sein. Er schickte die Nachricht ab und verließ den Park. Noch vor dem Frühstück hatte er seinen Rückflug gebucht – kommenden Samstag wieder nach Mailand, um von dort nach Torri zu fahren und, so wie vereinbart, in das Haus von Vila und Renz zu gehen, als käme er mit frischen Eindrücken aus Umbrien zurück. Er lief ins Hotel, in sein Zimmer, und legte sich aufs Bett; erst als die Dämmerung anbrach, stand er auf und duschte in dem Bad ohne Vorhang und Fensterläden. Und als es ganz dunkel war, ging er dorthin, wo sein Vater hingegangen wäre, hätte der die Seidenstoffe auch in Havanna bekommen und nach den Geschäften abends Zeit gehabt.

Der Prado (oder Paseo Martí, wie die frühere Stadtvillenmeile auf allen Schildern noch in Klammern heißt) war trotz etwas Licht von den Straßenlampen so dunkel, dass er kaum die Muster im Pflaster der Promenade sah. Bühl suchte nach einer der Knappgekleideten, die den Deutschkurs des Einbeinigen durchlaufen hatten, ein Interesse als Lehrer, nicht als Mann, und bald schon kam eins der Mädchen aus dem Dunkel hinter einer der Steinbänke, auf dem Arm ein Kind mit Zöpfen, also zwei Mädchen, oder richtiger, eine junge Frau und ihr kleines Mädchen, die Mutter rauchend und kaum bekleidet, schwarz auf brauner Haut, wie getarnt in dem Platanentunnel, ihr Kind noch entblößter, in Pampers. Er sprach die junge Mutter auf Deutsch an, er fragte nach ihrem Namen und sagte, dass er ihr Geld gebe, wenn sie ihm einiges beantworten würde, und sie verstand jedes Wort. Ihr Name war Mercedes, und für fünfzig Euro durfte er sie befragen. Setzen wir uns, sagte sie, willst du rauchen? Sie bot ihm eine Zigarette an, er nahm sie und ließ sich auch Feuer geben. Was passiert, wenn ein Mann mitgeht? Er blies den Rauch von der Kleinen weg; zum letzten Mal hatte er mit Marlies im Ruderboot auf dem Ossiacher See geraucht. Der Mann folgt mir einfach, sagte Mercedes. Mit etwas Abstand, wegen der Polizei. Ich gehe in ein großes Wohnhaus neben dem Plaza Hotel. Es gibt dort nur Kerzenlicht um die Zeit, und die Treppe hat kein Geländer. Alle Türen sind auf, wegen der Hitze, und vor den Türen sitzen alte Frauen mit Zigarren. Der Mann ist ganz allein, er sieht mich erst im achten Stock wieder. Dann sage ich meinen Namen, das hilft ihm. Besonders den Deutschen hilft mein Name, jeder Deutsche hebt dann einen Daumen. Und den Daumen – el pulgar, der Daumen –, den nehme ich und führe den Mann in eine Wohnung, dort sind wir allein. Meine Kleine, sie heißt Olmayra, ist bei einer der alten Frauen. Die Wohnung ist leer und riecht nach Beton, und es gibt kein Licht, es gibt nur mein Feuerzeug. Ich mache damit eine Kerze an, und der Mann sieht auf dem Boden eine Matratze. Kein Bett, fragt er, und ich sage, no sorry, kein Bett. Und dann passiert es auf der Matratze, mit Kondom. Heißt es der oder das Kondom? Mercedes stand von der Bank auf, sie schob sich ihr Zigarettenpäckchen in den Ausschnitt – ein blaues Päckchen, fast von dem Blau wie Gerd Heidings kleine Gauloises-Schachtel, die er vorher immer auf dem Achterkiel abgelegt hatte, schön ausbalanciert, und am Ende fiel sie jedes Mal herunter. *Das* Kondom, sagte Bühl, als Mercedes in einen Hüftbeutel griff und eine spielzeughafte Flasche mit Milch hervorzog. Sie gab ihrem Kind zu trinken, sie wiegte es im Arm, dass er gern mit ihm getauscht hätte. Und wo endet das Ganze? Endet es auf der Matratze oder hier unter den Bäumen, wo es angefangen hat? Ihm ging es um den Bogen, wo setzt die Spannung ein, wo klingt sie aus, und Mercedes sprach von einem Kuss, wenn der Mann nett zu ihr war – die Belohnung, sagte sie, ein echter Kuss. Willst du jetzt mit mir gehen? Sie packte die Milchflasche wieder ein, und er gab ihr die fünfzig Euro, was sie kaum fassen konnte; dann trat er die Zigarette aus und ging mit leisem Gutenacht Richtung Hotel.

Hat Franz je geküsst? Auch eine Frage der Definition: Was ist ein Kuss, auf jeden Fall etwas Unbezahlbares. Der echte Kuss für Geld also eine Contradictio in adiecto, ein Widerspruch in nur fünf Worten, kaum vorstellbar und doch vorstellbar. Was da zuerst mit den Lippen passiert, darüber lässt sich vielleicht noch hinwegfühlen, reines Geschnäbel, aber wenn die Zungen dazustoßen und freien Lauf haben für ein Ineinander und Miteinander, muss es im Mund zu einer Art Intrige gegen die Tatsache des rein Geschäftlichen kommen: zu einem Kuss, der in sich immer echter, immer wahrer wird und doch unhaltbar bleibt, an dem man letztlich nur verzweifeln kann. Bühl betrat die Kathedralenhalle des Plaza und lief zu dem Sofa in der entlegenen Ecke, Vilas und seiner Ecke mit ihrem Sofa. Er sank darin ein, wie sie beide darin eingesunken waren, und holte aus der Brusttasche Papier und Stift und das Ding, mit dem Vila, wenn er nur leicht ein paar Zahlen berührte, überall erreichbar wäre, diese großartig lächerlichste aller Erfindungen zu seinen Lebzeiten, ein Ding statt einer Philosophie, die sich der Liebe annimmt. Und wieder die Frage: Hat Franz je geküsst? Wie man ein Kind machte, das wusste er, auch wenn er keins gemacht hat, weil Hausmägde wussten, was zu tun war, um sich nicht ins Unglück zu stürzen. Aber Lippen und Zungen vermischen: wusste er, was das hieß, den Wunsch nach immer mehr zu riskieren? Einen Aussätzigen hat er geküsst, trotz aller Abscheu, und sich die Nächstenliebe eingehandelt. Warum dann nicht auch den Kuss ohne Abscheu probieren – eine Frage der Gelegenheit, der Stimmung, wie es auch eine Stimmung gibt zum Schreiben, mit dem man sich das Alleinsein einhandelt.

Ein warmer, fast noch heißer Tag im Frühherbst, Franz am Ufer des Benacus in dem Örtchen Torri, die Augen brennen ihm, mehr noch als Magen und Füße. Warum ist die mit der Wäsche geflohen? Ein paar Sachen aus dem Bündel sind heruntergefallen, liegen im Staub, weiße Stücke, die ihn blenden, die hat sie einfach liegenlassen in ihrem Erschrecken vor seinem Namen. Sie sind scheu, die jungen Mägde, die in den Haushalten helfen oder die Tiere versorgen, die Gänse, das Vieh, die weichen Kaninchen, als seien es Geschwister. Er kennt sie aus der Unterstadt, diese Scheuen und Schönen, eine kannte er sogar näher, für eine Nacht zwischen Ziegen und Eseln. Franz kühlt sich die kleinen, fast fraulichen Füße, dann ritzt er mit einem scharfen Kiesel ein griechisches Tau in den Sand, die Kreuzform statt seines Namens, zum Zeichen, daß er hier war. Mühsam kommt er auf die Beine, die Sonne steht über dem südlichen See, ein schleiriger stiller Mittag. Alles ruht, die Fischer, ihre Frauen, die Kinder und die Katzen des Orts, nur die Wäscherin, die ein paar Stücke verloren hat, ist wach und wartet wohl, daß er geht, damit sie das Verlorene holen kann, bevor es sich andere holen und es Schläge von ihrem Herrn setzt. Wenn seine Beine mitmachten, wäre es keine Stunde bis zur Kapelle des Vigilio, immer am See entlang, immer der Sonne entgegen. Ihm gefiel die Landzunge schon auf dem Hinweg, in ihrem Halbrund eine Bucht mit hellgrünem Wasser, am Ufer Oliven- und Feigenbäume: bis in den November, wenn auch die Oliven reif sind, ein Ort zum Beten. Ein Hund schnuppert an den verlorenen Wäschestücken, er bittet ihn weiterzugehen, nicht darüberzulaufen mit seinen Pfoten – die Gentilezza oder Höflichkeit gilt auch bei Tieren. Der Hund wedelt und schließt sich ihm an, sie verlassen den Ort, hintereinander, wie er sonst mit einem der Brüder geht. Eigentlich wollte er nach Bologna, aber das hat Zeit; sich Zeit lassen ist auch Dank an die Zeit, die sein Mitgefühl hat, weil ihr auferlegt ist, sich selbst zu verschlingen. Sie ist Gottes Werk, aber nicht nur. Allein Gottes Werk sind die Feigen, die Oliven und die Vögel, mit denen er die Früchte teilt. Sein Schritt wird leicht bei diesem Gedanken, fast ein Tänzeln zu den moosigen Uferplatten vor den Mauern von Torri. Dort dreht er sich noch einmal um und sieht sie: Wie sie sich nach den Stücken bückt, ihr dunkles Haar nach unten fällt und wie sie davoneilt, barfuß und allein wie er, mit geradem Oberkörper, nur in den Hüften etwas wippend. Die Steinplatten enden, der Hund bleibt stehen, und er verabschiedet sich und geht auf Sand und Kieseln weiter. Er summt jetzt wie die Bienen, er ahmt die Laute der letzten Zikaden nach, Versprengte eines Sommers, der ihn bis nach Dalmatien geführt hat, wo Wildesel durch die Glut liefen und wo es Grotten gab, voll von Wasser und blauem Schimmer, und abends mit dem schwindenden Licht auch alles verstummte, lautlose Nächte mit einer Brise vom Meer oder tief in ihm, bei allem Glück ein törichter Stachel: als ob er irgend etwas versäume. Er ist jetzt müde, er träumt im Gehen. Ein Geflitter in den Olivenblättchen und das Ziehen der Wolken gleichen Flüssigkeiten, die ineinanderfließen, sich mischen wie die Laute der Vögel und der Name seiner liebsten Schwester Klara, den er vor sich hin singt, bis er die Landzunge erreicht, silberrauchig im grünen Wasser. Er geht fast ans Ende der Sichel, wo die kleine Kapelle zwischen Zypressen steht, und redet unter dem Bildnis des heiligen Vigilio laut mit dem Höchsten, der alles geschaffen hat, auch das Mädchen mit der Wäsche und dem fallenden Haar. Nach dem Gebet bricht er zwei Äpfel von einem Baum und bittet den Ast um Verzeihung, er sammelt sich Feigen vom Erdboden, weich wie die Wangen von Kindern, um ihr hellrotes süßes Fleisch auszusaugen. Alles ist gut, als die Abendsonne auf der anderen Seite über der Isola Lechi steht, dem Stückchen Land, auf dem man ein Kloster bauen sollte, damit es eine Isola dei Frati werde, auf der die Zitronen wachsen, wie schon in Torri und auch bei Gargnano, wo er im letzten Jahr, oder war es im vorletzten, das Romitorio del beato Francesco gegründet hatte. Die Sonne versinkt hinter der Insel, und er sucht nach einem Platz für die Nacht und die nächsten Wochen, bis der Höchste ihm ein Zeichen gibt, daß es genug sei mit dem Alleinsein. Etwas unterhalb der Kapelle ist eine Felskante, die steil zum Wasser abfällt, zweimal mannshoch, in der Mitte gespalten, dort findet er einen Platz, eng wie die Zelle, als er in Gefangenschaft war, aber nur mit Gott als großem Wächter und dessen kleinen Nachtgehilfen, den Fledermäusen. La porziuncola nennt er sein Lager, das Portiönchen, wie er selbst eins ist, klein, mager, zerzaust, ein faltiges Kind mit Bart, außer er stimmt seine Laudes an und tanzt für die Leute, dann wird er zur ganzen Portion, Gottes Gesandter.

Die ersten Tage auf der Landzunge, sie vergehen wie im Schlaf, bei klarem Himmel und Wind vom nördlichen See. Franz sammelt Feigen, um sie in einer Felsmulde trocknen zu lassen, er teilt sie mit den Wespen und gibt sogar den Fliegen etwas. Und vor der wärmsten Stunde, noch in der Mittagsstille, geht er bis zur Brust in den See, nicht weiter. Er kann nicht schwimmen, er ist kein Fisch, nur ein Menschlein. Anschließend läßt er sich trocknen, nackt auf dem Fels, über ihm der Himmel. Sein Herz pocht noch vom kalten Wasser, die Gedanken ziehen mit den Wolken, er hat Sehnsucht nach seinem Rieti-Tal mit den schattigen Hängen und hohen Zypressen, wie die Beschützer der Dörfer, ihrer Bewohner; er denkt an den Wolf von Gubbio, den er gezähmt hat, und an seine liebste Einsiedelei, überragt von hohen Wänden, wo das Unfaßbare zum Greifen nahe scheint. Und dort wie hier, überall und immer, dieselbe Frage: gehen oder bleiben. Die Arme ausgebreitet wie der Gekreuzigte, liegt er Tag für Tag auf der Felskante am Ende der Landzunge, auf den Augen zwei Olivenblätter gegen das Licht, und sieht sich zurück in den Ort gehen, wo er die Wäscherin bei ihrer Arbeit am See trifft, kniend auf dem moosigen Uferstein. Aber in stillen Momenten, wenn keine Wellen klatschen, keine Vögel pfeifen, die Schöpfung und der Schöpfer fern sind, ist es eine andere, die er am Ufer sieht, wie hervorgewachsen aus der Wäscherin, die sein Herz nur ablenken soll. Noch in der Dunkelheit liegt er so da und zittert vor Kälte und ihrem Gegenteil, hinter den wunden Augen ein Bild: Die junge Magd aus Torri am Seeufer, ihr eigenes Haar als Wäsche, und er tritt von hinten an sie heran, hilft beim Auswringen des Haars und hebt es über ihre Schultern, ihr Gesicht: das auf einmal ganz anders aussieht, blaß, schmal, mit hoher Stirn und ohne Brauen, graublau die Augen, die Wimpern blond, Klaras blanke Augen, die ihn anschauen. Was kann man tun, wenn der Himmel oder Hunger ihm solche Bilder malt? Wie er das viele Haar der Wäscherin über Klaras Schultern verteilt und ihr Gesicht in die Hände nimmt, wie er zu ihr sprechen will, was machst du hier, liebste Schwester, warum bist du nicht in San Damiano?, aber der Mund kein Wort herausbringt, nur den anderen Mund sucht: So war es schon in den Kerkern Perugias, angekettet an die Freunde, die in der Dunkelheit weinten, wie er unter den Olivenblättern auf seinen Lidern weint, als könnte das die Bilder wegwaschen, die ihm nur ein leerer Magen und nicht der Himmel bis in die wunden Augen schickt. Und endlich kriecht er in seinen Felsspalt, auf das Lager aus Blättern, die zu ihm zu sprechen, sobald er sich umdreht im ersten Halbschlaf, dazu die Heimkehr der Fledermäuse. Ein Geräusch wie von Seide auf Seide, wenn sie die Flügel schließen – er hat es noch im Ohr, das feine Schleifen von französischem Stoff unter den Händen des alten Bernardone, einzige zarte Bewegung des Vaters. Und nach dem Rauschen des Sees später sein Tosen, wenn der Nachtwind den Benacus von Norden nach Süden pflügt, ein Tosen, das ihn aus Träumen holt, ihm noch mehr Schreckensbilder erspart, also von Gott kommt und ihn wach hält bis zum Morgen. Zerschlagen geht er in die Tage, aber will bleiben, nicht aufgeben, allein sein, bis die reifen Oliven abfallen, nach einem Sturm im November klein und schwärzlich unter den Bäumen liegen, oft so dicht, daß sie Buchstaben gleichen, einem Abi viator als Wegzehrung; dann erst will er weiterziehen, immer weiter.

DIE erste Folge von Mitternachtstipps nach der Sommerpause kam am üblichen Sonntagabend, nur noch später als sonst. Es war der Sonntag oder schon nicht mehr ganz Sonntag, an dem Bühl vom Mailänder Flughafen mit dem Zug bis Peschiera gefahren war und dann weiter in einem Taxi zu dem verwaisten Haus, wo er in Vilas Zimmer vor dem Fernseher saß. Nur der anfängliche Eyecatcher über eine Frau, die in Fußgängerzonen mit einer Gasflamme und wenig Zutaten delikat kochte, um gegen Fast Food zu demonstrieren, war zeitlich ein echter Mitternachtstipp, die übrigen Beiträge waren schon verlorene Montagsnummern, wie Vila es nannte.

Sie sah die Sendung mit Renz und einer Flasche Tignanello, eine kleine Feier quasi zu dritt, weil das Format überhaupt noch weiterging: bis nächsten Sommer auf jeden Fall, hatte ihr

Podak mit kalter Pfeife im Mund gesagt, und der musste es wissen, da er die meiste Zeit in Sitzungen verbrachte. Die beiden waren in der Küche, ihrem neutralen Ort, neben der Espressomaschine ein kleiner Flatscreen. Deine eine Hand ist zu hoch, sagte Renz, als Vila den letzten Beitrag anmoderierte, fünf Minuten über ein Theaterprojekt mit jungen Asylanten, die über ihre Irrwege nach Deutschland wild durcheinandersprachen: Babylonisch, sagte sie, und die Hand mit der kleinen Reverso war dabei fast am Ausschnitt eines neuen Kleids von Marc Jacobs, steuerlich nicht absetzbar, so wenig wie der Gürtel von A. F. Vandevorst, darin eingehakt der Daumen ihrer anderen Hand. Sie hatte den Asylantenbeitrag noch vor dem Sommer selbst geschnitten, das Material hätte Stunden gefüllt, die ersten Proben zu dem Projekt, das in diesen Tagen auf die Bühne kam; ihr war es um das Rohe des Anfangs gegangen, das anrührend Laienhafte. Es ist meine Hand, nicht deine, sagte sie, als es aus ihrem Mantel an der Garderobe im Flur vor der Küche summte, ein Ton, den Renz nicht hörte – seine Trommelfelle hatten letzten Winter durch eine Grippe gelitten, nichts Ernstes, aber er hielt sich schon manchmal den Finger hinters Ohr. Vila schenkte ihm Wein nach, dann ging sie in den Flur und holte *ihr* Ding aus dem Mantel, unterbrach das Summen. Willst du's nicht sehen, rief Renz aus der Küche, und sie sah sich den Beitrag von der Tür aus an. Schön, aber wirr, hatte Podak bei der Abnahme gesagt, ihm fehlte ein Kommentar, die Kritik, aber das Ganze sprach für sich, also musste sie auch nicht darin vorkommen. Sie erschien erst nach den Credits, sichtlich beeindruckt, als hätte sie es selbst gerade erst gesehen, das war ihr heimlicher Kommentar; danach noch ein Ausblick auf die nächste Sendung, ihre Hand schon wieder am Ausschnitt. Als würdest du keine Luft kriegen, sagte Renz und schaltete zum Sportkanal, wo noch einmal die Tore der Sonntagsspiele gezeigt wurden.

Vila lief ins Bad, sie schloss die Tür und drehte das Wasser am Waschbecken auf. Es gab nur einen, der um diese Zeit eine Nachricht schickte, oder es kam nur einer in Frage, obwohl sich auch Katrin schon zu allen möglichen Zeiten mit ein paar Worten gemeldet hatte, Worten, die oft wärmer waren als alles, was aus ihrem Mund kam. Sie lehnte sich an die Tür, gegen Renz' alten Bademantel, der dort seit Jahren an einem Nagel hing, und holte die Nachricht auf den Schirm, *Wovor schützt dich deine Hand?*, Worte, die ihr die Armhärchen aufstellten, wie manche Liedzeilen, die viel mehr waren, als sie sagten, Wenn die Sonne hinter den Dächern versinkt, bin ich mit meiner Sehnsucht allein: die Hymne ihrer Mutter. Bühl hatte die Tipps gesehen, also war er zurückgeflogen. Sie steckte das Telefon ein und verließ das Bad, Ich gehe noch an die Luft! Ein Zuruf in die Küche, Renz nickte nur, das Weinglas am Mund – sich hinter seinem Rücken bewegen, ihn hintergehen: so einfach, so selbstverständlich, als wäre dort ein natürlicher Lebensraum, den man nur nutzen müsste. Früher hatten sie einander alles erzählt, ihre ersten, nackten Jahre, so schön und so zu viel wie alles Nackte, bis Katrin anfing, auch die kleinste Spannung am Tisch aufzuschnappen, alles zu kommentieren – sie war noch keine zehn –, und das Offene, Nackte, ging in Ironie über, wenn sie zu dritt waren, anderenfalls in Geschrei oder schreiendes Schweigen.

Die kleine Schadowstraße hatte in Herbstnächten etwas Kulissenhaftes mit ihren Laternen zwischen alten Laubbäumen und nassem Glanz auf dem Kopfsteinpflaster. In den Häusern, die wie Schulter an Schulter standen, war schon alles dunkel, die Nacht zum Montag eine Schlafnacht, nur bei Elfi und Lutz brannte noch Licht, zwei treue Zuschauer der Sendung. Vila ging bis zur unteren Ecke, dort erst wählte sie Bühls Nummer, die hatte sie eingegeben, unter seinen umgedrehten Initialen in kleinen Buchstaben, ein Vorsichtsreflex, wie bei Einkünften, die sie an der Steuer vorbeigebracht hatten und über die man nur in Kürzeln sprach, selbst untereinander, und sie hatte geglaubt, allenfalls etwas Schwarzgeld würde derartige Energien hervorrufen. Sie lief in die Schneckenhofstraße und hörte das Freizeichen, nach jedem Ton ihr inniges Hoffen und auch nach dem fünften noch nicht die Mailbox – vielleicht putzte er sich gerade die Zähne, dann hört man kein Läuten, wenn das Telefon nicht im Bad liegt.

Komm schon, sagte sie und schob mit den Schuhen Laub vor sich her, und einen Herzschlag später nahm er ab, Vila, wie geht es dir, gut? Gleich eine Sorge um sie, dazu ihr Name, und sie fiel ihm fast ins Wort, Wo bist du?, im Moment die dringendste Frage, und er: Vor deinem Zimmer, auf deinem Balkon!, ein Ausruf, als sie, parallel zur Schadow, in die Morgensternstraße bog. Sie konnte es kaum glauben, dass er von ihrem Balkon auf den nächtlichen See blickte und nur ein paar Schritte zurücktreten musste, um in ihr Bett zu fallen. So war es mit deinem Mann vereinbart: dass ich wiederkomme, sagte er. Ich hatte die ganze Zeit den Schlüssel dabei. Warum hast du nicht etwas ohne Ausschnitt getragen? Er ließ ihr Zeit mit der Antwort, sie sah, dass auch bei den Hollmanns noch Licht war, Danny und Ines, er im Kunstbetrieb, viel unterwegs, sie die Sorte Kindertherapeutin, die sich auch für Erwachsene zuständig fühlt; nach jeder Folge von Mitternachtstipps ihre kleine Kritik als Mail. Der Ausschnitt ist gut, sagte sie, das Problem ist die Hand, die mich vor gar nichts schützt. Was macht deine Arbeit? Sie blieb vor dem Hollmannhaus stehen, den beiden gehörte die oberste Wohnung, zweihundert Quadratmeter mit Balkon zur Straße. Die kommt jetzt voran! Und Bühl erzählte, was er zuletzt geschrieben hatte, sie hörte mit dem Rücken an den Hollmannhausbriefkästen zu, bis zu dem Punkt, an dem Franz die Wäscherin beim Waschen ihres Haars sieht, dann rief jemand nach ihr, sie fuhr herum, das Telefon in der Faust. Ines Hollmann stand auf dem Balkon, schon im Pyjama und mit Zigarette, ihr Haar frisurlos wie immer, das Therapeutinnenprivileg. Ich muss Schluss machen: ein Flüstern zu ihrer Faust, geheimdiensthaft grotesk, dazu ein Winken zum Balkon, und die Hollmann winkte zurück – man war nur gut bekannt, nicht befreundet, Hollmanns brachten noch Blumen mit, wenn sie zum Essen kamen. War doch ganz schön, kam es von oben, und gemeint war die Sendung. Nur die Hand am Gürtel: etwas zu eingehakt? Wann sehen wir uns? Ines Hollmann drückte die Zigarette aus, und Vila rief Bald!, ihre Parole bei allen Blumenbekannten, dann winkte sie noch einmal und lief nach Hause, fast schon ein Endspurt.

Renz war noch nicht im Bett, er war im Bad, die Tür stand auf, er duschte, das tat er sonst nie um diese Zeit, nicht einmal, wenn sie miteinander geschlafen hatten. Vila ging in die Küche, neben der leeren Weinflasche das schnurlose Telefon, vorher noch auf den Kochbüchern, wo es oft herumlag. Es fühlte sich warm an, warm und noch feucht von Renz' Hand; er hatte das meiste von dem Tignanello getrunken, da leiden Sicherheitsreflexe. Ich will auch noch ins Bad, hörst du! Ein Appell, als er schon in den Flur trat, ein Handtuch vor der Brust. Du machst hier alles nur nass, hätte sie noch vor dem Sommer gesagt, jetzt sagte sie: Morgen ist Montag – ein doppelt absurder Satz, weil ja schon Montag war und weil er keinen Sinn ergab oder nur den Sinn, Renz in dem Moment zu ertragen, obwohl er mit nassen Füßen im Flur stand. Montag und was, fragte er, und sie schob sich zwischen Küchentür und Schuhschrank an ihm vorbei. Ich meine nur, die Woche fängt an, gibt es da nichts abzustimmen, nein? Sie hob wieder eine Hand vor die Brust und verschwand im Bad. Vila zog sich aus, die Schuhe, die Hose, den Pullover, Wäsche und Strümpfe, sie legte die Uhr ab und ein Armband aus Mexiko, das ihr Katrin geschenkt hatte, halb

Silber, halb Leder, Indianerschmuck. Dann holte sie ihr Phone aus der Hose, das hatte sie unter dem hollmannschen Balkon förmlich ausgedrückt in der Faust, und machte es wieder an, mehr ihre Finger als sie selbst, und auf der Mailbox Bühls Stimme, eine ruhige Bitte, nichts Unüberlegtes zu tun, danach ein Gutenacht, leise und sachlich, eins, das sie ebenso leise, nur nicht ganz so sachlich nachsprach im Bad, aber damit war schon etwas Unüberlegtes getan; es war einfach geschehen, mit ihr und auch um sie geschehen, etwas, das sie nicht mehr für möglich gehalten hatte. Und sie drückte sich eine Hand auf den Mund, um einen Laut zu dämpfen, ein Stück irrer Freude, das sich Luft machen wollte, ja vielleicht auch alles, was an Freude bei einer Frau von Anfang fünfzig überhaupt ausbrechen kann. Sie liebte noch einmal, und das Irre war das fast schon Vergessene, Normale dabei, das Erwiderte. Renz klopfte an die Tür, Morgen die Umsatzsteuer, rief er, wir machen es am Vormittag, ja? Er klopfte erneut, und sie drehte die Dusche auf, Wie du willst! Kein Nachgeben, nur ein befreiender Punkt, alles dahinter gehörte ihr. Sie hielt das Gesicht in den Strahl, ihre Brüste, den Bauch, ihre Beine: die sie um Bühl schließen würde, etwas, das gar nicht mehr aufzuhalten war.

DER November am See begann mild, kaum Wind und in den Mittagsstunden eine Sonne, die alle Steppjacken entbehrlich machte. Vor den Caffè-Bars die Alten, in der Hand ein Glas Wein, kleine Gläser in großen rissigen Händen, und am Hafenplatz von Torri die weißbehaubten Schwestern aus dem Hospiz für die greisen Priester. Bühl sah sie jeden Mittag auf ihrer Bank mit Blick auf den See, sie unterhielten sich leise, und manchmal lachte eine, gleich die Hand am Mund. Erst als das Wetter umschlug, der See und der Ort wie in flockiger Milch zu versinken schienen, blieb die Bank leer, und der Platz samt dem kleinen Hafen bekam etwas Totes – Schwer auszuhalten, unser Ort im November, du kannst nur arbeiten, trinken und schlafen: Renz' tröstliche Worte am Telefon. Bühl hatte in Frankfurt angerufen, abends, ein Impuls von einem Moment zum anderen, aber leider war Renz am Apparat, nicht Vila, und er hatte ihm gesagt, dass er zurück sei von den Recherchen, wieder das Haus hüte für einige Zeit, dann wollte er noch einmal nach Assisi – kein leichtes Gespräch, im Hintergrund Vilas Stimme, Grüße ihn bitte von mir!, und das tat Renz dann auch, Grüße von meiner Frau, ja? Und natürlich gingen die Grüße zurück, Renz der Vermittler: Unser Mieter lässt dich auch herzlich grüßen – das Herzlich hatte er erfunden –, und erneut die Stimme im Hintergrund, Ich rufe Sie mal an in Ihrer Einsamkeit!, und Renz, wie ein schlampiger Übersetzer: Meine Frau meldet sich mal – und Sie wollen also nach Assisi, wissen Sie, woran ich denke? Er siezte ihn jetzt wieder, in der Art wie Lehrer ihre Schüler, wenn sie sechzehn geworden sind, und dann kam es, woran er dachte: an seine Mitarbeit bei einem Franziskus-Zweiteiler mit deutschem Bezug. Der kleine besessene Mann, der von Assisi bis über die Alpen wandert, wären Sie dabei, Kristian, als Berater für die Story, die Figuren? Auf einmal sein Vorname, Kristian und Sie, und aus dem Hintergrund erneut Vilas Stimme, Soll er nicht erst sein Buch schreiben?, den Worten nach ein Vorschlag, in Wahrheit ein Einwand, und darauf er, sinngemäß: Nachdenken über die Figuren einer Geschichte, nie ein Schaden, also wieso nicht, man könnte sich irgendwo treffen, in einem Hotel. Und am anderen Ende kurze Stille, wie ein Beraten, dann Renz, fast euphorisch: Treffen wir uns doch in München, für jeden die halbe Strecke, am besten noch vor Weihnachten, Weihnachten sind Vila und ich in Jamaika, keine Luxussache, ein einfaches Haus am Strand, Charela Inn, hauptsächlich ältere Paare, einziger Luxus ein Fischtrip, würde Ihnen so was gefallen? Renz hatte sich durch die Wohnung bewegt, im Hintergrund jetzt das Geräusch von Wasser, in eine Wanne laufend, und noch einmal Vilas Stimme, Warum sollte er das mögen? Für ein Schweinegeld aufs Meer fahren, nur um stundenlang zu warten und irgendwann mit einem Fisch zu kämpfen? Und erneut Stille, auch das Badewasser abgestellt, ein Warten auf seine Antwort, von Vila, von Renz, und die Antwort dann ein Warum nicht, er könnte sich einen Wagen mieten, aber das Treffen deutlich vor Weihnachten. Weihnachten gehört der Familie, sagte er, und Renz stimmte ihm zu, gleichzeitig ein Geklatsche, als würde Vila in der Wanne heftig aufs Wasser schlagen, mit den Händen, mit den Füßen, dazwischen ein Ausruf, Welche Familie?, und Renz: Hören Sie das, Kristian?, und Vila: Er ist ja nicht taub. Und vielleicht solltest du klarstellen, dass wir in Jamaika nicht Weihnachten feiern, sondern Weihnachten vermeiden, und jetzt lass mich mein Bad nehmen, mach die Tür zu! Danach noch ein paar leisere Worte, nur für Renz bestimmt, und er hörte das unsanfte Schließen der Tür und Renz' Schritte im Flur auf Parkett, beleidigte Schritte, klackend mit Ledersohlen, dazu noch ein Themawechsel, Fragen zum Haus, ob alles funktioniere, Internet, Spülmaschine, Bewässerung und der Pool: ob er schon grün sei, kein Anblick mehr?, und von ihm nur beruhigende Antworten, wie gegenüber alten Eltern. Also dann ein Treffen in München, sagte Renz, da kann Frau Mattrainer auch dabei sein. Franz von Assisi und der deutsche Bezug, denken Sie darüber nach! Und er: Wussten Sie, dass einer von den Lieblingsbrüdern halber Deutscher war, Bruder Stephan oder Stefano. Die Mutter kam aus Augsburg.

Dann lässt man auch den Vater aus Augsburg kommen, schon haben wir einen ganzen Deutschen. Wie eng waren die beiden – hatte Franz mal etwas mit einem der Brüder?

Auf den Wanderungen? Ich war nicht dabei.

Sie waren nicht dabei, aber schreiben das Buch.

Genau darum ja, sagte Bühl, fast sein letztes Wort.

Er war nicht dabei und war es doch: jedes geschriebene Wort wie ein gemeinsamer Schritt auf der Wanderung, eine Lust am Dabeisein, wie es eine Lust am Lieben gibt. Und bei beidem – wenn man nachts wach liegt, allein in einem Haus mit Garten und nahem See, der Wind durch die Bäume fährt und den See rauschen lässt – die Sorge, ob man den Verstand verliert oder schon verloren hat. Nur wie könnte man dann lieben oder schreiben? Wahnsinnig kann man dabei kaum sein, ganz normal oder ausgeglichen aber auch nicht, also ein Zustand dazwischen, etwa der blanker Nerven, einer durchlässigen Haut, man selbst als leichte Beute. Ich schreibe da, wo du nicht bist, eine SMS für Vila, am frühen Morgen abgeschickt, danach endlich der Schlaf, bis in den Nachmittag. Sein Wecker ein heftiger Regen, lautes Geprassel auf der Terrasse, das Wetter, um an Franz dranzubleiben, ein Arbeiten im Bett, das Notebook auf den Knien. Noch am Abend saß er so da, neben sich geschmierte Brote; er kaute gerade, als im Wohnraum das Telefon ging, und mit einem Brot in der Hand, Ciabatta mit Olivenpaste, lief er zu dem Tisch am Sofa, fast ein Spurt, wie von den blanken Nerven gesteuert. Nach dem Abnehmen aber ein ruhiges Ja, offen, nicht fragend, und am anderen Ende ein weit weniger ruhiges Ich bin es, Vila! Danach ihr Luftholen wie ein stummes Hier bin ich, du kannst aufhören zu schreiben, und er fragte, von wo sie anrufe, ob sie allein sei, und sie, halblaut, als könnte wer mithören: Euer Treffen in München, vielleicht ahnt Renz etwas und will dich sprechen, ich weiß es nicht. Geht unsere Heizung, hast du's warm? Vila erkundigte sich nach allem, was ein Alleinsein erträglicher machte, und er gab sich Mühe, so gut wie möglich darauf einzugehen; sie sprachen über Winterdecken und Kerzenlicht und die beschrifteten CDs unter dem Telefontischchen, was dort so lag, um es abends zu hören; über Tee mit Honig und die Bücher rechts und links vom Kamin, was in den Regalen so stand, um es nachts zu lesen. Ein Hin und Her von dem, was sie mochten und dem, was sie weniger mochten, ja läppisch fanden, kaum der Rede wert, bis der italienische Akku am Ende war, auf einmal ein Piepton, und Vila: Jetzt ist gleich Schluss bei dir, der Akku, wollen wir uns sehen?, eine Frage unter dem Druck des Tons, und er schlug ihr Assisi vor, Komm doch auch dort hin – für Vila ein Vorschlag ins Schwarze. Gut, sagte sie.

Das Wort, das er mit in die Nacht nahm, und im Halbschlaf ein erneutes Hin und Her. Was wir da tun, ist das gut so? Ja, es ist gut so. Wirklich gut? Ja, wirklich gut. Ein zähes Pingpong, schon am Rande des Träumens oder darüber hinaus, Grenze jeden Erzählens. Bis in die Dämmerung reichte sein Schlaf, an dem Morgen durch Vögel beendet. Er machte sich Tee, den Tee, wie Vila ihn trank, er hörte Musik, ihre liebste Morgenbegleitung, Mozarts Klarinettenkonzert. Danach die Arbeit am Esstisch, auch ein zähes Hin und Her. Und gegen Mittag am Hafen, auf der nicht mehr besetzten Bank, ein ambulantes Essen, Käse, Brot, kleine Tomaten. Er war der Einzige auf dem Platz, um ihn nur Stille und Dunst, und in sich die Klarheit, wie es um ihn stand, als hörte er laut die Worte dazu. Das Berauschende an der Liebe rührt aus dem, was man weiß; die späteren Wunden aus dem, was man sieht.

RENZ konnte nicht mehr übersehen, dass seine Frau – auf einmal gab es diesen Begriff, vorher nur Bestandteil von ironischen Reden – nicht mehr die war, mit der er noch am Ende des Sommers im Bett lag, in ihrem Leib, ihrem Verstand: sie beide mit dem Wunsch, sich das zu erhalten, auch wenn sie

Großeltern würden. Vila stieß sich nicht mehr an ihm, keinerlei Streit über Lächerlichkeiten, die Klobrille, die er hochgeklappt ließ, die unverkorkte Flasche, den nicht getrennten Müll; sie hatte etwas Leichtes, ja Gelöstes bekommen, auch körperlich. Und an dem Abend mit den Englers schwebte sie förmlich, witzig, elegant, ihr Haar hochgesteckt, nur ein paar Härchen über den roten Wangen, sie war wieder Mitte vierzig, in den besten Jahren. Und nicht nur Renz sah ihre Verwandlung, auch die Ex-Pastorin aus Mainz und Heide und Jörg von gegenüber sahen etwas. Seit wann machst du Sport, fragte Heide, und Vila lachte nur, ein Lachen, dass Marion Engler – für Renz noch immer die schwierige Blonde auf einer evangelischen Kanzel – mit ihr anstieß: Schön, dass wir hier sein können, tolles Essen, tolle Frau!

Vila hatte Osso buco gekocht, Kalbshaxe im Gemüsesud, ein Wintergericht, vorher gab es Heides Reminiszenz an den Sommer, die Pimientos de Padrón, pur mit Salz, und Renz hatte seinen Salzmühlendiebstahl im Waldhaus erzählt, eine Anknüpfung an die Englers, die auch schon im Waldhaus gewesen waren. Nach Silvester, wenn es bezahlbar wird, sagte Thomas, Erfinder zweier Jugendsendungen, die seit Jahren liefen, darüber leider alt geworden: sein eigenes Urteil vor dem Dessert, einer Zabaione, die Vila gelang wie selten – zehn gute Minuten allein in der Küche, während ihr Leib- und Magensänger, die Stimme Italiens, Adriano La Voce, das Leib- und Magenlied sang, Vivrò per lei. Gleich dreimal ließ sie das laufen, immer wieder der Anfang, Una notte con te, immer wieder das Ende, e la vita sei per me!, das letzte Wort wie in den Himmel gesungen, dann erschien Renz in der Küche, da hatte sie das kleine Gerät schon ausgeschaltet. Wir vermissen dich, sagte er, und sie tauchte einen Finger in die Zabaione, Probier mal. Nächstes Wochenende, Freitag/Samstag, bin ich in Leipzig, es geht um zwei Kandidaten für die Tipps, beide können unter der Woche nicht – gewagte Worte, als Renz ihr den Finger ableckte, Worte, die sie selbst erstaunten: warum gerade Leipzig, vielleicht weil es wahrer klang als Hamburg oder Berlin. Der eine ist Maler, sagte sie, und darauf Renz, ihren Finger, was ihm gar nicht zustand, noch umschlossen: Wie passend, sie in Leipzig, er in München, München wegen der Seearztgeschichte, ein Essen mit Rainer Groß. Großarsch nannte er ihn sonst nur, Herr über den bayerischen Vorabend, und dann wollte oder sollte Renz sich noch um seine Producerin kümmern, die ihre Chemo machte. Kümmern nannte er das jetzt, und sie fragte gar nicht, wo er sich um sie kümmern wollte, in ihrer Wohnung oder einer Klinik; sie fragte nur, ob er die Zabaione hereintrage, und Renz nahm die Schüssel mit dem Eischaum – der immer noch in sich zusammenfallen konnte, wie ihre eigene Leichtigkeit, wenn nur irgendetwas dazwischenkäme vor dem Freitag, ein Fluglotsenstreik in Italien, ein Drama mit Katrin, ein Herpes am Mund. Sie stellte das Gerät wieder an und hörte noch einmal das erste Lied, den Anfang bis Vivrò solamente per te, es gab nichts Besseres; blieb nur noch, an den Tisch zurückzuschweben. Und auch das liebte sie: ein festliches Essen mit Freunden, die grünen Sets auf dem polierten Kirschholz, die schönen Gläser ihrer Mutter, für Wasser und Wein, die Teller mit Goldrand, und auf dem Beistelltisch, zwischen alten Grappas und gestapelten Bildbänden, ein entkorkter Amarone – Novemberessen in der Schadowstraße, Freunde von gegenüber und Freunde aus dem Haus, Paare von außerhalb wie die Englers aus Mainz, die Gespräche leicht, nicht flach, ein Gleiten von einem zum nächsten. Dein Mann denkt an einen Zweiteiler über Franz von Assisi, sagte Marion. Und du hältst das für aussichtsreich?

Oh, ja, Renz hat jetzt eine neue Producerin, nicht wahr? Vila lachte, den Dessertlöffel am Mund, ihr prahlerisches Lachen für die Englers, aber mehr für ihn, den Jugendredakteur, den sie gar nicht gealtert fand, nur strapaziert, der vielleicht aufblühen würde bei ihr. Ganz ganz wunderbar, die Zabaione, sagte Thomas, ein Kompliment von der Renzsorte, nur ernst gemeint. Vila hob ihr Glas, das dritte an dem Abend; eines ginge noch, das fünfte wäre zu viel. Auf Assisi, auf den Zweiteiler. Renz schafft das, vielleicht wird sogar Kino daraus. Ihr könntet Projektförderung beantragen. Werden wir auch. Frau Mattrainer prüft das schon. Ich denke, die ist so krank? Vila holte die Grappaflaschen, sie hatte genug gesagt, nur mit zwei Buchstaben. Was heißt *so* krank? Heide mischte sich ein, und Renz war gezwungen, ein paar Dinge auf den Tisch zu legen, die nicht zum Tisch passten. Aber das Projekt hängt doch nicht nur an einer Person, sagte Jörg, sein Versuch, vom Krebs zum Management zu kommen, auch in seiner Firma hänge nicht alles an ihm oder an Heide: Sonst könnten wir nicht einfach eine Woche abhauen – ihr kommt uns doch besuchen? Jörg wandte sich an Renz, seinen Verbündeten, wenn es um Mallorca ging, das heißt ums Fischen, er hatte ein Boot dort, eins im alten Stil, wie ihre kleine Finca im Norden der Insel. Wir kommen, sagte Vila, Renz wird ja verrückt ohne Angeln, kein Weihnachten in Jamaika ohne Fischtrip für achthundert Dollar, und am Ende nur leere Bierdosen und Köder auf den Planken.

Ich erinnere mich an drei Barrakudas, du nicht? Renz griff über den Tisch, er streichelte Vilas Arm, und sie sah zu Marion, die neben ihm saß: auch ein Paar. Es gab so viele Kombinationen, allein hier am Tisch, unbegreiflich, warum man so lange bei einer blieb. Jörg machte einen Sprung, er wechselte vom Fischen zur Politik, auch da immer weniger dicke Brocken, nur kleine Selbstdarsteller ohne Substanz: das nächste Stichwort. Und so saßen sie bis eins um den Tisch und sprachen über Substanz und über Filme und Schauspieler, wer den Franziskus spielen sollte, den jungen Playboy und Ritter, und wer den abgezehrten Wanderer. Den Ritter einer wie Johnny Depp als Don Juan DeMarco und den Wanderer einer wie Willem Dafoe, sagte Vila – warum fielen ihr nie deutsche Besetzungen ein, wenn jemand Fleisch und Blut zu spielen hatte, das Tiefe flach zu halten; nur Bühl fiel ihr noch ein, kein Vorschlag, den sie machen konnte. Also sprach man über Johnny Depp, wie der als Psychiatrie-Don Juan seinen Arzt, den feisten alten Marlon Brando, in den Wahn mitzieht, ein Film, den Renz nicht oft genug sehen konnte, vielleicht weil Brando ihm darin Mut machte, trotz der Hamsterwangen seine Frau noch herumbekam. Nur genügten da Augen und Mund: Lippen, wie sie Renz für sich auch beanspruchte; die Hamsterwangen, die hatte er, aber der Mund, das war einmal. Findet ihr, dass Renz einen Mund hat wie Marlon Brando? Eine Frage, als Heide schon zum Aufbrechen drängte, sich an Jörg festhielt. Doch, ein bisschen, sagte Marion Engler, danach gleich ihr Abschiedsdank, ein wirklich schöner Abend, fast im Chor mit ihrem Mann kam das, und Vila küsste beide, ihn auf die bärtige Wange, sie in den weichen Mundwinkel, irgendwen musste sie noch küssen, und Küsse mit Heide und Jörg zählten nicht, sie kannten sich schon zu gut. Übernächstes Wochenende bei uns in Pollença, Heides Gutenachtwort an der Wohnungstür, und kaum waren alle draußen, fasste Renz sich an den Mund und Vila sich nur an den Kopf, Ende des Brando-Themas für sie, Räumen wir lieber ab.

In der Küche dann das letzte Glas zwischen all den leeren Gläsern, während die Spülmaschine schon lief. Renz stand herum, er sah aus wie die Verlierer in seinen Serien, der alte Stehgeiger, der frühere Sportstar; Vila saß am Tisch, ihr Glas zu viel am Mund. Was soll das in München, sagte sie, und er begann Messer und Gabeln abzuwaschen, Dinge, die sie morgen in die Maschine tun würde. Wenn ich alles über München wüsste, wären wir da auf der Stelle getrennt? Sie sagte München, das klang nach Behaglichkeit, nicht nach Irrsinn, oder was ihn mit einer Kranken verband. Renz stellte das Wasser ab, er verließ die Küche. Ich tue nur, was man tun muss, wenn es jemandem schlechtgeht. Sie braucht mich. Nein. Du brauchst es, dass sie dich braucht! Vila stand auf, sie nahm das Glas mit in ihr Zimmer. Dort zog sie sich aus und ging nackt unter die Decke und schaltete ihr Telefon ein, es gab zwei Nachrichten – Wie geht es dir?, nur diese Frage, und: habe mich etwas verliebt, katrin. Ihre Antworten unter der Decke dann ebenso knapp. Freitag Assisi, dann geht es mir gut. Und: Wieso nur etwas verliebt?

FREITAG also, das hieß noch fast eine Woche am See, wenn er an dem Tag den ersten Bus nach Verona nehmen würde; von dort mit dem Zug bis Florenz, er könnte arbeiten unterwegs. Und in Florenz gab es den Flughafen, um sich zu treffen und ein Auto zu mieten, alles Weitere: schon Träumerei. Überlegungen auf der Mole von San Vigilio, auf abgeschliffenem Fels, der den winzigen Hafen schützt, laut Renz im Sommer mondänste Ecke am See, jetzt sich selbst überlassen wie das kleine feine Hotel daneben, geschlossen seit Anfang November; die ganze Landzunge mit ihren schon wie versteinerten Zypressen hatte etwas im Stich Gelassenes, auch das Herrenhaus an ihrer Spitze, erbaut um fünfzehnhundertvierzig von dem berühmten Veroneser Sanmicheli, nachgelesen in der vila-renzschen Kaminbibliothek; und unter der Front des Hauses eine in die Ziersträucher eingeschnittene vaginaähnliche Pforte vom See her in den sonst so gesicherten Besitz.

Bühl zog sich aus und gab seine Kleidung zu einem Handtuch und einer Wolldecke, einem Päckchen getrockneter Feigen und drei Dosen Red Bull in einer wasserdichten Tasche, die hatte sich zwischen Bootskleidung in der Cantina gefunden. Dann tauchte er einen Fuß in den See – der so kalt war wie befürchtet – und sprang mit der Tasche im Arm hinein. Ganze Sekunden lang ein Raub jeden Atems, bis er um sich schlug im Wasser, die Tasche eingehängt, und halb kraulend, halb peitschend um die Spitze der Landzunge schwamm. Der See klar vor Kälte, man sah den Fels am Grund, erst moosig dunkel, dann knochenbleich, als es flacher wurde, und kurz vor der Pforte konnte er stehen; das letzte Stück ein Waten zu den Ziersträuchern, beschnitten wohl von einem Frauennarren. Hinter ihrer Öffnung ein Felsspalt, den hatte er bei einem Schiffsausflug nach seiner Rückkehr mit dem Fernglas gesehen: das Lager von Franz in den kalten Herbstnächten – wer kann schon sagen, dass es *nicht* so war – und in der kommenden Nacht, kleines Experiment, auch sein Schlafplatz. Der Felsspalt oder die schmale Aushöhlung lag über dem Wasserspiegel, auf dem steinigen Boden ein Schlauchboot ohne Luft und Ruder. Er nahm das Handtuch aus der wasserdichten Tasche und rieb sich trocken, er zog sich wieder an und breitete die Decke aus. Auf dem Grund der Tasche, unter dem Feigenpäckchen, Schreibsachen für eine Nacht, Block und Stift, dazu Kerzen und ein Feuerzeug; noch reichte das Licht durch die Sträucherpforte, ein später Novembernachmittag, der Himmel wie angelaufenes Silber. Er öffnete eine der Dosen und trank von dem Wachmacher, den Block auf den Knien – der Poverello hatte hier wochenlang nur eine Kutte, das Wasser vom See und die Früchte, die von den Bäumen fielen. Aber seinen Glauben und einen Willen. Und in den Nächten noch etwas darüber hinaus. Er hat auch alles, was ihm gegen seinen Willen durch den Kopf geht, die junge Wäscherin, ihr langes Haar, der Bruder, den er über alles liebt, Stefano, von ihm in den eisigen Tiber geschickt, um ein heißes Gemüt zu kühlen, danach im Dunkeln getröstet.

Oder noch süßere Dinge, die lange zurückliegen, seine Ritte durch die Unterstadt in Sommernächten, das Singen und Tanzen für die Mädchen, die nichts hatten als ihren Liebreiz; der Wein, das Stroh, seine Nacktheit: die er eines Tages zur Waffe gemacht hat. Nichts ist tiefer verankert als dieser Tag, nichts hilft ihm mehr durch die kalte, von Träumen zerfurchte Nacht in dem Felsspalt am See als die Erinnerung an seine größte Stunde in Assisi. Wochenlang hat er sich dort nicht mehr blicken lassen, hat in der Macchia gelebt, ein Tier, dann der Entschluß, dem Vater, dem Bischof, ganz Assisi die Stirn zu bieten. Bärtig und in Lumpen steigt er in die Oberstadt, wer ihn erkennt, verhöhnt ihn als Narren; schon laufen die ersten zusammen und johlen Pazzo Francesco!, die Kinder werfen mit Kot nach ihm, schon naht der alte Bernardone, brüllend vor Zorn. Er zerrt den Lumpensohn in sein Haus und sperrt ihn in den Keller, die Mutter kann ihn nach Tagen befreien, und er weicht noch einmal zurück vor die Stadtmauer, bis der Vater erwirkt, daß sein schändliches Fleisch und Blut durch den städtischen Ausrufer zum Palazzo dei Consoli in der Via di Santa Maria delle Rose zitiert wird, dort soll Gericht gehalten werden über einen, der des Vaters Geld an die Armen verschwendet hat. Der aber weigert sich: nur der Höchste könne ihm befehlen. Und da schaltet sich der Bischof ein, schickt einen Boten, und Franz sieht die Chance für einen Skandal. Er folgt dem Ruf, er tritt vor die Gerichtsversammlung, der Bischof rät ihm, das Geld dem Vater zu erstatten, Gott selbst werde ihn wieder mit dem Nötigsten versorgen, für Franz der Augenblick der Wahrheit. Er geht kurz in einen Hauseingang, um dann nackt vor die Versammlung zu treten. Ein sonniger, aber kalter Tag, Frühjahr zwölfhundertsechs, Franz ist vierundzwanzig, jede seiner Rippen steht hervor nach den Zeiten im Wald. Zitternd in der Märzluft, Hände vor der Brust gefaltet, das Geschlecht unbedeckt, so spricht er die berühmten Lossagungsworte zum Vater, seine Enterbung vor Gott und der Welt. Und von da an ist er nackt trotz Kutte, die Flicken können ihn nicht mehr kleiden. Nackt wandert er und predigt, nackt liegt er in Ställen und Höhlen, in schlaflosen Nächten kaum von der Haut geschützt, eine einzige Schwachstelle, an der im Dunkeln die Mäuse knabbern. Franz umarmt sich selbst im Stroh, er umarmt seine Schwäche, sein Verlangen, beide Mythen, daß sich Liebe in Schönheit verwandeln läßt oder in Unsterblichkeit, platzen für ihn Nacht für Nacht; kaum wird es hell, errichtet er sie wieder, sein Tagwerk. Franz singt, er predigt, er zieht umher oder verharrt in Einsamkeit, niemand vermag ihm zu erklären, daß man sich nicht nackter als nackt machen kann, selbst enthäuten, ohne um die Haut zu trauern. Er trauert nicht, sein Leiden ist paradiesisch, bis er die Landzunge im Benacus-See für das Alleinsein wählt und in den Nächten dort an Klara in Gestalt der Wäscherin denkt, immer wieder, und immer wieder dagegenhält: mit dem Bild seiner Nacktheit vor versammelter Stadt. Beginnt so eine Liebe, versteckt vor sich selbst? Und wie endet dieser Zustand, der sich in nichts anderes verwandeln läßt, auch in keine Vernunft, wenn er überhaupt je endet. Anscheinend weiß man nicht viel darüber, alles bleibt abzuwarten – paradiesisches Leid oder höllisches Glück, und was es dazwischen noch gibt, muß sich zeigen.

DER Flughafen von Florenz, ein schöner Treffpunkt. Bühl war als Erster da und hatte schon den Wagen gemietet, einen Fiat Panda, ideal für die Gassen Assisis, er empfing gerade die Schlüssel, als ihm jemand an die Schulter tippte, Na? Mehr sagte Vila nicht, mehr konnte sie gar nicht sagen, und er zog ihren Kopf an seinen, so gingen sie zum Parkplatz; erst in dem Fiat sein Wie geht's?, leise, und als Antwort eine Hand an seiner Wange. Sie nahmen die Autobahn Richtung Rom, eine Tour im Regen, man sah fast nichts, die Beifahrerin hatte den Kopf an der Fahrerschulter, ein Wagen ohne Konsole, zwischen den Vordersitzen die Handbremse, sonst nichts; bis zur Ausfahrt Perugia nur das Geräusch der Scheibenwischer, dann sagte Vila Komm, erzähl mir etwas: die alte Bitte, wenn der andere noch ein Rätsel ist, und Bühl erzählte von seiner Nacht im Freien, fast verpasste er die Straße nach Assisi.

Erst morgens kam die Kälte, sagte er, als der Regen aufgehört hatte, es langsam dunkel wurde; über den Feldern Nebelfahnen, und die Bergflanke mit der alten Stadt dann gänzlich in Wolken. Ich hatte Hose und Pullover an, alles, was in der Tasche war, dazu eine Decke, und trotzdem die feuchte Kälte, keine Minute Schlaf, unglaublich, wozu Franziskus fähig war. Weiß dein Mann, wo du bist? Die erste Frage dieser Art, und Vila schüttelte den Kopf, die Arme in einem Blazer verschränkt, das übliche Stück, wenn sie Kandidaten traf, dazu Stiefel von Nine West und Jeans; Renz hatte sie zum Flughafen gebracht, sie war bei Air Berlin ausgestiegen – unglaublich auch, wozu eine Frau fähig war. Fahr vorsichtig, hatte sie noch gesagt, dann war er nach München aufgebrochen in seinem übergroßen Gefährt, und sie war gleich in Assisi. Gut, dass die Stadt in Wolken lag, nur manchmal, schieferfarben, ein Turm, ein Haus – das hatte sie am meisten befürchtet: alles wie damals vor sich zu haben, glühend und grell. Wo fahren wir hin? Bühl sah sie an, ein kurzer Blick, und bog dabei schon in die einzige Straße, die in Serpentinen aufwärtsführte, nach der uralten Logik, wie man eine Stadt am Berg am besten erreicht – also war auch Franz hier geritten, lächerlich in seiner Rüstung, und später zu Fuß die steilen Kehren gegangen, triumphierend in einer Flickenkutte. Wir fahren in die Unterstadt, sagte Vila, bis zur Basilika, unser Hotel liegt gegenüber. Ich hätte nicht gedacht, dich so bald wiederzusehen, du? Noch eine tastende Frage, jetzt von ihr, aber Bühl musste auf Schilder achten, er fuhr schon über den Platz vor der Kirche Santa Chiara, hier hatte sie damals auf der Mauer über den Olivengärten gesessen, Kasper auf dem Schoß und die Sonne im Rücken, während Renz in der Krypta war, Minuten, die ihr gehörten, erfüllt von Licht und Wärme und einem zugewandten Lebewesen. Danach war es umgekehrt, er nahm den Hund, und sie hatte Zeit, sich das Grab anzusehen und hinter Glas das blonde Haar von Klara und ihr Gewand aus grober Wolle, Tortur für die Haut. Zuletzt noch ein Gang auf Glas, darunter der felsige Kryptaboden, wie der Grund eines Sees, und die Angst, in dem Glas einzubrechen, auf diesen Grund zu fallen und nie mehr ans Licht zu kommen.

Ich habe so etwas ewig nicht mehr gemacht, sagte Vila, eine Schläfe am rüttelnden Fenster – unter dem Wagen das alte Pflaster der Via San Paolo –, ein Satz wie aus der Luft gegriffen, ohne Zusammenhang, der Zusammenhang, das war ihre Erinnerung an die Tage nach dem Erdbeben und Kaspers Tod, als sie und Renz wie eine Masse waren, lebensgefährlich einig; unvorstellbar damals, je mit einem anderen diesen Ort zu erleben, ja überhaupt einen anderen zu wollen, unter allen Umständen, auch denen von Assisi. Der Letzte, den sie gewollt hatte, ohne auf die Umstände zu achten, war Fotograf, er machte die offiziellen Werbeaufnahmen für das neue Format Mitternachtstipps mit ihr als Moderatorin: David, und das war kein Schönheitsname, David kam aus Israel. Sie war Anfang vierzig, er Ende dreißig, und alles passte. Sie liebten sich in einem Studio mit Blick auf den Flughafen Tegel, immer neue Anläufe im Takt der Starts, sein Schwanz fühlte sich roh an und dadurch auch gut, aber mehr roh als gut, da musst du jetzt durch: ihr innerer Appell, immer noch Gegenwart. Beim zweiten Mal war es dann schon das Ungewohnte, das sie wollte, und beim dritten Mal bekam sie Angst um sich und Renz und Katrin: dass die ganze kleine Familie über Nacht in die Luft fliegen könnte.

Der Abschied danach fast erschreckend vernünftig, von beiden Parteien. *Was* hast du ewig nicht mehr gemacht? Ihr Begleiter durch Havanna und Fahrer durch Assisi sah sie an, und im Grunde waren es seine Augen, die sie wollte, der Blick aus den immer noch fremden, aber offenen bühlschen Augen, die es möglich machten, alles andere mit zu wollen, und die nicht aufhören sollten, sie anzuschauen. Geliebt, sagte sie auf der Anfahrt zum Parkplatz, einer gewundenen Straße zwischen Zypressen, und dann nichts mehr, auch nicht auf dem Weg zum Hotel, über Treppen und durch Gassen abwärts, sie nur mit Regenschirm, er mit den Taschen.

Erst als sie im Zimmer die Läden öffnete, auf die Basilika sah, unter dem Fenster das L von Hotel Francesco, fragte sie, wo er liegen möchte, näher am Bad oder näher zur Wand, Sag, was du willst, Kristian, was willst du? Ihn beim Namen zu nennen: immer noch eine Übung, und Bühl nahm sie nur in den Arm, das wollte er, eine Hand an ihrer Hüfte, halb unter dem Pullover, die andere am Rücken, während ihre Hände noch in der Luft hingen – das Problem, vor dem sie seit Jahren nicht mehr gestanden hatte, dass jedes Berührtwerden eine Antwort verlangt. Sie griff in sein Haar, sie knöpfte sein Hemd auf, und er drückte sie an sich, beide jetzt am offenen Fenster. Es regnete noch, der weite Rasen zwischen Hotel und Basilika, dunkel vor Nässe, auf dem abfallenden Platz vor der unteren Kirche gezackte Rinnsale. Sie sah das alles, mit dem Kinn auf Bühls Schulter, ihre Hand an seiner Brust, den Gürtel an seinem Gürtel; sie sah die Stelle, an der Kasper geschrien hatte, ihr überfahrener Hund, ihr sterbendes Kind: auch da musste sie durch. Über der großen Kirche schon ein Spätnachmittagshimmel, ein Stück Abend, der Anbruch ihrer Stunden, die sie wollte, der genommenen Zeit. Und jetzt? Sie zog sich aus der Umarmung und schloss die Läden, das Fenster, den Vorhang; sie machte das Licht am Bett an, weißlich hell, wenig hilfreich, blieb nur, sich selbst zu helfen. Und sie zog den Pullover aus und legte ihn über den Schirm, für ein Licht wie auf Nachtflügen, wenn nur noch die Notzeichen leuchten, das Zimmer irgendwo zwischen zwei Kontinenten. Als Nächstes ein Griff an die Heizung, die kalt war, dann drei Schritte zum Schrank, dort gab es Decken, die warf sie über das Betttuch, und vom Bett die Schritte zu Bühl, der noch am Fenster stand, da hatte sie ihre Stiefel schon ausgezogen, nur noch Jeans und ein schützendes Teil von Intimissimi an. Darf ich? Er löste die Träger von den Schultern, dann rieb er ihr die Arme, die Hände, jeden Finger; das Zimmer war ausgekühlt. Ich geh ins Bad, sagte sie, vielleicht ist das Wasser warm.

Es war sogar heiß, und sie duschte lange, erst ein Sichwaschen und -wärmen, dann ein Zeitgewinnen, wie als Mädchen in der Wohnung ihrer Mutter, als die auf dem Meer war, eine Kreuzfahrt voller Hoffnung, das Alleinsein beenden zu können, aber es fing dort erst richtig an, während sie, die Vaterlose, nach dem langen trödelnden Duschen einen Studenten der Mathematik, angeheuert, sie durch die Oberstufe zu bringen, in ihr Bett ließ. Er hieß Ralf, und sie begab sich in seine Studentenhände, beim nächtlichen Kerzenlichtanfang fast ein Akt der Vernunft und in den Morgenstunden schon ihre erste komplizierte Liebe als minderjährige Frau. Der Spiegel über dem Waschbecken war ganz beschlagen vom heißen Wasser, sie konnte sich nicht sehen und machte die Tür auf, das Badetuch vor Bauch und Brust. Im Zimmer jetzt etwas helleres Licht, aber immer noch nachtflughaft – Bühl hatte den Pullover von der Lampe genommen, stattdessen ein gelbes Deckchen vom Nachttisch darübergelegt. Besser so für die Wolle, sagte er, in der Hand ein Bild, das vorher über dem Bett hing. Der Platz des Franziskus im Paradies, aus Giottos Freskenzyklus, das Zeug hängt überall im Hotel. Wie ist die Dusche? Er legte das Bild auf den Schrank, dann nahm er ihr das Tuch aus den Händen und begann, sie abzutrocknen, erst Schultern und Arme, dann das Gesicht und auch gleich ihr Haar, indem er es in den Stoff drückte, danach die vom Wasser noch roten Brüste, den kleinen Bauch, ihre Beine, die Füße, die er einzeln anhob. Was ist mit dem Bild? Sie drehte sich um, und er trocknete ihr den Rücken ab, jeden Wirbel. Es ist ein schlechter Druck und ein dummes Bild, mit Prunksesseln im Himmel, einer gehörte einem hochmütigen Engel, jetzt reserviert für das bescheidene Mönchlein. Außerdem stelle ich mir das Paradies als kleines kaltes Hotelzimmer vor – ist dir kalt? Er ging in die Hocke und drückte ihr das Badetuch an die Fersen, an die Waden, die Kniekehlen, und sie drehte sich noch einmal, und er legte ein immer noch fremdes Gesicht an das Haar, das jüngere Frauen heute wie einen Schmutz entfernen. Bühl, wo hast du das Abtrocknen gelernt?

Bühl anstatt Kristian, das machte es leichter, so vor ihm zu stehen, seinen Kopf zu halten. Kristian, das war wie Muranoglas, schön, aber zerbrechlich, während Bühl etwas Weiches und Volles hatte, einen warmen Klang, anders als Renz: das wie mittendrin abbrach. Und sprach man es aus, zeigte man Zähne, Renz-Renz, und bei Bühl gingen die Lippen auf, als wollte man küssen. Sie griff an seine Wangen, und er kam auf die Beine, dann ging sie ins Bett und er ins Bad, die logische Aufteilung. Alles Weitere war offen, es gab keine Regeln, kein Gesetz. Was es gab, war das kühle Laken unter ihr und das Betttuch mit den zwei Wolldecken über ihr, dazu das vom Tischdeckchen gedämpfte Licht; und es gab die Tageszeit, früher Abend, wie bei ihrem ersten Mal. Was es nicht gab, das waren Renz und Katrin, also gab es auch nicht die, die mit beiden Weihnachten auf Jamaika vermeiden würde, ebenso wenig die Frau, die Mitternachtstipps moderierte. Es gab nur die auf dem Laken, bereit für den, der jetzt ans Bett kam, das andere Handtuch vor der Brust. Sein Haar stand in alle Richtungen, da hatte sie gleich etwas zu tun, ein verspielter Anfang: ihn zu sich winken, seinen Kopf beugen, ihn mit den Fingern kämmen. Erst als das getan war, zog sie ihn unter die Decke, Oder willst du frieren?, und Bühl kam unter die Decke und war auch gleich bei ihr, mit seinen Armen, seinen Schultern, dem ganzen gespannten Leib. Er nahm ihr Gesicht in die Hände, jedes einzelne Jahr, das sie trennte, und sie spürte seinen Druck, auf der Hüfte und einem Bein, dann zwischen den Beinen, und im ersten Moment tat es weh, was auch ein schmerzliches Erschrecken war: über sich, die es genauso wollte und diesem weitverbreitetsten und, wenn beide ihn wollen, einzigen schönen Gewaltakt zwischen zwei Menschen auf das Menschenmöglichste entgegenkam.

Ich tue es. Gedanke, der sie erfüllt oder ausfüllt wie das Neue in ihr, das nur noch guttut nach dem Erschrecken, das so passend ist, so wie geschaffen für sie, dass es schon etwas Komisches hat und sie lachen muss, weil es so einfach ist, in diesem Bett, in diesem Zimmer, auf diesem Nachtflug. Seinen Kopf in den Armen, schüttelt es sie, so verrückt ist die Nähe, und sie kann nicht anders, als zu lachen und zu denken, dass sie lacht, und er kann nicht anders, als in ihr zum Kind zu werden. Es ist schon lange her, das letzte Mal, Monate, bringt er zu seiner Entschuldigung vor, und sie streichelt sein Haar, seinen Nacken, die großen Schulterblätter. Wir haben Zeit, sagt sie, so viel Zeit – etwa vierzig Stunden bis zu ihrem Rückflug, nur denkt sie nicht in Zahlen, sie denkt in Räumen, und ihrer beider Raum unter den Wolldecken erscheint unermesslich. Küss mich, Bühl, das muss sie noch loswerden, das ist sie den verwandten Silben schuldig, und er zieht ihr Gesicht auf seins und trägt sie buchstäblich auf Lippen, nach dem übermächtigen Anfang, auf den sie reagiert hat wie die Gänse des Capitols auf Gefahr; ihr Lachen, eine Art Schnattern, bis die Gefahr gebannt ist. Kein erstes Mal, bei dem Wissen und Lieben einander nicht im Weg stehen, auch das ist Teil ihres Wissens, also peilt sie gleich das zweite, gelassenere Mal an. Ihr ist jetzt warm, sie deckt sich auf und zieht ein Bein an, das leicht zur Seite kippt, sie ist keine Verführerin und auch keine Verführte, sie ist nur nackt. Es ist fast wie beim allerersten Mal: ohne Erinnerungen an vorherige Male; natürlich gibt es ein Wissen, aber es hilft ihr nichts, wie ihm sein Wissen nichts hilft. Alle Liebenden sind Amateure, das weiß sie auch. Er beugt sich über ihren Schoß und tut, was zuletzt dort getan wurde, als sie Katrins Neuigkeit überbracht hatte, die von der guten Hoffnung, längst überholt, und sie tut das Gleiche bei ihm – nicht nur ihr Wunsch, auch ein Experiment, kann ich das, kann ich dich haben, bekomme ich dein Einverständnis. Kein harmloses Tun, ein riskantes hinter den Linien, es gibt kein Wort dafür, bloß leere Wörter. Er wächst in ihrem Mund, wie ein Kind im Bauch heranwächst, nur nicht in Monaten, in Sekunden, sie fürchtet, es könnte schon wieder zu viel sein, also hält sie sich zurück. Im Grunde kennt sie ihn ja gar nicht, und was weiß er schon von ihr; sie schiebt seinen Kopf von ihrem Schoß, sie will es nicht auf die Art, es käme ihr zu vertraut vor, fast familiär, sie will gefickt werden, in dem Fall ein volles Wort und auch der schwierigste Fall. Eine Weile liegen sie nebeneinander, dann macht sie die Lampe mit dem Deckchen über dem Schirm aus und überspringt damit das Abendessen. Sein Magen hat schon rumort, aber jetzt aufstehen, ein Lokal suchen, einander Gerichte empfehlen, über den Wein reden, die Gläser klingen lassen, wäre wie ein Stück Ehe. Außerdem hat sie Schokolade dabei, im Seitenfach ihrer Reisetasche: vor dem Flug für alle Fälle, also auch für den, gekauft, und sie sucht die Tafel im Dunkeln, reißt sie auf und hält ihm einen Riegel an den Mund, Magst du? Sie teilen sich die Tafel und trinken das Mineralwasser, das auf dem Nachttisch stand, sie sehen kaum ihre Hände vor Augen. Von der Basilika läutet es, sie zählen acht Schläge. Also zwölf Stunden, bis es hell ist, eine Ewigkeit. Niemand will etwas von ihnen, nur sie beide wollen etwas voneinander. Erzähl von dir, sagt sie und spürt eine Hand zwischen den Beinen, ruhiges Streicheln, da, wo es sein soll. Die wenigsten ihrer Männer, vier vielleicht, Renz eingeschlossen, fanden sich dort unten zurecht, alle anderen konnten nur hinlangen. Was soll ich erzählen? Was mich hierhergebracht hat oder in deine Sendung? Die Art, wie du im Museumspark, als ich auf der Bank stand, dein Kärtchen neben meinen Fuß gelegt hast, um dann einfach zu verschwinden. Ich sah dich weglaufen, das war entscheidend, aber warum? Ich weiß es nicht. Man kann nur das Leben anderer erzählen. Geht es dir gut? Eine Frage, als stünde es auf der Kippe, ob es ihr gutgeht, wenn er sie streichelt, da, wo es sein soll. Ja, sagt sie und schließt eine Hand um den Teil von ihm, den sie aus sich verdrängt hat mit ihrem Lachen. Wie sie es nennen soll, fragt sie, und er macht ihr Vorschläge, davon keiner überzeugend, nun muss er selbst lachen. Namen wie Aromastoffe, sagt er, und sie trifft für ihn und sich die Entscheidung: dass es namenlos bleibt, aber getauft wird mit einem Kuss, einem Laut, ihrer Freude daran.

Durch die Ritzen der Fensterläden fällt etwas Licht von der Leuchtschrift des Hotels herein, genug, um sein Gesicht zu sehen, als er sich über sie beugt. Es hat etwas wie das von Katrin, als sie für ein Jahr nach Amerika ging und beim letzten Winken mehr wusste als die Eltern: dass es ihr Aufbruch würde. Er streicht ihr das Haar zurück, er will ihre Stirn und die Schläfen, ihre Wangen und auch die Augen, dass sie ihn ansehe, und sie sieht ihn an, was mehr ist, als die Beine zu öffnen, viel mehr. Und noch einmal das Namenlose, aber getaufte, jetzt ohne Schrecken in ihr, dort, wo das Leben beginnt, wenn es sein soll, und wo es entrissen wird, wenn es nicht sein soll. Sie tun es, wie man ein Kind macht: das, woran sie seit Tagen und Nächten gedacht hat. Ganze Minuten ohne ein Wort, nur Atmen im Takt der Bewegungen, tief ein und aus, als sei sie nach Jahren in einem Keller an die Luft gekommen. Küssen und Atmen wie eins, und sie streicht ihm über die Augen, die Lider, er hat genug gesehen – ihre Hand in seinem Haar, ein ganzes Büschel zwischen den Fingern, legt sie den Mund an sein Ohr und bittet ihn zu kommen, das jetzt einfach zu tun, Hörst du?, und von ihm ein Innehalten mit zurückgelegtem Kopf, zwei, drei Herzschläge lang, gewagteste kleine Pause zwischen Liebenden, und schon im nächsten Moment ein Geschehen, als sei das Herzausschütten kein Bild. Danach liegt er still auf dem Rücken, sie auf der Seite, im schwachen Licht sein Profil, das reicht ihr, sie muss nicht wissen, wen sie liebt, sie muss es sehen, damit kann sie einschlafen an seiner Seite, das ist ihr Höhepunkt an dem Abend, mehr braucht sie beim ersten Mal nicht. Dafür nach dem Aufwachen, als sie in das kleine Bad geht, sofort der Gedanke, geliebt zu haben: dass es wahr sei. Mitten in der Nacht – einer Nacht, als würde es nie mehr Tag – nur dieser eine Gedanke zwischen Halbschlaf und neuer Umarmung. Es ist wahr.

Beim ersten Läuten von der Basilika stand Vila auf und ging duschen, jetzt mehr ein Rückzug als ein Zeitgewinn, und unter dem warmen Strahl die Wiederkehr aller anderen Frauen in ihr: der eines Mannes, Vater ihrer Tochter, sowie der Person, die jeden zweiten Sonntag an der Grenze zur neuen Woche von einer halben Million, wenn es gut lief, empfangen wurde; dazu noch der Frau mit Freundeskreis, Mittelpunkt legendärer Feste an ihrem goetheschen Geburtstag. Sie wusch sich mit der kleinen, aus der Hülle gerissenen Seife, die in der Dusche lag, und erneut der Gedanke: Es ist wahr. Aber jetzt auch, wie ein Virus aus sich selbst, der Gedanke: Es ist nicht alles. Man kann sich vergessen, aber nicht seine Dinge vergessen, etwa ihre letzte Quote, eins Komma sechs, also keine halbe Million, die sie nachts gewollt haben. Und da ist Renz, der ihr einen Teller

Spaghetti ans Bett bringt, wenn sie sich elend fühlt, Carbonara, das kann er wie kein anderer, und der mit ihr anstößt, zur Not mit Kamillentee. Und da sind all die Abende mit Elfi und Lutz von oben und Heide und Jörg von gegenüber, oder Anne und Edgar, die nur ein paar Häuser weiter wohnen, überhaupt ihre ganze kleine, wie einem erleuchteten Modelleisenbahnstädtchen entnommene Schadowstraße und der nahe Schweizer Platz, wo ihr Volk auf Einkaufsjagd geht, wie Katrin, die so wunderbare und furchtbar intelligente Katrin schon als Schülerin bemerkt hat. Sie selbst ist nur gescheit – und wäre nie ohne Verhütung mit einem jungen Kubaner ins Bett gegangen, nie. Was machst du?, rief Bühl, und ihre Antwort: Mich fertig machen. Ich werde heute zurückfliegen. Es ist zu viel, kannst du das verstehen?

Und er verstand es, so wie er in der Tür zum Bad erschien, oder verstand es, so zu tun, als würde er es verstehen: Sie konnte es noch nicht unterscheiden und wollte es im Moment auch nicht unterscheiden, einem Moment, der mehr in seiner Hand lag als in ihrer – er hatte sie aus dem Bad geholt, stumm, und aufs Bett gelegt, oder hatte sie sich ziehen lassen?, auch das kaum zu sagen. Klar war nur, wie er sich über sie beugte und sie die Beine auseinandertat, und alles, was nachts noch im Verborgenen passiert war und mehr als Idee etwas Wahres hatte, geschah jetzt bei Tage, ganz im Licht und dennoch wahr, so wahr wie die Laute in seine Hand, die hatte er ihr zwischen die Zähne geschoben: das Stück Holz, das man Leuten einst gab, wenn der Arzt ans Werk ging. Ein körperlicher Eingriff ohne Betäubung, und als er beendet war, zog sie sich auf der Bettkante an, während Bühl schon auf ihrem Ticket nach der Telefonnummer für das Umbuchen suchte; und nicht ein Versuch, sie noch umzustimmen, als hätte er sie wirklich verstanden. Während sie sich schminkte, dann der Anruf, es gab noch Plätze nach Frankfurt, Vierzehn Uhr fünfzig, sagte er und bestand darauf, dass sie keinen Zug nimmt von Perugia aus, er sie zum Flughafen Florenz bringt, um von dort gleich zurückzufahren, noch ein paar Tage in Assisi zu haben, und sie sagte nur Gut, weil es der Wahrheit entsprach. Ja, es war gut, heute abzureisen, und gut, dass er sie zum Flughafen fuhr, gut und damit richtig, und als sie später im Auto saßen, sprachen sie auch nicht darüber. Sie sprachen über Franziskus, der all die Kilometer, die sie fuhren, gewandert war, bei Hitze und bei Kälte, wieder und wieder. Und von dem Wandern bei Tag kamen sie auf seine Nächte, ob er die wohl immer allein verbracht hat, ungetröstet: das wollte sie wissen, und Bühl erzählte von Klara, Klara, fast besessener als Franz in ihrem Glauben, ihrer Kasteiung, und doch noch Frau genug, seine Beachtung zu wollen, seine Blicke, und vielleicht auch mehr, wenn sie sich nach Jahren wiedersahen. Aber eine ganze Nacht, ich weiß nicht, sagte er. Was denkst *du*? Eine verheiratete Frau, nicht mit Gott verheiratet, aber einem Mann. Warum drängt es diese Frau nach Hause? Bühl sah sie an, den Kopf leicht schräg, und sie zeigte auf die Straße. Fahr jetzt lieber.

Danach nur noch zwei Worte, die keine waren, vor der Sicherheitsschleuse im Flughafen, als sich die Wege trennten, Bühl sagte ihren Namen, Vila, ohne Umarmung, dafür mit der linken Hand um ihre linke Hand, ein gänzlich verkehrter Händedruck, aber der beste in dem Moment, und sie drückte die Hand und sagte Kristian, wieder mit einem Lachen, weil alles so ineinandergriff, selbst ihre linken Hände. Und die letzten Sekunden nur noch ein Zurückweichen ihrerseits und rasches Sichumdrehen und die paar Schritte bis zur Schleuse. Sie legte ihre Tasche in eine der Plastikschalen vor dem Förderband, in eine zweite Schale Blazer und Mantel und auf den Mantel die kleine Uhr, die ihr Renz geschenkt hatte, als das Fliegen noch so harmlos war wie damals ihr Leben.

EIN ruhiger Flug, ab der Poebene klarer Himmel, Vila sah ihren See, seine gestreckte Form aus der südlichen Rundung heraus, weiblich-männlich. Sie saß allein, der Glücksfall eines freien Nebensitzes, auf ihrem Schoß das Käsesandwich für die Strecke nach Frankfurt. Beim Einsteigen war sie von einer Frau erkannt worden, erst betretenes Lächeln, dann Geflüster mit dem Begleiter, die üblichen Zeichen, und bis vor kurzem ihr Mädchenwunsch: von allen möglichen Leuten erkannt zu werden. Und jetzt reichte ein einziger Mensch.

Die Alpen tauchten auf, ihre Spitzen schon weiß, und sie hätte gern etwas geweint, nur ohne theatralische Begleitung, geknülltes Taschentuch und Sonnenbrille – den Tränen ihren Lauf lassen, leichter gedacht als getan, wie alles Hingebende, auch das mit Bühl. Das war sogar unendlich leicht in Gedanken, etwa mit ihm zu reisen, durch Mexiko, durch Äthiopien, jeden Tag ein anderes kleines Hotel, der Gang durch fremde Straßen, auf den Gehsteigen Mosaike, aus versteckten Bars der Geruch von Weihrauch, die Mädchen funkelnd und auf Mopeds Typen wie Katrins erster Freund. Abends das Essen an einem Platz mit Eukalyptusbäumen, darin Tausende von Vögeln, sie halten einander und reden, eine Hand reicht zum Essen, ein Gespräch bis in die Nacht und den Schlaf, immer noch eine Hand an ihrer. Und mit der Morgensonne fahren sie weiter, von Veracruz über Dire Dawa nach Dschibuti, ein Traum. Sie sah jetzt auf Wolken, während in der Maschine schon die Plastikbecher eingesammelt wurden; später wollte sie noch auf ein Glas zu Elfi und Lutz, zwei, die alles füreinander tun würden, auch eine Niere spenden oder im Alter den anderen pflegen – ein Leben ohne die beiden, schwer vorstellbar. Elfi, ihre Hausärztin, mit der sie lachte. Lutz, ein Orthopäde, der auch Streit schlichten und thailändisch kochen konnte, dazu noch souverän den Vorgarten in Ordnung hielt. Und Renz? Der profitierte vom Vorgarten, dem Kochen mit Zitronengras, der Orthopädie und Elfis Hartnäckigkeit, mit der sie ihn zum Urologen und ähnlichen Leuten trieb. Seine Prostata war noch im Rahmen, nur genügte das nicht, um jemandem ewig verbunden zu bleiben. Natürlich würden sie auch alles füreinander tun, Nierenspende inbegriffen, aber es wäre immer ein Opfer. Unter ihr jetzt schon bergiger Wald, die letzten, glühendsten Herbstfarben, Bühls süddeutsche Ecke. Jahrelang, nein, fast Jahrzehnte hatte sie sich allein vor dem Wort Liebe gehütet, es nicht in den Mund genommen, sozusagen jede Berührung mit ihm vermieden, damit nur ja nichts von seiner Kraft auf sie überginge, ihr ganzes Leben sprengte. Und mit einem Mal war das vorbei, sie ließ dieses Wort in sich zu, und nun weinte sie doch noch, nichts zerrte mehr an ihr als ein Glück an seidenen Fäden – wie in sich gefangen sitzt sie am Fenster, neben sich den leeren Platz, ihre Hand noch einmal an seinem Hals, seiner Stirn, auf der weichen Haut über den Hoden, sie fliegt gar nicht vorzeitig zurück, es ist alles geschehen, was geschehen konnte. Ein stilles Weinen während der Warteschleifen, als das Licht in der Maschine schon aus war, und auch noch beim Landen und später im Taxi, eine Fahrt in der Dämmerung vorbei am Stadion, das Eintrachtspiel war zu Ende, überall Menschen, die einander auf die Schulter klopften, auch das fehlte ihr; ein Herausfließen, das erst in der Schadowstraße aufhörte, als sie bei Elfi und Lutz in der Wohnung kein Licht sah, dafür in ihrer Wohnung ein schwaches Licht aus dem Flur, aus dem Bad.

Renz war schon da, als sei er auch geflogen, da und bereits wieder weg, seine Tasche stand in der Garderobe, ungeöffnet, und im Klo war die Brille noch hochgeklappt, er wollte es einfach nicht lernen, nicht bei ihr, nicht für sie, höchstens für eine andere. Einmal hatte er nachts in der Küche gesagt, bei anderen Frauen sei es ganz leicht, die Brille wieder herunterzuklappen, aus reiner Sympathie, und sie drosch ihm die Lesebrille vom Gesicht, dass ein Bügel abbrach, den hat er dann noch zerbrochen, mit einem Lachen, bis sie nach ihm schlug, immer wieder, und er ihr die Hand umdrehte; später wurde daraus eine Geschichte, bei ihren Abendessen mit verteilten Rollen erzählt, wenn die Grappas schon zu Kopf gestiegen waren, die Klobrillensympathiegeschichte, und später, beim letzten Glas in der Küche, lachten sie zusammen über die erstaunten, ja die baffen Gesichter der Freundespaare, alle harmloser als sie beide, die Herzen keine Gruben, auch ein Trost.

Vila ließ Badewasser ein, sie packte ihre Reisetasche aus, füllte die Waschmaschine mit den Assisi-Sachen, als hätte sie Socken, T-Shirts und Slips, die Jeans und einen Schlafanzug, den sie gar nicht anhatte, wochenlang getragen. Das gemeinsame Lachen nachts in der Küche hatte sie und Renz immer wieder gerettet, am Ende bringt es mehr, als gemeinsam zu kommen. Sie machte ihr Telefon oder *Ding* an – kein Wort, das sie übernehmen wollte –, es gab zwei neue Nachrichten, die eine nur ihr Name, Vilavilavila, wie ein dreifaches ratloses Seufzen, die andere war von Renz: dass sie ihm fehle. Schön, nur fehlte sie ihm ja auch, wenn sie mit ihm am Tisch saß, oder etwas an ihr fehlte ihm, das, was er bei seiner Kranken gefunden hatte. Oder Kristian Bühl an ihr fand. Und sie an ihm. Sie machte das Licht im Bad aus, sie verteilte den Schaum und stieg in die Wanne. Die Frau der Frauen sei sie, hatte Renz in seiner einstigen Wohnung, nicht viel mehr als das Bett und die Bücher und seine Vulvabilder, zu ihr gesagt, beim Blättern in einem Band mit alten Fotos von einem italienischen See, seinem See, an dem er schon als Kind mit den Eltern Urlaub gemacht hatte und der dann ihr Gemeinschaftssee wurde. Die Mütter hatten dort noch in den Sechzigern die Wäsche am Ufer gewaschen, ihre Männer flickten Fischernetze und sangen in Chören, und an Feiertagen trugen sie schwere Monstranzen, all die Dinge, die Renz mit seiner Producerin und Chemotherapiegeliebten in der neuen Serie wiederbeleben wollte oder wiederbeleben musste, um damit durchzukommen bei einem Sender. Und als alle Fotos in dem Band betrachtet waren, da hatten sie beide schon nichts mehr an, wie nebenbei war das passiert, Renz' Kunst der Entkleidung. Dann bald die erste Fahrt an den See, das erste Abendessen in einem Lokal am Wasser. Da sitzt sie als Studentin, Mitte zwanzig, ungeschminkt, unfrisiert, und sieht kurz in die Karte und dann gleich zu dem Mann, den sie liebt: ob er dasselbe wollte, zuerst ein Caprese, dann die Pizza con tonno? Sie bedauert ihn geradezu, weil es ihm schwerfällt, sich zu entscheiden, er zwischen Pizza und Milanese schwankt, mehr scheint er auch gar nicht zu kennen: wie wunderbar, ein Italienlaie. Er zuckt nur mit den Schultern, sie übernimmt die Bestellung, die Augen bei ihm, obwohl der Kellner am Tisch steht, das Ganze so, als liebten sie sich in Gegenwart eines Dritten, Komm, bitte, komm, nimm die Piccata!, obwohl sie es gerade getan haben in ihrem kleinen Pensionszimmer, von der nahen Kirche das Abendläuten und er im Bett weder Laie noch Experte, am Ende ihre Hand auf seinem Mund, denn Wände in Pensionen sind dünn. Die Piccata, sagt sie zu dem Kellner, con patate arrosto, und kaum ist alles bestellt – sie trinken nur Wasser, noch keinen Wein, der ist erst später nötig –, finden sich vier Hände in der Mitte des Tisches, zwischen dem Öl extra vergine und dem Brotkorb, ihre Finger um seine oder umgekehrt. So ein Pärchen waren sie damals, zwei, die sich unentwegt wollten, und irgendetwas davon hatte sich bis heute gehalten. Das ganze Geheimnis der langen Ehe besteht darin, dass die Dinge von allein funktionieren, am Anfang alle schönen, dann auch die weniger schönen, zuletzt sogar die schrecklichen, die man teilt, und dazwischen die Ausnahmestunden, manchmal auch Ausnahmetage, die das Schlimmste verhindern. Oder der gemeinsame Tumor, der alles in unguter Schwebe hält: die zusammengeschmissenen Schwächen und die ganz eigene, von keinem sonst verstandene Sprache, die daraus erwächst und irgendwann zur einzigen, verrückten Sprache wird; würde man sich trennen, wäre man danach vermutlich Mutist, außer beim Anwalt.

Sie hörte die Wohnungstür, dann ihren Namen, nur einmal knapp, nicht dreimal ratlos. Renz kam mit Lebensmitteltüten ins Bad, aus einer ragte sogar frisches Gemüse, um Jahrzehnte zu spät. Er sah auf sie herunter, ein älterer Mann mit wie gestohlenem jungen Mund, und sie drückte den Schaum über Bauch und Schenkel. Ich habe eingekauft, sagte er, und sie sagte Das sehe ich. Danach die Begrüßung, Worte, die an ihr vorbeigingen, wie auch das Abtrocknen und Frisieren und sich noch irgendwie für einen häuslichen Abend herrichten, während Renz kochte oder dabei war, eine der Ausnahmestunden vorzubereiten, die sie gar nicht wollte. Sie wollte nur etwas in den Magen bekommen und dann schlafen. Du musst mich verstehen, sagte er, die Marlies – und nach dem Namen mit Artikel eine Pause, um zu sehen, wie sie reagierte darauf, ob sie es hinnahm: Marlies als neue Kategorie in seinem alten Leben –, die hat diese Elendskrankheit, und ich ertrage es kaum, wie sie damit umgeht, so voller Pläne, obwohl sie vor Übelkeit keinen Bissen herunterbekommt und darauf wartet, dass ihr das Haar ausfällt. Sie sitzt in ihrer überheizten Wohnung und friert und spricht von unseren zwei Projekten, dem fürs Geld, die Seearztserie, und dem anderen für die Ewigkeit bis zum nächsten Fernsehpreis, diesen Heiligenzweiteiler, an den sie glaubt. Ohne mich wäre sie entsetzlich allein mit der ganzen Geschichte, verstehst du? Renz bebte um die Nase herum, seine Art zu weinen, und sie schob ihren Teller weg – warum sollte sie das verstehen, sie war selbst entsetzlich allein mit ihrer Geschichte, der mit Bühl in Havanna und in Assisi, mit seiner Zunge, die ihre Zunge und die weichen Wände ihres Mundes erkundet hatte und später die so versteckte Stelle mit den unzähligen Namen, die nichts von dem wiedergaben, was ihr dort passiert war, als sie nur noch stillhielt oder allem, was er tat, wie bühlsüchtig folgte. Es geht zum ersten Mal nur um mich, sagte sie. Ich bin eher zurückgekommen, weil es um mich geht und nicht um dich. Um ein Stück Leben, in dem du nicht vorkommst! Das rief sie im Hinausgehen, und Renz eilte ihr nach, er hielt sie am Bademantelkragen, Bitte, Vila!, sein schon tausendmaliger Appell, und sie schrie, er solle sie loslassen, so laut, dass Elfi und Lutz es hören würden, wären sie zu Hause – vermutlich waren sie in der Oper, sie hatten ein Premierenabo, etwas, über das Renz nur lachen konnte –, und endlich ließ er den Kragen los, und sie schnellte herum, schon nicht mehr die, die sie sein wollte und am Morgen noch war, und rief, ob er diese Marlies, seine so Elendkranke, liebe.

Und die Folge: eine der Nächte, die ein Paar auseinanderbringen oder noch mehr verschweißen, ja womöglich beides, verschweißen, was auseinanderstrebt. Natürlich war Renz der Frage ausgewichen, seine ganze Entgegnung bezüglich Marlies oder elendkranker Producerin ein Was-weiß-Ich. Und im Anschluss von ihm gleich die Frage, die sie eigentlich beantwortet hatte: weshalb sie überhaupt schon da sei. Und bei ihr der Impuls, ihm die Wahrheit zu sagen, nur welche? Die von Assisi, von Bühl und ihr, im Grunde einer einzigen Umarmung vom letzten Tageslicht bis zum ersten; oder die andere Wahrheit, die von der Bande aus Freunden und Nachbarn, dem Korsett, das sie beide zusammenhielt, sie die Italo-Essen-Pioniere, das Duo Vila und Renz mit Soloeinlagen von ihm, dem Vorabend-Niveau-Anheber-Pionier, und auch Extranummern von ihr, der Mitternachtskultur-Vorkämpferin mit abwärtsgehender Quote, aber einem Daumen nach oben in der Fernsehzeitung – waren das ihre Lebenswahrheiten? Vielleicht.

Noch um eins saß sie mit Renz in der Küche, und er ließ dann doch etwas durchblicken, was ihn und seine Kranke betraf, oder sie glaubte heraushören zu können, was ihn nach München trieb, in die Wohnung einer Frau, die für irgendetwas bezahlte, ihr Rauchen, eine gescheiterte Ehe, das Kinderlossein, oder einfach dafür, Eltern mit defekten Genen zu haben – der Frau, für die Bühl geschwärmt hatte, als sie jung war, anmutig mit Zigarette, und die Renz mit ihrer Krankheit zwang, besser zu sein, als er war, das ließ er durchblicken: er der Mann, der eine Todgeweihte bis zum Schluss begleitet. Das hätte er sich selbst nie zugetraut, und jetzt schien alles darauf hinauszulaufen, und er scherte nicht aus, nein, er lief mit, fehlte noch, dass er sagte, Vila, du kannst stolz auf mich sein, aber er sagte nichts. Er saß nur da, die leere Weinflasche zwischen den Händen, kein Häuflein Elend, ein Brocken, und sie sagte auch nichts mehr. Sie nippte an einem Grappa, sein Geruch so zum Erbrechen wie der ganze Abend, die andere Hand im Bademantel, zwischen den Fingern ihr Telefon. Sie hatte Renz irgendetwas von Leipzig erzählt, von den Kandidaten für ihre Sendung, die sie dort angeblich getroffen hatte, zwei kleine Geschichten, von ihm nur abgenickt, nicht aus Gutgläubigkeit, sondern weil er kein Auge hatte für sie; darum der faulige Grappa, wie das Gegengift zu einem, der es nicht merkt, wenn seine Frau von jemand anderem kommt. Und als sie fertig war mit dem Leipzigmärchen, schilderte er seinen Krankenbesuch, wie er in fremder Wohnung die Spülmaschine eingeräumt habe, verklebtes Geschirr von Tagen, ja sogar gesaugt und Staub gewischt: alles, was Marlies zu viel geworden sei während der Chemo, und am Nachmittag soll sie ihn gebeten haben, nach Frankfurt zu fahren, sich ihren Mist nicht länger anzutun. Er fährt also los, ihr Wunsch sein Befehl, und bei Nürnberg will er plötzlich geweint haben, tatsächlich auf der Autobahn geweint und nur noch gehofft, dass sie am Abend auch schon zurück sei, er zu Hause, sie zu Hause, kochen, fernsehen und so weiter. Das hörte sie sich alles an in der Küche, fröstelnd vor

Müdigkeit, und am Ende noch etwas Philosophie, sein halb erdachtes, halb angelesenes Zeug, wie man sich ein Leben lang fragen könne, wer man sei, hinter allem Gerede, oder was die Liebe sei, ohne darüber verrückt zu werden. Was denkst du, darf ich das wissen?

Und sie nahm kein Wort davon ernst und glaubte ihm auch das Weinen bei Nürnberg nicht, sie hatte ihn nur ein einziges Mal wirklich weinen sehen, das war bei Kaspers Sterben, den Sekunden, die Kasper noch gelebt hatte nach dem ungenauen Schuss aus der Pistole des Carabiniere, Tränen von Lebewesen zu Lebewesen. Renz konnte einfach etwas behaupten und auch gleich daran glauben, während Bühl an etwas glaubte, aber den Mund hielt. Und überhaupt war nichts an Renz, das sie auch an Bühl gefunden hätte oder umgekehrt, auch äußerlich nicht, obwohl sie gleich groß waren, beide einen Schädel hatten, nur war bei Bühl alles gestreckt, bei Renz eher gestaucht, wie von sich selbst überladen. Am ähnlichsten zwischen beiden vielleicht noch der Teil, den Renz für eine Stütze seiner Reputation hielt, wie andere Männer auch, während Bühl ihn nur einsetzte, wie seine Hände, die Augen, die Stimme. Fast ein amüsanter Gedanke: Wenn sie im Dunkeln einen Teil der beiden hätte verwechseln können, dann diesen einen.

Was ich denke? Ich denke, wir sind schon zu lange zusammen, rief sie über den Tisch wie über ein Spielfeld. Und was folgt daraus? Sie stand auf und holte ein Bier aus dem Kühlschrank; hinter ihrem Rücken statt einer Antwort nur leises Stöhnen, oder das Stöhnen war die Antwort, ja, wir sind zu lange zusammen, schon die Hälfte unseres Lebens, aber nur wenn es noch länger hält, war es das richtige Leben, sonst ein falsches. Sie machte das Bier auf und setzte sich wieder, sie trank und begann, Dinge auf dem Küchentisch, Gläser, Bestecke, Salzstreuer, Krümel, in eine Ordnung zu rücken, wie ein absurdes Geraderücken ihres Ansehens als Paar: das immer irgendwie zusammenblieb. Schläfst du mit ihr? Auf einmal diese polizeihafteste aller Fragen in Küchentischnächten, statt von sich und Bühl zu reden oder wenigstens einem anderen Mann, an den sie fortwährend dachte, aber wozu. Sie saß auch nicht nackt am Tisch oder ging nackt auf die Straße, nur um offen zu sein – und was sie nicht zeigen wollte, was sie für sich behielt, das war ihr stiller Krebs, an dem man nicht starb. Was weiß ich, sagte Renz, jetzt wahrhaftig etwas wie Tränen in den Augen, und sie winkte nur ab, danke, es reicht, und trank von dem Bier, die Flasche am Mund, und er fing sich mit einem Sprung zu Goethe, seinem großen Vorbild in Lebensdingen – Goethe, der erst weit in den Dreißigern, in Rom, den ersten Sex gehabt haben soll, mit einer zweifelhaften Frau namens Faustina, und das noch unter seinem Reisepseudonym Filippo Miller. Weil er auch als Unberührter schon so berühmt war! Renz füllte sein Glas, er hatte noch einen Wein geöffnet, die Hand zitterte ihm. Unberührt, auf dieses Wort war die Goetheschleife hinausgelaufen: bis zu seiner Kranken war er ein Unberührter, wenn man von der Tragödie mit Kasper absah. Sie fragte, ob es so sei, ob es ihn etwa erwischt habe beim Einreiben einer hustengeschüttelten Brust und gleich auch der Brüste mit Chinaöl, wenn er nachts und überhaupt der einzige Halt war für die Kleine in ihrem Zellchaos, ihr Lichtblick, ihre Zuversicht, der väterliche Lover, der all das nicht gesucht, nur gefunden hat, und jetzt dazu steht und dem sie dafür dankbar den Schwanz leckt – ist es so, rief sie, und Renz stemmte sich vom Tisch auf und ließ den Wein stehen und sie einfach sitzen, was auch ein Ja war, das leiseste, glaubhafteste Ja, das sie seit langem von ihm bekommen hatte, seit einem Abend in ihrer alten Frauen-WG, in der er sie, bis zu diesem Abend, regelmäßig besucht hatte, einem Karfreitagabend, die drei anderen Frauen, Tine, Doris, Yvonne, bei ihren Eltern. Nur war Tines Ex plötzlich aufgetaucht, ein US-Soldat aus Friedberg, der Rilke und Freud zitieren konnte, Jeremy, Nachname unwichtig, wichtig war nur sein Charme, und es war das erste Mal, dass sie diesen Ausdruck begriff: einem Charme erliegen. Sie machten es, als Renz in die Wohnung im Nordend kam, er hatte einen Schlüssel, und sie machten auch einfach weiter, auf dem Boden nah an der Tür, ein irrer Spaß, nicht viel mehr, und Renz zog sich zurück, tagelang, und schließlich rief sie ihn an, Ich bin es, Vila, und fragte, ob es ihm wehgetan habe, und seine Antwort war dieses Ja. Sie hörte ihn ins Bad gehen, die Klobrille anheben und in einer langen Minute das tun, was sie in Sekunden tat, dann die Spülung und das Zuklappen von Brille und Deckel, der Gang zu seinem Zimmer, das Schließen der Tür. Morgen war Sonntag, und sie würden zusammen frühstücken. Wenn sie in die Küche käme, lägen schon Brötchen auf dem Tisch, drei Sesam und zwei Mohn. Mittags dann etwas Arbeit, die nächsten Anmoderationen schreiben, und gegen Abend Elfi und Lutz, um von der Oper zu erzählen, das taten sie immer, Lutz mit nur leichter Kritik, auch wenn ihn vier Stunden moderne Oper jedes Mal fertigmachten, aber für Elfi legte er sich auch im Anzug krumm. Sie nahm ihr Bier und ging damit in das Zimmer, das Renz kaum betrat, wenn die Tür zu war; ein gemeinsames Zimmer, gemeinsames Bett, gab es nur bis zu Katrins Geburt, sie hatte dem Kind dann zu viel Raum geschaffen, und er hatte nichts gesagt, sich bloß zurückgezogen, ein eigenes Lager aufgeschlagen, bald auch mit eigenem Fernseher vor dem Bett: gemütlich, wenn Katrin schlief und sie zu ihm kam, aber im Grunde hatten sie beide nicht aufgepasst, und jetzt gab es nur noch Hotelbetten, die sie sich teilten, an Weihnachten wieder im Charela Inn, das müsste sie jetzt eigentlich schon buchen, wenn sie noch den Spartarif wollte.

Es war bald zwei, aber sie machte ihr Notebook an, wie sie ganz am Anfang mit Renz, noch vor der WG-Phase, mehrmals am Tag in den Briefkasten gesehen hatte, ob irgendein Zeichen von ihm darin lag. Sie hatte eine Mail mit Anhang, keine Stunde alt, ein paar Zeilen ohne Anrede oder die Anrede darin versteckt: Noch immer in dem Hotel mit den Giotto-Drucken – es gibt nur einen Maler, Vila, der Franziskus erfasst hat, den Spanier Zurbarán. Aber sein tiefstes Bild, siehe Anhang, heißt Agnus Dei. Sieh es dir an, aber antworte jetzt nicht, schlaf lieber! Und sie öffnete den Anhang, das Bild baute sich auf, eine Schirmgeburt, bis sie es im Ganzen hatte. Ein Lamm war da zu sehen, nichts weiter. Ein Lamm, flachgelegt, sein Fell gemalt wie zum Greifen, Vorder- und Hinterläufe kreuzweise gefesselt: das Tiergeschöpf schlechthin, von Gott den Menschen überlassen, der Kopf matt nach vorn gestreckt auf ebener Fläche, zugleich der Bildhorizont, das eine Auge halb offen, ein traurig gefasster Blick, die Hörner nach unten gekrümmt, also ein Bock? So genau weiß sie das nicht, sie weiß nur, dass dem Lamm etwas bevorsteht, man ihm bald die Kehle durchtrennt oder alles Fell nimmt, es auf die eine oder andere Art töten wird; es fühlt seinen Tod schon, aber hat keine Angst. Der, der ihm zu Leibe rücken wird, liebt es.

*

IX

GIOTTO di Bondone, oder kurz Giotto, fast ein Menschen-
leben nach Franziskus geboren, als der noch in aller Munde
war, erhielt als Maler schon im Alter von fünfundzwanzig in
Assisi den Auftrag für die Fresken zum Leben des Santo Poverello, eine Arbeit an den Decken und Wänden der großen Basilika bis in sein reifes Mannesalter – acht Jahrhunderte später
auf unzähligen Drucken über den Hotelbetten der Stadt. Bühl
hatte das Bild Der Platz des Franziskus im Paradies gegen ein
anderes aus dem Flur ausgetauscht, Die Ekstase des Franziskus,
darauf dargestellt sein Abheben vom Erdboden bei tiefer Ver-
sunkenheit ins Gebet, das Entschweben in leuchtenden Wolken, verfolgt von vielen Mitbrüdern, ein Bildertausch, so unbemerkt wie das Aufhängen von zwei weiteren Drucken aus
dem Zyklus, beide zuvor im Treppenhaus, jetzt über dem kleinen Schreibtisch im Zimmer, Die Vertreibung der Dämonen
und Die Predigt an die Vögel. Drei Bilder also, die er um sich
haben wollte nach dem einen Tag mit Vila, und alle drei nur
Ersatz für das Bild, das er ihr nachts geschickt hatte und das
auszudrucken, sicher in noch minderer Qualität als die Giottos
aus dem Treppenhaus, nicht in Frage kam.

Agnus Dei von Zurbarán, Lamm Gottes, aber auch Schöpfung dessen, der es göttlich gemalt hat, war das einzige Bild in
den vier Wänden seiner Kinderfrau, der Hug Tulla, wie alle sie
nannten, weil sie Tulla Maria Hug hieß. Unzählige Male hatte
er sie in ihrer kleinen Wohnung im Hinterhaus der Confiserie,
in der sie mehr als nur aushalf, besucht, ganze verregnete Nachmittage brachte er dort zu, wenn der Vater unterwegs war und

die Mutter im Damensalon Zimmermann saß, ja oft auch ganze Nächte, wenn die Eltern am Wochenende etwa in Badenweiler waren, um ihre Ehe im Hotel Römerbad zu erneuern. Vor den Nächten aber die Abende, immer ein Programm, die Hug Tulla ging mit ihm zuerst in die Dreisam-Lichtspiele, in einen Film mit Gladiatoren oder Außerirdischen, auch wenn sie dabei einnickte, und danach noch in die Kirche, um sich an die Namenspatronin Maria zu wenden, und schließlich in ihre Wohnung, wo sie ihm ein zweites Abendessen machte, Bratkartoffeln mit Ei und Wurststückchen, und dazu durfte er ein Glas Bier trinken, um besser zu schlafen, aber bis er schlief, erzählte sie ihm von Filmen, die sie sich ansah, wenn er nicht dabei war, solchen in Schwarzweiß, die immer montags liefen, dem Tag, an dem nur Eigensinnige wie sie ins Kino gingen. Im Grunde erzählte sie ihm von der Liebe, auch wenn dieses Wort nie vorkam, und seit er zwölf war, schon im Internat, ging er an jedem Montag in den Ferien selbst ins Kino, erstaunt darüber, wie genau Tulla ihm alles erzählt hatte: ob Gregory Peck und Audrey Hepburn, ob Jean Paul Belmondo und die junge Amerikanerin, die in Paris auf der Straße die Tribune verkauft, er kannte schon alle großen Paare samt ihren Nöten. Nur Tulla kannte er nicht, die liebte er einfach, wie man als Kind eine gute Lehrerin liebt oder wie er das einzige Bild in ihrer Wohnung liebte. Nach seiner Schulzeit, als er kaum noch nach Hause fuhr, verlor er sie aus den Augen, und eines Tages gab es anstelle der Confiserie einen Thai-Imbiss, und die Hug Tulla, hieß es, sei fortgezogen. Sie war verschwunden, sogar in ihm verschwunden oder abgesunken – bis er nach der Rückkehr vom Flughafen Florenz, als er im Hotel noch arbeiten wollte, eine Nachricht fand. Seine alte Kinderfrau hatte irgendwen gebeten, ihm eine Mail zu schreiben, die Adresse konnte nur vom einzigen Zartenbacher Beerdigungsgeschäft kommen, Pietät Drengle. Tulla war jetzt in einem Altenheim bei Unterried, dem Dorf von Spiegelhalter, und hatte erst kürzlich und nur durch Zufall vom Unfalltod seiner Eltern gehört, und ihr Schreiben an ihn war bis auf zwei Zeilen über das Heim ein Trösten nach dem Verlust, wie sie ihn mit Bratkartoffeln und Kinogeschichten getröstet hatte, als die Eltern noch lebten und trotzdem weg waren, für ihn nicht da. Und seine Antwort war eine Aufzählung der besten Erinnerungen an Tulla Maria Hug, einschließlich des gerahmten Drucks über ihrem Bett, dazu das Versprechen, sie bald zu besuchen.

Und kaum war das abgeschickt, hatte er sich das gefesselte Lamm auf den Schirm geholt; dort war es jetzt als Schonbild für das Gerät und Mahnbild für ihn, der sein Leben danach gerichtet hatte, niemanden mehr zu vermissen, aber seit dem Moment, in dem Vila hinter der Schleuse verschwunden war, alles an ihr, jede erwachsene Kleinigkeit, vermisste. Und der auch nur gefasst sein konnte, so wie das Lamm. Vilas Reaktion auf das Bild kam am nächsten Tag, Danke für das Wesen! Muss ich es bedauern oder beneiden? Und die Antwort hatte zwei Sätze mehr: Es mit beidem versuchen. Und ob sie sich irgendwann in Freiburg sehen könnten, für ihn gebe es in der Nähe etwas zu tun. Das Intercity-Hotel am Bahnhof, mit ihr zusammen ein Paradies! Er drückte auf Senden, dann verließ er sein Zimmer und das Hotel. Es regnete immer noch oder schon wieder, die steingrauen Häuser und Gassen, die Winkelwege, steil aufwärts und abwärts zu versteckten Kirchen, schimmerten vor Nässe, als die Laternen angingen, ein November, wie es schon Hunderte gab in Assisi, der Monat der Klammheit, feucht, dunkel, still, immer schon.

DIE Stadt am Berg nach dem Abendläuten wie ausgestorben; nur später vereinzeltes Hufeklappern, dazu eine helle Stimme, die ein Lied von weither singt, aus Frankreichs Süden, eines von Wärme und Licht, von Meeresglanz und Düften nach Lavendel und Zimt und den Nacken junger Frauen unter einem schweren, sonnenbeschienenen Haar. Giovanni Francesco, Sohn des reichen Bernardone, reitet durch die dunkle Stadt, die Dämonen seines eigenen Novembers zu vertreiben. Er trägt einen Umhang aus besticktem Leinen mit roter Seidenschärpe, wie ein Zingulum, nur noch schmucker, er klopft mit einem Holzschwert, das er sich geschnitzt hat, an die Türen der Mägde, eher Türchen am Rande der Häuser, auch für Ziegen, die ein und aus gehen. Ich bin es, singt er, Giovanni Francesco, Sohn des Tuchhändlers, kommt und fühlt meine Stoffe! Er steigt vom Pferd, das dem Vater gehört, und dreht sich, daß der Umhang fliegt, und eine der kleinen Türen geht auf, ein rundes Gesicht erscheint, das geflochtene Haar wie ein dunkler Rahmen. Franz tritt näher, er verbeugt sich, das eigene Haar fällt ihm über die Schultern, er ist bald zwanzig und hat noch kein Mädchen gehabt, nur im Traum. Wie ist dein Name, fragt er, und sie flüstert etwas, den Kopf gesenkt. Flores? Er wiederholt es leise, darauf hebt sie den Kopf, ihre Wangen leuchten – in dem Haus, dem sie diene, sei von ihm, dem Sohn des Bernardone, oft die Rede: der mit der Seidenstimme. Ihr Flüstern ist heiser, sie ist erkältet, wie so viele im November, er nimmt dem Pferd die Schmuckdecke ab, legt sie ihr um Schultern und Kopf, so könnte sie auch ein Knecht sein, der ihn begleitet. Sie zögert noch, und er verspricht ihr den Himmel, nicht weit von hier in der Kirche San Lorenzo. Gehen wir, sagt er und führt das Pferd und Flores in der Decke die Via di Porta Perlici bergan, jeder Schritt ein Schritt weg vom Sohnesleben – ein Kaufmann soll er werden und seinem Vater in allem nachfolgen, also mit Stoffen handeln und das verdiente Geld verleihen. Nur ist er kein Feilscher, kein Rechner wie Pietro, wenn er mit etwas rechnet, dann mit Wundern, also führt er die heisere Magd, jünger als er, in das Kirchlein San Lorenzo, nur genutzt an Sonntagen, sonst dient es in kalten Nächten den Tieren. Pferde und Esel stehen dort auf felsigem Boden, Schafe auch im Winter, und immer gibt es ein paar Heuballen oder Abfälle, etwas zum Kauen, und die Luft ist feuchtwarm von den Leibern – der richtige Ort für ein Wunder, dunkel bis auf das Ewige Licht. Sie tasten sich an den Tieren entlang und finden einen Platz hinter den Balken und Brettern für ein Gerüst, um noch die Decke zu bemalen. Franziskus holt sich einen der Heuballen, er bittet Pferd und Esel und ein Maultier um Verzeihung, dann legt er das Heu zwischen die Balken und läßt sich nieder, und Flores – die kein Mädchen mehr ist, wie die meisten der Hausmägde, die schon zu zwinkern versteht – kommt neben ihn. Sie trägt einen Kittel aus Schafwolle, dazu Holzschuhe und um die Füße ein paar Lappen, sie zittert in seinem Arm, aber nicht vor Kälte. Bis auf das Kauen der Tiere und manchmal ein Klatschen oder Plätschern auf dem Stein ist es still, so still, daß die eigenen Geräusche etwas von Lärm haben: ihr beider Atem und das Knüllen von Wolle, das Knicken von Leinen und sprödem Heu, das Rucken am Gerüstholz und Reiben von Haut an Haut. Franz gräbt sich in das Fremde, Weiche, als ließe sich das Verlangen dadurch stillen, daß er dessen Ursache findet. Er tastet und riecht, ein Tasten und Riechen mit kühler Erregung. Er liebt nicht, er forscht, wie er auch heimlich im väterlichen Stofflager geforscht hat, nicht nach dem, was sich mit größtem Nutzen verkaufen läßt, sondern ihn am besten kleidet. Auch der Leib, den er umarmt, ist ein Stoff, er schaut in das Gesicht unter seinem mit prüfendem Blick, die kleine Stirn im Schimmer des Ölflämmchens hinter rotem Glas, der Kerze, den Schwung der Augenbrauen, die bebende, etwas breite Nase, den leicht offenen Mund. Sag meinen Namen, sagt er, und sie flüstert ihn heiser, einmal, zweimal, dann ist er am Ziel und schleudert alles Sohnsein heraus. Pferde und Esel rücken zusammen, deutlich die Hufe auf dem Stein, die Unruhe, das

Wetzen der Felle, das leise Schnauben und Scharren, dazwischen Flores' Atem, als hätte sie Körbe nasser Wäsche geschleppt, während er schon wieder bei sich ist, zu seinem Umhang, seiner Schärpe greift und an die Freunde denkt: daß sie ihn gleich auf der Gasse erwarten würden, damit sie gemeinsam, singend, sein neues Leben feierten und bis in die Oberstadt ritten, um den alten Bernardone mit ihren Stimmen zu wecken. Sie sind wie Brüder, ihm näher als jedes Fleisch, das nur an seinem Fleische saugt – von einem Krieg gegen Perugia ist im Palazzo del Populo die Rede, in diese Schlacht würden sie alle ziehen, er und die ihm Liebsten als junge Ritter zu Pferd, um die alte Hure Perugia vor ihren Toren für immer zu schlagen.

Der Regen über Assisi wollte nicht enden in diesen Novembertagen, die Feuchtigkeit drang durch die Fensterritzen, ja sogar durch die Mauern des alten Hotels, an den Zimmerwänden liefen immer wieder Tropfen herunter, nach jedem Duschen stand der Dampf im Raum. Die Heizung kam kaum an gegen die Nachtkälte; tagsüber half nur ein Radiator bei steifen Fingern: die das Schreiben noch langsamer machten, als es ohnehin voranging. Bühl hatte sich einen Schirm gekauft, jeden Nachmittag lief er einmal quer durch die Stadt und zurück über den Rocca Maggiore mit Blick auf die grauen Häuser und Kirchen im Regen, als gäbe es nichts als Mauern und Nässe, wie eh und je im November, und die Zeit wäre stehengeblieben. Wieder im Hotel, sah er nach, ob Vila etwas geschickt hatte, aber diesmal kam die Antwort erst nach Tagen: Freiburg, ja, warum nicht. Und kann ich dabei sein, wenn du zu tun hast? Was hast du überhaupt zu tun, ich kenn dich kaum?

Bühl druckte es aus, sein bester Wandschmuck; es war, als hätten sie es abgesprochen, keine Namen und nur das Nötigste. Eine andere Antwort dagegen voller Überschwang, Tullas ganze Freude, ihn vielleicht bald zu sehen. Nur wollte er bis zum Winter warten, seine Idee: mit Vila durch den verschneiten Wald von

Zartenbach nach Unterried gehen. Was ich zu tun habe, schrieb er zurück, Behördengänge. Jemanden aus dem Fegefeuer holen, der den Himmel verdient hat. Und warum nicht zu zweit, du bist ohnehin bei mir! Keine Übertreibung; Vila begleitete ihn bei seiner Arbeit, seinen Wegen, den Mühen des Einschlafens.

Und in der ersten Nacht ohne Regen, im Zimmer eine Stille, die ihn wach hielt, begann er damit, Franz in den Krieg gegen Perugia ziehen zu lassen, nur um an etwas anderes zu denken – was so wenig gelang wie das Schlafen. Erst gegen Morgen schlief er ein, und erst das Zwölfuhrläuten weckte ihn, ein unhaltbarer Zustand. Er hängte die Drucke wieder auf, wo sie gehangen hatten, bezahlte das Zimmer und ging mit seinen Sachen zu dem abgelegenen Parkplatz. Das erste Fahrziel war klar, der Wagen musste wieder zum Flughafen von Florenz, also fuhr er ihn dorthin, um an Ort und Stelle einen neuen zu mieten, ohne Vilas Geruch im Polster. Der Abend brach schon an, als er auf die Autobahn Richtung Bologna/Ravenna fuhr, und auf der Tunnelstrecke über den Apennin, ringsherum nichts als Schwärze, summte sein Telefon, er bog in die nächste Haltebucht. Es regnete wieder, der Regen jetzt vermischt mit Schnee, an der Frontscheibe mattes Klatschen, als der Motor abgestellt war; das Licht von dem kleinen Schirm wie das einzige Licht weit und breit. Freiburg nach Weihnachten wäre möglich, so stand es da blau auf weiß, und auf einmal hatte alles bis dorthin Sinn, angefangen mit der weiteren Strecke, über Bologna und Modena bis zur Autobahnausfahrt Affi und von dort noch das Stück zum See und die paar Kilometer zu dem Haus, das er als Mieter zu hüten hatte.

UND wieso gerade Freiburg? Renz – auch in einem Mietwagen, nur in wärmerer Umgebung um diese Jahreszeit, nämlich Mallorca, und auch auf einer Autobahn, zwischen dem

Flughafen und dem Städtchen Pollença, der versprochene Besuch bei Heide und Jörg –, Renz war noch nicht misstrauisch, aber gewarnt durch sich selbst: den, der sich jede Geschichte ausdenken konnte, nur damit keine weiteren Fragen kommen. Freiburg nach Weihnachten, du hast nicht zugehört, sagte Vila. Dann liegt dort Schnee. Ich will ein paar Tage für mich sein, durch einen verschneiten Wald laufen. Und auch nicht *in* Freiburg, in der Umgebung, auf dem Schauinsland, dem Feldberg, was weiß ich! Sie hatte noch am Vortag, während Renz wegen seines Zweiteilers mit Hermes Film telefonierte, in Katrins guten alten Atlas gesehen, die Süddeutschlandseiten mit Bodensee- und Schwarzwaldkarten, sie hatte Bühls Tal gefunden, auch die Orte Zartenbach und Unterried, jeweils ein Name bei einem schwarzen Punkt: Da konnte sie sich mehr vorstellen als mit Google Earth oder Street View; sie hatte sogar schon winterfeste Stiefel gekauft. Renz sah sie an, ein kurzer Blick. Aber Schnee war nie deine Sache, also warum auf einmal? Wenn ich für mich sein will, dann in einer warmen Stadt, um dort abends herumzulaufen. Wieso nicht Palma?

Weil ich nicht du bin, sagte Vila, ihr letztes Wort auf einer Fahrt in früher Abenddämmerung, sie schloss sogar die Augen, sie kannte die Strecke, dreißig Minuten Autobahn quer durch den flachen Teil der Insel, dann noch ein Stück Landstraße, ein Dösen mit dem Kopf an der Scheibe, bis Renz Wir sind da! rief und sie herausriss aus einem Reigen von ihr und Bühl, auch unterwegs im Auto, in Marokko, in Mexiko, ziellos in der Hitze, und dann sah sie auch schon Heide und Jörg auf der Terrasse ihrer Finca in dem kleinen Tal am Rand von Pollença, er dabei, den Grill anzufachen, und sie, auf einem großen Außentisch ihre Heide-Teelichter zu entzünden.

Ein Abend mit Freunden in leichten Pullovern, Jörg hatte den Grill an dem Tisch gerückt, es gab Lammkoteletts mit Pellkartoffeln, einer Minzsoße und Wein aus Karaffen. Die Paare saßen sich gegenüber, auch die Männer, die Frauen, Renz und Jörg sprachen über die Chancen eines Angeltrips, Vila und Heide sprachen über Anne und Edgar, ob da etwas im Argen sei. Über alles konnte Vila mit Heide reden, nur nicht über sich und Bühl, also auch über nichts: ihr Empfinden an dem Abend, der kein langer Abend wurde, Heide ging schon um neun ins Bett, der Mallorcaschlaf war ihr heilig. Man blieb noch zu dritt und kam nicht mehr richtig in Fahrt, weder über Renz' neuestes Projekt, der heilige Franz in zwei Teilen, noch über Jörgs Firma für kleine Sonnenkollektoren an bisher unbeachteten Flächen mit dem Ziel, aus dem Stadtbild ein nützliches Kunstwerk zu machen. Sie sprachen nur über die morgige Fahrt aufs Meer, die Köder für Makrelen und kleine Tunas, dann zog sich auch Jörg zurück, ein Notebook im Arm, um noch etwas zu fummeln, so nannte er seine Abendbeschäftigung, wenn Heide schon schlief, das Bearbeiten von Fotos. Jörg versah ganze Giebel, die noch normale Hausgiebel waren, mit Kollektoren oder entfernte die Telefondrähte auf Bildern seines Grundstücks; er ließ Wolken am Himmel verschwinden und Fältchen auf Wangen und hatte auch schon seinen zwei fast erwachsenen, immer herausgeputzten Söhnen wildere Frisuren verpasst. Schlaf gut, rief Vila ihm noch durch die Wand zu, nur um die Worte auszusprechen, da war sie mit Renz schon im Gästezimmer, ihre erste Nacht in nur einem Bett seit dem letzten Karibikurlaub.

Eine Nacht mit Grillengezirpe, ein gutes Geräusch, um in den Schlaf zu finden, aber Vila lag wach, wie alarmiert von dem Wissen, dass auch Renz wach lag, nur tat, als würde er schlafen, gleichmäßig zu atmen versuchte, statt sich zu wälzen oder gar zu sagen, er könne nicht schlafen. Und sie selbst, sie war nicht besser mit ihrem lautlosen Wachliegen auf der Seite, eine Hand zwischen den Knien, als wäre es nicht ihre Hand. Am Vormittag, noch in Frankfurt, hatte sie eine Nachricht erhalten, Ich vermisse dich. Nur diese Worte, aber die Worte, auf die sie ge-

wartet hatte, weil es auch die eigenen waren, zu ihr zurückgekehrt, wie manche Worte in den Schleifen eines Traums. Ich
vermisse dich: ihr Einschlafbild; Stunden später, als es schon
dämmerte, Stoff für ein euphorisches Geträume, beendet vom
Pfeifen des Teekessels. Heide war ein Morgenmensch, nach
zehn Stunden seliger Abwesenheit beim Frühstück aufgelegt
wie andere abends nach ein paar Gläsern. Schon wieder umgeben von Teelichtern, kam sie auf Themen, die eigentlich in
die Nacht gehörten, auf die Liebe, die Ehe, den Tod. Ihr Leben
spielte sich in einem eigenen Takt ab, Abend und Morgen
waren auf den Kopf gestellt, sie redete in einem fort, und Vila
nippte nur an ihrem schwarzen Kaffee, während sich Renz und
Jörg nach den Rühreiern zurückzogen, um die Köder für das
Fischen zu präparieren; der Trip mit Jörg, einer von Renz' Jah-
reshöhepunkten, nur getoppt von dem Fischen vor Jamaika
zwischen Heiligabend und Silvester. Das Wetter sah gut aus,
kaum Wolken, kaum Wind, erst ab Mittag sollte es regnen.
Renz brach im Hemd auf, Jörg in einem Shirt mit dem Son-
nenlogo seiner Firma Cleanlight, ein Zweimanntrip; Vila wollte
nicht beim Fischeherauszerren dabei sein, und Heide sonnte
sich lieber. Wir lesen hier den ganzen Tag, sagte sie.

Lesen, das wollte Vila auch nicht den ganzen Tag, überhaupt fiel ihr Lesen schwer seit Havanna – sie war unkonzen-
triert oder nur auf Bühl konzentriert, selbst die Aufzeichnung
ihrer letzten Anmoderationen war mühsamer als sonst. Und
nach zwei Stunden am jörgschen Pool mit solarer Heizung hatte
sie genug von dem Erstlingsroman eines früheren Ministers für
Arbeit und Soziales, ihr vom Verlag als idealer Mitternachtstipp zugeschickt; und am selben Tag auch noch ein Anruf von
Podak, Parteigenosse des pensionierten Schreibdebütanten: sie
solle das bitte machen, am besten gleich eine Homestory. Vila
zog ihre Laufschuhe an und ließ sich von Heide den Weg zu
einem Berg am Ende des Tals erklären.

Es war kein hoher Berg, eher eine hohe felsige Erhebung mit Pfaden zwischen Sträuchern und Gesteinsbrocken, Pfaden, die sich manchmal in Geröll oder Bächen verloren, dann wieder auftauchten und über kahles Gelände führten. Und je höher sie kam, desto mehr nahm der Wind zu, beugte die dürren Gräser, und setzte er aus, war es still, und sie erschrak, wenn irgendwo Steine rollten, weil eine Bergziege wegsprang. Der Schweiß rann ihr, und bei jedem Windstoß fror sie an Armen und Beinen; vor ein paar Wochen hätte sie noch kehrtgemacht, nun aber lief sie weiter, ein Muss, sie konnte nicht anders, aber zwang sich auch: ein Muss, sich zu zwingen, sich aus dem Leib zu schlagen, was zu viel für sie war, und gegen Mittag erreichte sie die Bergkuppe und sah auf der anderen Seite die Bucht von Pollença und das offene Meer, wo Renz irgendwo sein musste, blutverschmiert vom Töten eines Fisches. Sie setzte sich zwischen Geröll, Gesicht und Rücken nass vom Anstieg, und tat etwas für ihr Gefühl Absurdes an einem Ort mit keiner Menschenseele weit und breit, nur dem Wind und den Steinen, sie zog ihr Telefon aus der Tasche und hatte, wie ein Triumph des Absurden, gleich guten Empfang und wählte Bühls Nummer.

Wie geht es dir? Seine ersten Worte, immer noch umwerfend in ihrer Höflichkeit. Ich weiß nicht, wie es mir geht, ich bin allein auf einem Berg, sagte sie und sagte auch gleich, wo dieser Berg lag und was sie dort hingetrieben hatte. Und du? Sie lag jetzt flach auf den Steinen, einziger Schutz vor dem Wind, und er erzählte ihr von seinen letzten Tagen in Assisi, den Gängen im Nebel, ohne sie, den Nächten ohne sie, der Rückfahrt an den See, dem Haus ohne sie – kein Klagen, nur ein Feststellen, und sie sagte Ich vermisse dich, und er gab es zurück, ohne ein Auch am Ende, dafür mit Betonung auf dem Ich, einem leichten Nachdruck, der auch ein Nachdruck für das Weiterreden war, es ihr leichter machte. Ich habe dein Dorf, Zartenbach, auf der Karte gefunden. Treffen wir uns dort, wenn Schnee liegt, oder wo genau hast du zu tun? Sie hielt das Telefon jetzt mit beiden Händen, sie fragte noch, was er zu tun habe in der Gegend, und er erzählte es mit wenigen Sätzen, im Grunde hätte der Name genügt, Tulla Maria Hug, seine Kinderfrau, nun selbst auf andere angewiesen, in einem Heim lieblos am Leben erhalten. Lieblos, woher weißt du das? Es begann zu regnen, vom Meer eine nahende Front, über ihr schon niedere Wolkenfetzen. Eine Vermutung, sagte er und kam auf Renz, der ihn treffen wollte. Aber nicht unseretwegen, keine Angst, nur wegen Franziskus, der Zweiteilersache, ein Treffen in München, mein Vorschlag. Franz und Klara, ihre Geschichte auf dem Prüfstand, warum nicht. Und du bist ganz allein auf dem Berg, im Wind? Er schien den Wind zu hören, ja sogar den Regen, und sie beschrieb ihre Lage, wie die der letzten Frau auf Erden, inmitten von Geröll und Wolken, und er riet ihr, vorsichtig zu sein beim Heruntergehen – Pass auf dich auf! Sein Schlusswort, das sie zurückgab, mit einer Betonung auf Dich, dann machte sie sich an den Abstieg, die Arme um sich geschlungen gegen die Kälte.

Und noch in der Nacht wurde sie krank, mit Fieber und Gliederschmerzen, und auch Renz wachte von Schüttelfrost und einem pochenden Kopf auf; er und Jörg waren am Abend mit leeren Händen, aber triefend vor Nässe auf die Finca gekommen, nach einem einzigen Biss in acht Stunden, ein jähes Sirren an der Rolle. Jörg war gerade am Bug, und Renz kannte nicht den Mechanismus, um die Rolle zu bremsen, was den Haken in die Knorpel getrieben hätte, also konnte der Fisch Köder und Haken ausspucken, die Schnur wurde schlaff, das Sirren hörte auf, dafür Renz' Flüche. Und nach dem einen Biss nur noch Regen und die Rückfahrt und später eine Suppe, da hatte Vila schon gefroren trotz hundert Teelichtern auf dem Tisch, während Renz noch glaubte, mit Rioja das Ärgste verhindern zu können. Aber es ließ sich nicht mehr verhindern, es brach schon heraus, eine Erkältung plus irgendeinem Virus, vielleicht aus dem Flugzeug. Den nächsten Tag verbrachten beide im Bett, ein Dämmern im Fieber, jeder für sich; am Abend kam Heide mit Pfefferminztee und zwei Wärmflaschen, das geplante Paella-Essen fiel aus. Die Nacht dann eine Kopfweh- und Schüttelfrostnacht, dazu erstes Husten, jeder warf dem anderen vor, ihn am Schlafen zu hindern, überhaupt daran schuld zu sein, dass man hier so liege: schuld an dem ganzen Scheiß, wie Renz gegen Morgen in einem kindischen Wutanfall rief. Er hasste es, krank zu sein, und Vila hasste es auch, es machte sie alt, viel älter, als sie war, zur Mutter der Frau, als die sie sich fühlte, und wenn sie beide krank waren, machten sie einander nur noch kränker, statt sich zu helfen, wie Heide und Jörg es tun würden. Wir lesen uns vor, wenn wir krank sind, sagte Heide, als sie am Mittag noch einmal zu viert um den Teelichtertisch saßen, Renz mit klappernden Zähnen. Ihr Rückflug war um halb vier, sie mussten schon um eins mit dem Mietwagen los; auf der Fahrt nach Palma dann kaum ein Wort, nur Husten und Sich-selbst-Wärmen, Renz fuhr mit einer Hand. Und auch auf dem Flug nur das Nötigste, wer welchen Teil der FAZ bekäme, oder ob man etwas einkaufen sollte für morgen – nein.

Sie landeten mit Verspätung, die Fahrt in die Stadt schon im Abendverkehr, die Schadowstraße so still wie immer, die Treppen zur Wohnung eine Tortur. Renz verschwand sofort in sein Zimmer, Vila hörte ihn noch stöhnen: kein Theater, er war wirklich krank, und sie war es auch, sogar doppelt krank. Sie liebte, und sie fror. Selbst unter zwei Decken fror sie so erbärmlich in dieser Nacht vor einer Arbeitswoche mit drei Interviews für ihre erste Weihnachtstippssendung, dass sie irgendwann aufstand, um sich eine Wärmflasche zu machen, und in der Küche auf Renz traf. Er wollte das Gleiche und hatte schon heißes Wasser – den Kocher in der Hand, stand er da, das graue

Haar verklebt auf seiner Fieberstirn, in der anderen Hand Katrins alte Kinderwärmflasche mit Ponykopf, nicht sicher, wie es jetzt weitergehen sollte. Ich mache das, sagte sie, gib schon her.

BEIDE hatten sich eine Grippe geholt, nicht gravierend, aber gravierend genug. Vila musste die Interviews absagen, eine junge Kollegin sprang für sie ein, und der Ex-Minister mit einem Roman aus der Welt der Arbeit fasste seine Enttäuschung über die geplatzte Homestory – die Kollegin hatte zu viele andere Termine für den Besuch in seinem Vogelsberghaus – in einem Brief an den Intendanten zusammen, einer Kritik gleich am ganzen Format, die auf Vila zurückfiel. Erst Ende der Woche erfuhr sie durch Jens Podak davon, immer noch so fiebrig, dass es ihr gleichgültig war oder fast gleichgültig, so wie Renz' gebrauchte Taschentücher, die er überall herumliegen ließ, bis ihre polnische Hilfe Barbara, die sich ständig für alles entschuldigte, sie wie zu Boden gefallene Blüten aufhob. Renz hatte im Übrigen keine Stunde gearbeitet in der Woche, er hatte nur im Bett gelegen und sich amerikanische Serien angesehen. Er hatte auch nicht telefoniert oder bloß telefoniert, wenn Elfi nach ihrem Praxistag in der Wohnung war und zuerst die Patientin gründlich abhorchte; er hatte höchstens gemailt im Bett, bevor Elfi seinen Rücken abklopfte, und später wohl auch ein paar Worte empfangen, die ihm über die Fiebernacht halfen, so wie ihr ein paar Worte von Bühl: die sie leider nicht ausdrucken konnte, um sie an die Wand zu hängen. Dafür hing über ihrem Nachttisch das Bild mit dem Lamm, wie von selbst beim Stöbern im Netz entdeckt, der Ausdruck leider nur schwarzweiß und von Renz bei seinem täglichen Schleichgang durch die Wohnung auch gleich bemerkt. Spanische Barockschule, seit wann stehst du auf so was, sagte er, während Elfi es lange betrachtet hatte, um am Ende zu sagen, es sei eigentlich gar kein Lamm, und überhaupt mehr Mensch als Tier.

Elfi kam jeden Abend von oben, ihr Stethoskop um den Hals und in den Händen eine Suppe von Lutz: der auch als Orthopäde Ideen zur Grippebehandlung hatte, ein Arzt, der von allem etwas verstand, dabei auf dem Boden blieb, auch wenn er gelegentlich das Knie eines Eintrachtspielers in die Hände bekam. Zur Martinsgans bei Anne und Edgar seid ihr wieder fit, sagte er an dem Tag, als Renz zum ersten Mal an seinem Schreibtisch saß, die Maus auf einem Buch über Franz von Assisi. Er grub sich tatsächlich in diesen Stoff, in diese Figur, wie er sich schon in Anwälte, Geschäftsfrauen oder eine Pathologin gegraben hatte. Vila hörte ihn sogar vor sich hin murmeln, kurze Dialoge probieren, als sie die lutzsche Suppe aufwärmte, ein beängstigendes Gemurmel, wie ein Komplott zwischen Renz und Franz gegen Bühl und sie – unmöglich, dabei eine Minestrone zu löffeln. Sie stellte den Herd wieder ab und zog sich ins Bett zurück, ein Rückzug mit dem Telefon unter die Decke, und sie wählte die Italiennummer, auch wenn sie nach Tagen fast ohne Stimme erst heiser flüstern konnte, einer Stimme zum Fürchten.

Bühl wusste, dass sie krank war, sie hatte ihm eine Mail geschickt, darin das Wichtigste: warum sie ihn nicht anrufe. Es wird von Tag zu Tag besser, erklärte sie, aber nur etwas. Und du? Wie sieht dein Tag aus? Sie lag auf der Seite, mit Blick zum Fenster auf einen der alten Straßenbäume, schon ganz ohne Blätter, die Äste schwarz, und er erzählte von seiner Arbeit, von Versuchen, Franz als jungen Mann in den Krieg zu schicken, ihn mit Rüstung und Pferd auszustatten. Und genug Leichtsinn, um gegen das stärkere Perugia zu ziehen, auch dem nötigen Hass. Wo soll man da anfangen, sagte er, am besten gleich auf dem Schlachtfeld. So wie Liebesszenen gleich im Bett anfangen. Wie siehst du aus? Plötzlich diese Frage, und sie sagte, sie sei kein Anblick, und er: dann würde sie wie der Garten aussehen, trotz seiner Arbeit. Und er beschrieb ihr den Garten und alles, was er unternahm, um ihn in Ordnung zu bringen, die abgefallenen Oliven zusammenrechen, immer wieder, das Laub von der Terrasse fegen, das Laub aus dem Pool fischen, den Schlamm nach tagelangem Regen von der Steintreppe spritzen, die Maulwurfshügel abtragen. Er sprach leise auf sie ein, im Hintergrund jetzt Musik, die Arien-CD von de Beni, also lief er mit dem Telefon durchs Haus, war von oben nach unten gegangen, in den Raum mit der Anlage. Wenn du Renz in München triffst, wirst du auch Marlies Mattrainer treffen, dein Mädchen von damals? Sie unterbrach ihn einfach, und er sagte, vielleicht, und sie bat ihn noch um ein Wort für die Nacht, und er atmete ein und aus wie Kinder vor schweren Entschlüssen, sein Luftholen für ein Ichküssedich. Und von ihr nur ein Ja, sonst nichts, ja statt einem Gute Nacht oder leeren Ciao oder ganz und gar leeren Ciao Ciao, wie von Jens Podak am Schluss jedes Anrufs.

Ichküssedich – sie träumte sich buchstäblich in dieses Wort aus drei Wörtern, und die Nacht wurde besser als die Nächte zuvor, keine Gliederschmerzen, aber das Fieber unverändert, und es hielt sich auch in den Tagen danach. Sie aß nur Obst und ließ sogar die Lutz-Suppen stehen, und im Bad glaubte sie einmal für einen Moment, ihren künftigen Totenschädel unter der Haut zu erkennen, das war spät in der Nacht zum Montag, nachdem sie mit Renz die Tipps gesehen hatte. Das erste Gemeinsame: er und sie, jeder im Bademantel, vor dem Fernseher in der Küche; sie war nicht schlecht in der Sendung, nur manchmal forciert, beide Daumen unter dem Gürtel, aber mehr lässig als verkrampft. Verkrampft war nur ihre Haltung am Schluss, die Füße gekreuzt, Kopf leicht schräg, als sie ihren Beitrag in der Weihnachtsausgabe von Mitternachtstipps schon vorankündigte, einen Film über Havanna und den berühmtesten Dichter dort, Pablo Armando Fernández, Freund von Castro und García Márquez. Gratuliere, du machst dich, jetzt musst du nur schnell gesund werden: seit langem die tröstlichsten Worte von Renz. Aber sie wurde nicht schnell gesund, auch nicht durch Elfis Maßnahmen. Beide laborierten sie noch, ein Fieberpaar, das seine Wohnung nicht verließ, also fiel das Gansessen flach: Anne und Edgar scheuten die Mühe, weil sie und Renz nicht dabei wären; auch das Freundesystem schwankte in diesen Tagen. Erst Mitte der dritten Woche nach Mallorca war Renz schon morgens auf den Beinen, um nach München zu fahren. Es geht ihr schlecht, sagte er an der Wohnungstür, schlechter als dir und mir. Und unser Mieter hat mir gemailt, er kommt dann auch nach München, mit dem Zug, wir treffen uns am Bahnhof. Versteh doch einfach, dass ich hinfahren muss. Tust du das?

Und von ihr kein Wort, welches auch, es war nicht zu verstehen, einfach schon gar nicht, aber sie konnte einfach die Tür hinter ihm zumachen, und auf einmal war sie allein mit ihrem Husten: der bis kommenden Dienstag weg sein musste, dann war die Aufzeichnung für die Weihnachtsausgabe mit nur dem einen Beitrag von ihr. Die anderen kamen von der jungen Kollegin, die sie vertreten hatte, von Hayat Yilmaz, auch schon dreißig und recht locker für eine Türkin oder eher türkisch Angehauchte, sie sprach fließendes Deutsch, nur mit einem charmanten, sexy Akzent, wie Podak sagte, und angeblich war sie voll neuer Ideen für die Mitternachtstipps: die ihr im Einzelnen noch viel zu lang waren, lieber zehn Minitipps als drei Filme, die ja als Filme zu kurz seien und als Appetizer zu breit. Vila machte sich Rührei, dann nahm sie ein Bad, sie musste gesund werden. Nach dem Bad ging sie an ihren Schreibtisch und entwarf die Anmoderation für Havanna und Fernández, anschließend holte sie sich das Charela Inn auf den Schirm, ihr

Familienhotel am Strand von Negril, Weihnachtsfluchtort, seit Katrin die Verkrampfung ihres Vaters angesichts eines Christbaums in der Wohnung übernommen hatte. Katrin wollte zu zweit kommen, mit ihrem neuen Begleiter, das war ihr Ausdruck, und es gab noch freie Zimmer zum Innenhof, Standard rooms im Parterre, nicht attraktiv, aber ruhig, Vila buchte eins unter ihrem Namen, den kannte man im Hotel. Dann mailte sie Katrin die Daten, dreiundzwanzigster bis dreißigster Zwölfter – an Silvester wären sie und Renz schon wieder zurück, ihr Programmchef hatte zu sich eingeladen, die alljährliche Fritz-und-Friederike-Wilfinger-Party, auch für Drehbuchautoren ein Muss. Und besorge dir gleich den Flug, schrieb sie hinter die Daten, um die Zeit wollen alle fliegen. Wir freuen uns, Vila.

Wir, das waren sie und Renz, gestern, heute und morgen, auch wenn das Morgen nicht mehr sicher war. Den Rest des Tages lag sie im Bett, ein einziges Bemühen, nicht die Nummer zu wählen, die in Bühls Jacke ein Summen auslöste, ob in Assisi oder im Zug oder irgendeinem Münchner Hotel; er hatte ihr diese Reise nicht weiter erklärt, nur gesagt, er tue es für die Sache, aber welche? Letztlich kannte sie ihn so wenig, dass sie kaum wusste, was sie ihm zutrauen sollte. Vielleicht wollte er nur die Frau wiedersehen, die er als Schüler geküsst hatte und später an seinen Freund verloren; vielleicht wollte er wirklich zu dem Zweiteiler beitragen, seinem Franziskusstoff, und sich dabei Renz näher ansehen, oder nur das: den Mann ins Auge fassen, mit dessen Frau er etwas hatte, wie man sagt. Erst am späteren Abend wählte sie schließlich die lange Nummer, aber am anderen Ende die weibliche Stimme, die um das Hinterlassen einer Nachricht bat. Melde dich, sagte sie nach dem Piepton, nur diese dringenden, letztlich schrecklichen Worte, melde dich: seit Jahrzehnten nicht mehr gebraucht, zuletzt als sie Renz im ersten Jahr einmal hinterhertelefoniert hatte, weil er tagelang nichts von sich hören ließ, aus gutem Grund. Renz war in Berlin, ein Rückfall mit seiner Bühnenbildnerin, aber das erfuhr sie erst ewig danach, dass er damals ein paar Nächte gebraucht habe ohne das Umständliche der Liebe. Rein das Vergnügen, das waren seine Worte, so wie er im Moment vielleicht, bei seiner Kranken, die reine Nächstenliebe praktizierte – es war ihr egal oder hundert Mal unwichtiger als die Antwort auf ihr Melde dich, solange sie wartend im Bett lag. Wie lernt man, mit Rückzügen fertigzuwerden, ohne abzustumpfen? Sie hatte Renz damals schon nach drei Tagen für tot gehalten, die Möglichkeit, die sie noch am wenigsten in Verzweiflung stürzte.

Zähe Nachtstunden waren das, Stunden, die alt machten, am Ende ein todähnlicher Schlaf; das Erhoffte traf erst ein, als sie beim Frühstück saß, nach einer Nachricht von Renz, dass er noch zwei Tage bleibe, schon an dem Heiligentreatment sitze, eine Antwort, die sie später unter der Dusche vor sich hin sprach, Ichbinbeidir. Den halben Vormittag brauchte sie im Bad, um die Erschöpfung im Gesicht zu verwischen, dann fuhr sie in den Sender. Dort sah sie sich das Material für die Beiträge von Hayat der Scheintürkin an, ein Interview mit einem Straßensänger, der das Zeug zum Star hatte, und Bilder aus einem Geheimtippclub; sie gab ein paar Hinweise für den Schnitt und machte Vorschläge für den Off-Text, sie ließ sich von Hayat mit Kräutertee versorgen und sogar etwas bedauern, weil sie so blass war. Nachmittags traf sie sich mit Podak, der hatte Bedenken im Hinblick auf die Havannakiste, wie er den Film nannte: immer noch zu lang, immer noch zu kopflastig, also nur eine kurze Anmoderation, dann gleich die Salsakneipe, sein Rat. Und Wilfinger will bei der Abnahme dabei sein, sagte er mit kalter Pfeife im Mund, und von ihr bloß ein Nicken, um nicht zu sprechen, nicht zu husten, um eigentlich gar nicht da zu sein in ihrem Mantel und einer in die Stirn gezogenen Wollmütze, damit man die Krankenfrisur nicht sah; am Tag der Aufzeichnung hatte sie vorher einen Friseurtermin in der Stadt, bei einer echten Türkin, der besten, wenn es darum ging, mit einer wie Hayat Yilmaz noch mitzuhalten oder sich selbst wieder mehr zu mögen.

Ihr Telefon zirpte im Mantel, sie stand noch in Podaks Studentenbudenbüro, es war Renz' Zeit, wenn er am Nachmittag durchhing, na, Vila, was tust du, früher die Frage, wenn er eigentlich ins Bett wollte mit ihr, noch vor dem Abend, um dann entspannt zu essen, und sie zog das kleine Ding aus der Tasche und sagte einfach Ja, während Podak sein grünes Cordjackett anzog, erstes Feierabendzeichen, und am anderen Ende auch ein Ja, aber offen für alles, ein bühlsches Ja. Und nach leisem Räuspern, als sei er verlegen, eine Mitteilung, die ihr gerade noch den Raum ließ, Podak zuzuwinken und dabei schon, mehr rückwärts als vorwärts, aus dem Büro zu gehen, in einen der trostlosen Flure des Senders, in dem Moment eine Sonnenpromenade – Bühl war in Frankfurt. Er kam aus München und war am Bahnhof, mit drei Stunden Zeit, kurz vor neun ging der letzte Zug nach Freiburg. Dort hatte er am anderen Tag einen Notartermin, seine alte Kinderfrau wollte auf ihre Art sterben, sie brauchte eine Patientenverfügung, besser heute als morgen, was nichts an ihrem Treffen im Schnee änderte, es war nur ein Vorabbesuch; all das erfuhr sie noch in den labyrinthischen Fluren des Senders, das Telefon ans Ohr gepresst, die freie Hand auf dem anderen Ohr. Drei Stunden, sagte sie, dann gehen wir essen, italienisch, chinesisch, indisch, es gibt alles in der Gegend, was willst du? Sie kam endlich aus dem Gebäude und lief Richtung U-Bahn, der schnellste Weg zum Bahnhof. Er war für indisch, er kannte ein Lokal in der Moselstraße, nur nicht den Namen, neben dem Lokal das Hotel Nürnberg, also gut zu finden, und sie fragte, ob es ein heller Inder sei, womöglich Neonlicht: Ich sehe schrecklich aus, willst du dir das antun? Sie rannte jetzt fast zur U-Bahn, hin- und hergerissen, ob sie noch nach Hause sollte, sich umziehen, frischmachen, irgendwie frisieren, zwanzig Minuten oder mehr opfern von den drei Stunden, und von ihm ein weiteres Ja, ja zu allem an ihr, und von ihm nur ein Komm einfach.

ES war kein helles Lokal, und er saß in der hintersten Ecke, einziger Gast am frühen Abend, vor sich eine Tasse Kaffee, Bleib, sagte Vila, als er aufstehen wollte, und schon saß sie bei ihm und umschlang seinen Arm, wie als Kind den ihres Vaters, damit er nicht wegkam ohne sie. Dann lange Sekunden kein Wort, sie mit einer Hand halb vorm Gesicht, schau mich nicht an, bis er die Hand sachte beiseitezog und ihr mit den Knöcheln über die Wange strich, einmal, zweimal, den kleinen Finger fast am Mundwinkel; er saß in einem billigen Jeanshemd da, H&M oder Tchibo, neben sich eine Winterjacke, er war rasiert, und das Haar fiel ihm in die Stirn. Essen wir etwas, sagte er, wie geht es dir, hast du Appetit? Er schälte ihr die Wollmütze vom Kopf, mehr hätte er sie kaum ausziehen können, auch nicht in einem Bett, er begann sie mit den Fingern zu kämmen, etwas, das sie noch nie gewollt hatte, noch nie zugelassen, und jetzt ließ sie es zu oder einfach geschehen. Ein Kellner brachte zwei Speisekarten, eine kleine Schrift, sie hätte die Lesebrille aufsetzen müssen, Bestell mir etwas ohne Fleisch, sagte sie, und er bestellte Aloo Gobi, Blumenkohl mit Kartoffeln und Gemüse, und für sich Tandoori Chicken. Willst du Tee? Er hielt sie im Nacken, während er die Teesorte wählte, er kannte sich aus, wie mit zerdrückten Haaren. Ich bin froh, dass du da bist: das erste Wort an ihn, für sie selbst überraschend – wann war sie schon, todmüde neben einem Mann, froh gewesen, ja bis zu dem Moment hätte sie kaum sagen können, wie sich das anfühlt, so froh zu sein, für sie nur das Wort aus einem alten Kinderkanon, Froh zu sein bedarf es wenig, und wer froh ist, ist ein König! Es war das Wenige, das sie froh machte, mit ihm für drei Stunden in diesem zum Glück eher dunklen Lokal im Bahnhofsviertel zu sitzen und nicht in einem Hotelbett zu liegen mit der Aussicht auf ganze Tage und Nächte. Wie war München, fragte sie, und Bühl erzählte von den Stunden mit Renz, sein Arm noch immer in ihren Armen.

München oder ein langer Abend in der Bar des Hotels Vier Jahreszeiten – er hatte sich überreden lassen, das Treffen von der Bahnhofsumgebung dorthin zu verlegen – war keine Enttäuschung, wie von ihr angenommen, weil Renz und er unter sich waren. Frau Mattrainer schafft es nicht, Renz' Begrüßungsworte noch in der schönen Lobby mit dem Glasfenster in der Decke, sie lasse ihn aber sehr grüßen, man werde das alles nachholen, so ein Projekt ziehe sich ja über Jahre hin. Und dann hatte Renz sein Leid geklagt, mit einer ihm nahestehenden Producerin ohne große Chance, den fertigen Zweiteiler je zu sehen, ja sich sogar trösten lassen und ihn, seinen Mieter, dafür immerhin zu einem Caesar Salad und später noch zu Rindercarpaccio und auch allen Getränken eingeladen, ein Abend bis zur Schließung der Bar gegen zwei. Und zwischen dem Essen und Mitternacht haben wir tatsächlich gearbeitet, sagte Bühl. Am Exposé, an den Figuren, einem deutschen Bezug. Aber vor allem an der Geschichte von Franz und Klara – hatten die beiden nun was, oder hatten sie nichts? Dein Mann hat mich geradezu verhört: gibt es Belege, Anspielungen? Er hatte ein kleines Gerät dabei und nahm alles auf, machte sich aber auch Notizen. Keine Belege, keine Anspielungen, nur Legenden, es gibt nichts, sagte ich. Oder nur unseren Liebesverstand und die Kühnheit, ihn auf Franz und Klara zu übertragen. Franz hatte sicher das Talent, die Hingabe einer Frau herbeizurufen. Und Klara hat den Ruf gehört.

Das hast du gesagt: die Hingabe herbeirufen?

Ja, warum nicht.

Und Renz? Vila sah auf den Mund, aus dem Worte kamen, die andere längst abgeschrieben hatten, und Bühl erzählte leise weiter. Dein Mann hat zugehört. Franz hatte also dieses Talent, sagte ich. Mit seiner Stimme, seinem Tanz, er war auf seine Art ein Derwisch. Aber welches Publikum, das nicht mehr gewohnt ist, einer Fiktion zu vertrauen, würde da mitgehen? Ich hatte Bedenken gegen das Ganze, und dein Mann tat alles, um sie mir zu nehmen. Wir werden Jahreszahlen und Ortsangaben einblenden. Und mit einer Erzählerstimme arbeiten, dazu die Originalorte. Sind Sie dabei? Das wollte er wissen, er nahm sogar kurz meine Hand, und ich versuchte ihm klarzumachen, dass die Geschichte von Franz und Klara nicht fürs Fernsehen taugt, es gibt dazu keine Bilder, es gibt auch kaum Worte. Oder wie lässt sich zeigen, dass die beiden zu einem Paar werden, weil sie nichts besitzen: nur dadurch können sie ja alles zusammenwerfen. Ein Herz zu besitzen reicht aus. Franz liebt Klaras zerbrechliche Stärke. Sie liebt seine mächtigen Schwächen. Beide sind nur das, was sie zusammen tun. Beten, lieben, fasten. Klara bringt Franz dazu, seine ganze Existenz auf sich zu nehmen, also auch die als begehrender Mensch. Soll das ins Fernsehen, fragte ich, und deinem Mann gingen langsam die Argumente aus, er wollte nur noch die reinen Fakten hören, Franz, der junge Playboy, der Möchtegernritter, der im Kerker landet, seine Bekehrung, die ersten Predigten, Franz, der Freund aller Tiere, der Armen und Aussätzigen, der Naturliebhaber. Machen wir einen Ökostoff daraus, sagte er, und ich sagte, wozu.

Das hast du gesagt?

Ja. Wozu. Ich glaube, er hat die Frage noch nie gehört. Er machte dann sein Gerät aus und steckte den Block ein, und wir sprachen über das Haus und den Garten, aber irgendwie kam er auf das Thema Liebe zurück, er wollte wissen, welche Filme und Bücher mir dazu einfielen, also sprachen wir über Filme und Bücher, passend für die Zeit zwischen Mitternacht und der Schlussnummer des Barpianisten, ein Künstlergreis mit langem Haar und Schlapphut, der noch einmal A kiss is just a kiss spielte. Danach unser Abschied bei den Taxis, dein Mann wollte zu seiner kranken Producerin und ich zu einem Hotel am Bahnhof, und erst im letzten Moment, wir hatten uns schon die Hand gegeben, die einzige persönliche Frage: Was halten Sie überhaupt von meiner Frau, von Vila? Das waren seine Worte. Und meine Antwort: Oh, Sie sind zu beneiden.

Warum oh, fragte Vila, als das indische Essen schon auf dem Tisch stand, zwei Teller nebeneinander, so wie sie auch immer noch nebeneinandersaßen.

Weil du erstaunlich bist. Man sieht dich an – Bühl sah sie an, ein Stück Huhn auf der Gabel – und sagt sich: Oh.

Oh, was? Vila drückte die Stirn an seine, wie ein siamesischer Wunsch: mit zu ihm zu verwachsen, und er hielt dagegen. Oh alles. Oh, welche Stirn, welche Augen, welche Fältchen, welch ein Mund. Wollen wir jetzt essen? Er biss in das Chickenstück, und sie ließ zum ersten Mal seinen Arm los. Das Lokal hatte sich etwas gefüllt, alle Fenstertische waren besetzt, Inder und andere, nur Männerquartette, und immer wieder Blicke zu dem Paar, das beim Essen nebeneinandersaß statt gegenüber: Vilas Erklärung, aber nur für sich selbst. Ein einziges Mal hatte sie so gegessen, in einem Urlaubshotel in Tunesien, da hatte man sie und Renz beim Frühstück nebeneinandergesetzt, weil das andere Paar am Tisch so sitzen wollte, und nach zwei Tagen war Renz der Kragen geplatzt, sie konnten nur noch abreisen. Der Blumenkohl war frisch, auch die Kartoffeln, sie aß alles auf und trank den Tee, die kleine Tasse wie aus den Porzellanräumen des alten Tänzers in Havanna; sie behielt sie auch nach dem Trinken am Mund, auf der anderen Seite fast schon der Mund, den sie noch küssen würde, mehr wollte sie gar nicht, mehr schien auch er nicht zu wollen, nicht im Moment, ein wortloses Einvernehmen, einvernehmlicher als jeder einvernehmliche Sex, von dem die Juristen gern reden. Erzähl von deiner Kinderfrau, sagte sie. Du siehst sie morgen zum ersten Mal wieder?

Ja, seit vielen Jahren – Bühl nahm sein Gesicht in die Hände, als könnte er nur so erzählen –, bei unserer letzten Begegnung war ich noch Schüler, Tulla müsste jetzt über achtzig sein. Als wir uns kennenlernten, war ich fünf und sie schon über vierzig. Meine Eltern wollten für drei Tage nach Paris und hatten jemanden gesucht, der auf mich achtgibt, und die Hug Tulla hat sich gemeldet. Sie kam in unser Haus, kurz darauf stiegen meine Eltern ins Auto. Ich habe kaum geschlafen in der ersten Nacht, ich dachte, meine Eltern kämen nie mehr zurück, und Tulla hat mich auf ihren Schoß gelegt und gewiegt. Ich war fünf und noch nie gewiegt worden, es beruhigte mich. Sie war eine kleine kräftige Frau mit dunklen Haaren und dunklen Augen und einem feinen breiten Mund, und am Ende der drei Tage und Nächte dachte ich, sie wäre eigentlich meine Mutter, aber keiner dürfte das wissen. Ihr Vater war ein Bauer, der alte Hug, den Hof erbte sein Sohn, obwohl der am liebsten in Wirtschaften saß. Und die Tulla wollte als Mädchen aufs Gymnasium nach Freiburg, sie wollte Lehrerin werden, aber der Vater war dagegen. Also half sie auf dem Hof mit, und nachdem der Bruder den kleinen Hof vertrunken hatte, weil er in den Fasnachtstagen den halben Ort freihielt, wurde sie erst Verkäuferin in einer Bäckerei und dann im einzigen Süßigkeitenladen und nebenher Kinderfrau. Am Anfang hatte sie noch zwei andere Kinder, die Mädchen vom Bürgermeister, und später nur noch mich. Sie kam fast jeden Tag und nannte mich Das Kerle. Oder Ihr Kerle. Dann starb der Bruder, und Tulla musste noch seine Schulden bezahlen. Das Einzige, das er ihr hinterlassen hatte, war eine handgeschnitzte Teufelsmaske. Der Bruder hatte nur für die Fasnet gelebt, er war in der Zartenbacher Höllenzunft und besaß eine der schönsten alten Teufelsmasken. Tulla hat sie in Ehren gehalten, zur Fasnet hat sie die Maske immer geputzt, und ich durfte sie in ihrer Wohnung tragen und bekam Angst vor mir selbst, und Tulla hat nur gelacht, Das Teufelskerle, hat sie gerufen. Sie konnte klirrend lachen, und viele glaubten, sie sei verrückt. Tulla war in keinem Verein, hatte kein Ehrenamt und saß in der Kirche immer ganz hinten. Aber jeder kannte sie, jeder wusste ihre Wörter für die Pralinen, die man nicht probieren durfte. Sie konnte über Süßigkeiten so reden, dass man sie schmeckte, und alle Leute in Zartenbach spürten, dass sie das Zeug zu mehr gehabt hätte, Rektorin an der Grundschule oder Leiterin der Laienbühne. Wo immer sie auftauchte, war sie die geheime Seele, und meine Mutter ließ keine Gelegenheit aus, schlecht über sie zu reden. Tulla die Hexe, hat sie sogar einmal gesagt. Man wusste im Ort, dass sie die Teufelsmaske von ihrem Bruder besaß, und manche haben ihr dafür Geld geboten, eine Menge sogar, aber sie hat sie behalten. Und jetzt ist die Hug Tulla alt und will so sterben, wie sie gelebt hat, auf ihre Art und Weise.

Und gab es keinen Mann in ihrem Leben? Vila hatte die Teetasse abgestellt, sie saß jetzt Kopf an Kopf neben Bühl, sein Haar hing in ihres und umgekehrt. Einen einzigen gab es, sagte er. Und nur ich wusste davon. Er war der Filmvorführer bei den Dreisam-Lichtspielen, auch ein Einzelgänger, Trudbert Pauli, und Tulla saß bei ihm im Vorführraum, und einmal soll ihretwegen eine Pause beim Wechseln der Rollen entstanden sein, bei dem Film Der Exorzist. Es war minutenlang dunkel im Kino, und man hörte ihr Lachen, und allen hat es gegraust. Aber schließlich wurden die Dreisam-Lichtspiele verkauft, ein Media-Markt zog dort ein, und Trudbert Pauli, der eine Art Intellektueller war, ging nach Karlsruhe, und Tulla blieb in Zartenbach. Von da an trug sie nur noch, was sie als Verkäuferin trug, einen grauen Rock und eine weiße Bluse, und ihr Haar wurde dann auch weiß, und mit fünfzig war sie schon die Hug Tulla, die alle für seltsam hielten – nur ich nicht. Eine Zeitlang wussten sie und ich alles voneinander, mehr als ein normales Ehepaar. Ich erzählte ihr in den Ferien von den Dingen im Internat, von denen meine Eltern keine Ahnung hatten, und sie erzählte mir von ihren Stunden in der Filmvorführkabine – dass es dort einmal sogar zum Kuss der Küsse gekommen sei, an einem Montag, wenn die alten Schwarzweißfilme liefen. Sie hatte das nicht näher erklärt mit dem Kuss, aber es war auch nicht nötig, so, wie sie vor sich hin sah in ihrer Küche. Tulla hatte schöne Augen, ihr Verhängnis, sagte sie einmal. Wollen wir zahlen, wollen wir gehen? Er sprach jetzt in ihr Haar, mehr ein Flüstern. Es schauen dauernd Leute herüber, was ist mit uns, benehmen wir uns falsch? Oder erkennen sie dich etwa?

Nein, sagte Vila. Leute, die mich erkennen, grinsen. Und gehen auch nicht in solche Lokale. Die schauen zu uns, weil wir miteinander reden. Darf ich dich einladen? Sie ließ die Rechnung kommen und zahlte. War mir eine Freude, sagte sie beim Verlassen des Lokals, ein Wort, das sie noch nie so gebraucht hatte, weder mit Renz noch mit sonst wem, als sei es ein seltenes, ja überholtes Wort. Und eigentlich hätte sie reine Freude sagen können, wie es auch die reine Freude war, Arm in Arm durch das Bahnhofsviertel zu gehen, Moselstraße, Kaiserstraße, Taunusstraße, ein kühler Abend, aber nicht kalt, oder sie spürte die Kälte nicht, weil sie nur eine Hand um die Hüfte spürte, ein Gehen in abgestimmtem Schritt, wie geübt. Über dem Haupteingang zum Bahnhof schon erster Weihnachtsschmuck und in der Halle ein Baum mit Kerzen, die noch nicht brannten. Wo wirst du Heiligabend sein, doch nicht allein im Haus? Eine Frage bei den Schließfächern, in einer Ecke, in der sie für sich waren. Oder was hast du vor?

Heiligabend? In deinem Zimmer an deinem Tisch sitzen. Franz und Klara, das schreibt sich nicht von selbst. Aber wenigstens wartet schon einer darauf, dein Mann. Schreiben

Sie, schreiben Sie! Seine Worte, als wir zu den Taxis gingen. Und dann hielt er mich am Arm: Diesen Stoff kann kein Sender ablehnen, wenn der deutsche Bezug stimmt. Kriegen wir das hin? Er rüttelte an mir, und ich sagte, warum nicht.

Das hast du gesagt? Sie drückte Bühl gegen das Fach, aus dem er eine Tasche geholt hatte. Willst du ihm Hoffnungen machen? Die Wahrheit ist: Kein Sender will so etwas wirklich. Nur Renz will es, um von dem Vorabendzeug wegzukommen. Und seine kranke Producerin will es, um noch an etwas zu glauben. Sollen wir uns hier verabschieden? Vila sah sich um, sie waren noch immer allein in der Schließfachreihe. Oder lieber Abschied auf einem Bahnsteig mit Kuss, eine Renzszene, das Schlussbild mit dem Abspann.

Bühl nahm seine Tasche. Abschiedsküsse standen bei Tulla hoch im Kurs. Danach kam nur noch der Kuss der Küsse.

Dann nehmen wir doch gleich den, sagte Vila, und ihre Hand ging zum Mund: auch das ein Renzsatz, Dann nehmen wir doch gleich den, eine Art Pointe am Szenenende, etwas, mit dem sie nichts zu tun haben wollte und doch etwas zu tun hatte – es sind die schönen leeren Wörter, die alles ruinieren: keins davon, mit dem Renz nicht Geld verdient hätte, jeder Stein ihres Hauses ein leeres Wort. Sie nahm die Hand vom Mund und griff sich Bühls Arm, Gehen wir zum Bahnsteig, ja? Keine Frage, eine Bitte, ein Stück Verführung, sie führt ihn jetzt geradezu in diese Szenerie, sein Zug steht schon da, ein ICE nach Zürich. Bühl hat keine Reservierung, und sie gehen zum Speisewagen, dort möchte er sitzen und arbeiten, und sie stellt sich das vor, er dort allein, konzentriert über seinen Blättern oder vor dem Notebook, während sie in ihrem Bett liegt, noch die Nachrichten sieht. Ich vermisse dich, sagt sie, obwohl er noch bei ihr ist, immerhin ein Satz, der bei Renz nie vorkäme. Und dann lässt sie sich küssen und küsst zurück, da reicht es, dass sie nah an seinem Gesicht ist, den Rest übernehmen die

Lippen, ein Kuss, als auf dem Bahnsteig schon Ruhe einkehrt, alle in den Zug gestiegen sind. Sie bekommt kaum Luft und atmet trotzdem, sie atmet den Kuss ein, für den es keine Kategorie gibt, auch bei seiner Kinderfrau nicht, und danach legen sie einander noch eine Hand auf die Wange, bis sie gleichzeitig loslassen. Er steigt in die letzte noch offene Tür, er sieht über die Schulter und winkt. Wir sehen uns im Februar, ruft sie und tritt zurück, und als der Zug anfährt, langsam den Bahnhof verlässt, fängt sie an zu laufen, ja zu rennen, und etwas durchströmt ihre Beine, das in dieser Abschiedsszene nichts verloren hat oder der geheime, bestürzend beglückende Stachel von Abschieden ist, wenn man das Wiedersehen schon in sich trägt, ein Flüchten durch die Halle mit dem noch dunklen Weihnachtsbaum.

RENZ blieb bis zum Wochenende in München, tagsüber ganz mit dem Basteln an einer Franziskusstory beschäftigt, während Marlies zur Chemo ging oder einfach auf dem Sofa lag, kaum imstande, etwas zu essen, allenfalls imstande, sich die renzschen Ideen anzuhören. Und er hatte jeden Tag neue, wie ein Verliebter, der noch wirbt, Ideen zur Verteilung der Höhepunkte auf zweimal neunzig Minuten und einer Balance zwischen großen Bildern, die nicht zu teuer sein durften, und den Szenen, die an heutige Dinge anknüpfen sollten ohne zu viel Dialog, wie etwa Franz und sein Vater vor der Stadtversammlung oder Franz und Klara, wenn der Ordensgründer sie vor seiner Wanderung nach Spanien drängt, die Verantwortung für ihre Mitschwestern zu übernehmen. Der Emanzipationspunkt, sagte Marlies als Noch-Producerin: Damit kommen wir in den Redaktionen durch. Dazu einfache Antworten auf heutige Sinnfragen. Und die Naturbilder und gute unverbrauchte Gesichter. Lief da was mit dieser Klara?

Eine Frage in den Abendstunden, als Renz sein Gerät schon zugeklappt hatte und an Marlies' Krankenbett saß, sie für einen selbstgemachten Kartoffelbrei mit frischem Basilikum zu gewinnen versuchte. Schwer zu sagen, ob zwischen dem verrückten Heiligen und der Adelstochter je etwas lief, so wie zwischen ihm und Marlies schon bei ihren ersten Begegnungen, ein Gespinst von Blicken und Andeutungen, Kleinigkeiten, die sich wie ein Netz um sie beide gezogen hatten, das Netz, aus dem er jetzt kaum herausfand. Eigentlich müsste er Vila anrufen, ihr erklären, weshalb er noch länger blieb, er hatte ihr nur etwas auf die Mailbox gesprochen, versteh mich bitte, etwas in der Art, und von ihr bisher keine Antwort, ja überhaupt kein Lebenszeichen, schon seit Tagen, als hätte sie akzeptiert, was er macht, sonst nicht ihre Stärke, aber die einem nächsten Menschen unterschätzt man gern – Vila war mehr Vila, als er für möglich gehalten hätte, stärker oder weiter von ihm entfernt als gedacht. Sagen wir so, sagte er, eine Hand auf Marlies' Bauch: Wir stellen es uns vor, dass zwischen Franz und Klara etwas lief. Bühl würde es auch so sehen, du würdest ihn mögen, er hat etwas, ich weiß nur nicht, was. Willst du schlafen? Er nahm ihre Hand und sprach weiter von Bühl, wie er aussah, sich bewegte, was er trug und wie er klang, und deutete ihr Schweigen als Desinteresse.

Du redest zu viel, sagte Marlies schließlich, ein Vilasatz oder einer, den jede Frau früher oder später in seiner Gegenwart brachte, also hielt er den Mund und massierte den schon knabenhaft flachen Bauch seiner kranken Geliebten, wie er es bei Katrin gemacht hatte, wenn sie vor Mathearbeiten mit Krämpfen im Bett lag, jetzt mehr Streicheln als Massieren, eine sachte Aufwärtsbewegung bis zu den Brüsten, die nichts von dem verrieten, was sich in den Lungen darunter zusammenballte. Marlies verfolgte erst seine Hand, dann sah sie ihn an, ihr Blick unter den japanischen Lidern. Fahr zu deiner Frau, sagte sie, du bist doch verzweifelt, sobald wir aufhören zu arbeiten, oder glaubst du, ich bringe mich um? Sie lachte mit ihrem breiten Mund, und er küsste den Mund: den Teil von ihr, den er retten würde, wenn ihm ein Gott die Chance gäbe, sich etwas auszusuchen zwischen Sohle und Scheitel, das durch seine Wahl überlebt – war er verzweifelt, weil es diesen Gott nirgends gab? Oder Vila stärker war als gedacht? Auch schwer zu sagen. Er war auf jeden Fall verwirrt, nicht mehr der, der noch im Sommer mit Vila nachts über den See fuhr. In Marlies' Nähe fiel er in eine Art Traumwelt, in ein Leben hinter dem Leben, als Renz im Wunderland. Er war nicht Mitte sechzig, er war sechs oder sieben, nur ohne Eltern. Sein Vater, der noch im Krieg war, zuletzt in Belgien, der belesene Allgemeinarzt, der alles wusste und nichts ändern konnte, war mit Mitte siebzig an Prostatakrebs gestorben, da blieben ihm keine zehn Sommer mehr am See. Und auch wenn es weit jenseits der Siebzig passierte, würde er noch ohne das Polster der Weisheit sterben. Nicht das wahre, das gefühlte Alter, von dem alle reden, flößte ihm Grauen ein. Er würde bis zum letzten Atemzug am Leben hängen, am Sehen, am Spüren, am Haben: dass er jemanden streicheln wollte und einen Mund wie Marlies' Mund küssen, Blicke sehen wollte, die ihm galten, ihm allein, und den Sommer in seiner Fülle erleben, einmal und noch einmal und immer wieder, also eine Art Verzweiflung wie die des alten Gide im Eckbalkonzimmer vom Hotel Gardesana mit Blick auf den Hafen von Torri und auf den See am siebten September achtundvierzig, seinem Geburtsjahr, die Stelle in Gides Tagebüchern, die er immer wieder nachlas an dem Tag und schon auswendig kannte. *Ich glaube aufrichtig zu sein, wenn ich sage, daß der Tod mich nicht allzusehr schreckt; aber ich sehe mit einer Art Verzweiflung den Sommer enden. Noch nie habe ich eine so lange Folge so schöner, so prächtiger Tage erlebt.* Wie eine latente Krankheit trug er diese Worte in sich, eine, die jederzeit ausbrechen konnte, ihn in den Griff nahm, und auch an dem Abend ausbrach. Er klammerte sich geradezu an Marlies, ein Kranker an eine Kranke, und sie schliefen zusammen, stumm, langsam, ja zögerlich, jeder den Kopf des anderen in Händen, ein Sichverlieren und in Gänze Lebendigsein im selben Moment, einem, den er schon nicht mehr erwartet hatte vom Leben. Und danach keine Flucht ins Bad, sondern ein Seite-an-Seite-Liegen, um neben- oder miteinander auch einzuschlafen, wie er und Vila Seite an Seite eingeschlafen waren, lange vor dem Haus am See, als Vila noch studierte und noch florierenden Zeitungen Porträts anbot, über besessene Theaterleute oder eine dichtende Stillsteherin, und er noch seine Filmkritiken für Feuilletons schrieb, betreut von ernsten Ressortleitern im Zigarettenqualm – wie aus einem anderen, verlorenen Leben waren diese Jahre, einer zerstörten Zeit.

Sie schliefen, bis es hell wurde in der Wohnung unweit des Arri-Kinos, immer noch nackt unter einer Decke: die Renz nur leicht anhob, um aufzustehen. Er ging duschen, er machte Frühstück und brachte alles ans Bett, ein Ei im Glas, zwei Stück Zwieback, grünen Tee, ein letzter Dienst vor der Rückfahrt. Du musst essen, sagte er, und Marlies bat ihn, nicht mehr zu kommen, wenn ihr die Haare ausfielen, demnächst in ganzen Büscheln, und sie trotz Essen immer magerer würde, ein Gespenst mit Kussmund, und er widersprach ihr oder ließ ein Versprechen aus sich herausrinnen wie einen vorschnellen Erguss: es sei ihm egal, wie sie aussehe, er werde sie besuchen, und von ihr eine Hand an seinem Hals, Du Lieber! Das Wort, das er mit auf die Fahrt nahm und das unterwegs immer schwerer wurde, so schwer, dass er mit Vila reden müsste, um nicht daran zu ersticken, auch wenn es kein Wort dieser Art gab, das er noch nicht verwendet hatte, das irgendwer zu irgendwem am frühen Abend gesagt hätte, nur war es in dem Fall ein Tagwort und so ernst wie alles, das bei Lichte geschieht, ohne die mildernden Umstände – Alkohol, Dunkelheit, laute Musik –, wie sie jeder Liebesgauner in Anspruch nimmt.

ABER Vila war gar nicht zu Hause, als Renz am Nachmittag ankam, sie war im Sender vor einem Riesenschirm, der jede Pore zeigte, und versuchte, das Fernández-Interview herunterzukürzen und dabei noch eine Begründung zu finden, warum das Ganze überhaupt gebracht werden soll, ein Gespräch von immerhin fünf Minuten mit einem alten Mann, der von anderen alten Männern erzählt, während die Zuschauer kurz vor Weihnachten wissen wollen, welche Bücher man gefahrlos verschenken kann. Es gab alle möglichen Begründungen für das Interview, politische, kulturelle, menschliche, nur keine, die Wilfinger gepasst hätten, nicht einmal für die vier Minuten dreißig, die am Ende übrigblieben, umrahmt mit zwei dreißig Havanna, inklusive Sonnenuntergang am Meer. Und selbst in diesem karibischen Rahmen war Pablo Armando Fernández noch kein deutscher Mitternachtstipp, da müsste sie schon im Off behaupten, dass er ein in Hollywood entlaufener Westernstar sei, halb kubanisch, halb jüdisch, einer, der nebenbei Gedichte schreibt und mit Fidel Castro und einem gewissen García Márquez auf seinem Sofa plaudert. Soll ich das tun?, hatte sie Bühl aus der Einsamkeit eines Redakteursbüros gemailt, und seine prompte Antwort: Ja, aber ohne Ironie.

Kurz darauf ging ihr Telefon, sie war sicher, dass er es sei, er mit Vorschlägen zur Nichtironie, also auch kein Blick auf die Nummer, aber es war nicht Bühl, es war Renz, ob er etwas einkaufen solle. Seine Stimme klang ungewohnt, leiser als sonst, dazu der Schrecken, weil er plötzlich wieder da war, schon in der Wohnung, wieder ein Teil ihrer Dinge; sie konnte nur Ja sagen, mehr fiel ihr nicht ein, und dann machte sie weiter, ohne eine Spur Ironie. Sie setzte jetzt auf die politische Karte, Fernández, ein Durchhaltedichter, immer auf Seiten des Volkes, bis heute, nur nicht auf Seiten der Kinder oder des einen Kinds, das sein Neffe gezeugt hatte. Am späten Nachmittag sprach sie den fertigen Kommentar, ein Probelauf, ob alles passte, Bilder und Text: für einen Profisprecher, der das Ganze noch weiter abfedern würde mit einer sympathischen Stimme. Mehr konnte sie nicht tun, sie konnte nur noch ungesehen auf die Straße kommen, der sicherste Weg: die Gänge des alten Hörfunkhauses, von jungen Fernsehredakteurinnen gemieden, Gänge, in denen sie sich auch schon verirrt hatte, vor dreißig Jahren, als dort in hölzernen Studiozellen ihre ersten Radioporträts aufgezeichnet wurden, sie das alles noch selbst sprach, sekundiert von wahren Tonkünstlern, die blitzschnell ein zu starkes Atmen herausschneiden konnten, mit einer tatsächlichen Schere, um die Enden von Hand und mit Klebstoff wieder zusammenzufügen. Und sie kam ungesehen auf die Straße und auch bis zur U-Bahn.

Es war Feierabend, und sie musste stehen in der Bahn, eingeklemmt zwischen feuchten Jacken in seltsamer Stille, weil alle mit ihren Telefonen beschäftigt waren, also machte sie einfach mit und wählte Bühls Nummer. Wo bist du, fragte er als Erstes, weil der Empfang nicht gut war, und sie erzählte es, von Station zu Station, eine U-Bahn-Reportage, Adickesallee, Holzhausenstraße, Grüneburgweg, und nirgends etwas los, nicht einmal Graffiti an den Wänden – Und wo bist du? Die Bahn fuhr weiter, und er rief, er sei auch unterwegs, schon im Zug nach Verona, daher der schlechte Empfang, hörst du mich? Ich habe in dem Altenheim angerufen, aber konnte nicht mit Tulla reden, sie sei krank, hieß es, und auch zu verwirrt für einen Besuch. Aber den Leuten dort ist nicht zu trauen, also war ich bei einem Anwalt, er will die Sache prüfen, aber vor Weihnachten wird es nichts, erst im neuen Jahr, und wenn alles gutgeht, hole ich sie dort heraus. Bist du schon an der Hauptwache? Bühl klang jetzt näher, und sie sprach hinter vorgehaltener Hand, die Stirn an der Haltestange, Nein, erst am Eschenheimer Turm. Wo früher das Theater am Turm war, vor deiner Zeit. Dort habe ich meine ersten Porträts gemacht, über Fassbinder in seiner ewigen Lederjacke oder den monströsen Schauspieler Spengler, über jeden, der dort zu tun hatte, berühmt war oder auf dem Sprung zum Ruhm, bis hin zur Bedienung im Café, eine Studentin von dunkler Schönheit und dunkler Intelligenz, später wurde auch etwas aus ihr. Bist du sicher, dass es richtig ist, die alte Frau dort herauszuholen? Mehr ein Appell als eine Frage, als die Bahn unter der Hauptwache anfuhr, jetzt noch voller als vorher, um sie herum eine Luft zum Ersticken. Ja, sagte Bühl, versuchen muss ich es oder ihr anbieten. Du wirst diese Frau sehen, sie ist nicht verwirrt, nur lebendig! Ein Wort, das sie beschäftigte, als es unter den Main ging, zu ihrer Station.

Lebendig, was heißt das? Vila zwängte sich aus der Bahn und ging über die Treppen hinauf zum Schweizer Platz, der bei aller Hässlichkeit *ihr* Platz war, ein perverses Stückchen Heimat, rund wie das runde Herz von Lucca, nur mit Schreckensfassaden und einem Kreisverkehr, den sie mit durchgesetzt hatte, ihre einzige Bürgertat in all den Frankfurter Jahren. Lebendig? Lebendig heißt liebend, sagte Bühl nach zwei Anläufen, als sie schon über die Straße ging, auf ihren Teeladen zu. Aber Liebende sind doch verwirrt, oder was sind sie sonst? Und wenn man alt ist und nicht mehr weiß, wohin mit der Liebe, ist man noch mehr verwirrt, also Vorsicht, vielleicht beschützt dieses Heim deine Tulla auch! Ein längerer Einwand am Gemüsestand vor der Reinigung, und damit ließ sie es gut sein. Weißt du, wo ich bin? Ich biege in die Oppenheimer, rechts mit diesen Läden, die alle den gleichen Weihnachtsschmuck haben. Bist du Heiligabend wirklich im Haus? Sie ging jetzt schneller und schaute, ob Elfi oder Lutz oder gar Renz vom Einkaufen kämen, etwa aus der Weinhandlung Rösch. Ja, was sonst, sagte Bühl, als sie schon in der Schwanthaler am Unio vorbeiging, wo abends alle trainierten, hinter großen Fenstern auf Laufbändern liefen, verkabelt mit Pulsmesser und ihrer Lieblingsmusik; sie sah Edgar, mit dem sie die Après-Tango-Stunden auf Annes Praxisliege verbracht hatte, schon längst nicht mehr wahr, sie sah die Schaubs, die sich als Paar abquälten, wofür auch immer, und sie sah Heide ohne Jörg, Heide mit Cleanlight-Shirt in ihrer Domäne, beim Zusammendrücken zweier Eisenflügel vor Brüsten, die es gar nicht nötig hatten. Alle Freunde und Bekannten schienen im Unio zu sein, niemand könnte sie hören, und sie sagte Ichwilldich, ein Zuruf, der alles enthielt, Entschlossenheit, Verlangen, aber auch ihre Not, und am anderen Ende erst Bühls Atem und dann ein Sprung: Das waren auch Franziskus' Worte zu Klara, als er sie zur Oberin machen wollte, Ich will dich. Und jetzt ist hier ein Tunnel, schick mir deinen Mund!, eine gerade noch empfangene Bitte.

Vila steckte das Telefon ein, da war sie schon an der Schadow und sah ihre Wohnung, das warme Licht in den Räumen, die sie seit vielen Jahren bewohnten. Siebenunddreißig war sie beim Einzug, und Katrin war zwölf, Renz Ende vierzig, er spielte noch Tennis. Alles erschien damals möglich, als sie die fünf leeren Räume mit dem neuen Parkett und der alten Stuckdecke und den weißen Wänden durchschritten und die Zimmer verteilten, das große hintere für Katrin, die mittleren für sich und Renz, die vorderen als Ess- und Wohnzimmer. Nur mit Matratzen und Bettzeug hatten sie die erste Nacht verbracht, Katrin war sofort Besitzerin ihres Zimmers, Renz hatte ihr eine Art Zelt gebaut, ein Laken zwischen Fensterbrett und Parkett, gehalten von Klebeband, darunter lag sie in Hosen und Sweatshirt nur auf einer Wolldecke: Katrin, die künftige

Reisende zu fernen Zielen, schon ganz spartanisch, aber mit Kuschelhund, ihr kleiner Kasper mit auf der Decke. Es war Januar, und es lag Schnee auf den Straßenbäumen, und sie beide, die noch nicht alten oder gerade noch jungen Eltern, an dem Abend gleichaltrig, hatten sich in dem Zimmer, wo später all die Essen mit Freunden stattfinden würden, die Abende mit dem Streit danach, auf dem versiegelten Parkett umarmt, in einem Licht, wie es nur von außen hereinfällt, wenn es geschneit hat, ein verrücktes, tief beglückendes Tun, mal ineinander verschlungen, mal nur an einem Punkt verschweißt, und schließlich ein Hall von den nackten Wänden, als Renz in ihr kam, er nichts anderes als ihren Namen rief, so erschreckend klar, dass ihr Körper nachzog und sie mitkam – eins der wenigen Male, die ganz einfach waren, ohne Kampf, so einfach, wie es sein sollte, nur mit dem Gefühl, ihn und sich selbst bei diesem Tun zu lieben. Der beste Auftakt für die ersten Schadowstraßenjahre, dann irgendwann ausgeklungen, von keinem bemerkt, außer von ihr; sie allein hörte dieses Stillerwerden zwischen sich und Renz, je lauter sie manchmal stritten, desto mehr. All ihre Freunde und Bekannten würden sagen, dass sie und er sich irgendwie ergänzten, an sich vielleicht gar nicht zusammenpassten, aber dann doch, zu guter Letzt, eine Art Einheit seien, eben ein altes Paar, nur stimmte das nicht, wenn man genauer hinsah – nach unendlichen Kämpfen waren sie, zu schlechter Letzt, nichts als ein altes Paar.

Ein Auto bog in die Straße, Jörgs panzerartiger Jeep, und sie ging rasch durch den Vorgarten und sperrte das Haus auf und sah sich im Glas der alten Tür: eine Frau, die von der Arbeit kommt, mit müden Augen, müdem Mund. Und nur auf Strümpfen, ihre Schuhe in der Hand, um kein Geräusch zu machen, ja eigentlich gar nicht da zu sein, nahm sie die zwei Treppen und schloss leise die Wohnung auf und horchte wie eine Diebin hinein. Sie hörte die Dusche, das klatschende Wasser, wenn man, über die Wanne gebeugt, sein Haar ausspült, und noch im Mantel ging sie neben dem Eingang auf Zehenspitzen ins Gästeklo, wo es ein kleines Waschbecken mit Spiegel gab, aber der Spiegel groß genug, um ein ganzes Gesicht zu sehen, mal mit freier Stirn, mal mit den Haaren darin, mal mit engen Augen, mal mit geisterhaft weiten, dazu die Nase verzogen, den Mund, und auch die Zunge gezeigt, so, wie sie als Mädchen, nachdem ihr Vater verschwunden war, jeden Abend im Bad hinter verschlossener Tür Grimassen geschnitten hatte.

ICH will dich! Kein verbürgtes Wort, aber eins, wie Franz es selbst schon gehört hat, von Gott. Klara hebt den Kopf, und er muß ihren Blick ertragen, der Preis für solche Worte; ein Treffen zwischen beiden, um zu regeln, wer in Franz' Abwesenheit den Schwestern, die sich den Fratres minores angeschlossen haben, vorstehen soll – Frühsommer zwölfhundertvierzehn, das Kloster San Damiano vor den Toren Assisis. Gut ein Dutzend der Poverelle ohne jeden Besitz, nicht einmal den ihrer Haare, gibt es dort im dritten Jahr nach Gründung des Ordens, Klara mit kaum zwanzig die jüngste.

Sie steht vor Franz in dem Kreuzgang, der den Garten inmitten des Klosters einrahmt, die Blumen, die Kräuter, zwei Olivenbäume, roter und weißer Oleander und der rankende Jasmin, der jetzt im Juni blüht, eine schwere Süße in dem Innenhof ohne Wind. Es wird bald Abend, nur ein Teil des Kreuzgangs hat noch Sonne, die Hitze gestaut unter den Bögen. Klara trägt eine Kutte aus Rupfen, grobes Gewebe, das die Luft durchläßt; auf dem kahlen Kopf eine Haube aus Leinen, etwas nach hinten gerückt, damit die Stirn ganz hervorschaut. Nach dem Mittagsgebet hat sie auf kühler Erde in ihrer Kammer eine Stunde geruht, danach Wasser aus dem Brunnen geholt, sich das Gesicht gewaschen und dabei ihre Augen im Wasser gesehen, schräge Augen mit dunklen Pupillen, seltsam fremd bei heller Haut. Sie war ganz blond, la bionda haben alle das Mädchen aus dem Hause Offreduccio genannt, ihr Haar war bis auf die Schultern gefallen; seit drei Jahren wird es nun schon geschoren, und etwas an ihr ist immer noch blond. Zwei Spatzen fliegen in den Kreuzgang und umflattern den Poverello, er trägt ein hellorangefarbenes Band um den Kopf, es fängt den Schweiß auf, aber es kleidet ihn auch, ein Band aus altem Fahnentuch. Sein Bart ist schon silbrig am Hals, er ist Anfang dreißig, Klara weiß, was sie wissen muß – sie hat mit den anderen darüber geredet, mit Agnes und Pacifica, mit Philippa, Benvenuta, Balvina und Cecilia, alle älter als sie. Franz könnte ihr Vater sein. Und über die Schwestern soll er gesagt haben: Der Herr habe ihn vor den Frauen bewahrt, aber ob es nicht der Teufel gewesen sei, der ihm die Schwestern geschickt hat? Und sie weiß nun auch, was er von ihr will, sie soll San Damiano leiten, wenn er in diesen Tagen Richtung Spanien und Marokko aufbricht, sie soll die Mutter ihrer älteren Schwestern werden, nur weil er es nicht sein kann. Wenn er aber umkommt durch die Mauren, hätte sie den verloren, der die Schwestern und Brüder in der Fraternitas eint, ihren einzigen Verbündeten und liebsten Menschen. Du willst mich als Oberin, sagt sie und fällt auf die Knie. Warum verlangst du von deiner Schwester, was sie nicht kann? Klaras Stimme hallt im Kreuzgang, die Spatzen umflattern jetzt ihre Haube, ein helles Zwitschern in der Stille nach dem Aufbegehren. Franz berührt ihre Schultern, er nennt sie seine Stütze: die Oberste aller Schwestern, die sich erheben soll! Und er hebt selbst die Hände, von den Schultern zu der Stirn, die sie ihm bietet, er berührt ihre Schläfen, mit leichtem Druck nach oben, Klara richtet sich auf. Sie ist so groß wie er, eine schlanke Gestalt, knabenhaft auch das Gesicht, ihre Augen schauen in seine Augen, die ähnlich geschnitten sind, nur von dem rötlichen Braun der umbrischen Erde. Deine Schwester wird tun, was sie tun muß, aber mit ihrem Willen. Segne mich! Sie kniet noch einmal nieder, und Franz segnet sie und geht; ohne Pause geht er bis in den Eichenwald auf dem Monte Subasio, um allein zu sein. Aber er ist nicht allein, als er sich im alten Laub hinlegt: in seinen Fingerkuppen noch der Puls von Klaras Schläfen.

Bühl hatte Aufenthalt in Mailand, fast zwei Stunden, Zeit genug für ein Essen in Bahnhofsnähe, neben dem Teller sein Notebook, in dem Lokal sogar WLAN. Er schrieb und aß oder aß und schrieb, das eine kaum besser als das andere, aber am Ende stand etwas da, was vorher nicht dastand, auch wenn ohne Vilas Ichwilldich gar nichts dagestanden hätte. Geschichten kommen aus gefallenen Worten, nicht aus höheren Plänen, schon ein einziges Wort kann die Richtung ändern; wer sich nicht dem Zufall überlassen will, sollte nichts erzählen. Bühl bestellte noch Kaffee, ein Lokal, in dem alles schnell ging, eine Weile sah er den Kellnern zu, dann las er die News auf der Startseite, nicht die vom Weltgeschehen, nur die von Dingen, die einem auf der Straße und in den eigenen Wänden zustoßen können, Unfälle, Blitzschlag, Vergewaltigung oder das Geschehen in Heimen, von dem jetzt immer mehr ans Licht kam, dazu eine Meldung mit Link, und er ließ den Kaffee stehen, als er die Seite vor sich hatte, darauf ein Bild seiner alten Schule, Aarlingen, die Badewiese mit dem Ruderhaus, im Hintergrund über dem Sportplatz der Hesse-Saal. Ehemalige hatten von einem Lehrer berichtet, sogar mit Namen, weil er tot war, Gerd Heiding, von einem jahrelangen Treiben, von der Schulleitung übersehen, und ein zweiter Link führte zu einer Kontaktadresse, darin enthalten noch ein einschlägiger Name, wie ein Nagel durch sein Leben, immer im Weg, auch wenn er den Namen nicht in den Mund nahm, contact.KilianSiedenburg@web.de. Und der Zug Richtung Verona wäre fast ohne ihn abgefahren; noch etwas atemlos vom Rennen saß er in einem Großraumwagen am Fenster und sah auf die Vororte, die gar nicht enden wollten, auf den Knien das Notebook, zugeklappt, als sei damit auch Aarlingen zugeklappt, die Dinge von einst, die ja vor allem ihn betrafen, und die Dinge von jetzt, erzählt von einem, der selbst nie ein Heiding-Erwählter war. Bühl drückte die Stirn ans Fenster, es war längst dunkel, die Vororte bloß noch Leuchtschriften auf Dächern, Lavazza, Motta, Fini, Namen, die etwas Beruhigendes hatten, aber die anderen Namen nicht löschten, schon gar nicht die alten Zeichen wie das an Heidings blassgelbem Käfer Cabrio, zugelassen in Freiburg, FR–AU, wie Frau, das fand er spaßig oder unterfitzig, der Lehrer aus Freiburg-Wiehre: in den Ruderhausnächten waren sie auch durch dieselbe Sprache verbunden. Und nun kamen Dinge zu einer Sprache, die mit den Dingen wenig zu tun hatten, und das Ganze betrieben von dem Freund, der keiner mehr war, Vorsitzender eines Komitees zur Aufklärung der zurückliegenden Fälle und eines Aarlinger Neuanfangs, von Cornelius, der alles nur von ihm, seinem Helfer im Dickicht des Lateins, hatte. Er war sogar mit Foto zu sehen, immer noch die nass nach hinten frisierten Haare, der schmale, aber breite Mund, sein Spalt im Kinn, die Haltung wie ein Fernsehkommissar, der zur Aufklärung ausschwärmt, mit Waffe und Handy statt mit Voltaire und Lessing. Und im Übrigen präsentierte er sich als geläuterter Banker, der jedem Verschleiern fortan entgegentritt, seiner Vita nach zurzeit beratend tätig, Pendler zwischen London, Frankfurt und Zürich, also auch beruflich häufig in Bodenseenähe, um in Aarlingen vor jeder Kamera aufzutauchen. Und Kommissar mit Waffe war nicht irgendein Bild, das war Cornelius der Aufklärer, der eigentlich nur aufräumen will, aber auch Cornelius, wie er schon als Junge mit ihm durch die Wiesen zwischen Zartenbach und Unterried zog, einen Kleinkaliberrevolver bei sich, um unter dem Getier aufzuräumen, Spatzen, Eichhörnchen, Frösche; er selbst besaß damals ein Luftgewehr, auch dabei auf den Streifzügen, versteckt in einer Sporttasche. Cornelius wollte nichts als töten, ein ansteckender Wunsch, kein Ferientag, an dem sie zusammen waren mit vierzehn, fünfzehn, ohne erlegtes Tier. Regen schlug an die Scheibe, man sah kaum noch Lichter, der Zug jetzt in der Ebene zwischen Mailand und Bergamo, ein ermüdendes Tacktack, Tacktack von den Schienen – mit fünfzehn, sechzehn hatten die Streifzüge mit Luftgewehr aufgehört, im Grunde waren sie vernünftiger als Franz, der mit zwanzig in den Krieg gegen Perugia zieht, von seinen Waffen Gebrauch macht, das Schwert in einen Hals sticht, Blutbäder anrichtet, die ihn später einholen, wenn er lange allein ist, lange fastet, delirierend vor Kälte und Hunger im Halbschlaf liegt wie in dem Felsspalt auf der Landzunge San Vigilio. Alles kehrt dann zurück, die Schreie der Freunde, wenn sie die eigenen Knochen sehen, seine Schreie, um sich Mut zu machen, das Schwert ins fremde Fleisch zu stoßen, den Tod zu bringen, so wie die Feinde den Tod bringen, ihre Lanzen in die Flanken der Pferde treiben, auch in seins: das unter ihm brüllend zusammenbricht, sich im Sand wälzt, ein Brüllen, das Franz wieder im Ohr hat, und dabei ist es nur der aufgewühlte nächtliche See, den er hört.

Auch am anderen Morgen immer noch spitze Wellen und rollender Uferkies, ein klarer Dezembertag, es geht schon auf Christi Geburt zu, die Heilige Nacht will er noch allein verbringen, dann aufbrechen zu den Brüdern in Bologna. Tagsüber beruhigt sich der See, und gegen Abend ist er so glatt, daß Franz einen Fuß und noch einen Fuß daraufsetzt, aber das Wasser gibt nach, und er kriecht naß in seinen Felsspalt. Mit Laub bedeckt, hockt er darin, die Fäuste gegen den leeren Magen gepreßt, halb träumend, halb wachend, um mit dem ersten Vogelruf aufzustehen, am See zu beten. Die Tage vor Natale sind kurz, ihre dunklen Stunden sind lang, seine einzigen Verbündeten: die Vögel und die Zeit. Wenn er die Landzunge einmal abgeht, immer am Wasser entlang im Gezwitscher, ist eine Stunde um; Regen und Nebel lösen einander ab, und am kürzesten Tag des Jahres endlich die Sonne. Franz zieht die Kutte aus und spült sie im See, er legt sie auf den Uferfels. Dann sammelt er, wie geschrumpft in seiner Nacktheit, ein paar der abgefallenen Oliven und kaut sie. Er weint und weiß es nicht, an den hohlen Wangen laufen Tränen herunter, wie der Urin an den Beinen. Sein Kleid ist am Abend noch naß, die Nacht verbringt er nackt im Laub, ein Rascheln bei jedem Atmen – bis zum Morgen sein Anbeten gegen die Versuchung, sich am Laub zu reiben. So schläft er ein, mehr Ohnmacht als Schlaf, und wacht erst auf, als die Sonne schon durch die Oliven blitzt. Er will sein Gewand holen, aber wo es lag, steht ein Weidenkorb. Und dann sieht er dunkles Haar, das sich pendelnd bewegt, und zwei helle Arme: die der Wäscherin aus Torri, die das Gewand über einen Stein zieht, damit sich der Schmutz daraus löst. Noch hat sie ihn nicht bemerkt, nur weiß sie, daß jemand da ist – sich verstecken hieße lügen. Und eigentlich geht er morgens zur Kapelle des Vigilio, um dort zu beten, was er erst tun kann, wenn er nicht mehr nackt ist. Die Wäscherin hat nicht nur seine Kutte, sie hat auch die Zeit in der Hand, die eigentlich Gott zuteilt, also ist sie von ihm geschickt. Franz bedeckt seine Blöße mit taunasser Erde, er reibt sich auch das Gesicht ein, um als anderer zu erscheinen. Je weiter von mir, desto tiefer in mich: sein Gedanke, sein Bestreben, nur Gott als Gefäß zu dienen. Die Wäscherin hebt den Kopf, in den Händen sein Kleid, das Haar fällt ihr über die Schultern, regungslos steht sie da, die Augen auf die erdige Gestalt gerichtet, und er spricht sie in der Sprache des Herrn an. Ischáh sagt er, Frau, hab keine Angst, ich bin der aus Assisi! Er ruft es ihr zu, zweimal, dreimal, fast ein Gesang, während die Möwen kreischen und sie mit bloßen Knien in den Kies fällt. Zwischen Rosmarinbüschen führt neben dem Fels ein steiler Pfad an den See, schnell ist er bei ihr, sie schließt die Augen und flüstert etwas, immer wieder im Gekreisch der Möwen; erst als er wie sie auf die Knie fällt, versteht er die Worte. Seine Schwester will sie werden und mit ihm ziehen, er soll ihr das Haar nehmen. Jetzt. Sie hält ihm eine Klinge hin, die Augen weiter geschlossen, und er denkt an die, der er als erste das Haar geschoren hat, in einer Hütte bei San Damiano, noch ungeübt, mit schwerer Hand: an die Schwester der Schwestern, mit der er auch einmal den Tisch geteilt hat, ihr Wunsch, nicht seiner. Es wird schmerzen, sagt er und nimmt der Wäscherin die Klinge ab, eine, wie man sie zum Häuten von Kaninchen gebraucht.

Am späten Abend hielt der Zug in Peschiera, das Südende des Sees, Bühl nahm dort ein Taxi, aber er ließ sich nicht bis zum Haus fahren. Er stieg im Ort aus und lief den Hang hinauf, sein leichtes Gepäck in der Hand; auf den alten Schindeldächern schon Weihnachtssterne mit Schweif und in einer Bucht des Hohlwegs eine beleuchtete Krippe mit Hirten und Christkindpuppe, wie früher in Zartenbach, wenn er die Tage vor Weihnachten bei Tulla verbrachte, weil die Eltern zu tun hatten. Wenn sie wirklich verwirrt war, könnte er die Dinge vielleicht entwirren für sie. Angeblich saß Tulla den ganzen Tag nur herum, die geschnitzte Teufelsmaske im Schoß, eine Gefahr für sich und andere, aber daran wollte er nicht glauben; wäre dem so, müsste man ihn oder Vila auch entmündigen, jeden lebendigen liebenden, zu allem fähigen Menschen.

*

X

WEIHNACHTEN, zerbrechlichste Tage im Jahr, selbst unter Palmen nicht sicher vor einem Sprung, einem Bruch; Katrin hatte im letzten Moment abgesagt, ein Anruf am Abend von Vilas und Renz' Ankunft in ihrem Hotel mit dem Vorzugszimmer, das sie als Stammgäste bekamen, großer Balkon und freier Meerblick, nur einen Steinwurf vom Strand entfernt. Ich gehe mit Jeff nach Colorado zum Skifahren: Katrins erste Worte. Jeff, ein Wahnsinnstyp, den sie auch wahnsinnig mag, nur braucht Jeff an Weihnachten seinen Tiefschnee. Tut mir leid, sagte sie, aber im nächsten Jahr bin ich sicher dabei, ihr fliegt ja wieder dorthin, jedem seine Tropen, nicht wahr? Und dann war sie auch schon bei ihrer Arbeit, dem geplanten Aufenthalt am Rio Xingu, und Renz überließ Vila den Rest des Gesprächs, um mit der Enttäuschung auf dem Balkon allein zu sein – Katrin, einzige Frau auf der Welt, die ihn nur als Mensch interessierte, hätte vielleicht verstanden, was ihn mit einer kranken Artgenossin im fernen München verbindet. Aber lieber vergab sie ihre Empathie an Jeff – ein Name, der vorher noch nie gefallen war, bei keinem Skypen, also ganz neu, der Junge, und bei Jeff fiel ihm nur Jeff Bridges ein, als Lightfoot neben Clint Eastwood, nicht als fabelhafter Baker Boy, wo er schon recht kaputt aussah –, und mit dem fuhr sie also in den Schnee, obwohl sie sich aus Schnee gar nichts machte. Vila versuchte noch, etwas über Jeff herauszukriegen, ob sie diesen Wahnsinnstypen liebe, Renz konnte kaum zuhören und war froh, als die letzten Worte fielen, Pass auf dich auf und sei glücklich!, etwas, das kaum zusammenging, bestimmt nicht in seinem Leben. Und nach ihrem Appell war Vila zu ihm gekommen, nur im weißen Slip, einen Arm über den Brüsten, Jetzt sind wir allein, sagte sie, ein Weihnachten zu zweit, so wie die drei Uraltpaare, über die wir hier immer Witze machen. Aber ist das nicht wunderbar: Unsere Tochter hat sich verliebt. Oder gönnst du ihr das nicht? Eine Frage, mit der Renz ins Bett gegangen war, und dort verlor sie sich in einem bleiernen Schlaf nach dem elfstündigen Flug.

Die drei Uraltpaare hatten jedes Jahr ihre Uralttische beim Frühstück und ihre Uraltplätze am Strand, Paare ohne Kinder oder mit erwachsenen Kindern, seit Jahren über Weihnachten in dem Hotel und von Vila und Renz mit speziellen Namen versehen. Nummer eins: das Paar des Grauens, Italiener, sie spindeldürr mit Leopardenleggins und Plateauschuhen, eine Greisinnennutte, er mit geschwärzten Locken, Flickenjeans und Goldkettchen an jedem Gelenk, ein Greisenzuhälter. Dann das Norman-Rockwell-Paar, wie von dem berühmten Illustrator gemalt, zwei Alte aus Houston im ewigen Golfdress, die gern ihre Ansichten über die Verbrecher in Washington und den New Yorker Künstlersumpf loswurden. Und drittens: das Idealpaar, aus genau diesem Sumpf, beide schlank und faltig, der Mann mit Stirnband und einem Lächeln wie Ben Gazarra in The Killing of a Chinese Bookie, sie mit gewaltigem Haar, immer eine Tasche voller Bücher dabei, als hätte Susan Sontag ihre Krankheit überlebt. Und die drei saßen auch schon auf der Frühstücksterrasse, als Vila am anderen Morgen Kaffee bestellte, vor sich nur den Strand und ein glattes Meer, bis Renz dazukam und sie plötzlich Uraltpaar Nummer vier waren, jeder für sich noch ansehnlich, ein Bild von Frau und Mann, aber zusammen das Anti-Paar, mit seinen Strandliegen oft meterweit auseinander und abonniert auf das größte Zimmer in dem kleinen Hotel.

Das Charela Inn: an der Beachfront ein gestreckter zwei-

stöckiger Bau mit geweißten Mauern und geweißter Holz-
veranda, mehrfach überstrichen wie bei alten Schiffen; eine
Außentreppe führte zu den oberen Zimmern, die teuersten mit
freiem Meerblick, der rückwärtige Teil lag rund um einen tropischen Garten mit ebenfalls rundem Pool in der Mitte, alle
Zimmer zum Innenhof, und auch von dort nur ein Steinwurf
zum Strand; das Meer türkisfarben, wie aus sich selbst heraus
leuchtend, in den Vormittagsstunden glasklar, fast paradiesisch, wenn zwei Rochen durchs Flache glitten. Vilas Beschäftigung am ersten Tag: Lesen und auf ein Rochenpärchen warten. Ansonsten nur ein paar Worte mit den Getränke- und
Zigarettenverkäufern, die auf jeden zueilten und Respect man!
riefen und, wenn man schon nichts kaufte, wenigstens ein Ab-
klatschen und etwas Witz verlangten. Die Amerikaner waren
darin Meister, und jeder Witz kam zurück, und Vila hätte
manchen Strandhändler am liebsten in die Mitternachtstipps
gebracht, als unermüdliche One-Man-Show, trotz ihrer Lasten
auf Schultern und Kopf, frischgepressten Säften in Flaschen
und einem nofretetehaften Turban, gefüllt mit Zigaretten und
einer Spezialware, die sie nur mit gemurmeltem Smoke smoke?
anboten, schon morgens selbst bekifft. Das war Negril, Jamaika,
jedes Jahr dasselbe, auch die immer selben Lieder von den immer selben Strandsängern, No woman, no cry, der unsterbliche
Bob Marley, oder die nicht totzukriegende Matilda. Renz gab
jedem Sänger Geld, seine schwache stärkste Seite; er war mit
den Sängern, wie sie mit den Händlern war. Und die schwächste
schwache Seite: sein Fischtrip zwischen den Jahren, an dem
Tag, der als Geburtstermin für ihren Sohn berechnet worden
war. Beim ersten Abendessen in einem der Strandlokale –
Thunfischcarpaccio, danach Red Snapper, das übliche Eröff-
nungsmenü, dazu Chips und eisiges Bier – kam er schon damit, ein Boot gechartert zu haben, für den zweiten Feiertag,
den es hier gar nicht gab, und sie sollte ihn begleiten. Tu mir

den Gefallen, wenn schon Katrin nicht hier ist. Ich will dich neben mir haben, ja? Renz ließ nicht locker, und sie stand auf und ging die paar Meter zum Meer, mit den Füßen ins flache Wasser; sie trug Shorts und ein T-Shirt und keine Uhr, ihre kleine Reverso war in Frankfurt geblieben, sie hatte eine alte Swatch von Katrin dabei. Bis zu den Hüften ging sie ins Wasser und sah dann über die Schulter zum Strand, Renz hatte gezahlt, er stand jetzt selbst im Flachen, ein großer Junge, und zum ersten Mal bei ihr die Vorstellung, er wäre tot und sie frei, nur noch gebunden an ihre Sendung – seit dem letzten Sonntag ohnehin auf der Kippe, kaum eine halbe Million hatte sich zugeschaltet, und während der Fernández-Minuten brach die Hälfte davon weg; im Abspann stand unter Kamera Florentino Ariza, ihre Lieblingsfigur bei García Márquez, im letzten Moment noch eingefügt. Und? Sah der gut aus?, die logische Renzfrage, und sie nur: verdammt gut. Renz ging nun auch ins Wasser, und sie kam ihm entgegen, damit er ihr nicht entgegenkäme, und mit einer Körperlänge Abstand gingen sie im Flachen bis zum Hotelstrand. Vor der Außenbar wurde schon der Weihnachtsbaum hergerichtet, die Abart einer Tanne, von einem Hotelangestellten weiß angesprüht, während ein anderer bunte Lämpchen auspackte. Alles wie im letzten Jahr, sagte Renz, aber im letzten Jahr hatte sie noch Tipps zum Schmücken gegeben, jetzt lief sie nur vorbei und ging aufs Zimmer. Auf dem Balkon stand eine gepolsterte Liege, flachzuklappen wie ein Bett, dort legte sie sich hin, damit sie die Sterne sehen könnte, ihre Erklärung für Renz, und damit diese vorletzte Nacht vor Weihnachten irgendwie herumging, am besten im Schlaf, statt nur an Bühl zu denken, die Erklärung für sich selbst. Aber sie lag dann hoffnungslos wach, nackt unter einem Laken, die Arme mehr verknotet als verschränkt, die Augen mal geschlossen, mal offen, über sich einen Himmel wie mit Nägeln beschlagen, ein Warten auf den Schlaf, bis jemand das Laken anhob, Renz in gestreifter Hose, ihrem letzten Geschenk ohne Anlass, oder nur dem, ihn zu mögen. Und dann schon das Lösen ihres Armeknotens, wie es nur einer kann, der den anderen kennt, auch wenn er nicht alles weiß von ihm; er weiß nur genug, um den einen Moment der Schwäche zu sehen: das hier bin ich, nimm es und sag nichts. Und Renz sagte kein Wort, er nahm sie, und es war gut, weil es das Richtige war nach einer wochenlangen Pause seit der gemeinsamen Krankenzeit, so, als gehörte es schon der Vergangenheit an. Und nun geschah es wie eh und je: ein Schrecken, wenn sie vor dem Eh und Je nicht die Augen verschloss, und das Beste, das sie mit Renz noch erleben konnte, wenn sie nur ihn sah, das Gesicht, das gleich nach ihrem kam, darin ein Blick wie der von Bettlern, die einen Becher halten.

DER Morgen danach wie ein Sommermorgen an ihrem See nach Gewitter, der Himmel wolkenlos, gewaschen, das Meer perlmuttfarben, der überspülte Sand glänzend und fest, voll kleiner, sich schließender Löcher; am Strand ein paar Läufer, die Einheimischen barfuß, Jamaika, Insel der schnellsten Menschen. Und beim Frühstück schon das Palaver der Italiener, überall gleich daheim, das Paar des Grauens im Zentrum, sie mit dünner Frauenzigarette, er mit Abercrombie-Shirt. Danach die fliegenden Stunden bis zum Mittag, das Lesen, das Schwimmen; Vila schwamm so weit hinaus, dass sie gerade noch den Grund sehen konnte, während Renz den Strand entlangging, sein üblicher Gang, um in einer der Buden zwischen den Hotels noch ein paar Geschenke zu kaufen.

Alles Mögliche gab es dort, Thermosbecher, um in der Hitze sein Bier kühl zu halten, Sonnenbrillen und Rum in jeder Preisklasse, Badetücher mit Bob-Marley-Motiven, aber auch Bob

Marley auf Feuerzeugen, Pfeifenköpfen und magischen Amuletten oder in Glasglocken, die man nur schütteln musste, damit es auf den kiffenden Mini-Marley schneeig herabrieselte. Renz suchte nach einer Kleinigkeit für Vila, sie schenkten sich immer nur Kleinigkeiten, seit Katrin aus dem Haus war, und er suchte nach einem Mitbringsel für Marlies, die ihm gemailt hatte, ermutigend, was den Zweiteiler betraf, beunruhigend, was sie anging. Teamartfilm, Berlin, war interessiert, sie wollten die Option, wenn es ein Treatment gäbe und Franz auf seiner Wanderung bis zur Donau käme, dann könnte man in Regensburg drehen; dazu gleich ein paar Vorschläge von ihrer Seite und als PS, dass sie die Chemo abgebrochen habe, um den Verstand zu behalten. Alles Weitere jetzt mit Ibuprofen oder Stärkerem, Marlies! Renz fand für sie ein Fläschchen mit Wunder vollbringendem Wurzelsaft, Magic health juice, und für Vila eine Däumlingsgitarre, die auf Knopfdruck No woman, no cry spielte. Und für sich kaufte er ein T-Shirt, als Aufdruck ein Speerfisch, der aus dem Wasser springt, weil er am Haken hängt, ein Blue Marlin, wie er ihn nie am Haken hatte und auch nicht mehr haben würde, irgendetwas sagte ihm das, als er das T-Shirt anzog: Das Leben wird nicht mehr sein, wie er es immer erträumt hat. Er ging zurück zum Hotelstrand, aber Vila war nicht auf der Liege, und er sah sie auch nicht im Wasser, er sah sie auf dem Balkon. Sie saß vor ihrem Notebook, und als er mit der Geschenktüte ins Zimmer kam, stand sie neben dem Balkontisch, ihr geschlossenes Gerät in beiden Händen.

Ich muss auch noch etwas besorgen: ihre Worte, als sie an ihm vorbei zur Tür lief. Hast du ein neues Hemd? Sie blieb in der offenen Tür stehen, in dem kobaltblauen Badeanzug, den er im Sommer für sie in Salò entdeckt hatte, eins ihrer Beine leicht angezogen, so, dass die Zehen fast über dem Holzboden schwebten wie bei Kasper, wenn er plötzlich stehen geblieben war, eine Vorderpfote ebenso angezogen, das Tier voller Neugier auf den nächsten Moment, der zugleich das ganze Leben war. Ja, ein T-Shirt, sagte Renz, ich habe es gerade gekauft. Und auch etwas für morgen Abend, zum Auspacken. Wenn wir beide hier schon ganz allein sind.

Der nächste Moment: für Vila der Moment, in dem sie auf einer Veranda über der Hotelrezeption, versteckt hinter großen Pflanzen, wieder vor ihrem Gerät saß, auf dem Schirm ein bühlsches Lebenszeichen, das erste seit ihrer Ankunft, eine Reihe von Fragen, die wie Anfragen klangen. Ob sie von Aarlingen gehört habe, was da jetzt aufgedeckt werde durch seinen früheren Freund und Ex-Mann der Fernsehproducerin M., der spiele sogar damit, als Bankenmensch einen Fonds einzurichten, zur Entschädigung aller Opfer von Missbrauch, ein schreckliches Wort. Und wie sich der Havannabeitrag gemacht habe, in welchem Verhältnis sie zu dem Kameramann Ariza stehe – ob sie auch unter paradiesischen Umständen an ihn denke. Und schließlich, wie mit einer Maus zu verfahren sei, die er jede Nacht in der Cantina umherhuschen höre.

Aber Kristian Bühl, was soll das, ihre ersten Worte, noch vor sich hin gesprochen beim Schreiben, was soll diese Frage, ob ich an meinen Kameramann denke: Ich tue kaum etwas anderes. Und der Kameramann – den ich vermisse, das ist mein Verhältnis zu ihm – hat sein Havannafilmchen natürlich gesehen. Leider haben die Leute gleich reihenweise abgeschaltet bei dem Fernández-Interview, sie wollten nur deine Bilder, Bühl, willst du nicht der ständige Kameramann werden? Ich fürchte aber, sie werden die Sendung einstellen oder mich abstellen, angeblich soll ich dann Kandidaten für ein ganz neues Talkformat testen, dein früherer Freund wäre so ein Kandidat – ja, ich habe von den Dingen gehört, man soll keine Kinder auf Internate geben. Und was die Maus in der Cantina betrifft: Betrachte sie als meine Abgesandte. Man kann das Haus nicht dichtmachen, auch wenn Renz und ich es jedes Jahr nach dem Sommer versuchen, es dauert einen ganzen Tag, der traurigste Tag im Jahr. Und bitte: Sei gut zu dem Cantinatierchen, lass es gewähren. Und stell den Wecker an meinem Bett nicht um, ich will nicht die Winterzeit antreffen. Was wirst du Heiligabend machen? Ich werde hier im Grillqualm sitzen, das gibt mir die Chance zu weinen, und keiner merkt etwas. Auf meiner Uhr ist es gleich halb sieben, eine alte Swatch von Katrin, sie hat uns versetzt, weil sie schon wieder jemandem gefolgt ist, diesmal in den Schnee. Und hier ist es warm und wird gerade dunkel, also ist es bei dir tiefe Nacht, und vielleicht schläfst du schon, das Beste, das einem passieren kann, wenn man liebt und der andere nicht da ist. Vila.

Der traurigste Tag im Jahr, den hätte sie gar nicht antippen dürfen, dieses Versiegeln von Haus und Garten, als seien die Besitzer verstorben. Renz zieht wasserdichte Planen über die Liegen, die Außentische, die Möbel auf dem Dach, sie wischt die Böden im Haus, oft noch ein letzter klarer Tag, frühlingshaft, und in Wahrheit endet alles. Noch einmal Rasen mähen, das ist seine Sache, und sie verpackt die Loom-Stühle, die kleinen Steingeschöpfe, zwei Engel, zwei Hasen, einen David. Später holt Renz alte Taue aus dem Schuppen und legt um alles eine Schlinge, die erst zu Ostern wieder aufgeknüpft wird, und sie wäscht letztes Geschirr, immer fällt ihr noch etwas ein. Er würde lieber losfahren und drängt, sie schreit ihn an, Mach doch du alles, schreit sie und scheucht eine Eidechse auf, das Vorzeittierchen huscht übers Parkett, sie will es fangen und streicheln, seit Kaspers Tod läuft sie jedem kleinen Lebewesen nach und hadert mit dem großen an ihrer Seite. Kümmer dich um den Zitronenbaum, ruft sie, obwohl er ihn schon abgepflückt hat. Sie verschenken alle Zitronen an Freunde, immer bleiben welche übrig, und es werden mehr, glaubt sie, weil die Freunde weniger würden, seine Schuld. Alles ist seine Schuld, sogar der Kalk in den Bädern. Nach den Schlafzimmern nimmt sie sich die Bäder vor, sie wird zur Klofrau, Renz zum Hausmeister. Er liest die Wasseruhr ab, holt den Akku aus dem Rasenmäher, er breitet eine Decke über den Fernseher, als könnte der frieren im Winter. Es endet kaum, und irgendwann will er auf die Toilette, aber sie schrubbt noch die Schüssel und hat nur Wäsche an, ihr Haar ist aufgelöst, eine schöne Klofrau. Nach dem Putzen der Bäder das Verriegeln aller Läden, danach der Gang durch die oberen Räume, schon ohne Blick auf den See; die Lampen sind an, obwohl es Tag ist, und sie hört das Ticken ihres Batterieweckers neben dem Bett: noch gilt die Sommerzeit, und wenn sie zurückkehrt, schon wieder, als sei sie gar nicht älter geworden. Und schließlich der letzte Akt, das Stromabstellen in der Cantina, ein Umlegen des Casa-generale-Schalters und im Dunkeln dann ein Rascheln zwischen den Vorräten in den Regalen, eines, das sie mit stiller Freude erfüllt, una Gioia segreta, wie die Leute am See sagen, wenn man sich noch ein Leben neben dem gewohnten erlaubt.

Vila?

Renz' Stimme aus dem Innenhof, und sie verließ den Platz bei den Verandapflanzen und sah ihn unten, im Haar seine Sonnenbrille, obwohl es längst dunkel war. Was tust du dort, rief er, als gäbe es keine Zimmer zum Hof, keine Zeugen. Wir sind nicht allein: ihre Antwort. Dann ging sie nach unten, ging an ihm vorbei, und er sofort hinter ihr her durch den kleinen tropischen Garten, ein Verfolgen, das sie hasste, Renz wie ein externes Geschwür, an ihr klebend, auch wenn er hinter ihr herlief, die Treppe zum oberen Stock hinauf, bis ins Zimmer, ja bis ins Bad. Er sah auf ihr Notebook, Was hast du gemacht, geschrieben? In seiner Stimme eine falsche Ruhe, so sprach man mit Kindern, mit Tieren, Ich habe gemailt, sagte sie, aber eigentlich geht es dich nichts an, warum hast mich gesucht? Sie legte ihr Gerät auf den Klodeckel, und Renz warf einen Blick in den Spiegel, Du wollest einkaufen, wozu da ein Notebook? Hast du mit Katrin gemailt, darf ich das wissen? Und noch immer sein Blick in den Spiegel, die falsche Ruhe. Lass mich jetzt ins Bad, sagte sie, kein guter Satz, weil sie ja schon im Bad war, und er kam auch prompt damit, dass sie ja schon im Bad sei. Willst du hier weiter mailen?

Renz musste Luft holen, noch vom eiligen Gehen, und sie sah diesen Abend davonlaufen, ja die ganzen nächsten Tage, der Anlass lächerlich – er hatte sie nur im Hotel gesucht, nur ein paar Fragen gestellt, war ihr nur hinterhergegangen, aber es war, als würde alles Zuviele aus bald dreißig Jahren über ihr zusammenschlagen. Und du, was hast du gemacht, telefoniert? Gibt es Neues von deiner Kranken, fallen ihr die Haare aus? Ans Waschbecken gelehnt, sagte sie das, im Kreuz die Kante; Renz stand vor ihr und konnte nicht in den Spiegel über dem Becken sehen, sein Spiegel, das war sie, ein Gesicht mit erstem Sonnenbrand, und er sah an ihr vorbei auf die beiden Zahnbürsten. Die Kranke, die mich liebt, rief er. Ein Theaterausbruch, aber nicht nur, und plötzlich ihre Hand, ein Schlag, planlos und doch auf die Lippen, und von ihm gleich der Versuch, ihre Hand zu packen, die Sonnenbrille fiel ihm aus dem Haar, fiel auf den Kachelboden, eine mit besten Gläsern, wenn nicht seine Brille der Brillen, also trat sie mit dem Fußballen auf einen der Bügel, dass er absprang, und Renz ging in die Knie, er begann die Teile aufzuheben, über seine Lippe lief Blut. Wann hatte sie zuletzt nach ihm geschlagen, wohl auch auf einer Reise; sicher war, dass er sie dazu bringen konnte. Ich bin gleich fertig, sagte er, und sie sah ihm zu, fast mit Kopfschütteln über das Ganze, als produzierten sie beide ihr eigenes Gegengift, um in solchen Momenten nicht zu verzweifeln. Für morgen Abend habe ich einen Tisch, sagte er noch. Weit weg vom Grillqualm. Wie findest du das?

Und dieser vierundzwanzigste Dezember begann lupenrein, der Strand in der Morgensonne hell wie Schnee, wenn man ein Auge zudrückte – Vila frühstückte für sich, Renz schlief noch, sie war aus dem Zimmer geschlichen, schon ihr Badezeug dabei, auch Notebook und Telefon. How are you today, Madam? Ein junger Kellner wie ein Filmprinz bediente sie, er half nur aus, sie sah ihn zum ersten Mal, eine sanfte Stimme und die Augen fast traurig unter dem blauen Himmel, so traurig verloren wie die Weihnachtskugeln an der Scheintanne, die jetzt in vollem Schmuck dastand. Wie ging es ihr heute, wie ging es ihr überhaupt? Sie wusste es nicht, als hätte sie eine Krankheit mit unklaren Symptomen, mal Fieber, mal keins, mal Krämpfe im Magen, mal Wellen von Glück. Schließlich wiegte sie den Kopf, eine vorsichtige Antwort, ich sitze hier, ich lebe, ich sehe das Meer, und der Prinzenkellner schaute etwas bekümmert und hatte, während sie ihren Tee trank und Rührei mit Toast aß, auch von weitem ein Auge auf sie.

Nach dem Frühstück nahm sie ihre Sachen und ging am Strand entlang, vorbei an einem kleinen Nacktabschnitt, wo schon ein Paar in der Sonne lag, etwas älter als sie und Renz, er mit weißem Zopf, vor sich ein E-Book, sie mit langem ergrautem Haar, zwei fleckige Hände auf den Schenkeln, aber zwischen den Beinen ein Mädchen, und plötzlich kamen ihr die beiden mutig vor, keine Nudisten, sondern nur ein nacktes Paar; der Mann sagte irgendetwas, und die Frau lachte kurz, ein Einvernehmen schon morgens um zehn, ja, es kam sogar ihre alte Hand, sie berührte die Hüfte neben ihrer, vielleicht ein Zeichen, ich würde jetzt gern mit dir schlafen, oder lass es uns später tun, am frühen Nachmittag, oder noch besser, um halb vier: wie im schönsten der alten Schlager, die ihre Mutter, die einsame Zahnärztin, oft gehört hatte, Johnny, ich träume so viel von dir, ach, komm doch mal zu mir nachmittags um halb vier. Sie musste sich zwingen, die beiden nicht länger anzuschauen, weiterzulaufen, in einen der Strandläden, die schon aufhatten. Dort kaufte sie für Renz eine Sonnenbrille, keine teure wie die zertretene, aber eine, die ihn verändern könnte, mit bläulichen Gläsern, wie sie John Lennon getragen hatte, und neben den Sonnenbrillen fand sie eine Glaskugel, darin eine Insel mit einem Pärchen unter einer Palme, und schüttelte man die Kugel, schneite es auf das Paar: ein Geschenk für Bühl, wenn er hier wäre, kein Mitbringsel. Sie kaufte noch eine Flasche Wasser für sich und ging damit bis ans Ende des langen Strands, zu einer Bucht, in der ein paar Boote vor Anker lagen, Boote, wie man sie zum Hochseefischen chartern kann, mit verheißungsvollen Namen am Bug oder Heck, Marlin Lady, Lucky Catch, Orgasm Hunter.

Der Strand an der Bucht war ungepflegt, überall kleinteiliger Tang, und eine Art Kraut wucherte über die Sandwellen, dazwischen abgestorbene Bäume und Reste von Hütten, Spuren irgendeines Sturms. Sie setzte sich in den Schatten einer Palme, die es nur noch als dicken Stamm gab, und machte ihr Telefon an und hatte sofort ein Netz, Jamaika ein fernmündliches Paradies, geschaffen für die Amerikaner, die pausenlos am Strand mit zu Hause sprachen. Sie rief Katrin an, aber Katrin war wohl mit Jeff auf der Piste oder lag noch mit ihm im Bett, sie hörte nur ihre Stimme, erst auf Englisch, dann auf Spanisch, Katrins Art, alles Heimatliche gleich abzuwimmeln, also wünschte sie ihr ein Happy Christmas und nach einer Pause noch ein Passaufdichauf, schnell und halblaut, als sei es auch an Weihnachten zu viel oder too much, wie Katrin sagen würde, dann unterbrach sie die Verbindung und wählte die Nummer vom Haus, schon beim Nullnulldreineun für Italien mit einer Mischung aus Krämpfen und Wellen im Magen, und nach der Ortsvorwahl ein Zögern, sie war sich nicht mehr sicher, wie es weiterging, ein kaum begreiflicher Ausfall, und sie begann noch einmal von vorn, während auf einem der Boote, der Orgasm

Hunter, jetzt Bewegung war. Ein schlanker Dunkelhäutiger in abgeschnittenen Jeans leerte aus einem Eimer Wasser über den Bug, er sah zu ihr herüber, und sie sah weg und wählte weiter, und nun war es ganz einfach, wie eine Gedichtzeile, die man für immer in sich hat, Ich weiß nicht, was soll es bedeuten, dass ich so traurig bin, ein Märchen aus uralten Zeiten, das geht mir nicht aus dem Sinn. In Torri war es schon Nachmittag, nachmittags um halb vier, sie hörte das Freizeichen, ihr Magen dehnte sich in die Brust aus, in den Hals.

Hier bei Renz, sagte Bühl, seine sachliche Art, unendlich besser als ein Hallo oder albernes Pronto, und sie sagte nur Vila, wie ein Kind, das zum ersten Mal seinen Namen nennt, noch nicht sicher, ob dieser Laut und es selbst auch ein und dasselbe sind. Vila. Er wiederholte den Namen, und sie fragte ihn, was er gemacht habe bis zum Läuten des Telefons, ein Versuch, ihre Neugier auf all sein anderes Tun zu verbergen oder schlicht ihre Gier nach seiner Stimme. Ein paar Sätze verbessert, sagte er, und sie bat ihn, die Sätze vorzulesen, und er wandte ein, ob das nicht zu teuer würde, und sie rief Nein, egal! Danach eine Pause, als müsste er nachschlagen, was er geschrieben hatte, oder sich mit dem Telefon vor sein Gerät setzen, eine Pause, in der sie sah, wie der Dunkelhäutige auf dem Boot herüberschaute, vielleicht auf ihr lautes Egal hin, als ob er es verstanden hätte, und dann fing Bühl auch schon an. Stell dir vor: Franziskus wochenlang allein auf der Landzunge San Vigilio, geschwächt vom Fasten, und auf einmal taucht eine junge Wäscherin auf, sie will sich dem Orden anschließen, er soll ihr das Haar abnehmen, sie hat sogar eine Klinge dabei. Franz prüft die Klinge mit dem Daumen, er warnt vor dem Schmerz und fragt nach ihrem Namen. Gazza, sagt sie, die Elster, ein Vogel, der ihm schon immer gefallen hat, wie kann er ihr da den Wunsch abschlagen. Er sieht zum Himmel und bittet um eine sichere Hand, bevor er der jungen Gazza ins

Haar greift: das sich warm und fest anfühlt, ganz anders als das Haar von Klara, das ihm förmlich in die Hände gefallen ist, und er sagt Worte, wie er sie sonst nur im Gebet spricht, tu es pulchritudo, tu es mansuetudo, tu es caritas. Das waren meine Sätze, dann kam dein Anruf. Geht es dir gut? Der Abend wird heute schwer, nicht wahr? Was war dein bester Heiligabend? An den solltest du denken, versprich es.

Ihr bester, da musste sie ihm nur ein Foto beschreiben, das in Frankfurt auf ihrem Schreibtisch stand – sie und Renz mit Katrin, Katrin noch mit Pferdeschwanz, unter dem brennenden Baum, alle drei auf dem Parkett im Schneidersitz, zu ihren Füßen die ausgepackten Geschenke, der helle Wahnsinn bei der Kleinen, Bücher, Stiefel, Stofftiere, ein halber Zoo, dazu Spielkonsole, Games und ein Globus, der auch zu Renz gehören könnte, schon nah an seinen Geschenken lag, einem Seidenpyjama und Bildbänden, der oberste über den See, daneben ein Stapel CDs, die gesammelte Callas, natürlich auch für sie gedacht: die ihr Hauptgeschenk im Arm hielt, einen Schal, so lang, dass er noch um die Schultern von Renz und Katrin ging. Alle drei lachen wir in die Kamera, auch ein Geschenk, die geöffnete Schachtel am Boden, und schon das erste Foto ein voller Erfolg, jeder scharf und keiner mit Kaninchenaugen durch den Blitz. Ein seliges Paar mit seliger Tochter, die selige Weihnachtsabendfamilie. Unser schönstes oder bestes Fest, sagte sie, Katrin war noch keine zehn, ich gerade fünfunddreißig, Renz in den Vierzigern. Und bei dir?

Vila rutschte jetzt hinter den Palmenstumpf, sie kam sich nackt vor beim Telefonieren, noch nackter als die grauhaarige Frau, und Bühl erzählte von einem Weihnachten abseits von den Eltern, dem einzigen mit seinem früheren Freund bei dessen Schriftstellervater – der nicht das Geringste von Heiligabend hielt und doch diesen Abend unvergesslich gemacht hat. Hans-Georg Kilian wohnte damals noch in Berlin, vor einer

Selbstverpflanzung in seine alte Heimat, nach Bayern, ins Kreuther Tal, für ihn nur das Sterbetal. Seine Wohnung in Steglitz war labyrinthisch, Gänge zwischen hohen Buchregalen, die Räume geschrumpft auf Betten oder Tische, auf einem der Tische die Taschenausgabe eines Weihnachtsbaums, ein Tannenwinzling, den er nach Gutdünken geschmückt hatte. Seine alten Murmeln stellten die Kugeln dar, an Tesafilm hängend, und seine immer selbst geschnittenen, immer schon silbrigen Haare waren das Lametta, und drollige Kindergeburtstagskerzen ragten, befestigt mit Büroklammern, an den Zweigen empor und brannten tatsächlich, als er mit einem Teelöffel, an eine leere Weinflasche geschlagen, das Zeichen zum Hereinkommen gab und mein Freund und ich vom Flur in das mehr glimmende als leuchtende Bescherungszimmer traten, normalerweise ein Manuskriptelager. Die Geschenke waren in Zeitungspapier eingeschlagen, und beim Auspacken lief von einem uralten Tonband O du fröhliche, das aus einer Radiosendung stammte. Und natürlich bekam der Sohn Bücher, und auch der Gast, also ich, bekam eins, Robinson Crusoe, die ungekürzte Ausgabe. Aber es gab auch eine Carrera-Bahn und Raumschiffe von Mattel, Dinge, die erst über das Lesen der Bücher ganz in den Besitz meines Freundes übergehen sollten. Nach der Bescherung dann das Essen vor dem Bäumchen, der Vater hatte Kartoffelpuffer gebacken, dazu gab es Krimsekt, und wir saßen lange zusammen, tranken und rauchten. Zuletzt las uns Kilian noch aus Robinson Crusoe vor, die Stelle, an der Freitag auftaucht, und Heiligabend machte seinem Namen alle Ehre. So war das. Und wie wird es bei dir heute? Am Ende eine harmlose Frage, nur nicht für sie, also bat sie ihn, weiterzureden, ihr noch ein Wort zu schenken.

Ein Wort? Bühls Stimme hatte jetzt ein Echo, als gäbe es ihn zweimal, der eine weit weg, der andere nah. Inquietum est cor nostrum, donec requiescat in te, Unruhig ist unser Herz, bis es ruhet in dir: ein Augustinuswort, aber lasse es verpackt heute Abend, wo bist du gerade? Er atmete zweimal tief, sie konnte es hören, ein geduldiges Atmen, kein renzsches, wenn ihm alles zu langsam ging, und sie beschrieb, wo sie saß und auch, was sie sah, und nannte sogar die Namen der Boote und sagte, was es für Boote seien: um damit große Fische zu fangen, und sie sprach von dem alljährlichen Trip, den sie mitmachen würde, damit die Renzseele Ruhe habe, zulasten von ihrer, der die Fische leidtäten – und das noch an dem Tag, an dem ihr Sohn Geburtstag hätte, aber das behielt sie für sich; sie sagte nur noch Bis bald, und er sagte Ja, das Ende eines teuren Gesprächs, so beglückend teuer – oder ihr teuer, wie es in früheren Leben hieß –, dass der Tag fast gerettet war.

BIS das Herz ruhet in dir – für Vila ein Gedicht, kein Gebet: das unruhige Herz, es kann nur im anderen ruhen, ihres bei Bühl, seins bei ihr und das von Renz bei seiner Kranken, eine Art ausgleichende Balance für ihr Empfinden, als sie und Renz am Abend, jeder mit einem Päckchen in der Hand, an die festlich gedeckten Tische traten, sie in einer dünnen perlgrauen Hose mit ihrem Vandevorst-Gürtel, dazu ein marineblaues T-Shirt und den Indianerschmuck von Katrin, Kette und Armreif, sonst nichts, allerdings das Haar hochgesteckt, wie Renz es mochte, und er in Jeans und weißem Hemd wie die Italiener, die alle an zwei großen Tischen saßen, nah am Grill, während ihr Tisch schon halb im Sand stand und doch noch nicht weit genug weg von den beißenden Schwaden, darin Gerüche nach Spareribs und Langusten vom Rost, nach Baked potatoes, verbrannten Maiskolben und köchelnden Soßen; und wie ein Teil der Schwaden kamen aus einer Anlage unter der blinkenden Tanne Songs von einer amerikanischen Weihnachts-CD, so jubelnd, als gehe es um die Zeugung eines Kindes und nicht um seine Geburt. Für dich, sagte Renz und legte ihr das Päckchen hin, und sie reichte ihm ihres, Happy Christmas, ein Wort, als säße Katrin dabei, die kein Deutsch mehr ertrug, aber sie waren allein, auch fast allein in ihrer Ecke, nur das Idealpaar aus New York hatte sich mit separiert. Die zwei tranken Rotwein und steckten die Köpfe zusammen wie ein junges Paar, Vila sah es beim Öffnen des Päckchens, die Frau strahlte etwas aus, das ihr fehlte, ein Gefühl für das eigene Leben, seine Höhen, seine Tiefen, für das Ganze des Lebens, seinen unsichtbaren Bogen, dann kam die Däumlingsgitarre zum Vorschein, Renz drückte den Startknopf für No woman, no cry. Und von ihr ein Danke, danke, ganz lieb, und jetzt du! Sie beugte sich über den Tisch, wie ein Nachahmen des anderen Paars, Renz packte die Sonnenbrille aus, völlig überrascht, ja gerührt, er drückte ihr nur die Hand und setzte die Brille mit den bläulichen Gläsern gleich auf. Wie John Lennon, wenn er noch leben würde, sagte sie, und damit war die Bescherung vorüber. Sie gingen zum Buffet und standen hinter dem Norman-Rockwell-Paar im Qualm, Renz beschwerte sich und bekam Unterstützung: dass man hier zu dumm sei zum Grillen, zwei Männer, eine Meinung, und vom Grillen kam der Amerikaner auf seinen schwarzen Präsidenten: der nicht dumm sei, aber gefährlich, und Renz hörte nur noch zu, während sie sich schon Langusten und Salate nahm, etwas vom Roastbeef und Kartoffeln. Ihr Rückweg zum Tisch führte an den Italienern vorbei, zwei der Goldkettchenmänner schauten über die Köpfe ihrer Frauen hinweg zu ihr, Blicke, als sei sie dreißig und allein im Urlaub, und mit den Blicken im Rücken – man spürt sie nicht, aber weiß um sie – änderte sich ihr Gang, ein Gehen jetzt ganz aus dem Becken heraus, den Kopf leicht im Nacken.

Renz saß schon am Tisch, vor übervollem Teller, Chicken wings, Hummerstückchen, rußige Lammkoteletts, ein halber

Red Snapper, dazu grüner Spargel und Avocados. Er hatte die Sonnenbrille aufbehalten, jetzt mehr schon Gag als das Ausprobieren eines Geschenks, auch ein Stück Ähnlichkeit mit dem Greisenzuhälter. Gib mir die Brille, sagte sie, und statt ihr die Brille zu geben, nahm er ihre Hand und hielt sich an ihr, während er mit der anderen, seiner ungeschickteren Hand aß, links ein Barbar, rechts ein Kind, und sie zog ihm die Brille einfach vom Gesicht und sah die vom Qualm geröteten Augen, als würde er gleich weinen oder hätte es schon heimlich getan. Bist du unglücklich? Ein ruhiges Anfragen, die Hand noch in seiner, aber schon der aktivere Teil, mit streichelndem Daumen, eine Bewegung, die sie verfolgte, als sei es gar nicht ihre Hand und auch nicht die von Renz, sondern die Hände eines ganz anderes Paares, der beiden aus New York, die manchmal herübersahen. Nein, nicht unglücklich, sagte er. Nur müde. Gut, dass du da bist.

Warum gut?

Ich weiß es nicht.

Du weißt es, denk nach.

Ich kann darüber nicht nachdenken.

Du willst nicht. Du willst überhaupt nicht nachdenken.

Und du, willst du Wein? Renz schenkte ihr Wein ein, einen chilenischen. Auch mit Eis? Man kann ihn nur mit dem Eis ertragen, willst du Eis? Er holte zwei Würfel aus einer Schüssel und wollte sie in ihr Glas tun, sie hielt seine Hand fest, darin schon ein kaltes Schmelzen. Und warum bist du müde? Weil es uns schon so lange gibt?

Ich weiß es nicht, sagte Renz wieder. Probier den Wein.

Doch, du weißt es. Ich weiß es auch.

Was weißt du?

Dass es uns schon zu lange gibt – sie zog die Hand zurück, darin noch Eis, sie kühlte sich die Stirn damit –, oder sollte es uns noch länger geben?

Warum redest du nicht über Marlies, sagte Renz. Über sie willst du doch eigentlich reden. Was ich an ihr finde, an einer mit Chemotherapie. Sie war im richtigen Moment in der Nähe. Der Rest ist nur noch ein Loslassen.

Vila trank von dem Wein, er brauchte wirklich Eis, am besten, man trank ihn gar nicht. Du musst wissen, was du tust. Und musst essen, sonst wird es kalt. Soll ich noch Salat holen? Es gibt auch italienischen. Wenn man ein Auge zudrückt. Wir können uns den Teller teilen. Ohne Salat.

Bist du sicher? Sie legte ihr Brillengeschenk beiseite, und Renz stellte den Teller in die Tischmitte; die Eiswürfel in seiner Hand waren zu einem Gebilde verschmolzen, das nahm sie und gab es in ihr Weinglas, dann stießen sie an und aßen. Der Teller reichte, um satt zu werden, es blieb sogar etwas übrig. Renz bestellte anderen Wein, einen kalifornischen Roten, der Prinzenkellner brachte ihn an den Tisch, als die Ersten schon ihr Dessert holten oder zum Strand gingen, die Amerikaner sich in Grüppchen unter den Palmen sammelten und Brandy tranken; auch das Idealpaar stand jetzt bei anderen Paaren, trank und lachte mit ihnen, very familiar, aber ohne Enge, mit Luft. Vila holte noch zwei Stück Kuchen, ein Gang durch den Qualm, beißend in der Lunge, als hätte ihr Marlies aus München einen Gruß geschickt, und mit dem Nachtisch und der zweiten Flasche Wein, dazu Renz bei ihr eingehakt, dann auch ein Hinüberwechseln zum Strand. Dort aßen sie den Kuchen, der im Mund zerlief, mit den Füßen im flachen, warmen Wasser, Hosenbeine umgekrempelt, die Schuhe am Gürtel. Und schließlich ein langsames Gehen im Wind, immer noch eingehakt, jetzt sie mehr bei ihm als umgekehrt; der Wind kam vom Meer, wie aus fernen Öfen, und je weiter sie gingen, in einen Abschnitt ohne Lichter vor dem nächsten Strandlokal, desto klarer über ihnen die Milchstraße. Morgen muss ich die Charter bezahlen, sagte Renz. Der Skipper heißt Vincent und sein Boot heißt leider Orgasm Hunter, gehen wir zusammen zu der Bucht? Das wäre schön.

Wieso leider? Sein kleines feministisches Einlenken störte sie: Ein Boot, auf dem man am Ende die Beute mit einem Enterhaken aus dem Wasser zerrt, konnte gar nicht anders heißen. Renz blieb stehen, die Weinflasche in der Hand, er sah sie an, im Gesicht auch schon die Folgen der Sonne, seine Falten auf der Stirn noch tiefer als sonst, ein schiefes Gitter. Willst du dich trennen, Vila, willst du das?

Warum, wie kommst du darauf?

Ich weiß es nicht, sagte er zum dritten Mal an dem Abend. Aber wenn du woanders glücklicher wärst.

Ich bin nicht unglücklich.

Nicht? Renz sah auf den Wellenschaum zwischen ihren Füßen. Aber du bist so wach wie seit Jahren nicht.

Nur nicht im Moment, sagte sie. Lass uns jetzt schlafen, oder was willst du? Sie löste sich von Renz, und er machte kehrt im flachen Wasser, wieder Richtung Hotel, die freie Hand über dem Kopf, ein Winken im Weggehen, sieh, was ich will: allein sein, aber dich in meinem Rücken wissen. Und dir noch fröhliche Weihnachten, rief er, als sie schon etwas zurückgefallen war, ein Wunsch in letzter Sekunde, der Heiligabendausklang unter dem Kreuz des Südens, oder was sie da beide über sich hatten, die Sterne zum Zenit hin immer dichter, ein Chaos, gegen das alles Eigene gar nichts war.

In dieser Nacht lag sie neben Renz, weil von unten noch letzter Grillqualm bis zum Balkon zog. Aber es war auch gut, an seiner Seite zu liegen, so gut oder so richtig wie in den Nächten, als Katrin noch klein war, kaum auf der Welt, aber schon mit Fieber, und sie beide besorgt waren, um das Leben, das ihr Leben erst reich machte, so, wie sie jetzt nur noch um das eigene Leben und Glück besorgt waren. Renz hatte ihr gemeinsames fieberndes, schreiendes Kind aus einem verwickelten Laken befreit, so vorsichtig, als würde er einen Verband abnehmen, ihm das verklebte Haar aus der Stirn und von den Schläfen gestrichen, seinen Puls mit feuchten Tüchern gekühlt und Tropfen einer Medizin auf der winzigen Zunge verteilt, und sie liebte ihn nach solchen Aktionen auf eine schlichte, animalische Art, wenn sie dann beide nicht mehr einschlafen konnten, Seite an Seite lagen und sich streichelten, bis wenigstens das eigene Fiebern zu einem Ende kam. Und irgendwann war es vorbei mit den unruhigen, zerrissenen Nächten, das Kind half sich selbst, und sie hörte auf, eine Fünfjährige mit dem absoluten Blick für jede Schwäche bei ihr und Renz, für jedes Glas Wein und jedes schlampige Kleidungsstück, noch zu erziehen – wie hält man die Gabel, wie putzt man die Zähne, wie heißt die Mehrzahl von Messer, auch Messer, nicht Messern, was sagt man, wenn man etwas will, was sagt man, wenn man es bekommen hat, ihr noch länger diese Muttermitgift ins Ohr zu träufeln. Aus dem fiebernden Kind war ein Mädchen geworden, das schon, ganz anders fiebernd, Bücher über ferne Länder las, und wer mit ihr nicht Schritt halten konnte, hatte das Nachsehen.

Renz drehte sich im Schlaf, ein Hinwenden zu ihr, und sie legte den Kopf zwischen sein Kinn und die Brust, wie in ein schützendes Kabäuschen: das war ihr Wort dafür, ein Vaterwort, von Ausflügen in einem VW Käfer, bevor er es zu seinem schönen Mercedes brachte, sie immer im Käfergepäckfach hinter der Rücksitzlehne, mit angezogenen Knien im Kabäuschen, so hatte er es genannt, und viel mehr war nicht geblieben von ihm als solche Freudenwörter, eins hatte sie bei Renz untergebracht. Er war ja auch Wörtererfinder und hatte etwas von dem Angeberischen ihres Vaters, aber war kein Angeber, auch kein Hochstapler. Renz war nur laut und in manchen Momenten dafür umso leiser, wenn er etwa nach einem Abend mit Freunden, dem üblichen Küchenkrach, über das ganze verklebte Geschirr hinweg ihr plötzlich eine Hand hinstreckt und sie merken lässt, dass es nicht irgendein Leben ist, über das sie hergefallen sind, sondern ihr eigenes einziges.

DER erste Weihnachtsfeiertag (nach heimischer Zählung), die Vormittagsstunden am Strand, das Schwimmen, das Lesen, ein Dösen im Schatten, zwischen ihren Liegen die Badetaschen, in jeder Sonnenöl und Bücher, etwas Kleidung, eine Wasserflasche, Kamm oder Haarbürste und das eigene Notebook – auch abseits vom Hotel ein gutes Netz; Renz mit dem Gerät auf dem Bauch, während Vila Schlaf nachholte.

Marlies hatte ihm eine Mail als Producerin geschickt, darin auch private Sätze, und doch ein Schreiben, das er an Bühl weiterleiten konnte, um ihn noch mehr in das Projekt zu ziehen. Sie hatte über Franziskus recherchiert, ihre Gründlichkeit war imponierend, aber aus den Zeilen ging auch hervor, dass ihr szenische Phantasie fehlte und ein Gefühl für die Sprache der Hauptfiguren: wie würde Franz reden, wie seine Lieblingsschwester Klara, wie die einfachen Leute oder ein reicher Mann in Regensburg, der sich dem kleinen Wandermönch aus Assisi zu Füßen wirft? Andererseits hatte sie eine Vorstellung von dieser Sprache, sie sollte zu Franz' Singen und Tanzen passen, eine Art früher Rap: der Bezug zur Gegenwart. Für Marlies war es der Stoff, der im tiefsten Sinne das Wort Unterhaltung erfüllt, nämlich sie mit am Leben erhielt, ja ihr sogar das eigene Leben begreiflicher machte, und die privaten Sätze bezogen sich auch auf dieses Leben, ihre gescheiterte Ehe. Damals schien sie nicht gewusst zu haben, was ein Paar im Innersten zusammenhält und zugleich zerstört, sie wusste wohl nur, dass zwischen ihr und ihrem Mann nichts stimmte und doch etwas passte, und kaufte sich ständig Bücher über Beziehungen und innere Krisen; überall in der Wohnung sollen diese Bücher herumgelegen haben, sogar im Bad, und trotzdem ging das Ganze in die Brüche, die Ehe und auch eine Schwangerschaft, und erst mit ihm und diesem Projekt kam für sie wieder etwas zusammen. Nur leider zu spät für meine Zellen – einzige Anspielung auf ihre Krankheit. Renz wusste nicht, was er antworten sollte, am liebsten hätte er Vila gefragt, was soll ich ihr schreiben, hilf mir; er war es nicht gewohnt, dass eine Frau ihm so vertraute, einen Kämpfer in ihm sah, ein altes, aber anziehendes Schlachtross, und sie, Marlies, die tapfere Knappin. Beide würden sie bei dem Projekt gegen Idioten ankämpfen: die in den Sendern, die immer zu wissen glaubten, was das Publikum wollte, und die im Feuilleton, die sich nur lustig machten über Kostümstoffe mit Sinnfragen. Aber es würde auch noch ein Kampf *um* die Idioten vor dem Bildschirm, die es ja besonders idiotisch brauchten, damit sie alles kapierten. Man hätte es also nur mit Idioten zu tun, und in den Redaktionen auch noch mit halben Akademikerinnen, die alles immer besser wussten und dabei noch ihr Frauenbild hochhielten, für eine wie Klara mindestens zwei Befreiungsszenen verlangten. Was tust du da? Ein Vilawort aus ihrem Dämmer heraus, und er schloss das Gerät, tat es in die Badetasche, Gar nichts, was auch? Fast eine wahre Antwort, ein Stück Hilflosigkeit, dazu ein Blick durch die Gläser der neuen Sonnenbrille, Vilas Bauch verrufen bläulich, wie in Vorabendmärchen, wenn es gefährlich wird, Mainufer, Außen/Nacht, Blaufilter. Wollen wir jetzt die Charter bezahlen? Er hatte das Geld dabei, fünfhundert Euro für einen halben Tag, reiner Wahnsinn, allerdings hatte ihm der Skipper ein Mitfahrerpaar in Aussicht gestellt, Leute, die gar nicht angeln wollten, nur zuschauen, und trotzdem hundert Euro zahlten, ein gewisses Risiko, wenn es auch noch Idioten wären. Gehen wir, sagte er. Und Vila schloss sich ihm an, sie gingen zu der Bucht und sahen das Boot.

Orgasm Hunter war in einer Schönschrift auf das Heck geschrieben, wie ein Bemühen, dem Namen etwas von seiner Bedeutung zu nehmen. Das Geld in der Hand, ging Renz ins flache Wasser, während Vila am Strand blieb; immerhin hatte sie ihn begleitet, ein Gang in praller Mittagssonne. Er hob die Hand mit den Scheinen und ging auf das Boot zu, bis er vor dem hinteren Deck stand, darauf ein breiter Stuhl mit Anschnallriemen und einer Angelhalterung. Jemand da?, rief er auf Englisch, und wie als Antwort kamen über den rissigen Holzboden und die seitlichen Bänke und das Gestänge für die Angelruten unzählige Schaben. Sie drängten aus dem Spalt unter der Kabinentür und aus Löchern in den Sitzbezügen, ja aus dem Nichts, wie es schien, flitzten ihrer krummen Wege und verschwanden wieder, um anderen, die womöglich dieselben waren, Platz zu machen; ein liliputanisches Spektakel durch die Stäbe der Reling, bis ihm zwei dunkle Beine den Blick verstellten, You bring the money? Eine Hand kam, das Geld in Empfang zu nehmen – ein japanisches Paar komme noch mit, sagte Vincent der Skipper. Die würden ihren Anteil dann dem geben, der das Boot gechartert habe. Also reichte ihm Renz die fünf Scheine und bekam als Quittung die morgige Abfahrtszeit, neun Uhr am Hotelstrand, And don't be late, man! Der Skipper hielt die Hunderter gegen das Licht, ein Mann von dreißig, halb Einheimischer, halb Amerikaner, breiter Mund, große verschlafene Augen, langes, durch ein Tuch gehaltenes Haar. Er war muskulös, aber auch die Muskeln hatten etwas Verschlafenes, als sollte man sie nicht wecken, wie schlafende Hunde. Der bringt uns um, sagte Vila.

Sie war Renz entgegengekommen, schon bis zu den Hüften im Wasser, und beide verließen die Bucht, vor sich den langen Strand, dort, wo er einsam war, keine Hotels, nur Büsche und wildes Kraut; sie blieben im Flachen, es gab kaum Wellen, ein Gang wie durch Glas, vor ihnen zwei Rochen im lichten Türkis. Vila verharrte, Renz nahm ihre Hand. Wie ich es dir beigebracht habe: einfach auf sie zulaufen, willst du's versuchen? Sie wollte es nicht, und Renz machte es vor, das Rochenpaar schwebte davon, und fast hätte sie auf eine sonnenverbrannte Schulter geklopft, seine belehrende Seite war wieder einmal aufgegangen – was hatte er ihr nicht alles beigebracht, mit Spinnen fertigwerden, mit Handwerkern umgehen, ein Motorboot lenken, sich in Venedig auskennen, Rotwein lieben, Weißwein schätzen, niemals Hausschuhe tragen, Parklücken verteidigen, Filme zerreden, Austern essen, tausend Kleinigkeiten; der letzte Tag, an dem sie noch keine Renzstudentin war, lag weit im vorigen Jahrhundert. Noch als gewöhnliche Studentin hatte sie an diesem Dezembertag Schallplattenläden abgeklappert, die es damals noch gab, auf der Suche nach einer alten Single, Milord, gesungen von der Piaf, Mais vous pleurez, Milord!, das wollte sie mitsingen und heulen, aber hatte nur die Version mit Mireille Mathieu bekommen, und dann tauchte Renz auf und blieb einfach, und es spielte gar keine Rolle mehr, von wem die Version war, Piaf oder Mathieu, es war völlig egal, was sie am letzten renzlosen Tag in einem Plattenladen am Goetheplatz gekauft hatte, während er schon unterwegs war, um ihr am nächsten Abend, dem Silvesterabend, am Frankfurter Hauptbahnhof über den Weg zu laufen – alles, was uns zerstören kann, existiert bereits: womöglich das Wahrste, das er ihr später, beim letzten Glas in der Küche, nachdem die Freunde gegangen waren, gern eingetrichtert hatte, vor seiner ausgestreckten Hand, und da brauchte es schon einen Rest an Klarheit, an nüchterner Liebe, um in dieser Hand keine Finte zu sehen. Renz ging jetzt vor ihr, bis zu den Achseln im Wasser, ein amphibisches Wesen, und plötzlich tauchte er, drehte und schwamm auf sie zu, ein riesiger Fisch, und sie lief auf den überspülten, schon gehärteten Sand und joggte dort, wie es so viele taten, Junge und Alte. Sie hielt sogar das Tempo hinter einer viel Jüngeren mit Wasserflasche und Pulsmesser, und Renz rief hinter ihr her, Lauf nicht davon!, zweimal hörte sie ihn rufen, das zweite Mal kaum noch im Spaß, nur lief sie gar nicht davon. Sie lief jetzt den Dingen entgegen und kam nicht einmal außer Atem, als hätte sie seit Wochen trainiert – dem Nachmittag und dem Abendessen lief sie entgegen, ihrem Schlaf und dem morgigen Fischtrip, den letzten Strandtagen und ihrem Rückflug, dem Silvester bei Wilfingers und einem grauen Frankfurter Winter, grau bis zu dem Tag, an dem sie Bühl irgendwo in der Nähe von Freiburg wiedersehen würde – ein alter Gasthof, ein verschneites Dorf, weiße Dächer, weiße Tannen, am Zimmerfenster morgens Eisblumen und in ihren Armen ein warmer Kopf. Ein einziges Mal nur waren sie und Renz in den Schnee gefahren, irgendwo in Österreich, auch ein alter Gasthof, Katrin noch klein, ein verpacktes Wesen mit roten Backen auf ihrem Schlitten, am Abend sofort eingeschlafen auf dem Zusatzbett im Zimmer, und sie hatten sich still geliebt, das Fenster sogar etwas auf, um die Eiszapfen zu sehen: wo war das hin – die ganze lange Strecke des Lebens, mit einem Mal war sie spürbar, das meiste davon hinter ihr, aber auch ein ganz neues Stück, auf das sie zurannte, vor ihr.

DAS japanische Paar sprach kaum ein Wort Englisch, sie waren auf Hochzeitsreise, mehr ließ sich nicht entnehmen. Der Mann, schmal, sehnig, mit Baseballkappe und rotem Blouson, hatte noch am Strand die hundert Euro in Dollar bezahlt und sich dann gleich neben den einzigen, Renz vorbehaltenen Angelstuhl gestellt, während seine Frau, blass und noch schmaler, eine Elfe in teurem Armani-Sportzeug, den Schatten suchte – Vila schätzte sie auf Mitte zwanzig, ein Traumalter, ihn auf knappe dreißig. Beide hatten sich aus der Getränkekiste bedient, je eine Cola. Die Frau benützte einen Trinkbecher, in der anderen Hand hielt sie eine kleine Digital-Leica, offenbar neu, und sah unentwegt auf das Display, als könnte sie nur auf diesem Weg etwas sehen; ihr Mann hatte seine Büchse schon ausgetrunken und zerdrückte sie nach und nach. Vila stand an der Reling und hob bei jedem Knacken den Kopf – die Küstenlinie unter einem Wolkenband wurde langsam schmaler, während die Dünung zunahm, tiefe, gedehnte Wellentäler, ihre Kämme so hoch, dass man die Küste nicht mehr sah, und auf dem Boot gespannte Ruhe, seit es bei gedrosselter Fahrt fünf Köder hinter sich herzog. Fischen hieß warten, und Renz war kein Meister im Warten; beide Hände um die Rute vor ihm in einer Halterung, saß er mit bloßem Oberkörper in dem zahnarztartigen Stuhl, eingecremt gegen die pralle Sonne und um den Bauch angeschnallt, für jede Fischgröße präpariert. Vila nahm ihn mit ihrem Phone auf, Renz gefesselt wie Prometheus, ein Foto für Katrin, und sie nahm den Skipper auf, wie er in seinen abgeschnittenen Jeans auf einer Art Barhocker im Steuerstand saß, in der pendelnden Hand eine Zigarette, das lange Haar jetzt geknotet. You call me Vincent, seine einzigen Worte bisher. Er gefiel ihr. Seit er mit einem Gehilfen auf den Planken gekniet hatte, um die Köder auf Haken von Bleistiftlänge zu ziehen, gefiel er ihr, wie ihr manchmal ein Auto gefiel, das sie nie fahren würde. Der Gehilfe war schwarz und fett, mit dem Namen einer Biermarke, Carlsberg. Vincent und Carlsberg, die Besatzung der Orgasm Hunter mit ihren Schnüren, die sie hinter sich herzog, die Enden aus Stahldraht, daran die Haken, und Renz der einzige Angler – entweder wollte der Japaner nicht, oder seine junge Frau wollte keinen Mann, der sich lächerlich macht, indem er mit einem Fisch kämpft. Vila entschied sich für Variante zwei: die Frau als Beschützerin ihres Mannes.

When was your wedding, fragte sie, als die Japanerin von ihrer Kamera aufsah, und dieses Wort verstand sie gut, oder ihr Mann verstand es, Yesterday, sagte er, und Renz stimmte den alten Song an, da kannte er nichts. Aber das Ganze kein Beginn einer Annäherung zwischen dem alten und dem jungen Paar, nur ein langer Moment der Verlegenheit, und Vila griff in die Getränkekiste und holte zwei Büchsen Bier heraus, die kältere für Renz, irgendwie auch besorgt um ihn. Bäche von Schweiß liefen über sein Gesicht, also musste er trinken, und sie trank gegen den langen Moment; die Japanerin stand jetzt bei ihrem Mann, sie stand gewissermaßen zu ihm und teilte sein Interesse am Angeln, ohne sich selbst in den Kampf zu begeben, die Position dessen, der hofft, hofft, dass die Schnur mit hellem Sirren davonschießt, die Rute sich biegt, sobald die Rolle gebremst wird: Vila kannte das alles, die Stille, das Warten, das Vergehen der teuer bezahlten Stunden.

Das Heck lag jetzt ganz in der Sonne, die Fahrt ging nach Westen, in schrägem Winkel weg von der Küste, die immer wieder hinter der Dünung verschwand, bis sie gar nicht mehr auftauchte. Rings um das Boot nichts als Wasser und an den Schnüren noch kein einziges Rucken seit dem Morgen. Man sollte die Köder wechseln, wenn keiner beißt! Und mehr in die Tiefe gehen, Gewicht auf die Schnur tun! Deutliche Worte, Renz wandte sich damit an den Skipper, und der nahm das Köderproblem jetzt selbst in die Hand. Er wählte bunte Plastikfische mit Haken am Schwanz, sie schillerten beim Hinterherziehen; andere, mit Blei beschwert, sanken ein Stück ab. Und nachdem alles getan war, die Schnüre wieder ins Wasser liefen, beschloss er sein Tun mit einer Handbewegung wie ein Dirigent, der die Bläser aufruft: Kommt hoch, ihr Fische, und beißt! Eigentlich sind sie um die Mittagszeit satt, sagte Renz auf Englisch zu dem Japanerpärchen. Aber wir locken sie, bis sie dem Geschiller hinterherschießen, und der Schnellste schnappt zu und hat den Haken im Maul. Er wird ihn nicht mehr los und schwimmt rasend davon. Erst wenn er neue Kraft sammelt, kannst du ihn drillen und Meter für Meter heranholen, bis er plötzlich springt, eine blauweiße Fackel, das vergisst man ein Leben lang nicht! Renz sprach in der Gegenwart, aber in seinem Ton schwang schon Erinnerung, als glaubte er gar nicht mehr an einen Fang – Vila kannte auch das: Genauso sprach er über das ernsthafte Drehbuch, das er schreiben wollte, neuerdings mit Hilfe von Bühl. Sie trank die Bierbüchse aus und nahm ihre Badetasche und ging ins Innere des Boots, wo die Japanerin schon zweimal war und immer noch elfenhafter wieder an Deck kam.

Neben dem Steuerstand führte eine steile Treppe nach unten, Schaben saßen auf jeder Stufe und wichen erst, wenn sie den Fuß aufsetzte. Unten ging es weiter in eine Kajüte mit Schlafkojen, seitlich eine Tür, halb offen, dahinter eine Art Zelle mit Kloschüssel und schwankender Glühbirne über einer Spiegelscherbe. In der Schüssel, an der Wand, auf dem Holzboden, überall die Schaben, nur ihre Fühler in Bewegung; das Stück Spiegel zitternd von der Maschine im Bootsbauch, die Luft wie mit Diesel getränkt. Vila schloss die Tür hinter sich, sie sah in die Scherbe. Auch das war sie: die Augen eingefallen, das Haar wirr, ihr Mund jetzt eher schmal als voll, zwischen den Brauen steile Falten. Sie zog ihr Telefon aus der Hose und machte ein Foto von sich, sie schaute es an. Ganz okay, würde Katrin sagen, Katrin, die ihr fehlte, mehr als Bühl im Moment, oder anders als er: Katrin fehlte ihr physisch, als würde ein Teil von ihr fehlen, ein Arm, ein Fuß, Bühl fehlte ihr wie eine Landschaft, in der man glücklich ist. Sie ließ ihr Gerät ein Netz suchen und bekam es auch gleich, ein Hohn auf die Schaben, die Spiegelscherbe, die stickige Klozelle, die ganze fluchlose Karibik. Sie schickte Bühl das Foto und auch eins der Fotos von Vincent, wie er einen Köder auf den Haken zieht, die sonst trägen Muskeln spannt, im Hintergrund das Meer. Und am Ende noch eine Nachricht, ein Augustinuswort, das sie bei Wikipedia gefunden hatte, Liebe, und dann tu, was du willst!, nur das Ausrufezeichen ihre Erfindung. Sie schob das Telefon wieder in ihre Jeanstasche und ging zurück an Deck, eine Ehebrecherin: Dieses fast vergessene Wort war plötzlich da, als hätte sie's noch mit erfunden.

Das frischvermählte Paar saß jetzt auf der Köderkiste und sah sich die gemachten Bilder an, offenbar völlig zufrieden, ob ein Fisch biss oder nicht, während Renz schon den Kopf hängenließ. Sie stellte sich neben ihn, ein Experiment: ob sie es aushielte, dass auch unter der Stuhlbefestigung schon die Schaben hervorkamen, als witterten sie einen Umschwung. Renz griff nach ihrer Hand und legte sie an die große Angelrolle. Eine Penn International Two mit zwei Bremsen, erklärte er, schon wieder ihr ewiger Beibringer. Die eine Bremse, wenn die Burschen noch Kraft haben, mit dem Haken im Maul abtauchen, die andere, wenn sie schon erschöpft sind. Und auf der Rolle sechshundert Fuß Nylonschnur, die einfach nicht reißt, die man schon durchschneiden müsste! Er ließ sie los, und seine Wange sank auf die Schulter, der Kopf schwankte mit dem Auf und Ab des Boots, Schweiß tropfte ihm auf die Brust, sein Atem bekam etwas leise Pfeifendes, ein Sekundenschlaf, und nur sie sah eine halbe Umdrehung der Penn mit den zwei Bremsen, nur sie hörte das Einrasten ihrer Zahnrädchen, ein Ticktick Ticktick, und danach wieder Stille und Stillstand, vier, fünf Herzschläge lang, sogar die Schaben auf den Planken verharrten, allein die Fühler bewegten sich, ehe die Schnur davonschoss, mit einem Sirren in der Rolle wie von Zikaden, und in Renz ein Leben kam wie aus einer fremden Reserve in ihm; der Skipper stellte die Maschine ab, die Japaner hielten sich an der Hand, Carlsberg holte die übrigen Angeln ein; sie selbst kaute nur ihre Lippe.

Das Boot drehte sich langsam, der Fisch zog davon, Renz konnte die Angel kaum halten, er fluchte über Schweiß in den Augen, und sie holte ein Handtuch, tupfte ihn ab, die Japanerin hätte genauso gehandelt, ein eheliches Tun, wortlos, während die Schnur über die Heckwellen schnellte und dann in die Tiefe ging, es wieder in der Rolle sirrte und der Skipper dazukam, bei sich eine Keule und ein Messer. What fish, fragte der Japaner. Big one, sagte Vincent; er legte Keule und Messer auf die Planken neben den Anglerstuhl, dann sah er beim Drillen zu; alle sahen zu Renz, der die Rute immer wieder an sich heranzog, bis zur Brust, und an der Rolle drehte, bevor der Fisch wieder zerrte, mehr ein Rucken und Reißen an der Kurbel als ein Drehen, Renz' Schläfenadern schwollen an, Vila tupfte ihm wieder den Schweiß ab – es schien gar kein Kampf Mensch gegen Tier zu sein, sondern Tier gegen Tier, und das eine, an Land lebende Tier war ihr Artverwandter, mehr nicht im Moment. He is coming! Vincent zeigte aufs Wasser, die Schnur ging nicht mehr steil, sondern schräg nach unten, und auf einmal, noch in halbdunkler Tiefe, ein Schimmern, emporschießend, und dann schon der ganze Fisch, die blauweiße Fackel: Keine Bootslänge hinter dem Heck sprang er mit peitschendem Schwanz, und Renz zog die Angel aus ihrer Halterung, ein Luftkampf jetzt, die Beute mit spitzem Kopf und Schwert in der Senkrechten, bis sie zur Seite fiel, aufs Wasser klatschte, sich funkelnd drehte und verschwand. Die Schnur lief wieder nach unten, nur langsamer. He's getting tired! Renz hob einen Daumen, und der Skipper winkte ab, No, Sir. Mit höflicher Verachtung kam das, als sei er trotz allem auf Seiten des Fischs, und dann sirrte es erneut, die Schnur schoss davon, nun parallel zum Boot, das sich in die Sonne drehte: ein Anprall von Licht, der Vila zu viel war. Sie trat in den Schatten unter dem Deckdach, und die Japanerin stellte sich zu ihr, eine Art Bewachung, damit die Männer unter sich wären.

Poor fish, sagte Vila, ein erster Kontaktversuch, über die Anteilnahme, das Mitleid, und von der Japanerin nichts als Nicken, förmlich, als hätte sie das Wort poor nicht verstanden, also sagte sie nur Fish und schaute bekümmert, darauf weiteres Nicken und auch ein förmlicher Blick unter den japanischen Lidern (die allein Renz etwas sagten); der Versuch war gescheitert, und sie trat zu den Männern, die nicht gestört werden sollten. Was willst du mit dem Fisch, ihn mit nach Frankfurt nehmen? Vila kickte gegen das Messer auf dem Boden, es rutschte Renz vor die Füße, er hielt jetzt die ruckende Rute in beiden Händen, ihr Ende durch eine Kette mit der Reling verbunden, für den Fisch gab es kein Entkommen. Der Japaner rief seiner jungen Frau etwas zu, knappe Worte, die nach Respekt klangen, und sie fotografierte die Männergruppe. Vilas Telefon summte, eine Nachricht, und sie wandte sich ab und sah auf das Display. Tun wir es also, stand da, und gemeint war das Lieben, das Bühl nie in den Mund nahm. He's coming again, rief Vincent, und sie sah ein Schillern, den sich wälzenden, noch immer um sein Leben kämpfenden Fisch von der Masse eines Jungen, ihres Sohns, wenn er heute Geburtstag hätte, ein Elfjähriger von hundert Pfund. Jeder beugte sich jetzt über die Reling, um das Schäumen und Schillern zu sehen, und dann spritzte das Wasser auf und im nächsten Moment schon das Schwertmaul mit Haken darin, die Fischaugen wie dunkles Glas, weit und rund, und der Skipper griff zu einer Enterstange, sein Gehilfe zu der Keule, die Japanerin hob ihre Kamera. Alles schien nun seinen Gang zu gehen, unaufhaltsam wie bei einer Hinrichtung; der Fisch schlug um sich, seine Flosse traf knallend die Bordwand, Renz konnte die Rute kaum halten, Carlsberg fasste mit an, zwei Mann gegen die Kräfte im Wasser, die Schnur jetzt ein Pfeil, und jeder rief irgendetwas: was zu tun sei, was zu lassen, dazwischen Vilas Stimme, Glückwunsch, Renz, macht es Spaß?, fast ruhige Worte in dem Durcheinander, ein anderer Ton, und Renz bückte sich nach dem Messer und ließ die Hand hochschnellen, die Klinge gegen das gespannte Nylon, das sofort durchtrennt war.

Und Stille im selben Augenblick, kein Knallen mehr gegen

das Boot, kein Gerufe, nur Renz' Atem; er hielt noch die Angel, der Schnurrest pendelnd im Wind. Vila? Renz sah sich um, sein rotes Gesicht schien zu platzen. Loslassen, sagte er, man muss es üben, was meinst du? Er übergab dem Skippergehilfen die Penn und ging auf die andere Deckseite. Dort beugte er sich über die Reling, als wollte er dem Fisch etwas hinterherrufen, während Vila sich zu ihm stellte, die Frau zu ihrem Mann. Und beide sahen sie aufs Meer und lieferten den einen erhabenen Moment jeder Katastrophe: für die Japanerin mit ihrer Wedding-Leica, als sie das unbegreifliche Paar aufnahm.

*

XI

FÜR Liebende gelten zwei Zeiten, die ihnen gewährte und die erkämpfte, die Zeit, die man anderen nimmt. Liebende sind Zeitpiraten, auch wenn die Beute oft nur aus ein paar Worten besteht (Tun wir es also) oder zwei zugesandten Fotos, auf dem einen das erschöpfte, aber schöne Gesicht der Geliebten, auf dem anderen ein dunkelhäutiger Mann, der Köder auf einen Angelhaken zieht, im Hintergrund das Meer, ein doppelter Hinweis: die Geliebte weit entfernt und doch nah.

Bühl hatte die beiden Fotos ausgedruckt, sie lagen auf dem Esstisch im Wohnraum, neben Fotos von Kilian-Siedenburg, alten und neuen, die neuen aus dem Internet im Zusammenhang mit dem Bestreben, in den dunklen Welten des Missbrauchs das eigene Licht leuchten zu lassen. Die Fotos waren auf einem Stoß von Artikeln zum selben Thema, und weil es ein großer Tisch war und Bühl nur eine Ecke brauchte zum Essen, hatten noch andere Fotos darauf Platz, das von Marlies Mattrainer als fatalem rauchendem Mädchen im Ruderboot, ein Foto, das er bei seinem kurzen Frankfurtbesuch aus den eingelagerten Dingen geholt hatte, samt den alten Freundesfotos und der einzigen Aufnahme von Gerd Heiding, die er besaß, Heiding vor dem Ruderhaus, leider nur seitlich von hinten, der kräftige Rücken, das lange schwarze Haar, die Zigarette im Mund. Und nun lag es neben dem Foto, das Vila geschickt hatte, der Jamaikaner, oder was er war, beim Anködern, so hatte er auch Heiding in Erinnerung, oft auf etwas Nichtiges konzentriert, die sonst trägen Muskeln gespannt. Kaum zu fassen, mit welchem Ingrimm sein Gedächtnis an den heidingschen

Dingen festhielt, dem dunklen Mund, den braungelben Augen, den geäderten, haarlosen Armen: die ihn eines Abends, nachdem sie im Zweier ein Paar waren und ihr Boot ins Ruderhaus zwischen Badewiese und Sportplatz getragen hatten, ein Juniabend mit verwirrend langer Helligkeit, auf einmal von hinten umschlangen, wie ein Lohn nach seiner ersten Fahrt im Zweier, Lohn für den Einzigen, der schon mit zwölf dieses Privileg erhielt, noch nicht ganz mit dem Körper dazu, aber dem Gefühl für ein Tun, bei dem zwei ihre Kräfte vereinen. Herrgott, du kannst das, sagte Heiding, als er ihn von hinten umfasste, an den Händen noch die Dollenschmiere. Und du kannst noch viel mehr! In sein Ohr gesprochene Worte, als eine der Hände schon das klebende T-Shirt nach oben pellte, um sich auf ein pochendes Herz zu legen, und die andere Hand seine Rudershorts bis zu den Knien streifte, um das zu umschließen, was sie so wenig anging wie die erste Hand das Herz, was aber ebenso pochte und aus der Faust mit dem Fett herauswuchs, weil sie sich bewegte, wie er die eigene später selbst bewegte: als sei Heiding in ihn hineingeschlüpft, seine Hand die eines Puppenspielers in der Puppe. Und dabei sprach er ihm weiter ins Ohr und sogar in den Mund, nachdem er ihm den Kopf verdreht hatte, tatsächlich verdreht, nicht bildlich. Dem Schwein ist alles Schwein, dem Reinen ist alles rein, sagte er und küsste ihn im selben Atemzug, den verdrehten Kopf in Händen, ein Kuss, der nach Rauch aus filterlosen Zigaretten schmeckte, und anschließend sahen sie beide auf das, was die Hand, die auch seine Hand hätte sein können, nun in gleichmäßigen, wie mit ihm abgestimmten Bewegungen tat, als säßen sie noch im Zweier und ruderten wie ein Mann mit vier Armen, bis es ihm erstmals kam, ohne den Beistand dieses Worts: ein loderndes Rätsel, das über Heidings Hand lief, während draußen in den Pappeln die Abendvögel pfiffen und auf dem Sportplatz hinter dem Ruderhaus noch gebolzt wurde und etwas oberhalb im

Hermann-Hesse-Saal der Internatschor für das nahende Sommerfest Carmina Burana übte. Er war alle CDs im Haus durchgegangen, aber Carmina Burana fehlte, also summte er es vor sich hin beim Betrachten der Fotos, ausgebreitet über den ganzen Tisch, was den Dingen darauf etwas Leichtes gab, das Ganze eine Art Galerie, auf die man heruntersehen konnte, und mitten darin etwas ganz anderes, Teil eines fremden Lebens. Zwischen den Fotos lag die von Renz als belgischer Gegenstand bezeichnete Waffe seines Vaters, das vererbte Kriegssouvenir, aus einer plötzlichen Neugier hinter den Büchern hervorgeholt. Es war ein alter Lütticher Bulldog Revolver, leicht zu finden unter Alte Militärrevolver, die Trommel fünfschüssig, gegossener Stahl, die Griffschale Nussbaumholz mit Fischhautverschnitt, an der Unterseite, kaum sichtbar eingeritzt, *renz*; und der Lauf extrem kurz, wenig zielgenau, dafür das Kaliber, elf Millimeter, von hoher Durchschlagskraft. Eine schöne, aber ungepflegte Waffe, der Stahl hatte matte Stellen, das Holz etwas Sprödes, die Trommel drehte nicht glatt, in den Kammern Schmauchspuren. Also hatte er beim Ferramento im Ort Fahrradöl gekauft und auch ein Drahtbürstchen, wie man es zum Putzen von Zahnrädern und Kette braucht – das Reinigen einer Waffe, ideale Aufgabe für einen Abend zwischen den Jahren. Mit einem kleinen Schraubenzieher zerlegte er den Revolver in seine Hauptteile, wie es ihm Cornelius als Junge beigebracht hatte, in Trommel und Griffstück, Druckfeder und Trommelhalter, den Hahn und den Abzug, Bolzen und Schlagbolzen und die alten hölzernen Griffschalen. Auch die fünf einzigen Patronen, aus der Trommel herausgedrückt, lagen auf dem Tisch, Originalmunition, älter als Renz, das Kupfer angegriffen von Feuchtigkeit – er würde wandern gehen in den nächsten Tagen und einen Probeschuss machen.

Bühl begann mit dem Putzen der Trommel, er saß jetzt am Tisch, neben den aufgereihten Teilen ein Becher mit grünem

Tee. Früher im Dorf hatte er sein Luftgewehr Marke Diana, ein Weihnachtsgeschenk, nach jedem Schießen geölt, einen Tropfen in den Lauf getan, dann einen Bindfaden durchgezogen und zwei Tropfen in das Scharnier, das den Lauf, nach unten gedrückt, zu einem Hebel machte, um damit die Luft zu stauen; er hatte sogar die Schulterstütze geölt, damit das Holz schön glänzte. Und wenn er nachmittags allein war, die Hug Tulla im Confiserieladen aushalf, die Mutter in Freiburg für ihren nächsten Kulturabend nach einem passenden Kostüm suchte und der Vater seine Vorhangstoffe anbot, ging er mit dem Gewehr in den Garten und schlich um die knorrigen Apfelbäume, bis er einen Spatz sah. Und erst jetzt machte er das runde Blechdöschen mit den Diabolokugeln auf, die er beim Eisenwaren-Kromer für fünfzig Pfennig gekauft hatte, und schob eine der Kugeln, die gar keine waren, sondern die Form kleiner Eierbecher hatten, oder genauer noch: die der kleinen Sanduhr in seinem Schreibprogramm, in den abgeknickten Lauf, was dem Vogel Zeit gab, fortzufliegen: die faire Chance für ein Überleben. Blieb der Spatz aber sitzen, zielte er auf die helle Brust, während ihm das Herz im Hals schlug, und drückte in dem Moment, in dem Kimme, Korn und Federkleid eins waren, ab. Ein leiser trockener Knall, und der Spatz kippte nach hinten weg und fiel durch die Äste ins Gras, und er lief hin und sah ihn dort liegen, in den hellen Federchen ein Blutstropfen, die kleinen Augen starr, und oft bewegten sich die Flügel noch einmal, gingen halb auf und blieben so stehen, mit einem Nachzittern, das ihn mitzittern ließ. Er vergrub den Spatz im Kompost, ölte das Luftgewehr und legte es in seinem Zimmer, eingeschlagen in ein Tuch, weit unters Bett, damit er es nicht am nächsten Tag, in der trägen Stunde zwischen zwei und drei, schon wieder hervorholte, sondern erst nach einer oder auch zwei Wochen, wenn das Verlangen danach zu groß wurde. Er hatte es im Griff gehabt, das Spatzentöten, bis sein

Internatsfreund in den Sommerferien auftauchte, Cornelius Kilian-Siedenburg, der zum vierzehnten Geburtstag neben Büchern und dem Lesegeld auch einen heiß erwünschten Gasdruckrevolver bekommen hatte, Kaliber fünf Millimeter, etwas mehr als das Luftgewehr.

Ein Blut-August. Sie beide so gut wie allein, die Mutter in einer Kur, Abano, der Vater einmal mehr zum Seideneinkauf in Bangkok, Tulla kochte für sie, eine stille Versorgerin, fast unsichtbar; vormittags blauer Himmel, sie gingen ins Freibad – das Bad, in dem Spiegelhalter als Junge am Reck geprüft worden war –, die Nachmittage drückend bewölkt, da zogen sie durch die Gegend, Gewehr und Revolver versteckt, bis sie eine Beute sahen. Am Anfang blieb es noch bei Spatzen, dann schoss Cornelius die erste Amsel. Ein guter Schuss oder Glückstreffer in den Kopf, und er wollte es ihm nachmachen und traf die nächste Amsel nur ins Gefieder, die Muskeln darunter; sie drehte sich immer wieder im Gras, den Schnabel aufgerissen, und der Freund nahm das Gewehr und schoss ihr in den Rachen. Und jetzt ein Eichhörnchen, sagte er, unvergessliche Worte, aber es gab keins, an keinem Baum ein Eichhörnchen, nur Tannenzapfen. Und spät am Abend lagen sie auf ihren Betten, nackt, weil es noch heiß war, und Cornelius kam mit einem Geständnis, sein Vater hätte gesagt, der Bühl aus einem Schwarzwalddorf sei für sein Alter schon ein Kopf, allen Gleichaltrigen überlegen. Ein Wort in der Dunkelheit, plötzlich abgerungen, um sich davon zu befreien, nur war es keine Befreiung, es stand von da an zwischen ihnen. Aber am nächsten Tag zogen sie wieder los, und auf halber Strecke nach Unterried kam ihnen am Waldrand eine Gans entgegen, die zu einem nahen Gutshof gehörte, der Birkenreute, und Cornelius holte den Gasdruckrevolver hervor und schoss in die weiße Brust. Bei der Gans sofort ein Aufflattern und raue Würgetöne, in ihren Federn lackrote Tropfen. Die kleine Kugel war nur ins

Fleisch gedrungen, und Cornelius trat auf die Gans zu. Sie spreizte die Flügel, ihr Hals und Kopf waren wie eine Säule, und er schoss in den Hals, wo die Federn dünn waren, Blut trat in einem Rinnsal aus, und aus den Würgetönen wurde Geschrei, als könnte die Gans Hilfe herbeischreien, bis von dem Gutshof alle Tiere kämen, Schweine, Kühe, Pferde, um über den Schützen herzufallen, und der wollte das Geschrei beenden. Cornelius schoss erneut in den Hals, aus nächster Nähe, und jetzt ein echter Blutstrahl, als hätte man in eine Tüte Tomatensaft gestochen. Die Gans keuchte nur noch und schiss schwärzliches Zeug, Cornelius schlug mit dem Lauf nach ihr, dass sie umkippte, und er, Bühl, nahm sein Luftgewehr und hielt die Mündung vor das Gansauge und drückte ab, und es war Ruhe. Danach rannten sie in den Wald, dort schworen sie sich, es für sich zu behalten, und die noch übrigen Tage verbrachten sie nur im Freibad, immer in der Nähe von rauchenden, lachenden Mädchen, aber keiner von ihnen traute sich, eines anzusprechen. Erst drei Jahre später hatte er sich das getraut, auf ein rauchendes Mädchen zuzugehen, in den Sommerferien mit seinen Eltern am Ossiacher See.

Der gereinigte Revolver war wieder zusammengesetzt, jedes Teil eingeölt, auch die Patronen in der Trommel; er lag gut in der Hand und hatte sicher auch gut in belgischen Soldatenhänden gelegen, letzter Teil einer Ausrüstung, wenn alles andere verloren war, wie in früheren Zeiten nach Verlust von Schwert und Lanze nur noch die bloßen Hände blieben, darin höchstens ein Knüppel, um damit auf den Gegner einzuschlagen, die eigene Niederlage noch irgendwie abzuwehren. Bühl wischte alle Ölspuren vom Tisch, er trank noch etwas und ging dann schlafen, die Waffe unter seiner abgelegten Kleidung; eine klare, feuchtkalte Nacht, das Klamme drang bis ins Bett, und am anderen Morgen der Wunsch nach Bewegung. Die Sonne schien, er packte einen Rucksack, Wasser, Brot, Salami,

Ersatzsocken, ein Handtuch, und zwischen dem Ganzen der alte Militärrevolver. Am frühen Vormittag verließ er das Haus. Sein Ziel: der kleine Ort Campo oberhalb des Sees, zehn Kilometer nördlich von Torri, Franz hatte dort in einem Stall übernachtet, in seiner Poverelloversion, und es war auch ein Ort armer Leute, so arm, dass sie in den Sechzigern des vorigen Jahrhunderts ihr Campo aufgegeben hatten, um woanders Arbeit zu finden; seitdem dämmerten die grauen Häuser im Efeu. Er hatte in Vilas Zimmer einen Bildband entdeckt, die kleinen Orte oberhalb des Sees, Campo der einzig verlassene, auf der Seite sogar ein vilasches Lesezeichen, ein Foto von ihr, sie auf dem Familienboot, mit freien hellen Brüsten.

Er ging quer in dem Olivenhang, nach Norden hin immer steiler, kein Hang mehr, eine Bergflanke, die krummen Wege steinig, mal über Felsplatten, dann wieder durch Wald, schließlich durch dichte Macchia, und dort holte er die Waffe aus dem Rucksack und zielte auf einen Baum, den Arm ganz gestreckt, gefasst auf einen scharfen Knall samt Rückschlag, aber es klickte nur, und er drückte noch einmal ab, erneutes Klicken, die Patronen waren zu alt, waren feucht geworden, oder der Schlagbolzen taugte nichts mehr oder beides, und er steckte den Revolver wieder ein – im Ernstfall würde er nur schaden: nach dem ersten Klicken käme der Einbrecher zum Zug, also ihn besser gar nicht zurücklegen. Er aß das Brot und die Salami, dann ging er das letzte Stück nach Campo, bis zu einer Kapelle am Ortsende oder Ortsanfang, wie bewacht von einer uralten Riesenzypresse, zwischen den untersten Ästen weiche Einbuchtungen, kleine Hohlräume durch Pilz oder einfach Verfall, und in eine der bröseligen Spalten schob er den belgischen Gegenstand, damit er weg wäre, aber nicht aus der Welt, sollte Renz ihn vermissen. Sein Luftgewehr hatte er nach den Blut-August-Ferien ins Internatsgepäck getan, zerlegt in drei Teile, und an den Bodensee geschafft, es dort nach weitem Hinausschwimmen versenkt. Und Cornelius hatte auch den Gasdruckrevolver dabei, so war es abgemacht, konnte sich aber nicht davon trennen, und versteckte ihn nur unter seinen Hemden mit den Initialen auf der Brust und nahm ihn später wieder mit nach Hause, ein Regelbruch; sie hatten nie darüber geredet, während der ganzen Oberstufe nicht.

Eine Gruppe von Leuten an Skistöcken, nur ohne Schnee, kam zwischen den Efeuhäusern hervor, Wanderer mit einem Führer, der laut einen deutschsprachigen Vortrag hielt, und er machte, dass er wegkam – das alte Campo, das schon Franziskus gesehen hatte, wäre auch morgen und übermorgen noch da, wie die Waffe in der Riesenzypresse. Er ging jetzt zügig: der Schritt von Franz, als er sich noch als Ritter vorkam, keinen Krieg erlebt hatte; niemand begegnete ihm, ein stiller vorletzter Tag im Jahr, der See glattgrau, das Nachmittagslicht wie dünne Milch. Als es dunkelte, war er wieder im Haus und machte sich Maccaroni, nur in Butter und Parmesan gewälzt, dazu ein Wein, den der künstlerische Metzger anbot, Cà dei Frati. Er aß und trank an dem Tisch mit den Fotos und seinen Arbeitsdingen, Blättern, Stiften, Notebook; zwischendurch Blicke zum Telefon, als hätte es kurz geläutet. Drei, vier akustische Hoffnungsschimmer, dann klappte er das Notebook auf, für die beschwerlichere Wanderung an dem Tag, bei sich alles aus den letzten Nächten, jeder Stunde seiner Überwachheit.

Assisi und Perugia, Spätsommer zwölfhundertzwei, die alte Fehde spitzt sich zu: Wessen Macht und Glanz reichen weiter? Ein Städtekrieg droht, Franziskus und seine Nachtgefährten, Ritter in ihren Träumen wie er, treten den heimatlichen Truppen bei, an einem warmen, strahlenden Herbsttag kommt es auf den Sandbänken des Tiber bei Collestrada zum blutigen Zusammenstoß. Franz kämpft zu Pferd, ein Männlein in Rüstung, sein Schwert saust auf alles nieder, was sich bewegt, einen

Arm, einen Nacken, ein Gesicht, das es zweiteilt, aber es bewegt sich zuviel, die Übermacht ist zu groß. Aus dem Nichts tauchen neue Feinde auf, mit Lanzen, Bögen, Schleudern, und ein Widerhaken reißt ihm den Schenkel auf, die Hand kann das Schwert nicht mehr halten, um ihn herum nur Tod und zuckendes Fleisch. Die Gefährten seiner Nächte mit brennendem Pech im Haar, gespaltenen Beinen, die Knochen entblößt; anderen quillt das Gedärm heraus, sie brüllen wie die Kälber, wenn man sie aufschlitzt. Vor seinen Augen die Niederlage der Vaterstadt, ihr ganzes Blut: als räche sich all der Ungehorsam gegenüber Pietro di Bernardone, ja, als hätte auch Pica, die Mutter, sich von ihm abgewandt. Fußsoldaten zerren ihn vom Pferd, er muß laufen trotz seiner Wunde, wer nicht weiterkann, wird erschlagen. Erst in der Nacht erreicht man Perugia, aus den Fenstern nur Hohn und Jauche, sechzig Söhne Assisis werden in die lichtlosen Kerker der Stadt geschleift, von da an nichts als Kälte, Hunger, Drangsal. In seiner Wunde leben die Maden, er läßt sie gewähren; alle anderen weinen sich in den Schlaf, er aber dankt dem Herrn für die Tiere, die er ihm schickt, damit sie den Eiter fressen. Die Wunde heilt, und er singt, während die anderen nur stöhnen und Stefano, liebster Gefährte, neben ihm immer schwächer wird, nachts ein zitterndes Vögelchen, das er wärmt und dem er zu essen gibt aus seinem Mund, das weichgekaute Brot, das ihn ernährt. Sie halten einander, Tag und Nacht, sie ertragen die Enge, den Gestank, das faulige Essen. Fast ein Jahr dauert die Kerkerhaft ohne Sonne, das einzige Licht ist die Nähe – kaum noch zu sagen, wo der eine aufhört und der andere anfängt. Erst ein Abkommen vom sechsten November zwölfhundertdrei ermöglicht die Heimkehr der Gefangenen. Halbblind und auf zwei Stecken gestützt, erreicht Franziskus seine Vaterstadt, und die Mutter umsorgt ihn. Nach und nach kommt er wieder zu Kräften und träumt den alten Rittertraum weiter: ein Mann sein, über dem nur noch Gott steht. Und im Frühjahr zwölfhundertfünf schließt er sich dem Apulien-Feldzug an, dreiundzwanzigjährig. Aber alle Träume von Heldentaten und einem Wohnturm voll Waffen reichen nur für zwei Tagesritte. Bei Spoleto – er liegt nachts neben seinem Pferd, zu erregt für den Schlaf, über sich die Sterne, nach denen er greifen will – fragt ihn eine Stimme, warum er den Knechten nachlaufe, statt nicht dem Herrn selbst zu dienen. Eine einfache Frage, so einfach und knapp, dass man auch Jahrhunderte später nicht wissen muss, woher diese Stimme kam. Die Güte der Worte steht über dem Woher – wie bei der Kurznachricht auf einem Display, gegen Morgen eingetroffen, auch die Güte der Worte über der Frage stand, wie sie dort hingekommen waren, was sich in welchen Sphären oder Glasfaserkabeln abgespielt hatte. Ich bin bei dir, vier Worte auf dem kleinen blauweißen Schirm, das Geständnis einer Halluzination: ja, mag sein, ich sitze im Flugzeug oder bin schon in Frankfurt, nur bin ich in Wahrheit dort, wo ich liebe. Und er nahm das Gerät, dem es einerlei war, was es empfing und was es versandte, das sich nicht einmischte, wie Gott sich einmischt, und ging damit auf die Terrasse. Eine sternlose Nacht, der See schwarz, aus dem Ort Geknalle, obwohl erst morgen das neue Jahr anfing. Was sollte er zurückschreiben? Er entschied sich für ein einziges Wort, Unterried!, aber erlaubte sich das Ausrufezeichen, das für sein Wollen stand: nichts schlimmer bei Liebenden als das Feierliche, wenn alles ineinanderfließt, ohne Ja und Amen.

*

XII

DAS neue Jahr, für Vila begann es, wie das alte für Renz geendet hatte, mit dem Kappen einer Schnur, nur nicht aus eigenem Antrieb: der gewachsenen Nabelschnur zwischen ihr und
allem, was sie nach ein paar Gläsern Wein für das Leben hielt.
Ihr großer Fisch waren die Mitternachtstipps, ihr öffentliches
Dasein, vierzehntäglich am späten Sonntagabend auf den
Schirmen einer in besten Zeiten guten Million Interessierter,
die es sich leisten konnten, gegen ein Uhr früh noch fernzu-
sehen, schon vor dem Fernández-Beitrag auf eine halbe Million
geschrumpft. Und bald nur noch eine Gemeinde, wie es Fritz
Wilfinger, Gestalter des Gesamtprogramms, auf seiner Silvesterparty ausdrückte, als alle Raketen verschossen waren und
einige noch mit Glas in der Hand auf einer Terrasse in Bergen-
Enkheim standen, in der Ferne die Frankfurter Banken. Aber
Sie wirken auch verändert, meine Liebe, oder macht das die
Luft hier draußen? Eine Bemerkung nach der Gemeindebemer-
kung, als würden sich sinkende Quoten im Gesicht nieder-
schlagen. Verändert, was heißt das? Vila sah sich nach Renz
um, aber der war im Haus, und die Antwort, fast hinter vorgehaltener Hand, noch wilfingerhafter. Sie sehen aus wie eine,
die gerade neu in die Stadt gekommen ist, hier alles noch aufregend findet. Jung.

Und dabei war Wilfinger jünger als sie, Ende vierzig, hielt
sich aber für noch jünger, für einen, der alles Neue aufsaugt. Er
kam auf die Tipps zurück, die müssten mal auf den Kopf gestellt werden, und als Renz dazustieß, ohne Mantel, fing er von
seiner WG-Zeit an, in der er gelernt habe, was Menschen wirk-

lich wollten, besonders die Frauen. Eine WG, sagte er mit dampfendem Atem, einen Arm bei ihr, einen bei Renz untergehakt, in der man nur Häuptling wird, wenn man das Klo schrubbt und den Mitbewohnerinnen zuhört, ohne gleich die Hosen zu verlieren! Wilfinger stieß mit ihr und Renz darauf an, nicht zum ersten Mal, sie kannte die Häuptlingstheorie schon, und im Laufe seiner Karriere hatte er auch allen gezeigt, wie man bei niederen Diensten Haltung bewahrt und Frauen so lange Referenz erweist, bis sie von selbst Blondinenwitze erzählen. Für Renz war er die korrekte Volkstümlichkeit in Person, natürlich mit katholischer Herkunft, einer aus der Messdienerriege, die jetzt für das TV-gläubige Volk Programm machte, aber ihren Nachwuchs gern auf Schulen schickte, an denen Fernsehen verpönt war. Wilfingers erzogene Kinder, Junge und Mädchen, schenkten seit der Knallerei ständig nach, bis Friederike Wilfinger, Designerin von eigenen Gnaden, die Fritz-Wilfinger-Spezialkartoffelsuppe ankündigte, vorletzter Gang zum Aufwärmen nach der Terrassenstunde; ganz am Ende gab es noch Heringssalat, dazu für jeden, der ausgeharrt hatte, eine von der Frau des Hauses gestaltete Erinnerungskarte. Friederike – sie duzte sich mit Vila, seit sie und ihr Mann einmal in Torri waren, eine eher steife Visite – kannte nur zwei Themen, ihre Designerei und die Ehe, und in dieser ersten Stunde des Jahres wurde daraus ein einziges Thema, als Vila ihr eigenes Bett erwähnte. Das Schlafen in getrennten Räumen, sagte Friederike nach ihrer fast leidenschaftlichen Werbung für die Suppe – eine Frage des Komforts oder des Überdrusses, was letztlich gar keinen Unterschied macht. Fritz und ich, wir schlafen auch nebeneinander auf einem Feldbett gut. Gehen wir ins Haus?

Ein Haus mit zu viel Licht, wie in einer Zahnarztpraxis, der Hausherr mit Schürze am Herd, und es war auch die Ankündigung seiner Kartoffelsuppe, die Wilfinger noch den Zusatz-

schwung gab, um erst aus Renz und dann aus Vila die Luft-
schlossluft, wie er das bei Sitzungen nannte, herauszulassen. Er
hatte das Franziskus-Exposé gelesen und riet ab von dem Projekt, kaum Bezug zu heute, höchstens die Sinn- und Ökoschiene,
für einen Zweiteiler zu wenig. Machen Sie was mit Missbrauch,
rief er, das kommt jetzt groß, kein schönes Thema, aber wichtig! Wichtig, eins seiner Lieblingsworte, mit Betonung auf
dem ersten i; das Programmschema war wichtig, ebenso die
Akzeptanz, sein anderes Wort für einschalten, oder das Inter-
aktive mit dem Publikum. Nah an der Zeit dran sein, sagte er
und wandte sich damit an Vila. Noch immer mit dem Zusatz-
schwung in der Stimme erklärte er ihr, dass es für alle, Macher
wie Zuschauer, das Beste sei, wenn die Mitternachtstipps in der
Form nicht weitergingen: eine überholte Form, Anmoderation
und dann ein Filmchen mit Kulturstarlets. Nein, höchste Zeit
für eine offenere Form, auch neu präsentiert! Er sagte das, als
hätte sie damit nichts zu tun, und kam dann schon mit den
Dingen, von denen sie gehört hatte, seiner Idee eines ganz neuen
Talkformats: für das jemand die Besten der Besten scouten
muss! Und wissen Sie was, sagte er im Ton einer Pointe: Sie
gehören zu den wenigen mit noch festem Vertrag bei uns, und
daran ändert sich nichts! Darauf wollte er gleich trinken und
rief seinen Sohn, und der füllte die Gläser, ein Vierzehnjähriger
mit Brille und Fliege, und noch während des Prosits auf das
neue Format und die neue Gästejägerin kam es zu einem After-
Midnight-Auftritt. Hayat Yilmaz die Scheintürkin erschien,
also nahm Vila noch einmal alle Küsschenkräfte für ihre
Nachfolgerin zusammen, bevor sie mit Renz aufbrach, in der
Hand die designte Erinnerungskarte, obwohl der Heringssalat
noch ausstand.

Im Taxi lief Musik, ein verzehrendes Auf und Ab wie in marok-
kanischen Bussen, von dem Fahrer mit weißer, kranzartiger

Kopfbedeckung leise mitgesummt. Weißt du noch, sagte Renz, aber Vila sah sich die Karte an, eine Gestaltung der neuen Jahreszahl mit zwei Einsen und einer Null, in dem Rund die Gestalterin selbst, Friederike Wilfinger, ein Porträt in Schwarzweiß; ihr Mann dagegen auf den spitzen Einsen balancierend, sorgenvoll von seiner Frau aus der Null heraus betrachtet. Und vielleicht liebten sich die beiden sogar, und keiner müsste sich je eine Schnur zum Besseren durchschneiden, auch wenn Renz nach dem Fischtrip kein Wort mehr darüber verloren hatte, Alles gut, sagte er nur; und die letzten Tage am Strand dann fast harmonisch, Liege neben Liege. Unsere Fahrt von Tanger nach Fes, erinnerst du dich? Renz nahm ihre freie Hand, und sie sah weiter auf die Karte, eine nicht mehr freie Hand in seinen Händen – auf den Tag, ja auf die Stunde genau siebenundzwanzig Jahre nach ihrem ersten Händehalten in einer Silvesternacht und mehr als zwanzig Jahre nach Marokko, die Kleine zwischen ihnen im Bus. Und hätte sie, statt ihrer Hand, einen Wunsch frei auf dieser Fahrt in die Stadt bei immer noch einzelnem Feuerwerk und dem klagenden Auf und Ab aus den Boxen, würde sie nicht den Erhalt ihrer Sendung erbitten, sondern nur, dass Renz' Hände Bühls Hände wären und sie beide im verschneiten Unterried: Ein Wort war das für sie, kein Name, das andere Wort für alles. Wilfinger sagt, ich hätte mich verändert, stimmt das?

Wenn er es sagt, wird es stimmen.

Und *was* hat sich verändert?

Ich weiß es nicht. Hast du ihn nicht gefragt?

Ich frage dich! Sie schob die Karte in die Manteltasche, zu ihrem Telefon, im Speicher noch das Wort – es zu löschen hätte ihr Angst gemacht. Renz drückte jetzt ihre Hand, er sah sie von der Seite an. Du siehst müde aus. Aber schön.

Ist das alles, die ganze Veränderung?

Wer sieht schon schön aus, wenn er müde ist, sagte Renz.

Nur junge Krankenschwestern, wenn sie sowieso schön sind.

Wilfinger macht dir also Komplimente.

Er hat nur gesagt, ich hätte mich verändert. Als sei ich neu in der Stadt und würde noch alles aufregend finden.

Also auch ihn. Er stellt sich vor, dass du ihn aufregend findest. Ein gerade noch junger, aufregender Mann.

Er sagte, *ich* sei jung.

Das hat er gesagt? Wie jung?

Wie eine, die neu in der Stadt ist, alles aufregend findet.

Renz lehnte den Kopf an ihre Schulter. Jetzt dreht es sich im Kreis, du hast zu viel getrunken. Haben wir uns schon alles Gute gewünscht? Alles Gute zum neuen Jahr.

Und was sagst du ihr? Kann man Marlies überhaupt noch etwas wünschen? Vila sah aus dem Fenster, sie fuhren schon durch die Stadt, eine Premiere war das, diese Silben in ihrem Mund, Marlies: im Grunde ein schöner Name, erst voll, dann offen, verklingend am Ende, so wie ihr Leben vielleicht im neuen Jahr ausklang, nur nicht melodisch, eher ein Ersticken. Renz ließ ihre Hand los und hielt damit seine andere Hand. Man kann ihr nur ein gutes Projekt wünschen, sagte er. Marlies glaubt, Arbeit würde sie gesund machen. Wilfinger hat mir zu einer Missbrauchsgeschichte geraten. Das wäre auch ein Zweiteiler, das Damals, das Heute, was wird aus solchen Menschen. Ich will Anfang der Woche nach München, geht das? Er sah sie an, als das Taxi über den Main fuhr, und dort noch Unzählige, die morgens um zwei bei Eiseskälte auf einer Brücke feierten, und sie sagte, alles gehe, warum nicht auch das, es sei ja nicht die Welt, es sei München, ein Herunterspielen der Dinge, aber nicht nur, es war auch schon ein Vorbereiten ihrer Schwarzwaldtour, ein dunkles Herz wäscht das andere. Das Taxi hielt, und sie bezahlte die Fahrt; sie schloss auch das Hoftor auf und hielt es Renz auf. Er hatte Mühe mit allem, erst jetzt wirkte der Wein bei ihm, Mühe mit der Treppe, dem Lichtschalter, dem

Ausziehen, also half sie ihm, wie es irgendwann jeden Abend sein würde, mit dem Mantel, den Schuhen, den Socken, den Rest konnte er selbst. Schlaf, sagte sie und ging in ihr Zimmer, und die eigene Betrunkenheit und ihre ganze Enttäuschung über das vorschnelle Ende bei den Mitternachtstipps holten sie ein, und niemand half ihr aus dem Mantel, den Schuhen, den zu engen Jeans und einer viel Nachsicht verlangenden Strumpfhose, um dann gleich noch den Slip herunterzuziehen und sie dort zu liebkosen, wo nur Gutes zusammenläuft und am Ende in Wogen verströmt, Wogen, die alles Beschämtsein wegschwemmen und nichts als Wut übriglassen.

ABER an diesem Neujahrsmorgen war die gute, über alles hinweggehende Woge der Schlaf, und gegen Mittag waren es zwei Ibuprofen, die ihr in Wellen den Kopfschmerz nahmen, und später noch einmal der Schlaf, jetzt mit Wogen der Sehnsucht, wenn sie zwischendurch wach wurde, nicht wusste, wo ihr Schoß und Kopf standen. Und dann war es schon Anfang der Woche, Renz verließ im Mantel die Wohnung, bei sich nur kleines Gepäck. Bring etwas vom Viktualienmarkt mit, rief sie ihm noch hinterher, wieder ihr Herunterspielen der Dinge, und kaum fiel unten das Hoftor zu, ein Gefängniston, wählte sie Bühls Nummer, und seine Mailboxstimme reichte für einen Herzschlag im Hals: der es schon schwermachte, überhaupt zu sprechen. Sie bekam nur heraus, dass ihre Sendung wohl in der Form nicht weiterginge (ganz sicher ging die Sendung so nicht weiter, aber genau das bekam sie nicht heraus) und dass auch die Franziskussache als Zweiteiler gestorben sei, aber Renz jetzt auf eine Missbrauchsgeschichte setze, und noch am Nachmittag – sie war gerade im Bad, ihr erster Versuch, sich wiederherzustellen, sich auch im neuen Jahr zu mögen – rief

Bühl zurück, kein günstiger Moment. Sie hatte ihr Haar ausgespült nach einer Tönung, das übliche Kastaniendunkel gegen die Silberfäden, im Bad noch Dampf, der Spiegel beschlagen, also zog sie das Fenster auf, und da schneite es, Flocken wie aus Kindertagen, still wirbelnd, und dazu das gute Gefühl, dass Renz mit der Bahn fuhr.

Ich bin in der Schweiz: Bühls erste Worte, danach verspätete Wünsche zum neuen Jahr, dass ihr beruflich alles gelinge, mit oder ohne Sendung, und dass ihr auch sonst alles gelinge, mit und ohne Mann. Er sprach leise, aber klang ganz nah, als läge die Schweiz vor dem Fenster, daher auch das Schneien. Wo in der Schweiz, fragte sie, um nicht gleich warum zu fragen, oder schlimmer noch: mit wem, und dabei schloss sie das Fenster wieder; der Spiegel über dem Waschbecken war jetzt frei, und sie kämmte ihr nasses Haar aus der Stirn und hinter die Ohren, das Föhnen käme dann später. In Stein am Rhein, sagte Bühl, fast an der deutschen Grenze, wo der untere Bodensee endet, von hier nach Aarlingen sind es nur ein paar Kilometer. Mein früherer Freund will morgen in Aarlingen auftreten, die Presse wird da sein, das Fernsehen, eine Reihe ehemaliger Schüler, alle Lehrer, alle Erzieher. Und ich werde in der Nähe sein. Fehlt bloß noch dein Mann, wenn er jetzt ein Missbrauchsdrama schreiben will. Aber der Experte in dieser Sache ist ja regelmäßig in Frankfurt, so steht es auf Kilian-Siedenburgs Website, Renz sollte mit ihm in Kontakt treten, auch wenn es der Ex-Gatte seiner Geliebten ist. Was tust du gerade außer telefonieren? Bühl verstummte, als sei er gar nicht mehr da, oder sie hätte sich den Anruf nur eingebildet, sie musste sich einen Ruck geben, um weiterzureden, ihm zu sagen, was sie tat, ihr nasses Haar kämmen – vom Tönen kein Wort, oder richtiger: wie genau sie sich das Ergebnis der Tönung ansah, besonders am Scheitel. Diese Geschichten in deinem alten Internat, hattest du damit etwas zu tun? Eine vorsichtige, fast ängstliche

Frage, im Grunde wollte sie davon nichts wissen und wollte es doch, um zu erfahren, wer er war oder wie er war, vielleicht auch, *was* er war: was er für sie, in ihrem Leben, dem schon fortgeschritteneren als seines, war und künftig sein könnte. Ja, sagte er, ja. Es gab dort einen Lehrer, schon lange tot, aber seine Schülerlieblinge leben noch, ein paar davon treffen sich jetzt, mein alter Freund Cornelius ist die treibende Kraft. Und dabei hat sich dieser Lehrer nie für ihn interessiert. Er hat sich nur für die Ruderjungs interessiert. Ich war erst zwölf und saß schon mit ihm im Zweier.

Ihr habt gerudert, du und er, und danach? Vila steckte den Föhn ein; die Frage war schon weniger vorsichtig, aber Bühls Antwort ohne ein Zögern: Danach alles Mögliche. Sein Name war Gerd Heiding, wir nannten ihn Indianergerd.

Und seit wann ist Indianergerd tot?

Seit fast fünfundzwanzig Jahren.

Also starb er in deiner Zeit als Schüler.

Ja, aber er starb nicht einfach. Er ist ertrunken. Was ist mit deiner Sendung, wird sie abgesetzt?

Sie wird verjüngt.

Und du?

Ich nicht, sagte Vila. Ich werde etwas anderes machen, für eine neue Talkshow die Gäste gewinnen. Und vorher testen. Ich werde häufiger reisen. Wie ist Stein am Rhein?

Sehr schön, kleine Gassen, viel Fachwerk. Und mein Hotel genau am Wasser, das Rheinfels. Alles sehr schweizerisch, obwohl die Grenze keine fünfhundert Meter entfernt ist.

Und warst du als Schüler oft in der Schweiz? Wieder eine leichtere, harmlosere Frage, nur war das Gewicht des Ganzen zu groß, wie ein niederer Luftdruck, der auf allem liegt. Sie tupfte ihr Haar jetzt mit einem Handtuch trocken, und für einen Moment der Gedanke oder Wunsch, dass Elfi an der Tür klingelte, sie das Gespräch beenden müsste, auf eine natürliche

Weise: alles erschien ihr auf einmal schwer und zugleich wie ein Trick, um rascher vorwärtszukommen, der Trick aller renzschen Vorabenddialoge. Ja, sagte Bühl. Wir sind nach Steckborn geschwommen, Cornelius und ich, dort haben wir zwei Zigaretten geraucht, Maryland, die gab es einzeln zu kaufen, haben uns aufgewärmt und sind wieder zurück. Mal war die Strecke leichter, mal schwerer, es kam auf die Rheinströmung an, wie stark sie war, wie kalt. Heiding ist bei Steckborn angeschwemmt worden, nach drei Tagen im Wasser, also haben die Schweizer den Fall untersucht – Tod durch Ertrinken. Was macht dein Haar, ist es schon trocken?

Ihr Haar, was machte ihr Haar, es machte nichts, es hing nur wirr, ihr Kopf machte alles – Bühl schien in der offenen Badtür zu stehen, sie anzuschauen, gleichzeitig schwamm er als Junge über den Bodensee. Ich habe es getönt, sagte sie und zog das Fenster wieder auf und hielt ihr Gesicht in das Schneetreiben. Oder was dachtest du über mein Haar? Eine fast ernste Frage, eine, die sie noch nie gestellt hatte, und er: Nichts. Was soll man über Haare denken? Ich denke nur, ohne Tönung wären sie schöner. Geht das eines Tages?

Wann eines Tages? Eines Tages ist keine Zeit.

Wenn wir uns in Unterried sehen.

Nein, bis dahin hält die Tönung, da musst du noch warten, kannst du warten? Sie nahm einen Kamm und zog ihn durch das verklebte Haar, bis sie Tränen in die Augen bekam wie beim Zupfen von Augenbrauen, dabei am Ohr Bühls Atem, zweimal tief ein und aus, Demonstration seiner Geduld, und dann sprach er plötzlich von Jahren, dass er im Grunde seit Jahren auf sie gewartet habe, ohne es zu wissen, kam aber von der Zeit auf ihr Haar zurück: um das sie sich jetzt kümmern sollte, statt zu telefonieren, in der Stille nach dem Auflegen trat sie vor den Spiegel, auf den Wangen das rasche Schmelzen der Flocken.

AUCH am unteren Bodensee, seinem Übergang in den Rhein, schneite es, nur um einen Tag verzögert, ein einziger Flockenwirbel in den Stunden, in denen das Licht schon wieder abnahm, obwohl die Tage bereits länger wurden – kein Wetter zum Autofahren, also ließ Bühl den Mietwagen am Hotel stehen und ging zu Fuß über die Grenze und dann am See entlang nach Aarlingen. Er kannte sich noch aus, Cornelius und er waren hier oft gelaufen, hatten Zigaretten, Kaffee und Schokolade geschmuggelt, alles viel billiger in der Schweiz, und in den Ortschaften am See unter der Hand verkauft, mehr Sport als Geschäft, aber ein Geschäft war es auch, und Aarlingen war damit auszuhalten. Man konnte nach dem immer gleichen Abendessen in den Badischen Hof gehen, sich ein echtes Jägerschnitzel kommen lassen, man konnte sogar Eva, der Bedienung, ein Trinkgeld geben, und sie beugte sich zum Tisch, dass man ihre weißen Brüste sah, in der Internatsöde schon wie ein Stückchen der Züricher Altstadt bei Nacht.

Aarlingen war von den Orten am Untersee, ja auf dem ganzen hügeligen Landstrich Höri, der kleinste, zu seinen Zeiten nur ein paar Bauernhäuser, umgeben von Obstbäumen, dazu die Wirtschaft Zum Badischen Hof und das Kaufcenter Ritzi, ein hexenhäuschenhafter Lebensmittelladen mit dem vermessenen Schild über dem Eingang. Alle größeren festen Gebäude gehörten zum Internat und lagen am See, das alte Herrenhaus, das neue Marbach-Heim, der Hermann-Hesse-Saal, die Badewiese mit dem Lager für die Boote, ein Ensemble gleich neben dem Landungssteg von Aarlingen, die Grenze auf der anderen Seite ein Schilffeld, das sich bis zur nächsten Ortschaft zog oder gezogen hatte – inzwischen waren dort einzelne Häuser am See, auf seinem Weg selbst im Schneetreiben zu sehen; nur wenn man von Aarlingen Richtung Horn weiterlief, war das Schilf unberührt, ein Vogelschutzgebiet, sommerlicher Rückzugsraum für ihn und den Freund. Bühl ging erst am Ufer entlang und das letzte Stück an der Straße, kaum befahren, so schneite es, ein Weg von einer Stunde, und als er gegen Abend die Zufahrt zum Hesse-Saal erreichte, lag auf den Autos, die dort standen – der Fuhrpark von Journalisten und Ehemaligen, die angereist waren –, ein alles gleichmachendes Polster. Nur ein BMW oder Audi hob sich mit seiner Panzerform ab, und er klopfte etwas Schnee vom vorderen Kennzeichen – Kilian-Siedenburg war sich treu geblieben: KS und als Nummer dreimal die Eins, wie die Ergänzung seiner Initialen. Eine Schülergruppe tauchte auf, sie kam vom Abendessen, und er lief um die verschneiten Autos herum Richtung See; bis zu der Pressekonferenz im Saal war noch genug Zeit für einen Gang ins Vogel- oder Freundesschutzgebiet.

Sie hatten ihren Platz vor einer winzigen Bucht inmitten dichter Halme, hinter einer Bank führte ein Pfad ins Schilf, fast unsichtbar, wenn man die Halme wieder zusammenbog. Die Bank gab es nicht mehr, der Pfad war zugewachsen. Er drückte die Halme beiseite, sie brachen und splitterten in der Kälte, aber er kam voran, und nach zwanzig, dreißig Schritten stieß er auf die alte Stelle, nur mehr erkennbar durch eine kleine Verbreiterung, ein anderes Wachstum. Zwei Handtücher hatten dort einmal nebeneinandergepasst, seins und das des Freundes; mit Cola und Roth-Händle, der Musik von Police aus einem Recorder und Caesars Gallischem Krieg waren sie hier über die trägen Sonntage und Cornelius' Lateinklippen gekommen. Gallia est omnis divisa in partes tres: die ersten Seiten hatte er ihm in allen Feinheiten erklärt, pars pro toto, damit der Freund die Oberstufe erreichte, und zuletzt lasen sie Catull, den erschloss er Cornelius mit nur einem Vers, Odi et amo. quare id faciam, fortasse requiris. nescio, sed fieri sentio et excrucior. Ich hasse und ich liebe. Warum, so fragst du vielleicht? Ich weiß nicht. Aber es ist so: Ich fühl's, und es zerreißt mir das Herz. Im Schilf plötzlich leises Knacken, wie ein Geräusch von damals, übriggeblieben, und er verließ den Platz und ging zurück. Hinter dem Herrenhaus gab es noch die alte Abkürzung zum Hesse-Saal, durch die Büsche an der Weitsprunggrube aufwärts, so kam man zum Eingangsbereich. Und dort drängten sich jetzt Schüler und Erwachsene, und er wartete, bis die Letzten in der geöffneten Flügeltür stehen bleiben mussten, im Saal also kein Stuhl mehr frei war, dann erst ging er von den Büschen zum Eingang und sah den Hintersten in der Tür über die Schulter.

Auf der Saalbühne – er hatte dort Theater gespielt, in Goethes Laune des Verliebten, den Eridon, Und wenn Amine mich auch noch so reizend küßt, Darf ich nicht fühlen, daß dein Kuß auch reizend ist? – standen im Scheinwerferlicht drei Tische nebeneinander, Tische, die zum Saal gehörten, Esstische waren, hinter den Tischen je ein Stuhl von den Stühlen, die es schon gab, als er mit zehn nach Aarlingen kam, helles Holz, graublaues Gestänge. Drei Personen saßen dort, vor sich ein Mikro, in der Mitte, kaum zu glauben, Cornelius. Er trug ein schwarzes Jackett mit weißem Hemd, ohne Schlips, dazu die ewig runde filigrane Brille, salve, alter Freund, sei gegrüßt, auch wenn du nicht weißt, wer ganz in der Nähe ist, dir zuhören wird, wie du seine Dinge erzählst. Neben Cornelius saß Julian Bohlander, auch der kaum verändert: Juliboy, noch immer blond mit Rehaugen, eigentlich nicht Heidings Typ, aber ein Vertreter der Opfer; weitere Betroffene saßen halb schräg zum Podium, Jacobitz, Zidona, Pohlmann und Treven, Jens von Treven, Pädagogikprofessor, sie waren sich auf einem Lehrerkongress begegnet. Und auf der anderen Seite von CKS die Leiterin von Aarlingen, eine Frau, die mit den früheren Vorfällen nicht das Geringste zu tun hatte, aber mit ihrem dunklen Kostüm, hochgeschlossen, und einer Kurzhaarfrisur aussah, als sei sie selbst ein Opfer. Sie zitierte einige Eltern, die ihr gemailt hatten und Offenheit verlangten, und gab dann das Wort an

Kilian-Siedenburg: Vorsitzender unseres Komitees zur Aufklärung sämtlicher Fälle. Bitte sehr.

Und der begann mit Marc Aurel, etwas aus den Selbstbetrachtungen, schon in seiner Abirede der Anfang, ohne die Freundeshilfe undenkbar, und genau das Richtige vor all den Medienleuten und höchstens neugierigen Schülern: Fasse die Dinge nicht so auf, wie sie dein Beleidiger auffasst oder von dir aufgefasst haben will; sieh dieselben vielmehr so an, wie sie in Wahrheit sind!, und schon hatte er den zentralen Begriff: er sei da, um der Wahrheit Genüge zu tun, dazu gleich ein paar Einzelheiten, auch wenn sie abstoßend seien. Und dann führte er Sachen an, die ihm selbst nie passiert waren, in einem Ton, als müsse er sie bis heute mit ausbaden, aber erweckte auch gleich den Eindruck, als hätte er, mit kaum fünfzehn Jahren, Heiding bei einer versuchten Annäherung auf der Stelle durchschaut. Es ging mir nicht wie den anderen, sagte er – Fingerzeig auf seine geringe Anfälligkeit –, aber das Wenige reichte, um auf das Übrige schließen zu können – Hinweis auf eine frühe, nüchterne Intelligenz. Wie es leider auch reichte, um mehr als fünfundzwanzig Jahre zu schweigen, fügte er hinzu, um bei aller Intelligenz auch berührt zu sein. Ein Schweigen, das wir heute brechen! Und aus dem Saal sofortige Zustimmung, Schüler klatschten mit erhobenen Händen, Lehrer und Erzieher fielen in den Applaus der Opfer ein, als wollten sie noch mehr Details, um sich danach an den Kopf zu greifen: wie Derartiges nur hatte unbemerkt bleiben können oder von allen ignoriert werden konnte. Ich wusste viel, aber war für das Viele einfach zu jung, sagte Cornelius, als hinter einer der Kameras noch ein Zusatzlicht anging, der Moment, in dem es genug war, selbst wenn man dem Hintersten im Saal nur über die Schulter schaute.

Vom Hesse-Saal gab es auch einen versteckten Pfad zum tiefer gelegenen Sportplatz und der Badewiese mit dem alten

Ruderhaus, Bühl ging ihn hinunter und hörte noch, jetzt aus den Lautsprechern im Saal, die Stimme des Redners, einzelne Worte drangen ins Freie, System, Befriedigung, lebenslang. Cornelius hatte schon immer ein saloppes, die Details verachtendes Gedächtnis, daher ja das Problem mit Latein, ihn interessierte nur der Effekt, privat und beruflich, und dieser Abend, dieser Auftritt: seine späte Rendite aus den Aarlinger Jahren. Die Tür zum Ruderhaus war unverschlossen, normal bei der Witterung, alles, was zum Schneeräumen gebraucht wurde, lag dort. Er trat ein und suchte den Schalter neben der Tür, aber den gab es nicht mehr, dafür ging von allein ein Licht an, als er noch einen Schritt tat, eine Sparleuchte in der Ecke mit den Winterdienstsachen, wo früher Heidings Werkbank stand; alles war umgeräumt, nur ein Achter lag noch an derselben Stelle, die Länge bestimmte den Platz, und es war sogar die alte hölzerne Graf Luckner, so getauft vom Begründer der Ruder-AG, dem legendären Herbert Georg Diesch, einem Marinemann und Erzieher mit preußischem Stil, wie ältere Schüler erzählt hatten. Er ging zu dem Achter, und hinter ihm ein schnappendes Geräusch – die Ruderhaustür. Wie gut er es noch kannte, dieses Schnappgeräusch, Heiding hatte der Tür immer einen Stoß mit dem Fuß gegeben, und keiner konnte sie dann mehr öffnen von außen, das war jetzt anders. Nur das Geräusch war geblieben oder noch lebendig in ihm, wie der Geruch nach Dollenschmiere von den Booten, aber auch der nach Vanille von einer Massagebank neben dem Achter, auf der Bank eine Flasche Körperöl, parfümiert, und die blaue Packung Gauloises, dazu ein Kassettenrecorder, da musste man nur auf Play drücken, und schon kam Billie Jean: die kurzen Stepptöne am Beginn, während Heiding noch eine rauchte und ihm schon den Kopf hielt, den Nacken, das Ohrläppchen, die Wange mit den ersten Haaren, ihren entzündeten Wurzeln. Na und, sagte er, macht nichts, alles ist schön, auch ein Pickel!

Nach Billie Jean kam Beat It, dabei schon der Geschmack von Rauch durch das Küssen, der Duft des Öls, und dann entglitten die Dinge, er ließ es zu, dass ihn Indianergerd ins Herz stieß, wieder und wieder. An einem Juniabend hatte das angefangen, an einem Juniabend war es zu Ende gegangen, mitten auf dem See, dazwischen ungezählte Male, auf der Massagebank, auf den Säcken mit Streugut, über den Kiel der Luckner gebeugt, Heiding bebend vor Verlangen, seiner Wahnsinnshoffnung auf Erlösung, die Augen in der Farbe von Malz, zwei aus dem Mund genommene Malzbonbons, ganz auf ihn gerichtet, sein Jungsgesicht, den Mund, die Wangen, die glatte Stirn – um zu lieben, braucht es nichts als Augen, Heidings Credo, Komm, Junge, komm jetzt: seine Gebetswörter, und wenn es so weit war, ein fast klagendes, wölfisches Du, während er ihn immer gesiezt hatte, selbst in den Atempausen beim Küssen, als er ihm fahrig übers Kinn strich, Sie sind nicht rasiert sagte, ja sogar ganz am Ende, als kaum noch Gegenwehr kam im dunklen Wasser, siezte er das schlaffe Bündel Mann unter ihm, Ersaufen Sie, los! All das lag weit zurück und war doch Gegenwart, abwesend anwesend, wie Vila, die er spürte, ohne sie umarmen zu können. Und nach dem Klagelaut, mit dem Heiding kam, sich an ihm oder in ihm erschöpfte, sank er in sich zusammen, ein muskulöses Kind, das ihm, einem größeren, die Brust küsste, den Bauch, das ebenso Erschöpfte zwischen den Beinen, jemand, der immer noch nicht erlöst war, immer noch suchte: Wo am anderen, in welcher Mulde, welcher Öffnung, finde ich die eigene Wahrheit, dunkel wie das Dollenfett, nach dem es trotz der muffigen Luft überall roch. Und er beugte sich über den Kiel der Luckner und atmete den Geruch ein – einmal noch, das letzte Mal –, er zählte still bis fünfzig, wie als Kind beim Versteckspielen, und wie mit Heiding, der sich selbst in ihm gesucht hatte, dann war es getan, für immer getan, und er verließ den alten Ruderhausschuppen.

Die Badewiese weiß und still, ebenso der Sportplatz, unwirklich hell in der Nacht. Er stapfte durch den Schnee auf der Aschenbahn bis zur Treppe, die zum Hesse-Saal führte, der offizielle Weg nach oben. Aus dem Saal ein Zwischenapplaus, wie auf ein ersehntes Wort hin, danach Cornelius' Stimme, und er hielt dagegen, indem er laut die Stufen zählte, acht mussten es sein bis zum ersten Absatz, dann vierzehn und auf dem letzten Stück sieben, und so war es auch. Alles in Aarlingen hatte sich eingebrannt, das bleiche Licht in den Heimtoiletten, die Gerüche des Sonntags nach Kaffee und Rosenkohl, der stelzige Landungssteg, wenn der See im Winter zurückwich, das Tirili der Märzvögel, der erste Hundertmeterlauf, zwölf drei; die Agonie des Juni, der matte See mit Blütenstaub, das rasende Blau des Oktober, wenn mittags die Nebel aufgingen, das Fallobst, in der Sonne schmorend. Aber auch die Flötengriffe im Advent, Es kommt ein Schiff geladen, da brauchte es zu Beginn den kleinen Finger ganz unten rechts, oder das Laue des Abendtees, der Schimmer auf dem Streichkäse, die Margarine mit dem Namen Eden, ihr Zerfließen auf dem Brot. Und in warmen Nächten Heidings Griff, nachdem sein Ruderjüngster geseufzt hatte, wie er das noch Zuckende in Händen hielt und das Sämige darauf verstrich, als sendeten die Raucherfinger Stromstöße aus, kleine, süchtig machende Stöße, und doch stark genug, etwas auf Dauer zu zerreißen: nicht das Herz, mit dem man Seearme durchschwimmt, eher das, mit dem man zum Advent aufspielt.

Auch der Parkplatz hinter dem Saal war weiß, ein Auto wie das andere unter dem Schneepolster, nur Cornelius' Panzer hob sich ab. Er klopfte den Schnee von einem der Fenster und warf einen Blick hinein, auf dem Beifahrersitz Kekse und die Neue Zürcher, eine Zeitung, der Cornelius schon als Schüler vertraut hatte, ebenso der Keksmarke Bahlsen, seine solide Seite; und die andere, das waren die Waffen, gut möglich, dass im Handschuhfach eine Röhm oder Luger lag, und wenn es ein Imitat war. Aus dem Saal wieder Applaus, und er fegte den Schnee von der Haube, bis nur noch eine feine Schicht darauf lag, in die schrieb er etwas mit dem Finger, sorgfältig jeden Buchstaben, jedes Wort. Amo et odi et excrucior. Ich liebe und ich hasse und es zerreißt mir das Herz, aber welches? Das des Advents, ewig kindlich, erwärmt von einfachsten Melodien, ein Gesangbuchherz, oder das der Erwachsenenjahre, ewig ruhelos, voller Spannung, wenn er die alte Freundschaft in sich durchging, ein verspannter Muskel, seit ihm die rauchende Studentin mit wippendem Haar und weichem Mund, von ihm geküsst im Regen, genommen worden war, wie jetzt die Geschichte mit Heiding vom selben Dieb. Er zog einen Kreis um die Worte, schon in Cornelius' zerfleddertem Bello Gallico das Mittel, einen schönen Akkusativ mit Infinitiv oder Ähnliches hervorzuheben, dann machte er sich auf den Rückweg. Es schneite nicht mehr, dafür eine scharfe Kälte, und er ging nur ein Stück zu Fuß. In Hemmenhofen stieg er in ein Taxi am Hotel Höri, wo Cornelius und die übrigen Altschüler sicherlich wohnten, und ließ sich über Wangen und Kattenhorn, wo sie einst ihre Schweizware loswurden, nach Stein am Rhein fahren; sogar die Zollstation weiß und still, der Schnee grenzenlos. Im Hotelzimmer dann noch ein paar Zeilen Franziskus, der Poverello als Menschenflüchter, allein in den Bergen. Und am anderen Tag die Rückfahrt nach Italien, aber nicht an den See, sondern viel weiter, ein Mietwagen mit Winterbereifung.

UND Ende Januar traf in der Schadowstraße eine Ansichtskarte aus dem mittelitalienischen Topino-Tal ein, mit Poststempel Nocera Umbra und einem zehn Tage alten Datum, ein wildes Paradies dem Bild nach, bewaldete Hänge, Reste von

Gehöften, ein felsiger Bachlauf: Nichts für mich, sagte Renz, als Vila die Karte schon umdrehte. Auf der Rückseite Bühls kleine Schrift, späte Neujahrswünsche für sie beide, Glück und Gesundheit, dazu das Versprechen, sich bald wieder um das Haus zu kümmern. Und an Renz noch ein paar Extrazeilen, er sollte sich von Franziskus verabschieden, das werde einem klar in diesem Tal, vorletzte Station eines schon sehr kranken, sich nach dem Ewigen oder der Liebe verzehrenden Franz, der nicht fürs Fernsehen tauge, das Nicht unterstrichen. Und dann noch etwas, das auch mit ihr verbunden war, dem, was sie von Renz' Plänen erzählt hatte – Warum nicht lieber angehen, was in der Luft liegt, das Missbrauchsthema, dabei sicher hilfreich der Mann, der die Vorfälle an meinem alten Internat Aarlingen aufklärt, Kilian-Siedenburg, treffen Sie sich mit ihm, denkbar auch eine Einladung an den See im Sommer. All das auf einem Raum, der nur für Grüße gedacht war, und sie hatte es kaum vorgelesen, da suchte Renz schon bei Google nach Kilian-Siedenburg und ließ sie gleichsam allein mit der Karte – die Abendstunde vor dem Essen, jeder schon mit Glas in der Hand, und sie nahm beides, Glas und Karte, in ihr Zimmer und las dort alles noch einmal. Was wollte Bühl in dem Tal, sich auch nach Ewigem verzehren? Und warum brachte er seinen früheren Freund ins Spiel, als wollte er ihn, über diesen Umweg, gern wiedersehen. Sie verstand das alles nicht und verlor sich mit dem Glas Wein in Gedanken über die Zukunft, nicht die wirkliche Zukunft, was in ihrem Leben noch möglich wäre, nur eine kleine, nahe Zukunft, eine Reise mit Bühl, abenteuerlich wie die ersten Reisen mit Renz. Den Orinoko fahren sie hinauf, zu Orten mit einem Opernhaus, erbaut von Männern, die im Urwald ohne Puccini den Verstand verloren hätten. Sie wohnen in alten Hotels, die Böden aus Palisander, in den Morgenstunden lieben sie sich unter Netzen und gehen danach spazieren, wenn es draußen noch erträglich ist, die

Sonne erst aufgeht. Nur das Geräusch ihrer Absätze in den Straßen, Bühl mit kleinen Eisen unter den Schuhen, fiese Sache, aber ein schöner Klang; ziellose Tage, jede Minute unendlich sinnvoll. Mehr brauche ich nicht, rief Renz aus dem Flur, das ist mein Mann!

Und von ihr später beim Essen der Rat, nichts zu übereilen, sich auch mit seiner Kranken abzustimmen, mit Marlies – es wurde immer leichter, den Namen auszusprechen, als sei er ein Teil ihrer Krankheit –, und Renz hörte zu, seltsam geduldig oder schon informiert darüber, wer dieser Kilian-Siedenburg war; er hatte gekocht, das tat er seit der Rückkehr aus München, und es blieb auch in den nächsten Tagen dabei. Sie kaufte irgendetwas ein, wenn sie von der Arbeit kam, und er machte irgendetwas daraus, nicht das Gericht, das die einzelnen Sachen nahelegten, sondern etwas anderes, Eigenes, als würde er genauso vor sich hin denken, hin träumen wie sie. Ein ruhiger Winterrhythmus, auch mit Einladungen, mal sie beide bei Hollmanns, mal Elfi und Lutz bei ihnen; das Ruhige, Gleichförmige erst unterbrochen Anfang Februar, durch eine lange Mail von Bühl mit dem Betreff: *Franz und ich.*

Sie war im Sender, als die Mail einging, in einem Büro vom Charme eines Wartezimmers, älterer Augenarzt, ihrem kleinen Call-Center, um von dort das neue Talkformat mit vorzubereiten, erste originelle Kandidaten aus dem Meer redseliger Prominenter herauszufischen und mit ihnen Vorgespräche zu vereinbaren, eine Tätigkeit für den späteren Nachmittag und frühen Abend, wenn originelle Leute zum Telefonieren aufgelegt sind und sie ihre intime Stimme einsetzen konnte, die Stimme, mit der sie halb flüsternd die Mail las.

Sommer im Topino, eine stehende Luft in der Hütte, vom Lager am Boden Franz' Atemstöße, wie von einer Gebärenden, die mit den Wehen kämpft. Klara weicht kaum noch von seiner

Seite. Sie gibt ihm Wasser aus einer Schale und füttert ihn mit Beeren, wenn das Abendlicht durch die Ritzen fällt und sie seinen Mund erkennt. Einzeln zerdrückt sie ihm die Beeren zwischen den Lippen, bis er sie schlucken kann, Tag für Tag.

Franz sieht sie nicht, er hört sie nur und spürt die Hand am Mund und auch etwas im Nacken – Klara stützt seinen Kopf, damit er sich nicht verschluckt. Sie erzählt von San Damiano, was sie dort alles verbessert habe, die Verteilung der Arbeiten, den Zugang zum Brunnen, das Refektorium, seine löchrige Decke, den Gemüsegarten, die Tränke für die Vögel. Franz kennt die Geschichten und hört dennoch zu, jeden Abend, bis er in der Stunde vor einem Gewitter, die Luft kaum erträglich, ein dampfender Schwamm, auf einmal selbst etwas erzählt, so leise, daß Klara sich über ihn beugt. Die Schlacht auf den Tibersandbänken: Der andere, der ich war, hat dort getötet, flüstert er. Sein Schwert stach in Hälse und trennte Glieder ab, es war voller Blut, bevor ihn ein Haken traf. Und nach der Schlacht das Jahr in den Kerkern Perugias, an die Freunde gekettet, Leib an Leib, dort hat der andere, der ich war, im Bitteren das Süße erlebt, den Freund im Arm gehalten, wenn nachts mit der Kälte die Mäuse kamen. Überall Rascheln und Knistern und bald ein leises Klirren der Ketten, und statt Schlaf war da Stöhnen und Weinen, gegen das einzig mein Halten half – wozu sind unsere Hände da? Nur um ein Feld zu bestellen und den, der es verwüsten will, zu töten? Und wozu unser Mund, nur um zu beten oder zu essen? Ich habe auch anderes getan. Wenn der Sommer vorbei ist, sollen mich die Brüder nach Hause bringen. Man soll auf der Portiuncula, meinem liebsten Stück Erde, einen Ort vorbereiten, daß ich dort noch Briefe diktieren kann, ehe Bruder Tod meine Hand nimmt. Alles muß gerichtet sein und alles in Fußnähe zu meiner Trösterin: Ich kann sie rufen, wie ich sie hier rufe, und sie kommt – auch wenn es noch eine andere gibt, die mich trösten soll, mit einer Honigspeise, die sie mir oft bereitet hat. Und meine Schwester, wird sie dennoch kommen, wenn ich rufe? Franz reißt die Augen auf, er will etwas sehen und wendet sich Klara zu, nie zuvor hat er ihren Blick so gesucht, und sie streift sich die Haube zurück, die Hände eilen ihr davon, eine Bewegung im Halbdunkel, als erste Windstöße über die Hütte gehen. Ja, deine Schwester wird kommen, wenn du sie rufst. Sie legt es nicht auf die Waage, wenn einer im Fieber spricht! Klara hebt die Stimme, weil schon ein Blitz den Himmel teilt, sein Schein dringt bis in die Hütte, beide sehen einen Herzschlag den anderen.

Vila nahm ihre Brille ab – schmale Gläser, schwarzer Rahmen, dünn, aber nicht aus Metall –, eine Brille nur für den Bildschirm, die sie erst seit einigen Tagen hatte, und jeder, der in ihr Büro kam, sie zum ersten Mal damit sah, machte ein Kompliment, wie scharf oder schick die Brille sei. Aber ihre Brille war gar nichts, höchstens gut angepasst für den Schirm, und alles andere, das war sie, aber das sagte keiner. Sie druckte die Bühlseiten aus und bekam schon die nächste Mail, jetzt die neue Arbeit betreffend; erst gestern hatte sie den Mailänder Journalisten Flaiano angeschrieben, für viele der unerschrockenste Italiener mit seinen Artikeln über den Fußball, die Mafia und das private Fernsehen einschließlich Berlusconi und Co., eine Generalabrechnung mit dem italienischen Männerfreundesystem, und seine Antwort war ein erster Erfolg, er war bereit, in die geplante Sendung zu kommen, und wollte auch seinerseits vorher ein Treffen, Ende April oder Anfang Mai, davon hing die Zusage ab – Cordiali saluti, Michele Flaiano. Also ein, zwei Tage Mailand, und das hieß auch, ein, zwei Nächte, ihr geheimer Erfolg.

Sie setzte die Brille noch einmal auf und schrieb dem Mutigen gleich zurück, dann schob sie ihn ganz oben auf die Kandidatenliste. An zweiter Stelle stand ein Sexualstraftäter, auf Druck des Europäischen Gerichtshofs aus der Sicherheitsverwahrung entlassen, er wurde rund um die Uhr bewacht und durfte sich keiner Frau nähern, höchstens eine Frau sich ihm, sie nämlich für das Vorgespräch – ein Mann aus der Nähe von Kassel, in jedem Fall kostengünstiger als der Journalist aus Mailand, da hieß es, Argumente finden. Sie nahm endgültig die neue Brille ab für diesen Bürotag, steckte Bühls Seiten ein und fuhr nach Hause; Renz war in Köln, es ging um die Seearztserie: wie dumm das Ganze sein musste und wie witzig oder gescheit es allenfalls sein durfte. Armer Renz. Aber das war nur ein Sekundengedanke. Eigentlich arme Vila.

Die große Wohnung, die zu vielen Räume, die Stille selbst in der Küche, weil Elfi und Lutz im Skiurlaub waren, nicht in ihrer Küche umhergingen wie sonst. Sie machte sich etwas zu essen, Tortellini in Sahne – das Gericht, mit dem sie Katrin ernährt hatte, bis die sich selbst ernährte, Katrin, die seit kurzem in Brasilien war, vom Amazonasdelta skypend in Erscheinung trat, selbst schon irgendwie indianisch –, einen Teller voll Tortellini wie ein Breichen für Erwachsene, dazu noch einen geschenkten Wein, Nackenheimer Riesling, alles andere als ihre Sorte, aber sie trank ihn zum Essen und trank ihn noch, als sie später mit ihrem Notebook im Bett saß, bei einer alten Abba-Platte gegen die Stille. Sie hatte das Gardesana am Hafen von Torri auf dem Schirm und sah nach, ob im Sommer noch ein bestimmtes Zimmer frei war, das Eckbalkonzimmer, das André Gide bewohnt hatte und das Bühl ja schon kannte, und es war noch frei, bis auf einige Tage den ganzen Juli und August, erst im September war es durchgängig belegt, und sie mailte ihm, dass es die Möglichkeit gebe, sich im Sommer öfter zu sehen, in dem Eckbalkonzimmer am Hafen, nur sollte man es gleich reservieren, am besten noch heute, und Unterried: muss da nicht auch reserviert werden? Wir haben schon Februar, und zwei Wochen Vorlauf müssen sein – tut mir leid, so viel Vernunft, dafür liegen deine Seiten auf meinem Nachttisch, Franz und Klara: Ich glaube, sie liebt ihn! Eine Mail, die sich wie von selbst schrieb, in der Art, wie sie sich manchmal vertippte und etwas ganz Neues herauskam, ein noch nie da gewesenes Wort, und bei dem Mausklick auf Senden konnte sie kaum die Hand ruhig halten. Blieb noch, ihr Gerät zu schließen, es wegzulegen, auf die Seiten über das längst tote Paar, und das Licht auszumachen; im Zimmer war die Heizung abgestellt, aber ihre Decke war dick, und sie zog den Schlafanzug aus und lag eine Weile nur auf dem Bauch, mit Wange in der Ellbogen-mulde, ein Nacktsein wie eine Wunde, die versorgt werden will, untersucht, gereinigt, verbunden – war sie krank, neben der Spur, von allen guten Geistern verlassen oder nur von denen, die Elfi und Heide, Anne oder Marion Engler schützten? Sie suchte ihr Zeug im Bett, das Oberteil mit dem kleinen Aus-schnitt, die Hose mit Kordel am Bund, sie zog es wieder an und drehte sich zur Seite, nur schwach geschützt von der Baum-wollhaut, den Rest übernahmen die Stoffe, die auch Schmerzen erträglicher machen oder den Schlaf schicken. Und am ande-ren Morgen Bühls Antwort, wie eine Reaktion auf ihr nächt-liches Wundsein, die Heilung in Zahlen: von wann bis wann er in Torri gebucht hatte und wann in seinem Ort – das erste Märzwochenende ab Donnerstag, zur späten Fasnet in dem Jahr, ein Zimmer im Goldenen Adler.

WIE vergeht ein Monat, auch wenn es der kürzeste im Jahr ist, wie lässt sich Woche für Woche verstecken, dass man liebt, auf eine lachhaft bildliche Weise verrückt ist, viel mehr närrisch als bedenklich, wie ein Vorziehen der Narrenfasnet, die dem Warten ein Ende macht: keine konkreten Gedanken, nur eine gedankliche Verfassung, Vilas Allgemeinzustand.

Ihr einziger Halt, der Winterrhythmus, er setzte sich einfach fort, an einem Samstag kamen die Hollmanns, nach wie vor mit Blumen, dazu Heide und Jörg, damit es nicht nur um Ines Hollmanns Biennale-Eindrücke aus dem letzten Sommer ging, auch noch vor dem Hintergrund ihrer kindertherapeutischen Arbeit, und Heide und Jörg konnten mit Mallorcadingen dagegenhalten, die neuen Galerien in Palma, die Grundstückspreise in ihrem Tal; den Rest besorgten der Nachtisch, ihre Zabaione, und am Ende der Grappa. An einem anderen Wochenende dann die Englers, Marion wie immer auf ihrer, der Frauenseite, ohne dass sie irgendetwas angedeutet hätte, aber es schien ihr im Gesicht zu stehen, das Warten, wie bis vor kurzem die Anspannung vor einer Aufzeichnung, nur gab es da Helge, den Visagisten, auch der fehlte ihr. Später kamen noch Elfi und Lutz dazu, ein langer Abend, und als alle gegangen waren, eine feierliche Stille in der Wohnung, sie beide zu müde, um abzuräumen, sie blieben einfach am Esstisch sitzen, die Kissen auf den anderen Stühlen noch eingedrückt, vor den Fenstern zur Straße leichter Schneefall, kein Ausklingen, ein Beginn. Unser Grundstück, sagte Renz plötzlich, der Wert hat sich verdreifacht, ist dir das klar?

Ja, möglich, und? Sie stand nun doch auf, von einem Moment zum anderen todmüde; sie ging zum Bad, und er nannte noch eine Zahl, schwindelerregend, wenn man sich dieses Geld auf einem Tisch vorstellte, auch noch, wenn es nur die Hälfte wäre. Gute Nacht, ihr letztes Wort vor dem Schließen der Tür, der Schlüssel schon seit Jahren schwer zu drehen. Und im Bad leise Musik, ein Radio, das anging, wenn man Licht machte, noch von Katrin so eingerichtet und nie verändert. Sie wusch sich das Gesicht, immer wieder, bis alles Angestrengte offen lag, als hätte sie eine Maske abgenommen; dann Zähneputzen und die Nachtcreme und noch einmal der klemmende Schlüssel, der Schalterdruck für Licht und Radio, die Stille und ihr Bett – Anfang eines langen Sonntags, einer von Hunderten mit

Renz: auch schwindelerregend, der Gedanke, dass es so weiterginge, ein Rhythmus bis zum Gehtnichtmehr. Sie wollte nie alt werden, letztlich unsichtbar, kaum mehr als ein Schemen. Als sie die Tipps noch machte, war der Februar ihre Zeit, sie reiste viel und sah sich Leute an, Berlin, Hamburg, Leipzig, Köln, fast jeden zweiten Tag gab es Aufnahmen, ihr Visagist: der beste Beschützer in diesen Wochen, überhaupt einer der besten, den sie je hatte. Und wann immer Helge im Sender war, sah er bei ihr vorbei und erzählte, wie es jetzt lief mit den Tipps, die einzelnen Beiträge kaum noch über zwei Minuten, die Yilmaz keuche förmlich durch die Sendung, seine Tätigkeit oft nur noch das Abtupfen von zu viel glänzender Stirn. Helge brachte jedes Mal etwas zu trinken mit, Prosecco in einer Kühlkanne oder zwei Averna in Espressoplastikbechern, und er sah sich ihre Kandidaten für das neue Talkformat an, die sie inzwischen steckbriefartig an der Wand hatte, ein Dutzend schon, was aus dem Wartezimmerbüro auch eine Kommissariatskulisse machte, nicht sehr viel besser, aber hilfreich, wenn Besuch kam, einmal sogar Wilfinger: der für seine Pilotsendung ganz auf den entlassenen Sexualtäter setzte, während Helge die Kandidaten eher danach durchging, wer ihm gefallen könnte. Irgendwie war er stets im Zustand des Liebeskummers, eines nahenden oder sich legenden, er war sozusagen nie auf der Höhe der Liebe, und sie war in diesen Helgestunden, die ihr den Februar verkürzten, von Mal zu Mal mehr versucht, ihm von Bühl zu erzählen und am Ende auf die Krankheit anzustoßen, die auch ihn beutelte: ohne Liebe einzugehen und mit ihr verrückt zu werden. Aber sie sagte kein Wort, sie weinte nur einmal in Helges Gegenwart, das war schon Ende Februar, als Renz zum zweiten Mal in dem Monat in München war. Angeblich saßen er und seine Krebsproducerin am Exposé zu einer Missbrauchssache, und Renz erzählte auch von ersten Kontakten zu Bühls früherem Freund, und dass er von Marlies hatte hören müssen, sie sei mit ihm, Kilian-Siedenburg, verheiratet gewesen, für Renz wohl eher eine beruhigende Neuigkeit als eine Komplikation: da wäre noch jemand, der sich kümmern könnte, wenn es bei Marlies hart auf hart kommt. Renz und sein neuer Experte hatten sogar schon eine Verabredung, Anfang März in Berlin, Siedenburg war dort zum Runden Tisch in Sachen Missbrauch geladen, und Renz hatte ohnehin in Berlin zu tun, ein Treffen, das sie am liebsten torpediert hätte, wie jeden Faden von Renz zu Bühl, auch wenn der Zeitpunkt für sie ideal war, die Faschingstage, für Runde Tische offenbar kein Hindernis. Renz und Bühls früherer Freund in Berlin, sie und Bühl in Unterried – es war so perfekt und zugleich so ungut, dass sie plötzlich weinen musste, als Helge in ihrem Büro saß.

Er war diesmal nur auf einen Sprung gekommen und hatte gar nicht erst den langen Mantel ausgezogen und auch nicht eine Russenmütze – beides, Mantel und Mütze, gaben ihm etwas von einem sanften Anarchisten –, und er hatte, weil er zu einem Dreh unterwegs war, seinen Metallkoffer mit all den Stiften und feinen Pinseln, den zahllosen Tuben, Näpfchen und winzigen Schachteln mit Silberstaub und anderen Pigmenten dabei, mehr oder weniger seine bewegliche Habe, eine Art Zauberkiste, die wie ein Teil von Helge war und ihn Wunder vollbringen ließ: aus einem nach schlafloser Nacht zerdrückten Gesicht mit kleinen Augen, Furchen und Flecken wurde unter seinen Händen in Minuten das Gesicht, mit dem man sich selbst wieder mochte. Helge sah sie an, der Blick eines Freundes, er zog die Verschlüsse an seinem Koffer auf, Ich darf doch etwas tun für dich? Und dann stand er auch schon vor ihr, und sie ließ sich zurücksinken in ihrem Bürostuhl und schloss die Augen, wie in besten Zeiten der Mitternachtstipps, wenn Helge gar nichts vertuschen musste an ihr, sondern höchstens etwas hervorheben, das über Nacht oder die Tage, den Alltag mit Renz, abgesunken war. Kummer macht menschlich, sagte er, man gerät aus dem Konzept und blüht auf. Was ist passiert? Er cremte ihr die Wangen ein, nur mit zwei Fingerkuppen, und sie hörte sich schon sagen, was passiert war, aber es ging ihr gar nicht darum, einen Mitwisser zu haben; was sie eigentlich wollte, war ein Zeuge der Dinge mit Bühl, jemand, der ihr zurief: Es ist gut so! Ob er nicht weitermachen könnte, fragte sie, eine ganze Woche lang, bis zum dritten März. Geht das? Sie sah Helge an, und irgendwie schien es zu gehen: Ihr erschien es jedenfalls möglich, diese Woche in einer Art Betäubung hinter sich zu bringen, auch wenn Helge schon zu den Augen kam, weil seine Zeit knapp wurde. Mach sie wieder zu, sagte er, schlaf etwas. Ich befehle es dir.

Der Visagist als Hypnotiseur, und die Folge ein Halbdämmer oder Wachschlaf, in ihrem Büro, auf dem Heimweg, allein im Bad oder mit Renz beim Kochen, beim Essen, einmal sogar im Bett, zwei Taumelnde in der Horizontale, entblößt, stumm, ergeben; ein vom Ich entlasteter Zustand, endend in dem Augenblick, als sie in Unterried vor dem Goldenen Adler aus einem Taxi stieg – der erste milde Märztag, überall Schneereste, halbweiße Dächer, letzte Eiszapfen, ein Tropfen und Gurgeln – und Bühl aus dem alten Gasthof trat.

SIE hatte ihn größer in Erinnerung gehabt, größer und auch jungenhafter, vielleicht nach dem Abschied im Hauptbahnhof, sie von jeher klein bei Bahnhofsabschieden; sein Gesicht erschien ihr älter als in Frankfurt, weniger ein Alter der Jahre, der Falten und Lesebrillen, eher ein Alter, wie es manche, sie oder Renz, kaum je erreichen, das der Gewissheiten, der knappen Worte. Ich bin, wie ich bin, ertrage es oder geh.

Er kam auf sie zu und nahm ihr den Koffer ab, kein Fremder, aber einer, den sie verlegen auf den Mundwinkel küsste.

Dann folgte sie ihm in den Gasthof, und dort war Ruhetag, er hatte die Schlüssel, ein Gang im Halbdunkel über Dielen und eine knarrende Treppe zum ersten Stock, vorbei an Urkunden von Brauereien und Gastwirteverband, lange vor ihrer Zeit, eine Männerwelt, ebenso das Zimmer, in das sie kam, die Decke niedrig, das Bett massiv, an der Wand gegenüber ein Flachbildfernseher, teils verhängt mit Bühls Kleidung; und auf einer Betthälfte seine Blätter, sein Notebook. Er war hier schon zu Hause, und sie ging ins Bad – der Drehriegel leicht klemmend, fast wie in der Schadowstraße, das Abschließen ein Reflex. Sie kam dagegen nicht an, so wenig wie gegen den Eindruck, dass der, dessen Zahnbürste schon im Bad lag, nicht ganz der war, den sie mit sich herumgetragen hatte, in Frankfurt, in Jamaika, im Flugzeug, im Zug, ja noch im Taxi von Freiburg nach Unterried; sie kam nur gegen ihr Haar an, das frisierte sie schnell, und gegen das Blasse der Lippen, die zog sie nach, Dinge, die sie schon mit sechzehn, siebzehn gemacht hatte, jetzt wieder mit demselben Bangen. Und natürlich hätte sie auch gleich duschen können, mit Renz das Normalste, mit Bühl nicht. Sie sah auf ihre kleine Reverso, die hatte sie dabei, nicht die Not-Swatch von Katrin, es war gleich sechs und wurde langsam dunkel, aber noch konnte man den Ort anschauen, sich dort orientieren. Laufen wir ein Stück, sagte sie beim Heraustreten aus dem Bad, und Bühl sagte etwas ganz anderes, Sören Kampe, der junge Veteran, ist tot. Ich habe unseren Havanna-Führer hier gestern getroffen, in seinem Ort, er hat es erzählt. Spiegelhalter wurde ausgewiesen, sein Gehilfe ebenfalls, nur wollte Kampe nicht weg von den Deutschkursmädchen, für die es keine Rolle spielt, ob er zwei Beine hat oder nur eins. Er hat sich aus dem Fenster gestürzt, gegenüber vom Plaza-Hotel. Was möchtest du sehen in Unterried? Es gibt ein ehemaliges Kloster, in dem Garten grasen jetzt Lamas.

Und diese zotteligen Tiere, die eigentlich in die Anden gehörten, waren hier noch fremder als sie: ihr erster Eindruck von dem Ort. Aber die Lamas im Klostergarten auch wie ein Teil der Fastnacht, eines abendlichen Treibens auf der Hauptstraße zwischen Schleckers Drogeriemarkt (früher Gasthof Fortuna) und dem Wirtshaus Zum Sternen. Ältere Jungs mit Stöcken, an denen Luftballons hingen, jagten dort Kinder und ließen die Ballons auf den Köpfen der Kleinen platzen, Eltern fotografierten das Spektakel, helles Blitzen, helles Geschrei: Fasnetauftakt, Donnerstagabend, die Luftballons noch zu Bühls Kindheit stinkende Schweinsblasen, Saublodere am Schmutzig Dunschtig, wie er ihr das auf einen Bierdeckel geschrieben hatte, als sie später im Sternen saßen, bei Wurstsalat mit Bibbeliskäs und Brägele oder Bratkartoffeln, der erste Abend von dreien und auf der Rückfahrt nach Frankfurt, Faschingssonntag, schon mit den zwei anderen verschwimmend.

Die Dinge waren an ihr vorbeigezogen, fast wie die ersten Wochen mit Renz, und doch zwischendurch ein paar überklare Momente, der erste schon, als sie im Dunkeln vom Sternen zum Goldenen Adler liefen. Bühl zeigte auf ein Bauernhaus am Hang, das Dach auf einer Seite tief heruntergezogen, ein Schwarzwaldhof, nur der Sockel aus Stein, alles übrige Holz, bilderbuchhaft wie das ganze Unterried, bis auf den Drogeriemarkt und eine Tankstelle mit kleiner Opel-Vertretung; und genau dort blieb er stehen, zeigte auf den Hof: einst der Hof von Alez Spiegelhalter, im Krieg gefallen, jetzt im Besitz eines Freiburger Orthopäden. Aber der Enkel, Karl Spiegelhalter, darf dort wohnen, sagte er und hielt sie dabei um die Hüfte, und sie sah in sein Gesicht statt zu dem Hof, ein Gesicht, das immer noch etwas Fremdes, Unleserliches hatte, mehr als in Frankfurt oder Assisi, vielleicht durch seine Art, die Worte und Namen der Gegend auszusprechen, Saublodere oder Alez Spiegelhalter, als hätte er ihn gekannt wie Sören Kampe, auch

Opfer eines Krieges. Sein Tod war schrecklich, aber ging ihr nicht wirklich nah, wie auch; alles Nahe gehörte Bühl, trotzdem er im Weitergehen noch immer Dinge aus Unterried und seinem Dorf erzählte – die in allem anders waren als ihre Kindheitsdinge, grober, nackter, und sich doch mit ihnen trafen, zwei Vergangenheiten in einem Stück Gegenwart, als sie sich im Adler-Treppenhaus, neben der alten Brauereiehrenurkunde, plötzlich küssten. Und im Zimmer hatte sie dann an seine Brust getippt, einmal, zweimal, wie im Vorjahr bei der Botticelli-Ausstellung im Frankfurter Städel, als sie eine Sekunde allein war, an die Brust der Simonetta Vespucci. Und kurz darauf waren sie im Bett, ohne den Umweg ins Bad, Ich will dich jetzt, nicht in zehn Minuten, jetzt, so wie du bist: Worte wie eine Umarmung von hinten, noch in ihr nachklingend auf der Zugfahrt, nur fing das Erzählen im Bett erst richtig an. Er hatte seine Hug Tulla besucht, den Notar aus Freiburg gleich mitgebracht, war mit ihr eine Patientenverfügung durchgegangen: nicht das Heim, sondern er hätte jetzt das letzte Wort, wenn es mit ihr zu Ende ginge, sie wollte keinerlei Lebensverlängerung. Tulla will eingehen wie eine Blume ohne Wasser, sagte er. Und sie will dich sehen, ich habe ihr erzählt von dir, wir machen eine Autofahrt, bist du dabei? Er streichelte ihr Haar, und natürlich war sie dabei, wollte aber wissen, was er von ihr erzählt hat. Und er, fast empört: Was wohl? Die Fakten. Sie heißt Vila, und sie kommt aus Frankfurt, und sie ist schön! Eine Art Jubelruf, als er auf ihr lag, abgestützt, der Körper leicht, nicht erdrückend, und alles Weitere so übermächtig, dass es den anderen, tatsächlich erdrückenden Teil ihres Lebens beiseiteschob, als existiere er gar nicht.

Schon auf der Hinfahrt hatte sie an diese blinden Minuten gedacht, und auf der Rückfahrt dachte sie wieder daran, allein in einem Abteil erster Klasse, nach Zahlung der Differenz zu ihrem Ticketpreis, eine Flucht vor Faschingsleuten im Großraumwagen. Jetzt hörte sie nur von weitem Gesang, das war auch in der Nacht so, irgendwer hatte auf der Straße gesungen, und Bühl stimmte sogar leise ein, Borstig, borstig, borstig ist die Sau, und wenn die Sau nicht borstig wär, dann gäb sie keine Würste her, und dabei schlief er mit ihr, das Ganze ein einziges Glück, Glück auch im Sinne von Zufall: zwei mit demselben Maß im Bett, am Ende ein Atmen wie aus einem Mund, nur ist Erfüllung Augenblickssache, wer an mehr glaubt, ans Paradies, glaubt auch an die Hölle. Tut sie aber nicht. Was da geschehen ist, war weder höllisch noch himmlisch, es war irdisch gut. Sie sah aus dem Fenster, die Gegend bei Offenburg, auf den Schwarzwaldhängen bleiche Schneereste. Ihre Hand hatte dann noch lange auf seinem erschöpften Teil gelegen, wie auf einem Tauschobjekt, gib es mir, damit ich weiß, was es will, du bekommst dafür meinen Schoß. Kein präziser Gedanke, nur ein präzises Gefühl. Und am anderen Tag der Besuch bei Tulla Maria Hug in einem Neubau am Ortsrand von Unterried, über dem Eingang ein Name, Haus Schauinsland. Bühls alte Kinderfrau hatte ihr als Begrüßung nur zugenickt, sie saß die ganze Zeit auf einem Plastikstuhl am einzigen Fenster ihres kammerartigen Zimmers, das Fenster mit Blick auf ein Energie sammelndes Scheunendach, bläulich spiegelnd: Wie das Meer, sagte sie, obwohl sie noch nie am Meer war. Sie trug Trainingshosen und eine weiße Strickjacke, das noch weißere Haar im Nacken geknotet, und ihr Gesicht, siamkatzenhaft, war so voller Fältchen, dass es schon etwas von einer Maske hatte, viel feiner als die Falten einer Holzmaske, die in ihrem Schoß lag, das handgeschnitzte Erbstück ihres Bruders aus seinen Jahren als Teufel in der Höllenzunft. Bühl gab ein paar Erklärungen dazu, er hielt Tullas Hände, und dann sprachen die beiden in ihrer Sprache, erst über die Autofahrt, wohin es morgen gehen sollte, dann über sie, die Frau aus Frankfurt. Ob das etwas Ernstes sei, so viel hatte sie heraushören können aus dem alemannischen

Singsang der Hug Tulla – Ebbis Ernschtes, Bühl hatte ihr das
später vorgesprochen –, und seine Antwort: Ja. Damit war sie
akzeptiert, und Tulla erzählte ihr von der Fasnet, wie sie einmal
war, von den Teufeln, die den Buben beim großen Umzug
nachjagten, sie in Säcke steckten, und den Hexen, die mit Besen auf Mädchen losgingen. Sie sprach von den Geißleklöp-
fern, die mit ihren Peitschen lauter knallen konnten als ein Gewehr, vom Federhannes und dem Schellennarro mit seinen
Glöckchen am Kittel, von Spättlesbrüdern, Judenfürzen und
Flecklesgewändern und schließlich der Hexenverbrennung am
Dienstagabend, wenn die Brigittehex, eine große Strohpuppe,
in Flammen aufging und Hunderte schweigend zusahen, schon
halb bei der Fastenzeit, die nun kam. Ein Erzählen, bis es später
Nachmittag war, dann machte Tulla einen Punkt und stand
auf. Sie legte die Holzmaske in den Zimmerschrank, auf einen
Stapel Tischwäsche, und wandte sich dem Bett zu, ihre Art,
den Besuch zu beenden; für Bühl nur noch ein Kuss auf die
Stirn und für seine Begleitung ein nachgerufenes Wort, Häsch
Glück mit däm – ein Wort, das sie im Zug wie Proviant mit
sich führte –, und beim Verlassen des Heims ein weiterer klarer
Moment: Sie hatte kein Glück, sie *war* im Glück, Vila im
Glück, inmitten eines Strudels von Glück, das kleine Loch darin. Und später sind sie noch spazieren gegangen, im letzten
Schnee auf kleinen Hängen über dem Ort, immerzu eingehakt,
ja verklammert Arm in Arm, mal im Harsch, mal auf durchweichten Wiesen, ein Gehen ohne Worte, am Ende mit nassen
Füßen. Und im Zimmer gleich die heiße Dusche, sie beide in
einer winzigen Zelle im Dampf, kaum zu sehen, wer wo anfing,
wer wo aufhörte, das mussten sie schon herausfinden, erst unter
dem Strahl, dann beim Abtrocknen, dann im Bett, ein Tun mit
der Neugier von Hunden, die einander umschleichen, be-
schnuppern, sich reiben und sekundenlang balgen, dann wieder Abstand nehmen, sich nur ansehen, und auf einmal be-

springen, sich kugeln, ein Knäuel, bis einer die Kehle zeigt, wenn du es tun willst, dann tu es: eine Wendung aus dem Nichts, sie auf dem Bauch, er mit dem Mund an ihrem Nacken, und mit einem Mal – ein Moment dunkler Klarheit, wenn es den gibt – hatte sie ein Bein angewinkelt, Teile der Decke unter ihren Bauch geschoben, sich ihm geöffnet, dass er alles hätte haben können, auch ihren Schmerz, ihre Scham, aber es war zu viel für ihn, oder er war weniger als er selbst in dem Punkt, ein Opfer. Nur sie wollte das in dem Augenblick, alles auf einmal haben, verschmelzen, wo sonst Männer mit ihresgleichen ein Ganzes werden, sie wollte ihre letzte Unschuld verlieren, und er konnte nicht der sein, der ihr von hinten ins Ohr sagt, es wird wehtun, aber nur für einen Moment.

Der Zug hielt in Karlsruhe, eine Frau kam ins Abteil, etwa ihr Alter, beiger Mantel, graues Haar, schmale Brille, sie hatte ein Notebook dabei und fing sofort an zu arbeiten, ihr Mund machte winzige Bewegungen, ein hübscher Mund, wie in Schach gehalten von dem Haar, dem Mantel, der Art, sich ihr Gerät vorzunehmen. Bühl hatte sie dann geküsst, wie es nur einer kann, der keine Angst vor Wunden hat, vor Blut, Innereien, Organen, und auch keine Angst vor engen geschlossenen Räumen, ein anderes, erlösendes Verschmelzen, unendlich weit weg von ihrem Frankfurter Leben. Und schließlich kam er in ihr, ein Glück wie mit Händen zu greifen: nein, sie hatte es mit Händen gegriffen, seinen nassen heißen Kopf gehalten. Und jetzt? Erst nach Minuten – ihr Atem hatte sich beruhigt, und aus der Wirtstube ein Sprechgesang, Narri narro – kam diese Frage, und sie sah in sein nahes Gesicht. Jetzt? Jetzt gehen wir dort unten etwas essen, sagte sie. Alles, was wir wollen! Nur leichter gesagt als getan, jedes Gericht auf der Karte klang gut, sie nahm einen Zwiebelrostbraten, den sie zu Hause nicht anrühren würde, er bestellte sich Zander, vorher gab es Salat mit Speck, dazu Wasser und Grauburgunder. Und die Wirtstube, eine wahrliche Stube, kaum größer als der untere Wohnraum im Haus, und zwischen einem Kachelofen und dem kupferbeschlagenen Tresen eine Ecke mit rundem Tisch, der Herrgottswinkel, wenn man das Kruzifix im Eck ernst nahm, an dem Abend auch Platz der Singenden. Feuerwehrleute, erklärte der Wirt, die halbe freiwillige Feuerwehr von Unterried. Ein Vorfeiern, damit sie am Sonntag, wenn die andere Hälfte an die Reihe käme, nüchtern wären. Sechs Mann saßen um den Tisch, die älteren mit echten Bärten, die jungen mit aufgemalten, einer kam sogar herüber und stieß mit ihr an, Bierglas mit Weinglas. Später kommt noch jemand, hatte Bühl nach dem ersten Schluck gesagt, ein kurzer Schrecken, sie wollte ihn mit keinem mehr teilen, letztlich teilte sie ihn schon mit Renz, mit Katrin, ihrer Arbeit, seiner Arbeit: mit Franz von Assisi und Klara teilte sie ihn, und nun auch noch mit Spiegelhalter. Aber der war dann nach ein paar Gläsern mit den Feuerwehrleuten weitergezogen, er kannte sie alle, die älteren noch aus der Schule, für ihn der Halt in Unterried, einen anderen hatte er nicht mehr. Sein Institut war erledigt, ihm war nur der schweißsaure Anzug aus dem Café Francesa geblieben; vier Flaschen Matusalem und ein Kistchen mit Cohibas hatte noch der kubanische Zoll eingesackt. Warum erledigt, fragte sie, und die Antwort kam erst, nachdem Spiegelhalter mit Kirschwasser auf Hauptmann Kampe hatte anstoßen lassen, Viva el Capitán!, eine Antwort schon im Aufbrechen und doch eine Art Vortrag, obwohl die Dinge im Kern ganz einfach lagen. Das Institut war in seiner Person mit ausgewiesen worden, weil es nur als Idee existierte, entstanden an dem Tag, als ein deutscher Nobelpreisträger in Havanna auf Spiegelhalters Bitte die Institutsgründung in einem Interview mit dem seriösesten heimischen Fernsehsender bekannt gab, seitdem flossen Mitgliedsbeiträge. El Instituto Fichte, rief Spiegelhalter noch, verabschiedet sich jetzt, helau! Und damit verschwand er im

Kreis der halben freiwilligen Feuerwehr von Unterried, die keine Idee war, weil vor dem Adler ein roter Spritzenwagen stand, den hatte sie mit Bühl bestaunt, als sie nach dem Essen noch an die Luft gingen, sie an seiner Schulter hing und sich stützen ließ nach Wein, Bier und Kirsch. Bring mich ins Bett, hatte sie an dem früheren Klostergarten mit den eng an eng schlafenden Lamas gesagt, Bring mich ins Bett, auch ein Proviantwort.

Der Zug hielt in Mannheim, die Frau mit dem sinnlos hübschen Mund, wie isoliert durch alles Übrige, verließ das Abteil, Guten Tag, sagte sie, ihre ganze Rede, nicht zu beantworten, auch nicht durch absurdes Winken, als sie neben ihrem Fenster noch einmal auftauchte. Dann fuhr der Zug auch schon weiter, und sie hatte das Abteil wieder für sich und könnte ungestört mit Bühl telefonieren, nur war es dafür zu früh, keine drei Stunden nach dem Abschied; außerdem war er noch einmal in dem Heim, das hatte er so geplant, morgen wollte er zurückfahren, an den See, in ihr Haus. Also hörte sie nur die Mailbox ab, mit einer Nachricht von Renz, Renz in Berlin, um Kilian-Siedenburg zu treffen, sich vom Runden Missbrauchstisch erzählen zu lassen. Ob sie sich gut erholt habe im Schwarzwald, nichts als diese arglose Ehemannfrage.

Nein, hatte sie nicht. Lieben ist Schwerarbeit, sie war fertig nach drei Nächten fast ohne Schlaf, nur Wächterin eines anderen Schlafs, Bühl hatte neben ihr geatmet, in der zweiten Nacht so flach wie ein Kind. Und dazu noch der ständige Alarm einer Idee: den Rest ihres Lebens irgendwie mit ihm zu verbringen. Erst gegen Morgen ein ganz anderer Gedanke, neben einem Unbekannten zu liegen, aber auf seinen Mund zu warten, die vertrauten Hände, seine Stimme: die sie dann überrascht hatte, Schläft du nicht? Ein Flüstern, und gleich darauf seine Hand, er streichelte die Brüste, die Renz nur noch pro forma streichelte, nicht weil sie nicht mehr schön wären, weil er sie kannte, in- und auswendig, hatte er einmal gesagt. Er streichelte auch ihren

Bauch und die weiche Seite der Schenkel, und sie fing morgens um fünf ein Gespräch an, Teil der Liebesschwerarbeit, sie wollte mehr über seinen ertrunkenen Lehrer wissen, ob der kein guter Schwimmer gewesen sei als Leiter der Ruder-AG. Und er darauf, sinngemäß: Sogar ein sehr guter, Heiding hat mich zum Schwimmen gebracht. Erst zum Schwimmen, dann zum Rudern, bis ich ein noch besserer Schwimmer und Ruderer wurde. Ich hatte mehr Kraft im Wasser, er mehr an Land. Aber an Land war es keine Frage der Kraft, er hatte dort mehr Willen. Und mitten auf dem See fehlte ihm der Wille, darum ist er ertrunken. Wollen wir nicht schlafen, bist du nicht müde? Er strich ihr das Haar in die Stirn, wie einen Vorhang über die Augen, aber sie wollte wach bleiben, keine Zeit an seiner Seite vergeuden bis zur Abfahrt am Sonntag, damit sie noch eine Puffernacht hätte, ehe Renz aus Berlin zurückkam. Ja, schlafen wir, sagte sie, auch pro forma, um dann ihr Gesicht an seins zu legen, in einer Art heiligem Ernst, wie bei den Liebenden von Pompeji, die im Augenblick der Katastrophe für immer eins wurden, eine gemeinsame Leerstelle im Vulkangestein: ihr dritter klarer Moment, fast schon ein Morgentraum.

Bis zum Mittag hatte Bühl dann geschlafen, geweckt vom Licht im Zimmer, ein sonniger Märztag, gut für die Fahrt mit Tulla, und keine Stunde später saß man in dem Mietwagen, sie hinten, er und seine alte Kinderfrau vorn, Tulla auf dem weißen Haar ein rotes Spitzhütchen, ihre Bedingung an dem Sonntag der Umzüge in allen Orten ringsherum. Und Tullas Wunschroute führte über das Höllental nach Titisee, von dort über Bärental bis zum Feldberg und weiter über Notschrei zum Schauinsland und wieder talwärts nach Unterried – sie hatte sich das notiert. Es gab wenig Verkehr, die Leute waren bei den Umzügen, und zum Feldberg hin gehörte die Straße ihnen. Die letzte Strecke meiner Eltern, hatte Bühl auf einmal gesagt. Auch so ein sonniger Tag, auch so frisch, und trotzdem fahren sie offen in ihrem neuen 6er-Cabrio, das muss sein. Rupert und Rita Bühl lassen es krachen auf einem freien Stück hinter dem Feldberg, vor einer Kurve überholt mein Vater noch einen Laster, und in der Kurve plötzlich ein Stauende. Er kann noch knapp bremsen und schleudert nicht, das ABS funktioniert, nur der mit Schweinen beladene Lastzug schafft es nicht mehr, er prallt auf das Cabrio, Karosserie und Insassen werden wie eins, auf der Straße tote und schreiende Schweine. Und nur wenige Stunden danach schon zwei Polizeibeamte, Mann und Frau, an meiner Frankfurter Wohnungstür, beide vorbereitet auf solche Aufgaben, die Kollegin sagt die entscheidenden Worte. Zehn Tage später die Beerdigung, drei Monate später der geregelte Nachlass, ich bekam einen Böcklin und etwas Schmuck, Haus und Bargeld gingen in eine Steuernachzahlung. Wollen wir uns etwas bewegen? Er hatte vor einer Biegung mit kleinem Parkplatz gehalten, und sie waren ein Stück zwischen Wald und Straße gegangen, Tulla in der Mitte, gestützt. Es war in dieser Kurve, sagte er. Das Grab liegt an der falschen Stelle. Und wo willst du einmal liegen? Eine leise Frage an die alte Kinderfrau, und sie hatte ihm etwas zugemurmelt, nicht zu verstehen, nur das Ja, das von ihm kam, ein Ja wie das gültige vor einem Altar, das sie nie bekommen hatte, vielleicht weil ihr der Mut fehlte, es selbst auszusprechen. Ja, ich will dein sein. Und die Weiterfahrt dann mit Musik, um die Stimmung zu heben, Tulla hatte eine CD mit deutschen Schlagern aus dem Aufenthaltsraum eingesteckt, also hörten sie Marmor, Stein und Eisen bricht und Schöner fremder Mann oder Ganz in Weiß mit Roy Black und Der Junge mit der Mundharmonika und zuletzt die Polonaise Blankenese, da sangen sie mit, so ging es die Schauinslandserpentinen hinunter, und als sie vor dem Altenneubau, auch ganz in Weiß, aus dem Wagen stiegen, wäre Tulla fast umgekippt; sie führten sie auf das Zimmer und brachten sie ins Bett, Bühl flößte ihr etwas zu trinken ein, Schluck für

Schluck, und massierte ihre Füße nach den ungewohnt vielen Schritten; am Schluss noch ein Geflüster mit ihr, da hatte sie sich schon verabschiedet, stand in der Tür, in ihrem Rücken der Mann, den sie wollte. Es war das einfachste aller Gefühle, mitgenommen in den Abend, in einen Gasthof Zum Hirschen, wo es am Fasnachtssamstag eine Disco gab. Und nach dem Essen – sie hatte nur noch eine Flädlesuppe geschafft – tanzten sie sogar zur einzigen Nummer, die es erlaubte, Hände um einen Nacken zu legen. Kristian Bühl hatte nie eine Tanzschule besucht, aber verstand ihre Schritte und ließ sich führen, durch die ganze discoflimmrige Wirtsstube, vorbei an den Feuerwehrleuten, die hier weiterfeierten, jetzt mit Frauen, und am Ende auch noch auf der Straße: ein wiegender Gang durch den Ort, vierbeinig, Kopf an Kopf, jeder eine Hand auf dem Hintern des anderen. Ich liebe es, hatte Bühl im Lichtschein der Tankstelle gesagt, wie ein kleines grammatisches Bereinigen, das aus ihm sprach, und von ihr die ganze Nacht keine Frage dazu, nur eine einzige lange Umarmung, um ihn spüren zu lassen, was er liebte, oder lieben zu lassen, was er spürte – kaum zu entscheiden in der Erinnerung. Und der Sonntag dann schon kein Tag mehr, nur noch die Zeit vor der Abfahrt, sie wollte nicht, dass er sie zum Bahnhof bringt, sie ließ ein Taxi kommen und gab ihm vor dem Einsteigen nicht mehr als die Hand. Ob im Haus noch etwas zu beachten sei, sein letztes Wort, und von ihr gerade noch ein Kopfschütteln, dabei schon halbes Wegsehen, Fahren wir los! Der Appell an eine Frau (die junge Frau Wunderle vom Taxidienst Wunderle in Zartenbach), eine, die gleich sah, wie es um ihren weiblichen Fahrgast stand, und das Tätärätää im Radio ausmachte.

Eben noch Unterried, jetzt schon die Einfahrt in Frankfurt, es regnete, auf dem Gleisgewirr ein beruhigender Glanz. Sie ging mit ihrem Koffer durch den fast leeren Zug, bis er ruckend anhielt. Auf dem Bahnsteig ein Grüppchen mit Pappnasen und Alkopops, Typen, die hinter ihr herpfiffen, sie in der Halle einholten, und sie nahm einen Umweg zu den Taxis, vorbei an den Schließfächern; die meisten standen weit auf, kein schlechter Ort, um ein Übergepäck an Liebe zu deponieren.

*

XIII

DER Faschingssonntag in Berlin, dort nur gelegentlich ein
lautstarker Wunsch nach Fröhlichkeit, auf der Kantstraße etwa
ein Fähnlein mit Bierdosen an Schnüren, ein Stück Bahnhofs-
halle in der Stadt, und nur ein paar Schritte entfernt, wie von
den Bierdosenhinterherziehern verstoßen, Renz.

Renz im Trenchcoat, Hände in den Taschen, ein pensio-
nierter Kommissar, nicht verstoßen, aber für den Abend un-
freiwillig von allem entbunden. Kilian-Siedenburg, Ex-Mann
von Marlies, Ex-Freund von Bühl, hatte eine Verabredung im
nahen Kempinski gerade telefonisch abgesagt, und bei ihm keine Spur von Ärger, nur ein Gefühl von Leere in der Stadt seiner
Kindheit. Schade um den Abend – Kilian-Siedenburg, ein
Mann, der ihm lag, nach außen fest, in Wahrheit verletzbar,
weich, und der Einzige, mit dem er über Marlies reden konnte,
schon beim ersten Treffen gestern in der Kempinski-Bar, später
Abend. Er kam von einem Essen mit einem alten Bekannten,
neuerdings gefragter Fernsehregisseur, ein Versuch, ihn für den
Missbrauchsstoff zu gewinnen, mit guten Aussichten, das allein
hätte die Berlinfahrt gelohnt; und Kilian-Siedenburg kam vom
Runden Tisch aus dem Kanzleramt, noch nicht ganz zurück
auf der Erde, bis er von Marlies' Krankheit erfuhr, hörte, dass
sie kaum mehr die Wohnung verließ und seidene Turbane trug,
wenn man sie besuchte, obwohl ihr gar keine Haare mehr ausfielen, seit sie mit aller Chemie Schluss gemacht hatte. Das
Ganze ein Gespräch von einer Stunde, beide waren sie müde,
am Ende die Verabredung für heute, der Ton schon vertraut,
und selbst die fünf Smartphoneminuten auf der Kantstraße

hatten einen guten Ton. Grund für die Absage: Einige vom Runden Tisch wollten sich am Abend noch einmal privat treffen, für Kilian-Siedenburg natürlich ein Muss. Und morgen früh ginge es schon für eine Woche nach Zürich und Genf. Sein Vorschlag, sich in Frankfurt sehen, nach der Schweizwoche, ein Abendessen am Opernplatz. Und Renz' Gegenvorschlag: Ein ruhiges Essen bei ihm und seiner Frau, er der Koch. Der Koch, das wurde dankend angenommen, wenn der Gast für Wein sorgen dürfte. Durfte er gern; ein Mann, dem in Weinfragen zu trauen war.

Auch gestern Abend hatte er Wein getrunken, einen Montepulciano, er war nicht der Typ, der bei Pils und Fingerfood an einer Bar jedem erzählt, dass er gerade aus dem Kanzleramt kommt; stattdessen leise Worte zu Bühl, kaum dass er ihn als komischen heiligen Wintermieter erwähnt hatte, immerhin mit dem Missbrauchsstofftipp. Bühl, sagte sein alter Internatsfreund, suche wohl Kontakt zu ihm, bei der Veranstaltung in Aarlingen sei ihm etwas in den Schnee auf der Motorhaube geschrieben worden, lateinische Worte, Catull. Und Sie, waren Sie Lateiner? Eine Frage beim zweiten Glas Wein, nach dem Anstoßen, und seine Antwort: Ja, aber alles vergessen! Und vom Vergessen war es nur ein Sprung zum Behalten, was sich jeder am besten behalten kann, Kilian-Siedenburg Zahlen aller Art, aber auch ganze Gespräche, vieles zwischen ihm und Bühl könnte er auch nach all den Jahren noch wiedergeben, und er, Renz, sprach von Filmen, die sich ihm eingeprägt hätten. Und dann stellten sie fest – damit war der Kontakt geschaffen –, dass sie denselben Lieblingswestern hatten, Tom Horn, mit dem schon todkranken Steve McQueen. Schnörkellos, sagte Kilian-Siedenburg. Und die Story so simpel: Alter Revolverheld wird von Viehzüchtern engagiert, um Viehdiebe zu erledigen, aber geht so gründlich vor, dass es den Auftraggebern angst und bange wird. Sie wollen ihn loswerden und erschießen mit einem Gewehr seines seltenen Kalibers einen Jungen. Horn wird der Mord in die Schuhe geschoben, es kommt zum Prozess, und er verteidigt sich mit keinem Wort, ja nimmt das Todesurteil an, weil es zu seiner Existenz gehört. Richtig? Eine Frage beim dritten Glas Montepulciano, und er, der frühere Filmkritiker, war gerührt über diese Kurzfassung – da hatte jemand hingesehen wie er selbst. Und das Ende, sagte er, unvergesslich. Als Tom Horn unter dem Galgen steht: der bis zu dieser Rolle immer noch irgendwie junge und plötzlich alte, kranke McQueen, der den eigenen Tod vor Augen hat, eine der eindringlichsten Sterbeszenen im Film. Horn selbst löst den Falltürmechanismus aus, sein Gewicht öffnet ein Ventil, Wasser läuft in einen Bottich, macht ihn schwer und schwerer. Eine grausame Minute zwischen Leben und Tod, vor dem Galgen ein erstarrtes Publikum. Ich habe noch nie so viele bleiche Sheriffs auf einem Haufen gesehen, Horns letzte Worte, grandios. Sie sehen müde aus, wollen wir schlafen gehen? Am Schluss eine fast intime Frage, und sie hatten sich vertagt.

Das Bierdosenfähnlein zog weiter, Renz folgte dem Klappern, am Kempinski vorbei, als würde das Treffen doch noch stattfinden, und von dort ging es den alten Ku'damm hinauf, ohnehin seine Richtung. Er wohnte im Hotel am Zoo, gerade noch bezahlbar im gewohnten Teil der Stadt, mit dem neuen wurde er nicht warm, seit über zwanzig Jahren nicht, ganz anders als Marlies, die nur im Osten abstieg. Sie hatten sich Anfang Februar in Berlin getroffen, für einen Tag und eine Nacht, und auch von teamartfilm eine Abfuhr in der Franziskussache bekommen: allenfalls dokutauglich, mehr als eine Abfuhr. Danach waren bei ihr die Metastasen festgestellt worden, was aber nur hieß, dass sie die Art von Einblick erstmals erlaubt hatte; ihr Schwenk zu dem Missbrauchsstoff dann schon ohne Glauben an ein gutes Ende, eine Ausstrahlung an zwei Abenden, die sie noch miterleben würde. Eine Frau lief neben ihm her, eben war er noch allein, plötzlich war er zu zweit, Wollen wir Spaß? Groß war sie und brünett, ein Mädchenmund und die Stirn einer besorgten Mutter. Viel mehr als die paar Worte konnte sie nicht, dafür sprach sie gut Englisch, sie war aus Ungarn, angeblich Studentin, früher nebenher Model, viel in Mailand, ein paar Brocken Italienisch konnte sie auch, fast mehr als er, eine Unterhaltung im langsamen Gehen. Hundert Euro sollte die komplette Stunde in einer Pension kosten: very complete e molto buono, sagte sie, da ließ er sich schon abführen wie von einer Zivilpolizistin, und sie machte weiter mit Konversation, damit er unterwegs nicht noch absprang. Sie sprach von Mailand, dass sie sogar bei Lagerfeld einmal dabei war, und irgendwie wollte er dagegenhalten, sprach von dem Haus am See, Lago di Garda, und sie kam auf George Clooney, auch mit seenahem Haus, aber am Lago di Como. Schöner Mann, sagte sie auf Deutsch, but he is gay! Und dann folgten alle möglichen Details, die wollte sie von ihren Modelfreunden haben, for sure. Clooney also schwul, kaum zu glauben, mehr als eine Enttäuschung. Incredibile, sagte er, und sie hängte sich bei ihm ein, His famous movie, Ocean's Eleven, a pure gay troop! Ihr Trumpfargument, sie blieb sogar stehen dabei, jetzt fast größer als er in ihren Stiefeln. Eine Gay-Truppe, so hatte er das nie gesehen, aber man konnte es so sehen, elf Schwule, die das Casino eines Oberheteros ausrauben wollen, ihm die Eier klauen, und dann führte sie ihn schon in ein düsteres Gründerzeithaus, im dritten Stock die Pension, eine Pension Rüdesheim.

Noch im Fahrstuhl die Erledigung des Finanziellen, seinen Schein hielt sie kurz ins Licht, wie Vincent der Skipper auf der Orgasm Hunter, danach gab es kein Zurück mehr. Ein alter Mann öffnete die Tür zur Pension, deutlich älter als er, eine Beruhigung, der Alte übergab einen Schlüssel, Handtuch und Seife, den Schlüssel für ein Zimmer mit Deckenlampe, Waschbecken und braunem Bett an einer Spiegelwand. Und schon begann die Ungarin sich auszuziehen, das ging ihm zu schnell, er fragte nach ihrem Namen. Noémi: eine leise Antwort, und er hielt ihr den Block mit seinen Missbrauchsnotizen hin, damit sie den Namen aufschreibe, was sie auch tat, da war sie schon nackt bis auf ein Paar Ringelsocken. Noémi schrieb sie in einer kindlichen Schrift, der Akzent mehr ein Kringel, und er fragte nach ihrem Alter. Ventisei. Also so alt oder jung wie Katrin. E tu? Die Frage musste jetzt kommen, da hatte er nicht aufgepasst, Noémi lag schon auf dem braunen Bett, in der Hand ein Kondom, sie war rasiert zwischen den Beinen, unschuldig hell, und wartete auf ihn und seine Antwort, und er sagte einfach alt, vecchio, und fragte, was alt auf Ungarisch heiße, um noch mehr Zeit zu gewinnen. Öreg. Öreg? Er sprach es ihr nach und fragte auch gleich, was danke heiße, ein Wort, das nie schadet, und sie sagte etwas, das sich keiner merken konnte, in seiner Lage schon gar nicht, immer noch bekleidet neben einem nackten ungarischen Ex-Model, jetzt Prostituierte im Alter seiner Tochter. Er bat sie wieder, es aufzuschreiben, und sie schrieb in ihrer Kinderschrift unter seine Notizen köszönöm – das sollte danke heißen, er glaubte es kaum, sprach es aber gleich aus, und sie verbesserte ihn, ein Stück Unterricht auf der Bettkante, und dann wurde es Zeit, sich selbst auszuziehen, da assistierte sie, als sei er schon etwas ungelenkig, der Trenchcoat, das Jackett, die Schuhe, die Hose. Sie hängte die Hose sogar über den einzigen Stuhl, immer noch in den Socken, weil sie wohl unter kalten Füßen litt, und er entschied sich, ebenfalls die Socken, graue Socken von Falk, aber auch das Oberhemd anzubehalten, in der Spiegelwand ein indiskutables Bild. Er wollte das alles nicht und ließ es dennoch geschehen: dass sie jetzt anfing, an ihm zu spielen wie eine Katze mit einem gefundenen Gegenstand, immerhin ganz anders als Vila, da waren es letztlich Samariterinnendienste, an ihm wie an sich; und Marlies hatte etwas Erbittertes im Bett, ihr ging es um Leben, nicht um Lust. Ihm ging es höchstens um zehn, zwanzig gedankenlose Minuten, ohne Marlies, ohne Vila, ohne sich selbst – die komplette Stunde, das war nur ein Wort als Gegenwert für sein Geld, die Minuten waren real, wenn auch nicht ganz gedankenlos. Kilian-Siedenburg fiel ihm ein, wie der es wohl mit Marlies gemacht hatte und sie mit ihm, auch auf ihre Jetztodernieart: ein Grund, sich zu fragen, ob das nicht störend wäre. Er hatte sich das bisher nicht gefragt, und nun tat er es, erst neben Noémi, dann hinter der Ungarin, oder die Frage stellte sich einfach, Antwort: nein. Nein, es störte nicht, was da einmal war, Marlies lebte nur in der Gegenwart, die sie noch hatte, ihre Ehe war für sie ein Irrtum, der Sex inbegriffen, und so lange es noch ging, holte sie alles nach, oft nah an den Tränen, mehr überwältigt als befriedigt, für ihn fast zu viel, wie Vila, als sie noch Worte von seinen Lippen ablas. Bei ihr jetzt das Allzubekannte, bei Marlies das Zuviele, und hier auf dem Bett, an einen ungarischen Ex-Model-Hintern gepresst, genau das Richtige, wie geschaffen für diesen Moment, und da fiel ihm Clooney ein: der vielleicht auch nichts anderes suchte, wenn er denn schwul war, nichts als das momentan Richtige mit dem Richtigen, und damit gingen die Minuten zu Ende, übrig nur noch ein paar Sekunden, ehe alles Denken, alles Sein, wie durch ein Öhr gezogen wurde.

Die Ungarin gönnte ihm dann noch etwas Ruhe, er sah wieder zur Spiegelwand: auf einen Vater des Kerls, der er einmal war, hier in Berlin mit seiner Bühnenbildnerin, einer, der nicht gewusst hatte, wo ihm der Schwanz steht, vom Kopf noch gar keine Rede, den brauchte er zum Malen nicht. Damals empfand er sich ganz als Künstler, als visuelle Universalbegabung, Pinsel und Leinwand nur eine Vorstufe zum Film, aber nicht als Kritiker mit Schnurrbart und Cordjackett. Er sah sich als künftigen Kameramann, als einen wie John Alonzo, der vorher Schauspieler war, sein Traum zu der Zeit: einen Film wie Chinatown machen, eine Szene wie die mit Gittis und den drei Polizisten in greller Sonne bei den trockenen Wasserkanälen von Los Angeles, alle vier mit Hüten, und der Sonnenschatten genau so, dass er bei jedem die Augen verdeckte, da trafen sich Malerei und Film. Und im Leben hatten sich er und Vila getroffen. Ohne die er aber nicht mehr sein wollte, gestern nicht, heute nicht, morgen nicht. Und eigentlich war es kein Unglück, dass es so war: Es war das Einzige, das ihn stolz machte, sogar in diesem Zimmer nur in Hemd und Socken – Teil einer langen Ehe sein, immer auch bitter, gar keine Ehe haben, erbärmlich. Renz kam aus dem Bett, auf dem Weg zum Waschbecken ein Blick in seine Notizen in Blockschrift. Köszönöm, sagte er, jedes ö betonend, und die Ungarin mit Mailänder Hintergrund: Niente, was mehr war als nur ein Wort, kein Schon gut oder Vergiss es, sondern nichts als die Wahrheit. Wir zwei hatten nichts, also kein Danke. Er ließ das Waschen ausfallen und zog sich an, jetzt ohne Assistenz; Noémi telefonierte in ihrer Sprache, als sei er schon nicht mehr da. Er winkte nur kurz zum Bett, fast ein Kinderwinken, und lief auch schon aus dem Zimmer und der Pension und dem Gründerzeithaus. Blieb noch, den Restabend mit sich zu verbringen, das war er sich schuldig: nicht einmal Marlies anzurufen für etwas Trost. Also allein das Renzsein, in einem Lokal, in einem Kino, im Hotelbett, nur er selbst in der Form seines Lebens, ohne dass jemand es sah: ein Held, wie er nie einen ins Hauptprogramm gebracht hatte, aber im Herzen herumtrug. Man wächst nicht mehr über sich hinaus in seinem Alter, man wächst still in sich hinein.

Am anderen Tag stieg Renz um acht in den Zug und betrat mittags die Wohnung in der Schadowstraße und traf Vila im Flur. Sie kam gerade aus dem Bad, ein großes Handtuch vor dem Bauch, und er sagte, er sei wieder da, und sie sagte Ich

nicht, da war sie schon vorbei an ihm, in der Küche. Sie frühstückte erst, und er machte sich ein Notmittagessen, Rührei
mit Pellkartoffeln, die noch vom letzten gemeinsamen Abend
im Kühlschrank waren. Und der Schwarzwald? Eine Frage
beim Nachsalzen am Tisch, und Vila erzählte von den Kloster-
gartenlamas, die Wahrheit und nichts als die Wahrheit, und
von einem Umzug mit Hexen und Teufeln, den sie erfand.
Heute ist Rosenmontag, sagte sie im Hinausgehen.

Renz hörte noch ihre Zimmertür, die etwas klemmte, wenn
man sie ganz zuzog, und dann nichts mehr, als sei es später
Abend, nur war es erst früher Nachmittag, eine tödliche Zeit;
als er ein West-Berliner Kind war, sollte er schlafen in dieser
Zeit, schlief aber nie, seine barockhafte, in ihrem Dokumentar-
filmarchiv erstickende Mutter saß noch bei ihm, rauchend,
und er spielte das schlafende Kind, bis sie abzog. Er wusch die
Pfanne aus, dann ging er in sein eigenes Zimmer, machte das
Notebook an und übertrug die Missbrauchsnotizen in eine
Datei, die er Falscher Mittagsschlaf nannte. Was ihm fehlte, das
waren die Figuren, Täter, Opfer, Mitwisser und ein Held, der
alles aufdeckte. Renz rief am See an, er wollte mit Bühl reden,
Bühl sollte von Aarlingen erzählen, wie sieht ein Junge aus, der
schon mit zwölf ein Doppelleben führt, aber Bühl war nicht da
oder war im Garten und hörte das Läuten nicht. Nur musste er
jetzt mit irgendwem reden, der Nachmittag hatte noch etwas
Endloses, also rief er Marlies an, und von ihr sofort ein Ja, als
würde sie neben dem Telefon liegen, auf nichts anderes als seinen Anruf warten. Er fragte nach ihrem Zustand, und sie fragte
nach Kilian-Siedenburg – den sie genauso nannte, nicht etwa
Cornelius oder Mein Ex –, und er erzählte von dem einen Treffen, bis sie ihn unterbrach, auf ihre neuesten Medikamente
kam, was die alles ausknipsten, alles, bis auf ein Stückchen Verstand. Keinerlei Schmerzen mehr, nur der Abschiedsschmerz,
sagte sie, und er versuchte, ihr das Wort Abschied auszureden,

als Vila spielerisch gegen die Tür klopfte, Grüß deine Elende –
ein halblautes Wort im Vorbeigehen, wie er es nie gehört hatte
von ihr, als wäre sie gar nicht Vila, oder er hätte sich all die Jahre
in ihr geirrt. Ein, zwei Minuten telefonierte er noch, das verlangte der Anstand, danach sein Bemühen, weiterzuarbeiten,
sich Namen für Täter, Opfer, Mitwisser auszudenken, das verlangte die Realität. Und so verging der Nachmittag, und am
Abend gab es schon wieder etwas Gewohntes, Vertrautes, auf
dem Küchentisch eine Flasche Amarone, aus der sich jeder
einschenken konnte.

Vilas Zimmertür stand leicht auf, er hörte, wie sie mit Katrin über Skype irgendetwas besprach; normalerweise rief sie
ihn, sobald Katrin vor einer Hütte auftauchte, im Hintergrund
ihr schlammiger Fluss, aber an dem Abend rief sie ihn nicht.
Und nach dem Gespräch verließ sie die Wohnung und kam erst
in der Nacht wieder, er hörte noch die Dusche. Sie hatte Freundinnen, da ging man essen oder ins Kino, mal mit Elfi, mal mit
Heide, mal mit einer Inge, Frauenärztin im Nordend, die kannte
er gar nicht, ein ganz eigenes Vilaleben, in das er kaum vor-
drang. Warst du im Kino, fragte er am Morgen, und sie sagte
nur Ja. Dann brach sie auf zu ihrem neuen Büro, und er saß zu
Hause; sie ging, und er blieb, das war die Aufteilung, und
abends in der Küche ein zügiges gemeinsames Essen. An einem
Tag kaufte sie etwas ein, am anderen er, und irgendwie reichte
es immer für beide, wenn man die Dinge zusammenwarf, eine
Art Koexistenz, bei der keiner dem anderen zu nahe kam, bis sie
sich Ende der Woche – am Tag des großen Japan-Erdbebens –
im Tiefgeschoss des Woolworth kurz vor Ladenschluss geradezu lächerlich über den Weg liefen.

Sie kam vom Gemüse, er von der Käsetheke, und beide
mussten sie lachen: ihr bester Moment im März. Nur war Vilas
Lachen in der Öffentlichkeit anders als sonst, intimer, so lachte
sie manchmal im Bett, über ihren und seinen Sieg, das schnau-

fend Abgerungene daran, und hier lachte sie auf dieselbe Art neben dem Süßigkeitenregal und nahm dabei eine Tafel Nougat heraus, öffnete sie, brach einen Riegel ab und hielt ihn an seine Lippen, eine Diebin, die ihn zum Mitdieb machte. Sie lachte dann nicht mehr, sie sah ihn herausfordernd an, höchstens noch aus den Augen lachend, ihren Augen, in die er als Erstes verliebt war, noch in der Straßenbahn am Silvesterabend zum Orwell-Jahr neunzehnhundertvierundachtzig. Er ließ sich den Riegel in den Mund schieben, ja geradezu stopfen, sie nahm ihren Daumen zu Hilfe, Armes Schwein, sagte sie. Ohne jedes Bedauern kam das, nur mit einer gewissen Verwunderung über einen wie ihn – im Grunde mehr arme Seele als armes Schwein –, ihn, der eine unendlich Jüngere trösten darf und womöglich bald allein an ihrem Sarg stehen wird. Er kaute die Schokolade, keiner hatte den Diebstahl bemerkt, die Überwachungskameras waren woanders, sie müssten die Tafel nur aufessen, ganz verschwinden lassen. Los, iss, sagte er in der stillen Gasse zwischen den Regalen; sie waren die letzten Kunden, bevor der Woolworth samt dem Laden zumachte, sie könnten sich auch verstecken und einschließen lassen: ein Gedanke passend zum Schokoladenklau. Und wenn sie erst eingeschlossen wären, kämen sie nachts schon irgendwie zueinander, mit Whisky und Chips von unten und aus dem Erdgeschoss ein paar der Trainingsanzüge für den langen Tag der Arbeitslosen, ihre Matratze. Er hatte Lust auf Vila, seine Frau, er wollte sie schreien hören zwischen all dem Zeug, das nichts wert war, Jeans für zehn Euro, Fleecejacken, Turnschuhe, Filzmäntel. Wirklich ein armes Schwein, sagte sie, als sei er ein offenes Buch; sie hatte zwei Riegel gegessen und hielt ihm den Rest hin, Tränen in den Augen, Tränen der Wut, weil ihre Worte an ihm abrutschten, jedenfalls äußerlich, so wie in den ersten Jahren manchmal ihre Spucke, wenn es sonst keine Mittel mehr gab, etwa in Ägypten vor den Pyramiden. Er hatte sich geweigert, eine Minisphinx zu kaufen, Die bescheißen einen nur, sagte er, und sie spuckte ihm ins Gesicht, und die Andenkenleute, zwei Männer in Kutten, konnten es kaum fassen und hoben ein Gezeter an, als seien sie selbst bespuckt worden. Was macht deine Arbeit, was macht das Leben, vermisst du nichts, Zärtlichkeit? Drei Anläufe für eine Frage, die er loswerden musste, und Vila trat ihm ans Schienbein, ein Schmerz, den er ignorieren konnte, wie mit einer jahrhundertealten Energie – seine früheren Inkarnationen: Panzertier, Märtyrer, Landsknecht, etwas in der Art. Er streichelte ihre Hand, die noch den Schokoladerest hielt, und sie rief Arschloch, dermaßen laut, dass eine Angestellte vor dem Gang erschien, aber da war sie schon weg. Und er zahlte die Tafel Nougat und ging allein essen und schlich sich später in die Wohnung, und am nächsten Tag war Vila ganz weg. Ihre Tasche für eine Nacht fehlte, noch kein Grund, im Sender anzurufen; genau das tat er aber und erfuhr, dass sie in Köln war, einen Kandidaten für das neue Talkformat treffen sollte.

Das berühmte Zärtlichkeitsbedürfnis: letzlich das Bedürfnis, selbst zärtlich zu sein, nicht zu spucken, nicht zu treten, auch nicht mit Worten zuzuschlagen, sondern den, der nach Zärtlichkeit verlangt und uns ihrer wert erscheint, zu streicheln, eine klare Sache, wenn man nur etwas neben sich tritt, Abstand gewinnt, gerade so viel, dass man die Anzeichen der eigenen Wünsche erkennt, die Signale ihrer Zusammenballung, wie die Beobachter in Fukushima die Signale einer Kernschmelze, ohne ins Innere des Reaktors sehen zu können.

Renz verfolgte das Geschehen dieser Tage in jeder Nachrichtensendung, seit dem elften September und dem großen Weihnachts-Tsunami hatte es kein solches Schauspiel mehr gegeben, und je mehr die Katastrophe fortschritt, desto mehr drängte es ihn nach München, trotz aller Beklemmung durch

Marlies' Zustand; er wollte seine Hand auf ihre Wange legen, an ihren Hals, auf ihre Brust – der man nicht ansah, was unter ihr vorging –, auf ihren Bauch und zwischen die Beine, er wollte zärtlich sein, die Krebsstäbe kühlen, aber sich nicht verstrahlen lassen. Marlies ja, ihr Drama nein. Also ein Hin und Her, Anrufe, Pläne, Zusagen, Absagen, Schweigeminuten zu Lebzeiten, und um das alles auszuhalten, ja sogar Nutzen daraus zu ziehen, stürzte er sich, wenn er nicht vor dem Fernseher saß, in die Arbeit, statt nach München zu fahren. Jeden Tag der Entwurf von fünf Bildern zu einem Treatment für seinen Zweiteiler, Teil eins in einem Internat, späte achtziger Jahre samt Wende, Teil zwei in einer Frankfurter Realschule, das ehemalige Opfer jetzt Lehrer, unfähig zu tieferer Bindung, aber umworben von einer Kollegin. Es ging voran, nur war es ein Schreiben über die Dinge, nicht in den Dingen, mehr ein stures als ein gutes Pensum. Und trotzdem am Abend das gute Gefühl des Getanen und das verdiente erste Glas in der Küche, gleichsam zu zweit mit einer blonden, sich scheinbar nur an ihn wendenden Nachrichtenfee; sie sagte Fukushiima, mit langem i, nicht Fukushima, mit kurzem u, das wäre auch Vila aufgefallen, darüber hätten sie geredet beim Wein.

Seit drei Tagen hatte er nichts mehr von ihr gehört, trotz der Tasche für eine Nacht, und so mitreißend war Köln nun auch nicht, das Museum Ludwig kannte sie, da waren sie zusammen, blieb noch der WDR, da gab es alte Kollegen und vielleicht auch eine neue Verwendung für sie, wieder ein Magazin für die Schlaflosen, das würde sie beide glücklich machen. Als sie vor neun oder zehn Jahren, mit Anfang vierzig, eine Wahnsinnsnummer von Frau, ihre Mitternachtstipps bekam, strahlte sie abends im Bett wie seit Jahren nicht mehr, Komm, pack mich: ein Überschwang, hastig geflüstert, das hatte er noch gut im Ohr, und einen Moment lang der Gedanke – im Fernsehen jetzt die uralten Bilder der schwarzen Tsunamiwelle, die alles Leben mit sich fortgeschwemmt hatte –, noch einmal einen kleinen Hund anzuschaffen, was Vila in den Jahren ihrer Sendung nie wollte, einen Kasper zwei, mit dem ihrer beider Leben wieder so in Schwung käme wie damals mit Kasper eins: die erste Begegnung in einem Tierasyl, lauter kleine Waisenhunde, aber nur einer sprang sofort auf ihn zu, sein Schwanz ein Propeller, der Blick zum Steinerweichen, und er sagte He Kasper, eine Eingebung. Die Wohnungstür ging auf, er fuhr sich durchs Haar und stopfte sein Hemd in die Hose, dann schon Vilas Schritte im Flur, ihr sachtes Auftreten auf dem Parkett, als sei es Nacht, die Zeit der Rücksichtnahme; sie lief im Mantel an der Küche vorbei, blieb aber noch kurz stehen. Es ist viel schlimmer als Tschernobyl, sagte sie, und er war der Katastrophe in Japan dankbar, wenn man einer Katastrophe dankbar sein kann. Ja, das glaube ich auch – seine Entgegnung, als sie schon im Bad war, fast der Anfang eines Gesprächs, wenn nicht eines ganzen Abends. Und was denkst du noch, fragte er. Es wird sich hier alles ändern, nicht wahr. Sie werden die Meiler dichtmachen, jeden, viel eher als geplant, wer noch gewählt werden will, muss fürs Abschalten sein, auch wenn die Gegebenheiten nicht dazu zwingen. Oder haben wir hier solche Erdbeben, neun Komma neun? Er stand jetzt vor dem Bad, eine Hand auf der Klinke, aber er drückte sie nicht, er würde sich damit nur blamieren, denn seit einiger Zeit, vielleicht seit sie aus Kuba zurück war, sperrte sie fast bei jeder Gelegenheit hinter sich ab. Die haben wir hier nicht, solche Beben, rief er durch die Tür, also ein Opportunismus, nicht wahr, aber alle werden von Einsicht reden. Sie sagen Abschalten und denken nur an sich. Oder etwa nicht? Darf ich hereinkommen? Und woran denkst *du*, darf ich das wissen?

IN der Liebe denkt man an den anderen, den, der man selbst nicht ist. Also ist man als Liebender oder Liebende dort, wo man nicht denkt, sondern nur liebt, und denkt dafür in einer Badewanne umso besser – Zu mir hereinkommen und auch noch wissen, woran ich denke: nein, darfst du nicht, rief Vila, wir sehen uns morgen! Ihr Gutenachtwort, und danach konnte sie weiter denken, an die Kompliziertheit des Liebens und einen von ihr inmitten des Schaums variierten Satz, den Renz vor vielen Jahren in seiner ersten Frankfurtbleibe zwischen den Vulvabildern an die Wand geschrieben hatte, Ich denke da, wo ich nicht bin, also bin ich da, wo ich nicht denke, J. Lacan. Das J hieß Jacques, ein Pariser Psycho-Ass, mit dem alten Freud über Kreuz, mehr hatte sie damals nicht gewusst, mehr war auch nicht nötig, um sich den Satz zu merken.

Und was, wenn sie an Bühl dachte, wo war sie dann, noch ganz in der Wanne oder schon halb bei ihm? Wenn sie seine Stimme im Ohr hatte, seinen Geruch in der Nase, die Art von Zärtlichkeit vermisste, die keinen Unterschied zwischen jung und alt macht, als er die wehen Füße seiner Kinderfrau massiert hatte oder ihr den verspannten Nacken, das Kreuz, die Kniekehlen; und wo war sie, wenn sie ihn Momente lang vor sich sah, als etwas zeitlos Schönes, das sie in Gedanken verführte, komm zu mir, komm – andere singen in der Badewanne, sie nicht. Und nach dem Bad gleich das Bett, sie machte auch gleich das Licht aus, fast ein Glücksgefühl, wieder im eigenen Bett zu liegen nach drei Nächten in einem Kölner Hotel, Mercure, obwohl ihre Arbeit schon getan war nach einem Tag. Aber sie wollte Renz nicht sehen, wenigstens drei Abende nicht, oder ehrlicher gedacht: Sie wollte ihn nicht telefonieren hören, das Mitfühlende, Besorgte in seiner Stimme, eine unwürdige Verknotung in ihr. Sie war eifersüchtig, und sie lehnte sich ab in ihrer Eifersucht und hasste Renz, der sie so weit gebracht hatte, und das nicht mit einer vor Leben strotzenden

Jüngeren, sondern einer, die schon ihr Leben aushauchte und ihn in eine Art Duett des Hauchens zog, am Telefon nur flüsternd. Marlies Mattrainer – ein Name, mit dem sie am anderen Morgen und auch den Morgenden danach in den Tag ging wie mit einem schlechten Traum, und es gelang ihr auch nicht, dagegenzuhalten, mit Bühl oder Kristian Bühl oder nur mit Kristian, dem Namen, der ihr immer noch fremd war, das Fremdeste an ihm. Marlies war jetzt Renz' eigentliches Herz, das ihn in Atem hielt; mit seinem eigenen konnte er kaum mehr arbeiten, er tat in ihren Augen nur so, schrieb Ideen auf Zettel und pinnte sie an die Wand oder kümmerte sich um die Steuer. Ansonsten die Telefonate in seinem Zimmer, die Tür oft nur angelehnt, als sollte sie mithören: wie schwer es ihm fiel, nach München zu fahren, wie sehr er es wollte und zugleich fürchtete. Und wenn sie oben bei Elfi und Lutz waren – natürlich lief das alles weiter, die Dinge im Haus oder mit den anderen Freunden –, wenn sie dort am Tisch saßen, kamen schon beim Salat seine Fragen zu neuen Krebstherapien an die beiden, zu möglichen Wundern. Renz betrog sie gar nicht als Mann, er betrog sie als veränderter Mensch, sie ihn dagegen als eine andere, veränderte Frau, aber damit verschonte sie ihn: nicht die kleinste Andeutung ihres Zustands, nicht der geringste Hinweis auf den eher unheiligen Wintermieter – gar keine Großmut ihrerseits, eher eine Schwäche, ein Wall um die Sehnsucht. Im Grunde liebte sie es auch, Bühl zu vermissen, sein Gesicht über ihrem, seinen Aufruhr in ihr, wie ein Ja zu dem eigenen Aufruhr, ja, so soll es sein, so und nicht anders. An den langen Nachmittagen in dem Kölner Hotel hatte sie das Pay-TV laufen lassen, ihr erster Porno seit der frühen Zeit mit Renz, als sie manchmal nachts durchs Bahnhofsviertel gezogen waren, sich zu zweit in eine Videokabine gemogelt hatten; sie lag auf einem Scheißbett in einem Scheißzimmer und stellte sich Bühls Gesicht über ihrem vor, aber das Bild verlor sich, und sie sah nur das auf dem breiten Schirm, ein Hin und Her von Fleisch. Und dennoch blieb sie an etwas hängen, dem Ausdruck auf einer Stirn: wie seiner im letzten klaren Moment, gesammelt, bevor er sich verströmte in ihr, und so brachte sie es zu Ende, überraschend schnell. Danach ein Griff zum Telefon, sie rief ihn an, das erste Mal seit Unterried, und sie war nicht etwa entspannt, sie war gereizt, fast wütend, ein wütendes Fragen, was er überhaupt wollte von ihr, bloß diese Treffen gelegentlich, und warum er nicht mehr wollte, dass sie jetzt bei ihm sei, sie sich trenne von Renz, auch wenn es ein Kampf würde. Und er sagte nur, Liebe sei kein Projekt, online höchstens, offline nicht, und sie nannte ihn abgehoben, einen abgehobenen römischen Dichter ohne Kranz, der sich irgendwie ins Internetzeitalter gerettet hat, und erzählte ihm, was sie gerade getan hatte, allein auf einem miesen Hotelbett in kaum einer Minute und wie von selbst, sozusagen inkontinent in Sachen eigener Lust, für eine Frau wie sie erschreckend und nur aufzufangen mit dem Laufenlassen der Wörter dazu, ihrer Beichte. Und von Bühl eine knappe Absolution. Ich mag alles an dir, sagte er, also auch das.

Der Schreck über das Flutende in ihren Organen und ihrem Verstand, in allem, was einmal zuverlässig war und jetzt in Auflösung, steckte noch in ihr, als sie am Wochenende die Englers aus Mainz zu Gast hatten, das Mitbringsel ein von beiden verantwortetes Gebäck, an dem sie beim Begrüßungsglas sozusagen noch zusätzlich nagte, aber nicht nur sie, auch Renz nagte auf seine Weise, weil Marion schon bei der Übergabe des kleinen Geschenks gesagt hatte, sie, Vila, sehe verändert aus, einerseits ernster, andererseits jünger – für Renz wohl eine alarmierende Mischung. Als sie den Salat und das Brot aus der Küche holten, sah er sie zum ersten Mal an, als wüsste er etwas oder würde ihr zutrauen, hinter seinem Rücken zu lieben, wen, das war nicht der Punkt; der Punkt war, ob sie unabhängig von ihm etwas Großes erlebte. Ein feindseliger, aber auch ungläubiger Blick, also fragte sie ihn Was hast du?, und er sagte Gar nichts, ich wundere mich nur über dich, ist das verboten?, und dann tauchte schon Thomas Engler auf, mit einer Bildungsbemerkung zu Renz' Filmbibliothek, und Renz war in seinem Element, und sie trug den Salat samt geröstetem Brot ins Esszimmer und war nicht in ihrem Element. Das lag irgendwo hinter Renz' Rücken, von ihm richtig erahnt, und es brauchte nicht viel Bildung, für Glück reicht das Alphabet; erst wenn es platzt, in der Verzweiflung, stürzt man sich auf die schwierigen Bücher und Filme. Und nach dieser Küchenszene kein einfacher Abend, Renz nun sogar mit Bemerkungen über ihr Verändertsein, bis Marion Engler ihn stoppte – die Pastorin mit zu schönem Mund für eine Kanzel, wie Renz sie sah, sprach über Fukushima und die Folgen, eine gemäßigt linke Sicht, die sie mit ihrem Mann teilte wie ein geistiges Bett, und Renz nahm jetzt den Umweg über die Musik, er legte eine alte Peggy-Lee-Platte auf, seine Vertonung von Liebesernüchterung, und bei Is that all there is? kam er auf die Haltung der Sängerin, eher trauernd oder einfach ernüchtert? Wozu ist sie noch bereit? Renz wandte sich an Marion, die wandte sich an Thomas, eine Stafette, und bei ihr, Vila, war Schluss. Sie stand auf und trug die leere Salatschüssel in die Küche, inzwischen sicher, dass Renz etwas ahnte. Es war sein Kampflied. Und am liebsten hätte sie ihm und den beiden zugerufen, dass sie bereit sei, zu Fuß nach Assisi zu gehen für ihr Glück – Bühl war wieder dort, er hatte gemailt, ein paar Zeilen über Franz und Klara. Sie holte eine Lammkeule aus dem Ofen, nur von ihr zu verantworten, und der weitere Abend dann harmloser, bis Renz nach dem Essen einen Barolo öffnete und sie ihm in ein Wort fiel, das sie nicht hören wollte. Wenn einer sagt: Ich liebe diesen Wein – furchtbar, nicht wahr? Sie sah zu Marion, und die stieß mit ihr an, als seien sie von nun an gleichaltrig; und später, beim Dessert, tat ihr die Jüngere sogar wie eine ältere Schwester von dem Tiramisu auf und hielt dabei kurz ihre Hand, die Hand, mit der sie den Nachmittag im Kölner Hotel überstanden hatte, und sie gab diesen Moment der Sympathie für ihre Auflösung beim Abschied zurück: mit einer Einladung an die Englers zu ihrem Geburtstag am Ende des Torri-Sommers, der achtundzwanzigste August oder das goethesche Datum, von Renz auf die übliche Art kommentiert. Es war schon eins, aber sie räumten noch auf, füllten die Spülmaschine, wischten das Fett aus dem Ofen, taten Folie über die Reste. Marlies wird sterben, sagte Renz beim Anstellen der Spülmaschine. Im April will sie noch einmal an einen See in Kärnten, wo sie als Kind oft war. Unser Mieter hatte sie dort kennengelernt, mailte mir Bühls Freund oder früherer Freund. Später lernte er sie dann kennen, wie das Leben so läuft. Und jetzt kommt er bald groß heraus, erfuhr ich, man hat ihn zu Open End eingeladen, eine Missbrauchsrunde. Da kann Marlies ihn dann bestaunen.

Wenn deine Produzentin sich das antun will.

Sie produziert nichts mehr, sagte Renz, nicht einmal Antikörper. Und dein Geburtstag, wer soll noch kommen, alle? Er schloss den Ofen, und sie tat die Reste in den Kühlschrank. Mir bleiben noch sieben Jahre, bis ich sechzig werde, ist das kein Grund zum Feiern? Sie machte das Küchenlicht aus und ging in ihr Zimmer, einen Schrei im Mund, oder bis wohin die Worte kommen, die man nicht ausrufen kann, ohne sich selbst zu treffen – verschwinde aus meinem Leben.

VILA dachte an Renz' Tod, ohne sich diesen Tod im Einzelnen vorzustellen, sie stellte sich nur vor, wie ihr eigenes Leben nach einem Verschwinden von Renz weitergehen könnte, ja vielleicht erst richtig in Schwung käme, so in Schwung, dass all die Jahre ohne rechten Schwung damit ausgeglichen würden – eine Halbschlafhoffnung, als sie am anderen Morgen mit Kopfweh vom Wein im Bett lag und vor sich hin seufzte, bis Renz endlich hereinkam, nur nicht mit schon aufgelöstem Aspirin und einem Küchentuch voll Eisstückchen als der bewährte Katersamariter, sondern mit einem Blatt in der Hand. Renz zog den Vorhang auf und hielt ihr einen Mailausdruck hin. Von Katrin, aber kein Brief, nichts Persönliches, soll ich vorlesen? Er setzte sich an ihr Bett, und natürlich sollte er vorlesen, das konnte er, vorlesen und ihr dabei gleich den Kopf massieren, das konnte er auch.

Überschrift: Penisköcher und Romantik, ein Thesenpapier. Hörst du zu? Er drückte ihr Daumen und Zeigefinger an die Schläfen, sie summte ein Ja. Pass auf, sagte er, erstens: Bei Naturvölkern findet man auch das Phänomen Verliebtheit mit den bekannten Symptomen beschleunigte Atmung, Hyperaktivität, Schlafstörungen, Appetitmangel und der Neigung zum Schwachsinn. Die Unfähigkeit von Verliebten, an etwas anderes zu denken als an die geliebte Person, ist universell, wird aber nicht überall als gleich gefährlich erachtet und daher unterschiedlich bekämpft. Die Gefahrensicht kann so weit gehen wie bei den Makassar auf Sulawesi, sie betrachten Verliebtheit als Krankheit, die unbedingt zu heilen ist. Romantik gilt dort als pathologisch, Liebe ist vor allem Fürsorge und Mitleid, also Empathie; Sex hat nur entfernt damit zu tun, er wird so hingenommen wie das Verlangen nach Nahrung und Schlaf. Zweitens: Auch sexueller Drang ist universell, aber unter allen bekannten Kulturen, fast siebentausend, gibt es keine, die das Sexuelle nicht regelt, dazu ist es zu gefährlich, Klammer auf: Und die Suche nach einer promisken Kultur ist immer nur die Suche nach Bestätigung für das eigene Chaos, Klammer zu. Die Grundregeln lauten, ob in Sulawesi, Frankfurt am Main oder hier im Amazonasdelta: Wer darf wen heiraten? Wie viel Frauen oder Männer darf das Individuum haben? Wo lebt das neue Paar? Drittens: Sex ist keine Privatsache, die Romantik dagegen ja. Was aber, wenn Sex und Romantik eine Verbindung eingehen? In dem Fall wird die Gefühlslage subversiv, die Liebenden bewegen sich außerhalb jeder Gemeinschaft. In allen Sprachen fehlt dafür ein einfaches Wort, und die Musik muss einspringen: Musik als akustische Gestaltung unserer Schwäche befreit vom Denken; die Beduinen etwa singen Liebeslieder, aber bekennen sich nicht dazu. Viertens: Für innigen Sex gilt noch mehr als für puren Sex, dass niemand davon etwas sehen darf. Will hier von den Kamayurá ein Paar miteinander schlafen, sucht es sich einen stillen Platz im Wald. Auch und gerade Naturvölker haben ein Konzept der Scham und Intimität; der Penisköcher etwa ist Symbol und Verhüllung in einem, er zeigt etwas und versteckt es zugleich, im Grunde ein romantisches Detail. Fünftens: Jedes intime Leben ist wahr und darum wert, erforscht zu werden, das eigene Leben eingeschlossen. Und was mein Leben hier betrifft, macht euch keine Sorgen. Es ist nur elend heiß am Rio Xingu, und das Bier schmeckt nach Seife, Katrin. Ende der Mail. Was soll man davon halten?

Unsere Tochter weiß viel, aber es hilft ihr nichts, das halte ich davon. Könntest du den Vorhang wieder schließen? Vila hob einen Arm über die Augen, und Renz stand auf und schloss den Vorhang und trat dann noch einmal ans Bett, um die Decke zu richten und ihr Wasserglas aufzufüllen; sie konnte sich auf ihn verlassen, wenn es ihr schlechtging nach langen Nächten, Renz kannte ihre Kinderwünsche, massierte sie, las ihr vor, sorgte für Eis, Tabletten und Zäpfchen, für Stille und Dunkelheit und kam am Abend mit einer stärkenden Hühnerbrühe und irgendeiner Neuigkeit, die sie über den verkaterten Tag hinausschauen ließ. Nur an dem Tag hatte er Eiswürfel, Tabletten und Brühe übersprungen und war gleich mit der Mail gekommen, nicht die einzige Neuigkeit, er legte noch etwas nach: dass er Bühls früheren Freund zu einem Abendessen eingeladen habe, schon in Berlin. Und Kilian-Siedenburg hat gerade zugesagt für nächste Woche. Ich mache meine Etruskischen Nudeln, er bringt den Wein mit. In Ordnung?

Vila nahm den Ausdruck an sich, sie wollte alles noch einmal selbst lesen, vielleicht war es doch ein Brief, versteckt in dem Thesenpapier. Es sind unsere Nudeln, nicht deine, sagte sie. Und sollte unser Mieter nicht wissen, dass wir seinen alten Internatsfreund hier bewirten – warum überhaupt?

Warum? Renz ging zur Tür. Damit ich weiterkomme.

Und wohin? Sie rief ihm das nach, als er schon fast aus dem Zimmer war, er hob als Antwort nur eine Hand und ließ sie im Weggehen fallen, dann zog er die klemmende Tür so rücksichtsvoll leise zu, als würde er an seine Kranke denken, und sie drehte sich zur Wand, den Thesenbrief unter der Decke – auch ihre Schadowstraße war ein Rio Xingu, wo Paare stille Plätzchen suchten, jeder von beiden sein eigenes.

Ein Dämmertag mit Paracetamol und später doch noch Eiswürfeln im Küchentuch und einer weiteren Massage, durchaus liebevoll, und sogar der Hühnerbrühe am Abend, gefolgt von einer Dämmernacht mit Dämmergedanken, als würde eine andere, vernünftige Vila sie an die Hand nehmen, komm, lass uns schauen, was möglich ist, lass uns nachdenken, Fragen stellen. Bewegt sie sich vielleicht schon außerhalb jeder Gemeinschaft, wären ihre Freunde und Bekannten sprachlos, wenn sie alles wüssten über sie und Bühl? Und gibt es wirklich kein einfaches Wort für die Verbindung von Sex und Romantik, nichts aus dem Volksmund? Und ahnt Katrin aus der Ferne etwas von ihrer sich auflösenden Mutter und hat die Arme vorsorglich vor dem Großmuttermakel bewahrt? Oder ist sie nur eine Doktorandin, der es zu gut geht, die sich ihrer abwegigen Forschung im

Amazonasdelta widmen kann, weil die Eltern und irgendeine Stiftung dafür aufkommen?

Vila hatte das Thesenpapier, das doch kein Brief war oder ein gänzlich versteckter, in der Nacht noch zweimal gelesen, und am nächsten Tag – endlich ohne Kopfweh und auch ohne Renz, der sich mit einer ZDF-Redakteurin traf, ein Missbrauchsmittagessen – las sie es ein drittes Mal und sah jetzt keine Ahnungen mehr darin; das Ganze war nichts weiter als eine Koinzidenz: Sie liebte, und ihre Tochter forschte zu dem Thema bei irgendwelchen Indianern, eine Erklärung, mit der sie gut durch den Tag kam, zumal sie mit Bühl telefonierte, während sie die Wohnung für sich hatte. Er war zurück am See, dort blühten schon die Magnolien, hörte sie, ein kurzer Bericht zu Haus und Garten; dann kam sie an die Reihe und erwähnte den bevorstehenden Abend mit seinem Ex-Freund, was Bühl gar nicht störte, im Gegenteil, er sprach sogar wieder davon, dass man Cornelius, wie er ihn jetzt nannte, im Sommer nach Torri einladen sollte: der ideale Berater bei so einem Filmprojekt. Und du? Eine Frage, als hätte er plötzlich von hinten die Arme um sie gelegt. Ich? Ich vermisse dich, sagte sie, keine besondere Antwort, also schob sie noch etwas Besonderes oder für ihn Interessanteres hinterher: dass Renz' Producerin, die bedauernswert kranke Frau Mattrainer, die er, Bühl, als Junge an einem Kärntner See geküsst hatte, an genau diesen See gefahren sei, wohl ein Abschiedsbesuch. Oder was denkst du, bist du noch da? Sie stand im Bad und sah sich telefonieren, ihr Lächeln auf sein Ja hin. Ich will dir etwas sagen, sagte sie, ich bin durcheinander. Ich wäre zum Beispiel gern bei den Leuten in Japan, die kein Zuhause mehr haben, weil es verstrahlt ist, und jetzt in Hallen leben wie eine einzige große Familie. Ich hatte eine ganz kleine Familie mit meiner Sendung, Redakteur, Kamera, Ton, Visagist und zwei Assis. Dein früherer Freund kommt ins Fernsehen, wusstest du das? Er ist im April bei

Open End, die Schwätzerei mit Carmen Streeler, trotzdem schalten alle ein. Und wie war es in Assisi, kommst du weiter, was wird das überhaupt für ein Buch? Geht es da auch um Liebe, auch um Begehren, oder hatte dein Franziskus keinen Schwanz? Er hatte beides, sage ich dir, Herzblut und Lust, und dafür musst du ein einfaches Wort finden, versprichst du mir das? Vier, fünf Fragen auf einmal, und von Bühl nur ein Ja zu allem, eins zu ihrem ganzen Durcheinander, von seinen Dingen Menschenlichtjahre entfernt, und doch schien es für ihn normal zu sein – sie wusste es nicht genau. Sie wusste nach dem Auflegen nur, irgendwann müsste sie mit Renz reden, nicht heute, nicht morgen, vielleicht nicht einmal im Sommer, aber bevor er nicht mehr die Kraft hätte, wirklich zuzuhören. Sie zog sich an und ging einkaufen, ein Stück Alltag, das ihr guttat. Und auch das Kochen mit Renz am Abend und das Fernsehen mit ihm taten gut, eine Fukushima-Runde bei Open End: das natürlich sein Ende hatte wie jede Sendung, aber ein Ende, das sich nach hinten verschieben ließ, Novum im starren Programmschema, nur nicht so weit verschieben wie der Tag, an dem sie mit Renz reden müsste, weil ja in dem Fall nach hinten alles offen war, gewissermaßen ein leerer, programmloser Raum, solange Kristian Bühl ihre Privatsache blieb; einziger, letzter Programmpunkt nur die Gebrechen, wer pflegt wen, und der Tod als Sendeschluss, leider nicht für beide zugleich. Der Rest ein Grauen, ihr Grauen.

Und darüber hätte sie gern mit Renz geredet nach der Katastrophenrunde bis in die Nacht, nur ging er dann gleich ins Bett. Und auch am nächsten Abend noch der Impuls, das Unausweichliche anzusprechen, als sie aus dem Sender kam, mit einem Termin in Mailand, um ihren italienischen Kandidaten zu treffen, und Renz in der Wanne lag, in die sie selbst gern wollte; und ebenso in den Tagen darauf, wenn sie nach dem Essen noch mit ihm in der Küche saß, den Wein trank, den er ihr eingeschenkt hatte, aus dem einzigen Grund, dass es noch zu früh war, ins Bett zu gehen. Nur verhielt sie sich jedes Mal wie ein Kind, das beim Zahnarzt den Mund zupresst, während Renz über sein neues Vorhaben sprach, die Figuren und die Handlung, um ihre Ansicht zu hören; und die sagte sie offen und war mit ihm sogar einer Meinung Abend für Abend, eine kleine Idylle. Erst an dem Tag, als sie Kilian-Siedenburg zum Essen erwarteten, eine Art Ersatzstreit über die Menge der Zutaten für die Etruskische Sugo bei drei Personen, bis es an der Wohnungstür klingelte.

DER Gast – Kaschmirjacke, Feincordhosen und als Einstand drei Flaschen Gavi di Gavi plus Blumen für Vila – kam gleich nach dem Begrüßungsschluck, ein kalter Franciacorte, auf das Internat und Bücher, die er für Geld hätte lesen sollen, um seinen Schriftstellervater zu beglücken, aber an Bühl weitergereicht habe: Der sie alle las, bis es ihn verrückt machte! Kilian-Siedenburg stand in der offenen Küchentür, ein Mann wie von einem anderen, exklusiveren Planeten; Vila versuchte noch, irgendetwas von Bühl an ihm zu entdecken, eine alte Abfärbung aus der Freundschaft – kurze Blicke beim Arrangieren der Blumen, Orchideen –, während Renz schwarze Oliven entkernte, eine Arbeit mit roter Schürze, spielend feierlich ausgeführt wie von einem verstoßenen Kirchenmann. Ein früh Verwirrter also, unser Wintermieter, ja? Renz sah zuerst den Gast an, dann sah er zu Vila, und von ihr nur ein Achselzucken; sie trug ein hochgeschlossenes Kleid, schulterfrei und eng um die Hüften, aber etwas mehr als knielang, ein Sieh-mich-an-und-denk-dir-dein-Teil-Kleid von Marc Jacobs.

Kilian-Siedenburg stellte sein Glas ab. Verwirrt, nein, eher besessen und insofern schwierig. Aber ich hätte ihn gern im

Boot, was Aarlingen angeht, Sie haben doch Kontakt zu ihm. Es gibt Dinge zwischen uns, die muss man klären, vielleicht hat er davon erzählt, hat er? Mehr an die Blumenempfängerin ging das als an den Koch, aber Vila gab die Frage weiter, Hat er?, und Renz kam auf den Münchner Abend in der Bar des Vier Jahreszeiten, interessant, aber nichts Intimes, und sprang dann zu Bühls Auftritt in den Mitternachtstipps – als meine Frau sie noch machte –, zu Bühl als Prediger gegen Dummheit und Franz-von-Assisi-Fan; das Ganze eine Art Bühlogramm, bis Vila ihn unterbrach, Verrate unserem Gast lieber dein Rezept! Sie zog noch an seiner Schürze und ging dann ins Bad, ihr Fluchtort seit Wochen, und er legte auch schon los. Etruskische Nudeln für drei Personen, das sind fünfzig Gramm schwarze Oliven, vierzig Gramm getrocknete Tomaten in Öl, vierzig Gramm Sardellenfilets und siebzig Gramm Pecorino, dazu fünf Knoblauchzehen, etwas Cayennepfeffer, Petersilie und circa achtzig Milliliter Olivenöl extra vergine, sozusagen unser eigenes! Renz hielt eine Flasche ohne Etikett in die Höhe, mit der anderen Hand setzte er das Nudelwasser auf, und der Gast fragte, ob es etwas Neues von Frau Mattrainer gebe, er habe es bisher nicht geschafft, sie anzurufen. Von Marlies? Renz gab etwas Öl in das Wasser. Die ist an ihrem Kindheitssee, sie will sich dort erholen, es geht ihr schlecht, wollen Sie ihre Mobilnummer? Er riss etwas von der FAZ ab, die auf dem Tisch lag, und schrieb die Nummer auf den Rand und reichte den Fetzen weiter, als Vila in die Küche zurückkam – verwandelt, ohne Lippenstift, dafür das Haar hochgesteckt, Ohren und Nacken frei, Vila mit etwas von dem, was ihn anfangs verrückt gemacht hatte: von einem Malermodell, das die Talentlosen scheitern lässt und die Begabten zerbrechen. Mein Mann, sagte sie, will ja einen Fernsehzweiteiler über Missbrauch schreiben, können Sie ihm denn weiterhelfen? Und es geht dabei nicht um Gerede über die Dinge, es geht um die unschönen Wahrheiten, wer hatte was mit wem getan. War auch Ihr alter Freund Bühl davon betroffen? Vila wollte es wissen und wollte es nicht wissen, wie bei dem Verdacht, dass der andere einen betrügen könnte, und während sie die Etruskischen Nudeln aßen – für Renz ein Erfolg, obwohl das Sugorezept gar nicht von ihm kam –, war es ein Tanz mit Worten, nicht nur ihrerseits. Bühl war in das Ganze verstrickt, so viel wusste sie, nur in welchem Umfang, davon hätte sie gern eine Vorstellung gehabt, wenigstens eine ungefähre, und was war aus diesem Lehrer und Rudertrainer geworden – ertrunken im Bodensee, mehr schien der Gast auch nicht zu wissen, und überhaupt wusste er nicht viel Genaues. Kilian-Siedenburg wusste nur, das Ungenaue zu verkaufen, er stand angeblich davor, seine Hausbank zur Einrichtung eines Fonds für die Entschädigung der Opfer zu gewinnen, eine Bank, die mit all dem in keiner Weise verknüpft war, aber den Schirm, den man in der Finanzkrise über sie gespannt hatte, nun in der Form zurückgeben könnte.

Eine großartige Idee, sagte Renz, das war schon nach dem Espresso, als er dem Gast noch die Wohnung zeigte, ihr gehobenes Zuhause inmitten einer Stadt, die als Transitgebilde für Leute galt, die nur ans Weiterkommen dachten, ein Gang, den Vila nicht mitmachte, weil sie seine Wohnungs- und mehr noch die Hausführungen hasste, für ihn noch einmal Gelegenheit, auf Marlies zu kommen – eine schwierige Frau, nicht wahr, auch für Sie? Renz strich an den dunklen, grabsteinhaften Flurregalen mit all seinen ausgedienten Büchern über Filme und Schauspieler, Regisseure und Kameramänner entlang, und die Antwort ein O ja, als er schon die Tischlampen in den vorderen Räumen anmachte, Räume, in die die Sonne nur am späten Nachmittag ein paar schräge Strahlen schickt: Vilas nüchterne Sicht. Also hielt er mit den vielen Lampen dagegen, jede mit warmem Schein, von safrangelb bis blassrot; er hatte auch die Möbel gewählt, passend zur alten Stuckdecke, eine Mischung aus nachgemachtem Biedermeier und Jugendstil und auch halbherzig Neuem wie großen Schwarzweißfotografien anstatt Bildern. Und in der Gegend brauchen Sie nicht einmal Sicherheitsschlösser, sagte er. Der einzige Ärger ist die Parkplatzsuche. Wie ging das mit Marlies auseinander, ungut? Renz nahm eine Flasche Grappa von einem der falschen Jugendstiltische, er füllte drei Gläser und reichte eins weiter, Kilian-Siedenburg roch an dem Grappa. Was geht schon gut auseinander? Es hat nicht einmal richtig gut angefangen. Ich kannte Fotos von ihr, ich wusste, dass sie in München studiert, ich habe Marlies gesucht und gefunden. Sie saß am Odeonsplatz in einem Straßencafé und rauchte, vor sich ein Buch, Virginia Woolfs Orlando, das hatte mir mein Vater mit der üblichen Einlage, einem Geldschein, ins Internatsgepäck getan – Lesen für Geld, verstehen Sie, aber gelesen hatte es Bühl und mir erzählt, was drinsteht, dafür durfte er es behalten. Ich konnte mich also zu ihr setzen und glaubwürdig Gutes Buch sagen, und sie stieß die Zigarette aus, so flüchtig, dass es im Aschenbecher noch qualmte, ja ein Stück Papier in Flammen aufging und ich es löschen konnte, das war der Anfang. Denn vom Feuer kam ich zum Eis, auf das angeblich so großartige Kapitel über die gefrorene Themse, und am nächsten Abend trafen wir uns schon im alten Schumanns, der Rest ergab sich. Und mein Opferentschädigungsprojekt, kann das nicht in Ihrem Drehbuch eine Rolle spielen?

Kann es schon, sagte Renz, und Vila – sie war geräuschlos in den Raum gekommen und hatte die Münchenstory noch mitgehört – nahm sich das dritte Grappaglas: Nichts ergibt sich, man will es oder will es nicht. Sie wollten diese rauchende Studentin und umgekehrt wohl auch. Und Ihr alter Internatsfreund, der hatte das Nachsehen, wie war er als Junge? In der Zeit, als er sich in Ihre spätere Frau verliebt hat?

In dieser Zeit – Kilian-Siedenburg leerte sein Glas, Renz

schenkte ihm nach – war er anders als alle. Bei der Klassenfahrt nach Rom führte er uns über den Campo dei Fiori und erzählte von Giordano Bruno, dass man den Scheiterhaufen prasseln hörte. In der Laterankirche küsste er den Boden, den schon die Fußsohlen seines Franz berührt hatten. Er kam aber auch in der Via Veneto auf Fellinis La Dolce Vita, als hätte er das süße Leben schon ausprobiert, obwohl er mit achtzehn noch nicht einmal geküsst hatte. Das kam erst kurz danach mit Marlies, Bühl erzählte mir immer wieder davon. Wie er vorher dauernd von Franz von Assisi erzählt hatte.

Mit achtzehn, sagte Renz. Also schon immer seltsam.

Ja, er schwärmte für alles Radikale. Für Märtyrer, für Heilige, für Leute, die ohne Sauerstoff Achttausender besteigen. Oder ein Leben lang auf Sex verzichten. Oder es mit allem treiben, was sich bewegt. Das hatte meinem Schriftstellervater imponiert, Was für ein Kopf, sagte er immer. Mein Vater war Hans-Georg Kilian, Sie müssen ihn nicht kennen, seinerzeit hielt man ihn für wichtig. Und eigentlich hätte er Kristian als Sohn haben müssen. Nur hatte er mich. Und Bühl einen Vater mit Vorhanggeschäft in der Provinz. Kristian hat sich ja auch immer gefragt, warum er ausgerechnet Kind seiner Eltern und nicht anderer Eltern zu einer anderen Zeit sei, warum er hier und jetzt in seinem Körper die Welt erlebe, das war sein Mysterium, schon mit fünfzehn.

Kilian-Siedenburg trank den Grappa und stellte das Glas danach sachte ab, sein Zeichen von Aufbruch – ich glaube, er hat mich mehr als gemocht oder unsere Freundschaft mehr als gemocht, eins seiner Talente, oder braucht es dazu keins? Er sah Vila an, als suchte er bei ihr nach dem Liebestalent, dann wandte er sich wieder an Renz: Ein gutes Drehbuch, dazu braucht es auch Talent, Talent und in dem Fall die Opferinfos, nur braucht das wiederum Zeit, bis diese Leute alles aus sich hervorgekramt haben. Und meine Dinge brauchen auch ihre

Zeit, sagte er noch – Geld lockermachen ist wie Erinnerungen lockermachen, mühsamst! Sein Schlusswort, wippend auf den Schuhspitzen, wie um sich selbst abzufedern, den gewichtigen Kopf mit zurückfrisierter feuchtdunkler Haarflut und feiner Rundbrille; an der Tür dann noch ein Kompliment für Vila, sie sei geistreicher als im Fernsehen, schöner sowieso, und im Treppenhaus der Männerabschied, ein Hoffenwirdasbeste für Marlies beim Händedruck, und am Ende Renz noch mit der Behauptung, schon von Hans-Georg Kilian gehört zu haben, dieser schwierige Außenseiter, darauf vom Sohn düstere Zustimmung, entsetzlich schwierig, zuletzt ein Alptraum, und von Renz der wiederum erhellende Vorschlag, sich auf jeden Fall im Spätsommer an seinem See zu treffen. Die wunderbarste Zeit dort, sagte er.

Ein sentimentaler, ja hinter allen Worten, aller Höflichkeit fast obszöner Abend: dem zwischendurch ein Verfluchen der Liebe gutgetan hätte, auch ein paar Kraftworte, als es um Sex ging, und ein kleines Lästern über die Opfer – Vila war in der Küche, als Renz in die Wohnung zurückkam, sie suchte hinter den Kochbüchern nach Zigaretten, irgendwo lag immer ein vergessenes, absichtlich verstecktes Päckchen. Sie hatte das starke Verlangen zu rauchen, das nach einer sentimentalen Zigarette als paradoxem Gegenmittel zu dem Abend, und hinter Cucina Toscana und Harry's Bar-Buch lag tatsächlich eine alte Schachtel Rothmans, Annes Rothmans, Anne, die letzte Raucherin im engeren Kreis. Gibt es hier irgendwo Feuer?

Vila hatte die Zigarette schon im Mund, für Renz ein altes Bild des Begehrens, also suchte er nach Feuer und fand in einer der Küchenladen eine Schachtel Welthölzer, noch aus der Zeit, als Katrin klein war und er bei Vila das letzte Wort behalten hatte, ohne zu ahnen, wie sehr man mit einem Menschen verheiratet ist, wenn man das letzte Wort behalten will. Er gab ihr

Feuer, und sie machte ein paar Züge und war wieder die Frau, die er in seiner Vulvabilderbude zu zeichnen versucht hatte, das Modell, an dem die Talentlosen scheitern und die Begabten zerbrechen, nackt auf seiner Bettmatratze, rauchend, und am Ende zerknüllte er das Blatt und sagte, er würde sie lieben, eine Form der Moral, die ihn an der Kunst hindere, und Vila: Liebe kennt keine Moral! Für ihn damals ein scharfer Spruch, nur wie sie jetzt rauchte, als hätte sie es nie aufgegeben, den Rauch aus ihrer Nase strömen ließ und ihn dabei ansah, dachte sie wohl immer noch oder erst recht so. Vila hatte sich verändert, indem sie wieder wie früher war, ein Vorwärtsschritt zurück, zurück auch in die Zeit, als sie mit dem einen oder anderen ins Bett ging; manches hatte sie ihm erzählt, manches nur angedeutet, und irgendwie traute er ihr sogar das wieder zu, nicht wirklich, aber als wirklichen Wunsch. Renz nahm sich auch eine von den Rothmans, die letzte in dem vergessenen Päckchen, aber steckte sie nicht an. Ich habe ihm vorgeschlagen, uns im Spätsommer zu besuchen. Er hat dann die Fallgeschichten, die ich brauche. Und auch das aktuelle Material, was ist aus den Leuten geworden, wer steht für die Dinge von damals gerade, wer zahlt und wie viel und wofür. Ein ganz anderer Typ als Bühl. Was hat die zwei verbunden, waren sie schwul? Renz schob die Zigarette in das Päckchen zurück. Willst du wieder anfangen zu rauchen?

Warum laden wir ihn nicht gleich zu meinem Geburtstag ein, samt Wilfingers, und setzen Fritz Wilfinger zu ihm. Und er macht Wilfinger klar, wie wichtig dein Stoff ist, wichtiger als alle anderen auf seinem Tisch – Vila zog an der Zigarette und blies den Rauch mit leisem Pfeifton aus wie früher –, also lauf dem ganz anderen Typen nach, lade ihn ein.

Es ist dein Geburtstag, oder nicht? Renz holte einen angebrochenen Rotwein vom Vorabend, er wollte Vila einschenken, sie verneinte mit dem Kopf, dazu der Rauch mit dem Pfeifton, wie ein Trink nur, trink, ich lebe dich dafür unter den

Tisch. Meiner, seit wann? Willst du mir etwas einreden? Ich kenne dich, Renz, ich kenne dich viel zu gut. Es ist seit Jahren unser Fest, ich bin höchstens der Vorwand, weil das mit Goethe so schön klingt. Goethes Geburtstag in Italien!

Renz nahm nun doch die Zigarette, er steckte sie an, eine Hand dicht am Mund, die Marlieshaltung. War etwas falsch an dem Abend, war ich gegen dich? In keinem Moment. Und jetzt rauche ich sogar eine Freundschaftszigarette mit dir.

Wir sind keine Freunde, sagte Vila. Wir sind ein altes Paar.

EIN altes Paar, das hatte sie erst am Nachmittag in ihrem Büro gelesen, in einer langen Mail von Bühl; aus den Zeilen über Franz und Klara waren zwei Seiten geworden, die hatte sie ausgedruckt, mitgenommen, in eine Schublade mit Schlüssel getan, verwahrt wie als Mädchen die ersten heftigen Briefe an sie, ich will deine Brüste auf meinem Gesicht und dergleichen, auch wenn bei Bühl erst am Schluss etwas Persönliches kam, Ich denke an dich, selbst im Schlaf! Das wäre Renz um die Ohren geflogen, darum die Lade mit Schlüssel, den trug sie bei sich – ein gutes Gefühl, wenn er mit seiner Kranken telefonierte, mit ihr über Missbrauchsdialoge sprach, sich trösten ließ bei offener Tür, weil aller Anfang und seiner besonders schwer sei, statt Marlies an ihrem Kindheitssee, das drohende Ende vor Augen, zu trösten.

Den Rest der Woche ging das so, bis Renz auch eine lange Mail bekam, mit der tauchte er abends auf, als sie schon das Kleid für Mailand bügelte. Kilian-Siedenburg bedankt sich für den Abend, sagte er. Und alles Übrige ein Requiem auf seinen toten und wohl immer noch schwierigen Vater. Der sich zuletzt mit allen überworfen hatte, diversen Geliebten und Verlegern, den wenigen Freunden und dem ganzen Personal eines

Heims, in das er sich freiwillig begeben hatte, um dort einen letzten Roman zu schreiben, Titel Das berüchtigte Glück. Und ich sorgte dafür, steht hier, dass er unbehelligt arbeiten konnte in seiner Sterbeklinik im Kreuther Tal. Ich erledigte diskret die Bezahlung für das teure Dahinsterben und zahlte auch für ein Minimum an Respekt gegenüber einem alten Mann mit klappernder Olympia-Schreibmaschine statt PC, alles vergebens. In einer Februarnacht zog sich Hans-Georg Kilian eine Plastiktüte aus einem Feinkostladen in Rottach-Egern, Käse-Truhe, über den Kopf und verschloss sie mit einem Schuhbändel, wie es im Polizeibericht hieß. Und das nur, weil er geglaubt hatte, die Erträge aus seinem Werk und Ausschüttungen der Verwertungsgesellschaft Wort und überhaupt die Früchte einer lebenslangen Arbeit würden die monatlichen Kosten für das noble Heim decken, die einzige Illusion, die er sich selbst gelassen hatte, nur flog sie durch Gerede des Personals auf. Bis zu diesem Tag war er von erschreckender Klarheit, sogar noch, wenn ihm die koreanische Schwester einen Katheter legte, damit er seine Blase leeren konnte, was auch gelang, obgleich er dabei weiterschrieb, als würde keine Katastrophe über ihn hereinbrechen. Ich schreibe, während man mich aufbohrt, nur so ist das auszuhalten, rief er eines Vormittags von seinem Tal ins Londoner Westend, und ich sagte, so dürfe er nicht denken, die müssten das tun, sonst vergifte ihn sein Urin, und er wurde noch lauter, noch empörter am Telefon: Einer, der nur Geld im Kopf hat, kann mir nicht sagen, wie ich denken soll. Es war vielleicht ein Fehler, dir fürs Lesen von Büchern Geld zu geben, Geld für dummes Zeug, auch wenn die Bücher dann beim Richtigen gelandet sind, deinem gescheiten Freund – was ist aus dem geworden, seid ihr auseinander? Es würde mich nicht wundern. Andererseits hättest du ohne das Geld kaum Oliver Twist geschafft, vom Ulysses gar nicht zu reden, weißt du noch den ersten Satz? Und er zitierte ihn, im Hintergrund die Katheterschwester, ihr Zureden, und ich entschuldigte mich, weil ich Schluss machen musste, ein Meeting begann, und in der Sitzung hätte ich fast von ihm erzählt, dem Mann, der mir das Wichtigste, was man über Geld wissen muss, beigebracht hatte: Man investiert nur in etwas, an dessen Wertvermehrung man glaubt. Und er glaubte wohl an meine, lange vor dem Euro. Für Ulysses gab es dreihundert Mark, für Schuld und Sühne zweihundert, Der Tod in Venedig brachte hundert und Kafkas Brief an den Vater einen Fünfziger, aber der Gipfel von allem, was noch dazukam, waren fünfhundert Mark für Auf der Suche nach der verlorenen Zeit. Und Bühl hatte das alles gelesen und mich gebrieft, bevor ich in den Ferien zu meinem Vater fuhr – als Kind war ich bei meiner Mutter, einer schwierigen Schönheit, die dann nach Indien ging, sich dem konsularischen Dienst anschließen wollte, ihr Mädchentraum, und als Marei von Siedenburg ist sie in Goa verschollen, Vorname und Titel ihre Erfindung, nur Siedenburg stimmte, mein Kindernachname. Ich behielt ihn bei, und Hans-Georg Kilian konnte darüber nur lachen, er sah immer von einer gewissen Höhe auf mich herunter, auch noch, als es bei ihm beruflich bergab ging. Seine Auflagen wurden immer kleiner, in die Lesungen kamen immer weniger Leute, am Ende nur noch drei. Das war Mitte der neunziger Jahre, als ich schon Geld mit Standortanalysen machte, einmal in einer Stadt, in der mein Vater gerade auftrat, Magdeburg. Kilian las dort in einem neuen, wie geleckten Buchkaufhaus, sein kleiner Tisch stand etwas erhöht und war nur über eine Treppe zu erreichen, durch ein Spalier gestapelter Bücher irgendeines Fernsehstars, der am Abend danach lesen sollte, und er durchschritt dieses Spalier und begrüßte die zwei, die zu der Lesung gekommen waren, bis er im Eingang den dritten Besucher sah, seinen Sohn. Er winkte mir zu und bat alle drei Besucher an seinen Tisch, also auf eine Höhe mit sich, und dann hielt er die Lesung, während die Angestellten in ihrem Glasbüro auf den Applaus warteten, damit sie endlich nach Hause konnten. Aber mein Vater ließ sich Zeit, er las ein-einhalb Stunden, und der dritte Zuhörer liebte ihn, vielleicht zum ersten und letzten Mal. Und nach der Lesung, als wir noch in einem Imbiss saßen, hätte ich es auch fast gesagt, nur war Liebe für Hans-Georg Kilian eins der Würgewörter, wie er sie nannte, und kam gleich nach Glück. Glück, gab er mir an dem Abend mit auf den Weg – und verleugnete so eventuell das eigene Glück während des Lesens mit seinem Sohn als Zu-hörer –, Glück sei in der Schöpfung nicht vorgesehen, dazu hätte es noch des ganzen siebten Tages bedurft. So viel zu ihm und mir. Mit den besten Wünschen für Ihr Fernsehprojekt, das ich nach Kräften unterstützen werde, und Grüßen an Ihre Frau, die mir vorkommt, als hätte ich mit ihr die Schule besucht, Cornelius Kilian-Siedenburg.

Die Schule, sagte Vila, was er damit wohl meint? Sie drehte das Kleid auf dem Bügelbrett um, und Renz bat sie, es hochzu-halten, damit er es an ihr sehen könnte, und sie hielt es hoch, ein leichtes Baumwollkleid, dunkelblau mit kleinen Sternen, fast einer Milchstraße quer über die Brust. Für Mailand genau das Richtige, stellte Renz fest. Und er meint wohl, dass du in seinem Alter bist. Ein paar Jahre jünger als im Pass.

Zehn, sagte sie, mindestens zehn. Hast du heute schon tele-foniert? Sie legte ihr Kleid wieder über das Brett und machte weiter, da war Renz schon aus dem Zimmer, und sie drängte sich an das warme Brett und spürte den Schubladenschlüssel in der Hose; der siebte Schöpfungstag, für sie hatte er stattgefun-den, sie musste nur die letzten Worte von Bühls Mail vor sich hin sprechen. Und was davor kam, bei ihr im Büro kaum über-flogen, las sie nach dem Bügeln noch einmal – es ging gar nicht um Franz und Klara, es ging um Klara und Franz.

Klara in San Damiano, sie ist sechsundzwanzig und erachtet alles als Kot, was in die Augen fällt. Nur fällt sie selbst den anderen in die Augen, mit ihren hohen Wangen, der blassen Haut, ihrem Gang. Franz hat sich oft abgewendet, wenn ihr Anblick zuviel wurde, und es hat sie getroffen, auch wenn es richtig war. Es ist nichts, das Schöne, hat sie ihm hinterhergerufen, weniger als ein Eselshaufen! Nur ist es in Wahrheit alles; sie will das gar nicht wissen, aber weiß es. Und ist auch nicht überrascht, als Franz ihr – sie waren auf dem Weg nach Siena – erzählt, er habe in seiner Fastenzeit, allein auf dem Monte Subasio, ihr Gesicht in einem Brunnen erblickt. Weil mein Bruder sich gesehnt hat, sagte sie, und er schob es auf den Hunger und ein paar überreife Trauben, die er gegessen hatte. Sie sind ängstlich, die Männer, und klammern sich wie Kinder an den starken Arm der Vernunft oder tun Schlimmeres. In Siena hatten die Leute gewitzelt über sie beide, seht, der Poverello und seine Adelsschwester, wie unzertrennlich sie sind, und Franz schickte sie darauf in den Wald, obwohl der Winter nahte, und sie rief Gott an: Wann werde ich ihn wiedersehen?, und Gott sagte: Im nächsten Sommer! Und da geschah Wunderbares, rings um sie blühten auf den Dolden der Wacholdersträucher die Rosen, und sie eilte Franz hinterher und brachte ihm eine Rose, daß er erschrak. Und sie blieben erneut zusammen, auch wenn Geflüster und Anspielungen nicht aufhörten. Eine gute Zeit, und sie dachte schon, er könnte sie jetzt ansehen ohne Angst, nichts würde ihm mehr in die wehen Augen springen: nicht sie sei schön, sondern ihr Bündnis mit Gott und allen Brüdern und Schwestern, darunter auch ihm, aber es war nicht so. Was sie als Kot erachtet, läßt Franz das Herz anschwellen, also ist er irgendwann aufgebrochen, wohin sie nicht folgen konnte, nach Ägypten. Sie weiß schon kaum mehr, wann, sie weiß nur, daß sie das Warten auf den Liebsten ihrer Brüder leid ist. Einen ganzen Winter und ein Frühjahr lang hat sie keine Nachricht von ihm erhalten, es hieß, er sei noch in Syrien, auf seinem Rückweg vom Nildelta, andere waren von dort nie zurückgekehrt. Die Angst um ihn, sie nimmt sie in jede Nacht mit, sie betet mit seinen Worten, ihre Knie auf hartem Stein, sie glaubt, ihn zu sehen, ja zu spüren: kein gutes Zeichen. Erst im letzten Monat hat sich eine der Schwestern in die Brombeeren geworfen, um den Kotleib zu strafen, Dornen gegen die Anmut, Schmerzen gegen die Wünsche, und sie wünscht sich Franz: daß er mit ihr am Tisch sitzt, sie ansieht, ihr zuhört, daß er ihr folgt, wie sie ihm gefolgt ist, versteht, was sie will, was sie sucht. Wenn es nach ihm ginge, sie wären wie Schaf und Bock im Garten von San Damiano, jeder in seinem Schatten, ein altes Paar, das nichts mehr erwartet. Er mag so sein, sie nicht. Es geht auf Ostern zu, es ist genug des Bangens, in der Nacht von Gethsemane beschließt sie zweierlei: Weiter zu fasten, über Ostern hinaus, so wird sie Franz' Rückkehr von Gott erzwingen. Wenn Gott ihren Tod nicht will, muß er ihr den Bruder schicken, damit der seine Hand auf ihre Haut und Knochen legt, meine liebste Klara, sie soll wieder aufblühen. Und ihr zweiter Beschluß: selbst zu wandern, damit alles Stillhalten ein Ende habe. In fünfzig Tagesmärschen wird sie zu den Schwestern von Peschiera am Benacus gehen, nur begleitet von Vögeln – was er vermag, vermag sie auch.

Und kurz nach Ostern schon der Aufbruch, sie hat die Leitung von San Damiano der guten Agnes von Nago übertragen, für ein halbes Jahr. Wie befreit nimmt sie an einem klaren Aprilmorgen ihre Wanderung auf, bei sich einen Beutel getrockneter Pflaumen, die muß sie essen, damit die Beine sie tragen, und auch Orangensamen, den bringt sie den Schwestern mit. Sie trägt nicht mehr als die Wollkutte und an den Füßen Holzschuhe mit Riemen, und noch vor Monteriggioni brennen ihr die Füße, wie Franz die Augen brennen. Endlich versteht sie ihn, jeder Schritt ist wie auf Scherben, als würde er in die Sonne schauen, und trotzdem geht sie weiter, Salbeiblätter auf den Wunden. Sie hält sich abseits der Wege, damit keiner sie anspricht, die Nächte verbringt sie in Ställen wie er, sie trinkt Wasser aus Bächen und Pfützen, die Pflaumen drehen ihr den Magen um; wenn sie zu schwach wird, bittet sie in kleinen Orten um Brot, und bei Florenz, das sie umgeht, setzt ihr plötzlich ein Fieber zu. Sie taumelt durch Maisfelder oder schläft im Stroh, sie kaut Kräuter und kühlt ihren Puls mit Wasser. Einmal holt sie unter Bachgestein eine Forelle hervor, sie leckt den zarten Schleim auf dem Bauch ab, den zuckenden Leib fest in Händen, sie ruft nach Franz, was soll ich tun?, und er sagt ihr, auch der Körper sei ein Geschöpf, nur Gott dürfe ihn sterben lassen. Also erschlägt sie die Forelle und ißt ihr Fleisch. Das Fieber läßt nach, aber auch ihre Kraft, und die Nächte auf dem Apennin sind noch kalt. Aber Gott schickt ihr einen Hirtenjungen, dem sie sich anschließt, er kann nicht sprechen, nur zu den Ziegen, dafür kann er Feuer machen, und sie sammelt Holz, genug, damit es sie beide die Nacht über wärmt. Tagsüber hilft sie ihm, die Herde voranzutreiben, und er erlaubt ihr, eine der Ziegen zu melken, die Milch zu trinken. Aber sie will gar nicht melken, auch wenn sie es kann – sobald der Junge fort ist, ein entlaufenes Tier sucht, saugt sie an den Zitzen. So geht es, bis sie die Kraft hat, allein weiterzuziehen. Und auf der Hälfte zwischen Ostern und Pfingsten erreicht sie Bologna, dort pflegen sie die Brüder einige Tage. Franz, heißt es, werde im Sommer in Bologna sein, um von dort nach Norden zu gehen. Sie weiß um seine Wege, sie weiß, daß er am Benacus haltmachen wird, trotz ihrer Schwäche bricht sie auf und geht durch die sumpfige Ebene; wenn sie sich in Wasserläufen sieht, erkennt sie sich kaum, in ihre Wangen paßt je ein Daumen. Sie hat jetzt trockene Feigen dabei, die behält der Magen, und als die Maisonne schon brennt, erreicht sie das Schwesternhaus bei Peschiera, dort gibt man ihr eine Kammer. Sie betet und dämmert, einmal am Tag nimmt sie Maisbrei an, drei Löffel. Den Schwestern gibt sie einen Auftrag: zu verbreiten, daß sie hier das Schicksal ihres aller Herrn Jesu teile, sich zu opfern. Franz wird davon hören, seine Ohren sind gut, und wenn es ihm die Vögel zutragen. Er wird kommen, und sie wird ihm ein Versprechen geben, zu essen, bis ihre Wangen rund sind, wenn er mit ihr einen Nachmittag am Mincio verbringt. Sie beide allein an dem Fluß, der den Benacus verläßt, ihr Dächlein über den Köpfen ein Eselskarren. Franz ist der einzige, der ihr Innerstes spürt, den Wunsch gesehen zu werden, weil er selbst ein Geheimnis hütet: die junge Witwe Jacoba aus Rom, die ihn umsorgen darf, davon hat sie gehört. Wie gleich sie sich doch sind, beide auch ein Erdenglück suchen, nur macht er davor die Augen zu: daß Glück auf Erden so mühsam erschaffen sein will wie ein Deckengemälde und man es nur mit erhobenem Kopf sieht. Soviel zu Klara mit sechsundzwanzig – ich denke an dich, sogar im Schlaf.

*

XIV

DAS Glück, so mühsam zu erschaffen wie ein Deckengemälde und nur mit erhobenem Kopf zu sehen – Bühl schrieb ihr jetzt täglich, jeden Abend die Zeilen, die wie von selbst ihren Kopf hoben; mal schrieb er über den See, seine wechselnden Farben, mal über die Leute im Ort, aber auch den Mann, der nach seiner Arbeit im Olivenhang wandert; erst am Ende ein Wort über sich, seine Mittagsstunden ohne ihren Mund.

Sie war dagegen schnell bei sich oder bei ihm und sich, es ging um die Mailandfahrt, natürlich ihr Vorschlag, sich dort zu treffen für eine Nacht oder zwei, je nachdem, und die Antwort: je nachdem, was?, eine Frage, auf die sie gar nicht eingehen musste, weil die nächste Nachricht schon alles hinfällig machte. Er war in die Gegenrichtung aufgebrochen, war in Triest: der Stadt von Joyce und Svevo, schrieb er, eine Station auf dem Weg an den Ossiacher See – Ich will sie noch einmal sehen, auch wenn sie den Jungen, der sie gerudert hat, kaum erkennen wird. Alle Töpfe im Garten stehen so, dass sie vom Sprinkler Wasser bekommen. Und der Sommer ist uns! Ein Ausrufezeichen, das seine Reise nicht besser machte und doch ein Stück ihres Glücksgemäldes war in den Tagen vor Mailand: das sie erkämpft hatte. Wilfingers Talkfavorit war noch der Ex-Häftling unter Polizeiaufsicht, da ginge es um Sex, und die Kosten nur eine Zugfahrt zweiter Klasse plus Aufwandsentschädigung, während ihr Italiener eingeflogen werden müsste, mit Übernachtung im Frankfurter Hof. Aber am Ende hatte sie die besseren Argumente – die Fahrt nach Mailand im Mietwagen, unter dem Preis von Flug und Taxi, die Nacht in einem

Stadtrandhotel; und mit dem Mann, der in allen italienischen Sümpfen stocherte, die Vereinbarung, auch über Berlusconis Partys zu reden. Letzter Anstoß war allerdings eine Zugabe, die Einladung zu ihrem Fest für beide Wilfingers, zu Goethes Geburtstag an den See, den Goethe befahren hatte – ein Angebot, das man nicht ablehnen kann, wie es im berühmtesten aller Mafiafilme heißt: Wilfingers Kommentar, schon im Stehen vor dem Schreibtisch, die Arme verschränkt. Und wie ein Fortsetzen seiner Worte von ihr die Frage, warum für sie Schluss sein musste mit den Mitternachtstipps. Sagen Sie's einfach, und die Sache hat sich.

Aber so einfach ließ sich das nicht sagen, Wilfinger war ans Fenster getreten, er wollte sie nicht ansehen bei seinem Vortrag über jüngere Zuschauer, die auch jüngere Moderatorinnen verlangten, wo doch die Jüngeren nur von einem Kanal zum anderen hüpfen und dabei noch telefonieren und im Internet sind. Und es ist ja verrückt, erklärte er: Sie haben nun wirklich etwas Junges, Vila, Ihre Art, Ihre Bewegungen, aber es sind Zeichen, die wir gar nicht sehen, Dinge, die den Jungen auffallen, ihnen sagen: Die ist keine von uns. Können Sie das verstehen? Er löste sich vom Fenster und ging auf die Tür zu, noch immer die Arme verschränkt. Und dann warnte er sie vor den Autobahnringen um Mailand, die Hölle auf Erden, und sie musste sich noch eine Zusammenfassung ihrer neuen Tätigkeit als Kandidatentesterin anhören. Was kann man die Leute fragen, wann drehen sie durch? Wie viele Zuschauer bringen sie ohne Skandal, wie viele mit. Und können sie den Mund halten, wenn der Moderator es will, können sie auf Anhieb loslegen. Wie viel Zeit brauchen sie, ihr Leben zu schildern, wie lang für den besten Moment, wie lang für den schlimmsten. Und kann man sie ertragen, wenn sie weinen, kann man sie ertragen, wenn sie brillieren. Können sie lahme Mitgäste pushen, oder sieht jeder schlecht aus in ihrer Nähe. Will man mit ihnen schlafen, oder schläft man mit ihnen ein: darauf läuft ja alles hinaus. Und fahren Sie hier frühmorgens los – wie gesagt, rund um Mailand zur Stoßzeit die Hölle!

Aber sie fuhr nicht morgens los, sie stieg sogar erst abends in einen 5er-BMW für Raucher, und kaum auf der Autobahn, rauchte sie auch schon eine ihrer alten würzigen Pall Malls, das erste gekaufte Päckchen seit Katrins Geburt. Ihr Plan: eine Nachtfahrt bis Mailand, dort tagsüber im Hotel schlafen, dann ihren Kandidaten treffen und sich später wieder ins Auto setzen, gar nicht erst die Einzelzimmernacht riskieren.

Sie rauchte wie Männer, die mit den Händen arbeiten, das Bild von Zigarette und Mund nur unterbrechen, um Asche wegzuschnippen; Renz hatte sie vor der Abfahrt noch onkelhaft flüchtig geküsst, er wollte nach München, seine kleine Todkranke treffen, er glaubte wieder an ihre Heilung: schön für ihn oder tragisch. Und sie, sie glaubte mit Zigarette im Mund an ihren Herzkrebs – der nicht tödlich war und einen trotzdem auffraß. Liebessehnsucht, die Krankheit, die man selbst engen Freunden verschweigt, für die es keine mildernden Umstände gibt, auch kein aus dem Lateinischen abgeleitetes Wort, ein Krebs mit unsichtbaren Metastasen: in Augen, die einen Blick suchen, Händen, die zwei andere Hände vermissen, sich nur am Lenkrad halten. Sie fuhr und fuhr, Mannheim, Karlsruhe, Freiburg, die Autobahn fast voller als bei Tag, sie kam nicht voran, wie sie wollte, und sprach dafür vor sich hin, was sie wollte, alles, was sie sich in Wilfingers Büro verkniffen hatte oder auf das sie gar nicht gekommen war in seiner Gegenwart, aber jetzt kam. Warum war Schluss mit mir und den Mitternachtstipps, sagen Sie's einfach. Aber er sagte nur Scheiße, und nicht einmal das richtig. Also, warum nicht: Scheiße, Sie sind zu alt, Vila, bald dreiundfünfzig, aber unsere Zuschauer um diese Nachtzeit, die sind dreißig und jünger. Und sehen nicht irgendwelche Zeichen oder Dinge, die sie weiterzappen lassen, sondern Ihre konkreten Fältchen, wenn Sie es genau wissen wollen, am Hals, um die Augen, am Brustansatz, wo's zu den Titten geht, die Sie immer verstecken. Das ist wie Schmutz auf dem Schirm, wie Fussel auf einem sauberen Flatscreen. Das hätte er sagen können, und sie hätte ihn samt seiner Schreckensfrau und Hobbydesignerin nie zu ihrem Sommerfest eingeladen. Hat sie aber, obwohl alles so gemeint war, nur warum hat sie's dann? Weil er sie an ihren Vertrag erinnert hat auf seiner Silvesterparty, Und wissen Sie: Ob Sie nun vor der Kamera sind oder dahinter, Sie sind es mit einem festen Vertrag! Sagt er so, meint Renz. Ein paar Neujahrsworte zu einer festen Freien. Oder freien Festen, auch nur Worte. Dann lieber frei sein, aber festgehalten. Sie konnte Wilfinger nicht mehr ausladen, nur ertragen. Vila, wie jung Sie wirken!, noch ein Silvesterknaller. Aber was sagt dem Dreißigjährigen dann bei ihrem Anblick, dass er weiterzappen soll? Ihr Mund wohl kaum, auf den hat Wilfinger ständig gestarrt. Auch nicht die Frisur, ihre Nachfolgerin geht zum selben Friseur. Bleibt neben den Schmutzfältchen nur der Blick, das muss es sein, das geheime Zeichen: Ich sehe dich, Kleiner, und du machst mich nicht an. So wie sie Wilfinger sieht, die geheime Not neben Friederike Wilfinger. Also starrt er in seinem Büro auf ihren Mund, und irgendetwas schreit in ihm auf. Weil er diesen Mund nie bekommen wird. Und sich nicht selbst einen blasen kann, er kann sich nicht einmal selbst küssen. Er kann sie nur auf ihren Vertrag hinweisen. Und ihr Tipps geben für den neuen Job. Und ihr die Tür aufhalten statt den Slip ausziehen. Sie nahm sich eine neue Zigarette und hörte jetzt Musik, ein Mahler-Abend im Classic Radio, Schweiz; noch immer ein Fahren und Fahren, Basel, Zürich, Altdorf, ohne Pause fuhr sie bis an die Alpen und hörte ein Konzert mit Gesang, erst unterbrochen im Gotthardtunnel für endlose siebzehn Kilometer. Auf der Gegenspur ein Lastzug nach dem anderen mit blendendem Licht, eine Lawine, die sie zermalmen würde auf eine falsche Bewegung hin. Konzentriere dich, Vila, ein Appell wie vor dem ersten Treffen mit Bühl im Café Dulce auf der Schweizer Straße, dem Schokoeckchen für die Nichtstuerfrauen dieser Gegend. Ausgerechnet dahin, wo sie selbst sonst nur vorbeilief, hatte sie ihn bestellt, weil es im Freien ein paar kindliche Tische gab, eine Kita für Erwachsene. Er kam in Flip-Flops, weiter Hose und grauem Hemd, die nassen Haare hinter die Ohren geschaufelt, er hatte gerade geduscht, das Hemd noch mit Wasserflecken. Sie wollen mich also in Ihrer Sendung, und was ist das für eine Sendung, ich besitze keinen Fernseher, oder wirft mich das aus dem Rennen? Und sie: Nein, im Gegenteil. Und dann erklärte sie ihm die Mitternachtstipps, da waren die berühmten ersten Sekunden längst vorbei, und sie fand ihn nur seltsam, als käme er aus einer anderen Zeit. Sie sprachen über den Ablauf des Drehs und die Fragen, die sie ihm stellen würde, und er erzählte, dass er über Franz von Assisi und die heilige Klara ein Buch schreiben wollte, und das Café Dulce war plötzlich Zentrum der Welt. Assisi, sagte sie, wie sich das trifft, mein Mann und ich hatten dort intensivste Tage. Und dann kam sie auf ihr Haus in Italien, an dem See, den schon Catull besungen habe, ein Haus, das im Winter frei sei, frei, um dort ungestört zu schreiben, und von dem versteckten Angebot wieder ein Sprung zu dem Dreh, was dabei alles schiefgehen könnte, und am Schluss der halben Stunde beruhigte er sie statt andersherum und beunruhigte sie zugleich, beides in einem Atemzug. Wir machen das schon, sagte er, mögen Sie Catull, kennen Sie seine Gedichte? Ich liebe sie! Als Abschied also schon die Worte, auf die viele ein Leben lang warten, auch wenn sie sich auf die Verse eines Toten bezogen, und damit wuchs die erste kleine, sich unkontrolliert ausbreitende Zelle in ihr, und nun fährt sie mit einem ganzen Wünscheklumpen nachts durch den Gotthardtunnel. Sie ist schwanger vor lauter Wünschen, und Renz merkt davon nichts. Man liebt letztlich allein: die Summe ihrer Lektionen mit ihm. Und man bleibt auch allein dabei jung, nur nicht der Teil an Renz' Seite. Seit der Nacht, in der Katrins Mail kam, Um es kurz zu machen: Ich bin im vierten Monat!, wird sie neben Renz älter. Und dass ihr Enkelkind dann nicht zur Welt kommen durfte, das hat daran nichts geändert: Sie ist die Mutter, die es nicht verhindern konnte. Oder verhinderte Großmutter, die sich in eine Liebe gestürzt hat, wie die noch junge Frau, die sie vorher war, in irgendwelche Abenteuer. Nicht so oft wie Renz, aber oft genug, um ihn zu ertragen. Er fragte sich nie, mit wem er im Bett lag, sie schon. Er war mit Verführen beschäftigt, sie mit Abwägen. Soll ich, oder soll ich nicht, ist es diese Stunden wert. Es ging ja doch nur um Stunden, auch wenn es manchmal Nächte waren, geklaute Stunden in einem Hotelzimmer mit kleinem Fernseher an der Wand. Oder in einer fremden Wohnung, aber im Bad die bekannten Cremes und Lotionen – arme Schwester, ich wasche mich für den deinen. Dann schon lieber ein Hotel am Bahnhof. Oder ein nächtlicher Strand, das war auch einmal vorgekommen, Renz sogar in der Nähe. Und da gab es kein Abwägen mehr, nur die Idee, ihn zu treffen. Also zog sie mit dem Seriensaurier Maiwald nach einem langen Abend in Alcudia an den Strand. Sie hatten den letzten Drehtag einer Scheißmallorcaserie gefeiert, Der Villenkönig, Maiwald als Makler von Edelobjekten, ein Sommer-Zeus mit kurzen Beinen und Stirntuch. Sie haben getanzt, während Renz die Praktikantin vom Villenkönig auf dem Schoß hatte, alles nur Spaß, hoppe hoppe Reiter, später sehn wir weiter. Mach du nur, sagte sie, ich drehe dann auch durch. Sie ist nie durchgedreht bei solchen Festen, jetzt wollte sie es nachholen mit einem, den Renz zum Kotzen fand. Maiwald, der aussah wie ein Ex-Fußballer mit Bauch, aber seinem alten Unschuldslachen nach jedem Foul. Und genau dieses

Lachen mochten die Leute, sein Kapital beim Fernsehen. Und an dem Abend. Sie hat sich am Strand von ihm küssen lassen, das konnte er sogar. Und jetzt? Ihre Worte, nicht seine. Und er wollte dann alles und bekam es nicht hin nach der Trinkerei und hat sie geradezu angefleht, ihn irgendwie zu erlösen, kniete vor ihr im Sand – ich gebe mich in deine Hände, Vila! Er war kurz davor zu weinen, damit wollte sie nichts zu tun haben. Aber mit Renz quitt sein wollte sie, wenigstens für einen Abend. Also gut, hinlegen. Wie ein böses, verdorbenes Mädchen hat sie ihn behandelt, ein Mädchen, das eigentlich nur Liebe wollte, Frieden, einen Mann, der sie festhält. Und stattdessen Maiwalds Schwanz. Aber das musste sein. Wie vorher der Galerist aus Berlin, nur dass es mit ihm beim ersten Mal aufregend war. Und später David, der jüdische Fotograf, auch Berlin, das war sogar im Ganzen gut. Da hat sie keinen Krieg gegen Renz oder sich selbst verloren, da hat sie nur gewonnen. Jede Stunde in dem Atelier ein Gewinn. Und warum war dann Schluss? Weil es sonst alles kaputtgemacht hätte, ihre kleine Familie, Katrin im letzten Schuljahr. Danach kam nur noch einer, wieder eine stille Kampfhandlung, um sich selbst zu beweisen, Jan, ein Aufnahmeleiter, eingesprungen für ihren üblichen Aufnahmeleiter, als der eine Babypause nahm. Und dann auch noch eingesprungen für Renz, vier- oder fünfmal nur, zuletzt in einem Parkhaus in seinem Volvo Kombi. Er hatte eine Regenplane über den Wagen gezogen, und sie hatten es auf der Rückbank gemacht. Weil zu wenig dagegen sprach. Und etwas zu viel dafür. Jan schwärmte für sie. Er machte dauernd Handyfotos und gab ihr Kitschnamen, aber auf einem gewissen Niveau. Mitternachtsvenus. Fee der besten Stunde. Oder Vila von Milo, sagte er auch im Spaß. Nur für sie war es Ernst: Welche Frau will keine Venus sein mit Ende vierzig. Also war sie Jans Venus. Seine beste Stunde, seine Fee. Was er wollte. Er hatte Charme und war als Mann etwas schüchtern, sie konnte ihm darüber hinweghelfen. Nur nicht über seine Schuldgefühle. Die arme Moni, die gute Moni, Moni, die leider nicht stöhnte im Bett, ein stummes Seepferdchen. Dann bring es ihr bei, sagte sie beim Anziehen der Strumpfhose. Und lass mich, geh nach Hause! Und er ging. Eine Stunde später saß sie mit Renz am Tisch, völlig ruhig. Die Lust ist nichts. Aber mit Bühl ist es eine Lust auf Liebe, und das ändert alles. Renz glaubt, die Ehe sei ein Puzzle, man brauche nur viel Geduld, dann käme am Ende auch etwas Schönes und Ganzes heraus. Da wird es langsam Zeit. Sie fuhr noch immer durch den Gotthard, bei blendendem Gegenlicht und Getöse, und plötzlich, wie ein Ergebnis ihrer Konzentration, der Gedanke: Sie und Bühl haben all ihre Teile, statt zu puzzeln, zu einem irren Bild zusammengeschmissen, einem, in dem sie sich wiederfindet, obwohl sie Bühls Teile kaum kennt. Sie spürt nur etwas Wundes in ihnen, eine Egozentrik aus Mangel an Vertrauen, ganz anders als Renz' lässiger Egoismus mit seiner Antenne für drohende Nachteile. Sie muss das Irre also vor ihm verbergen wie eine Krankheit, von der er nichts wissen darf, um nicht beunruhigt zu werden, den einzigen Tumor, mit dem man mitwächst, darin ihr geheimes Leben, gesammelt zu einer, wenn sie nicht aufpasst, nach außen strahlenden Wahrheit: dass sie endlich wieder liebt. Ein zweites Dasein unter der Oberfläche all ihrer Dinge mit Renz, wie ein heller Flussgrund, der das Wasser darüber zum Leuchten bringt. Renz kann es kaum übersehen, dieses Leuchten, aber wird nicht auf Bühl kommen, nur wenn sie sich selbst verrät. Irgendein Abend mit zu viel Wein, am Ende das Bett, und nichts funktioniert, was ist los, was fehlt dir? Und sie: Vielleicht einer wie Bühl! Und dann kommt eine Wolfsnacht, das Zerfleischen, aber zuletzt halten die Fasern gerade noch alles zusammen. Jede gemeinsame Flasche eine Faser, jede gemeinsame Steuererklärung, jeder Tag auf dem Boot, jede lange Autofahrt, ihre erste gleich bis Palermo, auch nachts. Und jedes

Essen mit den Freunden, jeder Streit, wenn alle weg waren, jede Verzweiflungstat im Bett, auch lauter Fasern. Dazu kommen die Tage, die Nächte, als Katrin noch klein war, von ihr am Leben erhalten, gefüttert, gewaschen, gebettet, erzogen, so gut es ging. Renz war ja mehr ein Gelegenheitsvater: wenn die Kleine erst ausgehen kann, wird alles nachgeholt, ein ewiger Spruch. Einen Scheiß hat er nachgeholt, als sie fünfzehn war. Zeit blieb nur für eine neue Serienheldin, seine Dorfschullehrerin Zeisig, auch noch ihre Idee, dieser zündende Name Stella Zeisig. Die sie sich jeden Mittwochabend beim ersten Glas Wein in einem Fernseher auf der Küchenkommode ansah, während Renz mit keiner Wimper zuckte, ihre Dummheit in Kauf nahm – wer keine Ahnung hat, der ist dumm. Zwei ganze Jahre lang war sie dumm. Sechsundzwanzig Folgen, je dreizehn in jedem Winter, mittwochs vor der Tagesschau: die Idiotinvilastunde. Er sah seine Geliebte, sie sah die Zeisig. Die Hälfte der Folgen hatte Renz geschrieben, das mussten sie ansehen, die andere Hälfte kam von einem schreibenden Paar, den Stubenrauchs, da mussten sie wenigstens sagen können, dass es nichts taugte. Es taugte wirklich nicht viel, aber die Stubenrauchs waren zu beneiden. Nach der letzten Folge hatte die Heldin genug von Renz, und er ließ sich häuslich trösten, sie reisten noch einmal durch Marokko, Katrin gerade sechzehn, ein Bündel aus Spott, froh, dass sie weg waren. Ein Versöhnungstrip, sie machten es in jedem Hotel, neben dem Bett eine Wasserflasche, Sidi Harazim, und immer ein Ringen, bis sie kam, Arbeit im Grunde. Es war seine Versöhnung, nicht ihre. Und in Erfoud, am Rand der Wüste, hat sie es aus ihm herausgeprügelt, sein gescheitertes Liebesding mit der Serienfotze: ihr Erlösungswort in der Sache. Renz heulte, und sie heulte mit. Und jetzt hängt sie an ihm, weil ihre Zeit in ihm steckt, ihre Tränen. Und genauso seine Zeit in ihr. Er ist nicht der, nach dem sie sich sehnt, aber sie hängt an ihm, dem Falschen: ein Widerspruch, den sie aushalten muss. Also sagte sie sich inmitten des Tunnelgetöses, Renz sei vielleicht doch der Richtige oder wahre Einzige in ihrem Leben, ein Gedanke, der ihr die Luft nahm – es waren immer noch drei Kilometer, über ihr die Gebirgsmassen und in ihr das Bild, Renz in den Arm zu nehmen, ihn so liebzuhaben, wie er es will oder braucht, und wie es alle Menschen wollen und brauchen, ihn einfach nur zu mögen und all die Stempel, die er ihr aufgedrückt hat, seine unsichtbaren Siegel aus mehr als einem Vierteljahrhundert nicht als Fessel zu sehen, sondern als Rüstung. Die Rüstung Renz, die sie zusammenhält und schützt, selbst in der Innigkeit mit einem anderen, bei der einzigen positiven Katastrophe im Leben: wenn man liebt und einem nichts rettender erscheint, als sich fallenzulassen. Und im Grunde ist sie Renz dankbar, ohne ihn könnte sie sich gar nicht fallen- oder gehenlassen, er ist das Netz, das sie in Wirklichkeit rettet. Und eigentlich sollte er davon wissen, oder wissen, dass sie ihn manchmal streicheln möchte, wenn sie an Bühl denkt, weil Bühl minus Renz ihr zu viel werden könnte wie ein Zuviel an Sonne. Oder das Strahlen von Renz in den ersten Jahren, bis sie nicht mehr gesehen hat, was er so alles nebenher tat. Sie war wie diese selbstlosen Hälften von Karrieretypen, die nur schnell nach oben kommen, weil ihre Frauen für sie die Räuberleiter machen, immer wieder, bis es dann zu selbstlos wird mit einer, die sich in die gefalteten Hände und auf die Schulter steigen lässt, und man sich einer anderen zuwendet, nicht erschöpft von Steigbügelhalten und Kindererziehung und mit Augen, die nur sehen, was man erreicht hat, und nicht, wie man ist, Augen einer jüngeren mit Tattoo auf der Schulter statt Schuhabdrücken. Renz weiß, wie sie darüber denkt, sie hat es oft genug gesagt. Diese Typen gehören geohrfeigt, dass die Designerbrille wegfliegt, hat sie gesagt, und eigentlich gehört sie auch geohrfeigt, weil sie auf Renz' Schultern steht, wenn sie liebt. Das Lieben ist die Karriere der Frauen. Und auch dort erreicht eine den Gipfel umso leichter, je mehr Halt sie hat. Armer Renz, der nichts ahnt. Und auf Zehenspitzen stehende arme Vila, die sich nach Bühl sehnt – vielleicht hätten sie bei ihren Passnamen bleiben sollen, Verena und Bernhard, zwei, die sich treu sind bis zum Ersticken. Kein Wunder, dass es auch nur ein einziges Passfoto ihrer Ehe gab, wenn so etwas wie ein Ehepass Pflicht wäre. Sie beide am Strand von Djerba, aufgenommen von einem Tunesier, pouvez vous prendre une photo de nous?, ein schönes reifes Paar, Mann und Frau ausgewogen, zwei Körper, die zusammengehören, ein Bild wie das Cover für eine Ehesexfibel, gemacht mit ihrer ersten Digitalkamera und später, als es auf einem Laptop war, nicht versehentlich gelöscht, wie Renz immer noch glaubt, sondern in einem Anfall von Wut, nachdem sie erfahren hatte, warum er irgendwann nach Graz geflogen war: nicht weil er den jungen Schwarzenegger als Stoff entdeckt hat, seine Erklärung, sondern vorher eine Schauspielerin, die dort am Theater war. Lange her und doch Gegenwart, unauslöschlich, und eher ein störendes Geräusch als schmerzliches Bild, eine Art Tinnitus, mal leiser, mal lauter wie das Tosen im Gotthardtunnel. Die Bilder liegen darunter, auch solche, die gar nicht aus ihren Leben stammen, nur in ihm aufgehen, mit Teilen ihrer selbst zu einer Deckung kommen, die sie entsetzt. Wie die Bilder oder Filmsequenz, in der die Ehefrau des künftigen Kanzlers Kohl, wenn er es nicht schon war, in heller Bluse und frisch vom Friseur zu Hause an einer Schreibmaschine sitzt, Momente lang ganz für sich etwas tippt, ohne Vorlage, eine denkende Frau, bis ihr Mann in weißem Hemd und Strickjacke, eine Pfeife in der Hand oder im Mund, aus einem Nebenraum kommt und sich schräg hinter sie stellt, ihr kritisch-zufrieden über die Schulter sieht, worauf das Tippen langsamer wird, ja fast verebbt, nur mehr eine Geste für die Kamera, bis es wieder anzieht, als sich ihr Mann über sie beugt, und zu einem Abtippen wird, während der Blick ins Weite geht, durch ein Panoramafenster in den Garten oder ein intimes Fenster in sich hinein, wo es dunkel zu sein scheint, von jener Dunkelheit, in die sie sich am Ende flüchten sollte, damit innen und außen wenigstens einmal übereinstimmen, ein Augenblick des Abschweifens, ehe der Blick, lange vor diesem Ende und der Nacht der zu vielen Tabletten, aber schon auf dem Weg dorthin, nach oben geht, zu dem, der ihr eine Hand auf die Schulter legt: Das Schlussbild der Ehepaar-Kohl-Sequenz, soweit sie sich erinnern konnte. Und sage ihr niemand, Frauen seien heute ganz anders. Sie weiß, dass etwas von dieser Abtippenden mit steifer Frisur in ihr steckt, weil es in jeder Frau steckt, wenn sie von Männern gesehen werden will, wie ja auch von Renz etwas Aufgeblasenes ausgeht, ein sich Rundfühlen – Ichbinich, wann könnte sie das schon sagen, nicht einmal mit Bühl im Bett, wer liebt, fühlt sich im anderen rund, sie könnte es nur hier im Wagen sagen: Ich bin die, die durch den Berg fährt, bei allem tosenden blendenden Gegenverkehr die Spur hält in dieser Tunnelröhre, die nun endlich breiter wurde, endlich an ein Ende kam. Im Radio wieder, erst noch knisternd, das Mahler-Konzert, die Sinfonie für Sopran und Orchester, wie es geheißen hat, und gern hätte sie mehr erfahren, mehr über Mahler, von dem sie nur wusste, dass er zu Lebzeiten als Komponist keine Rolle gespielt hatte, immer Dirigent fremder Werke war, daran auch mit zugrunde ging: ihre Vermutung, weil jeder und jede zugrunde geht, wenn der Zweifel überhandnimmt, ob man sich je selbst erlebt hat oder nur die Erfüllung von anderen war. Sie fuhr hier wenigstens selbst, das war ganz sie: sie am Steuer dieses BMWs, der jetzt aus der Enge des Tunnels in die Weite der Nacht kam, eine Frau mit Mann und erwachsener Tochter und einem Geliebten oder Liebhaber, wenn es da einen Unterschied gibt, aber auch der könnte nicht helfen, all das in ihr sauber zu trennen, weil sie alles zugleich empfindet, sich als Frau, Mutter, Geliebte und

Person, die beruflich nach Mailand fährt und nicht weiß, worauf sie hinauswill. Sie wusste nur, was im Augenblick das Beste wäre, nämlich eine Pause zu machen. Also hielt sie an der nächsten Raststätte, die Unzeitstunde vor der Dämmerung; sie tankte und trank Kaffee, sie aß ein Sandwich und rauchte. Und hellwach in ihrer Erschöpfung ging es weiter, Bellinzona, Como, Mailand – der Autobahnring, doch eine Hölle, auch schon frühmorgens, eine Hölle, mit der sie fertigwurde. Spur wechseln, Spur halten, Gas geben, Bremsen, Hupen, mal die Straße vor ihr im Auge, mal die Dinge im Rückspiegel. Gegen sieben war sie am Hotel, gleich daneben der bewachte Parkplatz, eine Garage brauchte sie nicht. Sie frühstückte in einer Caffè-Bar, das alte Glück mit Renz auf den Reisen, die kleinen Tische, das Kommen und Gehen, der feuchte Kassenbon auf dem Unterteller. Nach Toast und Espresso vertrat sie sich noch die Beine, ein diesiger Aprilmorgen, vor der Häuserzeile neben dem Hotel Platanen, die frischen Blätter staubig. Ein Mann im Trainingsanzug führte seinen Hund aus, Kasper in alt, schleichend, aber noch neugierig. Sie ließ ihn an sich schnuppern, an beiden Schuhen, dann machte sie kehrt und konnte bald auf ihr Zimmer; das Hotel alles andere als voll, ein verglaster Kasten zwischen Autobahnringen und Vorstadt. Dafür war das Zimmer groß und sauber, und nach einer Dusche legte sie sich quer in das Doppelbett, als könnte sie es ganz allein füllen. Ihr Treffen mit dem unerschrockenen Italiener war erst abends um sechs in der Halle; Michele Flaiano, jemand, der sich gern an der Peripherie traf. Er war in Bühls Alter, aber verheiratet. Einen Menschen googeln zu können, ist nur selten ein Gewinn, ihr letzter Gedanke im Halbdunkel.

Sie schlief bis zum späten Mittag, ein nur flacher, immer wieder von Staubsaugergeräuschen und Stimmen zermahlener Schlaf, der Übergang zum Wachsein fließend, noch halb verwickelt in einen Traum, sein letztes Bild – sie und Bühl auf dem Meer, das Meer so flach, dass sie darin stehen können, und er weist von Horizont zu Horizont, sagt: Das alles gehört dir! Und sie dabei erregt, wie ein Teil des Meeres, dem die Wellen der Erregung zustehen. Nach dem Erwachen noch ein Liegen am Bettrand, ein Stück Laken zwischen den Beinen – die meisten Männer wollen es am späteren Nachmittag, sie nicht. Sie will es mittags. Gegen Abend vertreibt man die Dämonen, zu ihrer Zeit spielt man mit ihnen. Am Ende dieses Sommers wird sie dreiundfünfzig, und an Tagen wie denen mit Bühl ist sie immer noch voller Verlangen und schön, nicht ins Auge springend, keine Venus, aber auf den zweiten Blick schön. Für Leute, die erst ab Mitternacht fernsehen, reicht es vielleicht nicht mehr, die gehen in ihre Fitnesstempel und grausen sich vor jeder Abweichung vom Perfekten. Sie selbst hat es aufgegeben, drei-, viermal in der Woche gegen weicher werdende Arme und Beine ins Unio zu gehen, das Studio um die Ecke, wo sich alle am Abend treffen, Elfi und Lutz, Anne und Edgar, die Gebhards, die Hollmanns, die Schaubs. Und keiner redet mit keinem, ein stummes Tun auf dem Laufband, der Rudermaschine, an allen Geräten – das Martyrium der Profanen, sagt Katrin. Wie absurd dieses Völkchen mit Porsche und Pulsmesser! Katrin sagt immer, was sie denkt, aber sie denkt auch zuerst, während sie, ihre Mutter, oft zu spät denkt: vor dem Denken der Impuls, oder was sie wirklich denkt. Also musste sie sich wappnen, mit Filmen, mit Büchern, mit Namen. Was hat sie nicht alles drauf, von Kant bis zu Richard Rorty, von Freud bis zur Duras und Lady Gaga; sie kann Bob Dylan zitieren und Pasolini, von Fassbinder schwärmen und von Almodóvar. Wenn die Crew einer Serie nach der letzten Folge irgendwo feiert, sie an Renz' Seite, geht von ihr der meiste Glanz aus: mit dem, was sie sagt. Ihr Mund ist dann nur trotzdem schön. Ja, ihr gelingt sogar eine Art Einklang mit den Redakteurinnen, die jetzt in allen Abteilungen aufrücken, jede feministischer als sie selbst, geschieden, alleinerziehend, übernächtigt. Und so ungebräunt wie sie, die Sonnenbankzeit ist vorbei – einmal im Jahr geht sie zum Hautarzt, zweimal zur Frauenärztin, sechsmal zur Kosmetikerin, zwölfmal zum Frisör. Ihr Haar wirkt noch voll, ebenso die Brüste. Sie ist keine Vorzeigefrau, sie schwimmt feministisch nur mit. Für ihren Kandidaten, den Ankläger uritalienischer Machenschaften, hat sie einen blassroten Lippenstift eingepackt. Sie will ihm gefallen, aber er muss nicht wissen, warum. Er muss sich nur mindestens einmal vorstellen, wie es wäre, mit ihr zu schlafen. Sie will nicht verführen, bloß verführerisch sein. Man darf sie nicht übersehen – wenn man sie übersieht, beginnt das Sterben: ein Gedanke, der schon Teil ihres Dämmerns war. Sie versank noch einmal, ein zweiter, tieferer Schlaf, der erst mit dem Weckruf endete, dem sich anschaltenden Fernseher, einziger Horizont in dem verdunkelten Raum – ein Kanal mit örtlichen Nachrichten. Irgendetwas Schlimmes war tagsüber in Mailand passiert, Absperrbänder, Blaulicht, Neugierige. Sie ging ins Bad zum Haarewaschen, das musste sein. Und kaum war das Wasser abgedreht, wieder Stille um sie, fiel der Name, den sie schon parat hatte für den Abend, Michele Flaiano, und sie lief ins Zimmer und sah sein Foto eingeblendet. Eine junge Reporterin, furchterregend schön, fasste wohl zum x-ten Mal das Geschehen zusammen. Am Vormittag, als sie geschlafen hatte, war auf den Mann, der jeden Schmutz aufdeckte, ein Anschlag verübt worden, Schüsse von einem Motorrad vor seinem Wohnhaus, er im Koma, der Täter flüchtig. Sie trocknete ihr Haar mit einem Handtuch, sie musste es nicht mehr föhnen, sie musste in Mailand gar nichts mehr. Sie stopfte das gebügelte Kleid in ihre Tasche, nahm den Lift nach unten, bezahlte das Zimmer und lief zu dem Mietwagen; es war bald Abend, aber noch taghell, eine erste Ahnung von Sommer.

Und Stunden später, eine sternlose Nacht, fuhr sie über den Gotthard auf schon schneefreier Straße, das einzige Auto, das all die Spitzkehren nahm. Auf der Passhöhe stieg sie aus und rauchte in der kalten Luft von zweitausend Metern über dem Meer; tief unter ihr der ewig lange Tunnel, und sie allein auf einem Berg, von dem kein Weg in die gewohnte, die ebene Umgebung zu führen schien. Und selbst bei der Fahrt ins Tal, die Serpentinen hinunter Richtung Göschenen, ihr sicheres Gefühl, dass eine wie sie nie über den Berg ist.

*

XV

LIEBENDE glauben, dass sie den anderen verstehen, weil sie
ihn lieben, und umso besser verstehen, je mehr sie ihn lieben;
nur wer, wie Bühl, dabei noch genug Verstand behält, glaubt
auch, dass er dem anderen letztlich nie auf den Grund kommt
und das Unbegreifliche an ihm kein Ausdruck von Tiefe sein
muss. Ein Glauben mit Folgen: Man kann den anderen dann
auch oberflächlich und in seiner Fremdheit lieben, etwa als die
Frau, die in ihrer falschen Ehe auch etwas Richtiges sieht, oder
den Mann, der an einen Ort reist, an dem er als Junge ein Mädchen geküsst hat, später verheiratet mit seinem engsten Schulfreund (noch später kranke Geliebte des Mannes der Frau, die
an einer falschen Ehe hängt); man unterwirft sich also etwas
Unbekanntem in der Hoffnung, mit ihm warm zu werden wie
mit einer schönen fremden Stadt – oder einer Jugendland-
schaft, an der kaum noch etwas wie früher ist.

Bühl, das Fernglas um den Hals, folgte seinem alten Fußweg
am Ufer des Ossiacher Sees, heute Trimmpfad. Der erste milde
Abend im Jahr, der gestreckte See blaugrün, halb zwischen Bergen, die noch stille Vorsaison; niemand überholte ihn schnau-
fend, niemand kam in Sprüngen über den Parcours entgegen,
eine Stille wie zum Einatmen. Er suchte den Kussplatz von damals, ein Wunsch nach innerer Ordnung: einem scharfen Bild
anstelle des verwischten, nur erschien ihm die ganze Landschaft verändert, kleiner, spielzeughaft. Alles war anders als
erwartet, und er war auch zu spät gekommen, Marlies war
nicht, wo sie hätte sein müssen, in Steinach im alten Strandhotel Mattrainer, sie war schon wieder abgereist. Der frühere

Weg und jetzige Trimmpfad führte von dem Hotel – er war dort einziger Gast, im besten Balkonzimmer mit Seeblick – zu einer Golfanlage jenseits des alten, durch eine Art Facelift, Kunst und Bepflanzung, umgestalteten Bahndamms. Eine Strecke von gut einer Stunde, seinerzeit idealer Abendspaziergang, nun mit künstlichen Hindernissen versehen, als sei das Leben nicht schon Parcours genug, die erste Hürde gleich das Zur-Welt-Kommen, irgendwo als Kind von irgendwem, ein Kind, das älter wird, vom Jungen zum Mann, vom Mädchen zur Frau, eine Kette von Hürden, und das sich im Sterben daran erinnert, auch einmal geliebt zu haben. Der Bahndamm, damals im Dunkeln, war trotz langer Helligkeit beleuchtet, ein weißliches Licht auf Gleisen und Aufschüttung; das Mauerwerk, früher wild überwuchert, war bis in Kopfhöhe durch Beton verstärkt, schon mehr Wand als Mauer, darauf Übungspiktogramme zu dem Trimmpfad und bestellte Graffiti. Er ging an der Mauer entlang und schaute nach einem überhängenden Busch, ihrem einzigen Schutz vor dem Regen damals, und trotz aller Bereinigung ragten an einer Stelle noch gekappte Äste aus der Bahndammkante, an ihren Spitzen sogar frische Triebe. Also war es wohl hier, hier hatte er ihren Mantelkragen in die Hände genommen, um den Kopf näher an seinen zu ziehen, was gar nicht nötig gewesen wäre, weil sie ihm von sich aus entgegenkam, und er nahm die alte Position ein, mit Blick auf die Mauer, am Übergang vom Beton zu bemoosten Steinen, eine Rille. Und in der Rille, kaum breiter als ein Daumen, drei ausgedrückte Zigaretten, jede nur angeraucht, als hätte sie auch hier gestanden, Tage vor ihm, und hätte sich mit den Zigaretten erinnert oder getröstet.

Der Rückweg zu dem Strandhotel dann unter Nutzung des Parcours, ein Rennen und Springen, als ließe sich die alte Zeit einholen, dazwischen ein Hakenschlagen, als wollte er sie bloß abschütteln; und später der Blick von seinem Zimmer auf den

Badesteg, auf dem die junge Nichte der alten Mattrainers in ihrem schwarzen Badeanzug in der Sonne gelegen hatte, die Hand mit der Zigarette am Mund, blond, allein, rauchend, eine Mädchengöttin. Es war wenig geblieben von damals, der weiße Schriftzug am Haupthaus, Strandhotel Mattrainer, in schwungvollen Schreibbuchstaben wie das Wort Lebensmittel über einem Laden, in dem seine Eltern immer Kleinigkeiten gekauft hatten, Zahnpasta, Manna-Schnitten, Die Bunte; und es gab auch noch die Veranda für das Frühstück an Regentagen und ihre leicht abfallende Terrasse zum See für das Frühstück bei Sonne. Dort saß er eines Morgens, die Eltern schliefen noch, und las in einem Buch, während zwei Tische weiter eine junge Blonde, die Hoteliersnichte, hieß es, allein frühstückte und dann allein rauchte, die Augen hinter einer Sonnenbrille, die sie dann tagelang aufbehielt. Erst als er sie fragte, ob sie mit ihm rudern würde, und von ihr das verblüffende Ja kam, schob sie die Brille in ihr Haar, eine Geste wie ein erhaltener Schatz auf dem Grund der Jahre. Marlies' Nenntante lebte noch, aber das Hotel führte jetzt ihr Sohn mit Frau, und der alte Mattrainer, Bruder von Marlies' Mutter, sah den beiden von einem Foto, gerahmt am Empfang, über die Schulter, während seine Witwe nur noch für Frühstücksbuffet und Bierhahn zuständig war; sie hatte den einzigen Gast dieser Vorsaisontage nicht wiedererkannt, kein Wunder – seine drei Ferienwochen hier waren in einer Art grauer Vorzeit, noch analog und harmlos, keine fünfundzwanzig Jahre her und doch Jahrhunderte.

Bühl ging ins Bad, die Unterlippe tat ihm weh, schon seit der Fahrt von Triest nach Kärnten – nichts Neues, diese zwei, drei Bläschen, die zuerst schmerzten, dann aufsprangen, dann sich vereinten zu einer offenen Stelle, die nur langsam abheilte, letztlich gab es kein Mittel dagegen. Seit den Ruderhausnächten trug er diesen Schläfer in sich, der plötzlich aktiv werden konnte, wenn etwas zu viel wurde, wie früher Jahr für Jahr auf den Klassenfahrten. Der Vatikan: nie ohne offene Lippe. Die Ramblas, der Wenzelsplatz: immer mit einem Kainsmal am Mund. Heiding hatte noch ein trocknendes Puder benutzt; sobald es warm wurde, alles blühte, sein weißer Fleck auf der leicht bläulichen indianischen Unterlippe. Ein Puderzuckermund, der ihn nach dem Rudern geküsst hat, das war der Anfang – Initiis obsta, hatte sein Vater immer gesagt, aber da hätte er sich nie in einen 6er-BMW setzen dürfen. Sein Vater war dumm, die Mutter auch, kultivierte dumme Leute. Einmal war Heiding bei ihnen zu Hause, er stammte ja auch aus der Freiburg-Ecke, also kam er am Ende der Ferien vorbei, um ihn in seinem Käfer Cabrio mit an den Bodensee zu nehmen. Heiding wurde durch die unteren Räume geführt, er zeigte Interesse an den Bildern, es gab schon den Böcklin, und im Kaminzimmer hingen gewagte Picasso-Drucke, Faune ohne Feigenblatt, beim Kaffee sprach man über den Eros. Dann mussten seine Eltern für zwei Stunden weg, irgendeine Geldsache, aber der Aarlinger Lehrer sollte noch zum Essen bleiben, also waren sie beide allein im Haus, und Heiding nahm sich einfach eine Handcreme der Mutter, damit es nicht unnötig wehtue. Sie machten es in seinem Zimmer, das noch ein Kinderzimmer war, mit Märklin-Eisenbahn auf dem Boden. Und später beim Essen hatte er Magenkrämpfe, es gab sein Lieblingsgericht, wie immer vor der Abreise, Kartoffelpuffer mit Apfelbrei, er bekam nichts herunter. Was ihm fehle, fragte der Vater, und er bekam auch nichts heraus, ihm gegenüber der sympathische Herr Heiding: ein Wort seiner Mutter, von der Sorte hatte sie viele. Er sagte nichts, und er aß nichts, er saß stumm vor dem vollen Teller und war kein Kind mehr, aber auch noch kein Junge. Ein sprachloses Kind mit Schwanz, das war er. Also musste er warten, bis er mehr als ein Junge war: ein Fünfzehnjähriger, schon gebaut wie ein Mann, sein Haar noch wilder als Heidings. Und in einer Juninacht, als sie nach dem Rudern noch beide hinausschwammen, eine jähe Idee, die Art von Idee, wie sie Franz in der Nacht von Spoleto für eine Stimme gehalten hatte – warum er Kriegsknechten nachlaufe, statt dem Herrn selbst zu dienen. Er schwamm diesem Mann nach, diente ihm und würde ihm wieder dienen, warum nicht das Ganze beenden? Er war der Stärkere im Wasser, und es war dunkel, ein Geistesblitz, nicht der erste in Aarlingen. Schon an seinem Ankunftstag, als die Eltern, damals noch im Opel, um die Ecke gebogen waren und er, zehnjährig, mit einem Koffer die Treppe vom Hesse-Saal zum Sportplatz hinunterging, die plötzliche Klarheit, dass zwischen ihm und den bolzenden Jungs immer ein Graben wäre: dass er hier zu sich selbst halten müsste, um zu überleben. Erst als er zwölf war und Kilian-Siedenburg nach den Sommerferien das Internatszimmer betrat, fing eine neue Zeit an, ein anderes Leben, das Leben in Freundschaft – noch etwas auf dem Grund der Jahre, aber etwas, das von dort aufstieg: später am Abend Cornelius' Auftritt bei Open End, Vila hatte ihn noch am Morgen daran erinnert, Schau dir das heute an! Bühl wusch sein Gesicht, dann ging er in die Wirtsstube, bei sich das Notebook und die Franziskusblätter.

Ein Raum aus hellem Fichtenholz, nüchterner Abkömmling der einstigen Stube mit ihren dunklen, von der Zeit getränkten Bohlen und Balken. Er bestellte die Käseplatte und ein Bier, der Mattrainersohn im Hollister-Shirt nickte nur, und seine Mutter, noch in absurder Tracht, zapfte das Bier und brachte es an den Tisch. Das Notebook und die Blätter, ein Wall, hinter dem er nachdachte, über sich, über Vila, über sie beide, Hände auf dem Kopf, Augen geschlossen, leicht theatralisch, so wie jedes Nachdenken über Liebeslösungen. Und auch alles, was er sich vorstellte, ein weiteres Wochenende, eine kleine Reise, die gemeinsame Flucht, ja sogar den Tod von Renz: ein Stück Theater, aus einer alten, erprobten Haltung heraus – bei Heiding, der auch Geschichte gab, musste man in der Unterstufe oft mit auf den Kopf gelegten Händen und geschlossenen Augen im Klassenraum sitzen, Strafe für Lärm und Gerenne, während Heiding durch die Reihen ging und von römischen Sitten erzählte; nur hatte für ihn, Schüler Bühl, diese Haltung bald jede Bedeutung als Strafe verloren, im Gegenteil, sie war der Zugang zu allen Träumereien. Die alte Mattrainerwirtin brachte die Käseplatte, und er sagte in einem Atemzug, dass er als Junge mit seinen Eltern hier Urlaub gemacht habe, drei Wochen im August, und in der letzten Woche sei die Nichte ihres Mannes zu Besuch gekommen: wie es ihr gehe, ob sie Kinder habe, was sie beruflich mache – Fragen, auf die er keine Antworten brauchte, aber die Antworten dann doch überraschend. Kinder, die hätte sie haben können, ja, stattdessen jetzt ein Krebs wie ihre Mutter und deren Mutter, ewig zu viel Kummer, zu viel Arbeit. Und dann hier ihr Zusammenbruch nach einem Spaziergang auf dem Trimmpfad, Notarzt, Krankenwagen, Spital, aber dort wollte die Marlies nicht bleiben, immer schon mit ihrem Kopf, sie wollte nach München. Und mein Sohn, sagte die Wirtin, fuhr sie hin, und nun liegt sie in einer privaten Klinik. Wollen Sie noch ein Bier? Sie wischte sich über die Augen, und auf einmal dämmerte ihr etwas, Da war ein Junge, der Marlies gerudert hat, den ganzen Tag, seine Mutter eine Dame mit Tüchern, gern Mittelpunkt auf der Liegewiese: auch den ganzen Tag, sagte sie. Oder darf es ein Obstler sein, aufs Haus? Die Mattrainerwirtin schnaufte vom Reden, und er ließ sich den Obstler servieren, einen Marillenschnaps, Abrundung seiner Käseplatte; danach schon der Rückzug aufs Zimmer.

Die Dame mit den Tüchern, locker um Schenkel und Hüften, eine andere Form der Theatralik: das Pathos der schimmernden Hüllen. Seine Mutter hatte jede Seidenprobe aus den ersten Importen ihres Mannes für sich umarbeiten lassen und die Resultate auch am Ossiacher See vorgeführt, er besaß noch ein Foto davon: Rita Bühl auf dem Holzbadesteg, um ihre problematischen Bereiche ein Tuch fast von der Größe einer Flagge in allen Regenbogentönen und ein zweites, kleineres um den Hals gelegt – eine Diva, die schon die mondänen Orte scheut, lieber auf dem Land, inkognito, Urlaub macht. Er steht neben ihr, sehnig, gebräunt, in blauer Dreieckshose, das Haar glänzend nass vom Schwimmen, an den Wangen erste Bartschatten, eine Hand um ihre Schulter. Beide lächeln sie in die Kamera des Vaters, ihr Lächeln das einer Kursaalqueen, seines gewollt.

Nach dem Urlaub steht das Foto in einem Silberrahmen auf ihrem Sekretär, an dem sie die Kulturabende plant: ihr Beweis, dass sie noch etwas hermacht und einen jungen Geliebten haben könnte. Und eines Abends, bei einem Scotch, den sie gar nicht verträgt, sagt sie das auch, Wir sehen aus wie ein Pärchen, nicht wahr? Und er widerspricht nicht, obschon sein Eindruck ein anderer ist: dass sie wie Behinderte auf dem Foto aussehen, behindert durch eine diffuse Schönheit. Es war das letzte Mal, dass er für ein Foto den Arm um sie gelegt hatte, und je mehr ihm dazu noch einfiel – während im Zimmer schon der Fernseher lief, die Nachrichten vor der Open-End-Sendung –, desto gegenwärtiger wurde ein anderes, älteres Bild, nur von keiner Kamera festgehalten. Er, noch vor den Aarlinger Jahren, in seinem Bett bei gedämpftem Licht und am Bettrand die Dame mit den Tüchern, in dem Fall nur einem Tuch von seidigem Schwarz. Er darf ihr den Knoten lockern, es ist still im Haus, Mittag, nur das Geräusch von Regen am Fenster, angeblich sein Mittagsschlaf, und er will ihn auch halten, doch scheint es ihr lieber zu sein, wenn er nicht schläft, höchstens halb, wenn er noch in der Lage ist, sie zu betrachten und auf ihr Dasein zu antworten. Und später, allein im Bett, meint er, das alles geträumt zu haben – ihr Tuch wie ein überfahrener Vogel auf dem Boden und seine Hände auf dem vorher Bedeckten, dem Problematischen. Und noch etwas später, nachmittags, gräbt er

am Rande des Gartens den Boden auf und füllt alle Einkaufs-
taschen aus der Küche mit schwerer Erde und schleppt sie im
Regen vor die Außentür zum Keller, als müsste das Kind einen
Säckedamm gegen Fluten errichten.

Die Vorspannmusik von Open End: wie für den Auftritt
einer Kommissarin, Musik vor einer nächtlichen Citykulisse,
eher Frankfurt als Berlin, und aus der Kulisse tritt, man weiß
nicht wie, eine Frau ohne Alter, Carmen Streeler, schiefergrauer
Anzug, weiße Bluse, Gigolofrisur. Die Gäste sitzen schon an
einem Tisch – der eigentliche, viel effektivere runde Tisch,
könnte man denken –, und Carmen Streeler begrüßt jeden mit
Handschlag, erst die Justizministerin, offenbar eine alte Bekannte, dann einen Kirchenvertreter, so rosig weich, wie ein
Kirchenvertreter nur sein kann, als dritten Gast einen Schriftsteller, silberhaarig mit regloser Miene, aber in jungen Jahren
selbst von der Thematik betroffen. Und am Ende oder last not
least heißt sie noch den Initiator einer Stiftung zur Entschädigung von Missbrauchsopfern willkommen, Cornelius Kilian-
Siedenburg, und die Einblendung seines Namens ein noch stärkerer Vorstoß in alles Vergangene, als den alten Freund auf dem
Flachbildschirm an der Wand gegenüber dem Bett zu sehen –
Bühl hatte auf dem Bett gelegen, nun lief er hin und her in dem
Zimmer, und es fehlte etwas, um es zu schleppen, ein Gegen-
gewicht wie als Kind im Garten die Beutel voll Erde.

Der alte Freund trägt einen dunklen Anzug mit racing-
grünem Polohemd und erhält gleich das Wort oder den Anstoß, wie Carmen Streeler, ehedem Sportkommentatorin, sagt:
den Anstoß als Kenner der Opferszene. Und seine ersten Worte
für Bühl dann wie alte Klänge, etwas, vor dem er sich die Ohren zuhielt, nicht wirklich, mehr eine Geste. Die Hände an den
Ohren, vielleicht auch um besser zu hören, lief er weiter hin
und her, von der Balkontür zum Garderobenspiegel und wieder zurück, als Cornelius schon von dem Drama der Leute

spricht, die ein halbes Leben lang aus Scham geschwiegen hätten – und nun hörte er sie genau, diese Stimme aus alten Sommertagen, als sie mit ihren Waffen in die Wälder ausgerückt waren, Heute ein Eichhörnchen, Bühle, so hatte er ihn genannt, wenn sie eng waren, halbe Brüder, auch im Schilf, Erzähl von Indianergerd, Bühle, was läuft da? Jedes gestohlene Wort hörte er, jedes Stück fremder, unter den Nagel gerissener Scheiße. Scham, wiederholt Kilian-Siedenburg und setzt die filigrane Brille ab, man fühlt sie, und es zerreißt einem das Herz, sentio et excrucior, wie der Lateiner sagt. Und noch im selben großsprecherischen Atemzug erwähnt er den Lehrer Heiding und nennt einige seiner Praktiken, für Carmen Streeler der Moment, den Schriftsteller aufzurufen, wie *er* sprachlich mit all dem umgehe. Und der Silberhaarige mit schmalem Kopf – er war ihm nur als Name bekannt – rät dazu, bei dem Thema generell mit Worten aufzupassen: Wer von Missbrauch rede, müsse sich auch nach dem *Ge*brauch fragen lassen und damit dem Vorschriftsmäßigen, wie es viele amerikanische Bundesstaaten noch verlangten, so einfach sei das mit dem Begehren und der Liebe nicht. Der Liebe? Carmen Streeler verwehrt sich gegen das Wort Liebe in dem Zusammenhang, ihre Stunde oder Minute schlägt, sie spricht von der Würde der Opfer und holt sich erst den Beistand des Kirchenmanns, dann den der Ministerin – oder sprechen wir hier nicht über Gewalt? Eine Frage an alle, verbunden mit einer Kamerafahrt um den Tisch, bis zur Ministerin, und die klärt knapp über die Rechtslage auf, reitet dann aber auf dem Wort Aufklärung herum: eine Einladung an Kilian-Siedenburg, seine Idee einer Radikalaufklärung vorzutragen, und er, Bühl oder Bühle, ging ins Bad und wieder ins Zimmer, ging auf den Balkon und lief auch schon zurück; wenn ihn etwas mit Scham erfüllte, dann seine beschämende Aufmerksamkeit. Der alte Freund spricht jetzt mit erhobenem Finger, in den übrigen Fingern der Hand einen

Bügel seiner Brille, er spricht von Protokollen aller Vorfälle und Klassifizierung der Folgeschäden, und der schon ältere Autor kann oder will dem nicht länger zuhören. Aufklärung sei keine Polizeiarbeit à la Fernsehen, sagt er. Selbst der, der einen anderen missbrauche, folge, bei aller Gewalt, allem Abstoßenden, im Grunde auch nur dem Bestreben, dass aus zweien eins werde, das immer gültige, letztlich alleinige Prinzip der Liebe – ein unbeendeter Gedanke, die Moderatorin fällt ihm ins Wort, wenn sie ihm nicht über den Mund fährt. Schluss, Thema verfehlt, hier gehe es um Gewalt, nicht um Liebe, ruft sie, und dem Gemaßregelten gelingt nur noch ein Gegenausbruch: Liebe und Gewalt, ein Januskopf, durch kein anderes Gefühl werde man so geschlagen, kein anderes Gefühl erzwinge verlogenere Worte, und wie zum Beweis der verlogenen Worte legt Kilian-Siedenburg seinen Entschädigungsplan auf den Tisch eines Berliner Studios, während er am Ossiacher See die Entschädigung in die eigene Hand nimmt oder nahm, den früheren Freund zum Schweigen brachte, indem er den Fernsehstecker aus der Wand zog.

Und im Zimmer eine Stille wie die im Zartenbacher Haus, wenn mittags die Dame mit den Tüchern verschwunden war und er zurückblieb in einem Meer von Gedanken, sich selbst Geschichten erzählend, ohne zu wissen, wie man erzählt, das eigene und fremde Interesse weckt und wachhält.

Franz auf dem Rückweg von Syrien nach San Damiano, um Klara wiederzusehen nach einem Jahr. Immer mehr hat sich die Reise verzögert, er lag mit dem Nilfieber in Damaskus, in Mazedonien. Dann hat ihn ein Schiff nach Venedig gebracht, da war es schon Herbst, und von Venedig ist er in quälenden Tagesmärschen, noch schwach vom Fieber, zu den Brüdern nach Bologna gegangen. Und die haben von Klara berichtet, Klara, die im Land unterwegs sei, allein wie er, Klara, die ihn gesucht habe, ihre Füße zwei Wunden. Und die jetzt bei den Schwestern am Benacus faste, sei zu hören. Mag alles sein, doch soll er den Wegeplan ändern, weil sie es will? Sie wollte immer viel von ihm, zu viel: daß sie beide eins werden, unzertrennlich. Er aber will mit dem Leidensfürsten eins sein und nicht eine, sondern alle Schwestern lieben. Sie kann ihn nicht zwingen, zu ihr zu kommen. Sie hat keine Gewalt über ihn, wie er keine mehr über sie hat. Nur das Ganze ist gewaltig, sie und er. Also schlägt er von Bologna die Gegenrichtung ein, will einmal mehr über den Apennin im Herbst. Er ist jetzt siebenunddreißig, auch wenn mancherorts gern erzählt wird, er sei erst Anfang elfhundertzweiundachtzig zur Welt gekommen, eine Unklarheit, die ihn begleitet: nach welchem Kalender man sich im kleinen Assisi gerichtet hat, dem von Pisa oder dem von Florenz. Aber die mildere Zahl macht ihn nicht jünger, als er aufbricht, nur einen Stab in der Hand und ein paar Früchte unter der Kutte. Schon auf dem Futapaß wird der Weg beschwerlich, nachts ein früher Schneefall, das Weiß bei Tag wie Salz in den Augen, sein Gesicht wird mit Lappen bedeckt, zwei jüngere Brüder führen ihn. Aber wohin? Vielleicht sollte er doch das Gewaltige suchen und eiligst zum Kleinen Meer gehen, dort Klaras Leib retten, wenn das noch möglich wäre, er kennt ihren Starrsinn. Eine Stimme rät ihm: kehr um – nicht die Stimme von Spoleto, es ist die eigene, die ihn zur Umkehr bringt. Seine Begleiter stellen keine Fragen, sie glauben an die andere Stimme und tun, was er sagt – wer kein Licht erträgt, wird von Gott erleuchtet. Franz sieht nichts und singt, singend treibt er zur Eile an. Bis die Kälte auch die Ebene erreicht, müssen sie am Benacus sein. Mit jeder Stunde, jedem Tag wird jetzt sein Bangen um die Schwester größer; erst war sein Herz verschlossen, nun klafft es auf. Und je weiter sie kommen, über die Paßhöhen wieder in Täler mit rostigem Weinlaub, süßen Trauben, und schließlich in die Ebene der Flüsse und Sümpfe, je genauer er abschätzen kann, wie viele Tagesmärsche noch vor ihnen liegen – keine zwei mehr ab Mantua, wenn der Mincio nicht zu hoch steht –, desto inniger sein Wunsch, sie nicht mit Haut und Knochen vorzufinden, als Fastengerippe. Sie soll noch die sein, die vor dem Streit um die Leitung von San Damiano Tag und Nacht um ihn war, so still und so notwendig wie die Luft. Er war ihr Ritter ohne Rüstung, sie sein Ruhm. Nach dem Streit hat er sich Richtung Spanien davongemacht, das war vor fünf Sommern, jetzt will er sie zurückhaben, sie und die Dornenkrone zugleich, das Bittersüße, und sein Gesang überschlägt sich, als sie am grünen Mincio entlanggehen, die Brüder auf dem letzten Stück hinter ihm. Er hat sich die Lappen von den Augen genommen, das Flußwasser funkelt, tränenblind setzt er einen Fuß vor den anderen, er will es selbst ahnen: Wo der Mincio aus dem See tritt, da liegt das strohbedeckte Haus der Schwestern, dort wartet Klara – er wird sich vor ihr Lager werfen und ihr das Fasten verbieten, und sie wird essen und singen und am Ende mit zu seiner Insel fahren, seiner Klause, ja überhaupt bei ihm bleiben (denkbar, aber nicht zu belegen: Klaras Schicksal verläuft sich in den Archiven, soweit sie geöffnet sind), sie wird ihm verzeihen, auch wenn der Garten um die Klause der Garten einer anderen ist: der, die einmal Wäscherin war, Gazza, die Elster, die ihm bei San Vigilio ihr Haar überlassen hat, die Schwester, die um ihn war wie ein Klarazwilling. Wer hat deine Beete gesetzt, wird die richtige Klara ihn fragen. Irgendein Gotteskind, kann er ihr antworten, ohne zu lügen.

LIEBENDE bringen einander auf Trab, unaufhörlich, und müssen dafür kaum etwas tun, nur der Lust zum Erzählen nachgeben und ihrer Neugierde, wer bin ich?, wer bist du? Und jede Antwort, ob wahr oder halbwahr (irgendein Gotteskind), ist Teil eines Spiels: ein Würfelwurf aus leichter Hand, und schon wirft der andere auch, und die Augen addieren sich zu einem Gewinn – solange die Lust zum Erzählen vorhält, kurbelt sich die Liebe von selbst an. Erst wenn alle Geschichten durch sind, zweimal, dreimal, und jeder in etwas Unerzählbarem steckt, wenn beide auf eigene Rechnung würfeln wie Vila und Renz, muss ein Paar sich aufraffen, die Kurbel selbst bedienen, zusammen kochen oder in die Oper gehen oder wortlos ins Bett, um wenigstens der Gewohnheit nachzugeben.

Nachdem sie Open End gesehen hatten – das Ende diesmal fast pünktlich, damit der Schriftsteller nicht noch einmal von Liebe anfängt –, saßen Vila und Renz im Bett und rauchten, seit vielen Jahren zum ersten Mal wieder beide mit Zigarette; Renz hatte die Hand aufgehalten, als Vila sich eine ansteckte, und sie gab ihm gleich das ganze Päckchen in seinem viel zu breiten, eigentlich ehegerechten Bett; genau genommen nur ein Sitzen auf seiner alten Tagesdecke, einer Anschaffung nach Katrins Geburt, um das Chaos zu mildern: Renz hatte die Decke einfach über Pampers und Söckchen und das damals schon gekaufte und noch völlig nutzlose Kleinkinderspielzeug geworfen, wie er nach dem Bau des Hauses über den restlichen Schutt und die nackte Erde grüne Planen gezogen hatte. Er rauchte also wieder, wie eh und je die Hand mit der Zigarette auf dem Kopf oder hinter dem Kopf, rauchen ließ ihn klug aussehen, aber auch wie den Mann vom Bau, wenn er die Zigarette ohne Hand im Mund hatte. Und, fragte Vila, gut? Sie sah ihn von der Seite an, er war etwas schmaler geworden in letzter Zeit, noch mehr der verstoßene Kirchenfürst, schmaler und auch stiller; während der Sendung von ihm nur ein Wort zu Carmen Streeler, unerträglich, und ein Lob für den Ex-Mann seiner Kranken, wie sachlich der sei, sachlich von sich überzeugt.

Ja, sagte Renz, gut. Wir beide in einem Bett rauchend. Bist du hier in den nächsten Tagen? Er hielt ihr einen Unterteller als Aschenbecher hin, er sah auf ihre Füße; sie saß wie er im Bademantel auf dem Bett, die Beine angezogen, er rieb den großen Zeh an ihrer Ferse. Ich fahre erst in ein paar Tagen nach München, Marlies hat sich eine Privatklinik angesehen, aber will es trotzdem noch einmal zu Hause versuchen. An einem Tag geht es ihr besser, am nächsten bricht die Welt zusammen. Oder bist du nicht hier, musst du wegfahren? Renz drückte seine Zigarette aus, beide jetzt mit einer Hand an dem Ersatzaschenbecher, ihre Hand mit etwas mehr Zug, bis er losließ. Ich bin Freitag in Hamburg, sagte sie. Ich treffe dort eine gutaussehende Frau, die sich angeblich nichts aus Sex macht. Sie hat eine Website zu dem Thema und vertritt offensiv ihr Leben ohne Sex jeder Art. Nur sie ist keine Spinnerin, diese Dinge reizen sie einfach nicht, Küssen erscheint ihr als seltsame Tätigkeit, einen Orgasmus stellt sie sich so holprig vor wie das Wort. Ich möchte sie als Kandidatin gewinnen, wie findest du das? Rauchen wir noch eine? Sie hielt Renz das Päckchen hin, und er winkte ab – keine Zigarette und auch keine Unterhaltung über Sex. Dann bist du also in Hamburg, sagte er nur und gab ihr Feuer, und sie summte ein Ja – normalerweise hätte er sich auf die Frau ohne Sex gestürzt, hundert Gründe für ihre Selbsttäuschung angeführt, aber normalerweise wäre er auch schon in München oder hätte ihre Raucherei kommentiert oder überhaupt mehr geredet; selbst als sie vor der Sendung mit Katrin sprachen, kam nur wenig von ihm. Sie beide vor Renz' Gerät und Katrin in ihrem Flusscamp, die Sonne stand schon niedrig bei ihr, ein rötlicher Himmel über dem braunen Rio Xingu und Katrin an einem Klapptisch im Freien vor ihrem Laptop, das Gesicht etwas unscharf, nur ihr am Hinterkopf getürmtes Haar kam gut herüber, und eine zweite Person, leicht abgerückt von dem Tisch, ein Indio mit Adidaskappe, Katrins Kontaktmann zu irgendwelchen Stämmen in irgendwelchen Winkeln des Deltas, Namen, die sie mit überlegenem Lächeln aussprach, bis Renz sie bat, doch von sich zu erzählen. Wie geht es dir, bist du gesund, kannst du schlafen bei all den Viechern nachts, und sie griff sich an den Kopf, rief, das tue sie die ganze Zeit schon: von ihrer Sache reden. Und ihr, wie geht es euch? Eine Anstandsfrage, während auf dem Klapptisch ein Funkgerät schnarrte, und beide erzählten sie einen Mist, der Katrin nur gnädig nicken ließ, sagten, dass alles in Ordnung sei, die Wohnung, das Haus, die Arbeit, Renz sitze an einem Zweiteiler über Missbrauch, der gute Chancen habe, wenn er sich eile, und sie selbst sammle immer mehr Talkkandidaten, auch wenn einer schon im Koma liege, und dann brach die ganze Skypeverbindung zusammen, oder Katrin hatte sie, nach einem seltenen Geständnis, schnell zusammenbrechen lassen, dem Geständnis, dass sie ihr Frankfurt vermisse.

Renz war bewegt von diesen Worten, die er in sich gleich verdrehte, Stell dir vor, unsere Tochter vermisst uns!, und er schien noch immer bewegt zu sein – ein Mann, der ihr den Aschenbecher hielt und hoffte, dass sie in den nächsten Tagen daheim wäre, einer, den sie vielleicht weniger kannte als gedacht oder der immer noch etwas von dem Menschen hatte, der mit Zigarette im Mund allen Schutt rund um den Rohbau des Hauses wegräumte, Eimer für Eimer, der die Außenwände strich und den Rasen säte, zehn Zypressen pflanzte und einen Zitronenbaum, sieben Palmen und Dutzende von Oleanderbüschen, der Hand anlegte, bis er nicht mehr stehen konnte. Renz war ein Verwandler, einer, der aus Unordnung Ordnung machte und das Schöne schon sah, wo noch Chaos herrschte – den liebte sie an ihm, diesen Punkt. Als sie zum ersten Mal auf dem noch wilden Grundstück waren, die alten Olivenbäume so hoch, dass man keinen Blick hatte, stieg er auf einen der Bäume und rief: Ich sehe den See, hier wird unser Haus stehen! Danach zahlte er das Terreno mit fünftausend Mark an, ein Kauf auf dem niedrigsten Lire-Stand, der Kauf seines Lebens, inzwischen war allein das Grundstück ein Vermögen wert, was Renz egal war, ihn interessierte nur der Blick, die Schönheit, die Pracht, aber das waren Worte; im Grunde suchte er etwas, das ihn bewegte – ihr Eindruck, als sie die Zigarette ausstieß, ihn ansah, seine Augen, als hätte er noch einmal den ganzen Tag Schutt weggetragen.

Du solltest schlafen, sagte sie und strich ihm über die Stirn: jemand mag dich, nicht alles an dir, aber etwas, darum schlaf jetzt, erhol dich für den, der dich mag – eine Reihe stummer Worte, die Renz sehr wohl empfing. Er nahm ihre Hand und legte sie ihr hinter den Kopf, und während aus den Zweigen vor dem Fenster noch leises Piepsen kam in dieser ersten milden Nacht, schliefen sie auf der alten Tagesdecke zusammen, noch in den Bademänteln, halb die Arme darin, um erst nach einer Weile alles Hinderliche abzuwerfen und das Nötige zu tun, wie sie es immer getan hatten, nur jetzt etwas hastig, als könnte es ihnen davonlaufen oder zwischen den Fingern zerrinnen. Aber sie konnten es halten, bis zuletzt, gut für beide, und erst in der Minute danach für ihr Empfinden – sie schon wieder mit Zigarette – auch ein gewolltes, fragwürdiges Tun, fragwürdig wie das in Filmen, wenn die Schauspieler, ein Mann, eine Frau, auf dem Höhepunkt die Augen zukneifen und eine Zungenspitze zwischen den Zähnen zeigen, so tun, als ob, bevor die Kamera wegschwenkt, zu abgelegtem Schmuck und einer Lesebrille auf dem Nachttisch, und am Ende, groß im Bild: das Zittern eines Perlenkettchens auf einem Buch – für sie ein hilfreicher Ausklang, sich solche Bilder vorzustellen, während Renz noch die Spätnachrichten ansah, das Hinrichtungsdrama um Osama Bin Laden, auf die Schnelle nur etwas stümperhaft animiert.

Ruhige Maitage, schon mit Aussicht auf den Sommer, den Wechsel zum See. Renz telefonierte mit Gabriele Salaorni, dem

Werftbesitzer, der Blauanstrich am Boot sollte erneuert werden, ein dunkleres, satteres Blau – eins der wenigen Dinge, die er gänzlich in der Hand hatte: seine Sea Ray –, und Vila nahm dann den Zug nach Hamburg, eine gute Strecke, um sich Fragen an die Frau ohne Sex auszudenken. Lass dich nicht infizieren, hatte Renz ihr noch hinterhergerufen, und keine Stunde später saß er in seinem zu großen Wagen und fuhr Richtung München, ein schöner sonniger Tag, sogar der Abschnitt Würzburg–Nürnberg erträglich, die Wundertütenfabrik bei Schlüsselfeld nun auf der Fahrerseite, die Sonne immer mehr von vorn – er fuhr auf das Leben zu, auf seinen See, wenn er München außer Acht ließ, und er rief im Haus an, um zu hören, wie schön es auch dort sei, das war schon auf der ausgebauten Strecke hinter Nürnberg: freies Sprechen und vom Motor kaum ein Geräusch bei Tempo zweihundert. Was macht der Garten, die Bananen? Er überfiel den Mieter, und der erzählte von den Bananen, über zwanzig neue Triebe, sagte er, man könne fast beim Wachsen zuschauen, auch zuschauen, wie sich die Blätter entrollten. Renz wechselte das Thema, er sprach über den Kilian-Siedenburg-Auftritt bei Open End, sehr professionell, Ihr alter Freund, nicht wahr?, seine Zusammenfassung, aber Bühl ging darauf gar nicht ein. Er lehnte schon das Wort professionell ab, nur die Abwandlung, Profi, sei noch schlimmer, noch lebloser, und damit kam er auf den lebendigen Garten zurück, der Jasmin wachse allmählich die Balkonecken zu, ob er etwas tun sollte dagegen. Die Verbindung wurde schlecht, ein Hin und Her wie über Kontinente. Von mir aus, rief Renz. Aber so, dass Vila es nicht merkt! Sein unfreiwilliges Aufwiederhören; danach nur noch Auto fahren, bis er genau vor Marlies' Wohnhaus eine Parklücke fand, für ihn schon der bestmögliche Münchenanfang.

Und der Abend verlief dann auch, als sei ihr Tumor nur ein lästiger Verwandter, dem man mit ironischer Höflichkeit begegnen kann, Marlies rauchte sogar in der Küche, sie saß in einer Art Kimono auf dem Tisch, ihre Füße mit lackierten Zehen pendelten. Es sei schon komisch, sagte sie, Hauptfigur eines Dramas zu sein, von dem keiner weiß, wann es endet. Der eigene Körper als Kino, du der einzige Zuschauer. Dürfte ich Ihre Karte sehen? Sie spielte die Frau mit dem Taschenlämpchen, die es in keinem Kino mehr gibt, und Renz teilte die Rauchspiralen mit der Hand. Er streichelte ihr Gesicht und im Grunde die eigenen Erinnerungen, ihre Nebelfahrt durch die Poebene, die Nacht von Chioggia, ihre Weiterfahrt ins Land, die Nacht von Lucca, Marlies' Gier nach seinen Jahren, seiner Erfahrung, nach einer Substanz, die er vielleicht nur ausstrahlte. Tu es in mich hinein, hatte sie ihm einmal zugeflüstert und im nächsten Moment angefangen zu weinen, ein Zuviel des Guten oder Bösen. Er machte ihr ein Risotto mit Morcheln an dem Abend, und sie roch an einer der Morcheln und sagte: wie Samen, ein Wort beim Ausdrücken der Zigarette, danach ihr Husten und ein Schweißausbruch, sie taumelte Richtung Bad, er musste sie halten, ihren schon mageren, aber immer noch warmen Körper, ein Zu-Hilfe-Kommen in einem Flur mit Regalen bis zur Neubaudecke, in den Regalen Hunderte von Videokassetten, alles, was Marlies je an Filmen mit komplizierten Geräten aufgenommen hatte, das meiste aus den Jahren mit Kilian-Siedenburg, technisch und überhaupt von der Zeit längst überholt, aber sie konnte sich nicht davon trennen, auf den Hüllen Daten und Bilder der Regisseure, sorgfältig aufgeklebt. DVDs oder gar Filme auf Festplatten: schon ein erster Schritt ins Nichts; an die Regale mit den Kassetten konnte man sich wenigstens anlehnen. Renz streichelte ihr Haar auf der Höhe von Fellini, Federico, *8½*, Marlies hatte alles nach Regisseuren geordnet, und es waren nur Filme, wie sie hier im Fernsehen keinen einzigen hätte auf den Weg bringen können, ein Flur voller Träume wie seiner mit den Cineastenbüchern.

Und in dem Träumeflur beruhigte er sie, eine Hand unter ihrem Kimono, auf der nassen Brust, und vor Augen plötzlich ein präzises Bild des eigenen Endes, seiner letzten Tage mit Schnabeltasse, der Maske des Todes, die sich sein Vater im Krankenhaus vors Gesicht gehalten hatte, daraus ein Geruch nach Kamille, bei ihm dann vielleicht auch nach Morchel – der Morchel, die Marlies noch in der Hand hielt. Er nahm sie ihr ab und machte das Risotto fertig, goss heiße Brühe über den Reis und rührte, in seinem Rücken die Frau, für die er kochte, ihre Arme um ihn geschlungen. Und das Essen schließlich im Bett mit Weißwein. Nur ein Glas, sagte sie, aber ließ sich bald nachschenken, die Beine über Kreuz, damit sie voller erschienen, und er erzählte von den ersten Zweiteilerszenen, fast ein Arbeitsgespräch, welche Figur ist noch zu blass, wo fehlt noch welcher Drive, wie muss das Ganze enden, damit ein Wilfinger ja sagt; Marlies war voller Ideen, das frühere Opfer könnte heute auch Schulleiter sein, mit Ehekrise, der Täter von damals in Pension auf Mallorca und scheindement, ein strategisches Vergessen – bis das Opfer ihn auf der Promenade von Palma anspricht, sagte sie und streichelte seinen Kopf, seinen Bauch, die Hoden. Das Noch-einmal-Arbeiten, es ging über in ein Noch-einmal-Lieben, auch voller Ideen, Marlies setzte sich rücklings auf sein Gesicht, sie überließ ihm ihren einzigen unveränderten Teil, so hell und weich wie am Anfang, und er tauchte darin ein, in ihr Verlangen, noch einmal, ein letztes Mal, ganz angenommen oder genommen zu werden, das war schon spät in der Nacht, und er war sicher, Vila würde in Hamburg, zwischen schwarzen Kanälen mit Ebbe und Flut, im Steigenberger Hotel schlafen, so fest, dass es einerlei wäre, was in München, unweit des Arri-Kinos, passierte.

Aber Vila sah auf einen der schwarzen Kanäle hinunter und telefonierte mit Bühl, sie erzählte von der Frau, die Küssen für eine seltsame Tätigkeit hielt und die ohne Sex nichts zu vermissen vorgab – nur erschien sie zu unserem Treffen in einem hautengen Kleid. Eine Frau, die mir gefallen könnte, wenn sie nicht dauernd ihr sexloses Leben verteidigen würde. Ob ihre Haut nie brennt, eine andere Haut will, fragte ich, und sie sprach von Sonnencreme, Faktor dreißig. Sie wollte mich provozieren, und ich sagte, so werde das mit ihr und der neuen Talkshow nichts – da will man schon hören, was Sie so weit von anderen Menschen entfernt hat, dass Ihnen Küssen und alles Weitere als seltsame Tätigkeiten vorkommen, und sie sagte, entfernt hätten sich allein die anderen mit ihrem ewigen Sex, nicht sie, und ich kam auf ihr Kleid, das ziemlich sexy sei, und ihre Antwort: Es ist nur schön. Ich werde das Schöne in diese Sendung tragen! Langweilt dich das Thema? Vila schwankte noch immer, wie Bühl war und was er wollte (während Renz zum ersten Mal verstand, dass es für Marlies leben hieß, mit ihm zu schlafen), ein Schwanken, das er noch verstärkte, als er ihr riet, der Frau, die keinen Sex wollte, einfach zu glauben, wie man einer Nonne glaubt. Nur sehen Nonnen nicht so gut aus und verbinden sich in Gedanken mit Jesus, erwiderte sie, und Bühl machte als Hausmieter einen Sprung zum wuchernden Jasmin: Ob er die Balkonecken freischneiden dürfe. Und von ihr das erste entschiedene Nein.

VIER Tage blieb Renz in München, für Marlies Mattrainer ein einziger, erschöpfender Abschied; keine Stunde nachdem sie vom Balkon aus den schwarzen Jaguar hatte wegfahren sehen, fiel sie in sich zusammen, wie eine Zabaione, die ihr Renz noch am Abend zuvor gemacht hatte, ohne den Eischaum energisch genug zu schlagen. Ein Zusammenbruch, als sie gerade Belege aus einer Plastiktüte auf ihrem Schreibtisch leerte, die Steuer und damit auch irgendwie das Leben in Angriff nehmen wollte – plötzlich keine Luft mehr und auch ein Nachgeben der Beine, zum Glück lag das Telefon auf dem Tisch; wenig später schon die Ambulanz, drei freundliche junge Helfer, und noch am selben Tag der Einzug in die Privatklinik im Süden der Stadt, den Ort, den sie für die letzten Wochen oder Tage gewählt hatte, die ja gar nicht mehr ihre Wochen oder Tage würden, sondern die der Krankheit.

Vor ihrem Zimmer alte Bäume, ein begrenzter Blick, das Zimmer selbst, bei aller Technik, wohnlich, etwa ein Schrank mit bayerischen Ornamenten, nur dass sie kaum Dinge dabeihatte, einen Jogginganzug, etwas Wäsche, ihren Bademantel und ein paar Bücher, auch wenn lesen eigentlich keinen Sinn mehr machte, ebenso das Anschauen eines Films; sie hatte auch ein paar DVDs dabei, die Billy Wilder Collection, ein Geschenk von Renz, um ihre Videokassettensammlung zu ergänzen oder irgendwann abzulösen, aber irgendwann, das war jetzt: in diesem Privatklinikzimmer mit den Bäumen vor dem Fenster. Und auch ein weiteres Mal Manche mögen's heiß von vorn bis hinten könnte die Bilder nicht so festigen, dass sie auch nur wenige Minuten, etwa für die Länge der Schlafwagenszene, ohne Sauerstoffzufuhr in ihr überstehen würden. Und doch hatte sie den Film dabei, eine nüchterne Form von Verzweiflung oder verzweifelte Nüchternheit, Letzteres war ihr näher. Erst am dritten Tag schickte sie Renz eine Nachricht, sie beschrieb ihre Lage, nannte die Klinik ein snobistisches Hospiz und bat ihn um einen Besuch noch vor dem Sommer, was recht vage klang, aber im Grunde eine dringende Bitte war, die dringende Bitte, doch bei ihr zu sein, bevor sie den Verstand verliert. Und von Renz schon eine Stunde später das Versprechen, sie noch einmal im Mai zu besuchen, nur war der Mai ein langer Monat, das ließ sich leicht an den hervorstehenden Fingerknöcheln ablesen. Ihr Zustand, er verschlechterte sich von

Abend zu Abend, sie nahm nur noch Kindernahrung zu sich, Püriertes aus Möhren oder lauwarmes Apfelmus, alles, was sie selbst nie einem Kind hatte zubereiten können, und es fiel ihr immer schwerer, deutlich zu sprechen oder einfach die zu sein, die sie war, bei dem, was ohne Pause in ihre Venen tropfte – keine Tagesreste mehr, Lebensreste schwärmten jetzt in den Halbschlaf ihrer Nächte aus.

Und als Renz schließlich anrief – nach langem Zögern, wie vor dem Anruf in einem Todestrakt, um einer jungen Delinquentin sinnlos Mut zu machen –, konnte Marlies nur noch flüstern; alles Drängen in der Stimme war ihr Drängen, gehört zu werden, etwas, das auf Renz übersprang, ihn selbst flüstern ließ, allein in der Wohnung, Vila bei Wilfinger, es ging um ihre Kandidaten, ein Flüstern, bis Marlies am Ende ihm Mut zusprach, Alles wird schon irgendwie gut sagte, auch wenn alles definitiv schlechter wurde, eine Verkehrung, die ebenfalls übersprang. Ich bin bei dir, rief er ihr noch als Letztes zu (das I'll be with you, das Hauptmann Kampe für sich als Verwundeten erfunden hatte, dagegen ein beruhigendes erstes Wort), und die Stille nach dem Auflegen für ihn kaum erträglich.

Renz saß auf dem Bett und glaubte, an der Stille zu ersticken, also holte er sich Katrins alten iPod – all ihr neues Elektronikzeug landete früher oder später bei ihm, verbunden mit einer Nachhilfestunde, damit er nicht als Vollidiot dastand, und in dem Fall hatte sie als Lockmittel für schnelles Kapieren seine Lieblingssachen auf das kleine Ding geladen, kleiner als ein Päckchen Kondome oder Pariser, wie es zur Zeit dieser Songs hieß. Er suchte das Lied der Lieder, wenn man keine zu hohen Ansprüche an sein Gemüt hat, Il Mondo, und drehte den Ton auf bei den ersten, fast nachdenklichen Takten, als wüsste das Lied noch nicht, wohin sein Anschwellen führen soll, ehe der Refrain förmlich herausplatzt, wie aus ihm im selben Moment die Tränen, jedes Mal, auch wenn er dagegen kämpft, die Beine streckt, die Muskeln spannt, ankämpft wie der Schwimmer gegen die Strömung, bis er sich mitreißen lässt, das verdammte Il Mondo ihm in den Ohren klingt: eine Neueröffnung seines Lebens mit Jimmy Fontana im Pepitajackett, der zum Küssen ermuntert. Und wenn Vila ihn überlebt, und was sollte sie sonst tun, wird sie das an der Seite von Katrin ertragen müssen, Il Mondo aus zwei Boxen rechts und links vom Sarg. Renz lag jetzt in seinem Bett, die Musik wie eine Decke über sich gezogen, er war sechzehn, nicht Mitte sechzig, wobei er diese Mitte erst im April überschritten hatte, am siebzehnten, kein Datum der Extraklasse wie das von Vila, seine Gesellschaft hieß nicht Johann Wolfgang Goethe, sondern Anton Wildgans, Jurist und Lyriker, immerhin auch zweimal Leiter des Wiener Burgtheaters.

Er hatte den Geburtstag ausfallen lassen, das jährliche Vilafest reichte für ihn mit, nur Marlies hatte sich nicht daran gehalten, sie rief vom Ossiacher See an und sang sogar Happy Birthday. Danach ein längeres Gespräch, Marlies mit aufgefrischtem Akzent durch die Kindheitsumgebung, auch eine Musik, die alles schwingen und klingen ließ, was sie sagte, jedes Wort und jede Silbe, wie gern sie ihn eigentlich habe und wie wichtig er für sie sei, nicht einfach ein älterer Mann: der ältere Mann, und ob sie ihm das sagen dürfe, wie gern sie ihn habe, ob er damit leben könne, dass sie damit irgendwie überlebe, und er hatte nur Ja geantwortet – fast schon ein krimineller Akt für einen Verheirateten, der nicht plante, sich zu trennen, aber ein Nein war undenkbar in dem Moment, und so war er an seinem Geburtstag mit nur einem Wörtchen auf die schiefe Bahn geraten, und allein Marlies' Tod könnte ihn davon wieder herunterholen – eine Tragik, wie er sie schon nicht mehr für möglich gehalten hatte nach all den kleinen Vorabendmalheuren, von denen er lebte, die erste Verwicklung neunzehn Uhr zehn, die zweite vor der Werbepause, und die Lösung des Knotens in

Minute dreiundvierzig, um in der letzten Minute noch einen Lacher zu bringen. Wie viele solcher Minuten hatte er mit einem Zwinkern gekrönt, einer Befreiung nach Mord und Totschlag oder verlorenem Prozess, immer war ihm diese Schlussminute gelungen, nur bei Marlies würde sie nicht gelingen. Er würde vor dem Zimmer sitzen, in dem sie stirbt, und im Spiegel blättern, der lag dort sicher herum wie beim Zahnarzt; ein stiller Flur, nur das Geräusch des Blätterns und manchmal die quietschenden Sohlen einer Schwester, Stunde für Stunde, weil Marlies' letzte Stunde auf sich warten ließe, wie bei ihm der Schlaf. Er wollte nur noch schlafen, obwohl es erst früher Abend war, wegsinken in eine Dunkelheit und nicht die Dunkelheit abwarten. Im Besucherbereich auf ihrer Etage hänge ein Hessewort, hatte Marlies flüsternd erzählt, Wahrlich, keiner ist weise, der nicht das Dunkel kennt, das unentrinnbar und leise von allen ihn trennt. Also nicht nur ein teures Haus – sogar meine Schnabeltasse, sagte sie: wahrscheinlich Nymphenburger Porzellan, verziert wie das Bayerische Filmpreisfigürchen –, nein, auch ein kultiviertes.

Renz lag nach Il Mondo hoffnungslos wach und sah sich in diesem Flur morgens um fünf im Spiegel blättern, Bestärkung suchen für sein Bild vom Zustand der Welt, auch wenn es letztlich nur eine eigene, kleine Welt war, hier in der Mitte von Mitteleuropa, Schadowstraße siebzehn, Frankfurt Sachsenhausen, an einem der Nebenarme der Schweizer Straße, wie Katrin immer sagte. Eine Welt der Banalität, nicht des Dunkels. Und wie kleinlich war das, wie schwach: sich in einer Gegend der Seligen am frühen Abend ins Bett legen und auf den Schlaf hoffen. Nicht einmal die Reifen seines Jaguars sind ihm in dieser Spielzeugumgebung je aufgeschlitzt worden, und was kann ihm überhaupt passieren, außer dass Marlies stirbt und mit Vila etwas nicht stimmt? Die größere Welt erwischt ihn höchstens, wenn er samstags an einem Stand der Grünen oder Linken vor dem dm-Markt am Schweizer Platz vorbei muss auf dem Weg zum Metzger Meyer, weil Elfi und Lutz abends zum Essen kommen, und er einen weißen oder roten Luftballon in den Himmel über Frankfurt entlassen soll, diese Kinderei mitmachen, um einer linken Solidarität oder grünen Friedfertigkeit Ausdruck zu geben, dann ist er schon wieder frei, während nur ein paar Flugstunden entfernt beide Beine zerfetzt sein könnten, weil die eine oder andere Gruppe ihren Ansichten Nachdruck verleihen will. Ihm kann eigentlich nichts passieren, bis auf die sanfte Vergiftung durch das Banale wie durch ein geruchloses Gas – er hat sich die letzte Staffel des Dschungelcamps angesehen, auch wegen Katrin, um sich am Unterschied zu ergötzen, aber ergötzt hat ihn ein Schauspieler, den er seit langem kennt, wie der Würmer verschlang und im Dreck lag mit seinem Gucci-Zeug, dazu noch der kleine fette Buffokommentator: das Ganze auch eine Art Bombe, eine wie im Alptraum, wenn man danach mit allen Gliedmaßen erwacht. Wünschte er sich vielleicht eine echte Bombe, gezündet am Schweizer Platz, wenn am Samstag die ganze Sippschaft dort einkauft für die Abendessen mit den Freunden? Ja und nein. Er wollte schon, dass alles Banale in die Luft geht, sich so auflöst wie er selbst, nur sollte es durch eine Bombe passieren, bei der sich hinterher alles neu und besser zusammenfügt, im Grunde auch ein Glauben ans Paradies gleich nach dem Heldentod, sein kleiner Privat-Islam. Und dann endlich die Wohnungstür, endlich Vila, Renz, bist du da?, sie geht ins Bad, geht in die Küche, sie schlägt ein paar Eier in die Pfanne, sie braucht seinen Zuspruch – die Kandidatin ohne Sex: nur akzeptabel mit Arzt in der Runde, prominent und gutaussehend, Wilfingers Hoffnung auf eine Spontanheilung –, Vila ist empört, sie hasst das Fernsehen, darin sind sie sich einig, auch wenn sie davon leben, das Ganze besiegelt mit einem Gavi di Gavi zu den Eiern, die er noch mit Kartoffeln und Zwiebeln verlängert hat; eine Einig-

keit, die ein paar Tage vorhält, bis Vila eine Mail von Bühl be-
kommt: der eine Wanderung plant, und Renz einen Anruf von
Marlies, ihre Stimme kaum mehr zu hören, der Anfang vom
Ende, oder schon das Ende, das sich hinzieht? Ich bin auf dem
Sprung, flüstert er, ich bin so gut wie bei dir, ja?

*

XVI

DAS Hessewort hing über einem Flatscreen mit DVD-Player und kleiner Filmsammlung für Kinder und Erwachsene; gegenüber eine Sitzlandschaft, Büffelleder, ausreichend Platz für eine ganze Familie, die auf den Tod eines Angehörigen wartet und nicht ständig an dessen Bett sein will. Aber es gab auch Sessel für Einzelbesucher um einen Glastisch mit Zeitschriften und, etwas abgetrennt, einen Bereich mit Espressomaschine, Getränken und Snacks und eine Office-Ecke mit PC und Fax. Ohne das Hessewort hätte man an die First Class Lounge einer Fluggesellschaft gedacht, mit den Zeilen an der Wand wusste man sich in einer First Class Clinic: Wenn hier gestorben wurde, dann in Weisheit, und die Angehörigen hatten daran teil, auch sie bekamen etwas von dem Dunkel ab, das unentrinnbar und leise von allen uns trennt. Die Besucherlounge also eine Art Transitbereich zwischen Leben und Tod, in ruhigen, aber nicht traurigen Farben, während die Patientenzimmer, trotz Licht und heller Ornamentik, schon diskrete Schleusen zu einem gänzlichen Dunkel waren.

Für Marlies war das Tageslicht in ihrem Zimmer einerseits echt, andererseits täuschend echt; ganz echt waren nur die feinen Grau- und Rottöne von Teppich und Wänden, aufgelockert durch etwas Blau bei den bayerischen Mustern auf dem Schrank und der Bettwäsche. Echt und doch falsch dagegen die Farbelemente auf den Apparaturen am Bett, sozusagen ein kolorierter Schrecken. Neuester Stand der Technik ja, aber der Rahmen häuslich, bis hin zu einem tatsächlichen Holzrahmen um einen Touchscreen in ihrer Reichweite. Sie konnte damit

Musik auswählen, von Klassik bis Pop, die Jalousien herunterlassen, über eine Freisprechanlage telefonieren oder ihr Kopfteil für einen besseren Blick aus dem Fenster zum Park aufrichten; sie konnte sich ein Buch auf den Schirm holen, die Onlinedienste etlicher Zeitungen in Anspruch nehmen oder nachlesen, was der Hauspsychologe an Allgemeinem zu sagen hatte; sie konnte ihn aber auch anmailen und kurzfristig einen Termin am Bett vereinbaren. Normalen Besuch hatte sie kaum. Einmal kam der Onkel aus Kärnten, einmal eine frühere Kollegin bei Hermes Film, einmal ihr langjähriger zuckerkranker Nachbar. Die meisten, die ihr Leben in den letzten zwanzig Jahren begleitet hatten, waren Serienregisseure und -Redakteure, Serienschauspieler und Serienschreiber, Leute, die sich schon für lebendig hielten, wenn ihr Name im Abspann erschien; und das Kind, das jetzt bei ihr sitzen könnte, halb erwachsen und ganz lebendig, das gab es nicht, ein geplatzter Traum. Der Nichtvater hatte immerhin angerufen, zweimal schon, versucht, ihr Trost zu spenden, weniger seine Stärke; Kilian-Siedenburg war mehr der Typ Samenspender, der mit den Folgen nichts zu tun haben will. Komm besser nicht, hatte sie gesagt, und er hielt es sich offen, auch das seine Art, aber schließlich eine Mail, er komme am Wochenende, wollte ohnehin nach München, ob das okay sei, und sie gab ihr Okay, obwohl Renz schon auf seinem Sprung war.

Und dieser Sprung zog sich dann hin, einen Tag und noch einen Tag, warten zwischen halber Betäubung und halbem Schmerz, ihr schmaler Grat von Gegenwart, hier bin ich im Moment und hoffe, du kommst. Ein quälendes Warten also und als Gegenmittel doch ein Einsatz der Billy Wilder Collection, auch über den Touchscreen, nachdem eine der Schwestern, stilles gebildetes Personal aus der Region, Schwester Lara, der sogar der Name Shirley MacLaine etwas sagte, die DVDs eingelegt hat. Marlies wählt Das Appartement und schaut es bis zu der Stelle, an der C. C. Baxter und Miss Kubelik keine Bleibe für ihr beginnendes Glück haben, dann ein Wechsel zu Boulevard der Dämmerung, da reizt sie nur der letzte Teil, und abends, nach Apfelmus und grünem Tee, noch Manche mögen's heiß, aber da hat sie bei der Schlafwagenszene schon genug, und nun schaut sie sich Das Appartement doch zu Ende an, davor hatte sie Angst. Es gibt kein besseres Happy End in letzter Sekunde, und wenn sie sich entscheiden müsste, welcher Billy Wilder nach dem Ende der Welt übrigbleiben sollte für eine andere Welt, als Botschaft der alten Erde, was die Liebe war, würde sie für Das Appartement stimmen. Nur wer weinen kann, kann lieben, und Vorabendtränchen gelten nicht. Sie nimmt ihr MacBook vom Nachttisch, nicht schwer und doch schon schwer in der Hand, sie geht auf ihre Facebook-Seite. Die Zahl der Freunde derzeit sechshunderteinunddreißig; fünf bekommen noch eine Mail, die finale, sie dankt für die Freundschaft und rät ihnen, alte Filme zu schauen. Dann geht sie auf den Link *Konto löschen*, auch wenn eher die Welt erlischt, das weiß sie, dafür reicht ihr Verstand trotz harter Drogen. Sie geht das ganze Prozedere durch, eine junge Nachtschwester hilft ihr, das Personal ist auf alles eingestellt, und beim letzten Klick die Vorstellung, all ihre Daten würden in ein Schwarzes Loch gesogen, das Schwarze Facebook-Loch oder der Ereignishorizont, ein Wort, das sie bei n-tv gelernt hat, da kommen nachts die interessantesten Dinge – ihr Ereignishorizont, nicht der der Physik, so weit kann sie auch noch denken. Die Nachtschwester ruft die Stationsärztin, ebenfalls aus der Region, aber sehr verhalten, Frau Dr. Weiss könnte auch in einer Akademie Zeichenunterricht erteilen. Sie mischt etwas in den Tropf, das beruhigen soll, nicht unbedingt in den Schlaf führt, aber in ein spannungsloses Dämmern. Ihr Gute Nacht hat etwas Verrücktes – hinter den Jalousien schon ein erstes Licht, der Tag. Bis Renz kommt, will sie den Verstand behalten, noch wissen, was mit ihr passiert, auch alles um sie herum verstehen. Was jetzt in ihre Vene tropft, das soll die Angst nehmen, so hat sie es bei Wikipedia gelesen, die Angst vor dem Verlassensein, vor dem Ersticken. Mehr oder weniger wird sie ersticken, aber erst kurz davor Angst haben. Bis dahin muss sie atmen oder nach Luft schnappen und mit dem Sauerstoff auch etwas anfangen, sich auch sagen, dass sie keine Angst hat, keine Panik. Dass sie nicht durchdreht. Nein, sie dreht nicht durch. Sie liegt ganz ruhig im Bett und überlegt, warum es keine Filme mehr wie Das Appartement gibt. Weil es jeder mit jedem überall tun kann, im Internet sogar, ohne sich anzufassen. Und weil man die Aufzüge in Bürohäusern selbst bedient, es keine Miss Kubelik mehr braucht. Weil alles so leicht ist, außer man hat Krebs. Seit ihre Krankheitsdinge auf dem Tisch sind, ist da nur ein Gefühl von Leere. Sie selbst, ein Loch: etwas, das in keinem Film, den sie begleitet hat, je vorkam. Weil Leere leer ist und keine neunzig Minuten füllt. Nur im Letzten Tango. Oder in Beruf Reporter. Oder in Fahrstuhl zum Schafott. Leere Typen, Wahnsinnsfilme. Einmal pro Jahr hat sie sich Brando in Paris und Jack Nicholson in der Wüste angesehen. Aber nie versucht, einen Film dieser Art auf den Weg zu bringen. Immer nur den Liebesmüll am Sonntagabend. Und Problemmüll am Mittwoch. Und Polizeimüll am Freitag. Verwicklungen, Konflikte, Mord. Und jetzt liegt sie hier und hat nicht einmal richtige Schmerzen, höchstens, was Ärzte Missempfindungen nennen. Sie ist eine einzige Missempfindung und will aus ihrer Haut, ihrem Fleisch, den Zellen. Andere fangen dann an zu trinken oder schlucken Tabletten, bringen sich irgendwie um, sie hat nur ihre Galakleidung zu Oxfam gebracht, diesem Laden, der all das in den Fenstern hat, von dem sich Leute aus besseren Gegenden wie von einer alten Haut getrennt haben, damit es noch einem guten Zweck dient. Und da sah sie ein paar Tage später auch ein paar ihrer Sachen, das schwarze Chiffonkleid vom Bayerischen Filmball an einem Torso in ihrer Größe, neunzehn Euro. Den Gucci-Anzug für Berlin, Goldene Kamera und Ähnliches. Ihren Schal von Dior Homme. Und den Blazer für Premieren, das feine Grau jetzt nur noch grau im Schaufensterlicht, ein helles, aber fahles Licht, fahl wie der ganze deutsche Glamour. Und zu dem Blazer ihre letzten Schuhe von Eileen Shields, die braucht sie auch nicht mehr. Am Ende reichen zwei Pullover und eine Jeans, etwas solide Wäsche und gute Laufschuhe. Und zuletzt reicht ein Schlafanzug, nur warm muss er sein, Flanell. Sie friert. Ein Frieren, das mit dem ersten Urteil über ihre Lunge – also Frau Mattrainer, Folgendes – angefangen hatte. Und in diesem wärmebedürftigen Zustand ist sie zu Renz an den See gefahren, wie die Frauen im Sonntagabendfilm nach Irland oder in die Toscana. Als wollte sie beweisen, dass an dem Müll etwas dran ist. Und die letzten gesunden Zellen hat sie für die idiotische Pathologinnenserie eingesetzt, ihre Idee: eine schöne Pathologin, die bei irgendwelchen angeschwemmten Wasserleichen die wahren Todesursachen entdeckt. Nur das innere Klaffen gehörte nicht dazu. Das Eigenloch, bestehend aus Versäumtem. Sie hat sich ihr Kind im Bauch aus dem Kopf geschlagen. Und jeden irgendwie besseren Stoff. Zu schwer, zu heftig, nicht zu besetzen, unrealistisch. Dabei wollte sie immer eine Frau zeigen, die sich leer fühlt und in Wahrheit an ihrer Fülle scheitert, voll erstickter Wünsche. Wie sie, die hier so still liegt und ganz real schreien könnte, die beste Besetzung: Marlies Mattrainer, die weiteratmet, auch wenn sie weiß, dass sie nie mehr umarmt werden wird, ihre Beine um einen Leib schlingt. Diesen Film wollte sie produzieren, über die Sehnsucht einer älteren Frau, ihren unsichtbaren letzten Sieg: nicht schon zu erkalten, bevor sie tot ist. Aber sie hat es gar nicht erst versucht. Sie hat nur gemacht, was die anderen in der Branche machen, Redaktionen von Müll überzeugen und Geld abschöpfen, Schauspielern einreden, dass sie

Stars sind, und Autoren und Regisseuren die Luftschlösser austreiben. Aber das machte sie gut. Also wurde sie ernst genommen, auch von Leuten mit ersten Adressen, Berlin, Mommsenstraße, Hamburg, Jenfelder Allee und so weiter. Kollegen, die sicher mit Blumen vertreten sind, wenn sie unter die Erde kommt. Woran sie noch nicht ganz glaubt. Bisher war sie es immer, die eine Person sterben ließ, eins ihrer Lieblingsworte bei Buchgesprächen: Lass die mal sterben, die bringt nichts. Kill your darlings, sagt man in Hollywood. Nicht dass sie an Wunder glauben würde, wo sie doch nicht mal mehr richtig an Gott glaubt, den lieben Gott ihrer Alpenkindheit wie ein weiterer, über allem schwebender Großvater. Aber sie glaubt an ärztliche Irrtümer. Daran, dass man nicht alles weiß. Und ganz leer fühlt sie sich auch nicht, sie freut sich auf Renz. Sie will sogar schön sein für ihn und sollte sich die Haare waschen. Ihr blondes Haar, immer schon fettig nach zwei Tagen, und hier reicht eine Nacht, damit es aussieht wie das Haar einer Psychiatriepatientin. Für ihren einzigen Dreiteiler, eine Undercovergeschichte, hat sie in Berlin eine Psychiatrie besucht, auch die geschlossene Abteilung, um ein Bild zu bekommen, und eine Frau mit fettigem strähnigem Haar rief ihr vom Bett aus Ich friere! zu, typisch verrückt, weil es Sommer war, ein schwüler Tag, und heute versteht sie es und wüsste noch immer nicht, wie man daraus die Szene macht, in der eine Frau nicht einfach zittert und Ich friere! ruft. Und eine andere hat sich immer wieder in die Hand gebissen, jung und mit Schultern, in denen sich die Kraft gesammelt hatte vor jedem Biss. Sie kämpft gegen die Lust an, hat ihr die diensttuende Ärztin erklärt, gegen ein Begehren aus Hass. Was für Wörter. An ihrem ersten Sonntag in diesem Spezialbett mit Geräten am Kopfteil, damit die Atemluft nicht ausbleibt und ihr Herzschlag bis ins Schwesternzimmer dringt, hat sie sich abends vorgestellt, wie Renz hereinkommt, wortlos, und die Bettdecke zurückschlägt, ihr die

Schlafanzughose auszieht und das Gesicht zwischen ihre Schenkel legt, seinen Mund an die Schamlippen, und sie hat sich nicht in die Hand gebissen, im Gegenteil. Und danach wieder das Frieren, und sie musste weinen. Erst ein Zittern vor Lust, dann vor Kälte und Heulerei, ein Klischee, und die Kunst in einem Film wäre es, das vergessen zu lassen, sie wird Renz daran erinnern. In dem Missbrauchsbuch muss ein Sonntagabend her, die Agonie in einem Heim. Sie griff in ihre Nachttischlade, dort lagen eine Tafel Schokolade statt Zigaretten und ein Handspiegel, den nahm sie und sah sich an. Ihr Mund war immer noch schön, unversehrt, der Mund, mit dem sie schon als Mädchen Erfolg hatte, Küsse im Schulkeller, und als sie im ersten Semester war, Küsse am Ossiacher See, ein stiller sehniger Junge, das weiß sie noch, sein Küssen wie eine liturgische Handlung: etwas in der Art hat sie auch nie ins Fernsehen gebracht. Dafür immer wieder Küsse wie die mit Renz, älterer Mann und jüngere Frau, am besten in einer Komödie, Küss mich, wenn die Milch kocht: diesen Titel wollte sie immer bringen, hat ihn sogar schützen lassen. Sie hat an jeden Müll geglaubt, an jeden. Aber sich um ihr Kind gebracht, die einzige gute Geschichte, die sie je mit angeschoben hat. Kill your darlings. Sie war sogar mehr dafür als der Vater. Cornelius hatte noch geschwankt, da lag sie schon auf dem Tisch. Wenn Sie aufwachen, ist alles vorbei! Richtig. Danach hatte sie eine Spirale, bis zur Scheidung. Dann nur noch weiche Methoden. Erst mit Renz hat sie es wieder so getan, wie die Natur es vorsieht, ohne Folgen. Oder nur mit Folgen, die keiner bemerkt, unverfilmbaren. Für Liebe ist die Musik zuständig; schon bei Worten wird es grob, und alle Bilder sind ungenau, je mehr Pixel, desto ungenauer. Sie müsste auch Zähne putzen, bevor Renz kommt. Oder sollte etwas essen. Ihr Magen ist leer, da riecht man aus dem Mund. Und Renz ist verwöhnt mit einer attraktiven und klugen Frau, wie oft hat sie der zugesehen bei den Mitternachtstipps. Und hätte ihr sagen können, dass damit vorzeitig Schluss sein kann. Genau wie mit dem Leben. Man stirbt ein Stück, wenn man seine Sendung verliert. Und stirbt noch mehr, wenn eine Jüngere damit weitermacht. Darüber ließe sich vielleicht reden hier in dem Zimmer. Im Bett hat sie immer einen Mann gebraucht, aber am Bett braucht sie eher eine Frau. Sie hat keine Freundin für solche Fälle, noch ein Versäumnis. Und mit Renz' Frau, das würde kaum funktionieren. Oder was könnte sie ihr sagen? Ich wollte nie, dass Ihr Mann sich von Ihnen trennt, ich wollte nur ein Stück abbekommen von seinem Verlangen nach Zärtlichkeit, da haben Sie ihn etwas vernachlässigt in den letzten Jahren, nicht wahr? Und Renz' Frau oder Vila würde ihr mit schwachem Kopfnicken sogar recht geben. Erst nach einer Pause käme sie damit, dass sie genauso vernachlässigt wurde, zu wenig bekam und darum auch zu wenig gab, nur was war zuerst, wo muss das Komma hin? Das ewige Thema in langen Ehen, die Interpunktion, selbst in ihrer Ehe, die keine lange war, neun Jahre immerhin, nach ihrer Rechnung, war das die Frage: Wo begann die Gleichgültigkeit. Natürlich auf seiner Seite, würde sie sagen. Cornelius zählt zu den Männern, die alle Register ziehen, wenn sie um eine Frau werben, aber dann schlappmachen. Auch wenn er sie bei ihrer Karriere gepusht hat, du schaffst das, Marlies. Und sie hier besuchen will trotz seiner Angst vor allem Kranken. Je mehr ein Mann taugt, desto größer seine Widersprüche, darauf könnte sie sich mit Vila einigen. Womöglich wären sie zwei klasse Frauen in diesem finalen Zimmer, die eine hat den Job verloren, die andere wartet auf ihr Ende, aber keine springt aus dem Fenster – warum hat sie nie auch nur eine Sekunde an einen Stoff dieser Art gedacht. Sie war dumm oder sediert, als sei schon immer etwas in ihre Vene geflossen. Sie war am Tropf der Dummheit. Erst Renz hat ihr die Nadel herausgezogen, und beide haben sie von einem Assisi-Zweiteiler geträumt. Wie jetzt von dem Missbrauchsstoff. Träumen ist immer noch besser als klein beigeben. Ihre wahre Schwäche, die hat sie bei allen Projekten versteckt, all diesen Stoffen mit starken Frauen. Krise ja, aber am Ende der Sieg. Nur sind liebende Frauen schwach, nicht stark. Und wenn die Zeit des Liebens endet, dann leiden sie und trauern nicht. Trauern, damit kam ihr der Hauspsychologe bei seinem Antrittsbesuch, einer mit Ringlein im Ohr und dem Würdegefasel eines Fernsehpfarrers. Er wollte herausfinden, wie sie sich fühlt, aber sie fühlte nur das Klaffen in ihr, und er sprach von nötiger Abschieds- und Trauerarbeit, Worte wie aus ihrer einzigen geplatzten Serie, abgesetzt schon nach drei Folgen, Praxis Doktor Selig: Da hat sie es einmal mit einem Juden als Protagonisten versucht und ist gleich auf die Nase gefallen, zu viel Schuldgefühlskram, zu viele Fettnäpfchen. Aber den Hauspsychologen, den hat sie Selig genannt: Herr Doktor Selig, ich komme hier ohne Sie aus. Und er nannte ihr seinen richtigen Namen, zweimal sogar, als sei sie schwerhörig, und trotzdem fällt er ihr im Moment nicht ein, ihr fällt überhaupt nichts mehr ein, eine Art Stillstand der Gedanken, der Bilder, der Worte, wie ein Hirnstillstand vor dem des Herzens. Nur den eigenen Namen, den kann sie noch vor sich hin sprechen, Marlies, sagt sie, atme weiter, und das tut sie auch stur, weiter atmen, und mit dem Sauerstoff, der sie erreicht, sich weiter auf Renz freuen, obwohl sie gar nicht die Kraft hat, sich das Haar zu waschen, nur die Zuversicht, dass er es übersieht. Sie ist ruhig und ohne Angst, was in die Vene tropft, hat schon gewirkt, eine Wirkung wie die, wenn sie als Kind vor dem Einschlafen noch gebetet hat, danke, dass du mich und meine Eltern beschützt, und mach, dass ich wieder aufwache – morgen früh, wenn Gott will, so hatte es ihre Mutter oft am Bett gesungen: Das hörte sie oder summte es noch in sich hinein, dann war der Ereignishorizont für diese Nacht, die schon in den Tag überging, erreicht.

Also doch noch der Schlaf, bis weit über den Mittag sogar, das Personal angewiesen, keinen Schlaf zu stören. Und in der Nachmittagsstille ein Sog, mit dem jedes ferne Geräusch etwas Nahes bekam, ein Hupen auf dem Zubringer nach Garmisch, die Klingeltöne aus anderen Zimmern, diffus wie alle Musik heute; nur einer oder eine, die hier auch liegt und wartet, hat den Refrain aus Every breath you take als Ton, die alte Police-Nummer, bei der ihr Rauchen anfing. Auf dem Touchscreen war es gleich drei, und sie machte den Fernseher an und ging auf den Sender mit stündlichen Nachrichten. Wer auf dem Laufenden ist, hat nichts von Psychiatrie, auch wenn er sich bei Besuch vielleicht zur Wand dreht, nicht zeigen möchte, nur reden – Stoff genug gab es, sollte der eigene ausgehen. Der Chef des Internationalen Währungsfonds in New York festgenommen, Verdacht auf Vergewaltigung eines Zimmermädchens, ein Franzose mit Hintergrund oder das alte Europa in Handschellen, die besten Filmbilder stammen aus dem Leben. Ihr Telefon klingelte, ohne Melodie. Es war Renz. Ich bin schon in München, sagte er.

EIN Anruf aus dem Vier Jahreszeiten, Renz mit leichtem Gepäck in der Halle, noch unschlüssig, was er tun soll, gleich in die Klinik fahren oder erst ein Zimmer beziehen und duschen oder sich ein anderes Hotel suchen, zwar ohne schöne Bar für den Abend – die Bar, an der er sich mit Bühl getroffen hatte, noch auf den Heiligenstoff fixiert –, dafür aber billiger und auch ruhiger. Arabische Kinder sausten mit Rollern umher, die Mütter telefonierend unter der Burka, die Väter beim Planen des nächsten Einkaufs, beraten von ihren Leibwächtern. Aus verborgenen Lautsprechern Nullmusik und in der Halle natürlich Rauchverbot, also ein Gang vors Portal, und dort die Zigarette neben zwei wartenden Bentleys; seit dem Bettabend mit Vila rauchte er wieder, nicht so wie früher, nur vier, fünf am Tag. Die Rollerkinder rollten zu den Bentleys, die Chauffeure verstauten das Spielzeug, die ganze Sippe fuhr ab, ein Leben, in dem alles geordnet war, auch das Vergnügen. Seine Ordnung dagegen weich, dehnbar, im Grunde nicht viel wert. Er ließ den Zigarettenrest fallen und drückte die Glut mit dem Absatz aus, hob dann aber die Kippe auf, wie einer, der Kippen sammelt, um sie zum nächsten Papierkorb an der Maximilianstraße zu bringen und dort gleich samt Gepäck in ein Taxi zu steigen, auf einem Zettel die Adresse der Klinik.

Die Fahrt durch halb München, überall schon volle Straßencafés, ein warmer Tag, helle Schultern, helle Beine, kaum jemand über dreißig, als gelte ein Ausgehverbot für seinesgleichen. Und vorwiegend Mädchen in den Cafés, oder die jungen Männer waren unscheinbarer, letztlich unterlegen wie die Jungs an Katrins achtzehntem Geburtstag, eine ganze Bar hatte sie gemietet, auf seine Rechnung, letzter Anpassungsakt vor ihrem Ausbruch. Ein Fest mit vierzig Leuten, und allein die Mädchen hatten Stimmung gemacht, er und Vila für zwei Stunden auf einem Sofa, die Sponsorenloge, auf der Tanzfläche Katrin und ihre Freundinnen in engen Glitzerkleidern. Aber sie tanzten nicht, sie standen nur herum mit Cocktails, die er ebenfalls bezahlt hatte, alles in allem tausend Mark, auch der letzte Akt vor dem Euro. Ein Herumstehen, bis aus der Musikanlage etwas Melodisches kam und die Mädchen förmlich explodierten, wie er bei den Stones explodiert war, und kaum ging das Rhythmuseinerlei weiter, spielten sie wieder kühle Erwachsene oder fotografierten einander in Modelposen und sahen aus wie Moskauer Neureichentöchter, dass es kaum zu ertragen war, auch für Katrin irgendwann kaum zu ertragen. Seine Theorie: An dem Abend sah Katrin zum ersten Mal von außen auf sich, auf ein geschminktes Stadtkind mit buntem

Getränk in der Hand, die Geburt ihres Ethnologinnenblicks, der bald vor nichts mehr haltmachte.

Das Taxi bog in eine parkartige Wohngegend, alte Bäume, hohe Hecken, schließlich eine Einfahrt unter Kastanien und in der Abendsonne ein längliches Haus, Holz und Glas, zweigeschossig, vor allen Fenstern heruntergelassene Jalousien. Er rauchte noch eine vor dem Hineingehen, ganz auf sein Rauchen konzentriert, dann lief er zur gläsernen Eingangstür, die geräuschlos aufging; auch dahinter nichts als Stille, Teppiche, die alles dämpften, nur nicht den Herzschlag. Am Empfang eine junge Frau, sie nahm seinen Besuchswunsch auf, telefonierte kurz und wies ihm den Weg zur oberen Etage. Ein stiller Lift und oben noch stillerer Flur, an den Wänden Drucke eines strotzenden Münchens, die Zeit der Salons und Malerfürsten. Nach dem Flur ein weiterer Flur, aber mit Türen und einer verglasten Teeküche, darin eine Frau in hellblauem Kittel, mehr Kostüm als Tracht. Sie kam auf ihn zu, mit Lesebrille um den Hals und in der Hand ein Headset, sie stellte sich als diensthabende Ärztin vor – winzig ein Schild am Revers, Dr. Weiss –, sie erklärte ihm, dass Frau Mattrainer gerade versorgt werde, wenn er in der Besucherlounge warten wollte. Ein Aufschub, der ihn noch unruhiger machte, zumal er an dem Abend einziger Besucher war, allein mit allen Annehmlichkeiten und dem Hessewort an der Wand; er prägte sich die Zeilen ein, trank einen Espresso und ging die kleine Filmsammlung durch, darunter Volver von Almodóvar, das hatte er noch gar nicht gesehen. Und Dr. Weiss – eine Frau in Vilas Alter, gebräunt, schmal, mit kurzem grauen Haar – führte ihn dann selbst in das Zimmer, das zu betreten er sich schrecklich vorgestellt hatte. Aber es waren nur ein paar einfache Schritte an ein erhöhtes Bett, auf dem Kissen ihr Kopf, ihr Mund, Marlies' Lächeln und in den Augen ein Glanz wie vor Glück. Er zog sich einen Stuhl heran – erstaunlich, wie viel Liebreiz der Tod noch zuließ, nur nicht aus Großzügigkeit, eher sein gemeinster Zug. Sie flüsterten und hielten sich an der Hand, Marlies wollte alles über das neue Projekt wissen, ein Fragen, bis ihr die Augen zufielen, und er versprach ihr, morgen wiederzukommen; dann noch ein Kuss, und über die blassen Lippen ein Geständnis: auch ihr früherer Mann werde sie besuchen, sei wohl schon in München, ein Audi-Typ. Marlies wollte lachen, aber musste husten, die Luft ging ihr aus, Lämpchen blinkten, eine Schwester, auch in mildem Blau, eilte ins Zimmer, tat sofort dies und das, Bewegungen wie die einer Magierassistentin, die das Publikum vom Tricksen ablenkt, und Renz entfernte sich. Wieder eine Taxifahrt, zurück in die Maximilianstraße, wieder die vollen Straßencafés, das volle Leben; er nahm jetzt doch ein Zimmer in den Vier Jahreszeiten, auch wenn es für die familiäre Bar noch zu früh war.

Kilian-Siedenburg also in München, Renz rief ihn an, im Hintergrund Flughafendurchsagen, er kam gerade aus Genf, auf dem Weg zu einem Abendmeeting im Hilton, dort wohnte er auch, morgen würde man sich in der Klinik treffen, späterer Nachmittag. Blumen? Eine Frage zwischen zwei Durchsagen. Nein, besser nicht, sagte Renz, der Rat des Älteren an den Jüngeren. Blumen senden Botschaften aus, aber wen das Leben verlässt, der macht sich nichts mehr aus Botschaften, er will den Absender, sonst nichts, wie er vielleicht auch nur Vilas Nähe wollte, wenn seine Stunde schlägt. Renz schickte ihr eine Nachricht: dass es hier wohl bald zu Ende gehe. Die Antwort ließ auf sich warten; er saß erst in der Halle und sah den Saudikindern zu, später ein Steak mit Salat in der Bar, umgeben von Chinesen, auch auf die Barstammgäste musste er warten. Erst gegen eins endlich die Stimmung, die ihn vergessen ließ, weshalb er in München war, bis der Greisenpianist mit dem Schlapphut ein Wiener Lied vom Tod sang, der Moment, um ins Bett zu gehen. Und Vilas Antwort dann am nächsten Morgen, Nimm dir ruhig Zeit – eine leise Ironie, eigentlich nicht ihre Sache. Er klapperte ein paar Läden in der Umgebung ab, aber fand nichts für Marlies, nichts, das sie noch gebrauchen könnte. Ich komme mit leeren Händen: der Begrüßungssatz, den er sich zurechtgelegt hatte, als er am späten Nachmittag in den stillen Flur trat, ein Satz, den er sich aufheben musste. Frau Mattrainer, sagte Dr. Weiss im hellblauen Kostüm, jetzt mit dem Headset dort, wo es hingehörte, wie eine Schiedsrichterin, die das Finale pfeift, Frau Mattrainer ist vor einer Stunde in ein leichtes Koma gefallen, oft erholt sich jemand daraus wieder, man muss es abwarten. Die Sessel im Besucherbereich lassen sich zu Betten ausziehen. Wollen Sie zu Abend essen? Dr. Weiss bekam etwas mitgeteilt, zwischen den Brauen steile Fältchen. Renz wollte kein Essen, er verneinte mit der Hand und steuerte schon auf die Lounge zu, immer noch seinen Satz im Kopf, ich komme mit leeren Händen, und vor dem Öffnen der Tür ein Schaudern, als träfe er schon auf Marlies im leichten Koma, tat er aber nicht – mitten in der Sitzlandschaft Kilian-Siedenburg beim Verfolgen der Achtzehnuhrnachrichten auf CNN durch seine Rundbrille. Neueste Bilder des prominenten Franzosen, ein Banker aus dem Boudoir, unrasiert, in Handschellen.

Die Frage ist doch: Was hat ihn geritten, dass er vor seinem Abflug nach Paris und dann gleich weiter nach Berlin, um unsere Kanzlerin zu treffen, noch ein Zimmermädchen haben musste? Was war so dringend, dass er in einer New Yorker Hotelsuite ein Risiko einging, wie er es als Währungsfondschef nie eingegangen wäre: sein Ding im Mund einer Person ohne jede Bonität! Renz ging um die Sitzlandschaft herum, er hatte das Ganze bisher nur am Rand mitbekommen, ohne darüber reden zu können, und plötzlich brach es aus ihm heraus, Was war los mit diesem Mann, dass er es unbedingt tun musste, auch wenn dabei sicher Geld im Spiel war, denken Sie nicht? Er blieb ste-

hen, während Kilian-Siedenburg, längst aus den Polstern gekommen, auf den Schuhspitzen wippte. Natürlich war Geld im
Spiel! Für ihn das Einstiegswort, als er Renz vor dem Fernseher
die Hand gab, Schön, Sie wiederzusehen, auch wenn der Anlass
alles andere als schön ist. Ein Banker bietet immer Geld an,
sagen wir, fünfhundert Dollar für den Blowjob, nicht gerade
wenig für eine ungelernte Arbeit, aber dann sah dieses Mädchen, was für ein Typ er war, eher klein und grau, ein altes Kind
mit Erektion, vermutlich beschnitten.

Mit Sicherheit beschnitten, sagte Renz. Und auch gar nicht
so wahnsinnig alt. Waren Sie schon in ihrem Zimmer? Ein Versuch, den Bogen von New York nach München zu schlagen,
aber Kilian-Siedenburg war noch auf der anderen Schiene.
Nicht das körperliche Alter, das Alter in seinem Wesen, sagte
er. In dem Mann steckt doch die ganze Erblast Frankreichs,
einschließlich de Sade, und dieser Sonntag in New York, ich
kenne New Yorker Hotelsonntage vor einem Abflug, tödliche
Stunden, das war sein hunderteinundzwanzigster Tag von
Sodom: die Gelegenheit für ein kleines sexuelles Verbrechen,
um nicht in Traurigkeit zu versinken, wohl auch schon im Hinblick auf die Kanzlerin – was das Ganze nicht etwa entschuldigt! Marlies' früherer Mann trat an die Espressomaschine, er
füllte eine Tasse, beim Aufreißen des Zuckertütchens zitterte
seine Hand. Und wahrscheinlich hat der Mann auch gedacht,
schwarze Zimmermädchen seien im Prinzip zu haben. Dazu
kommt sie noch aus einer ehemals französischen Kolonie, wurde gerade berichtet, er sprach mit ihr also in seiner Sprache, fast
eine innerfranzösische Angelegenheit. Man wurde sich einig,
was für welche Summe wie zu geschehen habe, für ihn ein
Stück Philosophie, der Dialog zwischen Kopf und Körper –
ich habe einiges nachgelesen, seit ich in der Missbrauchssache
tätig bin –, für das Zimmermädchen zunächst nur ein Neben-
geschäft, bis sich die Frauenseele in ihr einmischte. Sie ruderte

zurück, und der alte Franzose fühlte sich genau dadurch ermuntert. Ein jüdischer Bourgeois und eine Afrikanerin mit
Innenleben, das Ganze auf amerikanischem Boden: ein sozial-
psychologisches Chaos, das erst ein sexuelles, dann ein juris-
tisches und noch am selben Tag ein weltweites mediales Chaos
nach sich zieht – auch eine Art Geschwür, wenn man so will.
Ob Marlies Schmerzen hat? Angst? Die Ärztin sprach von
einem leichten Koma, hat man da Schmerzen? Kilian-Siedenburg machte den Fernseher aus, er nahm wieder Platz und öffnete sein Jackett. Sie war für mich immer ein Inbegriff von
Lebenswillen.

Marlies lebt noch, sagte Renz, sie schaut sogar noch Filme,
das hat sie am Telefon erzählt. Ist das kein Lebenswillen?

Das kommt auf die Filme an.

Ich habe ihr den ganzen Billy Wilder mitgebracht, die alten
Sachen. Manche mögen's heiß, mögen Sie's? Das Beste ist Tony
Curtis als Frau. Noch besser als Jack Lemmon. Curtis hat später über die Dreharbeiten gesagt, Marylin Monroe zu küssen
sei, wie Hitler zu küssen, woher wusste er das? Der Tony Curtis,
auch tot. Wussten Sie, dass Clooney schwul ist?

George Clooney? Kilian-Siedenburg stellte die Espresso-
tasse auf ein Tablett für benutztes Geschirr. Ist das sicher?

Was ist schon sicher, sagte Renz. Er griff sich ein Spiegel-
Heft, die lagen tatsächlich herum, und begann von hinten zu
blättern, auch eine Art von leichtem Koma – letzte Erinnerung
an seinen Vater, vierzig Jahre Allgemeinarzt und Bücherlieb-
haber, wie der still im Rollstuhl sitzt, still die Spiegel-Seiten
wendet. Sicher war nur, dass er hier blätterte, während Marlies
im Koma lag; unsicher schon, ob sie noch einmal aufwachen
würde. Sie war für ihn nie Inbegriff von Lebenswillen, eher von
Schwäche zum Leben. Eine Erinnerung, die bleiben würde:
wie sie an der Morchel gerochen hat, mit einem Blick unter
den japanischen Lidern voller Schwäche für den Geruch.

Open End, haben Sie es gesehen, fragte Kilian-Siedenburg, und Renz klappte das Spiegel-Heft zu. Ja, Glückwünsche, Sie waren gut, und Frau Streeler hat die Nerven verloren, ich kann daraus eine Szene machen, aber der Redakteur wird sie streichen. Wollen Sie zuerst zu ihr gehen? Renz stand auf, er trat mit dem Heft auf die Terrasse, ein warmer Abend, in den Bäumen die Vögel, jenseits der Kastanien ein Radweg, junge Familien, Vater, Mutter, Kind, alle drei mit Helm; er blätterte wieder und versuchte jetzt, einen Artikel zu lesen, der Versuch, nicht auch die Nerven zu verlieren. Eine neue Galaxie war entdeckt worden, ein rötlicher Nebel aus Milliarden von Sonnen, die Form geradezu weiblich. Kilian-Siedenburg trat neben ihn, schon wieder mit Espresso. Wissen Sie, was passiert ist, sagte er. Marlies hat sich von ihrem Tropf gelöst, sie ist ins Bad gegangen, wahrscheinlich auf meinen Anruf hin, dass ich gegen Abend käme. Irgendwie hat sie die Alarmvorrichtung am Bett überlistet, sie kennt sich ja aus mit elektronischen Dingen, und in der Dusche ist sie dann zusammengebrochen, ohne noch den Notknopf drücken zu können. Erst die Abendschwester hat sie gefunden, schon in dem leichten Koma infolge von Sauerstoffmangel. Ich hätte das vielleicht gleich sagen sollen. Mir als ihrem Ex-Mann wurde es gleich mitgeteilt. Sie wollte sich die Haare waschen. Marlies' Haar verliert ja schnell die Form, aber das wissen Sie bestimmt auch. Und Clooney, der hat doch eine nach der anderen.

Weil man davon Bilder sieht? Renz ging in die Lounge zurück. Wir sind alle irgendwie im leichten Koma, schwachsinnig vor Bildern, nur ohne die Ersatzsinne der Schwachsinnigen, die auf einmal die Sprache der Tiere verstehen. Was macht Ihr Material, ich brauche Fallgeschichten, die Namen können Sie gern schwärzen. Gibt es schon etwas? Er nahm sich jetzt auch einen Espresso, und Kilian-Siedenburg wollte gerade antworten, aber sein Telefon ging, er lief wieder ins Freie, ein Gespräch auf Englisch, so viel konnte Renz hören, während er den Artikel zu Ende las, ihn in Einklang zu bringen versuchte mit dem Bild aus den Tiefen des Universums, nur kam dabei etwas ganz anderes heraus – zwischen ihm und Marlies lagen keine zwanzig Schritte, aber die zwanzig Schritte hätten auch die Strecke zu der neuen Galaxie sein können. Wie an ihr Bett kommen, mit welchem Schub – er wusste es nicht und tat das Heft zurück auf den Zeitschriftentisch, nahm sich ein Tiermagazin, er blätterte wieder von hinten, in Kleinanzeigen; eigentlich hatte er nun doch normalen Abendhunger, und es könnte auf die Bar in den Vier Jahreszeiten hinauslaufen, ein nächtliches Steak mit Cornelius, spätestens dort das Du, begleitet von dem Greis mit Künstlerschlapphut, die Finger matt auf den Tasten, ein mattes Klaviergetröpfel, als sei er schon tot und hätte abends nur Ausgang für ein paar Stunden. *Welcher gute Mensch nimmt unsere Romy?* Ein Rentnerpaar aus Freising, kinderlos, kurz vor dem Wechsel ins Altenheim, suchte jemanden für sein kleines Mischlingsweibchen (Strandhund aus La Palma, circa 8, grau, lebhaft). War er ein guter Mensch? Für Tiere eventuell. Er trennte die Anzeige heraus und schob sie in seine Brusttasche, als die Ärztin mit dem Headset hereinkam, jetzt in einem Kittel, so weiß, als wollte sie ihren Namen noch unterstreichen. Sie winkte dem Ex-Ehemann, und der beendete das Gespräch, und sie gab einen Bericht über Marlies' Zustand, umgangssprachlich, bis auf das Wort Sterbephase. Sie können hier warten oder können in ihr Zimmer, sagte sie. Aber Frau Mattrainer ist schon weit weg – noch ein Ausdruck, der sich um Renz schnürte, und dabei hatte er früher mit Vorliebe Filme über den Tod besprochen. Keine dreißig war er und rauchte eine nach der anderen und hatte es mit jeder Volontärin, die mit ihm leere Nachmittagsvorstellungen besuchte, ein Schreiben voller Lebenslust über das Sterben im Film, etwa in Bergmans Schreie und Flüstern oder Dalton Trumbos Johnny zieht in den Krieg: vier ganze Spalten in der Rundschau über den jungen Soldaten, der nur noch aus Hirnmasse besteht, einem Bewusstsein, das nichts anderes will und fordert, als ausgelöscht zu werden, Tötet mich, tötet mich.

Die Ärztin hatte sich wieder zurückgezogen, aber es war immer noch etwas Drittes im Raum, ein fremdes Element, wie eine andere Art Atmen: Renz drehte sich um und sah Kilian-Siedenburg, die Brille im Haar, weinen, ein stiller Fluss, so hatte Katrin als Kind geweint, ganz für sich, ohne Trost zu verlangen, und dann wandte er sich auch schon ab und lief in den Flur und schloss die Tür hinter sich, als sei Weinen eine Form der Notdurft. Mein Gott – Renz hörte sich etwas sagen, mit dem er sonst nur eine Zeile füllte, wenn ihm nichts Besseres einfiel, etwa beim Finden einer Leiche im Wald, Bild zwei oder drei, Wald mit Wanderer und Mädchenleiche, Außen/Tag, dann kam ein Mein Gott!, und jetzt kam es aus ihm, da war er schon im Flur, erste Schritte zur Marliesgalaxie.

Auch entlang des Stationsflurs Drucke und Fotos aus Münchens strotzenden Jahren, die Villa Stuck in der Prinzregentenstraße, Titelseiten des Simplicissimus oder Franz von Lenbach mit Frau und Töchtern, die blonde Tochter wie Marlies als Kind – einmal hatte sie ihm im Bett ein Kinderfoto gezeigt, sie und ein schmucker Vater im Schwimmbad, schon damals ihr Blick unter schmalen Lidern. Die Tür zu Marlies' Zimmer stand offen, und er trat ein wie er mit fünfzehn, sechzehn ein Kino betreten hatte, in dem ein Film ab achtzehn lief, Die Sünderin, Das Schweigen, Mondo Cane. Ihr früherer Mann stand an dem Bett, das ja gar nicht mehr ihr Bett war, sondern das der Geräte, er hatte noch immer die Brille im Haar und eine Hand auf der Bettdecke, die andere mit Daumen und Zeigefinger unter den Augen, und er murmelte etwas, in einem Ton wie Katrins Indios, wenn sie Sterbenden beistehen, sie hatte das aufgenommen, konnte es auch nachahmen, dann machte er kehrt und lief zur Tür, dort fast ein Zusammenprall, und Renz griff um die fremden Schultern, überraschend für beide und ohne Worte besser als mit: sein Szeneninstinkt, nur kamen dann doch ein paar Worte, halb Vorabend, halb Hauptprogramm, Cornelius, so ist das Leben, sagte er und ließ die Schultern los, die Antwort ein Lächeln und das Wiederaufsetzen der Brille, und Renz lud den früheren Mann von Marlies und noch früheren Freund seines Hausmieters an den See ein – irgendwann im Sommer, wenn es sich machen lässt zu unserem jährlichen Fest an Goethes Geburtstag! Ein beinahe lautes i-Tüpfelchen in der Stille zwischen Marlies' Atemzügen, unterstützt von einer Maschine oder Apparatur und Kilian-Siedenburg versprach, zu kommen und vorher das Material zu schicken, sein letztes Wort beim Verlassen des Zimmers, und auf einmal war Renz allein, nur er und das Bett und die Geräte und vor den Geräten ein Kopf, der still zur Seite ging, sich wegwandte, als sei auch Sterben eine Form der Notdurft.

Das Vogelzwitschern drang ins Zimmer, die beiden Fenster waren gekippt; um das Bett ein Geruch nach Zahncreme und Windeln, nach lauwarmem Tee. Woran würde er wohl sterben, wenn seine Zellen lang genug mitspielten? An gewöhnlicher Schwäche, nur welcher? Auch der Schwäche für ein liebes Wort, dem Warten darauf, also an Sehnsucht? Aber an Sehnsucht starb man höchstens im Film, und selbst da kam immer noch etwas dazu, ein provozierter Unfall, eine Überdosis, ein Duell. Wir passen nicht zusammen, sagt Vila bei jedem Streit. Und einmal sogar, bei den Dingen im Bett: Du bist mir nicht nah! Aber Tatsache ist: Sie sind seit Jahrzehnten zusammen, über ein halbes Leben erfüllt von dem, was nicht passt oder zu wenig Nähe hat. Vilas Kern, ein Rätsel. Das er immer noch lösen will. Sie ist seine Frau, aber er der Idiot im Hinblick auf sie. Während er bei Marlies schon gut dastand, als er sie in irgendwelchen Sendern für ihre Zigarette ins Freie begleitet hatte. Und als sie auf der ersten Fahrt, nachts in der flachen Landschaft vor Chioggia beim Anhalten an der Rotunde, mit der Fingerkuppe seinen Mund berührte, setzte die Filmmusik ein – ich will dich, weil ich dich brauche, ich brauche dich, weil ich dich will, Schluss. Er trat an das erhöhte Bett, an das Kopfteil der Kanülen und Geräte, er strich über das Strähnenhaar, das sie noch hatte waschen wollen, einmal, zweimal, dann ging er rückwärts aus dem Raum, ein alter Diener, der sich entfernt, und schloss leise die Tür, sein Schäufelchen Erde. Und war er stark in dem Moment, allein im Flur, noch die Klinke in der Hand? Eher nein. Er war nur Teil eines starken Bilds, Klinikflur, Innen/Nacht. Ihr Atem war noch durch die Tür zu hören, wie ein Geräusch aus dem Erdreich, und er lief vor dem Geräusch davon, zurück in das Besucherreich, auf die Terrasse mit Parkblick. Renz rauchte, an die Brüstung gelehnt, er machte sein Telefon an, einen Herzschlag lang in der Vorstellung, Marlies könnte ihm etwas auf die Mailbox gesprochen haben – bis morgen und fahr vorsichtig! Und er hatte sogar eine Nachricht, empfangen am frühen Abend, eine von seinem Mieter Bühl, zurück von einer Wanderung, die kleinen Orte oberhalb des Sees Richtung Norden in Stichworten, Pai di Sopra, Fano, Castello und das verlassene Campo, ein Efeutraum. Frage: soll der Efeu im Garten weg? Kurze Sätze mit ruhiger Stimme, und von ihm eine schriftliche Antwort, ebenfalls kurz, aber weniger bündig. Den Efeu nur von den Oliven nehmen, mit allen Wurzeln. Was macht Ihr Buch, Ihr Franziskus? War diesem Typ je eine Frau nah, hat er je geliebt?

Wind kam auf, in den Kastanien ein Rauschen, Renz nahm sich noch eine Zigarette und zerknüllte die Packung mit den restlichen. Wer nicht raucht, lebt länger, ein Aufgeben und eine Aufgabe – sein Leben mit Vila besteht auch aus dem, was sie beide versäumt haben. Einen Sohn großziehen. Oder noch einmal einen Hund. Oder sich rechtzeitig trennen. Oder wenigstens zu irgendeinem Ufer aufbrechen, sich für irgendetwas einsetzen, für mehr als einen Kreisverkehr am Schweizer Platz. Sie hätten für etwas Großes streiten können und könnten es immer noch, sich zum Beispiel vor das US-Konsulat im Westend stellen, Tag und Nacht, und für die Freilassung von Bradley Manning demonstrieren, dem jungen Soldaten, der das Bordvideo von einem Hubschrauberangriff in Bagdad weitergegeben hat, das Abknallen von Leuten mit Kameras auf der Schulter und nicht mit Waffen, ja sogar von Kindern in Autos, hinter denen die noch Lebenden Schutz suchten. Manning hat sich mit seiner Tat dem Falschen anvertraut und wurde verraten, seitdem sitzt er in Einzelhaft, mit Anfang zwanzig lebendig tot, einer, der den Friedensnobelpreis verdiente. Das sollten sie tun, Vila und er, vor dem Konsulat demonstrieren, bis sie verhaftet werden. Oder auf Lampedusa ein Boot chartern, das Meer zwischen Afrika und dem Türspalt zu Europa abfahren, die Flüchtlinge retten, die schon Salzwasser trinken, sie in ihr Haus lassen, für den eigenen Wohlstand einstehen. Stattdessen stehen sie auf Wilfingers Silvesterparty herum und feiern mit Leuten, die Hollywood nachäffen. Oder ziehen das Goethe-Vila-Renz'sche Jahresfest mit ihren Freunden durch. Und wenn sie alle um einen Tisch sitzen, reden sie über die Kinder und den letzten Urlaub, nicht über den kindlichen Moralisten Bradley in einer fensterlosen Zelle. Früher haben sie noch über Filme und Bücher geredet und manchmal auch über sich selbst, und es kam vor, dass einer weinte und die anderen still waren. Ein einziges Mal hatte auch er geweint, weil Vila sich an ihn gelehnt hatte, weinend, vielleicht sein bester Moment mit ihr. Jetzt weinten nur noch andere für ihn, sogar Marlies' früherer Mann. Wer bin ich, wenn ich liebe, das war die Frage am Esstisch, da hatten sie alle noch keine Kinder, und irgendwann gab es nur noch die Kinder, was die interessierte: ihre Serien, ihre Games, ihre Models und Stars mit Sprüchen wie aus dem US-

Hubschrauber. Gut ist, was reinhaut, schön ist, was nützt, alles ist jetzt. Das Schicksal seiner Eltern hieß Krieg, sein Schicksal heißt Banalität – oder verwechselte er nur den Verfall der Zeit mit dem Altwerden? Er war älter als der alte Franzose, der sich ein Zimmermädchen schnappt. Renz ging in die Lounge hinein, er legte sich mit Schuhen auf die Sitzlandschaft, als müsste er noch jederzeit an Marlies' Bett stürzen können, und dabei wünschte er sich ihren Wechsel vom Koma ins Nichts. Niemand hat ja feste Vorstellungen vom Sterben, es gibt keine Infos, an die sich der Lebende halten kann; wer sich verflüchtigt, lässt den anderen ratlos zurück, darum beten wir ja: weil auch Gott sich verflüchtigt, bis auf das Wörtchen Gott, an das wir uns klammern. Als Kind war er gläubig, dann kamen die Filme, das Lesen, tausend durchredete Nächte; er weiß zu viel aus seinen Raucherjahren für einen Glauben ans Jenseits und das stille Hinüberwechseln auf die andere, ewige Seite. Marlies wechselt nicht hinüber, sie verreckt. Ihr beatmeter Atem klingt, als würde sie mit Schlamm gurgeln, das ist die Wahrheit. Und er hat sie, als heftig Atmende in seinen Armen, geliebt, mindestens in Lucca, auch eine Wahrheit, eine, von der nur sie beide wissen oder wussten – sie weiß es schon nicht mehr, er weiß es noch. Liebende schaffen sich ein Universum, in dem sie letztlich allein sind, der einzige Stern von unerträglicher Helligkeit. Er und Vila sind auch ein Solitär, da helfen alle Freunde nichts. Sie beide, das ist zu viel Helligkeit, auf jeder Schwäche. Aber eben auch Licht. Würde Vila ihn fragen, ob er sie liebe, womit nicht zu rechnen ist, er würde ja sagen. Ja. Noch eine Wahrheit. Aber je älter man wird, desto weniger Wahrheiten braucht es. Seine wichtigsten: dass es Katrin irgendwo gibt, an ihrer Flussschleife, und Vila, jetzt um die Zeit in ihrem Bett. Und dass es die kleine Reise mit Marlies gegeben hat. Aber es gibt auch die Wahrheit, dass er, wenn Marlies heute oder morgen stirbt, immer noch leben würde: für ihn die beruhigendste von allen, obschon es eine melancholische Beruhigung ist. Ja, er liegt hier in dieser Sitzlandschaft und ist damit auf der Welt und wird auch übermorgen und im Sommer noch auf der Welt sein, auch wenn dieser Gedanke, ich lebe, ich lebe jetzt, während Marlies stirbt, sofort der Vergangenheit zustrebt. Noch denkt er an das gurgelnde Atmen, und dann hat er schon daran gedacht, noch ist er wach, und dann sind es schon die Sekunden, die ihm nicht mehr gehören.

Renz kam erst wieder zu sich, als es Tag wurde, hinter den papierdünnen Vorhängen ein schwach rötliches Licht und auf einer Sesselkante Dr. Weiss, ohne Kittel, ohne Headset, in den Händen einen Schokoriegel. Sie begann gleich zu sprechen – oder hatte ihn durch Ansprechen geweckt, er war sich nicht sicher –, und in ihrer Stimme jetzt mehr Münchner Ton als am Abend, Ton für einen Bericht von den Stunden, die er verpasst hatte, anschaulich gemacht durch eine Uhrzeit, wie die Zeiteinblendungen in amerikanischen Serien, die für Logik und Tempo sorgen. Um fünf Uhr einundzwanzig, sagte sie, trat der Tod ein. Vorher war alles versucht worden, aber nicht nur ihr Herz hatte versagt – Angehörige wecken wir in solchen Fällen auch nachts. Möchten Sie die Tote sehen?

Ihrherz war das erste Wort, das ihn ganz erreichte, wie ein Wort: Ihrherz, das er ohnehin nicht sehen könnte. Nein, sagte er und kam von der Sitzlandschaft hoch und klopfte noch auf die Stelle, die seine Schuhe leicht eingedrückt hatten.

*

XVII

WAS zuerst tun, den Rasen mähen oder die alten Oliven vom Efeu befreien? Oder vorher den Pool putzen und schon ein paar Pflanzen einsetzen, Petunien und Hibiskus in die großen Töpfe, die Geranien in die kleinen? Bühl hielt sich mit einfachsten Dingen auf, seit er wieder im Haus war; alles weniger Einfache schien mit Vila und ihm in Verbindung zu stehen, und jede Suche nach Lösungen ergab nur kompliziertere Fragen. Einzige Entscheidung im Moment: sich auf Belangloses konzentrieren, bis die Hauseigentümer an den See kämen. Ende Juni, wenn es heiß wird, hatte Vila geschrieben.

Heiß war es jetzt schon, ab Mittag die Zikaden, über dem See am Abend nur Dunst, nachts ein blassroter Mond, der Juni, Franz' heimlicher Lieblingsmonat (der Sommer ist schön, aber eine Frau), seiner eher der Oktober, das Rostlaub, die Frühnebel, später ein Himmel von rasendem Blau: Aarlingen, er im Einer auf glattem Wasser. Marlies, die Rauchende im Ruderkahn, war gerade noch im Mai gestorben – von Vila eine knappe Nachricht plus Bitte, Könntest du die Batterie im Jeep aufladen lassen? Und das hatte er noch am selben Tag veranlasst und war am nächsten Tag mit dem alten Suzuki gleich in die Gärtnerei nach Bardolino gefahren, um Pflanzen für ein neues Leben im Garten zu kaufen. Die Petunien oder der Efeu oder der Pool? Der Anblick des noch leeren Pools, unten auch voller Laub und Oliven, war am wenigsten zu ertragen, also fegte er ihn blank und spritzte die Mosaike sauber, und wo sie abplatzten oder schon abgeplatzt waren, verfugte er sie wieder mit einem cremigen Gips vom Ferramento, eine Arbeit von Tagen, während die Junisonne brannte. Man konnte gut nachdenken dabei, eine Art Schreiben, nur ohne Gerät, wie schon auf seiner Wanderung oder nachts in Campo, dem kleinen Efeuort, auch die einstige Piazza bis auf einen Pfad überwuchert. Nur die alte, längliche Kapelle am Ortsrand war ohne Efeu, sie stand oder lag mehr wie angeschmiegt an die ebenso alte Riesenzypresse, in ihrem Hohlraum noch der belgische Gegenstand: nicht in seinen Besitz übergegangen, nur unter seiner Kontrolle. Er hatte in der Kapelle geschlafen, zweimal, auf dem Hinweg ins Monte-Baldo-Massiv und auf dem Rückweg; tiefschwarze Nächte in den vom Tag noch warmen Mauern. Eine Kapelle nur mit Steinaltar, ohne Bänke, der Boden aus Granitplatten, abgeschliffen in Jahrhunderten, und mitten darauf, wie vom Himmel gefallen, ein weißer Plastikstuhl, auf dem hatte er mit dem Notebook im Schoß geschrieben, bis der Akku leer war, einen Bericht von der Wanderung, er im Nachhinein als Begleiter des Poverello, durch einen Stock mit dessen Hand verbunden, um ihn zu führen und ins Gespräch zu kommen. Hast du je geliebt, Bruder Franz, nicht den Höchsten über dir, sondern einen erreichbaren Menschen? Und Franz, ohne sich umzuwenden: Wie kann ich einem davon erzählen, der nicht im Kerker von Perugia lag, ein Jahr lang mit den dürstenden Freunden durch Ketten verbunden? Wie kann ich einem davon erzählen, der nicht auf blutenden Füßen gelaufen ist, Tag für Tag, um seine liebste Schwester vor dem Fastentod zu bewahren? Worte und Sätze, die er beim Wandern auf Zetteln notiert hatte, seine Taschen waren abends voll davon. Und vom Haus aus dann das Versenden des ganzen Berichts an Vila, eine Kurzantwort schon Minuten später: ob er auch mit ihr so wandern würde, durch einen Stock verbunden? Ein Bild, das ihm Sorge machte, er ihr Führer, sie auf ihn angewiesen, umgekehrt kaum besser. Nur könne man es auch ganz anders sehen, keiner bestimmt die Richtung: Vilas Version, als sie spätabends im Haus anrief, um ihre Frage zu erläutern. Und wozu dann der Stock, wollte er wissen, und sie, nach einer Pause, im Hintergrund Musik, Bach oder Schütz, eine Kantate, der Stock, der Stock, das sei kein Knüppel, sondern eine Verbindung: die Liebe, vor der er davonlaufe! Ihre Stimme drang aus dem Hörer, sie war allein in der Wohnung, Renz in irgendeiner Spätvorstellung (die alte Kinoflucht). Ich bin wie Klara, rief sie, nur ohne Frömmigkeit, entweder Liebe oder gar nichts, es gibt viele Arten zu fasten, bist du noch da? Sie rauchte, das konnte er hören, und dann machte sie einen Sprung und kam mit dem, was Renz von Marlies' Beerdigung erzählt hatte, als wäre er dabei gewesen, statt zu Hause zu sitzen, angeblich im Reinen mit sich: dass mit einer Ausnahme nur Leute aus ihrem Ort dem Sarg gefolgt seien, als hätte sie nie für Hermes Film oder teamart oder alle großen Sender gearbeitet, die hätten lediglich Kränze geschickt. Die Ausnahme: ihr Ex-Mann. Beziehungsweise dein alter Freund, sagte Vila. Den Renz zu unserem Fest am Sommerende eingeladen hat, weil er ihn braucht. Ist schon Wasser im Pool? Sie wartete gar nicht die Antwort ab, sie stellte Fragen zum Haus, aber wollte auch wissen, ob er nachts an sie denke und in der Kapelle von Campo an sie gedacht habe – ein viel längeres Gespräch als sonst, zweimal das Viertelstundenläuten von der Kirche in Torri, und nach dem zweiten Mal erst eine Pause, ein Atemholen auf Vilas Seite, nur die Musik noch zu hören, eher Schütz als Bach, und ihre nächsten Worte wie schräge Zwischentöne, Ich werde verrückt ohne dich! Pfeilartig kam das, aber es klang nicht verrückt, es klang nüchtern, und als er mit der gleichen Nüchternheit Ja sagte, ja, er auch, legte sie einfach den Tag fest, an dem sie sich wiedersehen würden: der dreiundzwanzigste, Fronleichnam, in dem Jahr spät, weil ja alles spät war, Fasching, Ostern, Pfingsten, es hätte sich gar nicht gelohnt, früher an den See zu fahren, aber dann lohnte es sich, weil sie gleich bleiben könnte und weil

Renz noch in München wäre, die letzten Buchabnahmen vor dem Sommer. Wir sind ganz allein, sagte sie, wir können mit dem Boot hinausfahren und nachts im See schwimmen.

Ein Bild, das ihm keine Sorge machte, nur ging er nicht darauf ein, er war noch bei Fronleichnam, Glückstag seiner Zartenbachjahre, wenn er morgens an Tullas Hand durch das Dorf ging, überall die Blumenbilder lagen, auch eins von ihr nach dem Druck, der über ihrem Bett hing, Zurbaráns gefesseltes Lamm, das traurig wissende Auge aus einer Butterblumenblüte, darin eine Tannennadel in seiner Erinnerung. Die Hug Tulla war eine Künstlerin, einmal im Jahr, er der Erste, der ihr Werk sehen durfte. Und mit acht oder neun, als ihn niemand mehr wecken muss, steht er an einem Fronleichnamsmorgen mit der Helligkeit auf, ein Frühsommertag von seidigem Blau, die Blütenbilder längs der noch leeren Dorfstraßen in der ersten Sonne, und vor einer Kurve, er könnte die Stelle auf den Meter angeben, sein intimes GPS, sieht er hinter dem Gasthof Hirschen in einiger Ferne, für ihn aber greifbarer Nähe den Rücken des Schauinsland, mehr bläulich als grün die Tannen im rauchigen Dunst: der Augenblick, in dem er das geschmückte Dorf und den nahen Berg zugleich in sich aufnimmt und alles still wird bis auf sein Herz und er das ganze Glück empfindet, hier und jetzt am Leben zu sein, ja sich überhaupt erstmals als Ganzes erlebt, so wie die unzähligen Blüten ein Bild ergeben. Nachts im See schwimmen, das sollten wir tun, sagte er mit etwas Verspätung, denn es braucht nur die dichten Sekunden der Träume, damit ganze Kindheiten in einem auferstehen, und Vila, als hätte er alles ausgebreitet vor ihr: Also dann bis Fronleichnam.

Zu den klarsten Dingen in ihm und außerhalb zählte der See, das Schwimmen darin. Er schwamm jeden Abend, trotz eingelassenem Pool mit allen Mosaiken; er schwamm, obschon das Wasser noch die Haut zusammenzog, wenn er am Ende der

Promenade, etwas abseits der Angler mit ihren langen Ruten, hineinsprang. Aber jeder Frühsommertag machte den See etwas wärmer, und er schwamm immer weiter hinaus, weiter auf Das kleine Meer des Catull – an den zu denken sich leicht ergibt, wenn nach Süden hin nichts als Wasser ist und in nördlicher Richtung höchstens fern und im Dunst die schräge Bergkante über Riva. Er schwamm, bis die Angler nur noch Punkte waren, dann kehrte er um, und sein catullsches Leib- und Magengedicht hielt ihn gleichsam über Wasser, während Arme und Beine schon schwer wurden, wie beim ersten Mal, als er mit Cornelius in die Schweiz geschwommen war und das Zurück sich hinzog und sie sich Mut machten mit Reden. Sprache trägt; ihn trug sogar die tote Sprache – in all seinen Leistungskursen war dieses Gedicht vorgekommen, aber nur der Schüler Fährmann, gepierct und mit einem Tattoo im Nacken, hatte es begriffen. Aus Miser Catulle, desinas ineptire, et quod uides perisse perditum ducas machte er Erbärmlicher Catull, hör endlich auf zu schwätzen, und was du untergehen siehst, nimm als verloren an.

Wieder zurück nach dem Schwimmen, saß er am Terrassentisch, bis es dunkel wurde, vor sich die Franziskus-Notizen und ein Catull-Bändchen aus den Büchern in Vilas Zimmer, die alte Mörike-Übersetzung der Gedichte, für ihn nie Maßstab. Fulsere quondam candidi tibi soles, Einst war das Leben für dich eitel Sonnenschein: der fährmannsche Vorschlag, unvergessen, während die anderen kaum das Wörtliche schafften, Es erstrahlten dir einst leuchtende Sonnen und Ähnliches ablieferten; und Mörike war vor lauter Freiheit nur Wohl ehmals flossen dir die Tage heiter in den Sinn gekommen. Eitel Sonnenschein. Knapper, treffender ging es nicht. Nur Fährmann hatte dieses Selbstgespräch um das Ende einer Liebe in seiner versteckten Grammatik erfasst, Lebe wohl Mädchen, Catull hält das schon aus, er wird dich nicht suchen, dich um nichts bitten gegen deinen Willen, du aber wirst leiden, wenn keiner mehr was von dir wissen will, Verbrecherin, weh dir, was bleibt dir denn vom Leben? Wer wird nun zu dir gehen, wer dich noch hübsch finden? Wen wirst du nun lieben, wessen Eigen dich nun nennen? Wen küssen? Wem die Lippen nun zerbeißen? Cui labella mordebis? Doch du, Catullus, halte aus, bleib hart, at tu, Catulle, destinatus obdura – Catullchen, hieß es bei Mörike, ein Verkleinerungsschrecken, als würde Vila ihn Bühlchen nennen im Bett.

Bühlelein, hatte ihn Cornelius mitten auf dem Untersee einmal genannt, Bühlelein, ich ertrinke!, und er bot seinen Rücken an, war ihm ein lebendes Floß, bis zu der Schilfbucht, die ihnen gehörte. Dort legten sie sich auf die Handtücher, halb unterkühlt, und ließen sich von der letzten Sonne trocknen und machten Witze über ihre kleinen, wie in sich versteckten Schwänze, denen man nicht ansah, dass sie auch anders konnten. Sie zogen sie in die Länge und malten sich aus, was für Frauen sie später damit beglücken würden, wenn sie beide auch um vieles glücklicher wären als im Moment, gänsehäutig auf ihren Internatshandtüchern, noch weit entfernt von allen Frauen, aber längst mit stumpfem Verlangen zwischen den Beinen, ohne auch nur zu ahnen, dass dies schon einer der glücklichsten Momente war. Du hast mich gerettet, hatte Cornelius an dem Abend erklärt, was willst du dir wünschen? Und er wünschte sich nur, dass sie für alle Zeiten Freunde blieben, Weggefährten wie Franz und seine Lieblingsbrüder, und Cornelius hatte sich zugedeckt und feierlich Abgemacht, Bühle gesagt.

DER Benacus – schäumend an dem Tag, als Franz und Klara sich endlich wiedersehen, für ihn mehr ein Wiederhören. Es ist schon dunkel, er sitzt im Garten vor dem Dormitorium der

Schwestern von Peschiera, das Haus aus Holz und Lehm, der Boden in den Kammern aus Flußkieseln, darauf die Schlaflager. Franz hört auf das Rauschen des Sees, die Wasser noch aufgewühlt nach einem klaren windreichen Herbsttag. Er hat die Füße im Weinlaub, um die Schultern ein Schaffell, in seinem Bart die Mücken, er läßt sie gewähren, ein Geruch hat sie angelockt, Franz kaut an getrockneten Feigen, ein Weichmalmen mit der Zunge gegen den Gaumen, im wunden Zahnfleisch nur noch Stümpfe. Er schluckt den süßen Brei, als die Brüder, die ihn begleitet haben, Klara auf einer Trage aus Ästen und Schilf zu ihm bringen. Sie hat sich geweigert, ihn schon am Nachmittag zu sehen, sie wollte kein Licht und blieb auf ihrer Kammer. Die Brüder setzen die Trage ab und ziehen sich zurück. Franz bewegt die wunden Füße im Laub, was soll er sagen, wenn sie nichts sagt; er hört ihren Atem, als hätte sie Teig gerührt, und dann wagt er einen Blick, mit allem, was die Augen noch schaffen, im Halbdunkel oft mehr als bei Licht – die Brüder haben Späne und trockenes Olivenholz angesteckt, ein kleines Feuer vor ihrem Schlafplatz. Sein Schein fällt auf Klaras Hände, gefaltet unter dem Kinn, Knöchelchen und eine Haut wie Pergament, der Schein fällt auch auf ihr Gesicht: das einer federlosen Möwe, die ihn anblickt. Franz wendet den Kopf, er sieht in die Flammen, für seine Augen weniger schmerzlich. Meine liebste Schwester, sagt er. Warum will sie dem Herrn vorgreifen, eher bei ihm sein, als er es verlangt? Warum läßt sie ihren Leib verhungern? Ohne der Hände Werk können wir nicht dienen, also brauchen sie Nahrung. Wir fasten, damit das Herz rein wird, nicht damit es aufhört zu schlagen. Warum hat sie San Damiano, ihr Haus, verlassen und ist gewandert wie ein Mann? Um hier zu sterben wie ein altes Weib? Franz schiebt sich eine neue Feige in den Mund, die letzte, die noch vom Tagesmarsch im Beutel war, er malmt wieder, er wendet den Kopf zurück, bis ein Stück der Trage erscheint, zwei weiße Füße.

Mein Bruder sieht mich nach langer Zeit wieder und stellt nur Fragen, erwidert Klara, den Kopf etwas aufgerichtet, ein mächtiges Flüstern aus ihrem Mund. Er begrüßt mich nicht, er sieht mich kaum an, aber ich will ihm antworten. Seit er nach Spanien aufgebrochen ist, warte ich, das sind fünf Jahre. Auch wenn er manchmal zurückkehrt, so wie jetzt, ist es immer ein Warten. Wer unterwegs ist, wartet nicht, also bin ich aufgebrochen. Wer unterwegs ist, hat auch keine Sorge um andere – einmal hieß es, die Sarazenen hätten den Prediger aus Assisi erschlagen, einmal, er sei in den Bergen erfroren, zuletzt, er sei am Nilfieber gestorben. Oder es heißt, Unzählige seien zusammengekommen, ihn zu sehen und zu hören. In Lucca, in Orvieto, in Rom, wo die Witwe Jacoba wohnt. Man liebt dich. Was zählt da noch das Leben deiner Schwester? Klaras Flüstern jetzt mehr ein Hauchen, sie schnappt nach Luft, wie ein Fisch, der im Boot liegt, die Kiemen bewegt, Franz hält ihr die gekaute Feige hin. Ich war auch in Sorge, sagt er. Und bin es jetzt um so mehr. Mein Augenlicht reicht, deine Knochen zu sehen. Du mußt essen, oder willst du Gott auf die Probe stellen, willst du das? Eine scharfe, laute Frage, und Klara nimmt noch einmal alle Kraft zusammen, sie werde wieder essen, Früchte, Hirse, Fische, Kaninchen, und wieder auf die Beine kommen, wieder die sein, die er kannte, wenn er mit ihr einen Tag verbringt, nur sie beide, wird er das tun? Ihr Kopf sinkt auf die Trage zurück, Franz beugt sich herunter, der Feuerschein auf dem Tuch, das ihren Leib bis zum Hals bedeckt. Alles, was sein muß, sagt er. Und jetzt nimm! Er bewegt die Hand mit der Feige, und Klara nimmt sie entgegen, kaut sie weiter, mehr gibt es nicht zu tun, nicht zu sagen. Franz steht auf, selbst auf schwachen Beinen, er tastet sich an der Laube entlang zum Feuer. Der eine, jüngere Bruder schläft schon, aber sein alter Bruder und Beichtvater Leo sitzt noch mit dem Rücken an der warmen Hauswand, Franz setzt sich zu ihm: ein guter Moment, die Last einer Geschichte abzuwerfen, die von Schwester Gazza, der er unweit von hier, auf der Landzunge San Vigilio, das Haar abgenommen hat und die den Garten auf der Insel im Benacus versorgt – vor Klara ist er geflohen, weil sie zu viel war, alles mit Leib und Seele verlangt hat, die junge Wäscherin wollte nur ihr vieles Haar lassen, eine Schwester unter Schwestern werden, ihr Liebreiz war seine Zuflucht. Bruder Leo, bist du wach? Ich will mein Herz erleichtern.

Ein langsames Schreiben, mal eine Seite am Abend, mal nur ein Absatz, bis es dunkelte und die Fledermäuse ihre Zickzackflüge über dem Pool machten, ein lautloses Hin und Her. Und mit den ersten Sternen die letzte Maschine im Anflug auf Verona, hoch über dem See ihr Blinken und kaum ein Geräusch. Rund um den Garten dann Dunkelheit, die Nachbarn waren nicht da oder schliefen schon; nur selten ein Moped im Hohlweg zum Ort. Zweimal am Tag ging er den Weg hinunter und wieder hinauf, morgens für kleine Einkäufe, Brötchen, Milch, Obst oder Käse, mal eine Zeitung, und gegen Abend mit Handtuch und Badehose im Beutel, um in den See zu gehen und anschließend noch etwas zu essen, meist in der Pizzeria Da Carlo, wo der Kellner mit Pferdeschwanz den Kopf hob, auch wenn er dort nur vorbeilief: Zeichen, dass er erkannt wurde. Nach dem Essen dann noch sein Gang über den Platz am Hafen, ein Blick zu dem Eckbalkonzimmer, zurzeit belegt von einem Männerpaar, schließlich der Weg nach oben, die Arbeit auf der Terrasse, die selbsterschaffene Zeit. Und vor dem Schlafen noch Vilas Worte aus Frankfurt, oder wo sie sich gerade aufhielt, um einen ihrer Talkkandidaten zu treffen, und seine Antwort wie das abendliche Amen.

Gute, gleichförmige Tage. Die Gartenarbeit immer sichtbarer, der Rasen gemäht, der Efeu entfernt, die Jasminlaube gekehrt, hängende Zweige hochgebunden, nicht abgeschnitten, der Oleander auf dem Dach versorgt. Alles blühte, alles trieb aus, und wenn er im Halbdunkel vor seinem Gerät saß wie vor einem Fenster mit Blick auf Klara und Franz, lag der Geruch des Jasmins in der Luft, als würde sie aus nichts anderem bestehen, eine süße Schwere, die von Abend zu Abend noch zunahm. Zwei Tage vor Fronleichnam war er kaum mehr imstande, etwas zu schreiben, und saß länger als sonst auf der Terrasse, das Gerät schließlich zugeklappt, ein Sitzen mit geschlossenen Augen, während auf der anderen Poolseite, in dem Olivenbaumpaar, das mit seinen Stämmen und den verschränkten oberen Ästen einen Torbogen ergab, darin klein der angestrahlte Kirchturm, eine Grille zirpte – unermüdlich ihr Auf und Ab, dann aber doch jäh eine Pause. Und in der Stille aus einem der tiefer gelegenen Gärten Frauengemurmel, ein Parlando wie von einer geheimen Bühne, dazwischen gedämpftes Lachen, auch leise Wortfetzen, das Zirpen dagegen geheimnislos; erst als es wieder anfing, machte er die Augen auf und sah Vila in dem Bäumebogen, den Kirchturm verdeckend, Vila in Jeans und weißer Bluse, eine Duty-free-Tüte und ihre Schuhe in der Hand. Das Taxi hat vor der Zufahrt gehalten, sagte sie, du hast es nicht gehört, der Jasmingeruch kann einen betäuben. In der Spätmaschine gab es Plätze, ich konnte umbuchen. Renz hat in den nächsten Tagen noch Termine, er kommt am Wochenende, er mag es, wenn ich alles vorbereite. Und du?

DER Jasmingeruch – sie würde nie Duft dazu sagen, Duft sagten nur Besucher, die selbst schon mit Düften ankamen. Sie kam verklebt von der Reise, zwanzig Minuten auf dem Vorfeld in Frankfurt im Bus, ein drückender Abend, und drückende Luft auch während des Flugs in der kleinen Maschine, sie hatte seine letzten gemailten Seiten noch einmal gelesen. Franz sieht

Klara nach einem Jahr wieder, für Klara aber ist es wie fünf Jahre, sie hat das Warten satt und manchmal wohl auch das Fasten; sie hat das Warten und Fasten sozusagen gefressen und kaum etwas anderes, Nahrhaftes. Und das Ergebnis erschreckt sie: kein Sieg über den Leib, eher eine Niederlage, ein Sieg höchstens der Gedanke, dass es eine Niederlage wäre. Im Grunde will Klara Franz gefallen, auch wenn es etwas Schmutziges hat – ein sicheres Gefühl schon beim ersten Lesen. Und wie gern hätte sie Klara einmal in Assisi erlebt, oder wie gern würde sie Klara in die heutige Zeit versetzen, Franz weckt dagegen nur ihre Neugier. Die wenigen stillen Momente der Juniwochen hat sie mit Klara verbracht, einer hochgewachsenen jungen Frau, seltsam hellhäutig in ihrer Umgebung, schmale Augen, schmaler Mund, aber die Art von Lippen, die plötzlich voll werden können; einer, nach der sich die Leute umdrehen, wenn sie ihr Lächeln herabfallen lässt wie ein paar Münzen in die Hände von Bettlern. Und einer, die den Mut hat zu lieben, gegen alle Vernunft und doch rational. Ich will. Und du, fragte sie noch einmal. Was magst du?

Bühl schob einen Zettel mit letzten Notizen unter das Notebook, Wo ist dein Gepäck? Er stand auf, nur in Hemd und Hose. Oben am Tor, eine Tasche, sagte sie und griff in den Pool, das Haar fiel ihr übers Gesicht; sie schüttelte das Wasser ab und kam wieder hoch und ging am Becken entlang bis zum Rasen vor der Laube, ihre Schuhe noch in der Hand, flache Sandalen, ein schönes Gefühl an den Füßen auf dem gemähten Stück. Oder bin ich zu früh, fragte sie, als er schon mit ihrer Tasche ankam, einer großen, prallvollen Tasche, in aller Eile gepackt, fast ein Fluchtgepäck. Er trug die Tasche zum Haus, und sie schaffte es, vor ihm auf der Terrasse zu sein, Arme in die Luft gestreckt, die Sandalen und ihre Tüte auf dem Boden. Bühl stellte die Tasche ab, er hob die Tüte auf, darin Bücher und eine Stange Zigaretten. Hast du Hunger? Eine Frage wie an ein

Kind, das spät heimkommt, und sie nickte nur, während die Arme einsanken, die Hände ins Haar fielen, sie so vor ihm stand, unter Verzicht der Hände, ihrer Frisur, der Schuhe, schutzlos, dazu ohne Dusche nach der Reise. Es blüht ja alles, sagte sie und sah ihn Momente lang an, wie ein schnelles Feststellen, ob er das auch sei, und er stellte die Tüte ab und nahm ihre Hände, Seit wann rauchst du? Er hob die Hände aus dem Haar und hielt sie in einer Schwebe. Die Zigaretten? Schmeiß sie weg, rief sie. Stör ich, bin ich zu früh? Sie drückte gegen die Hände, er gab etwas nach, sein Nein: nein, nicht zu früh, und sie atmete wie eine Patientin, die abgehorcht wird, tief einatmen soll. Dabei noch immer das Lehnen an seinen Händen und ihr Mund leicht offen nach dem Atmen, ebenso die Augen, halb offen, halb zu, Kleinigkeiten, die sich zusammenschnürten, und schon überschlugen sich die Dinge, das erste Umarmen und Küssen, das Taumeln vor Nähe, Fuß auf Fuß: zwei Tanzschüler, wenn die Musik plötzlich aussetzt, die Haut des anderen auf einen Schlag volle Geltung erlangt. Wenn es gilt.

Es galt, sich zu lieben, sonst nichts. Ein Konzentrieren weder auf sich noch auf den anderen, eher auf etwas Drittes, das beide verbindet, wie das Tanzpaar auf die plötzliche Stille, auch wenn sie Nähe bedeutet. Es gibt kein Handbuch für solche Momente, nur Hände, die etwas tun, den anderen von einer Terrasse ins Haus lenken, an den Ellbogen, an den Hüften, alles sehr langsam, auch das Ausziehen von Bluse und Jeans, noch im Stehen in der Tür zum Bad. Bühl tippte an ihre Reverso und zeigte zwei Finger: zwei Minuten um zu duschen, mehr gab er ihr nicht, er hatte auch die Zeit in die Hände genommen. Sie war in ihrem Haus, aber seinem Raum, auch noch als er oben auf ihrem Bett nach kaum mehr als zehn Worten, wo ist dein Gepäck, wie war der Flug, hast du Hunger, zwischen ihren Beinen lag und sie sich liebten und es nur noch galt, auch zu glauben, dass sie sich liebten, bis Glauben und Lieben eins würden.

Und auch sie sprach kaum das Nötigste, ihr Sprechen, es bestand aus Bewegung und Atmen und manchmal einem Du, als hätte sie das kleine Wort gerade erlernt und würde es zögerlich anwenden; dazwischen nichts als sein Tun in ihr mit einem Geräusch wie Kauen bei leicht offenem Mund. Und ihr Verlangen nach Nähe, allem auf einmal mit ihm, dem Geliebten, nahm mit der Nähe nicht ab, im Gegenteil, es wuchs noch an, beglückend und erschreckend zugleich. Das war sie, die hier liebte und immer noch mehr wollte, also bat sie ihn zu kommen, damit es gut wäre für den Moment, eine Bitte wie um einen Besuch, wenn man krank ist, bitte komm, halt meine Hände, rede mit mir, Geflüstere von ihrer Seite, aber nicht filmreif, eher stammelnd, ohne Konzept, und doch fordernd, bis er sich aufstemmte, ganz der ihre, ihr heimlicher Mann, und sie das Ficken sah – weiß Gott nichts Neues, was da zwischen ihnen passierte (und Spatzen seit jeher vom Dach pfeifen), nichts, das sie nicht mit Renz schon Hunderte von Malen getan hätte, aber etwas anderes: als würde es in einer geschlossenen Welt geschehen, zu der sie sich endlich Zutritt verschafft hatte. Am Ende presste er das Gesicht an ihres und schwemmte ein Glück in sie, das sich noch in ihr verteilte, als sie schon halb schlief, seinen Mund in ihrem Nacken. Und am anderen Morgen ein Aufwachen, als seien nur Sekunden vergangen, wie nach Renz' letztem Blick vor dem Kaiserschnitt, als das Narkosemittel schon in die Vene rann, und dem wieder Zu-sich-Kommen in einem Nebel, Renz neben dem Bett, ein Teil des Nebels, das winzige Kind in den Händen. Wie geht es dir, fragte Bühl, und sie griff in sein Haar, bevor sie ins Bad lief. Dort im Spiegel dann eine Frau mit erwachsener Tochter und Mädchenwünschen.

Vila liebte und sah sich gleichzeitig zu, ein erstauntes Auge, das sich weder schließen oder abdecken ließ, das immerzu verfolgte, wie sie in den unverhofften Wahnsinn ihres Lebens trieb, in der eigenen Nacktheit versank. Am späten Vormittag liebten sie sich im Gästezimmer, auf dem Bett nur das Laken, wie eine dritte, kühle Haut; ein schon sommerdurchfluteter Tag, in den Oliven die Hysterie der Zikaden. Sie lag auf dem Bauch, das Gesicht in der Armbeuge, ein Bein angezogen, Bühl küsste die Kniekehlen, ihre Beine, den Arsch, er nahm sie mit der Zunge, der Nase, den Fingern und am Ende auch so, wie es immer schon war zwischen Mann und Frau. Sie schliefen miteinander, vorsichtig im Dämmer hinter geschlossenen Läden, tatsächlich eine Art Schlaf, irreal, bis auf ihre Tränen, die Erlösung der Augen nach einem strömenden Kommen, wie ein Regenguss in ihr. Sie weinte allein, das kannte sie, aber Bühl hörte nicht auf, sie zu streicheln, bis es vorbei war, das kannte sie nicht. Und vielleicht wollte sie deshalb etwas zu essen machen, ihn und sich bewirten, statt essen zu gehen, auch wenn nicht viel im Haus war, nur die üblichen Vorräte, mehr renzsche Reserve als ihre, doch sie machte daraus das ihre, eine Sugokreation aus Dosenthunfisch und kleinen süßen Tomaten, gerösteten Brotwürfeln und Thymian aus dem Garten – das erste Essen auf der Terrasse in dem Jahr, und dabei blieb es auch in den nächsten Tagen, kein gemeinsames Ausgehen, nur die eigenen Blicke.

Sie beide und das Haus. Vila kaufte schon vormittags ein, seit jeher ihre Zeit, in den Ort zu gehen, Bühl blieb im noch schattigen Garten und suchte wieder Anschluss an Franziskus, mal mit einer halben Seite, mal nur mit wenigen Zeilen. Und in den Mittagsstunden das Bett, die geschlossenen Läden, das Küssen, das Wollen; später schwammen sie im Pool, jeder seine Bahnen, und nach der Tageshitze kochten sie, einfach, nicht aufwendig, wie auch ihr Lieben nichts Aufwendiges hatte. Sie waren sich nah, das reichte, nah sogar wenn Renz anrief. Und er rief jeden Abend an, sie dabei am Poolrand, die Füße im Wasser, das Telefon im Schoß, der kleine Lautsprecher auf on, ein Bericht über das Hickhack bei der Seearztserie, Finale mit Hochzeit in San Vigilio, ja oder nein, die Braut eventuell schwanger? Oder redaktionelle Bedenken, was den Missbrauchsstoff anging, mehr Doku oder mehr Fiktion, auch weibliche Opfer, weibliche Täter? Hosenscheißerei, sagte Renz. Und anschließend ihr Bericht zu Haus und Garten, die gute Vorarbeit von Bühl: Bühl schon wieder unterwegs nach Assisi. Erstaunlich, wie leicht es ihr fiel, Renz etwas aufzubinden; darum auch kein Essen im Ort, ja nicht einmal das nächtliche Bootfahren, trotz Ankündigung.

Ihr war das klar und Bühl genauso, der Tribut an die Realität, und abends hätte man darüber reden können, taten sie aber nicht; ein Übergehen, kein Mantel des Schweigens, wie sie auch anderes übergingen: dass sie bald zu dritt sein würden in Torri oder den goetheschen Geburtstag, das jährliche Fest, unter den Gästen Kilian-Siedenburg, das Stück Doku, das einer wie Wilfinger für ein Ja zu dem Stoff brauchte. Lieber sprach Vila in den Abendstunden über die neue Arbeit, ihre Suche nach originellen Leuten, die auch vor der Kamera noch originell wären, mit mehr rüberkämen als mit Zahlen und Sprüchen, und auf einmal war sie bei Kilian-Siedenburg: vor der Kamera fast schon Profi in eigener Sache, seine Sprüche zum Thema immer so, dass ihm keiner am Zeug flicken kann, einer, der auch in die Politik passen würde, Parteistratege, Hoffnungsträger. Oder ist der Eindruck falsch? Er war ja einen Abend lang bei uns, mein Mann hat gekocht, hörst du zu? Sie hielt eine der Hände, die in den Mittagsstunden gut zu ihr waren, die sich auskannten auf ihr, überall, eine Hand, die sie manchmal an ihre Wange drückte, das Ganze an dem Steintisch unter den Bananen, bei Wein und Brocken von Parmesan, in der Tischmitte brennende Räucherstäbchen gegen winzige Mücken, ein Geruch wie aus frühen Tagen mit Renz – vielleicht daher die Wortwahl Mein Mann.

Der Eindruck ist richtig, sagte Bühl. Cornelius war Schulsprecher, er hat sich Stimmen gekauft, von dem Geld seines Vaters. Ich habe ihn unterstützt, als Freund. Er hat sich vor allem um die Jüngeren bemüht, versprochen, sich dafür starkzumachen, dass der Abendausgang verlängert wird, das kam an. Und jetzt hat er eine Website zu seinem Entschädigungsprojekt, dort schreibt er über Aarlingen, als sei er selbst ein Opfer. Er sagt es nicht direkt, er lässt es nur offen, eher eine Sünde als ein Vergehen. Schicksalsschwindel ist leider kein Tatbestand. Und dein Mann hat ihn eingeladen, das ist gut.

Weil du ihn hier treffen willst, bist du deshalb im Sommer hier, gibt es keinen besseren Ort für ein Wiedersehen? Was ist mit dir los, Bühl, was geschieht in deinem Kopf, bewegen sich da nur Männer, Franziskus in einer Kutte, dieser Rudertrainer im Muscle-Shirt, dein Ex-Freund im Anzug? Was willst du dann von mir? Vila stand auf, sie lief über den Rasen und sah auf den See, in ihrem Rücken das Klatschen der Bananenblätter, wenn einer zwischen den Stauden hindurcheilt, um schneller zum Gartentor zu kommen; dann das Geräusch des Tors, sein Auf- und Zugehen, und keine Sekunde zu früh auf der Terrasse das Telefon, da hatte sie es extra hingelegt, damit sie nicht den renzschen Abendanruf verpasst. Wo bist du, fragte sie gleich, und Renz sagte In Frankfurt, und sie lief mit dem Telefon um den Terrassentisch, auf dem noch alles herumstand vom Essen – sie hatte am Vormittag Doraden gekauft, dazu ein Amaronerisotto gemacht, am Ende doch ein gewisser Aufwand –, und vom Tisch lief sie über den Rasen bis zu den Rosmarinsträuchern am Zaun, von wo aus man die Zufahrt sah, während Renz immer weiterredete, nicht von zu Hause, wie er sagte, sondern von der Stadt aus, wo er noch letzte Besorgungen machte, weil er morgen schon losfahren wollte, ganz früh, um vor dem Abend da zu sein, endlich am See. Was fehlt denn noch, fragte sie, bemüht, ihm zuzuhören, auch etwas aufzugreifen, jetzt schon auf der Treppe zum Gartentor mit dem Telefon. Renz war in der neuen Mall auf der Zeil, da war sie selbst erst einmal durchgelaufen, einmal und nie wieder, er stand vor dem Hollister-Laden, der Hollister-Grotte, wie er erklärte, er hatte nach einem Hemd gesucht, war dort wohl herumgeirrt zwischen den Sachen, alle nur punkthaft angeleuchtet wie Pflanzen in einem Nachttierhaus. Aber auf jedem Teil steht groß Hollister, hörte sie ihn sagen, als sie das Gartentor erreichte, fast die Grenze für das schnurlose Telefon. Und Hollister ist ja nur ein anderes Wort für Abercrombie – Renz, über Labeldinge immer gut informiert, sein Seearztheld ging mit jeder Mode –, beides eine Art Mantra, sagte er, inhaltlich und vom Klang her dasselbe, und ich will kein Mantrahemd für das Boot, Ende meines Besuchs in der Hollister-Grotte. Und du? Er machte eine Pause, etwas länger als nur zum Atemholen, also war sie jetzt an der Reihe, und sie wollte schon fragen, ob er sich von einem Hollister-Shirt versprochen habe, leichter über Marlies' Tod hinwegzukommen oder sich wieder so jung zu fühlen wie an ihrer Seite, als sie Bühl zwischen den Steinmauern am Ende der Zufahrt sah. Er kam aus dem Hohlweg und schien unentschlossen, ob er zum Haus gehen sollte, und sie winkte ihm, in der anderen Hand das Telefon. Und du, wo bist du, fragte Renz. Ich? An der Einfahrt, dort liegt noch Zeug, das kommt morgen weg, dann ist der Parkplatz frei – das richtige Stichwort. Renz kam auf den Jaguar, frisch aus der Inspektion, alles in Ordnung, ein funktionierendes Auto und zeitlos schön, nicht diese Bügelfalten von Mercedes an den Seiten. Wie ist das Wetter? Seine Schlussfrage, genau rechtzeitig, Bühl ging die Zufahrt hinunter. Perfekt, sagte sie. Und fahr vorsichtig! Ihre finale Formel, dann konnte sie ihn wegdrücken, ihr anderes Leben fortsetzen, sich noch sammeln dafür, auf die eigenen Füße schauen, die lackierten Zehen bewegen.

Bühl kam an ihr vorbei, er streifte sie mit dem Arm, Stell

keine Vermutungen mehr an über mich, sonst liebe ich alles an dir, hat dein Mann angerufen, ist er schon unterwegs? Fragen, die nicht gleich eine Antwort verlangten, nur überhaupt, und er ging auch einfach weiter, mit geradem Kreuz in den Garten hinunter, ein Gang, der sie sekundenlang fassungslos machte: dort ging der, der sie liebte. Und als sie auf die Terrasse trat, räumte er schon den Tisch ab, sein Hemd über der Schulter, und sie half ihm dann, die Küche in Ordnung zu bringen. Renz kommt erst morgen, sagte sie beim Anstellen der Spülmaschine. Gehen wir aufs Dach? Sie holte zwei Dosen Bier aus dem Kühlschrank, und oben, in den Polstern unter dem Zelt, öffnete sie eins der Päckchen aus der Stange Zigaretten, die Bühl nur auf ihren Schrank gelegt hatte, nicht weggeworfen, zog eine Zigarette heraus und steckte sie an, während er einfach Zeuge war, besser als jedes Feuergeben. Sie rauchte und sah auf den See; in den Dachfliesen noch die gespeicherten Sonnenstunden, wie in ihr die letzten Tage und Nächte. Sie saß nur in dem Hemd da, das er über der Schulter getragen hatte, er nur mit Handtuch um die Rippen – noch zu viel. Sie hatte Lust auf seine Nacktheit. Und wollte, dass er auf ihrem Bauch kommt, aus dem Nabel einen kleinen hellen Teich macht. Sie wollte selbst Zeugin sein, sehen, wie er sich erschöpft, auch wie er sich danach aus der Affäre zieht, sie halb beschämt, halb amüsiert abtrocknet. Das alles wollte sie und dass sie selbst gar nichts müsste, nicht einmal kommen. Und dann hatte sie auch Lust, eine schmerzliche Lust, mit ihm über die Zukunft zu reden, was nach dem Sommer würde oder im nächsten Jahr – ihr ist aufgefallen, dass sie noch nie über das Alter gesprochen haben, seines und ihres. Jeder ältere Mensch erschreckt einen jüngeren, auch wenn er nur einen Tag älter ist. Und doch wird sie sich nichts in die Lippen spritzen, in die Wangen, die Stirn, die Brüste schon gar nicht. Und auch Laufbänder, Rudermaschinen und Ähnliches schließt sie aus, desgleichen Ayurvedakuren oder T-Shirts ihrer Tochter; kein Jugendwort auf der Brust, allenfalls Tönung im Haar, damit müsste er zurechtkommen, wie sie bei ihm mit den Franziskusdingen und seinem sonstigen Leben, über das sie nicht einmal Vermutungen anstellen darf. Schlafen wir einfach nebeneinander, sagte sie, immer noch die Zigarette in der Hand. Jetzt bist du noch da und morgen Abend schon nicht mehr. Wo wirst du sein? Sie lehnte sich an ihn und griff in sein Haar, er hatte ihr längst gesagt, wo er in den nächsten Tagen sein würde, auf der anderen Seeseite, um zu wandern; noch war er bei ihr, mit seinem Haar, seinem Mund, Schultern und Armen, und zerrann doch schon zwischen den Fingern. Stört es dich, wenn ich rauche? Eine Verlegenheitsfrage, und seine Hand kam herüber, er nahm ihr die restliche Zigarette ab, machte die letzten Züge, und es war klar, dass er geraucht hatte, mit seinem früheren Freund, jahrelang sicher. Du und dein Mann, ihr solltet die erste Zeit für euch haben, sagte er. Ich werde um den ganzen See gehen, vielleicht auch zu der Insel schwimmen, nachts, wenn keiner mich sieht. Wollen wir hier oben schlafen? Er machte noch einen Zug und legte sich dann auf die Polster und warf die Glut vor das offene Zelt auf den Boden, wo sie langsam erlosch. Ja, wir schlafen hier, unsere letzte Nacht für diesen Sommer, der kaum begonnen hat, halte mich: Worte, die sie nicht sagen musste, die sich anders Luft machen; ein Liegen Brust an Brust, ihr Gesicht an seinem Hals, keine Haltung, um einschlafen zu können, ein Panikgedanke, der noch aufkam, aber kraftlos, mehr ein Reflex. Dann nur noch ihr und sein Atem, nicht ganz synchron, aber synchron genug für etwas dem Schlaf Verwandtes, Stunden auf dem Grat zwischen Wünschen und Träumen, bis auf dem See die Strömung von Norden nach Süden einsetzte, mit ihrem Rauschen von Abertausenden aus dem fjordigen Norden in den Südteil gedrängter Wellen, und der See langsam Farbe bekam, während sie sich umarmten, dunkles Blau wie übersät mit weißen Blüten, ein Schaumkronenteppich. Danach nur noch das Beruhigen durch seine Hände, wie man aufgelöste Kinder beruhigt. Ich gehe dann, sagte er, als die Sonne schon hoch über den See schien, genau auf die Bergspitze gegenüber, für die Einheimischen nur der Nasenmannberg, für sie nur das Profil einer schlafenden Frau. Und wenn ich zurück bin, hängen meine Badesachen auf dem Eckbalkon, sagte er noch.

Ein verabredetes Zeichen wie im Märchen, einziger Halt, als sie allein war, erst im Haus, dann im Garten und wieder im Haus. Es gab nicht mehr viel zu tun, er hatte fast alles getan; sie konnte noch die Liegen abspritzen und die aufgeraute Marmorkante um den Pool von kleinen Rostflecken befreien, sie konnte alle Topfpflanzen düngen und im Haus die Larvennester in den oberen Wandecken wegnehmen; sie konnte die Bäder putzen, die Spülmaschine ausräumen und ihr Bett frisch beziehen, den Müll der letzten Tage wegschaffen und überhaupt jede frische Bühlspur beseitigen, womit die Spuren in ihr nur tiefer wurden. Gegen Mittag, als sie vor dem Vergrößerungsspiegel ihre Augenbrauen zupfte, ein Anruf von Renz aus dem Wagen, Ich bin es, hörst du? Er fuhr bei Musik, ein melancholisch aggressives Klavier, sie verstand nur, dass er vorankam, schon hinter Innsbruck war, sein neuer Rekord im Urlaubsverkehr. Reservier unseren Tisch und mach dich schön, rief er noch, und sie ging mit dem Telefon und dem Spiegel ins Gästezimmer, auf das Bett der vergangenen Tage, auch frisch bezogen, ein Sommerlaken.

Ihrer beider Tisch, das war der Tisch unter dem Balkon mit Bühls Badesachen, wenn er zurück wäre von der Wanderung, und schön machen hieß, dass Renz mit ihr schlafen wollte, erst mit ihr essen, dann trinken, dann mit ihr schlafen. Und sie wusste nicht einmal, wie sie ihm gegenübertreten sollte, wenn er vom Parkplatz die Treppe herunterkäme. Sie lag im Halbdunkel, die Läden nicht so geschlossen wie in den Tagen zuvor, auf den Brüsten ein Lichtstreif, auch auf ihrem Geschlecht inmitten der Haare, die heute noch toleriert werden, einem Mädchenflaum wie aus dem Jahr ihrer ersten Periode, teils von schonender Creme, teils von behutsamem Schneiden, inzwischen alle zwei Wochen, weil ihr Haar dort eher struppiger wird, nicht feiner – das Älterwerden schert sich nicht ums Design, dafür muss sie schon selbst sorgen und hat es auch wieder, in Frankfurt noch kurz vor der Abreise, aber zum ersten Mal mit einer Scheu davor, ja sogar Widerwillen, als würde sie mit den Haaren auch eine Zeit abschneiden. Sie drehte sich zur Wand, darauf noch Flecken von Schokoladeneisfingern, als Katrin hier ihr kleines Kindersommerreich hatte; die kurze Nacht holte sie ein, fast schlagartig ein Strom von Bildern, und das Erwachen daraus wie ein Standbild – am Bettrand Renz, ihr großes Badetuch um den Bauch, eine Hand mit gespreizten Fingern über dem Herzen, seine Pose nach dem Schwimmen, leicht platt, aber menschlich, wie alles Menschliche an ihm ins Platte geht, wenn er Musik hört etwa, gleich gerührt wird, oder Geständnisse macht mit Kinostimme. Hinter Bozen war alles frei, sagte er, und seine Herzhand griff um ihre Rippen, in ihr Kreuz, um die Hüfte.

Es ist später Nachmittag, von der Kirche kleine, ermunternde Glockenschläge, vom See das Geräusch eines Boots mit starkem Motor. Ihre Augen sind zu, sie ist gefangen in Renz' Bewegungen, den bekannten Wörtern, seinem Geruch; sie lässt ihn gewähren, Renz das alte vertraute Tier, das nicht davonläuft, das zu ihr hält, mit in jeder Scheiße steckt. Sein Werben tut gut, dazu die kindliche Dankbarkeit, dass sie ihn noch einmal, trotz allem, mit ihrem Mund, ihrem Schoß adoptiert. Sie ist ein Schwamm, der jeden Tropfen Liebe aufnimmt, jeden. Komm, sagt sie, komm jetzt, ihre einzigen Worte, vielleicht die ersten, seit er da ist, sie weiß es nicht, sie weiß nur, dass sie nicht anders kann, als mitzuziehen, und sich versündigt, nicht an ihm, nicht an Bühl, an sich selbst. Renz kämpft um den einen, besten Moment, sie sieht es von außen, sein Bemühen, auch in ihrem Interesse, seinen Kampf, also hilft sie ihm, Vila Caritas. Er muss ihre weiten Beine sehen, das eigene Mühen dazwischen, dazu ihren Blick, den Segen bekommen, das reicht für den einen Moment: dem immer auch das Ergreifende anhaftet, wie bei Kasper, wenn er sich endlich am Wegrand hingehockt hatte und durch sein Hundegesicht ein Beben ging. Danach beide wie erschlagen nebeneinander, nah am Schlaf; nur der Hunger lässt sie aufstehen. Sie essen am Hafen, an ihrem Tisch unter dem Gide-Zimmer, der erste Torri-Abend, vor ihnen ein ganzer schwellender Sommer. Und in ihr die Furcht, dass es der letzte Sommer am See würde, noch vor dem goetheschen Datum alles platzen könnte, dass sie ihre Zeit hier nie wiederfindet.

ALLE Liebenden in Bedrängnis, ob durch einen Dritten oder die Macht der Verhältnisse: Krieg, Vertreibung, Katastrophen, die großen Stoffe, oder einfach bedrängt durch das Alter, die schwindende Zeit, suchen nach Auswegen, und das oft buchstäblich, mit einer Reise, einer Wanderung, im Gebirge oder um einen See, dem Rückzug als Teil der Lösungssuche, als reale Fiktion, einem Stück Theater in freier Natur.

Der Wanderer Bühl, in Laufschuhen und Schwimmshorts, bei sich nur das Nötigste in einem Rucksack, Kleidung, Fernglas, Isomatte, Notebook, Kreditkarte, Papier und Stifte, trug dieses Theater mit sich herum, als gehöre es auch zum Nötigsten. Das Alleingehen – anders als geplant, zunächst auf derselben Seeseite Richtung Norden –, war das Stück Pathos, das gleichsam mitging. Die erste Übernachtung in der Kapelle von Campo, dann folgten rückwärtige Einzelzimmer, die auch zur

Hochsaison nicht belegt waren, in Torbole, in Arco. Und nach Riva die andere, von der Morgensonne beschienene Seite, anfangs am See entlang, dem schroffen, unbewohnten Ufer, mit zwei Nächten in Felsnischen; die zweite ohne Proviant, nur mit Wasser und der Versuchung, sich als Unglücklichen zu sehen, ausgestreckt auf der Schlafmatte, über sich einen sternlosen Himmel: reichlich Platz für Vila, die Eigenheiten ihres Körper, runde Schultern, der bequeme Bauch, ihre Fesseln, die Waden. Sie mag es, wenn man ihre Kniekehlen küsst, sie mag es, wenn man sie ergründet, wieder und wieder. Er will wissen, warum es ihn gibt, sie will wissen, *dass* es sie gibt. Am nächsten Morgen zog er weiter Richtung Salò. In San Gaudenzi, steil über dem See, stärkte er sich mit einem weißen Käse, aus dem Milch quoll, einer Kugel frischer Bufala. Und in Gardone, schräg gegenüber von Torri, sah er durch sein Glas das Haus mit dem Dachzelt. Er wohnte im alten Grand Hotel, auch dort gab es noch Zimmer; am späten Abend der See schwarz und vor dem helleren Himmel mit Mondsichel die Franziskusinsel, und er sprang vom Hotelsteg ins Wasser, in eine absolute Freiheit, wie mit Cornelius, wenn sie in die Schweiz geschwommen waren.

Die letzten heißen Junitage hatten den See erwärmt, eine flüssige Haut, er schwamm mit großen Zügen. Ich denke an dich: Vilas einzige Nachricht, jeden Tag, schon nah am Verrückten, weil ja kaum noch Raum blieb, an sich zu denken, oder weil an sich und den anderen denken ein und dasselbe war. Wollte er das von ihr? Seine Mittagsstunden ohne ihr Atmen sind dunkel, dunkle Kapitel mit ihm als einziger Figur. Vor dem Nachthimmel die Zypressen auf der länglichen Insel: wie Federkiele; schwimmen ist einfach, viel einfacher als das Leben an Land, dort hat ihn wenig getragen, bis Vila auftauchte. Er weiß nicht, was er von ihr will, sie soll einfach da sein. Unter den Füßen plötzlich moosiger Fels, und er macht noch zwei Züge, dann greift er in die Zweige eines überhängenden Oleanders und zieht sich auf festen Boden, geht herum um den Strauch, vorbei an einer Tafel, die das Betreten der Insel in drei Sprachen verbietet – er ist da, wo sein Herz schneller schlägt. Vielleicht würde er Vila ohne Renz gar nicht wollen, wer kann das wissen? Er weiß nur, dass es Renz gibt. Und Vila gibt. Und ihn gibt. Geduckt durchquert er die Insel, ihr schmales, zum Land zeigendes Ende, einst das Geschenk an Franziskus, er soll dort ein kleines Refugium mit Garten errichtet haben, für Brüder und Schwestern, die mit sich und Gott allein sein wollten, aber davon findet sich nichts mehr. Es gibt nur Zypressen und Oleandersträucher, blassrote und weiße, und er steigt wieder in den See und schwimmt um die Inselspitze und von dort auf die Hotellichter zu. Schwimmen wie eh und je, nackt und allein: eine andere Form von Denken, die Strecke fast wie die zwischen Aarlingen und der Schweiz, mit fünfzehn, sechzehn im Sommer jede Woche bewältigt, hin und zurück. Konnte Franz schwimmen? Warum sollte er? Wer anstrebt, auf dem Wasser zu gehen, denkt nicht ans Schwimmenlernen. Und hat er geliebt? Wahrscheinlich, sonst wäre er kaum geflohen davor, hätte nicht Gazza die Wäscherin vor die liebste seiner Schwestern geschoben, ihr Magdgemüt vor Klaras Gläsernheit. Eine Magd hat ihn zum Mann gemacht, eine Magd soll ihn davor bewahren, wie eine Frau zu empfinden. Die Lichter von Gardone jetzt schon nah, und er krault das letzte Stück zum Steg des alten Hotels – Kleidung, Schuhe und Handtuch noch dort, wo er sie hingelegt hatte. Nun musste es schnell gehen, abtrocknen und anziehen, damit er gleich ins nächste Element wechseln konnte, in das der Buchstaben.

Das Schwesternhaus bei Peschiera, nachts, im Garten noch die Glut vom abendlichen Feuer, dazu die leise Stimme von Franz, Franz, der seinem Beichtvater Leo von Gazza der Wäscherin erzählt. Er ist schon vorangekommen mit seiner Geschichte einer Flucht vor Klaras Willen, Flucht auf die Landzunge San Vigilio im Benacus, nach einem Herbststurm dunkel vor Nässe. Im Uferkies die junge Wäscherin und vor ihr der, der hier spricht, sagt Franz zu seinem alten Bruder. Die künftige Schwester, sie kniet mit gebeugtem Kopf, ihr Haar fällt bis zum Boden. Und auch er kniet, hart auf den Kieseln, ein Büschel ihres Haars in der Hand, soviel, wie er zu halten vermag, warm zwischen den Fingern an dem kalten Morgen. Und noch vor dem ersten Schnitt mit einer Klinge, die sonst Kaninchen häutet, sein Plan, auf der Insel gegenüber eine Klause zu bauen – noch ein Fluchtort vor dem Willen unserer Schwester Klara. Dann der Schnitt, aber das Haar läßt sich nicht schneiden, er muß es durchtrennen, dicht an der Kopfhaut die Klinge wie ein Sägeblatt führen, so oft, bis das Büschel reißt, in seiner Hand liegt, immer noch warm. Er läßt es fallen, ein Kitzel auf den Füßen, und greift erneut in ihr Haar. Büschel auf Büschel fällt, während sie betet. Wo das Haar schon abgetrennt ist, schabt er mit der Klinge über die Reste und singt dazu, er zieht am Haar und trennt es ab, schabt die Stoppeln, wischt das Blut weg, er kann kaum aufhören, ein Schnitt noch, einer nur. Auf seinen Füßen, seinen Knien, den Armen, überall schwarzes Haar, ihr Schädel glänzend wie Innereien. Der kleine Bruder Franz segnet seine neue Schwester, sie hat alle Schmerzen ertragen, jetzt darf sie weinen, und er weint mit, die Tränen verbrennen seine Augen. Führ mich zum Wasser, sagt er, und dort wäscht er ihr das Blut ab, wieder und wieder, dann schickt er sie in ihren Ort, damit sie einen Fischer bittet, daß er den armen Mönch aus Assisi in seinem Kahn zur Insel vor Salò bringt, der Höchste werde es ihm lohnen. Und die neue Schwester begleitet mich, ruft er ihr nach und ist wieder allein auf der Landzunge. Er friert, zählt seine Gebete, zwölf bis zum Abend, vier in der Nacht. Und am Morgen kommt sie zurück, auf dem Wasser im Segelkahn eines Fischers. Die Überfahrt zieht sich hin, immer wieder dreht der Wind, der Fischer verflucht den Tag. Doch kaum auf der Insel, einem Stück Paradies auch im November, sind alle Flüche vergessen. Für die ersten Nächte dient das Haus des Biemino, Besitzer der Zypresseninsel, bis aus Gehölz eine Hütte gebaut ist, erst für drei und bald für vier. Ein Steinmetz aus dem Ort Manerba ist dazugestoßen, und bis zum Frühjahr ist die Klause errichtet, die neue Schwester kann einen Garten anlegen. Sie ist immer um den, der hier spricht, sagt Franz. Sie macht ihm einen Blätterhut gegen die gleißende Märzsonne, sie wäscht seine Augen, sie öffnet ihm frische Melonen, schneidet das rote Fleisch, sie singt, wenn er es möchte, und wässert den Garten. Alles wächst, alles blüht, ein summender duftender Käfig, der Poverello weiß nicht, wie er je wieder wegkommt von der Insel. Jeden Tag reicht man ihm süßes Melonenfleisch, während die Sonne immer mehr brennt und auch die anderen Früchte im Garten reifen; während ein roter Mond über dem See hängt und die Sterne vom Himmel fallen und jeder Strauch den Zikaden gehört. Die Hitze ballt sich zu einem Unwetter, das morsche Zypressen knickt und den See erst grün, dann weiß färbt, eine tosende Nacht, und als der Benacus am Abend danach wieder glatt ist, weist er den früheren Fischer an, heimlich seinen Kahn zu holen. Er will mit der Nachtströmung nach San Vigilio, von dort sind es sechs Tagesmärsche bis nach Bologna zu liebsten Brüdern, wieder ein Fliehen, jetzt näher zu Klara. Doch als der Kahn bereit liegt, er einsteigen will, taucht seine Gärtnerinschwester in der Dunkelheit auf, grau wie die Nacht, und er stößt sie weg, indem er sie segnet, drückt ihr mit zwei Fingern gegen die Stirn. Mehr ist nicht zu sagen, Bruder Leo.

Eine im Ansatz scheinbar sanfte, in Wahrheit von vornherein gezielte Bewegung, Bühl machte mehrfach den Selbstversuch: zwei Fingerkuppen gegen die Stirn, so ruckartig, dass der Kopf ein Stück zurückfliegt – der erste Versuch noch in

Gardone, der zweite bei Desenzano, ein dritter in Lazise, vor der Schlussetappe nach Torri, wo sein Koffer schon in dem Hotel am Hafen abgestellt war. Er machte sich auch Notizen zu der Fingerbewegung, ein paar Stichworte auf Vilas letzter Mail, die er am Empfang hatte ausdrucken lassen. Wie ewig es noch dauern würde, bis er zu Fuß um den See herum wäre, schrieb sie, und dabei war er noch keine zwei Wochen unterwegs. Sie würde die Stunden berechnen, und wenn seine Sachen erst auf dem Balkon hingen, die Minuten! Ein Ausrufezeichen, das etwas Erschreckendes hatte; trotzdem brach er am anderen Tag auf, ein schon sengender Julimorgen.

VILA und Renz, ihre Gluttage am See, im achtzehnten oder neunzehnten Sommer, sie zählen es nicht mehr. Renz in den Stunden, ehe die Sonne aufs Haus trifft, in seinem Zimmer, ein Vor-sich-hin-Schaffen an der Seearztserie, immer die Kulisse vor Augen, jeden Vormittag drei neue Szenen oder Bilder, etwa Kleiner Hafen von San Vigilio mit Riva-Boot und Patientin, Außen/Nacht, und wenn das getan ist, noch etwas Arbeit am Missbrauchsstoff, frühe Schulheimdinge, der Erziehertäter sieht den Jungs beim Duschen zu, später der ansehnlichste bei ihm im Büro, ein Gespräch über das Schöne, auch das Schöne, das man zusammen tun könnte – mehr ein Planen als ein Schreiben, bis es zu heiß wird im Haus, er sich im Pool abkühlt.

Und Vila vormittags unten im Ort, nur in einem Hauch von Kleid, kühl der Stoff auf der Haut. Sie geht durch die Hauptgasse, schon um zehn Uhr grell, wo die Sonne hinfällt, und dunstig im Schatten, ein Gang unter ihresgleichen, die Chefinnen der kleinen Schmuck- und Modeläden auf Campingstühlen vor ihren Türen oder beim Hin und Her auf Tacchi alti, klackend über die Gasse, klackend in den Laden und wieder ins Freie, in der Hand das Cellulare und eine Frauenzigarette; mit rau erregten Stimmen rufen sie sich Wörter zu, die man nicht kennen muss, um von ihnen angesteckt zu werden, raue Jubelrufe, während sie alles an Kleidung abstreifen, was möglich ist. Sie heben die Arme und zeigen rasierte Achseln, sie stellen die Beine zur Schau und bieten ihre Bäuche der Hitze dar, immer ein Tuch griffbereit, wenn die Greise aus dem Priesteraltenheim ihre Runde machen. Mit einer Wucht, wie Vila sie nur von hier kennt, ist in Torri der Hochsommer ausgebrochen; die Frauen vor den Läden winken ihr zu, Franca, Gianna, Paulina, sie kennt sie alle, nicht gut, nicht näher, aber gut genug, um sie spüren zu lassen, wie sie sich fühlt: ganz nah dem Glück, schon entzündet davon. Auch Franca, Gianna, Paulina und die anderen mit heiseren Stimmen und haarlosen Beinen, den dünnen Zigaretten zwischen den Fingern und ihren gelackten Nägeln, haben etwas Entzündetes – heraushören kann sie es, an einem trockenen Lachen, am Klingeln der Fußkettchen. Sie ist nicht allein, das hilft ihr, als sie zum Hafen kommt, dort mit dem Rücken zum See den Kopf hebt und über der Brüstung des Eckbalkons das Hemd hängen sieht, das sie auf dem Hausdach anhatte.

Und nun ist sie es doch, die hier allein auf die Sekunden wartet, um an der unbesetzten Rezeption vorbei in die Liftkabine zu schlüpfen und den ersten Stock zu erreichen, dort noch ein Flur und eine schmale, fast private Treppe, danach schon die Tür zu dem Eckzimmer: Sie ist das, die es kaum abwarten kann. Als junge Frau, Mitte zwanzig – ihr letzter noch renzloser Sommer –, war sie einmal in Rom einem amerikanischen Studenten auf sein Zimmer in einem billigen Hotel am Pantheon gefolgt, Albergo Abruzzi, angeblich in das Zimmer, in dem sich Sartre und die Beauvoir geliebt haben sollen, aber die beiden waren im August immer in einem anderen, besseren Hotel in der Nähe, das stand in den Tagebüchern der Beauvoir, damals Keimzelle ihrer Bettbibliothek, und geliebt hatten sie sich auch nicht, oder nicht so, wie es der Student, rotblond, mit zuverlässigen Unterarmen, Brian aus Sweetwater, Texas, unauslöschliche Wörter, ihr schilderte, und trotzdem oder gerade deshalb war sie ihm ins angebliche Liebeszimmer gefolgt, für einen ganzen Sonntagnachmittag im leeren glühenden Rom des August, auf dem Platz vor dem Pantheon kein Mensch, nur welke Blätter im heißen Luftzug. Und all das gab es nicht mehr, das Albergo Abruzzi, einen leeren römischen Platz oder irgendeinen Jungen aus Texas, der auch nur ahnte, wer Sartre und die Beauvoir waren. Nur sie gab es noch: sie, die mit Leib und Seele an jenem Nachmittag geliebt hatte, bis zum Gehtnichtmehr. Und es war das gleiche Strömen in den Beinen, das gleiche, wenn nicht selbe Zusammenlaufen im Schritt, in ihrer Kehle, im Mund, wie damals im stickigen Treppenhaus an der Hand des literarischen Studenten auf dem Weg in das falsche Sartre-Beauvoir-Zimmer, als sie die Stufen im Gardesana hinauflief, statt den Fahrstuhl zu nehmen, eine Etage, dann der Flur und über das private Treppchen ein Halbstockwerk, und die nur angelehnte Tür zum Gide- oder Bühl-Zimmer aufmachte, wo sie auch schon gepackt wurde, sein Gesicht über ihrem sah. Die meisten Gesichter sind ja von nahem erschreckend, wenn die Züge sich schon verzerren, aber seins war nur etwas fremd, wie das eines selten gesehenen Tiers, das einem immer wieder in seiner Fremdheit gefällt. Es gibt keine Verwandtschaft mit dem, was man begehrt, daran musste sie sich selbst erinnern. Mach schon, sagte sie, mach.

Eine späte Vormittagsstunde, die Balkontür auf, von unten die Laute des Sommers, ein Bootsmotor, sein Gegurgel im Leerlauf, Gelächter an den Tischen vor dem Hotel, dazwischen Rufe über das Hafenbecken, Namen, Späße, Tagespläne – das Ohr nimmt alles auf, samt den eigenen Dingen, Atmen und Klatschen von Haut, dem Jetzt in ein Kissen oder gedämpft in die Hand. Kein Wort im Bett, reden erst, als sie schon wieder in dem Hauch von Kleid dastand, Wasserflecken über den Schenkeln, es ging um ihre Treffen – hier im Hotel besser nur jeden zweiten, dritten Tag, bliebe das Boot an der Boje, man schwimmt hin, geht unter die Persenning, auch wenn es dort zum Ersticken sei. Oder trifft sich oberhalb des Sees – Bühl erzählte von seiner Wanderung, auch der Kapelle in Campo. Er hielt ihre Hand, und sie hörte zu, Campo und die Kapelle kannte sie, früher ein Ziel mit Katrin und Kasper, sogar Renz war schon mitgelaufen. Ein guter Platz, sagte sie, aber wenn Leute kommen? Sie kämmte ihn mit den Fingern, dabei der Vorschlag, Renz eine Mail zu schicken. Du bist in Umbrien, auch den ganzen August über. Er kommt sonst noch auf die Idee, dich zu dem Fest einzuladen. Ich will nicht, dass er etwas merkt, ich will es einfach nicht, du verstehst das? Sie strich über die Wasserflecken, und Bühl nahm ihre Hand, ein fast schmerzhafter Griff, Wenn du wiederkommst, bring die Gide-Tagebücher mit. Die hat dein Mann doch sicher im Haus.

Ja, die haben wir im Haus, sagte sie, leichte Betonung auf Wir, ihr Schlusswort für das erste Mal im Eckbalkonzimmer, und Bühl ließ sie los, er trat zurück und hielt ihr die Tür auf, den Kopf jetzt im Nacken. Im Flur kein Mensch, also lief sie wieder hinunter; die Rezeption unbesetzt um die Mittagszeit, aber vor dem Hotel genug Leute, um mit dem fleckigen Kleid unterzutauchen. Und auch in der Gasse viele Tagesgäste, per Schiff oder Auto gekommen: ein Strom, in dem sie mitschwamm, bis zur Marcelleria, die kurz vor eins noch auf war. Dort kaufte sie Kalbskoteletts beim traurig-künstlerischen Metzger, sie wollte am Abend nicht ausgehen, nicht noch einmal in den Ort. Sie wollte mit Renz auf der Terrasse Fleisch essen und Wein trinken, sonst nichts. Und der Nachmittag drückend, mit schleirigem Himmel, der See metallisch, eine Platte; im Garten nur das Zittern der Olivenblättchen und manchmal eine Zikade bis zur Erschöpfung. Die Terrasse verwaist, Renz in seinem Zimmer, die Läden geschlossen, und sie im Schatten der Bananen, ihrer großen Blätter wie aus lichtgrüner Haut, ein Halbschlaf im Slip, auf dem Bauch ein umgedrehtes Buch. He, sind hier alle tot? hatte Katrin als Kind an solchen Nachmittagen gerufen, ein Aufschrei aus der Hängematte, und jetzt kein Laut, bis gegen Abend das Telefon ging – Heide und Jörg!, ein renzscher Ruf in den Garten, und natürlich war es nur Heide, Jörg hatte noch nie angerufen, er stand höchstens dabei, Jörg im Hintergrund und Heide in der Leitung, ein Anruf aus Mallorca, sie wissen noch nicht, ob sie kommen können, sie wollen es versuchen. Es ist ein Sonntag, sagte Vila, ihr müsst euch nur einen Tag freischaufeln und den Flug heute noch buchen, heute! Sobald es um das Fest ging, wurde sie laut beim Telefonieren, als würde es ums Ganze gehen, wenigstens einmal im Jahr. Und dann lief sie mit dem Telefon ins Bad, eigentlich ein Anlauf, um von sich zu reden, der Krankheit, für die es kein Wort gibt. Heide, ich könnte so viel erzählen – das gelang ihr noch zu sagen, dann wusste sie nicht weiter, wie früher bei Moderationen aus dem Hand- oder Herzgelenk, wenn sich plötzlich ein Sprachloch aufgetan hatte, das im Grunde ein Vilaloch war, also kam sie auf ihr Fest zurück, ein freier Tag reiche und gleich den Flug buchen: die Litanei in eigener Sache, sie konnte es selbst nicht mehr hören und brach das Gespräch sachte ab, für sie auch das Ende des Abends.

Wer nicht kommt, der will nicht, bemerkte Renz mit der Verspätung eines ganzen Tages, nachdem sein Wintermieter und komischer Heiliger umbrische Reiseeindrücke mit besten Grüßen auch an Frau Vila gemailt hatte – wer nicht kommt, der will nicht, ein Fazit beim Öffnen einer Flasche Rotwein am nächsten Abend, einem Cà dei Frati, genau das Richtige während eines Gewitterregens. Unser Freund Bühl möchte in der zweiten Augusthälfte zu Fuß bis nach Rom, sagte er. Stell dir das vor, wandern in dieser Hitze, verrückt. Willst du Wein? Er nahm Vilas Glas und füllte es, er stieß seins daran, obwohl sie ihr Glas nicht hielt oder anhob, auch nicht heben wollte; sie wollte gar keinen Wein, sie wollte die Mail lesen, sehen, was Bühl alles fertigbrachte, Bühl, den sie nur kurz am Hafen getroffen hatte, um ihm die Gide-Tagebücher zu geben, zwei Bände, die Renz so schnell nicht vermissen würde, sie standen seitlich vom Kamin neben Faulkner – Katrin hatte, kaum im Gymnasium, einen Sommer lang Ordnung in die Bücher gebracht, grenzenlos frühreif. Und nun nahm sie doch das Glas an den Mund, darin ein Wein, den sie gar nicht vertrug, der höchstens ihre Sehnsucht in Watte packte, bis das Kopfweh kam. Und Katrin, sagte sie, ob die Ende August für eine Woche ihren Rio Xingu verlässt und herkommt? Wir zahlen den Flug, für irgendetwas muss das Seeding ja gut sein! Das Seeding, das war seine Seearztserie, Die Wunder von San Vigilio, ein Titel der Redaktion, für ihn nur die Seearztscheiße. Schreib ihr, schreib, wir buchen den Flug, ich weiß schon gar nicht mehr, wie sie aussieht! Renz ging ins Haus, aus seinem Zimmer halblaute Flüche, er verfluchte das Fernsehen, den Sender, die Redaktion, die Wunder, die nicht seine waren, und kehrte in langer Hose zurück, als käme noch Besuch, und er wollte die Beine nicht zeigen. Renz schämte sich, für seine Geldarbeit, seine Beine, sein Alter, er tat ihr plötzlich leid, wie sie sich leidtat. Ich bin krank, sagte sie, mehr zu sich, noch nackt auf ihrer Liege, als zu ihm in langer Hose, und doch ein Versuch, ihn zu erreichen, ihm wenigstens anzudeuten, dass sie nicht nur die war, die mit ihm abends Wein trank. Renz legte ihr eine Hand an die Wange, Fieber hast du keins. Und morgen lasse ich das Boot fertig machen, dann fahren wir hinaus, dann geht es dir besser.

Mir geht es nicht schlecht: ein Wort im Aufstehen, ich liebe nur, ihr Seufzer auf der Treppe ohne Geländer. Sie flüchtet in den Raum, den sie beide nutzen, auch wenn Renz dort arbeitet. Es gibt ein Sofa, einen Büchertisch, Bilder, die sie gemeinsam gekauft haben; die Sofakissen in den Farben Italiens, seiner alten Städte, das blasse Rot, blasse Gelb. Immer noch nackt, legt sie sich zwischen die Kissen. Jedes Buch auf dem Tisch, ein legendärer Titel, in diesem Sommer wird sie nichts davon lesen. Sie ist selbst am Kern des Lebens.

BOOTSTAGE, Tage, an denen alles stimmt, der Himmel, der See, das Licht; sie gleichen einander in ihrem Glanz, den hellen Morgenden, den Hitzestunden, ihren Abenden im Dunst, das Wasser zittrig glatt, unwiderstehlich – Bühl war sich dessen bewusst, als Vila ihn nach Tagen, die sich durch ihr Gleichsein gesteigert hatten, morgens anrief. Er saß auf dem Balkon nach seinem Schwimmpensum, in der Hand die Gide-Tagebücher, ein Morgen wie die Stoffe, die sein Vater eingeführt hatte, dazu Vilas Stimme, im Hintergrund Vögel, sie war im Garten, ein hastiges Auf-ihn-Einreden: der absolute Bootstag, Renz nicht mehr zu halten, also kein Besuch bei ihm, unmöglich, aber morgen wieder, morgen bestimmt – sag etwas, hilf mir, hörst du mich? Und natürlich hörte er sie, sogar den Atem, und wünschte ihr einen schönen Tag, auch ohne dunkle Stunde mit ihm. Crem dich gut ein, sagte er noch, und später sah er sie durch das Fernglas, wie sie auf dem Bug lag in einem blauen Einteiler und bald im Sonnenlicht verschwand.

Dunkle Stunde war nicht sein Wort, es war ihres, schon beim dritten Mal, vor ihm gebückt ins Kissen, Meine dunkle Stunde mit dir! Er hatte es dann umgekehrt, mit dem Kopf zwischen ihren Beinen, sein dunkler Stundenanteil; und als sie sich wieder anzog, kam sie auf seine Mail an Renz: wie leicht es ihm offenbar falle, einen anderen glauben zu machen, er sei sonst wo, in den umbrischen Bergen. Geradezu abgebrüht, Bühl! Darauf von ihm nur zwei Finger an ihrer Stirn, ein kurzer Druck, was denkst du von mir?, und als sie schon fast an der Tür ist, streift er ihr den Rock hoch, eine Umarmung im Stehen, ihr Ruf nach Gott oder wen sie in solchen Fällen meint, in seine Hand. Und beim nächsten Mal kein Wort darüber, überhaupt wenig Worte, nur am Anfang zu dem, was in der Welt passiert war, Grauenhaftes in Norwegen, über das Vila kaum reden konnte, nur Andeutungen über einen, der siebzig junge Leute auf einer Insel erschossen haben soll. Und dann dennoch ihr stummes Tun, damit sie am Ende erschöpft auseinandergehen konnten, auch etwas erleichtert, den Rest dieses Tages für sich zu haben.

Bühl saß auf der Seeseite des Balkons, bis die Sonne nachmittags auf die Holzbrüstung traf, er las in dem Tagebuch; viel hatte Gide nicht in Torri geschrieben, keine zweieinhalb Seiten in einem ganzen Spätsommer, die längste Eintragung am dritten September achtundvierzig, die Schlusszeilen unterstrichen, eher feine Welle als ein fester Strich, die Markierung einer Frau – Ein unersättliches Bedürfnis, zu lieben und geliebt zu werden, das ist es, glaube ich, was mein Leben beherrscht, mich zum Schreiben gebracht hat; ein mystisches Bedürfnis noch dazu, fand ich mich doch damit ab, es bei Lebzeiten nicht erfüllt zu sehen. Ende. Und auf anderen Seiten noch mehr Unterstrichenes, mal ein Satz, mal ein Ausdruck; er las den ganzen Tag, erst auf dem Balkon, dann im Bett, bis er nichts Neues mehr fand. Danach ein bloßes Liegen in blutwarmer Schläfrigkeit, wie an Internatssonntagen, als sich Cornelius und er nach dem Schwimmen trocknen ließen, kaum etwas sagten, nur Dinge wie Den Faust schon gelesen? Das war für die Schule, ohne Geld, also war der Freund nervös, und er hatte ihn nicht hängenlassen, hatte das Ganze erzählt, und Cornelius warf dann im Deutsch-LK die großen Weltfragen auf, einer wie er ändert sich nicht.

Erst als die Sonne am Abend aufs Bett schien, zog Bühl sich an und lief auf die Mole – das Boot lag noch nicht an seinem Platz, aber auch wenn Vila und Renz im Ort aufgetaucht wären, hätte er leicht ausweichen können bei nur einer Längsgasse und all den Quergässchen von der Straße zum See, wie eingeklemmt zwischen den Häusern, immer im Schatten unter Gewölben und Lauben; worauf es ankam, war, sich in der Hauptgasse zu bewegen, solange der andere am Ufer entlangging und umgekehrt. Er lief zum einzigen Imbiss, ließ sich eine Pizza einpacken und aß sie auf dem Balkon. Auch Tage ohne Umarmung gehen vorüber, wenn der Sommer alles an sich zieht, selbst das Grauen in der Welt noch aufsaugt.

Und es war nur der Anfang einer ersten, bis in den August reichenden Folge von Tagen wie eingehüllt in den eigenen Glanz. Ihr Bogen begann für ihn mit dem Schwimmen am Morgen, der See muschelfarben, das Wasser noch eine Spur wärmer als die Luft, erste Sonnenstrahlen auf dem Berg gegenüber, seiner Kuppe mit dem Profil einer schlafenden Frau. Er schwamm zu dem Boot an der Boje, der Sea Ray mit dem Namen *no comment*, in kleinen Buchstaben am Rumpf, kein Kommentar zu dem Leben hier, zu ihrer Sommerflucht; eine gute Strecke hin und zurück. Danach das Frühstück und sein Arbeiten und am späten Vormittag die Erlösung vom Denken, so beständig wie die schönen Tage. Und war das Boot wieder an der Reihe, die Fahrt mit Renz, blieb immer noch das Fernglas – Vila auf der Liegefläche beim Auslaufen, ihr ruhiges Eincremen der Beine bis an das V des Anzugs, die plötzliche Heckwelle, das Bäumen des Boots, sein Stechen in den See, schließlich das Anhalten in der Weite, ein leichtes Schaukeln im Dunst. Und abends das Verfolgen der Rückkehr, das grüne und rote Licht in der Dunkelheit, der verebbende Motor an der Boje, der Kegel einer Lampe, wenn sie das Boot vertäuen, die Plane schließen; zuletzt noch das Geräusch des Jeeps beim Hinauffahren durch den Hohlweg, eigentlich nur für aufmerksame Hunde hörbar – was für ein Leben war das? Es brauchte eine ganze Stunde, bis er wieder bei sich war, nur auf ein leeres Blatt sah, und noch einmal eine Stunde, bis er dem reinen Weiß auf dem Blatt ein Ende setzte.

Die zwei Brüder, die Franz begleitet haben, er hat sie weggeschickt, es müsse auch allein gehen, seine Worte zum Abschied, nicht ganz die Wahrheit. Es ist gut, sein Herz zu erleichtern, aber der Beichtvater soll mit der Last fortziehen, lebe wohl, mein alter Leo. Er also nun einziger Bruder unter den Schwestern von Peschiera. Alle helfen sie, daß Klara zu Kräften kommt, sie fangen Fische, kochen Suppen, schlachten ein Huhn. Und auch Klara hilft, sie läßt sich von Franz füttern. Wenn die anderen in ihren Kammern Gebete murmeln, gibt er ihr Brot mit Honig oder weichen Ziegenkäse. Klara hat schon wieder Farbe im Gesicht, auch in den Augen kein Fasten mehr, ein Blicken: ich sehe, wie du mich siehst. Sie sitzen im Garten vor dem Dormitorium, aus blankem Himmel die Herbstsonne. Mein liebster Bruder, sagt sie, deine Schwester hat getan, was du verlangt hast, noch ein paar Tage, und sie wird Mühe haben, ihr Gewand zu schnüren, darum kann man sich schon umhören nach einem Karren und einem Esel, damit wir an den Mincio fahren, solang das Wetter hält. Gibt es noch Feigen mit etwas Käse, den du mir hineindrückst? Nichts mag sie lieber, und er macht ihr die Feigen mit Ziegenkäse, dann hat sie genug, schickt ihn weg, auch sie will allein sein, und er hört sich nach Karren und Esel um, ohne zu sagen, für wen. Also muß er bitten und betteln, in und um das kleine Peschiera, und womit er dann ankommt nach drei Tagen, sind ein Karren und ein Eselchen zum Gotterbarmen, nur für Klara der beste Karren und beste Esel, den sie je gesehen haben will. Ein milder Herbsttag, sie auf noch weichen Beinen, aber um die Knochen schmiegt sich schon wieder ein Fleisch, sie schnürt ihr Gewand, Franz hilft ihr auf den Karren, dann geht es an den Mincio. Und dort, im Schilf, ihr Blick unter den blonden Wimpern – er soll sie füttern, aber nicht nur. Franz hat trockene Aprikosen und Brot dabei, ein Frangipani, das vermengt er mit den Aprikosen und formt kleine Kugeln, die schiebt er ihr in den Mund. Sie hat kaum mehr Zähne, nur spitze Stümpfe, die ihn beißen. Es ist warm im Schilf, Schweiß sucht sich in Rinnsalen einen Weg zu den Stellen, die Gott gemacht hat, damit seine Schöpfung weitergeht, ein Schweiß, der die Stellen salzt. Franz will aus der Haut fahren, ein anderer sein, Fischer oder Steinmetz, oder gar nicht mehr sein, ausgelöscht. Klara sieht ihn an, ein Blick aus wasserblauer Tiefe, schamhaft und listig zugleich. Ihr Mund, sonst verschlossen, will noch eine der Kugeln aus Brot und Aprikosen, die Stirn ist faltenlos wie die einer Toten, das macht sie so endgültig schön, in den Augen ein stiller Überschwang. Und dann bewegen sich die Lippen, sie will etwas sagen, ihm ins Gesicht, also beugt er sich über sie. Diese Stunde ist unsere Stunde, sagt Klara. Wir nehmen uns die Zeit, unsere einzige Sünde. Nur jetzt, kein Vorher, kein Später. Jetzt sind wir eins wie der Gekreuzigte mit seinen Nägeln. Und warum zittert mein Bruder? Sie nimmt Franz die Teigkugel mit den Lippen ab, sie zerrt an ihrer Kutte, die Fetzen fliegen; im Schilf ein Lispeln, der Wind vom Benacus, dazwischen zweifaches Atmen, sie beide unter dem Karren, er klein, verfilzt, nur noch Menschlein, sie gestreckt und glänzend, wieder höhere Tochter. Und das Menschlein weiß nicht, wie ihm geschieht, es wendet den Kopf und sieht den Esel, sein geduldiges Warten, es sieht den Mincio fließen, salbeigrün. So vergeht diese Stunde der Stunden, die gottgestohlene Zeit. Nur das Ewige ist kostbarer als das Jetzt.

DIE erste Augustwoche am See, jeder Tag noch erstickender als der Tag zuvor, jeder Abend noch unwirklicher in seinem Golddunst, ein Überschwang des Sommers, aber kein stiller. Abends jetzt Musik auf dem Platz am Hafen, mal ein Opernsänger, zweite Wahl, mal ein Schlagermensch in rotem Anzug, und am Wochenende eine junge Afrikanerin, begleitet von Schlagzeug und Bassist – Vila und Renz hörten ihr zu, wieder einmal am gewohnten Tisch unter dem Eckbalkon. Den ganzen Juli über hatte Vila Gründe gefunden, woanders zu essen, oben in Albisano oder weiter südlich am See in Lazise, einmal sogar in Verona nach Einkäufen und mehrfach auf der anderen Seite, in Gardone, in Gargnano, aber oft auch auf der Terrasse, häuslich, bis Renz den Abend am Hafen wollte. Er wollte das Treiben dort sehen, die alten Italienerpaare, aristokratische Pudel, und auch die junge Sängerin aus Äthiopien, eine Kinderbibelschönheit, und sie selbst hatte den Tisch dann schon Mitte der Woche bestellt, nachdem Bühl erneut zu einer Wanderung aufgebrochen war. Wir machen eine Pause: seine Worte an der Tür, ihr ins Haar gesprochen, und seitdem hatte sie nichts mehr von ihm gehört. Sie wusste nur, dass er in die Bergdörfer auf der Westseite wollte, Orte hoch über dem See, und vorhatte, auch Strecken mit dem Schiff zu fahren, also nach einigen Tagen wohl wiederkäme, das Zimmer auch weiter bezahlte; und sie wusste, dass er Straßen mied und lieber über Steilhänge ging, und machte sich Sorgen, ein Zustand, der sich viel schlechter verbergen ließ als das Glück. Gibt es etwas, das ich nicht weiß? Scheinbar aus dem Nichts eine renzsche Frage nach dem gewohnten Trüffelrisotto, für sie mehr Überraschung als Schrecken: Es lag Renz ja gar nicht, eine Stimmung zu stören, noch weniger, einer Vorahnung auf den Grund zu gehen, ich spüre etwas, aber weiß nicht, was, weil du es geheim hältst, den Abgrund, in den ich irgendwann stürze. Was sollte das sein, fragte sie, und er sah in die Karte, die sie beide auswendig kannten. Willst du Nachtisch? Renz' Blick ging über den Rand der Karte, auf ihren Mund, den Hals, den Ausschnitt. Sie wollte keinen Nachtisch, sie wollte gehen, also schrieb er Kringel in die Luft, sein übliches Zeichen, und der Kellner kam mit der Rechnung, sie legte Geld auf den Tisch; immer hatte sie das Geld, Renz trug wie ein Kind nie etwas bei sich, er versteckte das Sommergeld nur im Haus. Die Gide-Tagebücher, sagte er im Aufstehen, sind die bei dir, liest du darin? Er legte ihr eine Hand in den Rücken, und sie gingen durch die Gasse, ein Hin und Her von Pärchen und Hunden und alten Paaren, die Alten eingehängt, schmale blasse Frauen, ihr Gang auf der Abendbühne, die Eleganz gegen den Tod – das Italien, das sie liebte. Ja, die könnten bei mir sein, irgendwo, kennst du mein Chaos nicht? Sie streifte eine der jüngeren Frauen, die kaum etwas anhatten, während ihre Mütter noch fächelten gegen die Hitze, Renz griff ihr in den nassen Nacken: sein falsches Ja zu dem Chaos, von dem er letztlich nichts wusste. Oder lag Geld in den Bänden? Ich habe keins gefunden. Wie viel Verstecke gibt es in dem Jahr? Sie hakte sich bei Renz ein, damit sie wie die anderen Paare wären, aber auch um ihn zu lenken. Nur die alten, sagte er. Moby Dick und Anna Karenina. Gehen wir schon nach oben? Was ist los mit dir, du hast beim Essen kaum geredet, wollen wir morgen aufs Boot? Renz ließ sich jetzt ziehen, ein trödelnder Tourist, sie ging mit ihm in eine der Seitengassen, die zur Straße führten; das Boot, immer sein letzter Trumpf, als sei damit alles zu retten, auch sie noch in ihrem Chaos. Meinetwegen das Boot, sagte sie, da waren sie schon über die Straße und gingen an der Strada per Albisano bergan, und im Hohlweg hielt sich Renz an ihr, wie sie sich an ihm beim Hinuntergehen mit Ledersohlen, um auf den glatten Flusskieseln nicht wegzurutschen; Renz klammerte sich förmlich an ihren Arm, sein Gesicht dunkel vor Anstrengung in der steilen Windung des Wegs, zwischen den Steinmauern mit ihren Fossilien von Schnecken und Muscheln noch die ganze gestaute Hitze – eines Tages könnte er hier beim Anstieg zusammenbrechen, immer öfter jetzt dieses Bild: Renz, der im Hohlweg zusammenbricht, sich eine Hand aufs Herz presst, keine Luft mehr bekommt, und sie, wie sie neben ihm kniet, um Hilfe ruft, sein Hemd aufreißt, ihm Luft zufächelt, sinnlose Dinge tut, anstatt sein Herz zu massieren oder ihm noch zu sagen, dass er der Mann ihres Lebens gewesen sei.

Erst auf der Zufahrt lief sie voraus und machte die Lichter im Garten an – noch immer die kaputten Bewegungsmelder, die knirschenden Kacheln – und lief weiter zur Haustür, ein Vorsprung, der reichte, um oben im Zimmer an ihre Mails zu kommen. Es brauchte immer eine Weile, bis die Startseite erschien, ihr Chaos reichte bis in die Festplatte, verstopft mit allem, was in den letzten Jahren hin- und hergegangen war, jede kleine Anfrage von Elfi, von Heide, von Marion und Thomas wegen irgendeiner Einladung, jedes Foto, das Katrin geschickt hatte oder das sie bereithielt, weil es einen guten Moment zeigte, mit Renz auf dem Boot, sie beide winkend, seht, wie nah wir uns sind, aber auch jede Abstimmung mit Kandidaten für ihre Mitternachtstipps, die jetzt in den scheintürkischen Händen lagen, eine Datei, die sie längst hätte löschen können wie auch die meisten anderen – nur bilden sie eine Art Wagenburg aus Dateien um die eine mit den bühlschen Mails, die sie nicht gelöscht hat und die jetzt einfach kuf heißt, klara und franz. Sie zog sich aus, den Schirm im Blick, die Kleidung klebend auf der Haut nach dem Anstieg. Und endlich die Passwortpunkte, sie hatte das Wort vor dem Sommer geändert, es hieß jetzt Unterried, alles Weitere nur noch Sekundensache, dann hatte sie Gewissheit, Bühl lebte und dachte an sie, aber seine Nachricht nur kurz, ein Vorschlag, sich in den nächsten Tagen an der Kapelle von Campo zu treffen, schreib mir, wann, ich werde da sein! Das Ausrufezeichen der Ersatz für einen Namen oder

Worte, die zu viel wären. Und dann gab es noch eine Katrin-mail, das passte gut, da konnte sie mit dem Gerät nach unten laufen, eine Botin, keine Geliebte.

Renz hatte schon Wein, Gläser und Eiswürfel auf die Terrasse gebracht, sich auch schon ausgezogen wie sie, er stand im Pool, Hände am Bauch, und hatte etwas von dem alten Franzosen in Handschellen, nur ohne Handschellen. Unsere Tochter hat sich gemeldet! Sie hob das Notebook wie zum Beweis. Katrin ist gar nicht mehr an ihrem Fluss, sie ist wieder in Florida und würde ein paar Tage kommen, ohne Jeff, der ist schon Geschichte, wir sollen sie vom Flughafen abholen. Aber mit dem großen Wagen, schreibt sie, nicht mit dem Jeep. Unser Luxustöchterchen! Vila wandte sich ab, ihre Faust ging zum Mund, Anflug von Rührung durch ein albernes Wort, erst nach Sekunden weggedrückt, erledigt, und sie drehte sich wieder um und füllte das Glas neben Renz' Liege mit Wein. Er trank ihn eiskalt, also gab sie noch Eiswürfel ins Glas, zwei glitten ihr aus der Hand und zersprangen auf den Fliesen, Splitter flogen bis in den Pool, einer traf Renz im Gesicht. Mein Auge, rief er und kam aus dem Becken, fast eine Flanke, und eilte mit nassen Füßen ins Haus, und die Wasserspuren auf dem Boden, die waren ihr so egal wie sein Auge: eine ganz neue Gleichgültigkeit. Sie ging wieder nach oben, ihr Gerät im Arm – oft ist es der Zufall, der sie weiterbringt, wenn sie selber nicht weiterweiß, und warum nicht der Splitterflug eines zersprungenen Eiswürfels?

Was ist mit dir, seit Wochen schon, was bitte, rief Renz aus dem unteren Bad, und sie drehte sich um auf der Treppe und sagte mit einer wie gestohlenen Gelassenheit, dass es etwas Neues in ihrem Leben gebe, etwas anderes. Sie wollte noch mehr sagen, aber mehr brachte sie nicht heraus, nicht auf der Treppe und nicht auf dem Weg in ihr Zimmer. Dort schloss sie die Tür hinter sich. Ich will gehen, lass mich gehen, verschwinde: Wie bringt man das über die Lippen? Es ist vorbei, werd ohne mich alt, stirb allein – niemand kann das aussprechen, der um den anderen weiß, seine Angst kennt. Es gibt Worte, die für immer trennen, sie von Renz, sie von Bühl, aber auch sie, die etwas ausspricht, von der, die lieber schweigt.

Eine Nacht ohne Abkühlung, über den Bergen auf der anderen Seeseite Wetterleuchten, die ersten Anzeichen für ein Ende der vollkommenen Tage. Renz war aufs Dach gegangen, er wollte dort schlafen, oben ging immer leichter Wind bei geöffneten Zeltseiten, aber der Boden gab noch solche Wärme ab, dass ihm das Atmen schwerfiel. Er lag nackt auf den Polstern, das Laken zerwühlt vom häufigen Umdrehen, mal das Gesicht zum Rückteil, vergraben, mal zur Brüstung und einem Stück Himmel – das Neue in Vilas Leben, was könnte das sein? Ihm fehlt ein Bild dazu, etwas so in den Augen Brennendes wie bei Bradley Manning das flagrante Bordvideo vom Hasenschießen auf Unbewaffnete, er musste es weitergeben und versucht jetzt, in Einzelhaft den Verstand zu behalten bis zu seinem Prozess wegen Hochverrats, wie auch er den Verstand zu behalten versucht in dieser Nacht, aber unter idealen Umständen, frei auf dem Dach seines Hauses mit dem besten Blick, den es gibt, statt in einer fensterlosen Betonzelle, zwei mal zwei Meter. Manning, der weiße Kindersoldat, hat eine Stunde Bewegung am Tag, mit Fußketten in einem Kellergang, keine Vergünstigung, eine Maßnahme gegen Thrombosen. Dann wieder das Sitzen oder Stehen in dem Betonsarg und irgendwann vier Stunden Liegen. Er weiß nie, ob es Tag oder Nacht ist, für ihn gibt es weder Zeit noch Nähe, das Essen wird durch einen Spalt geschoben, die Notdurft unter dem Überwachungsauge verrichtet, nie eine beschützende Dunkelheit, immerzu Licht: nicht einmal er selbst kann sich nah kommen, kann zu sich gut sein, sich streicheln, um nicht verrückt zu werden und wie ein Headbanger den Kopf gegen die Wand zu schlagen, damit ihm der Schmerz die Zeit ersetze bis zum Prozess oder zur Stunde seiner Hinrichtung, die schon verlangt wird, sogar von Senatoren, die er, Renz, in Gedanken mit dem alten Revolver seines Vaters erschießt, um Bradley Manning zu helfen: dem einzigen Menschen, der ihm in dieser Nacht mehr leidtat als er sich selbst. Renz boxte gegen den Kachelboden, auch ein Schmerz. Er war seine eigene Zelle, darin nichts als das vage Bild dieses Neuen in Vilas Leben, irgendeines Kandidaten, den sie an einem winterlichen oder schon frühlingshaften Nachmittag in einem Berliner Café auf seinen Esprit testet. Und bei einem Abendbummel geht der Test weiter, und er endet im Bett, wo im Prinzip immer dieselben Dinge passieren, nur manchmal auch nicht, wie bei ihm und Marlies in Lucca. Und dann sagte er sich wieder, die ersten Vögel pfiffen schon, wie belanglos doch im Grunde die Ereignisse des Liebeslebens seien, erster Kuss, erste Nacht, das erste Missverständnis; nur der letzte Blick auf ein Krankenbett blieb eingebrannt, alles andere war Vorabendzeug. Er saß jetzt in das Laken gehüllt auf den Polstern, ein alter Hollywoodrömer, der zuschaut, wie es hell wird, graumilchig der Himmel, dann schwefelfarben, ungut – ein Wink, das Dach zu verlassen, ins Bett zu gehen, und erst dort ein Schlaf wie auf schweren Wein hin, bis ihn die Mittagshitze weckte. Er war allein im Haus, Vila machte Besorgungen, irgendetwas hatte sie immer im Ort zu tun. Ihr Frühstücksgeschirr stand noch herum, und er räumte es auf; man sah den See kaum vor Dunst, man hörte auch nichts, selbst die Zikaden waren verstummt, die Stille unfassbar, und auf einmal kurze, helle Glockenschläge vom Kirchturm, eine Kindertotenmesse. Renz ging zu den Bananenstauden – auch wenn Marlies in ihm auftauchte: ihre Augen, die nach ihm schnappen, wie ein Mund nach Luft schnappt, hatten die großen, sich still entrollenden Blätter etwas Beruhigendes.

Und bald darauf Vila, sie erzählte von dem Trauerzug, sie war ein Stück mitgelaufen, ganz am Ende, wo die Leute kein

Schwarz mehr tragen und sich leise unterhalten, das kurze Stück, ehe der Zug wie alle Trauerzüge vor dem Hohlweg links zum Cimitero abbog. Ein Junge aus dem Ortsteil Coi war überfahren worden, auf der Uferstraße kam im Sommer täglich jemand um, sein Name: Agostino, er war elf. Vila wusste immer Bescheid über ihre Umgebung, das liebte er an ihr; sie hatte Barsche mitgebracht, noch nicht ausgenommen, das übernahm er später. Ihm machte das nichts, die schleimigen Leiber aufzuschlitzen und mit dem Daumen die Innereien herauszudrücken, er übernahm auch das Braten, während sie las, seine neuartige Frau im Feigenbaumschatten. Erst beim Essen ein Gespräch, es ging um die Gästeliste für den Achtundzwanzigsten, er wollte noch die Hollmanns dabeihaben, Ines und Danny, sie mit ihren Therapeutinnenspäßen, er mit seinen Kunstbetriebsgeschichten als Pendler zwischen New York und Frankfurt – ein gebildeter Jude ziert jede Tafel, das war sein Plan, während für Vila der Tisch schon zu groß war. Man sei praktisch unter sich, hatte sie allen versprochen, und Hollmanns waren Geschmacksache, sie kannten nur zweieinhalb Themen, Avantgardekunst aus China, die Geheimnisse des Autismus und ihren Rottweiler.

Am Ende bringen sie den noch mit, rief Vila, und Renz ließ die Hollmanns fallen, schon damit seine Barsche in keinem Streit untergingen. Und sie sparte dann auch nicht mit Komplimenten, ganz gelungen sei der Fisch, besser könnte man ihn gar nicht machen – der Auftakt eines ruhigen Essens und ruhigen Abends mit Wetterleuchten über den Bergen, als hätte sie nie gesagt, dass es etwas Neues in ihrem Leben gebe; auch das ferne Geflacker wenig beunruhigend, nur ein Schauspiel, bis beim letzten Glas Wein ein Windstoß über den Pool ging und welke Blättchen aus den Oliven und der Jasminlaube riss. Gute Nacht! Vila brachte ihr Glas ins Haus, sie ging nach oben, aber im Bett nur ein Wachliegen und Horchen. Im bergengen Norden des Sees grollte es, als brächen dort ganze Flanken ab und stürzten ins Wasser, und die Stimme in ihr, die Renz am wenigsten kannte, wenn er sie überhaupt kannte, sprach ein Stoßgebet für den Wanderer auf der anderen Seeseite.

Doch das Gewitter entlud sich mehr in den Bergen, schon im Trentin, der Wanderer war nicht in Gefahr, er verbrachte die Nacht neben dem Dom von Gargnano, seine Kuppel wie eine Brust aus Stein; alle Zimmer im Ort waren belegt, auch die privaten. Und am Morgen die Sonne aus einem Wattedunst, Bühl frühstückte am Wasser, eine schläfrige Caffè-Bar, dann ging er oberhalb des Sees stetig bergan, vorbei an alten Zitronenpflanzungen, Limonaias, übrig nur noch ihre vierkantigen Pfeiler, einst Stützen eines Balkendachwerks gegen Winterfrost, die Balken auch Halt für die schweren, mit Zitronen beladenen Äste, jetzt das Ganze nur noch wie Ruinen eines rätselhaften Bauwerks – und ein Beweis, dass Franziskus hier die ersten Zitronensamen an günstiger Stelle gesetzt hat.

Er ließ Gargnano hinter sich und ging durch Olivenwald, weit ausholend sein Schritt, Gangart der franzschen Nachfolger, die Hände gern auf dem Rücken, ein Weg bis zum kleinen San Gaudenzi oder San Gaudenzio, wie es auf der Karte hieß, den Ort, den er schon einmal gesehen hatte, aber ohne Geduld, nur aufs Weiterkommen bedacht, und jetzt sah er sich um. Eine Kirche gab es da, steil am Hang, und graue Häuser, alte Mauern, ihre Steine geschichtet, zwischen zweien mit Spalt eine Schlangenhaut, fast durchsichtig dünn, er strich darüber. Vila hatte ihm eine Nachricht geschickt, Krönung seines Frühstücks, Campo morgen Nachmittag, gegen fünf? Er wog das noch ab im Gehen, vorbei an halb versteckten Gärten, wie erstarrt vor Hitze. Zwischen Tomaten und Kohlköpfen dösende Katzen an einem Hundstag, manchmal auf dem felsigen Weg eine Eidechse, auch erstarrt, und kaum ein Mensch; zwei Frauen auf einer Treppe, die zu der Kirche führte, enge Gesichter, ein leises Salve, als er vorbeikam. Und vor der Kirche ein Balkon mit Brüstung, tief unten der See, im Dunst ein Schiff, irreal seine Schaumspur. Aber binnen Sekunden ein Kontakt zur Welt, und er schrieb eine Antwort, ungeübt, der Daumen sträubte sich, auch der Verstand, nur das Blut spielte mit. Ja, eine gute Zeit! Vier Worte, aber eigentlich mehr, ein Ja, ich werde da sein, rechne mit mir, die gute Zeit gehört uns. Er entließ die Worte, und das Weitergehen dann mühsam, wieder bergab, an den See heran; am Ende, als der Berg zu steil war, lief er auf der gewundenen, in den Fels geschlagenen Straße bis Porto di Tignale. Dort aß er in einer Pizzeria zu Abend und schlief später auf noch warmem Uferkies.

Die Morgenwellen weckten ihn, ein nervöser See, Bühl zog sein Gerät aus dem Rucksack und schrieb, bis alle Energie darin verbraucht war. Bald darauf kam das Kufenboot, die Goethe, weil nicht nur Papier geduldig ist, auch Stahl, und er hatte Glück: Das Unding fuhr auf die andere Seite, nach Malcesine, wo Goethe kurz in Haft war, als Spion, nachdem er die Burg gezeichnet hatte. Also machte auch er seine Skizze von Ge-mäuer und Turm, das war er der Geschichte schuldig, dann sah er sich in den menschenverstopften Gassen um und nahm schließlich den Bus Richtung Süden bis nach Marniga; von da ging ein Weg hinauf ins kleine aufgegebene Campo.

DAS hinterher kaum mehr Fassbare, nach Stunden schon Un-wirkliche (irreal wie die Schiffsspur, wenn man an der Berg-kante steht, tief unter einem der See), mit der Gegenwart nur schwer zu Vereinbarende – soll man es einfach absinken lassen in sich oder daran festhalten wie an einem Wahn? Vila, am spä-ten Abend neben Renz auf der Terrasse, wehrte sich gegen jede

Veränderung ihrer Dinge mit Bühl in der Kapelle von Campo, Dinge, die etwas Unsagbares hatten und dennoch zur Sprache drängten: in ihrem Kopf die Sätze, die Renz zerstören würden, nicht sofort, nur nach und nach. Sie tranken Weißwein mit Eis, Renz zerhackte die Würfel. Und ist mit dem Wagen alles in Ordnung, gab es die passenden Schuhe in Verona? Fragen, die er schon zum zweiten Mal stellte. Ja, sagte sie, auch zum zweiten Mal. In Verona war sie also, um für das Fest passende Schuhe zu finden, während er tatsächlich auf dem See war, eine Bootstour, um zu angeln; und er hatte auch, als er kurz nach ihr zurückkam, ein Dutzend Sardinen in seinem Eimer – der stand noch auf der Terrasse, fast wirklicher als alles, was sie erlebt hatte.

Sie war pünktlich, sie kannte den Anstieg ja, gut zwanzig Minuten von Marniga aus, dort hatte sie den Jaguar geparkt, und natürlich kam sie nach der Kletterei schweißnass an bei der Kapelle, nass auch ihr Haar, glühend das Gesicht, und der Empfang mit einer kalten Flasche Pellegrino und einem großen weißen Handtuch. Die nächsten Minuten dann schon unglaublich, Bühl zieht sie in die Kapelle und schiebt einen Plastikstuhl unter die Türklinke, dass keiner herein kann, dazu kommt noch ein schwerer Stein vor die alte Holztür, extra hergeschafft, sagt er. Die zwei Fenster sind kein Problem, sie liegen zu hoch, um von außen hineinsehen zu können, kein Problem auch der Steinboden, Bühl hat ein Badetuch aus seinem Rucksack geholt, außerdem weitere Flaschen Pellegrino, zwei, drei, vier. Du kannst duschen, sagt er, willst du duschen? Und sie will es, will sich ausziehen, möchte duschen, ihren Schweiß abwaschen, auch den von der Fahrt in Renz' Wagen, der keinen Kratzer bekommen durfte. Sie wirft ihr Häufchen Kleidung auf die Altarstufe aus Stein, und Kristian – plötzlich wieder sein Muranoglasname, hier auf ihrer Hausterrasse, nicht dort in der Campokapelle – lässt das kühle Pellegrino über sie laufen. Und deine Schuhe, die hast du also bekommen, fragte Renz wieder, der dritte Anlauf, und sie holte ein Paar, das sie am Ende des Abends noch schnell gekauft hatte, spitz und lachsrot, in einem Laden, den Katrin als Kind liebte, weil es dort alles gab, von Gummitieren bis zu Haarspangen, Weltmode stand noch immer auf Deutsch über dem Eingang. Die hier, sagte sie, und Renz wollte, dass sie die Schuhe anzieht, und sie zog die Schuhe für ihn an, obwohl sie sonst nichts anhatte, wie Stunden zuvor, und er fand sie sehr veronamäßig. Wirklich schön, sagte er, willst du noch Wein?

Ja, wollte sie, nur ohne Eis, den reinen Wein, den sie lieber trank, als ihn Renz einzuschenken, weißt du, wo ich war, woher diese Schuhe kommen? Sie kommen aus der Weltmode in Magugnano, vorher war ich dort in unserer alten Guily-Bar mit Kristian Bühl essen. Und davor sind wir in der kleinen Kapelle von Campo, er war schon da, ich bin hinaufgestiegen in der Hitze, am Ende schweißnass. Und was macht er? Gekühlte Flaschen Pellegrino aus einem Rucksack holen, sagen, ich soll mich ausziehen, duschen. Und ich ziehe mich aus in der Kapelle, deine Frau, die diesen Monat noch dreiundfünfzig wird, und er lässt das Wasser aus den Flaschen über mich laufen, ohne ein blödes Wort, nichts von Erwachsenentaufe, nichts von Wie fühlt sich das an, tut es gut?, nein, er lässt das Wasser nur in mein Haar laufen, über die Schultern, den Rücken und die Beine, er hebt meine Arme, wäscht mir die Achseln, er öffnet die nächste Flasche, kühlt meine Brüste und den Bauch, er kennt sich aus, er weiß es zu verteilen, das Wasser, und als drei Flaschen geleert sind, hüllt er mich in das Badetuch und trocknet mich ab, während eine Schwalbe durch die Kapelle schießt, die kleine Beigabe, aber auch darüber kein Wort. Dein komischer Heiliger, wie du ihn nennst, bietet mir einen Platz in der Kapelle an, er hat dort ein Tuch für mich ausgebreitet. Bevor ich es vergesse, sagt er und holt aus einer Seitentasche seines Rucksacks die zwei Gide-Tagebücher, ich hatte sie ihm gebracht, ohne dich zu fragen, und er hat sie in Zeitungspapier eingeschlagen, damit sie keine Flecken bekommen. Er schiebt sie in meine Tasche, die Tasche, die ich für Verona dabeihabe, und erst dann zieht er sich auch aus, schnell, nüchtern, Hemd und Hose, und legt sich zu mir. Seine Haut ist trocken und kühl, sie schmeckt nur etwas salzig, aber das stört mich nicht, Renz, im Gegenteil. Ich küsse seinen Hals, seine Ohren, die Stirn, erst zuletzt den Mund, als er schon in mich eindringt, das ist hier leider nötig, das Wort: Er umarmt meinen Kopf und dringt in mich ein, und der harte Boden, den das Tuch nicht weicher macht, nur etwas wärmer, der Granit in meinem Kreuz, er existiert nicht mehr, ich schwebe auf ihm, noch ein Wort, das sein muss. Und dann spreche ich seinen Namen, einmal, zweimal, leise, und trotzdem ein Hall in der leeren Kapelle, an ihren Wänden, wenn du dich erinnerst, Spuren von Malerei, einmal hat Katrin hier fotografiert, das fällt mir jetzt wieder ein, Katrin, erst elf oder zwölf, mit deiner Minolta, Renz, wie sie die Frescospuren aufnahm, blasse Farben, die etwas Leuchtendes bekommen, wie von dem angestrahlt, was wir auf dem Granitboden tun. Du und ich, sagt Bühl, seine einzigen Worte auf dem Tuch, und die bekommt er zurück, ja, du und ich. Mehr gab es nicht zu sagen, weil es nichts Besseres zu sagen gibt, nicht in dieser Stunde, oder wie lang wir dort lagen, und ich fürchte, auch in den Jahren, die noch bleiben, wird nichts mehr kommen wie diese Stunde auf dem Granit. Man ertrinkt nur einmal, ohne dabei zu sterben, Renz, einmal im Leben. Und irgendwann lagen wir fertig, so muss man es sagen: vollkommen fertig nebeneinander, er und ich, nur sein Atem hatte noch etwas vom Atem der Hundertmetersieger, wenn sie nach dem Rennen mit offenem Mund auf den Zweiten zugehen, ihn kurz umarmen, he, wir haben beide gewonnen. Und jetzt hast du Hunger, nicht wahr, willst etwas essen, du bist noch immer nicht satt, das ist gut! Sein erstes Reden mit ruhigem Atem. Liebende auf Zeit rühren an die besten Seiten des anderen, um noch mehr zu lieben, nicht an seine Schwächen, um sich abzusichern.

Die paar Sardinen, soll ich die einfrieren oder schnell machen, wenn du Hunger hast, sagte Renz, als hätte sie tatsächlich vor sich hin gesprochen, mal lauter, mal leiser, aber immer laut genug für seine nicht mehr ganz intakten Ohren. Danke, ich habe gegessen, wunderbar, und du? Sie ließ sich Wein einschenken und trank ihn in einem Zug, Renz holt Brett und Messer, er nahm die Fische aus vor dem Einfrieren, seine schlanken silbrigen Seesardinen: Die hatte sie mit Bühl unten am Wasser in Magugnano gegessen, als Sarde in Soar, eine der Vorspeisen im Ristorante Giuly, früher war sie dort mehrfach im Sommer mit Renz und Katrin, in dem Jahr noch gar nicht, aber man kennt sie, also ein Spiel mit dem Feuer. Sie und Bühl an einem Zweiertisch, und im Laufe des Essens tauchen Marco, der Wirt, und sein Koch Vittorio auf, Marco kompakt wie ein Ringer, aber mit Sängertalent, der Koch heiserer Venezianer, mit jedem Fisch vertraut, gefolgt von Giuly, Marcos Schwester, sowie Paula, seiner Frau, mit Tochter Irene, alle drei schmal und zäh, aparte Gesichter, die sie seit Jahren kennt, wie auch Kellner Ulrico, der sie bedient, Ulrico mit Zügen von Yves Montand, sogar dessen melodischer Stimme. Sie stellt den Begleiter als ihren Kameramann vor, nennt ihn Franz, und Wirt und Kellner fragen nach Katrin, nach der Familie, während Bühls Zehen mit ihren Zehen unter dem Tisch spielen. Und beim Essen, zweimal Steinbutt, erzählt er dann von seiner Wanderung, er will sie noch fortsetzen, will noch bis Riva, dann mit dem Schiff zurückfahren. Dem Licht entgegen zu dir, sagte er wörtlich: das hat doch etwas, Renz, solche Worte ohne Angst vor dem Pathos, ich habe ihn dafür eingeladen, bar bezahlt, unser Konto wird nicht belastet. Und danach ein Gang in die Weltmode für meine Schuhe aus Verona, und dort ist alles noch wie in den schönsten Jahren mit Katrin, das blinkende Spielzeug, die billigen Sonnenbrillen, die Flitterkleider und Gangsteranzüge, die mörderischen Absätze. Und zwischen Kinderkleiderpuppen und Gummidelphinen unser Abschiedskuss, als die Weltmodebesitzerin mit dem wasserblonden Haar, die schon Katrin bedient hat, in ihrem Hinterzimmer das Wechselgeld holt. Bühl geht dann einfach, ich will es so, er begleitet mich nicht zum Wagen, ich laufe allein das Stück nach Marniga und setze mich in deinen großen Jaguar, Renz, ich mache Musik an, eine der CDs zu deinem Sechzigsten, und höre auf der Rückfahrt die Stones, die nicht meine sind, This could be the last time, das singe ich sogar mit, und auf dem geraden Stück hinter Pai trete ich einmal kurz aufs Gas und fahre hundertsechzig, wo nur siebzig erlaubt sind, ein Vergehen von nur vier, fünf Sekunden, es drückt mich in den Sitz, und ich rufe laut den Namen dessen, der mir fehlt, und hinter dem Lenkrad blinkt das Airbaglämpchen, weil es einen Wackelkontakt gibt und du die Werkstattkosten von Jaguar scheust, es könnte ja der ganze Airbag sein, und das käme dich teuer zu stehen, wie am Ende eine Ehe ohne das Polster der Liebe, hörst du mir eigentlich zu, Renz: Das sind schon fast deine Worte, Polster der Liebe, das könnte in der Seearztserie vorkommen. Wo hast du sie gefangen, deine Fische? Auf einmal gesprochene Worte, eine ruhige Frage an ihn, der jetzt die Innereien zusammenschob auf dem Brett, ein gelbrötliches Gebilde für die Katzen der Umgebung.

Bei San Vigilio, sagte Renz. Dort angeln noch andere gegen Abend, die beste Stelle am See. Waren sie teuer, die Schuhe? Er gab das Gebilde auf einen Teller, und sie nannte eine Summe zwischen Vernunft und Unvernunft, hundertsechzig, so schnell, wie sie gefahren war; dann trank sie langsam den Wein, eine Hand auf der Brust über dem Herzen, den Daumen in Bewegung, sie streichelte sich, in den Augen etwas, das Renz zu beunruhigen schien – noch immer weiß er nicht, warum sie weint, wenn in einem Film die Dinge zwischen zwei Leuten das erhoffte Ende nehmen. Sie hob die leere Flasche, Holst du noch eine von oben? Keine Frage, eine Bitte. Ja, sie trinken zu viel, wenn sie allein sind. Es gibt immer Gründe.

Und wieder eine stickige Nacht, die erste von mehreren; dazu Tage so verschwimmend wie die Sommer, seit Katrin aus dem Haus war. Abends weiter das Wetterleuchten und fernes Grollen, Vila und Renz auf dem Dach, in ihrer Loge für das Schauspiel, und keine Fragen mehr zu den Schuhen oder dem Neuen in Vilas Leben – Renz hatte seine Gide-Bände zurück (ohne Zeitungseinband), sie lagen unten auf dem Esstisch, er wollte noch etwas nachlesen, sie danach wieder einsortieren, eine von vielen kleinen Absichten in diesen Augusttagen. Renz wollte auch die alten Bewegungsmelder ersetzen und nasse Stellen an der Hauswetterseite behandeln, er wollte mit einer Redakteurin telefonieren, die von seinem Missbrauchsprojekt gehört hatte, und wollte mehr schwimmen; und auf dem Dach sollte alles geschützt werden vor dem kommenden Sturm – das Einzige, das schließlich geschah, mit Vilas Hilfe. Sie banden die Zeltseiten eng um die Pfeiler, damit der Wind nicht hineinfahren konnte, alles noch heil wäre an dem Fest, wenn sie nach dem Essen auf dem Dach feiern würden. Wilfingers hatten endgültig zugesagt, auch Elfi und Lutz hatten gebucht, und Vila lenkte sich mit Planungen ab – von Bühl vor allem die Nachricht, er sei vor dem Unwetter zurück. Sie plante den Ablauf bei Sonne und bei Regen, entwarf die Sitzordnung und notierte Musikwünsche für den Abend. Elfi und Lutz wollten sicher tanzen, auch die Englers, Marion, die Ex-Pastorin, mit Renz, sie mit Thomas dem Guten: eine Vorstellung, der sie noch nachhing, als endlich ein paar Tropfen fielen. Und bald auch der erste Windstoß, heftiger als der vor Tagen, Wind, der in die Oliven fuhr, alle Triebe krümmte.

Tanzen, sagte Renz, als sie die schweren Töpfe vom Pool wegrückten, schon eine der Notmaßnahmen vor dem großen Auguststurm – zählt das auch zu dem Neuen in deinem Leben? Hast du einen Tänzer? Er zog an dem Topf mit der Bougainvillea, Vila half durch Schieben. Ja, einen Tänzer, rief sie. Dimitri, Russe. Mein Dimi. Erst tanzen wir, dann gehen wir ins Bett! Sie holte Renz von dem Topf weg, er hatte sich an den Dornen geritzt, zwei lange Blutfäden auf dem Unterarm, sie tupfte das Blut mit etwas Küchenrolle ab, ein fast vergessenes Gefühl: dem Mann beizustehen, mit dem sie lebte. Wir müssen noch alles reinräumen, bevor es losgeht.

Es geht nicht los – Renz sah auf die Kratzer –, heute nicht, morgen auch nicht. Die Hitze macht jeden verrückt, man hört dauernd Sirenen und weiß, dass wieder ein Junge neben seinem Rad liegt. Der Kleine aus Coi, wie hieß er noch?

Agostino, sagte Vila. Sogar die Männer haben geweint um ihn. Und ich auch, kannst du dir das vorstellen? Sie knüllte das Stück Küchentuch, dann brachte sie gefährdete Dinge ins Haus, Windlichter, Kissen, Gläser, zuletzt sich selbst.

*

XVIII

DER große Auguststurm zog an dem Tag auf, als Bühl mit der alten Garibaldi von Riva südwärts fuhr, im Fjordteil des Sees noch auf glattem Wasser, nur schon leuchtend, lockend grün, eine gefährlich schöne Warnung, und bei Limone bereits gegen Wellen, die weiß über die Holzreling des Raddampfers schossen. Je breiter der See wurde, desto aufgebrochener seine Masse, vor einem Himmel, der sich auf ihn zu wälzen schien; niedere Wolken fegten an den Uferhängen entlang, in den Oliven ein silbriger Furor, dabei nur leichter Regen, aber von Böen gepeitscht. Und am Nachmittag, kaum zu glauben, eine hereinbrechende Dunkelheit wie in den Tropen.

Von Torri aus – Vila und Renz auf dem Dach, um das Zelt noch mehr zu sichern – war es ein langsames Aufziehen. Zur Mittagszeit erste Bewegungen in der drückenden Luft, Vorhänge blähten sich, Palmwedel zitterten. Noch waren Boote auf dem See, aber nicht in Fahrt, ein Abwarten, während die Wolken aufquollen und das Licht immer unerklärlicher wurde, wie ein eigenes Aufscheinen in allem, den Häusern, den Bäumen, dem Wasser. Schließlich das Nahen der Front, der Himmel schwarz und quer über dem See gezackte Schaumbänder, da hatte die Garibaldi schon in Torri abgelegt, mit Kurs auf den geschützteren Hafen von Garda. Und zuletzt das Verschwinden sämtlicher Berge, des anderen Ufers, der Welt.

Bühl sah es vom Eckbalkon aus, wie sich alles Angestaute blitzend und schüttend entlud, der Donner nur einen Herzschlag später, sein Lärm noch spaltender als der grelle Zickzack davor. Gewitter machten ihm nichts, er war damit aufgewachsen, auch die Sommer in seinem Tal waren drückend, und die Felder hatten geleuchtet, wenn eine Hälfte des Himmels schon dunkel war, der Regen oft erst nach den Blitzen, und er im Freien, um jedes Stück Haut zu spüren in dem Geprassel. So auch jetzt; und als das Krachen langsam nachließ, dafür der Wind noch stärker wurde, aller Lärm vom See kam, als stürzten seine Wasser aus dem Südteil in den Fjord, ging das Telefon am Bett, das Läuten gerade noch zu hören – Vila, er verstand sie kaum. Sie telefonierte im Haus, während ihr Mann im Pool war, so viel verstand er: der arme Renz, damit beschäftigt, einen im Sturm abgerissenen, in den Pool gewehten Ast vom Grund zu holen, bevor sich Rinde und Blätter ablösten, im Wasser verteilten. Eine Art Heldentat, vom oberen Stock aus verfolgt, und erst nach Meldung aller übrigen Sturmschäden kam Vila auf ihn: den sie schon samt der Garibaldi vom See verschlungen geglaubt habe, ein Scherzsatz, aber nicht nur, es klang auch Erleichterung durch, ihn am Leben zu wissen, also verfügbar. Bühl ging mit dem Telefon in der Hand zur Balkontür, Hilf deinem Mann, rief er, wir sehen uns, wenn es wieder ruhig ist. Was glaubst du, was Franz empfunden hat, als Klara ihn umarmte? Eine Frage, die er gerade noch stellen konnte, ehe aller Strom im Ort ausfiel, mit der er allein blieb. Der See hatte jetzt etwas Kochendes, seine Wellen brachen weit über die Mole, der Wind bog die Bäume am Hafen und riss Boote aus ihrer Vertäuung, dazwischen auch wieder Blitz und Donner, ein Tosen wie aus anderer Zeit, als der Mensch noch an Zeichen glaubte, einen Himmel, der zu ihm spricht. Und dabei war es immer noch warm, warmes Prasseln auf der Haut – Bühl stand mit ausgebreiteten Armen im Regen, ein Element unter Elementen. Franz' Empfinden war vielleicht das eines freien Falls, und am Ende hatte er Flügel, das war Klara, die ihn trug. Aber nur sie hat das alles behalten, jeden Moment, während er sich später an nichts mehr erinnern will. Ihr beider Kästlein, es muss zubleiben. Erst als der Regen nachließ, ging Bühl ins Zimmer, legte sich aufs Bett und muss dann sogar eingeschlafen sein, während aus dem Tosen ein Rauschen wurde, der See nun von Norden nach Süden drängte, aus seiner Bergenge in die Weite, die ganze Nacht lang.

Das Licht weckte ihn, im schwarzen Himmel ein graublauer Spalt, das Grau, das die Nacht der Astronomen beendet, noch tintig dunkel, aber für Sterne zu hell, dann blassviolett und bald ein zages Blau, in das mehr und mehr Helligkeit kam, den Spalt auf einer Seite aufzog, bis er die Masse an Schwarz vor sich herschob, sie einmal und noch einmal teilte und mit der ersten Sonne über die Bergkämme drückte. Von da an nur noch Wolkenfetzen an den Olivenhängen und über den Felsspitzen auf der anderen Seite ein gewaschener Himmel; die Luft frisch und gereinigt, das Ufer gegenüber gestochen scharf, jede Zypresse ein Dorn, jedes Fenster ein funkelnder Splitter. Und als die Sonne den Platz am Hafen erreichte, die Regen- und Gischtlachen dampfend aufsog, brach ein zweiter, wie auf Zehenspitzen stehender Sommer an.

Vila kam etwas später als sonst, erst beim Zwölfuhrläuten ihr Gang zwischen den letzten Pfützen, barfuß, die falschen Veronaschuhe pendelnd am Daumen, die andere Hand auf einem Kleid, das bei jedem Schritt leicht aufwehte, so fein war der Stoff, pfauenfarben wie das ufernahe Wasser. Und sie brauchte auch etwas länger als sonst, um ungesehen ins Hotel zu kommen, die Rezeption schräg zum Treppenaufgang war noch besetzt, als sie zu den Toiletten ging – eigentlich war alles ganz einfach, es waren die Toiletten, die zu den Tischen vor dem Gardesana gehörten, und ihre Tür lag gleich neben dem Aufgang, und die Rezeption war entweder belagert oder unbesetzt, und immer hatte sie eine Erklärung parat: für eine Freundin, die im nächsten Jahr in das Gide-Zimmer wollte, nur etwas gehbehindert sei, die schmale Treppe am Ende des Flurs zu testen; der Rest war mit Charme zu machen, ihrem TV-Charme, und trotzdem das Warten auf den günstigsten Augenblick, dann erst lief sie nach oben, in der Hand ihre Schuhe.

Eine Stunde, mehr hatten sie nicht, kaum die Zeit, alles zu tun, was nötig war, bis die Zeit am Ende kollabiert zu einem Glücksmoment von unerträglicher Dichte, ichliebejetzt. Und als es getan war, lagen sie auf der Seite und schauten in das Gesicht, das alles Eigene lebendiger macht; schließlich der dünne Einuhrglockenschlag, und Vila stand auf, eine Hand zwischen den Schenkeln. Sie lief ins Bad und wusch sich auf dem Bidet, und erst dabei ein Gedanke, der über die Stunde mit Bühl hinausreichte: dass sie anfing, Spuren zu beseitigen wie eine Diebin, sobald das Glück sie nicht mehr einschloss mit seiner Dichte, die Vila-Renz-Zeit wieder stärker war; sie wusch sich noch das Gesicht und ging zurück ins Zimmer, ein Handtuch vor der Stelle, die sie eben noch gezeigt hatte. Ende der Woche kommt unsere Tochter, sagte sie, als sei es ihre und seine Tochter, sie und Bühl die Eltern, wie ein Probesatz zu einem ganz anderen, illusorischen Leben. Renz und ich werden Katrin vom Flughafen abholen. Und nächste Woche kommen dann schon Gäste von uns, ein Ehepaar aus Mainz, sie wohnen auch hier im Hotel, das war nicht zu vermeiden. Ich weiß nicht, wann und wo wir uns dann noch sehen, weißt du es? Sie kämmte sich und sah dabei in die Fensterscheibe, sie sah, wie Bühl auf dem Bett seine Notizen sortierte, langsame Bewegungen, als würde er nur so tun und in Wahrheit nachdenken. Oder so tun, als würde er nachdenken, ja überhaupt nur so tun, bei allem. Und wirst du hier sein an dem Fest, wirst du uns zuschauen von oben, weißt du das? Unser Tisch ist genau unter dem Eckbalkon, schon seit meinem Fünfzigsten. Oder weißt du nur, wann ich komme und wann ich gehe und was dein Franz empfindet, wenn Klara ihn von seiner kratzigen Kutte befreit – wahrscheinlich bloß Gottes Abwesenheit! Sie trat zum Bett und fuhr durch Bühls Haar, wie sie früher vor Filmpremieren noch kurz über Renz' Haar gestrichen hatte, im Grunde stolz auf einen unfrisierten Typen mit Notizblock und Zigarette, und Bühl schnappte ihre Hand, ein Griff, als würde er fallen und könnte er sich gerade noch festhalten.

Er zog sie aufs Bett, mehr ein Reißen, er warf sie auf den Rücken und nahm auch ihre andere Hand, schnell, wortlos; die eine Hand reichte ihm, ihre beiden zu halten, und mit der freien griff er sich eins der Kissen und drückte es ihr aufs Gesicht, kaum zwei, drei Atemzüge nach den letzten Worten, Gottes Abwesenheit. Ich weiß nur, dass etwas nicht stimmt, sagte er und nahm das Kissen wieder weg, ihr Mund schon offen zu einem Schrei, aber was hätte sie schreien sollen, Hilfe? Die Hilfe oder Rettung, das war er, das Kissen noch in der Hand, als sei es nur ein Aufschub, bevor er sie erstickte, um sie nicht länger mit Renz oder überhaupt anderen Menschen zu teilen. Willst du mich umbringen? Irgendwie kam ihr das über die Lippen, fast ruhig bei jagendem Herzen. Nein, sagte er, musst du nicht gehen? Er warf das Kissen beiseite und ließ ihre Hände los. Komm! Ein Wort, als wäre nichts gewesen, komm, und dabei half er ihr schon vom Bett, wieder mit schneller Bewegung, nach Art einer Hilfestellung beim Turnen, um zwischen Bett und Schrank noch einmal ihre Hand zu nehmen, die rechte, und sie zu küssen, weit entfernt von allem Gymnastischen. Dann brachte er sie – die er nicht erstickt hatte, im Gegenteil: die er an ihrem komplizierten Leben ließ, mit aller Luft, um an diesem Leben zu hängen – an die Tür. Geh jetzt.

Und sie ging die Treppen hinunter, bis zur Ecke vor dem Empfang, der unbesetzt war, also lief sie gleich ins Freie und weiter durch die mittagsstille Gasse. Die Fensterläden überall zu, hinter manchen sicher auch ein liebendes Tun: zwischen Leuten, die einander versprochen waren und im Letto matrimoniale schon ihre Ehe vollzogen. Sie ging die Straße Richtung Albisano hinauf und bog in den Hohlweg, wo die Zikaden wie im Hochsommer schrillten. Die Schritte fielen ihr schwer, auch das Atmen beim Anstieg, ihr Kleid klebte am Rücken, trotz des feinen Stoffs ein Jucken, als sei es Wolle, Klaras Gewand. Sie musste stehen bleiben, Luft holen, sich kratzen und Schweiß aus den Augen reiben – nichts Junges mehr haben, das alle gern sehen wollen, allmählich also übersehen werden und am Ende gar nicht mehr gesehen: das vollkommene Grauen, mehr ein Bild als ein Gedanke im Weitergehen. Und ein scharfes Bild, als sie Renz vom Tor aus den Rasen mähen sah, nur in alten Tennisshorts, Oberkörper und Gesicht sinnlos gebräunt, um sein Haar ein Schweißtuch mit Knoten. Renz war noch sichtbar als Mann, nicht so alt und milde abgetreten wie die Männer im Ort, wenn sie über sechzig waren, schon vormittags beim Wein saßen, aber er war auf dem Weg dorthin, auf einer Schräge. Die letzten Spuren von etwas Jungem perlten von ihm ab und von ihr die ersten Stückchen. Das Junge, es kullert einem davon wie Quecksilberkugeln, und läuft man ihm hinterher, nimmt der Verlust nur schneller zu, sie hatte das an ihrer Mutter gesehen, jede Kur, jede Kreuzfahrt führte nur weiter bergab. Das Grauen am Älterwerden lag gar nicht so sehr in der schrumpfenden Zukunft, es lag im Schwinden der Anmut, oder was kann man sonst zum Lieben anbieten? Und gegen Ende muss im anderen so viel davon sein, dass es reicht, damit der andere einem die Scheiße aufwischt, ohne innerlich wegzuschauen. Sie ging mit ihren Schuhen in der Hand in den Garten, ein Diebinnengang wie der im Hotel, aber Renz hörte nichts bei dem Rasenmäherlärm; sie ging hinter ihm vorbei ins Haus, ins Bad. Meine Anmut schwindet: ein wahres Wort, und alles andere war Gerede. Keine aus ihrem Umkreis sah das so klar wie sie, vielleicht noch Marion Engler, die es erreicht hatte, mit ihrem Mann im Gardesana zu wohnen, eine andere Form der Anmut – das schöne alte Hotel, die Sessel unter den Arkaden, der schwache Wind im Haar, so schwach, dass nur die Spitzen wippen. Sie sah Marion schon am späten Nachmittag dort sitzen, im Schoß ein Buch und in der Hand ein Glas Averna, auch wenn man dieses Ensemble nicht küssen konnte, nur fotografieren, das machte ihr Thomas. Wo kommst du jetzt her? Renz tauchte im Bad auf, sie hatte die Tür nur angelehnt, sein Gesicht war übersät mit Schweißperlen, wie der Schmuck eines alten Kriegers. Woher ich komme? Natürlich von ihm, rief sie, und er winkte ihr mit zwei Fingern, wie er es tat, wenn sie seiner Ansicht nach Witz bewies.

Und der, von dem Vila kam, ohne Witz, lag noch auf dem Bett, das Erstickungskissen unter dem Kopf – woran erinnert sich einer, der sich vergisst? Für Sekunden war ihm das passiert, wie Franz sich vergessen hatte, als er seine Brüder anfuhr: Ich kann noch immer ein Kind machen!, sich erinnernd, dass er auch ein Mann war, nicht nur eine Magd nach San Lorenzo oder in sonst einen Stall geführt hat. Und er? Da gab es immer schon Hände im Haar, vor jedem Mittagsschlaf, und Lippen an seinen Lippen, auch schon Fragen über Fragen, wo gehst du hin, woran denkst du, wie gefalle ich dir. Und bevor Vila auftauchte, nie eine wahrheitsgemäße Antwort, aber immer, bis auf die Kissensekunden, ein Sichzusammennehmen. Nur ruhige falsche Worte, nur sanfte falsche Gesten, dazu ein Lächeln, das weder falsch war noch echt, das einfach um seinen Mund existiert, für eine verheiratete Frau so anziehend wie für einen ledigen Lehrer, oder die Kursaalqueen, wenn ihr Mann auf Reisen war – an diese Queen Rita hat er sich erinnert, sein Bild von ihr wie Reste einer zerstörten Schönheit. Und genau darüber passend: Vila mit vier Buchstaben, davon zwei dieselben.

EIN wahres Wort (Woher ich komme? Natürlich von ihm!), das kann der Blitz sein, der einen trifft und das Leben ausleuchtet, die Koloskopie, die ans Licht bringt, dass der andere sein Glück auch jenseits von einem findet; es kann das Handgestrickte eines Paars auflösen, wie wahre Finanzzahlen das Gewebe der Welt – mit den Illusionen platzen die Kredite. Aber das wahre Wort ist auch die falsche Lässigkeit, mit der es überspielt wird, ein Winken mit zwei Fingern: Renz behielt diese Geste gleichsam bei, sie half ihm über seine Nächte – schon möglich, dass es in Vilas Leben etwas Neues gab, aber er winkte dem zu, Witz zu Witz. Nur in den Morgenstunden sah es anders aus, wie in den Stunden, nachdem sich kleine ungute Stellen in seinem Darm gezeigt hatten, inzwischen abgetragen, aber die Schockwellen gab es noch. Ansonsten ruhige Tage nach dem Unwetter, der Sommer wieder eingependelt, vormittags die Seearztserie, die ersten drei Folgen fertig, das Personal etabliert, nun musste ein Notfall her: Eine schwangere Küchenhilfe, Pakistanerin, keine Seltenheit am See, bekommt beim Umhertragen schmutziger Tellerstapel die Wehen, der junge Arzt, zufällig in dem Lokal, entbindet in der Küche ein kleines dunkelhäutiges Mädchen. Konzentriertes Arbeiten an den dramatischen Bildern, Renz allein im Haus, Vila im Ort, bis mittags der Dunst kam. Täglich das gleiche Schauspiel, erst die weiße Schleppe über dem anderen Ufer, nachmittags dann eine Haube aus Billiarden von Tröpfchen über der ganzen Wasserweite und gegen Abend wieder ein Goldglanz, die Stunde für Mails und Telefonate. Vila traf mit Katrin noch letzte Vereinbarungen über das Abholen am Flughafen, und sie schrieb auch ein paar Zeilen an Bühl und las die schnellen Reaktionen und schrieb gleich zurück – eine neue Geschwindigkeit zwischen ihnen, fast ein Hin und Her wie das im Bett, aber mit Worten, davon keins über das Kissen auf dem Gesicht, auch keine Fragen mehr von ihrer oder seiner Seite, nur kleine Beschwörungen, ich streichle deinen Hals, die Lippen, die Ohren, ich spüre deine Hand in mir und so weiter, bis einer von beiden ein Ende machte, Fortsetzung folgt, und sie die Online News las, um sich abzulenken – ihr italienischer Kandidat noch immer im Koma. Und Renz war in der Goldstunde, wie er sie nannte, für sein Prime-Time-Projekt am Telefon unterwegs, sprach mit TV-Journalisten und Schauspielern, die er persönlich kannte, und inzwischen auch regelmäßig mit Kilian-Siedenburg, der für die letzten Augusttage, Vilas Empfehlung, auf der anderen Seeseite in der Villa Feltrinelli mit Bootsservice ein Zimmer hatte, teurer ging es nicht, und der am Ende der Gespräche jedes Mal privat wurde, nach dem Hausmieter fragte: ob der in der Nähe sei in den Tagen. Sag ihm, der sei auf dem Weg nach Rom, zu Fuß, hatte Vila schließlich durchs Haus gerufen, das war am Vorabend von Katrins Ankunft.

Und natürlich holten sie ihre Tochter gemeinsam ab, Katrin kam aus Frankfurt, die Maschine verspätet, ein Gewarte im Wagen bei Musik, Renz' altes Zeug, er hatte es einfach angestellt, Dean Martin, Paul Anka, die richtige Mischung, um etwas Zeit totzuschlagen, ohne dass man reden musste, und plötzlich ging die hintere Tür auf. Katrin, nur mit Handgepäck, war dann doch eher gelandet und den Eltern wie immer voraus: aus dem Arrival-Gebäude gekommen, den großen Wagen gesehen, hingelaufen, Hallo, ihr zwei!, und schon saß sie in Shorts und Hemd da. Renz verrenkte sich für einen Kuss über die Nackenstütze, während Vila einfach umstieg nach hinten, ihre Tochter umarmte, er konnte es im Spiegel sehen, auch dass Katrin gleich ein iPad aus dem Gepäck zog und etwas abgenommen hatte an ihrem Fluss, besser denn je aussah. Fahr, sagte Vila, und er fuhr los, eine Fahrt bei leichtem Regen, er musste die Scheibenwischer anstellen, kein schönes Bild – Renz hasste es, wenn Besuch kam und das Wetter nicht gut war: als hätte er mitsamt der Gegend versagt. Auf dem Autobahnstück dann ein Kurzbericht über die Reise vom Rio Xingu nach Oberitalien, der war noch für sie beide bestimmt, die Eltern, aber schon nicht mehr die Frage, was sie so treiben würden den ganzen Tag, die ging schon mehr an Vila. Was wir so treiben, sagte sie – gestern haben wir zum Beispiel abends einen alten Film gesehen, der im Fernsehen lief, Belle de Jour, wirst du nicht kennen, von achtundsechzig, kann das sein? Sie beugte sich zwischen die Vordersitze, bei Fragen zu Filmen, Schauspielern, Jahreszahlen, zog man ihn gern zu Rate, nur wusste er es selbst nicht genau, obwohl Belle de Jour einer der ersten Filme war, die er besprochen hatte, enthusiastisch damals, und gestern war er bitter enttäuscht, das Ganze ein halbanstößiges Kaspertheater, völlig albern die Szenen im Privatbordell, völlig unklar das Motiv der Frau, nachmittags als Hure zu arbeiten, nur weil ihre Ehe langweilig ist; sie selbst ist langweilig, vielleicht ihr geheimes Motiv. Langweilig auch die junge Catherine Deneuve, sexy nur Michel Piccoli und der pervers verklemmte Freier mit den fiesen Zähnen, den fand auch Vila gut, sonst war wenig dran an dem Film, und er hatte ihn seinerzeit in den Himmel gelobt: Buñuels antibürgerliches Meisterwerk. Ein Blödsinn mit ein paar surrealen Einlagen gegen den Katholizismus, entstanden sechsundsechzig, würde er sagen – für Vila fiel ja alles Besondere immer in das wilde Jahr achtundsechzig, obwohl sie da noch Lesen und Schreiben lernte, während er schon die Berliner Bühnenbildnerin hatte. Ich denke, sechsundsechzig, sagte er, und Katrin verbesserte ihn, als sie die Mautstelle bei Affi erreichten, bald am See waren, Neunzehnhundertsechsundsechzig, Renz, du vergisst gern das Jahrhundert, aus dem du kommst! Katrin lachte über ihr festes Gesicht, er sah es im Spiegel, sie trug das Hemd, das sie oft beim Skypen von ihrer Flussschleife anhatte, im Stoff sicher das Aroma nahe der Mündung, wo der Salzkeil ins Delta reicht, in jeden Arm, der noch Lebensraum bietet und den Glauben einer jungen Ethnologin an ihr Tun bestärkt, bis auch das letzte Erforschenswerte vom Internet geschliffen wäre wie die Festungen der Inka durch die Konquistadoren. Und was macht die Arbeit, fragte er, aber Tochter und Mutter hatten schon wieder die Köpfe zusammengesteckt, als sei alles wie in den ersten Sommern, als Katrin noch manchmal Papa gesagt hatte, Papa, hast du mal etwas Geld, und auf keinen Fall Renz.

Er kam in Garda auf die Uferstraße, Freitagabend, das Ansturmwochenende auf den See begann, sie fuhren Kolonne durch den Ort und auch so weiter Richtung San Vigilio; der Regen hatte aufgehört, überall klappten die Verdecke zurück, schon kam auch die Sonne wie gerufen, und Katrin hielt den Kopf aus dem Fenster, ein Blick auf den See, an dem es für sie nichts zu erforschen gab und den sie doch aufnahm wie beim ersten Mal – Renz sah bei dem Stop and Go in den eigenen Innenspiegel: Katrin als Kind, die erste ihr bewusste Fahrt am See entlang mit ihm im Wagen, nur sie beide, und alles hatte sie aufgesaugt, jeden Blick, ein Tag in all den Jahren mit Katrin, der in ihm verankert war, ihr gemeinsamer Tag bis ans Ende der Zeit. Sie ist elf, seine Kleine mit ihrem neuen Hund, klein und verspielt wie Kasper, und sie gehört ihm allein an dem Tag, Vila hat noch in Frankfurt zu tun, er soll und darf mit Kati die erste Nacht in ihrem unbezahlten Haus verbringen, sie haben eine Matratze, zwei Decken und Kissen dabei. Das Haus hat noch keinen Anstrich, keine Läden, es steht nackt zwischen den alten Oliven, rundherum nur Schutt, kein Rasen, und der Pool eine Betonwanne, er ist verzweifelt, als sie nach einer Nachtfahrt morgens ankommen. Kati, wie er sie damals nennt, hat mit Kasper hinten im Auto geschlafen, seinem alten Volvo, er nimmt sie auf den Arm und geht mit ihr um das Hausding, für das er sich in Schulden gestürzt hat. Nichts ist schön, alles ist schrecklich, am Poolrand noch ein Telefonmast, überall leere

Zementsäcke, nirgends blüht etwas, nicht einmal Oleander, und es regnet, Dauerregen Anfang Juli, er trägt den Schlamm ins Haus, sein Schritt hallt in den Räumen. Die Küche ist schon eingebaut, aber noch abgeklebt wegen der Maler, an allen Fenstern Etiketten, die will er gleich weghaben, nur gehen sie nicht weg wie die alten Mautplaketten am Wagen; wenigstens irgendetwas soll fertig und schön sein im Haus, aber nichts ist fertig und schön. Aus den Wänden ragen lose Kabel, es gibt noch keine Steckdosen, nur Strom, die Arbeiter haben unten eine Glühbirne an der Decke gelassen: die brennt, als sie hereinkommen, und es fließt auch Wasser, aber nur kaltes. Kati muss aufs Klo nach der Fahrt, in der Schüssel schwimmen Kippen, auf dem Deckel Zementstaub, und er putzt das Bad. Mit bloßen Händen wischt er alles ab, bis die Kleine ihn buchstäblich aus dem Dreck zieht, in den künftigen Wohnraum führt. Dort hocken sie sich auf die Fliesen vor einer Höhle in der Wand, wo der Kamin hinsoll, und ihm laufen die Tränen vor Müdigkeit und Enttäuschung. Er hat ein Paradies erwartet, keine Baustelle, und Kati begreift mit ihren elf Jahren, wie er zu retten wäre. Auf einmal stellt sie sich vor ihn hin in ihrem Sweatshirt mit dem Tigerkopf auf der Brust und sagt: Das wird schon, Papa – nie mehr danach kam dieses Wort so aus ihrem Mund, so ohne jeden Hintersinn. Er ist das Kind, nicht umgekehrt, sie die Tröstende. Und dann zieht sie ihn zum Wagen, sie holen die Matratze und die Decken und die Kissen heraus und schleppen alles in den oberen Stock und bauen sich in Vilas späterem Schlafzimmer ein Bett. Sie bauen es in der Ecke, in der jetzt der Schrank steht, und daneben Kaspers Körbchen, also ein Dreierbett, und damit sie sich wohlfühlen, es hübsch haben, wischen sie den schon gelegten, aber noch unversiegelten Holzboden sauber und kratzen sogar die Etiketten vom Fensterglas, und zuletzt stellt Kati die Bücher auf, die er wahllos eingepackt hat, zwanzig Bücher der Größe nach an der

Wand. Und wie von all dem angesteckt, reißt der Himmel auf, die Sonne scheint, und sie gehen noch vor dem Mittag in den Ort und kaufen ein paar Dinge, Milch und Wein, Nudeln und Bolognesesugo, Parmesan, Tomaten, Knoblauch, Schinken und Klopapier, Butter, Brot, Cola und Marmelade, Kati hat die Liste geschrieben, in Schönschrift jeden Posten – er erinnerte sich sogar an die Reihenfolge, als es hinter San Vigilio endlich voranging –, nach dem Schinken das Klopapier, darüber lachen sie in dem alten Alimentari neben der Kirche, den es längst nicht mehr gibt. Und unter dem Wort Wein ist ein Strich, damit sie ihn ja nicht vergessen, seinen Wein; dazu noch Pappteller, Becher und Besteck. Und im Elektroladen kaufen sie an dem nun strahlenden Julitag noch zwei Kinderzimmerlampen und einen CD-Player mit Radio, das Ganze nach oben geschafft in einem Einkaufsbuggy, den gab es im Haushaltswarengeschäft; am Nachmittag befreien sie schon die Küche von allem Plastik und weihen den Kühlschrank ein, am Abend den Herd. Kati kocht die Nudeln, er streckt die Sugo mit richtigen Tomaten, viel Parmesan und dem Knoblauch, dann öffnet er den Wein, und die Kleine holt ihre Lieblings-CD aus dem Wagen, das Neuste von Boy George, das hören sie beim Essen, ihr Tisch ist der Karton, in dem die Musikanlage war. Der Abwasch entfällt, sie lassen alles stehen und liegen, gehen früh zu Bett, Kasper kommt in die Mitte, sein Körbchen bleibt leer. Jetzt haben wir's gemütlich, sagt Kati, und so schlafen sie ein, als es draußen noch hell ist, und wachen mit den Vögeln auf, ihr erster Morgen im eigenen Haus. Vor den neuen Fenstern ein blauer Himmel, der Berg auf der anderen Seite mit seiner Spitze schon in der Sonne, Kati macht einen Tee, sie bringt ihn ans Bett, Bitte schön, sagt sie, und er kann nichts erwidern, Glück macht ihn noch stummer als Unglück – eine Stummheit wie die mit Vila nach dem ersten Kuss in der Silvesternacht zum Jahr vierundachtzig. Und auch ein Verstummen wie das, als er in seinen Sommerort einfuhr und die Frauen, die er beide lieben konnte, ohne der einen oder anderen wehzutun, schon ihre Pläne machten, gleich am Montag wollten sie auf den Markt. Wir kaufen uns Taschen, sagte Vila, geile Taschen. Renz sah nach hinten, als sie vor der einzigen Ampel von Torri standen, Vila mit Lesebrille, sie schaute sich auf Katrins iPad Fotos an, eine Mutter der Studentin aus der Silvesternacht, und trotzdem waren das noch die Lippen, für die er sich den Schnurrbart hatte abschneiden lassen, und auch die Augen, die ihn Stunden zuvor am Frankfurter Hauptbahnhof entdeckt hatten. Was, wenn sie sich an dem Abend nicht über den Weg gelaufen wären? Keine Katrin, kein Sommerort, andere Freunde, ein anderes Leben. Er hat diesen Zufall stets akzeptiert, Vila nie – sie haben sich nur getroffen in dieser Nacht, nicht gefunden, also sagt sie: Wieso gerade du? Während er sagt: Ja, du, warum nicht? Folglich hat sie auch immer mit Liebeserklärungen gespart. Sie will den Sinn spüren, er stellt ihn her, findet Worte, baut ein Haus. Vila sieht nur, wie anders er ist, sentimental und pragmatisch, während er alles Fremde an ihr erträgt, die Sehnsucht, die Träumereien: Das Vilahafte an Vila, es ist nur kompliziert, nicht suspekt, schwierig, aber auszuhalten, Tag für Tag, Jahr für Jahr. Ihr gemeinsamer Höhepunkt, das ist die Dauer, daran glaubt er, und letztlich glaubt sie das auch oder muss daran glauben, je älter sie wird. Die Ampel sprang auf Grün, und er bog in die Strada per Albisano und fuhr den Hang hinauf, beide Seitenspiegel eingeklappt, so eng wurde es mit Gegenverkehr. Vielleicht gibt es ja bei den Völkchen, die Katrin erforscht, ein Wort, das man ewigen Unpaaren hinterherruft, Individuen, wie es hier geringschätzig heißt. Aber auch das individuellste Herz ist eine leichte Beute, man muss es nur trösten, wenn es durchhängt, schon hat man es in der Hand, wie Kati seins in dem Rohbau. Wir sind da, sagte er in der Einfahrt zum Haus, und Vila hielt ihm das iPad mit einem Bild hin: Unser Töchterchen in Havanna, an der Promenade der Verliebten, wo abends die Gischt hochspritzt, und alles kreischt – ich war dort auch, stell dir vor!

DER Montagsmarkt, Gedränge auf dem Platz am Hafen, ganze Familien beim Probieren billiger Lederjacken, billiger Schuhe, die Stände aus Zeltplanen in verschossenen Farben, dazwischen Wäscheschnüre mit hängender Ware, Hemden, Pyjamas, Unterröcke, schwarz mit Spitzen oder knochenfarben, und immer wieder Frauen inmitten ihrer Waren, Zigarette im Mund, Telefönchen am Ohr – vom Balkon des Gide-Zimmers aus eher ein verschwiegenes als buntes Treiben, Geldscheine, die unter Tischen oder in Ausschnitten verschwinden, kurze heisere Rufe. Und eben war Vila noch vor einem der Stände mit Schuhen und Taschen, neben ihr eine junge Frau, etwa gleichgroß, nur sehniger, die Schultern trainiert, und dunkler vom Typ, ihre Tochter: jetzt allein vor dem Stand. Und dann auch schon das Zimmertelefon, damit hatte er gerechnet, ebenso mit hastigen Worten am anderen Ende, das ja ganz nah sein musste, Vila irgendwo zwischen den Wäscheständen, sie sagte etwas von morgen oder übermorgen, vielleicht, einer Stunde mit ihm noch vor dem Geburtstagswochenende, Versteh mich doch, tust du das? Ihre Stimme jetzt atemlos, ein atemloses Bitten, Werben, Vertrösten, und bevor er noch etwas antworten konnte, der Abbruch mitten in dem Namen, den sie fast nie gebrauchte, Kristian.

Der eigene Name: die dünne unsichtbare Haut eines jeden, nicht lichtempfindlich, schallempfindlich. Er war Bühl, und er war Bühle, bei Heiding im Ruderhaus auch Krissi, und für Frauen, wenn es eng wurde, Kristian. Also verschiedene dünne Häute wie bei Franziskus, der erst Giovanni heißt, dann vom

Vater mit neuem kirchlichen Segen in Francesco umbenannt wird, Der aus Frankreich, zum Vorteil des Geschäfts, und sich dann selbst Poverello nennt. Und der zweigeteilten Taufe war schon etwas Dichotomes vorausgegangen, am Tag von Giovannis oder Francescos Geburt hatte ein Alter um Almosen gebeten, üblich bei Geburten, nur ließ er sich nicht mit Brot abspeisen, er wollte das Neugeborene sehen. Und Pica, die Mutter, gab der Bitte nach, der Alte durfte das Kind sogar halten, Tränen sollen ihm gelaufen sein, und zum Dank eine Weissagung, am heutigen Tag seien in Assisi zwei Menschen geboren worden, einer von der besten Art und einer von der schlimmsten. Eine Geschichte, die Franz – es würde zu ihm passen – fast lebenslang für sich behält.

Franz, halbblind auf seinem Lager im Valle Topino, sucht in der Nacht Klaras Hand, zum ersten Mal hat er die Geschichte von dem Alten erzählt. Er selbst hat sie von einer Magd, die bei der Geburt geholfen hatte, der Magd seiner Kindheit, immer da, wenn sonst niemand da war, und bevor sie starb, hat sie sich davon befreit, so wie er jetzt, aber nur wegen einer Frage: ob der Alte am Ende ein und denselben gemeint haben könnte. Also auch den, der als junger Mann in den Krieg gezogen ist, sein Schwert in weiche Hälse trieb – mich, der ich hier liege, getötet habe und geliebt wie ein Mann, zweimal das Fleisch geteilt, vor Haß und vor Verlangen. Bin ich dann auch dieser schlimmste Mensch, beides? Die letzten Worte nur noch ein Hauchen, Franz' Stimme versagt, und Klara reicht ihm eine Schale mit Wasser, aber er kann nicht trinken, das Reden hat ihn zu sehr geschwächt. Beides, sagt sie, ja. Nur hast du auch das eigene Fleisch geteilt, nicht allein das deiner Feinde oder das andere, das dich gelockt hat. Du hast den schlimmsten Menschen von dir abgetrennt, auch wenn er damit noch wahr bleibt. Und du in meinem Fleisch – sie taucht zwei Finger in die Schale und streicht das Wasser an Franz' trockenen Lippen ab – auch etwas, das immer wahr bleibt: schlimm oder nicht schlimm? Klara läßt die Hand auf dem Mund, noch ist genug Zeit für eine Antwort, sie kennt das, wenn der Tod naht, an so vielen Sterbelagern hat sie erlebt, wie alles Schwere, Leidende am Ende zurückwich, bis allein die Gesichter übrig waren, faltige Kinder, die zu ihr aufschauten, segne mich, Schwester. Franz hat noch alles Schwere, sein Gewicht, wie eingefallen er auch daliegt als graubärtiges Mönchlein – das ihre Hand jetzt beiseite schiebt, aber in seiner behält. Schlimm, flüstert er, schlimm war ein Traum letzte Nacht, er habe sie gepackt, sie geschüttelt, sie zu Boden gedrückt, und folglich sei er das noch immer, auch dieser mitgeborene ärgste Mensch. Und Klara greift in die Schale, sie spritzt ihm Wasser ins Gesicht und lacht, das Mädchenlachen aus der Nacht, in der er ihr zur Flucht verholfen hat, sie beide verkleidet, Narr und Närrin. Mein allerliebster Bruder, sagt sie, im Halbdunkel über ihn gebeugt, befühl nur deine Hände: Welcher Mann mit so kleinen Händen möchte im Traum nicht zupackend sein?

*

XIX

GOTT, wie schön ist das hier! Marion Engler oder die flüchtige Spur einer Müdigkeit, nicht in den Augen oder ihrer Haltung, im Erschöpftsein der Worte, Gott, wie schön ist es am Hafen von Torri, weil es so schön ist: eine Tautologie wie die wesensverdoppelnden Dinge, die zu ihr gehörten, im Schoß ein berühmter Roman, in der Hand ein Glas Averna, vor ihr auf dem Tisch ein Notizbuchklassiker plus Stift, das Ganze unter den Hotelarkaden, die typische Spätsommernachmittagsstimmung, fern im Dunst die Silhouette der Isola del Garda.

Die Ex-Pastorin und jetzige Mediatorin lesend in einem Jeanshemd mit locker umgeschlagenen Ärmeln; einziger Schmuck eine Longines-Herrenuhr, die sie vor ihren Predigten in der Frankfurter Lukaskirche immer ausgezogen und auf die Kanzel gelegt hatte, um sie nach dem Segen mit eleganter Bewegung wieder anzuziehen – eine Art Minimal-Striptease, wie Renz, durch Marion Engler zum zeitweiligen Kirchgänger geworden, eines Sonntags zu Vila gesagt hatte.

Renz saß mit am Tisch und auch Thomas Engler: der aber nur in Form einer Zeitung, die er vor sich hielt; zwei Lesende also, während Renz den Hoteleingang im Auge hatte. Vila war schon vor einiger Zeit dort verschwunden, sie wollte das Menü für den Festabend besprechen, *Ich* mache das, hatte sie gesagt, folglich lief er ihr nicht hinterher. Ein stures Warten, bis er sich einen Ruck gab und auf das Buch in Marion Englers Schoß zeigte, eine schlichte Ausgabe von Stendhals Rot und Schwarz, noch vor seinem Filmkritikerleben hatte er es gelesen. Etwas langatmig, sagte er, und sie machte ihm klar, warum die Geschichte von Julien Sorel nicht auf hundert Seiten passt, eine kleine Privatpredigt – ihre allzu privaten Predigten hatten sie mit der Landeskirche entzweit –, am Ende schlug sie das Buch sogar auf und las das Motto vor, das der Autor gewählt hatte, Die Wahrheit, die bittere Wahrheit! Danton. Und das in Kurzform für faule Leser? Sie deutete mit dem Roman eine Kopfnuss für Renz an, und der hatte Dante verstanden, nicht Danton. Dante war auf der Isola Lechi, wie die Insel dort drüben früher hieß, im Exil, sagte er, als Vila endlich aus dem Hotel kam, auf ihn zuging, Alles erledigt! Und jetzt? Warum fahren wir nicht auf den See? Ein Vorschlag im richtigen Moment, Heide und Jörg trafen gerade ein, doch nicht per Flugzeug gekommen, sondern im Auto von Barcelona, acht Stunden, eine Pause, für beide normal. Jörg holte dann mit Renz auch gleich das Boot von der Boje, und natürlich ging die Fahrt zur Insel im Dunst, nicht dabei Katrin, die saß an ihrer Arbeit über die Kamayurá-Indios. Dafür lag Heide auf dem Bug, der sonst Katrins Platz war – gestern noch Mallorca, heute schon Torri, und der See sofort mit einem Highlight, da nahm man für das lange Wochenende auch gern eine Pension in Kauf. Bis auf Marion und Thomas hatte Vila alle Gäste, auch die Wilfingers, in der Pension Speranza unterhalb des Hohlwegs einquartiert.

Wahnsinn, ja Wahnsinn, rief Jörg – auch in der Sprachmüdigkeit aller Erstbesucher am See –, als sie an der schmalen Insel entlangfuhren, darauf ein Schloss im venezianischen Stil, an den Seiten wie gespickt mit Zypressen, ein Besitz, bei dem sich alle Neulinge fragten, wem er wohl gehöre und warum: für Renz Gelegenheit zu einem Vortrag, den Vila auswendig kannte. Sie lag neben Marion auf den hinteren Polstern, nicht im Badeanzug wie sonst, sondern in Hosen und T-Shirt, unter beidem nur ihre Haut, noch gespannt von einem Kurzbesuch im Eckbalkonzimmer. Renz stellte den Motor ab; sie waren in der Bucht der Neider, wo immer Boote im Flachen ankerten, mit

Blick auf das private Paradies, der übliche Platz für seinen Vortrag über die Insel, und kaum war der Anker geworfen, fing Renz auch schon an, gleich mit einer Zahl, achthundertneunundsiebzig: die erste Erwähnung der Insel in einem Dekret Karlmanns, König von Bayern und Norditalien, es ging um ihre Schenkung an die Ordensbrüder von San Zeno. Ab elfhundertachtzig dann Teil des Lehngutes, das Friedrich Barbarossa Vorfahren des Biemino da Manerba gewährt hatte – Renz setzte sich auf den Bug, immer noch die Ankerkette in der Hand –, und um zwölfhundertnochwas kam Franz von Assisi als Gast von Biemino auf die Insel. Er veranlasste den Bau einer Klause, aus der später eine Theologieschule wurde, mit langer Blütezeit, Dante war dort im Exil. Dante! Renz sah zu Marion – immer noch seine Dantonverwechslung –, und von ihr und Dante ein Sprung zu Napoleon: Der ließ die Klosterschule dichtmachen, und im Zuge seiner Reformen wurde die Insel erst Staatsbesitz, dann privatisiert. Eine Zeitlang gaben sich die Besitzer die Klinke in die Hand, bis wieder Ruhe in die Geschichte kam, das kleine Paradies ging an den Duca de Ferrari aus Genua. Und der ließ mit seiner Frau, der russischen Erzherzogin, einen Park anlegen und gab um die vorige Jahrhundertwende das Schloss in Auftrag, schon damals nicht billig. Das Ganze fiel dann an das einzige Kind der beiden, Anna Maria, die den Prinzen Scipione Borghese heiratete, daraus entsprang ebenfalls eine Tochter, Livia, die heiratete den Grafen Cavazza. Und erst aus dieser Ehe ging ein Sohn hervor, mit der Folge, dass den Cavazzas noch immer die Isola del Garda gehört – Leute, die wissen, was sie haben, und wissen, wer sie sind. Will jemand schwimmen?

Immer das Schlusswort des Vortrags, will jemand schwimmen, Vila hätte darauf wetten können, und beide Gästepaare hüpften wie Kinder ins Wasser, nach ihnen Renz mit Kopfsprung. Im Boot also nur noch sie: die Bühl nicht von sich abwaschen wollte, sie auf dem warmen Motorblock mit Blick zur Insel der Cavazzas, die wissen, was sie haben, und wissen, wer sie sind. Sie wusste nur in der Umarmung, was sie hatte und wer sie war, danach verlor sich dieses Wissen – es zerrann, wenn man mit anderen auf einen See fuhr. Komm doch auch, rief Renz, und sie winkte ihm mit zwei Fingern.

Ich weiß nur, wer ich bin, wenn wir uns umarmen: eher der Schluss eines Briefs von Hand als eine kurze Botschaft, rasch mit dem Daumen geschrieben und abgesendet, während die anderen schwammen, ein Stück Wiederholung, das ihr über den Abend half, das Essen an der Promenade von Salò. Die Rückfahrt dann im Dunkeln, sie tranken Grappa aus der Flasche, dazu renzsche Lieblingssongs und ein glatter See. Die Nacht, das Boot, der See: alles noch einmal in Bestform. Vila saß auf dem Bug, die Flasche in den Händen, so fuhr sie auch in den Hafen, im Eckbalkonzimmer noch ein Licht. Die Frauen stiegen aus, die Männer versorgten das Boot; Marion und Heide wollten noch etwas trinken, sie nicht, sie wollte allein zum Haus gehen. Und im Hohlweg wählte sie die Nummer, die längst ein Gedicht ohne Reim war, oder nur mit dem eines knappen, halb fragenden Ja, als wüsste der Angerufene nicht, wer anruft, und sie, noch etwas atemlos vom Anstieg: Ichbines. Darauf Bühl, in gespieltem Zweifel, Du? Und sie: Wer denn sonst. Und nach einer Pause: Es ging heute nicht anders, ich hatte nur ein paar Minuten, und morgen geht es gar nicht, morgen kommen noch Gäste an, um die muss ich mich kümmern, siehst du das ein? Kein Appell an den Verstand, ein Appell an das Mitgefühl, und er fragte, wann mit Kilian-Siedenburg zu rechnen sei. Mit deinem Schulfreund, bist du seinetwegen hier? Sie hörte ihre Stimme zwischen den Mauern, die Theatralik darin, eine Nachtszene: Frau im Hohlweg, telefonierend. Seinetwegen oder meinetwegen? Sie wollte es jetzt wissen, und als Antwort Laute, mit denen man Kinder aus Schmollwinkeln holt, am Schluss noch ein Bitte, leicht gereizt, eins wie: Denk bitte nach, nimm deinen Kopf zusammen, natürlich bin ich deinetwegen hier, auch wenn es noch etwas anderes gibt, du bist nicht das Einzige auf der Welt! Schön und gut; nur was will man sonst sein.

Sie ließ jetzt einen Arm an der Mauer schleifen, an Resten gekappter Brombeerzweige und entlang von Muschelabdrücken im uralten Stein, Siegel einer Zeit ohne Sehnsucht, Bist du noch da?, die ewige Frage, während Dornen und Vorzeitliches ihr die Armhaut öffneten, Schicht um Schicht. Ja, sagte Bühl. Und ich werde auch an dem Fest da sein, komm einfach nach oben, wenn es unten zu viel wird. Geht es dir gut? Endlich auch seine Frage, nur weniger fragend als sonst, eher mit einem Punkt oder drei Punkten dahinter, und von ihr ein Nein – nein, warum, warum sollte es mir gutgehen?, die Verbindung nach dem Nein schon von ihr unterbrochen, die letzten Worte nur für sich im Weitergehen, immer noch hart an der Mauer, das Schlussstück fast im Laufschritt, als folgte ihr jemand, und im Haus ging sie sofort ins Bad. Ihr linker, stärkerer Arm: seitlich ein Netz aus roten Fäden, mehr erschreckend als schmerzhaft, es brannte nur, wie ihr Gesicht nach zu viel Sonne brannte, ihr Geschlecht nach zu viel Wollen. Sie wusch die feinen Wunden aus und desinfizierte sie, dann zog sie ein altes Hemd von Renz an und ging zu Bett. Noch war sie zweiundfünfzig, für einen Tag, und das Brennen würde zu diesem Tag gehören – Klara, von der Bühl erzählte, als hätte er sie gekannt, muss ganz aus dieser Feuerhaut bestanden haben, ich verbrenne vor Sehnsucht, erlösche vor Sehnsucht. Sie hörte Renz ums Haus gehen, den schleppenden Schritt nach Seeüberquerungen, weil alles zu viel war, erst das Boot vom Möwenkot säubern und es später im Dunkeln wieder abdecken, dazwischen die Sonne, das Essen, der Grappa. Er schwamm noch im Pool, ein einsames Paddelgeräusch, und plötzlich nur noch leises Anklatschen von Wasser, dann Stille. Sie stieg aus dem Bett und schob die Balkontürläden auf. Im Pool Renz als Toter Mann, Arme ausgebreitet, Augen zu, er kann das: so atmen und sein Gewicht verteilen, dass ein Wasser ihn trägt, ihren nur reglosen, noch lebendigen Mann, für sie auch eine Art Wasser: das Einzige, das trägt, wenn sie vernünftig genug ist.

Und der ganze nächste Tag, obwohl spätsommerlich warm, ein Tag im langärmligen Hemd, um nichts erklären zu müssen, das Hemd jetzt aus eigenem Bestand und nur unverdächtig durch offene Knöpfe, in dem sie mehr zeigte, als sie zeigen wollte, vor allem den Wilfingers. Die trafen am späten Nachmittag ein, er mit Rotweinpräsent, Franzose, Grand Cru, sie gleich mit dem Geschenkpaket, selbst das Papier ihr Design, lauter Buchstaben, angeblich ein Goethe-Zitat. Renz brachte die beiden zu der Pension, sie blieb mit Elfi und Lutz auf der Terrasse, die Freunde per Flugzeug gekommen. Und der gemeinsame Abend eher kurz, kein Hineinfeiern, Katrin lief noch mit den anderen in den Ort, aus irgendeiner Torri-Ecke kam Musik, dort wollten alle hin. Sie und Renz also allein, und auf einmal die Versuchung, ihm den krustigen Arm hinzuhalten, sieh, wer ich bin – ein Sekundenimpuls, dann ging sie auf ihr Zimmer und fand eine Nachricht. Setz mir den alten Freund so, dass er gut zu sehen ist, und denk daran: Du wirst jünger!, ein Wort, das sie noch vor dem Mitternachtsläuten einschlafen ließ. Sie wurde dreiundfünfzig, ohne dass sie es merkte, fast so perfekt wie ein Tod im Schlaf.

DER alte Freund, der bei dem Abendessen mit dem Gesicht zum Eckbalkon sitzen sollte, war einziger Passagier der eleganten Villa-Feltrinelli-Barkasse, eine Ankunft im Hafen von Torri zur Stunde des Aperitifs, als unter dem Balkon schon vier Tische für zwölf Personen zusammengerückt waren.

Kilian-Siedenburg in sommerlich hellem Anzug, gestreiftem Hemd und mit burgunderroter Krawatte, im Arm einen großen eingewickelten Blumenstrauß. Der Kapitän der Barkasse – wenn man Mütze und Uniform ernst nahm – half dem Passagier beim Aussteigen, beide wechselten noch ein paar Worte, dann trat Cornelius mit Schritten auf den Hafenplatz, als würde er dort erwartet. Aber um ihn nur das Sonntagsgeschehen bei schwülem Wetter, der Seedunst mehr schwefelfarben als golden, im Süden zu Wolken getürmt, ein letztes Flanieren im Warmen, umschlungene Pärchen, bieder aufgeputzt, ganze Familien aus einem Guss, Vater, Mutter, Kinder, dahinter die Alten, Männer bei Männern eingehängt, Frauen bei Frauen. Der Ankömmling mit Rundbrille und Blumenstrauß im italienischen Frühabendtreiben auf der Suche nach einem bekannten Gesicht, einem Halt – fast mochte man ihm zurufen, komm herauf, Komiteedirektor, warte bei deinem Begleiter durch die Verse Catulls, bis unten das Fest beginnt. Direktor war in Aarlingen sein zweiter Name, er gab die Internatszeitung heraus nach Direktorenart, er war Schulsprecher mit Blazer und Einstecktuch, er hielt direktorenhaft die Abschlussrede, Marc Aurel oder vom Nutzen des Guten. Nur an den Sonntagnachmittagen im Schilf war Cornelius, wie er im Moment auf dem Platz stand, unsicher, ob er es wert war, auf der Welt zu sein, ein Zustand, der geendet hatte, sobald es Publikum gab, wie er auch jetzt abrupt endete: Er winkte mit dem Strauß, und Vilas Mann kam ihm entgegen, gefolgt von einem Kellner mit Tablett, darauf blassgrüne Drinks, der Aperitif.

Die beiden bedienten sich, ihre Worte überlagert von fernem Grollen, als fielen hinter Salò Berge in sich zusammen, die Tage des Zehenspitzensommers gingen zu Ende. Renz zeigte auf den See, er trug ein weißes Hemd mit schwarzer Weste; nur das Glas in der Hand passte nicht zum älteren Oberkellner. Und dann tauchte auch Vila auf, das Geburtstagskind in platingrauem Seidenkleid mit Ärmeln, dazu die falschen Veronaschuhe, in der Hand drei lange rote Rosen von Renz, eine für jedes Jahr über fünfzig. Sie hielt sie am pendelnden Arm, die Blüten nach unten, und trat auf den Ankömmling zu, eine Begrüßung mit Hallo, ohne Namen, und dabei schon sein Auswickeln des großen Blumenstraußes, erst eine Lage Papier, dann Zellophan, übrig blieb ein Orchideengebinde, als würde sie heiraten, eine späte Braut.

Vila stieß einen Laut aus, ihre Würdigung für die Orchideen, der Kellner brachte eine Vase, während die Gästepaare mit ihren Drinks auf den Laut hin an die Tafel kamen, Elfi und Lutz, Heide und Jörg, die Wilfingers, die Englers, und am Ende Katrin, Katrin mit Vilas Gang aus dem Kreuz heraus und Renz' ehedem dunklem Haar. Sie trug ein enges weißes Top, gut für die schönen Schultern, dazu weite flatternde Hosen und Sandalen, die sie in der Hand hielt; Wind war aufgekommen, nicht stark, nur stark genug, das Tischtuch an einer Seite über die Gedecke zu heben. Vila nahm Katrin am Arm, sie machte sie mit Kilian-Siedenburg, ihrem Tischnachbarn, bekannt, beide mit dem Gesicht zum Eckbalkon. Die Sitzordnung war ihre Sache, schon immer, sie selbst hatte den Platz am Tischkopf, halb schräg zum Balkon, ihr zur Seite Marion und Katrin, dann Fritz Wilfinger, gegenüber von Kilian-Siedenburg, damit sie über Missbrauch reden könnten. Und Renz am anderen Ende der Tafel mit dem Rücken zum Hotel, bei ihm Friederike Wilfinger und die Nachbarpaare, der ausgleichende Jörg neben Friederike, um ihre Designerphilosophie zu ertragen. Vila sammelte die Runde, sonst immer Sache von Renz, aber sie wollte den Abend gleich in die Hand nehmen und sagte etwas zu jedem, sogar zu dem Mitjubilar Goethe, als sei er anwesend, und am Schluss der kleinen Rede ein Anlauf für ein paar Worte zu sich selbst, jetzt eingerahmt von den Wilfingers, er mit einem Turniertänzerlachen und getöntem Haar, sie sehnig sportsüchtig und komplett gebräunt, beide auch um die Fünfzig und ihre Jugendlichkeit wie eine Entstellung, nur dass man erschrocken hinschauen musste, nicht wegschauen. Vila hatte sich ihre Worte genau überlegt – noch bin ich nicht die Frau, die man bewundert, weil man sie auf einfache Art nicht mehr lieben kann –, aber dann sagte sie: Ich bin jetzt dreiundfünfzig, wer dabei sein will, ist herzlich eingeladen, sofern er mit mir auch älter werden möchte, egal, wie jung er sich fühlt! Und damit hob sie ihr Glas, als schon die Vorspeisen auf den Tisch gestellt wurden, alles sehr ländlich, Weißspeck, Salami, Tiroler Schinken, dicke Bohnen, Zucchini und Auberginen, eingelegt, Parmesanstücke, kleine Bufalakugeln in ihrer Milch, dazu Olivenöl und Balsamico, frisches Brot, grobes Salz, der Wein in Karaffen. Und beim Trinken schließlich ihr Blick über den Glasrand zum Balkon, wie ein kurzer Blick nach dem Wetter, schon beunruhigt von nur einer kleinen Wolke.

Die Frau, die man noch nicht bewundert – am Morgen kam Renz in ihr Zimmer, um mit einer Dreiundfünfzigjährigen zu schlafen, das waren seine Worte. Wir beiden Alten, sagte er, die Rosen in der Hand, und ihm fiel nicht einmal auf, dass sie sein altes Hemd trug. Lieb, aber ich bin zu kaputt: ihre Worte, ein fast wahrer Satz, und er gratulierte und überreichte seine drei Rosen, offenbar kaum enttäuscht. Dann verschieben wir's auf den Sechzigsten, rief er ihr noch von der Treppe her zu, und sie tat, was sie seit Mädchenjahren nicht mehr getan hatte, aus verrücktem Sehnen ein Kopfkissen umarmen.

Sie gab sich mit Essen beschäftigt, obwohl sie kaum etwas aß, mehr so tat, während Bühls früherer Freund und Wilfinger schon darüber sprachen, wie dokumentarisch ein Missbrauchszweiteiler sein sollte. Originalzeugen, O-Töne, reale Menschen wie bei den Weltkriegsdokus, die Opfer eines verschwiegenen

Krieges zeigen, Wilfingers Konzept. Wozu sei er denn da, wenn nicht, solchen Leuten ein Gesicht zu geben: Herrgott, wozu mache ich Fernsehen? Er kam gar nicht mehr herunter von seinen arglosen Schweineansichten, sekundiert vom erklärten Vertreter der Opfer, wenn nicht selbst Opfer. Natürlich hat es Versuche gegeben, aber nicht meine Welt, diese Dinge, zurückgeblieben ist nur der Schock: O-Ton Kilian-Siedenburg, und Renz zeigte sich vom Tischende aus beeindruckt. Die Schockwellen, darum muss es gehen, rief er, als schon für den nächsten Gang, das Trüffelrisotto, Platz geschaffen wurde, und sie, die Jubilarin, stocherte noch in den Antipasti; es fiel ihr schwer, überhaupt etwas aufzunehmen, im Grunde umarmte sie weiter ihr Kopfkissen, wie als Kind tatsächlich eine Nacht lang, im Stich gelassen von einem Vater, der sie am Vortag königlich spazieren gefahren hatte. Ein zweihundertzwanzig SL, elfenbeinfarben, rote Sitze, schwarzes Verdeck, das Schönste, das je bei Mercedes vom Band lief. Der Vater fuhr mit ihr von Hannover nach Bremen und retour, einfach so, und war danach verschwunden, ein Möchtegern, den sie aber weiter liebte, ihr frühes Phantomglück – dein und mein Schicksal, so nannte es ihre Mutter, ein Schicksal, wie man es heute leicht oder locker von sich fernhalten kann.

Vila, warum sind Sie so ruhig? Eine Frage über den Tisch, dabei das Glas gehoben und leicht gegen ihres getippt: Wilfingers Charme, und die Antwort von Renz: Vila ist nachdenklich, wie unsere Tochter, nicht wahr? Er wandte sich an Katrin, sie sollte vom Rio Xingu erzählen, von ihren Indianern, aber Katrin wollte ihr Risotto essen, also wandte er sich wieder an Wilfinger, ob nicht in dem Film ein Geburtstag Anlass sein könnte, die alten Missbrauchsdinge hochkommen zu lassen? Auch eine Frage an den Experten, und auf einmal beteiligte sich die ganze Runde. Marion Engler fand die Idee logisch, und ihr Thomas wollte gleich die Figuren klären, das Opfer, Junge oder Mädchen?, und Heide rief: Junge, auf jeden Fall ein Junge, und richtig schön! Noch ein Stichwort, richtig schön, was hieß das? Elfi war gegen den ganzen Begriff – ja müsse man überhaupt schön sein, um ein Opfer von Missbrauch zu werden. Unsinn, sagte Lutz, und Jörg schloss sich an, während Kilian-Siedenburg vorsichtig dagegenhielt. Etwas schön wohl schon, sagte er mit Blick auf Katrin, die sich ganz auf das Risotto konzentrierte. Aber was war, bitte, etwas schön? Die nächste Frage, und gleich vier, fünf Antworten, von Mona Lisa bis zum Kanzleramt. Und deine neuen Schuhe sind auch etwas schön – leise Katrinworte –, aus Verona, ja? Ein Nachhaken mit der Gabel am Mund, so, als wüsste sie, woher die Schuhe stammten, aus der Weltmode in Magugnano, nicht aus Verona, und Vila ließ sich von Fritz Wilfinger Feuer geben, damit sie aufstehen könnte, vom Tisch wegkäme.

Sie ging mit der Zigarette zum Hafenbecken, ganz sicher, dass Bühl sie vom Zimmer aus sah. Wenn sie einen Wunsch frei hätte: mit ihm heute Nacht zurück in den Hochsommer fahren, bis nach Sizilien, wie sie es mit Renz gemacht hatte vor bald dreißig Jahren im alten Käfer, in der Tasche kaum Geld. Glutnachmittage auf durchgelegenen Betten und gegen Abend das Lärmen der Vögel, Tausender in den Bäumen vor Hotels wie dem Albergo Lampedusa, sie so alt wie Katrin heute. Damals kam sie zum ersten Mal, wie es nach allgemeiner Ansicht sein sollte, und musste vor Erschütterung weinen, obwohl es mehr Zufall war, irgendwie hatten sie alles richtig gemacht, zwei liebende Laien, die danach Rotwein mit Eisstückchen tranken und die Spaghetti klein schnitten und später Arm in Arm durch Palermo zogen, jeder mit Zigarette in der freien Hand. Die in einer Bettkuhle Hintern an Hintern schliefen und sich schon morgens liebten, im Schweiße ihres Angesichts, dann halbnackt weiterfuhren auf staubigen Landstraßen, durch reglose Orte, die Häuser unverputzt, roh. Und zwischendurch ihr Baden in kleinen Buchten oder Liegen auf Kieseln, die Hemden als Sonnensegel, und nachmittags wieder ein Hotel, das billigste, Hauptsache, ein Bett, um darin das eigene Leben in ein anderes zu schütten, bis an den Rand der Erschöpfung und weiter – Begierde ist, wenn einem zu fehlen scheint, was man eigentlich hat, und man geben möchte, was man nur zu haben glaubt, wieder und wieder; man weiß nicht, warum es einen gibt, warum man lebt, aber dass man lebt, wird zur Gewissheit. Sie stieß die Zigarette an einer der Steinbänke am Hafen aus und drehte sich um – Bühl stand in seiner offenen Balkontür, eine Flasche Wasser im Arm, wie man ein Kind hält. Er trug nur eine Hose mit Gürtel, sie war ihm über die Hüftknochen und den Bauch gerutscht, was auch etwas Schönes hatte, so still überwältigend schön wie ein Ichliebedich von Hand geschrieben, blau auf weiß. Der Fisch, rief Renz über den Hafenplatz, schau ihn dir an!

Der Fisch, das waren vier große Branzinos in der Salzkruste, die jeweils noch abzuklopfen war, eine Art Schlagzeugtätigkeit für drei Kellner, von jedem am Tisch kommentiert. Also konnte sie in Ruhe von einem zum anderen schauen, in Gesichter, die sonst niemand sah, zehn, fünfzehn Jahre älter als im Moment, ohne Chance, noch einmal geliebt zu werden, höchstens bedauert. Die Wilfingers: nur noch Lederhaut und Design, er mit gefärbten Locken, rossbraun, sie die Lippen noch verzweifelter rot. Oder Elfi und Lutz – ihre liebe alte Elfi, kein Hausbesuch mehr mit Arztköfferchen, auch keine Tanzkurse, und ihr ohnehin schon feines Haar noch feiner, rötliche Watte. Und Lutz mit Eintrachtdauerkarte, ohne dass man ihn dort noch brauchte, ihn irgendein verdrehtes Knie einrenken ließ. Alle zwei Wochen würden sie es tun, hatte Elfi einmal nach ein paar Grappas erzählt, aber das war gestern, morgen käme es nur noch alle zwei Monate vor, wenn überhaupt. Elfi sprach ja auch schon von betreutem Wohnen, vom Umzug in ein Haus mit Fahrstuhl, von Rente und Essen auf Rädern: Dinge, mit denen sie, Vila, nichts zu tun haben wollte, so wenig wie mit betreutem Sex. Und Heide, ihre bestaunte, lebenstüchtige Heide: So viele Teelichter konnte es gar nicht geben, um sie dann noch erstrahlen zu lassen, mädchenhaft, frech, und Heide war so liebend gern frech. Mit keiner sonst lachte sie so oft über Frauengeschiss, bis die heidesche Müdigkeit kam, jetzt noch abends um neun, dann spätestens um sieben, schlaf, Heide, schlaf ein, und Jörg wird Fotos bearbeiten. Nichts, das Jörg nicht verbesserte, da einen Telefonmast wegnahm, dort einen Hund platzierte, wie Heide ihre Lichter – Photoshop-Jörg und Teelicht-Heide nach Verkauf ihrer Firma Cleanlight, das Konto gefüllt, die Tage leer auf der Finca, nur voller Hoffnung auf Besuch, wie sie hier am See immer auf ein Erscheinen hoffen: das ihrer göttlichen entschwebten Tochter. Bei Heide und Jörg gab es wenigstens noch die spanische Gemeinsamkeit emoción, beides Gefühlsmenschen, während sie und Renz auf die Epiphanie setzten. Und vielleicht wären das später die Besuche der Englers, sie immer noch Mediatorin, die Grande Dame der Mediatorinnen, dann auch in Talkshows zu sehen, ihr Mann weiterhin bodenständig, aber mit Sinn für die Sterne, nach denen man greifen könnte. Und Katrin? Die war noch im Werden, die käme erst richtig aus ihrer Schale, mit etwas Glück an der Seite eines Dokumentarfilmers. Blieben sie und Renz, das war schon die Zukunft, er hatte sein Altershaar, sie ihr Grauen vor dem Alter, und als letztes Bühls früherer Freund, der mit Katrin Konversation machte, lebhaft über Brasilien, und nur am Tisch saß, weil er gebraucht wurde: Der Herr Cornelius, wie Renz ihn inzwischen nannte, für sie auch in zehn Jahren noch der, der jetzt aufstand zu einem Toast, die Brille zurechtschob und beim Reden dann auf seinen Schuhspitzen wippte, eine Art Hervorwippen von Nettigkeiten, die kaum in ihr Ohr drangen. Sie sah nur, wie sich die Nasenlöcher beim Sprechen leicht blähten und ein Glanz auf dem Haar lag, das Bühl, wer weiß, als Schüler im Schilf gestreichelt hatte. Alles erschien ihr auf einmal denkbar, alles, selbst eine Flucht in dieser Nacht wie die von Klara aus ihrem Adelsturm.

Und nach dem Prosit die Branzinos, das Fleisch weiß und saftig, sie aß wieder ohne Appetit, dazwischen auch ihre Bemerkungen vorsichtig, ohne Biss, über das Leben am See und das Leben in Frankfurt, die ersten Herbsteinladungen, bei den Hollmanns, bei den Schaubs, lange Essen am Tisch, keine Sofarunden. Wenn Paare feiern, wird das Eis schnell dünn, sagte sie, Worte, die fast untergingen in Windstößen über das Hafenbecken und den Platz, Wind, der einer jungen Frau den Rock zwischen den Beinen verwickelte, Italienerin mit wehendem Haar: die sich scheinbar geschlagen gab, in Wahrheit mit dem Wind und ihrem Rock spielte, auch noch als Renz nach dem Fischgang das Wort ergriff. Er begann mit einer Eloge, sie, sein vertrautester Mensch, eine unerschöpfliche Frau, in sich schön, also auch strahlend – sie kannte jedes Wort, auch die rückblickenden. In unseren Anfängen, sagte er, war ich fassungslos, wenn sie im Kino geweint hat, weil etwas das erhoffte Ende nahm. So war es doch, oder nicht? Er sah sie an, und sie nickte ihm zu, rede ruhig weiter, sag, was du willst, aber das tat er ohnehin, dabei schon sein Glas erhoben. Inzwischen schauen wir nur noch DVDs, meistens die alten Sachen, ihr Lieblingsfilm ist Frühstück bei Tiffany, meiner What Ever Happened to Baby Jane?, es kommt nicht ganz zusammen. Aber einmal im Jahr einigen wir uns auf Tod in Venedig. Und so trinken wir auf den Kompromiss, auf das Leben, wie man damit fertigwird, auf Vila und die Zeit!

Neuer Wind trieb welke Blättchen vor sich her, in den Oliven auf der Mole ein Zittern, noch mehr Welkes riss von den Zweigen und wirbelte bis an die Tafel mit zwölf erhobenen Gläsern. Renz sah jeden an, eine Runde endend bei ihr, der

Moment, in dem sie aufstand. Sie ging zum Tischende und stieß ihr Glas an seins, ein stummer oder nur leise klirrender Dank, dann leerte sie das Glas, schon ihr viertes, fünftes, als seien sie allein, allein in ihrer Küche in der Schadowstraße nach einem Essen mit Freunden. Ihr entschuldigt mich, sagte sie, ein Wort, das schon zu viel war, aber das einfache Weggehen gelang ihr nicht. Sie winkte sogar noch Heide zu, Heide, der Vertrauten in heiklen Dingen, und Heide winkte zurück, frech solidarisch wie immer, und Marion Engler schloss sich an, aber ein Winken wie von weither, traurig im Grunde, warum verlässt du uns schon, während Katrin kurz den Daumen aufstellte, halb ironisches Zitat, halb Unterstützung: ja, man kann hier nur abhauen, und das tat sie. Sie lief zum Hoteleingang in einem Gewirbel von Blättchen wie alte Seide in tausend Fetzen, hinter ihr die Stimmen der Wilfingers: dass man sie natürlich entschuldige! Aber nicht gerne gehen lasse! Und auch Renz war noch zu hören, als sie schon an der Rezeption vorbei war, Preisfrage: Wie alt wäre Goethe heute geworden?, seine Stimme mit dem Wind vermischt, Wind, der bis ins Treppenhaus fuhr, auch ihr das Kleid zwischen den Beinen verwickelte, sie so jung machte wie die Italienerin mit dem wehenden Haar, als sie die Stufen nach oben nahm.

HIER bin ich: ihre Worte, als die Tür aufging, etwas anderes fiel ihr nicht ein, und sie wiederholte es, Hier bin ich! – wer liebt, hat nichts weiter zu sagen, als dass er liebt, mal leiser, mal lauter, ein Wiederholen, bis selbst Tränen vor Glück eine stumme Leier sind. Und fast hätte sie es erneut gesagt, hier bin ich, aber Bühl zog sie rechtzeitig ins Zimmer und drückte die Tür zu, Alles Gute zum Geburtstag – nicht ein Wort zu viel, nicht eins zu wenig und bei ihr schon zweimal drei zu viel.

Ich habe kein Geschenk für dich, schlimm? Leise, aber ohne Bedauern kam das, als sie zwischen Tür und Bett standen. Nein, warum schlimm – die Chance für drei Worte, die keine Wiederholung wären, nur tat es ihr weh, dass er nichts für sie hatte, war also schlimm. Irgendein winziges Geschenk, selbst eine Bastelarbeit, hätte sie glücklicher gemacht als alle großen, die oben im Haus lagen, von Renz etwa ein Premierenabo für die Frankfurter Oper oder von Marion ein antiquarisches Buch, der Roman Rot und Schwarz mit Ziegenledereinband. Du bist das Geschenk, sagte sie, und er zog sie aufs Bett, zu Recht nach solchen Worten: die sie gar nicht hatte sagen wollen, wie sie auch nicht für eine Minutensache mit ihm ins Bett wollte, nicht um den Preis, dafür den Mund zu halten oder noch mehr Unsinn zu reden an ihrem Geburtstag. Was sie eigentlich wollte, mehr als jede Umarmung, was sie erst ins Treppenhaus, dann vor seine Tür getrieben hatte, das war der Wunsch nach einer Antwort auf diesen Tag, auf ihr Dreiundfünfzigsein. Und seine Antwort: das grauseidene Kleid hochzustreifen, mit ihrem Einvernehmen, wenn Stillhalten schon Einvernehmen hieß, und die Hand unter den Slip zu schieben, einen Weg in sie zu suchen. Also musste sie sich selbst antworten, selbst ihre Geschichte erzählen: unhaltbar bei dem, was sie dann sagte, über ihn gebeugt, ihr Haar auf seiner Stirn. Ich liebe dich, und ich sage das nur ein einziges Mal, nüchtern, obwohl ich getrunken habe, mach damit, was du willst. Und jetzt gehe ich wieder – schlimm? Ein Kontern, aber nicht nur, sie war auch in Sorge, wie er den Abend über zurechtkäme – sie wieder unten am Tisch, abgelenkt, eingespannt, womöglich mit seinem alten Freund beschäftigt, er allein im Zimmer mit dem Verlangen nach ihr. An seiner Stelle wäre sie davongelaufen, auch das ihre Sorge. Sie sah ihn immer noch an, das Gesicht, von dem sie nicht genug bekommen konnte, wie als Kind von dem ihres Vaters, weil er kaum einmal da war. Und dann wollte sie vom Bett, und Bühl hielt ihren Arm fest, während sein Blick zur Seite ging, fast verlegen. Ja, schlimm, sagte er, knappe Worte aus dem Mund, den sie noch gar nicht geküsst hatte an diesem besonderen Tag, und nach einer Pause, wie um Kraft zu sammeln, alle Kraft, die nötig ist, sich einem anderen zu erklären, sagte er Bitte bleib – noch zwei knappe Worte, die Betonung ganz leicht auf dem Bleib, und sie blieb.

Stimmen und Lachen von unten hatten jetzt etwas Unwirkliches, wie die Stimmen aus einem Fernseher innerhalb eines Films. Sie ging das alles nichts an, nur gab es keinen Schutz davor, nicht einmal beim Küssen. Bühl wollte mit ihr schlafen, was sonst, im Grunde auch ihr Wunsch: etwas mitzunehmen von ihm an den Tisch, wo längst das Dessert stehen würde, eine Zabaione, wie man sie kaum noch bekommt, schaumig süß, aber nicht zu süß, ihre dann schon eingefallen. Nein, sagte sie, noch halb an seinen Lippen, wir reden, und danach werde ich gehen. Was willst du von mir? Sie sah auf ihre Uhr, die alte Reverso, aber mit neuem, geflochtenem Lederband, darin feine Goldeinlagen, Katrins Geschenk, seltener Indioschmuck; zwanzig Minuten gab sie sich und ihm. Der Wind hob die Vorhänge, von den Booten im Hafen das Klöppeln der Masten, dazwischen Stimmen, auch die von Renz, ein Wort wie Hissen oder Missen – man vermisste sie schon, bald würde Renz sie suchen, aber am Tisch noch Entspanntheit, Gelächter, deutlich das von Heide, Heide, die gar nicht müde wurde, ihr zu Ehren durchhielt, und dann Bühls Nichtmehrfreund oder Dochnochfreund mit kleinen Ergänzungen zu Renz, wie ein Weiterreimen von Hissen oder Missen. Du weißt nicht, was du von mir willst, sagte sie. Und bei deinem Ex-Freund, weißt du es da? Warum sollte der heute hier sein? Warum versteckst du dich vor ihm? Er hat mir Orchideen geschenkt, Blumen für die Frau in mittleren Jahren. Weißt du wenigstens, wie alt ich geworden bin? Dreiundfünfzig, Bühl, sprich es mir nach, sag: Du bist dreiundfünfzig, sag es! Sie zerrte an seinem Hemd, der einzige geschlossene Knopf sprang ab, und er griff sich ihre Hand und drückte sie in eins der immer zu vielen Kissen in besseren Hotels, die anderen fegte er mit einer Bewegung, als würde sie ihr gelten, vom Bett. Dein Alter, das ist mir egal.

Aber mir nicht! Ein fast zu lauter Ausruf, vielleicht bis an den Tisch gedrungen, und statt es ihr nachzusprechen, zu sagen, du bist dreiundfünfzig, mein Gott, packte er ihre Arme und zog sie auseinander wie für eine Kreuzigung, Anlauf für etwas, das aber ausblieb; zum ersten Mal schien er nicht weiterzuwissen, Bühl am Ende seines Lateins oder am Beginn einer anderen Sprache. Los, tu mir weh, mach, rief sie, Worte wie aus einem Film, den sie nicht bis zum Schluss anschauen würde. Was ist, worauf wartest du? Sie hielt ihm ihr Gesicht hin, und das Einzige, was er tat, war, sie loszulassen und seine Hände im Nacken zu falten, ein Rückzug wie im Goldenen Adler, als sei sie es nicht wert, dass man ihr wehtut und sich selbst gleich mit. In Unterried hättest du alles von mir haben können, sagte sie, alles. Aber du passt auf dich auf, du willst in nichts hineingeraten, aus dem du nicht wieder sauber herauskommst, in keine Scheiße mehr, wie damals im Internat, du bist dein eigener Leibwächter, ich nicht – ich nehme auch Scheiße in Kauf, wenn dabei Glück herausspringt. Und du, was willst du? Meine Schwäche für dich? Oder noch mehr, meine Welt, willst du meine Welt ficken? Und wie oft nach diesem Sommer? Alle drei Monate für eine Nacht? Denkst du, das reicht, um in meine Welt einzudringen? Sie befreite den linken Arm und sah wieder auf die Uhr, nur wusste sie gar nicht mehr, wann sie vom Tisch aufgestanden war, die Zeiger hatten keine Bedeutung, sie zeigten nur, dass die Zeit verging, auch sein Bleib bitte: schon Vergangenheit. Sag etwas oder tu irgendetwas, sagte sie, und er legte sich neben sie auf den Rücken, die Hände hinter dem Kopf verschränkt, das offene Hemd ging dadurch noch mehr auf. Seine Brust hob und senkte sich, auch die Bauchdecke: unter dem Gürtel immer wieder ein Spalt, in den sie gern die Hand geschoben, ja sich selbst verkrochen hätte. Und vom Hafenplatz jetzt ein Klatschen von Markisen, Rufe und hastiges Hin und Her, das Klirren zerspringender Gläser; Windstöße bauschten die Vorhänge, das einzige Licht im Zimmer wurde schwächer und wieder stärker.

Vila! Auf einmal unter dem Balkon ihr Name, Renz' ganze Ungeduld, vielleicht auch Sorge, also war sie nun die Vermisste. Dein Mann, willst du nicht zurückrufen? Bühl streichelte ihre Stirn, ihren Mund. Wie lange bleibt ihr noch am See, wenn das Wetter umschlägt? Er strich ihr Haar zurück, sie nahm seinen Daumen und umschloss ihn. Es schlägt nicht um – eine stürmische Nacht, dann kommen die besten Tage, Renz und ich nennen sie Gnadentage. Ich sollte jetzt gehen. Oder stiehl uns einen Wagen, und wir fahren die ganze Nacht bis Sizilien! Sie boxte ihn gegen die Brust, den Bauch, seine Gürtelschnalle und rief leise Sizilien, drei Silben, dreimal die Faust. Und dann, fragte er, was tun wir in Sizilien? Für immer dort bleiben, für immer, bis deine Tochter oder eine der Frauen dort unten anruft: Vila, was ist los? Er schob wieder ihr Kleid nach oben, er zog an seinem Gürtel, und sie schaute den Vorbereitungen für den animalischen Teil der Liebe zu, ein Wort ihrer Mutter, der animalische Teil der Liebe, um das eigene Verlassensein auszuhalten, die Sehnsucht nach einem Blick, einem Mund. Ich kann jetzt nicht, Bühl, und ich will auch nicht, obwohl ich es möchte. Ist das zu verstehen? Sie hielt seine Hand fest, die Hand, die schon dort war, wo sie alles noch schwerer machte, unlösbar. Küss mich, sagte sie, ein Risiko, und noch während des Kusses das Gegensteuern, sie zog ihr Kleid wieder über die Schenkel, aber halbherzig, ein kindisches Ringen mit seiner Hand, das sie verlor, und um noch irgendetwas in der Hand zu haben, nun doch der Griff unter seinen Gürtel und auch dabei ein Gegensteuern, jetzt mit Worten, Dein alter Freund, sagte sie, weiß er alles über dich von damals? Weiß er, was zwischen dir und diesem Rudertrainer war, weiß er, wie der umkam? Hatte er doch etwas mit ihm? Oder hattet ihr beide etwas? Sieh mich an! Sie hielt ihn jetzt, wo er Renz am ähnlichsten war, nur pulsierender, wie ein klopfendes schlankes Herz, und sein Blick ging weiter auf den Boden neben dem Bett, auch in der Schläfe ein Pulsieren, eins, das sie noch nie gesehen hatte an ihm. Ruhig nur die Stimme, aber wie von einem anderen, Unbeteiligten, zuständig für alle persönlichen Auskünfte. Cornelius und ich, das war Freundschaft, sagte er, meine einzige während der Schulzeit. Und mit Heiding hatte er nie etwas. Und dieser Mann ist ertrunken.

Einfach ertrunken, ein Sportlehrer?

Nein, nicht einfach, man ertrinkt immer elend. Wir hatten den Zweier, Heiding und ich, ein später Juniabend, und nach dem Rudern sind wir noch schwimmen gegangen, weit hinaus im letzten Licht, aber zurückgekehrt in der Dunkelheit ist nur einer, da war der andere schon ertrunken. Und nach drei Tagen die Leiche bei Steckborn, ein Fall für die Schweizer. Musst du nicht gehen? Er löste ihre Hand von dem, was sie hielt, noch ein Eingreifen des Unbeteiligten in ihm, auch als er aufstand, das Hemd in die Hose steckte und den abgesprungenen Knopf aufhob; die Adern in seinen Schläfen jetzt so geschwollen, als könnten sie jeden Moment reißen.

Ja, ich muss gehen, sagte sie und ließ sich aufhelfen, seine ausgestreckte Hand wie ein Stück Freundschaft auf Probe. Sie ging vom Bett ins Bad, der normale Weg, und zog sich die Lippen nach, das Rot, das sie zuletzt in Mailand dabeihatte für das Treffen mit Michele Flaiano, der noch im Koma lag. Was ist da passiert auf dem See, sag es mir! Ein Ruf ins Zimmer, mit dem Gesicht nah am Spiegel, weil es idiotisch war, sich mit Lesebrille einen schönen Mund nachzuziehen, ihr unverdientestes

Geschenk; den Stift fasste sie kürzer als sonst, wie ein Kind, das schreiben lernt. Bühl erschien in der Tür, er schaute ihr zu, seine Augen, auch unverdient, folgten dem Stift, ihren Fingern, der Hand. Heiding wollte sich mitten auf dem See, als wir schon zurückschwammen, an mir festhalten, Kräfte sparen für das Ruderhaus, aber auch vorglühen. Man sagte das damals noch nicht, man tat es wortlos, nur war er für mich zu schwer, ein nasser Muskelsack. Ich schwamm also weiter, und er rief nach mir, wie verrückt, dabei schluckte er Wasser, und ich machte noch einmal kehrt, bin getaucht. Aber nachts ist alles schwarz, wenn man taucht, ich spürte nur einmal sein langes Indianerhaar, er hätte nach meiner Hand greifen können. Vielleicht wusste er, dass es besser so für ihn war, für mich war es sicher besser. Cornelius glaubt, darüber mehr zu wissen, auch deshalb will ich ihn hier irgendwo treffen nach zwanzig Jahren, sagen wir, in Campo.

Warum nicht gleich in der Kapelle, wo wir uns getroffen haben? Sie steckte den Stift ein und kämmte sich noch, Bühl stand jetzt neben ihr: zum ersten Mal sie beide in einem Spiegel, ein Paar wie zwei Sonnen in einem Spielautomaten, fast ein Gewinn. Ja, daran dachte ich, sagte er. Ich werde ihm die Koordinaten der Kapelle mailen, damit er nicht herumirrt.

Eine gute Idee – Vila ging aus dem Bad, sie strich noch ihr Kleid glatt –, weißt du, was er über die Frau erzählt hat, die du geküsst hast, als sie noch jung und süß war? Die, die sich samt ihrem Krebs an Renz geworfen hat und jetzt unter der Erde liegt? Dein Freund Cornelius hat sie nicht zufällig in einem Münchner Café sitzen sehen, er hat sie in München systematisch gesucht, noch in den Zeiten vor GPS. Möchtest du meine Koordinaten? Ich habe sie vorhin genannt – drei Worte statt lauter Zahlen. Gehst du noch ein Stück mit, nur die erste Treppe hinunter? Sie legte ihm eine Hand auf die Brust, noch ein Risiko, aber jedes Weiterreden wäre ein größeres. Mit Renz hatte sie damals bis in den Neujahrsmorgen geredet, sich hineingeredet in eine Verklammerung, ohne dass sie es merkten, als seien die Sätze, die Geschichten, ja selbst die Pausen dazwischen, schon Zähne eines Reißverschlusses, und am Ende fehlen die Worte, ihn wieder zu öffnen. Bühl legte ihren Kopf an seine Wange, diese auch leicht hohle, schrecklich schöne Wange, ein Sekundenakt, bevor er mit einer Hand ihre beiden Hände in eine Art Fessel nahm, als sei sie das Lamm über dem Bett seiner alten Kinderfrau, agnus Vila, und ihr zwei Finger der anderen Hand gegen die Stirn drückte, kein Schmerz, nur ein sachtes Stempeln. Und beim Loslassen ihrer Hände das Versprechen, immer an sie zu denken, anderenfalls hätte er nie an sie gedacht – das alte Gesetz, sagte er und hielt sich die geäderten Schläfen. Dann ging er mit zur Tür und von dort, wie gewünscht, noch über die Treppe bis zum Flur, einen Arm um ihre Schulter, vielleicht das einzige Stück Weg, das sie gemeinsam zurücklegten.

DIE Geburtstagsrunde jetzt unter den Hotelarkaden, obwohl erst einzelne Tropfen fielen, aber alles suchte schon Schutz, Gäste, Kellner, die Musik, ein lautes Zusammenrücken; Renz und die Übrigen an drei Tischen anstatt vier, längst bei Espresso und Grappa, nur am einzigen freien Platz noch eine Dessertschüssel, mit Folie bedeckt, für Vila ein Fingerzeig: sieh, was ich getan habe für dich, während du verschwunden warst. Wir wollten schon die Polizei holen, rief Renz ihr entgegen. Er zog die Folie ab, die Zabaione so eingefallen wie erwartet, er probierte sie – Noch warm. Und wo warst du so lang? Eine Frage für die ganze Runde, ratet mal, und von ihr nur ein kurzes Handheben, als wüsste sie es selbst nicht. *Wie* lang überhaupt? Sie nahm sich einen Grappa und stieß mit Katrin an, Katrin, die kein Kind gewollt hatte, aber von weither gekommen war, vielleicht selbst noch ein Kind unter der Forscherinnenschale. Eine halbe Stunde, sagte Renz, und sie, ihr Glas am Mund: Darf man keine halbe Stunde für sich sein? Sie tauchte einen Finger in die Schüssel und leckte ihn ab, eine süße Suppe, da war ihr der Grappa lieber, flüssige Fäulnis. Sie leerte das Glas und weinte um ein Haar, Katrin strich ihr über die Hand, mehr war in dieser Schlussrunde ihres Geburtstags vom Leben nicht zu verlangen, höchstens noch eine Zigarette, ihre waren im Haus. Wer gibt mir eine Zigarette? Sie hielt zwei Finger in die Luft, und Bühls früherer oder Immer-noch-Freund trat zu ihr. Er rauchte kleine Zigarillos, wie abgezählt in einem Lederetui, sie nahm sich eins, er gab ihr Feuer, sie rauchte, und alle schauten ihr zu, wie einer, die alleine tanzt, und dabei saß sie doch nur für sich da in der Runde.

Kilian-Siedenburg steckte das Etui wieder ein, er bedankte sich für die Einladung, den Abend, die Gespräche, das Ganze; ein Aufbruch vor Mitternacht, mit Hinweis auf den Barkassenführer, der bedenklich zum See zeigte. Und für Vila dann noch ein Handkuss plus Kompliment, strahlende Frau, für Katrin nur ein Kompliment, rasend gescheit, und für Renz eine Beruhigung: den Kontakt zu halten, in der Missbrauchssache an einem Strang zu ziehen. Alle Übrigen bekamen einen Händedruck mit freundlichem Wort, und kurz darauf sah man ihn davonfahren, wieder als einzigen Passagier, ein letztes Winken zu der Gruppe, als Renz schon diskret den Abend bezahlte. Aber es war noch nicht das Ende; es kamen noch Grappas auf Kosten des Hauses, und auch die Musik hob im Schutz der Arkaden noch einmal an, einige tanzten sogar, die Wilfingers halb entfesselt, Elfi und Lutz eher streng mit gelernten Schritten, Heide und Jörg als Stehbluespaar, sie todmüde, eine reife Frucht an Jörgs Hals. Geht schlafen, geht ins Bett, rief ihnen Vila zu, andate a letto! Sie nahm sich den Hausgrappa und trank auf den Hotelbesitzer Lorenzini, der an den Tisch kam, dankte ihm für den perfekten Ablauf, das gute Essen, die aufmerksamen Kellner, eine Flucht ins Italienische, bis Marion Engler von ihrem Italienischkurs sprach, den Mühen des Anfangs, auch wenn sie es zu zweit machten, Thomas und sie sogar abends beim Essen italienisch zu reden versuchten. Ach ja, sagte Vila, miteinander? Sie sah auf ihr neues Uhrband, auf seine rätselhaften schimmernden Intarsien. Was man ja lange nicht kapiert, wenn man diese Sprache lernt: dass die Italiener alle Verben, die ein Gefühl ausdrücken, mit einer Konjunktivform verbinden. Sie sagen nicht, Ich fürchte, du bist erledigt für mich, sie sagen: Ich fürchte, du seist erledigt. Oder: Ich wünsche, du liebtest mich. Und so weiter. Und ihr redet also abends beim Essen italienisch? Schön.

Ja, schön und falsch! Eine Antwort, als die Musik noch einmal in Fahrt kam; der Mann am Keybord mit einem Gesicht wie aus Teig und Schatten spielte das finale Lied für den Abend, schon nach den ersten Takten kam Renz um den Tisch. Es sah nicht aus, als wollte er tanzen, nur irgendwie gehalten werden, solange es um eine Welt ging, die sich weiter und weiter dreht, auch wenn man gerade verlassen wurde, gira, il mondo gira. Vila stand auf und nahm seinen Arm, ein Zeichen zum allgemeinen Aufbruch; und die Abschiede dann fast überstürzt, während der Regen schon auf den Hafenplatz schlug. Wo steht der Jeep, wir müssen los! Sie winkte Katrin, mehr ein Fuchteln, die andere Hand noch um Renz' Arm, Du bist zu erledigt zum Fahren, gib mir die Schlüssel, ja? Keine Bitte, ein Befehl, und als sie dann zum Jeep liefen, schüttete es. Renz hatte bei der Kirche geparkt und das Verdeck nicht geschlossen, im Fußraum stand schon das Wasser, und Katrin rief Wie bei uns!, womit sie ihr Flussdelta meinte, und im selben Atemzug: Ich fahre, ich! Sie ließ sich die Schlüssel geben, sie verteilte die Plätze, der Mann nach hinten, die Frau nach vorn, und so ging es den Hang hinauf, immer noch offen, es lohnte nicht mehr, das Verdeck umständlich zu schließen, eine Fahrt unter Sturzbächen. Und kaum im Haus, lief jeder auf sein Zimmer, die klebende Kleidung loszuwerden, schnell in ein Bad zu kommen, es gab ja nur zwei Bäder, und sie waren zu dritt. Ihr beide zuerst, sagte Renz, aber Katrin wollte noch schwimmen, sie rief schon ihr Gutenacht von draußen.

Vila also allein im Bad, und dabei hätte sie es gern mit Katrin geteilt. Sie stand unter der warmen Dusche, angetrunken, aber wach, und seifte ihre Beine ein, den Bauch, die Brüste, ihr altes Dasein – schwierige Ehen können immer noch glorreich enden, schwierige Liebschaften nie, ein Badewannengedanke, obwohl sie gar nicht in der Wanne saß. Und Liebschaft, eins ihrer Zufluchtsworte. Wie Glück. Oder Schönheit. Nur war Schönheit für sie Bewegung, Bühls Gang, seine Gesten, seine Blicke, er konnte einen ansehen, als werde man getauft. Ich taufe dich im Namen des weiblichen Geistes, der kranken Sehnsucht, des Verlangens. Und Glück, das waren solche Taufen, die sich nicht fassen ließen, auch nicht hinterher. Sie wusch ihren Arm mit dem Krustengitter, sie kratzte am Schorf, bis wieder Blut kam, und zog eine der Krusten samt feiner Haut langsam ab. Schmerz, ihr stilles Laster, wer weiß. Und dann wusch sie noch, was sich in der Zeit ihrer Abwesenheit von der Tischrunde oder Anwesenheit in dem Zimmer über der Geburtstagstafel immer wieder sinnlos geweitet und sinnlos zusammengezogen hatte, auch ein Schmerz.

Darf ich herein? Renz vor der Tür, sie hob den Kopf und strich sich das Haar von den Augen – auf den Kacheln ihr vages Spiegelbild, der weiche Mund, lange Hals, die etwas schwere Brust. Sie wollte nicht, dass er hereinkommt, wollte nichts hören, ihn nicht sehen, nichts fühlen, Vila, die Äffin. Warum, wir frühstücken morgen zusammen! Ein zu schwaches

Nein, und folglich kam er ins Bad, ihr Mann in Boxershorts und dennoch alt, auf jeden Fall älter als sie, mehr als zwölf Jahre, ihr Abstand zu Bühl, im Gesicht das Einzige, das wirklich alt macht, älter als alle Falten, alles Hängen: ein Ausdruck von Unsicherheit, ja Angst, den sie nicht kannte an ihm. Was willst du? Sie spülte weiter ihre Mitte, Renz sah den wunden Arm. Die Brombeeren am Parkplatz, sagte sie, ich bin irgendwie hineingeraten beim Aufräumen, hau sie morgen weg, tust du das? Sie winkte ihm zu, ihr Gutenacht, und er machte kehrt. Die Brombeeren, sicher, wenn du es willst. Ein schönes Fest, oder war es zu viel, bist du deshalb verschwunden? Renz sah noch auf seine Füße, dann schloss er die Tür hinter sich und tat ihr leid, wie einem alte Hunde oft leidtun. Ja, deshalb, rief sie, es war alles etwas viel. Warum verreisen wir nicht ein paar Tage? Fahren wir einfach nach Sizilien! Sie spülte sich die Seife von den Beinen, und an der Tür ein leises Trommeln, der renzsche Zweifingertakt, sein Ja.

JA, warum nicht, warum nicht verreisen? Renz stand mit einer Büchse Bier in der Hand am Esstisch, er war mehr als nur angetrunken, dabei wacher als Vila, die vom Bad gleich ins Bett gegangen war – irgendetwas musste noch geschehen in dieser Nacht, am liebsten hätte er mit Katrin geredet, aber sie war vom Pool ohne ein Wort in ihr Zimmer geeilt, nur eingehüllt in ein Handtuch, hinter ihr die Spur der nassen Füße, auch jetzt noch auf den Kacheln. Er stellte die Büchse neben die Gide-Tagebücher, die immer noch auf dem Tisch lagen, als hätte keiner mehr die Kraft, sie einzusortieren, dann riss er ein paar Blätter von der Küchenrolle und wischte den Boden auf, wie er schon alle Tropfen hinter Katrin aufgewischt hatte, als sie noch klein war, immer vom Pool barfuß ins Bad lief.

Sizilien, da war auch Vila noch klein, groß gewachsen zwar, strahlend, lebendig, aber mädchenhaft versponnen, ihre erste lange Autofahrt, sie eine kleine große Schwester. Er warf die Blätter in den Müll und schloss die Doppeltür zur Terrasse und sah sich im Glas, seinen Schädel, seine Brust, das graue Vlies in der Mitte und die umflorten Spitzen, wo früher Muskeln waren, er sah den Bauch und seine Arme, seine Füße, all die Teile, die zuletzt mit Marlies ein Ganzes waren, und das auch nur wenige Male, ehe bei ihr schon die Auflösung anfing. Als er jung war, ja auch noch mit vierzig, hatte er gedacht, er würde sich am Beginn des Alters erschießen, der eigenen Auflösung vorgreifen, einen Schrei ausstoßen und abdrücken, anstatt noch Jahre stumm zu schreien.

Er nahm die Tagebuchbände vom Tisch, in dem einen der Vermerk, der sich bald wieder jährte, Gides Verzweiflung in Torri am siebten September, weil eine lange Folge prächtiger Tage nur irgendwann enden könnte, eingebrannte Worte, die er nicht suchen musste, so wenig wie den Platz für die Bände neben Faulkners Schall und Wahn. Die Lücke hatte sich fast von selbst geschlossen, so eng standen die Bücher dort, seit er den belgischen Gegenstand seines Vaters dahinter versteckt hatte; nicht einmal Vila kannte die Stelle, das Ding sei hinter den Büchern am Kamin, mehr hatte er dazu nie gesagt, mehr wollte sie auch nicht wissen. Er zog Schall und Wahn heraus und auch gleich Licht im August und noch Soldatenlohn – der Titel hatte ihn auf den Platz hinter den Faulkner-Bänden gebracht –, jetzt eine mehr als handbreite Lücke und dahinter nichts. Der belgische Gegenstand lag nicht mehr da, und nur einem hatte er von dem Versteck erzählt, ein Fehler, wie man ja oft nachts beim Telefonieren Dinge sagt, die man später bereut. Bühl muss sich die Waffe aus Neugier angesehen haben, womöglich hatte er sie auch in der Nacht bei sich behalten und am Morgen dann an etwas anderer Stelle hinter den Büchern wieder versteckt, wer geht schon mit einer Waffe vernünftig um, auch er hatte sie nur alle paar Jahre in die Hand genommen und noch nie damit geschossen. Er holte sich das Bier und trank es aus, dann fing er an, die übrigen Bücher aus dem Regal zu nehmen, erst eins nach dem anderen, dann zwei, drei auf einmal, bis er sie herausriss, einfach auf den Boden fallen ließ, die Paul-Heyse-Novellen, die hier am See spielen, seinen Nietzsche, seinen Kafka, den restlichen Faulkner – irgendwo musste der alte Fünfschussrevolver sein, Bühl war nicht so dumm, ihn ganz woanders hinzutun, und er war sich absolut sicher, ihn zuletzt hier und nicht oben hinter Büchern versteckt zu haben, vielleicht nicht mehr hinter Faulkner, weil Soldatenlohn auch wie eine blöde Parole klang, aber dann in den Reihen darunter oder darüber, also mussten auch dort die Bücher heraus, die Waffe war hier unten oder nirgends, oben war nur Geld versteckt. Erst vorigen Sommer hatte er einen Hundertmarkschein in Woody Allens Manhattan-Drehbuch gefunden, Geld aus der ersten Zeit des Hauses, an der Wand über dem Kamin noch kein Ölbild aus der Gegend, sondern ein Poster aus seinen bewegten Jahren, Che Guevara auf dem Beifahrersitz eines Jeeps, Kopf leicht zurückgeworfen, eine Hand im Haar, das hinter einer Baskenmütze mit Sternchen über den Nacken quoll, wie sein eigenes zu der Zeit noch, in der anderen Hand eine kurze Zigarre, den Blick halb nach hinten gerichtet: zu einer jungen Genossin, konnte man meinen, einer, die ihn verehrte. Jedes Detail war ihm präsent, wie überhaupt dieser ganze erste Sommer, noch mit Telefonmast am Pool, dort hatten sie sich einmal nachts geliebt, Vila und er, das vom langen Tag erwärmte Holz der Telefongesellschaft Enel im Rücken, als machten sie es in aller Öffentlichkeit, Hund und Hündin verkeilt am Straßenmast; und in ihm noch die romantische Idee, er würde im Alter durch eine Kugel sterben, so aufrecht wie sein Posterheld.

Die meisten Regale waren schon leer, auf dem Boden vor dem Kamin ein Berg von Büchern, als wollte er sie wegwerfen. Es fehlten noch die obersten Regale, da müsste er auf einen Stuhl und das Gleichgewicht halten, nur hätte es keinen Sinn gemacht, die Waffe so zu verstecken, dass niemand sie erreichen kann. Auch sein Vater hatte sie eher bequem versteckt, im Kleiderschrank hinter den Hemden, ein Mann der weißen Kragen und soliden Krawatten, Renz sah ihn vor sich, wie er den Windsorknoten machte, ohne Spiegel, ja sah ihn überhaupt, den belesenen Allgemeinarztvater; seine Brille würde er unter Hunderten von Brillen erkennen, auch seine Schuhe oder die Hosenträger aus einem beinblassen Gummi. Tausend Dinge hatte dieser Mann ihm beizubringen versucht, von der Liebe zur Mathematik über das Zeichnen männlicher Körper bis zur Ersten Hilfe bei Fleischwunden, aber er selbst war der Stoff, den er ihm mitgegeben hatte fürs Leben. Renz zog sich einen Stuhl heran, er wollte nun doch wissen, was hinter den obersten Büchern war, manche versteckten gefährliche Dinge oberhalb ihrer Reichweite, andere unterhalb, für Vila konnte ein Versteck gar nicht nah genug am Boden liegen, am besten im Boden – vielleicht hatte sie auch ihre halbe Stunde so versteckt. Natürlich fragte er sich, was sie gemacht hatte in der Zeit, aber im Grunde war es nur die Frage, warum sie nicht wie alle anderen am Tisch geblieben war. Er warf die ersten Bücher von oben herunter, Alberto Moravia, altes Taschenbuchzeug, innen noch Reklame für Pfandbriefe.

Was wird das hier?

Katrin stand mitten im Raum, nur in dünnen Hosen und einem Top, das schwarze Haar halb im Gesicht, seine Kleine, die ihn im unverputzten Haus getröstet hatte. Er wollte vom Stuhl, aber wusste nicht, wie, mit welchem Bein zuerst, und sie half ihm, Was machst du da? Sie zeigte auf den Bücherberg, und er erklärte es ihr, leise und nah an dem warmen Gesicht, nah wie zuletzt, als er sie in den Schlaf gesummt hatte, Katrin noch so zierlich, dass man sich sorgte um sie, wenn sie alleine im Garten war. Und nur einer, sagte er, wusste von dem Versteck, unser Mieter, der irgendwo durchs Land wandert – kein anderer, ich bin ganz sicher. Warum schläfst du nicht? Er wollte ihr das Haar aus der Stirn streichen, aber sie zog den Kopf weg. Wenn du dir sicher wärst, hättest du nicht dieses Chaos angerichtet. Du bist betrunken, warum trinkst du überhaupt? Katrin führte ihn zum Sofa, und er setzte sich an den Rand, Hände im Schoß, und sie begann, die Bücher wieder zu sortieren mit ihren ruhigen Bewegungen, und ebenso ruhig erzählte sie von ihrem Fluss und den Menschen dort, aber auch anderen Menschen in anderen Ecken der Welt. Im Schneidersitz saß sie auf dem Boden, wie als Kind vor dem brennenden Kamin, ordnete die Bücher und redete leise, und er hörte ihr zu und spürte sein Herz, als sei es auch betrunken, taumelnd. In China, sagte sie, herrschen Zustände wie in der Hölle, die Gefängnisse, die Wanderarbeiter, die Kohleminen. In Afrika verhungern Hunderttausende, ganze Völker sterben aus. Und die Indianer in Brasilien verkommen in immer kleineren Gebieten, sie berauschen sich, dämmern dahin, treiben Inzucht, wissen nicht mehr, wer sie sind. In Afghanistan werden täglich Leute von Bomben zerrissen, im Iran will man Frauen steinigen, in Syrien schießt man auf Kinder. Und du suchst nach etwas, das kein Mensch braucht – den Faulkner, chronologisch oder alphabetisch? Katrin stand vom Boden auf und sah über die Schulter, mit Vilas Blick aus den ersten Jahren, als sie noch offen war, an ihn geglaubt hatte, seine Ehrlichkeit, das Fehlen jeder Niedertracht, und er stemmte sich aus dem Sofa und ging zu seinem erwachsenen Kind, das die Bücher jetzt wieder einräumte. Mach es, wie du willst, sagte er und horchte nach draußen, wo es stiller war als in ihm. Das Schütten hatte aufgehört, nur noch leichter Regen, morgen früh wäre alles vorbei, reiner Himmel und ein beruhigter See, Beginn der Gnadentage – vielleicht sollten sie morgen schon fahren. Warum wolltest du dein Kind nicht, fragte er, warum?

Und Katrin nahm seine Hand, zum ersten Mal, seit sie erwachsen war, außer Haus: die töchterliche Hand, die eine väterliche suchte, und sie erzählte die Geschichte mit ihrem Kubaner, vom Moment eins auf dem Parkplatz einer Mall in Orlando, als er auf einmal neben ihr herging, eine Gucci-Brille gegen das grelle Licht anbot und dazu ein Gedicht seines berühmten Onkels über die sozialistische Sonne aufsagte, bis zum letzten Moment in der Pablo-Neruda-Suite des Copacabana Hotels bei Havanna, als er rauchend vor dem Fernseher hockte und eine alte Mannix-Folge ansah und sie einfach wegging. Sie sparte nichts aus, nicht die erste, leichtsinnige Nacht in einem Holiday Inn und nicht die Stunde, in der sie auf einer Station für Frauen und Töchter von Funktionären unter einem Bild von Castro als Freund aller Frauen ausgeschabt wurde, die Sache selbst schmerzlos, ohne Bewusstsein, nur nicht davon gelöst – den wirklichen Schmerz kann nichts betäuben! Und immer noch hielt sie seine Hand oder suchte darin Nachsicht, und er sagte, Schlaf jetzt, ich mach hier weiter, und meine Frage, die kannst du mir verzeihen? Er sah Katrin an, ihr klares Gesicht erstmals gezeichnet, skizzenhaft seinem ähnlich, und sie legte ihm kurz die Hand an die Wange und drehte sich auch schon weg und ging in ihr altes Zimmer, gerade noch rechtzeitig, bevor er weinen musste.

Kein Ausbruch war das, nur etwas wie bei entzündeten Augen; er räumte noch die übrigen Bücher ein, dann nahm er sich den ältesten Grappa und trank auf einen Gestalter der Vorabendwelt, dem die eigene Welt entgleitet. Der zweite Schluck ging auf Katrin, die eine Hand in seine Welt gestreckt hat, der dritte auf Vila: mit der sich kaum noch Schritt halten ließ, ja er wusste nicht einmal mehr, wohin ihre Schritte führten. Fest stand nur, dass es andere als seine waren, wie auch fest stand, oder auf der Hand lag, bei wem sich der Gegenstand finden würde, den sich sein Vater unter den Feldarztkittel gerissen hatte, um sich im Falle eines Nazisiegs damit zu erschießen – Lauf in den Mund und abdrücken, die Worte dazu. Renz verkorkte die Flasche und ging ins Gästezimmer und legte sich dort ins Bett, das ersparte den Weg nach oben – es müsste endlich ein Geländer an die Treppe, eins aus weichem Lindenholz. Er drehte sich zur Wand, schauernd unter der Sommerdecke, ein Erschauern wie das in den Olivenblättern, wenn noch gar kein Wind geht, keiner, den man spürt oder an etwas anderem als dem Blättchenbeben bemerkt, Wind, der nur in der Luft liegt, Atem einer geduldigen Katastrophe.

*

XX

DIE Gnadentage am See, schwebende Sommerzugabe. Bis in den Mittag glitzernder Dunst, dann der Wechsel von Weiß zu Blau auf ganzer Breite, das Wasser erst zittrig, später glatt. Und jeden Abend ein Bangen, ob es auch morgen noch so wäre (siehe Tagebücher Gide, September achtundvierzig).

Vila und Renz ertrugen nur einen dieser Tage, dann ging es in dem übergroßen Wagen auf ihre kleine Reise; Katrin wollte so lange im Haus bleiben, sich mit den Kamayurá beschäftigen, ihr erster Forschungsbericht. Renz hatte sie noch vergattert: Nichts zu Vila über mein nächtliches Herumsuchen, die Waffe findet sich schon! Aber so leicht nahm er es dann doch nicht, vor der Abfahrt war eine Mail an den Mieter gegangen. Frage: Wissen Sie etwas von dem Gegenstand, den ich am Telefon erwähnt hatte, als Sie nachts in Assisi anriefen? Er liegt nicht mehr hinter den Büchern neben dem Kamin, er ist weg. Und wo stecken Sie? Wollen Sie das Haus wieder für den Winter? Wir würden uns freuen. Vila und ich fahren für eine Woche nach Sizilien, auf dem Rückweg holen wir unsere Tochter ab, dann könnten Sie einziehen. Und was macht der gute Franziskus? Sollte Ihr Buch Erfolg haben, kommt das Fernsehen von allein. Also schenken Sie sich nichts. Und schauen Sie, dass Sie an den See kommen, das sind jetzt die besten Tage. Ihr Renz.

Aber das musste man Bühl nicht sagen, das sah er selbst; er war mit dem Bus von Torri nach Magugnano gefahren und hatte im kleinen Hotel Brenzone das seenahste Balkonzimmer mit Blick zu einer Felswand auf der anderen Seite, auf ihrem Grat ein Kloster. Und weiter südlich oder linker Hand ein

Blick bis nach Gargnano mit der schlösschenartigen Villa Feltrinelli, durch sein Fernglas gut zu sehen, wenn sich der Dunst gehoben hatte. Das Zimmer war einfach, aber mit schnellem Internet; nach der gestrigen Ankunft gleich die Mail von der vermissten Waffe – eine dumme Sache, so dumm wie die Waffe selbst oder alle Worte rund um eine vermisste Waffe, einschließlich der, dass es von vornherein sein Plan war, bei dem Treffen mit Cornelius in der Kapelle von Campo die Waffe zu holen, um sie wieder ins Haus zu legen, ohne die kaputten Patronen. Der Gegenstand wird wieder auftauchen, hatte er Renz geantwortet, der Wintermieter eher nicht. Und Sizilien: beneidenswert! Danach noch eine Mail an Kilian-Siedenburg, darin nur genauste Koordinaten der Kapelle nach Google Earth samt einem Zeitvorschlag. Und die Bestätigung ebenso knapp, ein einziges Wort, Venibo, genaues Latein, er werde kommen.

Ichliebedich waren dagegen flüchtige Angaben, Koordinaten nur für den Moment, die verschwindende Dauer, die es braucht, um drei Wörter wie ein einziges auszusprechen, ein Punkt ohne Umgebung, keine Kapelle, kein Ort, kein anderswo, kein weiterer Sinn, ichliebedich, Amen – Gedanken beim Schwimmen, immer schon das klärendste Element, Wasser, und die Anstrengungen, es zu teilen, sich darin fortzubewegen, nicht unterzugehen. Bühl schwamm gegen Mittag, das Wasser kühler als vor Torri, schon das des nördlichen Sees mit seinen Bergen über beiden Ufern; der ganze Tag gehörte ihm noch, das Wiedersehen mit Cornelius erst morgen. Er schwamm weit hinaus, bis in der klaren Luft am Nordende des Sees ein Kirchturm von Riva auftauchte, halb über der Wasserlinie: Beweis für das Rund der Erde, der größte Teil der Kugel vor ihm, wenn er am Ende wieder auf Vila stoßen wollte. Das kühle Wasser nimmt den Gedanken die Stumpfheit, es macht sie scharf, ein Wasser wie das bei Aarlingen, wenn sie im September zum letzten Mal geschwommen sind, Seite an Seite bis zur

Mitte des Seearms, wo das eigene Land endet und ein anderes anfängt, und hinterher an ihren geheimen Platz gehen, in eine Sonne, die kaum noch die Kraft hat, sie zu trocknen. Also reiben sie sich trocken, mit ihren Hemden und dünnen Internatshandtüchern, um danach für eine Arbeit zu lernen – Stochastik, unvergesslich, da hat ihm der Freund geholfen, schon immer in Zahlen zu Hause, und er hat dafür den Catull erklärt, Quaeris, quot mihi basiationes tuae, Lesbia, sint satis superque? Wie viele Küsse es braucht, so fragst du, Lesbia, dass sie mein Verlangen stillen? Und auf einmal sein Mund auf dem des Freundes, ganz leicht, nur ein Kosten, und auch umgekehrt kaum mehr, höchstens so viel mehr, dass er selbst noch etwas mehr davon wollte, oder die Lippenpaare, vom langen Schwimmen noch geriffelt wie die Fingerkuppen, ihrer eigenen Wege gehen, als sei ihnen alles Heikle übertragen worden – auf Cornelius' Seite eine ungewohnte Passivität, keinerlei Mittun, aber auch kein Nein. Erste Küsse sind Geburten ohne fremde Hilfe, man bringt einander auf die Welt und weiß nicht einmal, auf welche. Und anschließend kein Wort, sie haben nur eine geraucht und sind zurück ins Heim gegangen, in ihr Zimmer, und haben Musik gehört, immer wieder Smoke on the water, die Lieblingsnummer von Cornelius, über seinem Klappbett ein Deep-Purple-Plakat. Und beim Musikhören an diesem Sonntag, vor sich eine Woche mit Mathe- und Lateinarbeit, glauben sie etwas von der Welt, auf die sie sich gegenseitig geholt haben, zu spüren: Das sind sie, die Akkorde, die durch Mark und Bein gehen. Und am Ende tanzen sie im Zimmer, verrückter als an jedem Tanzabend im Hesse-Saal, sie sind einander die besseren Mädchen, witziger und ohne Blicke für andere Jungs, und zuletzt geht jeder in sein Bett und hilft sich sonst wie in den Schlaf, er mit großartigen Bildern, gefeiertster Schwimmer bei Olympischen Spielen, ein amphibischer Ritter mit kurzem Haar. Der Raddampfer Italia fuhr fast in Rufweite vorbei, er gab sogar warnende Hornsignale, sein Kielwasser wie glattgestrichen, das pure Vergnügen, darin umzukehren.

Und später im Zimmer eine gute Erschöpfung, das Denken noch beschleunigt, als würde er weiterschwimmen und nicht am Balkontisch sitzen, vor sich weißes Papier, so blendend in der Nachmittagssonne, dass er sich die Hand über die Augen hielt wie Franz auf seinen Wegen, in der anderen Hand einen Kugelschreiber aus dem Goldenen Adler in Unterried – nein, er schenkte sich nichts. Die Geschichte von Franz und Klara, vorletzter Akt. Ein Tag im umbrischen Juni, in den Ölbäumen die Hysterie der Zikaden, an- und abschwellend mit jähen Pausen, in der Stille nur noch Franz' und Klaras Atem, er mit Blättern auf den Augen gegen die Sonne, Klara hat ihren Arm angeboten, aber er will den Arm nicht. Wie lange kennen wir einander? Sätze, die er in einem Zug schrieb, wie ein Tauchen; das Luftholen ein Espresso, danach eine ganze Passage, die schickte er an Vila, da war es schon Abend, Zeit für das Lokal, in das sie ihn geführt hatte. Der Wirt erkannte den Gast wieder, er schlug einen Rombo vor, den Schattenfisch. Nach dem Essen dann erneut der Balkon, wieder in Gesellschaft des alten Paars, angekommen in der Hütte, sie aber auf dem Weg zu einem Bach, Wasser zu holen, er allein, Laub auf den wehen Augen, darunter die Erinnerungen, eine vor allem, zäh wie das Blut um seine Pupillen. Er und Klara am Mincio, ein noch warmer Herbsttag. Franz meint ihre Stimme von damals zu hören, seine eigenen Worte, Eile in schnellem Lauf, mit leichtem Schritt, freudig munter den Weg der Seligkeit hinauf! Die liebste Schwester, sie ist bei ihm, auch wenn sie weg ist, ein Schemen zum Anfassen, er spricht leise ihren Namen aus, Chiara, wieder und wieder. Die Sprache ist eine Haut, und er reibt sich mit seinem Geflüster an ihr; bis zur Seligkeit das Flüstern ihres schönen Namens.

VILA – noch erschlagen von einer Nachtfahrt, aber wie durch Gebrüll auf die Beine gebracht von Musik aus einem CD-Player, Vivo e vivo, als wollte man ihr auf die Sprünge helfen, jawohl, ich lebe – ärgerte sich, wie teuer es war, in einem Betonhotel mit getönten Scheiben eine Mail auszudrucken, ein Ärger an der Rezeption, wo neben Ferrari-Modellen die Musik lief, schon vormittags mit Vivo e vivo, während sie Mühe hatte, das Geld abzuzählen. Ihre Augen brannten, auch wenn nur Renz am Steuer war, fast ohne Pause bis zur Fähre nach Sizilien, aber kurz nach dem Übersetzen hatte er am erstbesten Hotel gehalten, bei Spadafora, einem Nullort zwischen grauem Strand und der Autobahn, und nun hatten sie dort für eine Nacht ein Doppelzimmer mit quadratischem Fenster und gelblichem Vorhang. Renz war dann gleich ins Bett gegangen, sie noch in ihre Mails, in die man ja auch ging, und eine wollte sie schwarz auf weiß, zwei Blatt, und dafür vier Euro: der schon teure Anfang einer Woche, die erst noch richtig teuer würde, weil sie von unterwegs im schönsten Hotel Palermos einen Deluxe Room gebucht hatten, eine Idee aus Renz' Größenwahn in dem Jaguar und ihrem Gefühl von Verlassenheit, nur beim Öffnen der einen Mail für Augenblicke verflogen.

Sie nahm den Ausdruck, der auch noch blass war, und legte das Geld hin, mit Steuern sogar vier Euro achtzig, da war schon wieder ein Schein weg, und sie glaubte zu verarmen, als sie mit ihren Blättern auf die Straße vor dem Hotel trat. Eine Frau jenseits der einfachen, fließenden Jahre, zwar mit festem Vertrag, aber ohne einen Menschen, der sie festhielt, dazu mit schwankendem Gehalt; sie konnte nur noch Stunden abrechnen, Fahrten zu irgendwelchen Kandidaten, Dauer der Gespräche und das Erstellen einer Beurteilung, die dem Moderator schon alle Fragen nahelegte. Und Renz, der hatte jetzt neue Buy-out-Verträge statt Wiederholungshonorare, da kam gleich die Steuer, und die Villa Igiea in Palermo (Italien ohne Mangel an noblen Hotelvillen) war im September noch hochsaisonhaft teuer, aber es musste dieses Haus sein: Dort wird alles gut, hatte er schon vor Perugia gesagt, ohne zu wissen, was eigentlich schlecht war, und von ihr dazu kein Wort, als würde sie schlafen, Kaspers alte Hundedecke unter dem Kopf. Sie ging über den Parkplatz, in der Hand eine Stofftasche, bedruckt mit lauter Dingen, wie sie normalerweise *in* einer Tasche sind, Telefon, Schminkzeug, Geld, Schlüssel: das Geschenk der Wilfingers, mehr Gag als Design, nur geeignet für die zwei Blätter. Ein Pärchen kam ihr entgegen, noch keine dreißig, aber schon ältlich, müde; ein Hotel für Unbehauste, Monteure, Nordafrikaner, Liebende ohne Heim. Mit einem Arm über den Augen – sie hatte die Sonnenbrille im Zimmer vergessen – sah sie sich die Umgebung an, als müsste sie hier Urlaub machen. Das Hotel lag unterhalb eines kahlen, verbrannten Berges, schwarze Fenster zu schwarzem Gestrüpp. Hinter dem Parkplatz ein fast trockener Bachlauf, Müll zwischen milchigen Rinnsalen, und drei wie vergessene Häuser, im mittleren eine Caffè-Bar, ein paar Tische im Freien; das eine Haus daneben leer, die Fenster eingeschlagen, das andere eine Abend-Trattoria, Sette Bello stand an der Tür. Sie lief zu der Bar und setzte sich an den einzigen Schattentisch. Und dort las sie, was sie nur angefangen hatte, als Renz schon im Bett lag, die Geschichte eines alten Paars, Franz und Klara, Bruder und Schwester, die einander nur heimlich lieben dürfen, der letzte Satz wie unterstrichen, obwohl der Druck dort besonders schlecht war. Sie beide sind ein Kästlein, das besser zubleibt, Punkt und Ende, kein Gruß an sie, nichts. Eine Frau in kurzem Jeansrock brachte ihre Bestellung, Espresso, ein Wasser und Schinken-Käse-Toast. Renz und sie waren ein ganzer Container, von außen nicht zu öffnen, sie und Bühl das Kästlein, wenn überhaupt. Sie trank den Espresso mit kleinen Schlucken, sie aß den Toast, auch alle Krümel, es blieb nichts für die Spatzen.

Kristian Bühl. Sein Name, in die leere Tasse gesprochen: wie das Entlangschaben an der Hohlwegmauer, ein Schmerz, der guttat. Sie bestellte noch einen Espresso und nahm sich Teile einer Zeitung, die auf dem Nebentisch lagen, Gazzetta del Sud. Der Brückenbau nach Sizilien, im Gespräch jetzt eine Volksbefragung; vor Lampedusa war ein Flüchtlingsboot gekentert, kaum Überlebende. Und eine Meldung aus Mailand, die las sie Zeile für Zeile. Michele Flaiano, ihr Talkkandidat, auf den man geschossen hatte, war aus dem Koma erwacht. Er wurde nach dem Namen seiner Frau gefragt und konnte sich sofort erinnern. *Monica*, das erste Wort nach vielen Wochen im Dunkel, Halt und Licht. Ein Wind vom nahen Meer, salzig wie der Wind am Malecón, schlug die Zeitungsseiten um, und sie trank den zweiten Espresso. Als Mädchen hatte sie manchmal ganze Nachmittage nur mit einem Wort verbracht, Hingabe, Zungenkuss. Nassrasur. Oder einem Namen, Roxy, Mercedes, New York. Und Michele Flaiano, der hatte mit Monica überlebt, ein ganzes Koma lang – möglich, dass man damit aufhören kann, an das zu glauben, was man liebt; aber nicht einmal tiefste Bewusstlosigkeit schützt einen davor, weiter zu lieben, woran man glaubt.

Irgendwo hinter dem Parkplatz ein helles, erschöpftes Bellen, und sie ging zum Bezahlen in die Bar. Die Frau im kurzen Jeansrock hatte kein Wechselgeld oder wollte keins haben, sie hob in gespielter Verzweiflung die Arme, und Vila ließ fünfzehn Euro liegen und trat wieder ins Freie: noch immer das Bellen. Es kam aus dem Bachlauf, und sie zog ihre Schuhe aus und lief auf einen der sandigen Streifen, bis sie etwas sah, klein und weißgrau. Zwischen Müll und Rinnsalen streunte ein Hund, deutlich zu sehen seine Rippen und eine Wunde im Fell, und auf einmal war er weg, irgendwo hinter dürrem Geäst, sie hörte ihn scharren, Canelino, wo bist du? Einmal, zweimal ihr Rufen, dann lockende Laute, Luftküsse, und schon tauchte er wieder auf, sprang von Stein zu Stein, in den Augen eine ängstliche Gier, und sie eilte ihm nach, weiter den Bachlauf hinunter, bis er stehen blieb, hechelnd, die Zunge halb aus dem Maul, ein wildes Tier, das keins sein wollte. Und jetzt? Sie beugte sich zu ihm, um ihn hochzuheben, wie ein Findelkind ins Hotel zu tragen, in das schreckliche Zimmer, ihn erst zu duschen und dann mit dem restlichen Fahrtproviant zu füttern; später würde sie noch eine Salbe für die wunde Stelle besorgen. Komm, hab keine Angst, sagte sie, und er kläffte und lief ihr davon, in ein Rohr voller Gestrüpp und Drähte unter der Autobahn, unerreichbar. Sie hörte nur mehr ein Knacken, auch leises Fiepen, weil etwas an die Wunde kam, da war sie schon auf den Knien, im körnigen Sand, eine Frau von dreiundfünfzig hinter einem streunenden Hündchen her, um es zu retten, wie sie ihr Enkelkind hatte retten wollen – was den Nachwuchs angeht: die Hoffnung nicht aufgeben, hatte ihr Katrin in die Geburtstagskarte geschrieben, manche Indios sind auch nicht ohne! Und ganze Sekunden lang, immer noch kniend im Sand, die Vorstellung eines Jungen mit verschlagenem Blick, der im Garten auf Eidechsen lauert, sie mit kleinen Pfeilen erlegt, die er aus einem Röhrchen bläst, und auf dem Balkon seine Großmutter, irgendeine Spur von Renz oder sich in den barbarischen Zügen suchend. Canelino, wo bist du? Sie versuchte es noch einmal, jetzt ganz dicht vor dem Rohr, und wieder ein Knacken, ein Fiepen – nur junge Hunde, die nicht weiterwissen, die am Ende sind, stoßen solche Töne aus, und sie machte, dass sie auf die Beine kam, ihre hellen schweißnassen Beine. Mit den Schuhen in der Hand lief sie vor dem Jaulen davon, erst über scharfe Kiesel, dann weichen Asphalt, an den Füßen ein Brennen wie in den Augen – Klara mit Mail in der Tasche und Teer an den Sohlen, ihr Eindruck von sich.

In der Hotelhalle dann schon Mittagsstille, nur eine Afrikanerin, die den Boden feucht wischte, ein schläfriges Tun, und auf einem weißen Kunstledersofa zwei Kinder in Skatermontur mit einer Playstation, die Blicke Momente lang bei der Frau, die nicht ins ruhige Mittagsbild passte; vor der offenen Fahrstuhltür der Wischwassereimer. Und in der Spiegelwand der Kabine ein nahezu fremdes Gesicht, kleine, vom Weinen verfärbte Augen, ein enger Mund, fettiges Haar.

Warme Luft zog durch das gekippte Fenster ins Zimmer, als Vila hereintrat, der Vorhang über die eigene Mitte geneigt. Renz schlief. Er lag nackt auf dem Bett, Kingsize wie das Bett, in dem sich Katrin von der Abtreibung erholt hatte. Sie zog den einzigen Stuhl, eine Metallkonstruktion, an das Bett und setzte sich, eine Angehörige im Krankenzimmer, wenn das Kind, der Mann, der Bruder flach atmend zwischen Leben und Tod schwebt. Renz lag auf dem Rücken, die Arme ausgebreitet, wie ein einziger stummer Anspruch, seidustetsfürmichda – wie viel von Franz oder Klara in einem braucht es, um mit dem anderen alt werden zu wollen? Sie stand auf und ging duschen. Als sie zurückkam, nur flüchtig angezogen, lag Renz auf der Seite, mit einem Bein ins Laken verwühlt, und sie befreite das Bein und bedeckte die helle Hüfte, das Geschlecht im grauen Haarkranz. Bist du wach, ich will dir etwas erzählen, sagte sie wie zur Probe, und er griff nach ihrem Arm, Wo warst du? Renz wollte sie aufs Bett ziehen, aber sie trat ans Fenster, und er drehte sich wieder auf den Rücken, fast erschöpft von dem bisschen Bewegung, er würde lange vor ihr sterben, keine Frage, und doch wäre sie dann schon aus jedem Rennen, eine Unbeachtete. Ich war draußen vor dem Hotel und habe eine Mail gelesen, die man mir an der Rezeption ausgedruckt hat, viel zu teuer. Zwei Seiten von unserem Mieter.

Und was will er, fragte Renz.

Er will nichts, er hat nur etwas über Franz und Klara geschrieben. Soll ich es vorlesen? Sie holte die Blätter aus der

Gagtasche, doch Renz schien schon wieder zu schlafen, einen Arm über den Augen, der Atem leise pfeifend, also legte sie sich zu ihm, auch auf den Rücken – in der Zimmerdecke feine Risse, der Ätna war nicht weit, die ganze Gegend eine Unruheregion. Sie schloss die Augen, die Blätter jetzt auf dem Bauch. Unten vor dem Fenster Telefonklingeln, dann eine Männerstimme, konspirativ, und plötzlich Wörter, die ihr entgegenkamen, Come si chiama Sua moglie? Frage an einen Mann im Bett, sein Kopf weiß verbunden, und er nur: Monica, ein Sekundentraum. Liebe war so einfach, wenn die Voraussetzungen stimmten. Sie nahm die beiden Blätter und fächelte damit. Dieser stille, labyrinthische Mittag – Schläfst du? Sie sah zu Renz, er kaute seine Lippen, und sie holte ihre Lesebrille und zog den Vorhang auf und trat mit den Blättern neben das getönte Fenster. Überschrift: Die Geschichte von Franz und Klara, vorletzter Akt. Franz, nur noch Haut und Knochen, in einer Hütte aus Zweigen und Laub, versorgt von seiner Lieblingsschwester, damit er noch einmal auf die Beine kommt. Aber du kannst es auch selbst lesen.

Wieso ging das an dich? Renz schirmte die Augen ab gegen das Licht. Er hätte es auch mir schicken können, ich habe ihm geschrieben, nicht du. Dass er wieder ins Haus kann und wir nach Sizilien fahren, von dort zurück nach Frankfurt.

Warum hast du ihm das geschrieben? Vila sah durch die getönte Scheibe. Die zwei Kinder mit der Playstation standen vor dem Hotel, daneben die junge Mutter. Es geht ihn nichts an, wo wir hinfahren. Ich lese es jetzt vor, hörst du zu? Sie lehnte den Kopf an die Scheibe und las die Seiten, wie Renz ihr manchmal Drehbuchstellen vorlas, sachlich, ohne Schauspielerei; nur einmal blickte sie auf und sah, dass er sich mit dem Laken zugedeckt hatte. Den letzten Satz kannte sie auswendig, aber schaute aufs Blatt – *wir* beide sind das, sagte sie: das Kästlein, das besser zubleibt, sind wir. Stell dir vor, wir wüssten plötzlich alles vom anderen, wir könnten uns nur auf der Stelle trennen, nicht wahr? Sie schloss den Vorhang, und Renz deckte sich wieder auf, trotz Polstern um die Hüften auch hager, ein breites Gestell. Wollen wir die Nacht hier bezahlen und weiterfahren? Oder etwas schlafen und nachmittags weiterfahren? Oder tun, was wir immer in Hotels getan haben? Unsere erste Sizilienreise, in jeder stickigen Kammer, war es nicht so? Renz streckte den Arm nach ihr, sie setzte sich auf die Bettkante – das Zimmer in Palermo wurde erst morgen frei, irgendwo mussten sie bleiben. Hinter dem Parkplatz ist ein ausgetrockneter Bach, da lief ein kleiner wilder Hund herum, ich hätte ihn fast gefangen. Und mitgebracht.

Und dann?

Hätten wir wieder einen Hund.

Der war bestimmt nicht geimpft. Ein Biss, und du holst dir die schlimmsten Sachen. Tollwut.

Die hab ich schon, sagte Vila. Die stecke ich weg.

Die steckst du weg – wie lang willst du noch um die Fünfzig sein, zehn Jahre, zwanzig? Renz zog sie neben sich, sie ließ es geschehen, wie ihre Zuschauerin. Der Hund hatte eine wunde Stelle, über den Rippen, vielleicht finde ich eine Apotheke. Wir bleiben bis morgen. Bei dem trockenen Bach gibt es eine Trattoria, da können wir heute Abend essen.

Warum? Das ist das Letzte hier, warum sollten wir bleiben? Renz streichelte ihren Hals, die Brüste, ihren Bauch; er knöpfte die Hose auf, die auch Bühl aufgeknöpft hatte, und schob ihr eine Hand zwischen die Beine: Renz, ältester Betreuer ihres Fleisches. Wieso ging die Mail an dich, fragte er wieder und zerrte jetzt an der Hose, sie hob den Hintern an: kein echtes Entgegenkommen, nur ihr Umgang mit dem Zerren, und Ausziehen musste sie sich sowieso, wenn sie schlafen wollte. Es war drückend im Zimmer, Renz hatte die Klimaanlage abgestellt, seit ein paar Jahren machte ihn jede Klimaanlage binnen Stunden krank, und sie hasste es, wenn er krank war, heiser flüsternd herumlag; seine besiegten Energien waren dann auch ihre besiegten Energien, nur andersherum war es nicht so, sein Verlangen war nicht ihr Verlangen. Lass uns schlafen, sagte sie, aber da war sein Mund schon zwischen ihren Beinen – uralter Brauch, sich nahe zu sein, hatte er beim ersten Mal wie zu seiner Entschuldigung vorgebracht, und später füllte es das Wort intim mit Leben. Sie waren intim miteinander, sich wortlos nah: Der, den man liebt, hat auch ein Gesicht, wo sonst alles verhüllt ist. Wozu denn das, sagte sie, und dabei wäre es mit einem Satz beendet, gib dir keine Mühe, ich hatte das erst vor kurzem, besser kann es nicht mehr werden. Aber kein Wort davon; sie griff ihm ins Haar, in sein schmutzig weißes, zu keiner stabilen Frisur mehr taugendes Haar: auch ein Besiegtsein, wenn sie an sein Filmkritikerhaar dachte, in ihrer Hand so schwer wie das von Bühl, nur damals schon grauer, Renz war von Anfang an älter, viel älter. Also warum ihn nicht das Einzige tun lassen, das ihn noch irgendwie jünger machte, ganz auf ein absurdes Ziel gerichtet.

Er schob sich an ihr hoch, eine Hand jetzt zwischen ihrem und seinem Bauch, ein sich Behelfen, Steuern, Ausrichten: Schiebung, wenn man genau war, aber genau war Renz noch nie. Er wusste nur, was er wollte, in einem Zimmer zum Davonlaufen mit ihr schlafen. Im Grunde missbrauchte er sie oder wenigstens ihre Erschöpfung, aber das war eher ein Gedanke – sie fühlte sich nicht so, dafür brauchte er sie zu sehr. Was sich da auf ihr bewegte, langsam, stumm, durchblutet, war ein großes altes Kind, das sich ausweinen musste, ohne dass ihm Tränen liefen. Ihr alter Renz, immer noch, aber anders als früher; früher hatte er sie und das Leben umschlungen, jetzt umschlang er nur noch sie und klammerte sich an ihr Leben. Ein Akt in der Mittagsstunde, der eigene Anteil unklar – Haut will immer nur andere Haut, sie kennt keine Selbstachtung, keinen

Stolz, und als es vorbei war, rollte sie sich auf die Seite, ein Stück Laken zwischen den Schenkeln, im Nacken Renz' Hand. Die Mail, wieso ging die an dich, fragte er zum dritten Mal. Und sie: Weil der Absender darin von Liebe erzählt, da wendet man sich doch eher an die Frau des Hauses. Wollen wir dann schlafen? Sie drückte die Hand in ihrem Nacken, ein Das war's, nun lass mich, lass gut sein, und auch Renz drehte sich jetzt auf die Seite, weit weg von ihr.

Ein Schlaf bis weit in den Nachmittag, danach die Müdigkeit noch größer, langsames Aufstehen und ein Gang vor das Hotel, sie zeigte Renz den trockenen Bach, von dem Hund mit der Wunde keine Spur. Später zwei Espresso in der Bar, andere tranken schon Wein; die Frau mit dem Jeansrock bediente noch, Vila fragte nach der Trattoria, ob es dort Fisch gebe. Heute ist Ruhetag, sagte die Barista, morgen dafür Gesang. Und als Fisch nur Sardinen. Oder Polyp. Sie kassierte gleich und zählte bei einem Bier die Tageseinnahmen, während auf dem Parkplatz Stände für einen abendlichen Markt errichtet wurden. Vila rauchte vor der Bar. Wir müssen auch gar nicht nach Palermo, oder müssen wir? Ein Vorstoß nach dem letzten Zug, und Renz sagte, es gehe ihr doch nur um den Hund, diesen Hund. Bitte – such ihn. Willst du ihn suchen? Ich würde lieber etwas essen. Hast du keinen Hunger? Du siehst aus, als hättest du Hunger. Also wohin? Er schaute in jede Richtung, als gäbe es eine Auswahl, Lokale überall, aber es blieb nur das Hotelrestaurant in der Art einer futuristischen Eisdiele; ein Abend bei aufgetauten Putensteaks und lokalem Wein, beides überteuert. Vila kippte den Wein, zwei Gläser, drei. Morgen wird alles besser! Sie streichelte Renz über die Hand, dann ging sie auf die Restauranttoilette, in der Tasche ihr Notebook. Vielleicht war es das schrecklichste Hotel in ganz Sizilien, aber mit dem schnellsten Internet. Von Bühl nichts Neues, und sie schrieb ihm Danke für Franz und Klara. Wie geht es aus mit den beiden? Sich kurzfassen, das konnte sie auch; danach Rückkehr ins Restaurant, an den Tisch, ihre Unschuldsmiene, und später auf dem Zimmer noch eine Flasche Wein und ein kaum erträglicher Film, Fight Club.

Sie schliefen bis in den Vormittag, dann fuhren sie ins Land, ziellos zwei Stunden, schmale Straßen, karge Hänge, einmal Ziegen und zwei Esel. Mittags waren sie in Montalbano, ein Bergkaff mit Kirche und Piazza, Tischen im Freien, einer Parkmöglichkeit. Sie aßen Salat und Pasta; der große schwarze Wagen glänzte in der Sonne, Leute blieben stehen, Männer ohne Arbeit, einer trat seine Zigarette vor dem Kühlergrill aus. Verkauf ihn, sagte Vila. Wenn es sich ergibt, sagte Renz, sein erstes Einlenken in der Sache. Ein fast schwüler Septembertag, hinten im Wagen ihr Gepäck, sie hatten das Zimmer bezahlt, aber angedeutet, dass sie eventuell zurückkämen; für Vila war es der erste Tag einer neuen Zeit, wenn sie und Renz sich nichts mehr vormachten. Sie trug Jeans und ein weißes Hemd, er seine alten Tennissachen. Was heißt, wenn es sich ergibt, nichts ergibt sich. Du musst dich entscheiden, Renz, ihn irgendwo anbieten, bei AutoScout24 platzieren, Monsterjaguar, schwarz, gepflegt, zweite Hand. Oder ergibt es sich, dass wir uns trennen? Vila langte über den Tisch, fast ein Griff nach Renz' Hand, aber dann nahm sie nur die Flasche mit dem Öl neben seinem Teller und gab sich etwas auf den Salat, ein sämiges Öl, wie das von ihren Bäumen, als sie die Ernte noch zu Leuten mit eigener Presse gebracht hatte, ganze Säcke schwärzlicher Oliven. Nein, es ergibt sich nie etwas, wenn es ums Loslassen geht. Renz hat das Messer aufgehoben und die Schnur zu dem Fisch gekappt, ein bleibender Schrecken. Und vielleicht macht er es sogar: sein gutes Stück verkaufen, sich befreien davon. Sie stellte das Öl in die Tischmitte und sah über den Platz mit blassgelber Kirche, ein paar grauen Häusern und zwei Palmen, davor der

Jaguar neben kleinen Fiats und einem Motorino. Er war nicht schön, der Platz, keine Piazzetta zum Seufzen, aber es reichte, sich dort ein Fest vorzustellen, Fähnchen, Blasmusik, Monstranzen, Frauen in Schwarz, Mädchen mit Lackschuhen und ein Pfarrer, der auch Pferde segnet. Überleg lieber, was wir tun sollen, sagte Renz. Nach Palermo fahren? Er aß den Rest seiner Nudeln, die Sugo aus Auberginen und eingelegten Tomaten, dazu Oliven, Koriander und noch irgendetwas – wenn das Leben zu schwierig wird, geht man auf Reisen oder fängt an zu kochen, notfalls im Kopf. Entscheide du, sagte sie, aber er sah nur zu seinem Wagen, als würde er schon über den Preis nachdenken, und fragte, ob sie einen Espresso wollte. Nein, wollte sie nicht, nicht im Moment, und er bestellte einen für sich, seine alte Taktik: Wenn es kritisch wird, mit gewohnten Dingen die Zeit vergehen lassen, wenig reden. Wer zu viel redet, bekommt ein exponentielles Problem, er muss immer noch mehr reden. Wir können hier auch ewig sitzen bleiben, sagte sie, als Renz schon an dem Espresso nippte, die Lippen am Tassenrand, nicht diese Italienerart, erst lange in dem schwarzen Schluck zu rühren, um ihn dann wie einen Schnaps zu kippen; es hatte eher etwas von Küssen oder einem Sicherinnern an die große Zeit des Küssens. Seine Augen schienen nirgends mehr hinzusehen, etwas Abgeschlossenes lag in ihnen, als hätten sie nichts mit den Lippen an der Tasse zu tun. Schläfst du hier ein, fragte sie – es wäre nicht das erste Mal, dass er mit offenen Augen einschlief, es war ihm sogar schon in der Umarmung mit ihr passiert, wenn nur ein Teil von ihm noch aktiv war, als müsste es stur dem Gesetz des Lebens folgen, damit die Gattung nicht von der Erde verschwindet, auch wenn ihr Körper über diese Sache längst hinaus war. Und dann sagte er plötzlich, wie auf eine Frage nach seinen Gedanken, er habe vor x Jahren einmal mit dem schon alten Willy Brandt im selben Flugzeug gegessen, nur eine Reihe hinter ihm, und Brandt habe die ganze Zeit, eineinhalb Stunden lang, ein Gesicht gemacht, als sitze er allein in der vollen Maschine. Ich glaube, sagte Renz, diese Reise, egal zu welchem Zweck, hatte für ihn nicht mehr den geringsten Sinn. Nur für die beiden Beamten, die ihn bewacht haben, das war ihr Job. Seiner war getan. Aber er flog noch irgendwohin, um dort aufzutreten. Einfach, weil er noch am Leben war, so wie wir. Oder ist das zu negativ? Renz lachte und strich ihr über die Hand, er bestellte noch einen Espresso, einen für sie beide, und von ihr nicht etwa die Frage, warum er jetzt erst mit dieser Geschichte kam: natürlich weil sie ihn damals nicht hatte fragen sollen, wohin er geflogen sei, eineinhalb Stunden lang, und warum. Stattdessen teilte sie mit ihm den Espresso, er einen Schluck, sie einen Schluck, und sah dabei über den Platz. Eine Frau kam mit Kinderwagen aus einem der Häuser, sie schob ihn an den Palmen vorbei in Richtung einer Gasse, immer zu dem kleinen gebetteten Wesen gebeugt, auch Renz sah jetzt hin – eine Frau mit einzelnem Kind im Wagen, in Frankfurt schon eine Seltenheit. Überall jetzt die Doppelgefährte auf der Schweizer Straße, weil die Dinge ab vierzig nicht mehr von selbst gehen. Man kann noch ins Bett miteinander, aber es kommt dabei nichts mehr heraus, nichts, das am Ende länger als ein paar Herzschläge dauert, zehn, wenn es hochkommt, für alles darüber hinaus, alles Dauerhaftere, muss schon die Medizin her, muss die Spermien platzieren wie eine Anzeige: Hallo, Eizellen, Kind gewollt, ich nehme auch zwei in Kauf, nur um überhaupt eins zu kriegen. Fahren wir weiter? Renz strich ihr wieder über die Hand, und sie wusste, dass er keinen Willen mehr hätte weiterzufahren, den Wunsch ja, aber nicht mehr die Energie. Wir können Palermo auch canceln, sagte er, ich muss nicht in dieses Hotel. Weißt du, dass dein kleiner Finger etwas krumm wird? Er wollte den Finger massieren, aber sie zog die Hand zurück. Es war nicht seiner, es war ihr kleiner Finger, und sie wusste schon eine ganze Weile, dass er nicht mehr gerade war, ihre Mutter, die hatte am Ende nur krumme Finger, es gab auch ein Wort dafür, wie es für jede Krankheit eins gibt, bloß war sie nicht bereit, es auszusprechen, ja überhaupt von diesem Finger oder sonst etwas, das sich an ihr verändert hat, zu sprechen – Schweigen ist nicht immer eine Form von Lügen wie bei Renz' Flugzeugstory, es kann auch Diskretion sein. Diese leichte Krümmung ihres kleinen Fingers: eine Intimität, Bühl hatte darüber hinweggesehen. Was eine lange Ehe zur Prüfung macht, ist das immer Offenere des eigentlich Geheimen, alles liegt bloß, keiner kann mehr wegsehen. Dann ruf in deinem Traumhotel an, cancel die Woche dort, sagte sie, und Renz stand zum Telefonieren auf. Aber eine Nacht ist schon abgebucht, macht das nichts? Er ging ein Stück auf den Platz, den Kopf leicht geneigt – ihr Mann, der etwas regeln wollte für sie beide. Nein, das macht nichts, rief sie und hörte ihn dann englisch reden, etwas, das sie immer gemocht hatte an ihm; sein Ton war amerikanisch, als Student hatte er in Kalifornien Eis verkauft, sie hätte sich sicher in ihn verliebt. Damals hatte sie sich ständig verliebt. Sie war nicht wie diese Facebook-Leute, die immer den Kopf über Wasser behalten wollen, nicht rauchen, nicht trinken und sich nicht verknallen. Die Praktikanten im Sender, die sie höflich grüßen und weitergehen, als wäre sie keine Frau. Sie halten sogar Türen auf oder geben ihr bei Gelegenheit die Hand und verschwinden dann auf die Toilette. Aber nur, um sich die Hände zu waschen nach der fremden Hand, nicht etwa um heimlich zu heulen, weil sie unglücklich sind. Oder es sich selbst zu machen, weil alles zu viel ist, die Hormone, die Reize, das Leben. Aber so ist es mit zwanzig. Bei ihr war's so, bei Renz war's so, und als Nächstes verknallt man sich und heult, wenn es schiefgeht. Und dann kommt plötzlich die Liebe. Und wen es einmal erwischt hat, den erwischt es auch wieder. Sie ist dreiundfünfzig und hat den Kopf noch nicht über Wasser. Katrin hat es irgendwie gemerkt auf dem Fest und sie ein-, zweimal angesehen, als sollte sie sich rechtfertigen. Tut mir leid, Süße, aber ich bin krank. Nur lässt sich die Sehnsucht nicht rechtfertigen, weil sich Liebe nicht rechtfertigen lässt. Renz schwenkte die Hand mit dem Telefon: Das war's, sie schreiben uns die eine Nacht sogar gut für ein Jahr! Er kam an den Tisch zurück und winkte dem Mann, der bedient hatte. Was ist mit dir? Seit wir hier sitzen schon, bist du müde?

Nein, sagte Vila, im Gegenteil. Oder war ich unaufmerksam, habe ich etwas verpasst? Sie stand auf, während Renz noch zahlte, und ging zum Wagen: an dem sie auch irgendwie hing, obwohl sie kein gutes Wort für ihn hatte. Ein Jahr, da konnte viel passieren, alles. Am Morgen hatte Renz auf Elfis Mailbox gesprochen, dass er gleich die Grippeimpfung wollte nach der Rückkehr. Er war angezählt seit seiner letzten Winterkrankheit, sie gab ihm noch fünfzehn, sechzehn Sommer, ein Infarktkandidat – auch eine Intimität. Nach seinem Tod würde für sie das Alter anfangen, und das kann dauern, bei ihrer Mutter zwanzig Jahre, zuletzt auf allen Ozeanen. Renz schloss zu ihr auf, und sie stiegen in den Wagen und fuhren wieder zur Autobahn, die am Meer entlangführt, da hätten sie noch nach Palermo abbiegen können, tun wir's einfach, gehen wir in diese Villa Igea! Aber sie bogen Richtung Messina ab und fuhren zurück, ohne darüber zu reden. Ihr Betonhotel hieß Miramare, nur müsste man schon aufs Dach steigen, um das Meer zu sehen; sie machten noch nicht einmal die Vorhänge auf im Zimmer. Renz stellte den Fernseher an, er fand einen deutschen Nachrichtenkanal. Mit Griechenland ging es bergab, auch mit Italien, mit Spanien, und der Euro gab immer mehr nach. Eigentlich war nur noch das Haus etwas wert, eine Immobilie mit Seeblick, alles andere schien sich aufzulösen – verglichen mit der Finanzwelt führten sie fast eine solide Ehe. Ich geh noch einmal nach dem Hund schauen, sagte sie.

Ein vergeblicher Gang, in dem trockenen Bachlauf nur zerwühlte Mülltüten, das kleine Hundewesen hatte nach Resten gesucht, also ein Tier ohne Heim, womöglich auch ohne Namen. Sie ging weiter als beim ersten Mal, immer dem Müll nach, Canelino! Ein Gerufe nach allen Seiten, bis zwei rauchende Jungs mit einem Melonenkarren auftauchten, sie wohl für verrückt hielten, und von ihr nur ein Salve, dann ging sie zurück. Auf dem Parkplatz und seinen Ausläufern zu den drei Häusern wieder der Aufbau für den Abendmarkt, an vielen Ständen schon Waren, und Leute drängten sich; der hotelnahe Teil des Platzes jetzt voller Autos, wie eine Wagenburg um den Jaguar. Und dann entdeckte sie Renz in dem Gedränge zwischen den Buden, Renz im T-Shirt, ein Jackett über der Schulter, das Haar noch nass vom Duschen, so dunkel wie in der Zeit, als Katrin zur Schule kam. Sie wollte ihn rufen, aber es gab schon genug Rufe von den Marktfrauen, und sie versuchte nur, ihm zu folgen, vorbei an Ziegenköpfen und Bergen glänzender Oliven, an Tischen voller Spielzeug und Buden mit Perücken und Hochzeitskleidung, dort war Renz stehen geblieben – immer noch ein Mann für den ersten Blick. Aber die für den zweiten Blick waren die zum Anlehnen, einer wie Thomas Engler mit unaufgeräumtem Bart und einer Stimme, die auch deutlichen Worten noch Milde gab. Wind kam auf, und in den Ständen pendelten die Lampen; es wurde schon dunkel, sie hatte fast eine Stunde in dem Bachlauf herumgesucht. Renz ging weiter, und sie folgte ihm, wie sie ihm in all den Jahren nie gefolgt war, auch als sie wusste, dass er wegging, um sich mit einer Frau zu treffen. Er drang immer tiefer in das Gewühl ein, und je länger sie ihm folgte, desto mehr rührte er sie – ein Mann jenseits der besten Jahre, aber auch noch nicht richtig alt, ein unklares Zwischenalter wie ihr eigenes, und auf einmal drehte er sich um. Warum gehst du mir nach? Wolltest du nicht den Hund suchen?

Ich habe ihn bis eben gesucht, er ist weg. Und plötzlich sehe ich dich! Sie log ihn einfach an und war dann mit ein paar Schritten bei ihm, er küsste sie auf die Stirn, und sie gingen zusammen weiter. Die Stände nahmen kein Ende, immer wieder Fische auf Bergen von Eis, manche gemustert wie feine Handtaschen, glänzende Leiber im Licht heller Neonröhren, andere bläulich oder schamlos rot, die Mäuler so aufgespreizt, dass sie am liebsten hineingefasst hätte, sich an den Zähnen gerieben. Und immer wieder hielt man ihr Fische hin unter heiseren Rufen, ihr, der man ansah, dass sie hier keine Küche hatte, aber das Geld, den Fisch zu bezahlen, und sie bahnte sich einen Weg durch das Gedränge, Renz mit sich ziehend, weg von den Rufen, weg von den gespreizten Mäulern, etwas anderem entgegen, auch heiser und laut, nur getragener, einem Gesang aus der Trattoria. Woher wusstest du, dass ich hinter dir bin?

Ich sah dich in einem der Spiegel, die bei den Brautkleidern hängen: der einzige Lichtblick in dieser Umgebung.

Hast du deshalb mit Palermo nachgegeben?

Nachgegeben, nein, sagte Renz. Ich glaube nur nicht mehr, dass alles besser wird in einem Fünf-Sterne-Hotel. Oder was willst du dort von mir, was willst du überhaupt? Dass ich irgendwann bequem sterbe, nicht als Pflegefall, ein glatter Infarkt, ja? Renz lief jetzt etwas schneller als sie, immer noch eine Hand in ihrer oder umgekehrt – wer hält wen, von Anfang an ungelöst. Was redest du da, sagte sie. Wollen wir nun in diese Trattoria? Sie wusste genau, was er redete, irgendeine Schleuse war in ihm aufgegangen, nicht weit, aber weit genug für die ersten Worte seit Jahren, die ihr Angst machten, weil sie kein Spiel waren, kein renzsches Theater. Sie ließ ihn los, und er ging ein Stück vor ihr her, auf die Trattoria zu. Die Tür war halb offen, und man sah lauter Männer an einem länglichen Tisch, die Blicke alle in die Richtung, aus der das Singen kam. Renz drehte sich um, Gehen wir hinein und hören zu. Und ich rede gar nichts mehr, dann gibt es kein exponentielles Problem. Du hast Staub im Haar, soll ich ihn wegpusten? Er beugte sich zu ihr, und sie schloss die Augen.

DIE Trattoria Sette Bello – der Name nur provisorisch an die Tür geschrieben – war an dem Abend ein Männerlokal, ein Ort des Exils. Paarweise oder in Trauben saßen sie an langen Tischen, vierzig, fünfzig, die meisten rauchend, jenseits aller neuen Gesetze. Paradiesisch, sagte Renz beim Hereingehen, einen Arm um die Hüfte der einzigen Frau in dem folglich auch paradiesischen Dunst. Noch bemerkte sie keiner, alle sahen zu dem Sänger, obwohl er halb abgewandt saß, verkehrt herum auf einem Stuhl, auf die Lehne gestützt, auch mit Zigarette; vor ihm auf einem Tisch Laptop und Maus und zwei mächtige Boxen. Über den Schirm liefen die Textzeilen, die aktuelle markiert, aber der Sänger – gestreifter Anzug, weißes Hemd, weit offen, und im Haar eine Polizeisonnenbrille – hatte die Augen geschlossen. Vila fiel es auf, als sie einen Platz suchten; und erst jetzt kurze, ungläubige Blicke auf sie.

Das Lied ging zu Ende, eins wie aus Filmen, die einen beglücken, aber traurig zurücklassen, und nach dem letzten Ton kam ein Bärtiger hinter dem Tresen hervor, in der Hand ein Tablett mit Wassergläsern voll Wein, der Wirt oder sein Gehilfe. Mit der freien Hand sorgte er für zwei Plätze, Plätze mit gutem Blick auf den Sänger, und gab Zeichen, dass sie sich setzen sollten. Und kaum saßen sie, standen schon Gläser vor ihnen, ein bernsteinfarbener Wein, der kühl über die Hand lief, wenn man das Glas hob. Worauf trinken wir? Vila sah zu dem Sänger, ein Mann in ihrem Alter, tiefe Stirnfalten, dunkles welliges Haar, und von Renz nur ein Achselzucken; also trank sie auf nichts oder nur ihren leeren Magen, einen Wein, der schon ins Blut ging, als der Sänger das nächste Lied anstimmte, von einem Älteren mit langem Schal durch Gesten ermuntert, sich der einzigen Frau etwas mehr zu zeigen. Und das tat er dann auch, er lachte ihr sogar zu, um den Mund etwas zurückgeblieben Junges – früher sicher der Star seines Viertels, einer, der beim Singen mit den Fingern schnippte, und hier noch immer ein Star. Vila bat den Tischnachbarn um eine Zigarette, Ende ihrer guten Vorsätze, sie hatte den Rest der Stange nach dem Fest tatsächlich in den Müll geworfen. Der Nachbar, enge Augen und ein Adamsapfel, gab ihr Feuer, sie sah durch den ersten Rauch auf Renz; seine Hand suchte ihr Bein, einen Halt wie ein Kletterer in beginnender Panik. Woran denkst du? Eigentlich eine Frage für Anfängerpärchen, zwei, die im Bett noch staunen. Was weiß ich, sagte er, und sie: Du denkst, was soll diese Reise, über tausend Kilometer durch Italien, was wollen wir beide hier. Was wollen wir überhaupt noch? Keine Frage für Anfänger, und Renz leerte sein Glas, Wein lief ihm über die Uhr. Der mit dem Bart, doch der Wirt, stellte ihm ein neues randvolles Glas hin, sie fragte nach Essen. Da mangiare, wiederholte er, zu ihr gebeugt, und zählte die paar Dinge auf, die es gab, als hätte er keinen Markt vor der Tür, und sie bestellte Sardinen, Käse und Brot, eingelegte Tomaten und Zwiebeln. Renz griff nach dem Glas. Ich denke nur, dass du gehen solltest, wenn es einen anderen gibt.

Ich? Sie zog an der Zigarette, alte Geste, die leichtsinnig machte. Warum nicht du? Geh aus meinem Leben.

Aus deinem Leben, welchem? Renz versuchte, leise zu reden, seine Wangen und die Haut am Hals in Unruhe. Es gibt nicht dein Leben, es gibt auch nicht mein Leben. Das Leben gehört uns nicht. Etwas, das ich bei Marlies gelernt habe.

Bei Marlies, warum gehst du dann wieder nicht zu ihr? Vila hob ihr Glas. Auf das Leben, das keinem gehört!

Der Alte mit dem langen Schal trat vor die Tische, er begann zu tanzen, als würde ihn jemand führen, und der Sänger präsentierte ihn zwischen zwei Liedern wie eine Stripperin, Nicolò Cali! Nach dem Namen noch ein paar Worte zu den Fremden im Raum, ein Dialekt, den Vila kaum verstand, sie verstand nur, dass der Tänzer fünfundachtzig war, biblisch alt und dennoch jung an Wünschen. Cali drehte sich mit wehendem Schal um seine Achse, von den Tischen Beifall und Getrampel, dann schon das nächste Lied, und jeder Lärm hörte auf. Der Sänger wandte sich jetzt den Tischen zu, er kannte den Text, ein Lied, das gleich alles heraufzubeschwören schien, was den Männern heilig war und sie dabei in Schrecken versetzte; erst nach zwei Strophen der dunkel getönte Refrain, Femmena, jede Silbe ausgesungen, und der hagere Nachbar sang mit, die Augen geschlossen, mehr ein Mitgemurmel als Singen, bis zum letzten, bitteren Wort, Malafemmena. Vila löschte die Zigarette, der Rest qualmte noch, Renz drückte ihn aus. Hat Bühl dir schon vorher geschrieben, ist das eine kleine private Serie, Franz und Klara? Was passiert in Folge eins?

Er hat vorher nie etwas aus dem Buch gemailt.

Und warum jetzt gerade das?

Ich weiß es nicht – Vila wollte aufstehen, auf die Toilette gehen, den wie aus dem Wein und der Zigarette gemachten Wörterstrom unterbrechen, aber Renz hatte die Hand auf ihrer Schulter. Denk nach, sagte er, und sie sah zu dem Alten: der sein Alleintanzen leid war. Er wählte sich einen Partner, umwarb ihn erst und nahm dann seine Hand und machte aus ihm eine Tänzerin, unter Tischeklopfen der Männer im Takt der Musik, jetzt ein Evergreen für einfache Gemüter, Una lacrima sul viso. Alle steckten sie hier, hinter dem Rücken der Frauen, unter einer Decke der Sehnsucht. Und immer noch Renz' Hand auf ihrer Schulter; sie hob sie an und legte sie wie einen Gegenstand auf den Tisch. Ich habe nachgedacht: Weil wir auch ein altes Paar sind. Und damit ich es dir vorlese.

Hat er das dazu geschrieben, ja. Lies es ihm bitte vor, Vila, aber langsam. Das hat er nicht. Und er hat es auch nicht an uns beide geschickt, nur an dich! Renz drückte noch einmal an dem Zigarettenrest herum, als der Wirt das Essen brachte; auf den gebratenen Sardinen grobes Salz, die eingelegten Tomaten schon auf Brotscheiben verteilt, dazu Öl in einer Dose und ein Teller mit den Zwiebeln. Vila stellte alles in eine Ordnung, für sich und für Renz, und sie aßen, während der Sänger mit Mausklicks ein Verzeichnis durchging, bis er mit einem Lied anhob, das ihr noch mehr zusetzte als der Wein, Vivrò per lei. Und nun stand sie doch auf, ließ alles stehen und liegen, Dass mir noch was übrig bleibt, rief sie, schon auf dem Weg zum Tresen; der Wirt zeigte die Richtung zu den Toiletten, eine halbe Treppe hinunter. Und kaum hatte sie hinter sich abgesperrt, schaltete sie ihr Telefon ein, alles Weitere eine Sache von Sekunden, in keinem anderen Bereich lag Italien so vorn. Aber von Bühl keine Nachricht, dafür von Katrin, Katrin mit erregter Stimme, eine Seltenheit, die dringende Bitte um Rückruf: Es ist etwas passiert, nicht mit mir, aber dem, der zu dem Fest mit der Barkasse kam. Wo seid ihr überhaupt? Eine schon besorgte Frage, noch eine Seltenheit, und sie legte sich für Renz einen Satz zurecht, lass uns Katrin anrufen, ihr sagen, wie toll es hier ist, ein Stamm wilder Männer, die bei Gesang zahm werden. Sie wusch sich die Hände, Teil ihrer Routine, um nicht aufzufliegen, dann lief sie zurück an den Tisch und sagte den Satz noch im Stehen. Also los, rief Renz, ruf Katrin an! Er sah auf den Sänger, der eine Pause machte, bei dem Alten mit dem Schal stand; andere trauten sich offenbar nicht zu singen. Vila trank ihr Glas aus und bekam ein neues – ein Wein wie aus Erde, Fels und Trauben, erst aufkratzend, dann steinschwer. Auf ihren Stuhl gestützt, probierte sie die eingelegten Tomaten und aß von den Sardinen, ließ sich das Salz auf der Zunge zergehen und löschte alles mit noch mehr Wein.

Was ist mit dir, warum stehst du? Renz nahm ihr das Glas ab, und sie setzte sich endlich, mehr ein Fallen auf den einfachen Stuhl, und der Tischnachbar – mit der flachen Stirn von Leuten, die man gern unterschätzt – bot jetzt seine Zigaretten an. Sie bediente sich und rauchte und begann, die Nummer vom Haus einzugeben, null null drei neun, vier fünf, sechs eins, dann vertippte sie sich, also alles von vorn, man musste ruhig sein, so ruhig, so abgebrüht wie die Mädchen, die sie in Frankfurt morgens mit Spielzeug in der Hand oder am Ohr zur Schule gehen sah, die nichts vermissen würden außer ihren Smartphones. Sie musste sich zusammenreißen, wenigstens in einer Fingerkuppe, ein paar Ziffern treffen, und endlich gelang es auch, sie stellte noch den Lautsprecher an, und schon hörte man das Freizeichen und auch gleich Katrin, als hätte sie das Telefon in der Hand gehabt. Polizei war heute im Haus, zwei Carabinieri: ihre ersten schnellen Worte, die sie für Renz wiederholen musste, und nun kamen sie mit Unterton, he, kapier es doch, und danach etwas wie ein Stück Vorabend. Ein Schuss auf Kilian-Siedenburg in der Kapelle von Campo, er lebensgefährlich verletzt, gestern Notoperation in Verona, heute die erste Aussage. Kein Wort zum Täter, nur Angaben, warum er am See war, wegen eines Festes in Torri, gefeiert vor dem Hotel Gardesana. Und die Polizei erfuhr, wer das Fest bezahlt hatte, und schon tauchten sie auf, sagte Katrin. Ob bei dem Abend etwas vorgefallen sei, ein Streit. Sie wollten die Namen aller Gäste, und dann kam der eigentliche Punkt, die gefundene Tatwaffe, der alte Revolver, den du nach dem Fest gesucht hast. Sie haben mir Fotos gezeigt, Vergrößerungen, unten am Griff eingeritzt vier kleine Buchstaben, renz. Ich habe mich dumm gestellt, eine Waffe bei uns im Haus, nein. Und das Ergebnis ist, dass sie euch vernehmen wollen, ihr müsst zurückfahren. Wo seid ihr, in Palermo? Und Renz rief es ihr zu, in einer Kneipe in der Gegend von Messina, Vila die einzige Frau, sonst nur Männer und einer mit Liebesliedern. Und der Sänger hob auch schon wieder an, volltönend aus den Boxen, sie konnten sich gerade noch verabschieden, bevor es zu laut wurde. Renz leerte sein Glas. Nur einer wusste von dem Versteck, unser Franz-von-Assisi-Mieter, der lange Mails an dich schickt. Er hatte mich einmal nachts angerufen, beunruhigt von Geräuschen im Garten, und ich sagte es ihm. Da liegt zur Not eine Waffe. Ein Fehler. Jetzt hat er damit auf seinen alten Schulfreund geschossen. So sind die Heiligen.

Und du wusstest, dass die Waffe weg war?

Nach dem Fest war ich noch wach und wollte den Gide einsortieren und sah, dass sie weg war. Ich habe sie hinter allen möglichen Büchern gesucht, Katrin hat geholfen.

Warum hast du mir das nicht erzählt?

Erzählst du alles. Also wozu.

Was willst du wissen?

War Bühl an deinem Geburtstag in Torri? Hast du ihn gesehen, etwa bei dem Essen, als du verschwunden warst?

Das willst du wissen? Das willst du nicht. Wir sollten gehen, du solltest schlafen, das tut dir gut. Schlafen, essen, Bücher sortieren, über andere herziehen, ficken, was noch? Sie trank von dem Wein und versuchte, das Glas ruhig zu halten, überhaupt Ruhe zu zeigen, nur machte die Hand nicht mit, auch nicht ihr Atem, nicht die Haut. Schweiß lief ihr aus dem Haar, hinter den Ohren den Hals herunter, Wäsche und Zunge klebten, und sie trank noch mehr, die Wirkung des Weins jetzt ein Halt – ich bin nur die, die trinkt. Ihre andere Hand griff um das Stuhlbein, am Holz ein hervorstehender Splitter, den drückte sie sich ein Stück unter den Daumennagel, noch ein Halt. Und es geht dich auch alles einen Dreck an, sagte sie. Vielleicht gehört mir nicht das ganze Leben, aber ein Teil, ein paar Stunden, ein paar Tage, ja? Sie stellte das Glas ab, stellte es ruhig auf den Tisch, ein Akt der Gewalt, dazu das Beherrschen der Stimme, nicht einfach loszuschreien wie die Frauen in Renz' Serien. Der Nachbar hielt ihr wieder die Zigaretten hin, und sie bediente sich. Woher weißt du, was ich will, rief Renz. Woher weißt du, was für mich gut ist. Sei doch nur ein einziges Mal etwas klein! Der Greis mit dem Schal drängte sich an den Tisch, er hob einen Finger, benimm dich hier, kein Krawall mit deiner Frau, und Renz nahm sich ihr Glas und trank auf ihn, Salute, ballerino! Er leerte das Glas, schon brachte der Wirt zwei neue. Der Sänger, sagte er, heißt Calmelo da Palermo und nimmt auch Wünsche an, Mi dica! Er beugte sich herunter, und Renz wollte noch einmal das Lied, bei dem alles still wurde, Femmena. Oder was möchtest du? Er griff nach ihrer Hand, wie er sich den Wein genommen hatte, und sie machte eine Faust, als der Wirt schon mit dem Star des Abends sprach. Renz stieß sein Glas an ihres. Den Gide, sag, warum wolltest du den, du kennst die Tagebücher doch. Oder wolltest du sie für jemand außerhalb des Hauses?

Und wenn? Vila nahm die andere Hand vom Stuhlbein, sie bog den Daumen unter die übrigen Finger. Wie klein soll ich werden, bis man mich nicht mehr sieht? Ein ruhiges Fragen zwischen zwei Zügen, die Zigarette jetzt auch ein Halt, wer raucht, schlägt nicht um sich, er schreit auch nicht. Nichts würde besser werden mit einem Geschrei, nichts war je besser geworden, und für wen auch das Theater, für Renz, damit er denkt, toll, eine Frau, die alles hat, was ich nur aufschreiben kann, das Herz, die Kraft, den Mut in einem Lokal voller Männer loszulegen als einzige Frau, die allen ihre Wunde zeigt, seht her, wenn ihr euch traut, seht meinen Wahnsinn: Soll sie das tun, damit der Wirt die Polizei ruft, zu feige, um sie vor die Tür zu werfen, die Carabinieri werden es schon regeln, sie samt ihrem Mann auf die Fähre nach Kalabrien setzen, haut ab in euer Land ohne Ehre, ohne Schande, wo Psychologen solche Dinge regeln und nicht die Mafia.

Wer hätte Bühl das zugetraut, auf seinen alten Freund zu schießen, sagte Renz. Trinken wir auf das Opfer, dass nichts zurückbleibt. Oder worauf willst du trinken? Er stieß wieder sein Glas an ihres, das hatte schon damals, in der Nacht zum Orwell-Jahr, angefangen, worauf trinken wir, das Leben, den Zufall, uns beide, und sie hob das Glas, auch wenn ihr Kilian-Siedenburg egal war. Sie hob es im Stillen auf den Täter, auf seine guten Gründe, und noch bevor sie es am Mund hatte, damit der Wein darin weniger würde, wurde er mehr, in Spuren salzig verdünnt – Tränen wie eine Abfuhr an Renz, du trinkst auf den Falschen, du weißt von mir nichts, und er wollte ihr das Glas abnehmen, sie womöglich trösten, also hielt sie es fest.

Ein Hin-und-her-Gerucke, Wein schwappte ihr auf den Arm, auf die Brust, und auf einmal kippte sie ihm den Rest ins Gesicht, ein Herstellen von Gleichheit, nichts weiter, beide jetzt mit nassen Wangen, und dann schon ein Stück Wiedergutmachung, ihre alte Schwäche. Sie zog mit der anderen Hand seinen Kopf heran und musste lachen, ein Rotz-und-Wasser-Lachen, Hilf mir, Renz, hilf mir: Worte, gegen die sie nicht ankam, und er streichelte ihr Haar, während die Männer an den Tischen mal zu ihnen, mal zu dem Sänger sahen, als hätte er eine Antwort auf das fremdartige Paar. Denn er begann mit dem Lied, um das Renz gebeten hatte, der Wirt brachte noch schnell volle Gläser, Renz gab ihm Geld für den Sänger, zwanzig Euro, und tat auch gleich Geld für Wein und Essen auf den Tisch, einen glatten Fünfziger.

Calmelo da Palermo, wenn er so hieß, trug jetzt seine Polizeisonnenbrille und saß wieder zugewandt beim Singen oder singenden Erzählen von einer Frau mit immer leuchtenden Augen, die dieses Jahrhundert – gemeint das vorige – mit ein paar Falten mehr beendet, finisci questo secolo con qualche ruga in più. Ein Lied auf eine Frau samt ihren künftigen Falten, sagte Vila. Eine, die nicht erschöpft sein wird von zu wenig

Liebe, nur vom Einkaufen und Kochen, vom Kindergroßziehen und Wäschewaschen, Putzen und Geldverdienen und auch noch Schönsein fürs Bett, phantastisch! Sie trank ihren Wein, jetzt in kleinen Schlucken, und als das Lied ausklang, kam der Tanzgreis noch einmal zu Renz und wischte ihm mit dem Schal übers Gesicht, wie einem Jungen, der geheult hat; von allen Tischen Applaus, den der Alte dämpfte. Und in die Stille hinein wandte sich Nicolò Cali an Vila. Lascia perdere, sagte er, lass gut sein, es reicht, ein freundlicher Rat, bevor er sich den Schal um den Hals warf, erneuter Applaus, rhythmisch jetzt, und Renz winkte mit dem Geldschein den Wirt heran, aber der wollte nur die Hälfte – Venticinque!, ein ehrlicher Wirt, einer, der sie vor die Tür gesetzt hätte, statt die Polizei zu rufen. Renz aber drängte ihm das Geld auf, für die gute Zeit in seinem Lokal, er schlug auf den Schein, sich aufstemmend, schwankend, vom Wirt und von ihr gehalten, nur schwankte sie selbst, und der Nachbar half ihr zwischen den Tischen hindurch zur Tür. Eine kleine Prozession: vorn der Bärtige mit Rückwärtsschritt, um das Paar abzufangen, hinter ihnen, stützend, der mit der flachen Stirn und als Türöffner der wahre Held des Männerabends. Lascia perdere, sagte er noch einmal, dann waren sie sich selbst überlassen.

Der Markt war schon abgebaut, neben dem trockenen Bachlauf Berge von Abfällen, halbe Melonen, Fischköpfe, Innereien, leere Kartons, Kühleisbrocken, Schalen und weißliches Fett, und in dem Durcheinander ein Hin und Her von Lebewesen, Katzen, Möwen, Hunde, drei, vier magere Exemplare, darunter auch der kleine grauweiße – Vila sah ihn und wollte hinlaufen, nur machten die Beine nicht mit, und sie hielt sich an Renz. Der kleine Hund, rief sie, wir müssen ihn holen, die Wunde versorgen, dann bleibt er bei uns, er ist noch ganz jung, wir nennen ihn Agostino! Sie löste sich von Renz, ihr gelangen jetzt doch Schritte, die Möwen flogen auf, sie trat in die Abfälle, ihre Schuhe in einem Brei aus Obst- und Fischresten; zwei Katzen liefen davon, und dann sah sie ihn wieder, seine Wunde glänzend wie die Fleischfetzen im Müll, für Sekunden schaute er sogar zu ihr, um schon im nächsten Moment in Sprüngen das Weite zu suchen, quer durch den Bachlauf auf die Autobahn zu, und sie stolperte hinterher, fiel in das Kühleis und kam noch einmal auf die Beine und lief durch das Bachbett und eine Böschung hinauf, bis Renz sie von hinten packte. Willst du auf die Autobahn, willst du dich umbringen? Lass diesen Hund, lass uns gehen!

Wohin denn gehen, wohin jetzt? Sie schlug nach ihm, er hob die Hände, Hör auf damit, beruhige dich! Renz jetzt lauter als die Laster, die vorbeifuhren, und plötzlich drehte er sich zur Seite, übergab sich in einem Schwall, und sie verschränkte die Arme, bis es vorbei war, Renz nur noch eine bebende Hülle, der sie aufhalf. Und er ließ sich helfen, stützen, führen, zum ersten Mal in all den Jahren, aber auch er eine Stütze, wankender Halt, sie beide ein wankendes Gebilde. So ging es über den Parkplatz, vorbei an dem Jaguar, der dort einsam stand, und vor dem Hotel ein zweites Erbrechen, jetzt nur noch glasige Fäden. Renz weinte und hielt sich an ihr, sie führte ihn in die Halle mit Notlicht und fuhr an seiner Seite nach oben und half ihm ins Bett und wusste – ein Wissen wie das um das wahre Alter, nicht das gewünschte –, es ist der Beginn ihrer späten Jahre, zwanzig, dreißig, die Dauer spielt keine Rolle, nur die Bewegung in der Zeit. Sie bewegt sich mit ihm auf einen Frieden zu, den sie beide nie erreichen.

EIN wankendes Gebilde – von weitem gesehen auch jemand mit Stock in langem Mantel nach Tagen fast ohne Schlaf und

Essen, auf Sandalen unterwegs in waldiger Berggegend. Bühl hatte den Stock gleich in der Macchia oberhalb von Campo aus einem Haselnussstrauch gebrochen und seitdem nicht mehr aus der Hand gegeben, weder im Bus nach Verona noch im Zug über Bologna nach Pésaro und auch nicht, wieder in einem Bus, auf dem Stück bis nach Urbino an den Ausläufern des Apennins – den wollte er überqueren auf seinem Weg nach Assisi, nicht besser ausgerüstet als Franziskus, außer mit Dingen, die weder den Magen füllen noch in den Frühstunden wärmen oder ein Kopfkissen bilden, Notebook, Pass und Mastercard. Die Sandalen ohne Fußbett und der Mantel, brauner Filz, waren aus einem Laden in Urbino, wo er den Rest seiner Kleidung samt Schuhen und Rucksack zwei Afrikanern überlassen hatte, die von Sierra Leone kamen und bis nach Deutschland wollten. Als Rucksack dienten jetzt zwei ineinandergeschobene Müllbeutel, schwarzes Plastik, darin regensicher das Schreibgerät, Papier und Stifte sowie die persönlichen Sachen, aber keinerlei Proviant. Er suchte sich Feigen in Tälern oder auf Rastplätzen Essensreste, er trank aus Bächen und schlief im Laub – wer den anderen verstehen will, muss zu dessen Körper werden. Ihm war schwindlig, wenn er beim ersten Licht auf die Beine kam, er hatte Krämpfe, Fäuste im Magen und Darm; in der Mittagssonne brannten ihm die Augen, wie sie Franz wohl gebrannt hatten, und die Wangen wurden schon dunkel vom Bart. Seine letzte Rasur: am Morgen vor dem Treffen mit Cornelius, bevor er das Hotel verließ, hinauf nach Campo ging, da war es noch Sommer, jetzt war Herbst, obwohl nur Tage dazwischenlagen, Tage unterwegs, ohne Pause immer weiter Richtung Süden. Er war schon in der Gegend des Monte Cerrone und wollte nach Gubbio, wo Franz den Wolf gezähmt hatte, ein schweres Gehen durch Buschwald, bergauf, bergab, bis er auf einer Lichtung vor einem Wiesenrinnsal, kaum breiter als sein Arm, einknickte. Die Sonne schien, und ihm war kalt trotz Mantel. Er tauchte eine Hand in das Wasser und wollte trinken, sein Brechreiz war größer als der Durst. Der Körper und er jetzt fast dasselbe, dazwischen nur die Gedanken, aber nicht frei wie im Lied dazu, eher so wie beim Einschlafen, wenn sie umherschweifen, noch gelenkt sind und doch schon tun, was sie wollen – weiter die Hand in dem Wasserlauf, nun um wach zu bleiben, bei Verstand, ging er Campo noch einmal durch, als könnte man sich unschuldig erinnern oder aus etwas Gewesenem ausbrechen. Er will vor Cornelius an der Kapelle sein, sie sind dort mittags verabredet, also geht er rechtzeitig los, kaum mehr als das Nötigste bei sich, und als die Sonne noch steigt, ist er schon bei der alten Riesenzypresse und greift in den Hohlraum an ihrem Fuß. Der Revolver, den Renz vermisst, liegt noch dort, und er steckt ihn in den Rucksack, um ihn nachts in den Garten des Hauses zu werfen. Dann durchstreift er den Ort, verlassen von seinen Olivenbauern, weil sich das Ernten nicht mehr gelohnt hat. Alle Häuser schon krumm, Fenster, aus denen Feigenbäume ihre Zweige strecken; löchrige Dächer, in rußschwarze Küchen gesunken, und an Südwänden rote Kapernsträucher, als hätten sich Vögel im Sturzflug daran erschlagen; Treppen und Höfe ein Efeu- und Brombeergestrüpp, darin nur der Durchgangspfad. Und in der Mittagssonne auf manchen Holztüren die Schatten toter Leitungsdrähte wie Harfen, die nie erklingen, dafür der hohle Flügelschlag einer einzelnen Taube. Der alte Freund wird pünktlich sein, also geht er durch hohe und niedere Gräser zur Kapelle zurück, durch Thymian und Geißblatt, Salbei und Lavendel, im Lavendel eine Katze, wie schlafend, aber ein Ohr in Bewegung, lauernd auf die eine Taube, wer weiß. Die Kapellentür ist angelehnt, er zieht sie auf und tritt ein. Der Plastikstuhl steht noch in Türnähe auf den Granitplatten, über die er für Vila und sich die Decke gebreitet hat, er rückt den Stuhl etwas mehr in den Raum, dann setzt er sich auf die Altarstufe, zwischen den Knien sein Rucksack. Die Katze, von gelblichem Grau wie der Boden, erscheint in der offenen Tür; es gibt Schwalbennester im Gebälk, gut erreichbar über Altar und Kreuz. Sie schleicht auf ihn zu, bis zu dem Stuhl, dann macht sie jäh kehrt und läuft davon. Er hätte sie gestreichelt, aber damit konnte sie nicht rechnen. Nur Menschen rechnen damit, gestreichelt zu werden, ja hoffen darauf und glauben, zugrunde zu gehen, wenn sie nicht gestreichelt werden. Er selbst scheint höchstens schneller zu altern ohne Streicheln. Und auf einmal sein Name, das alte Bühle? Der gewohnte Ruf, und auch die Antwort wie früher, Hier, mein Freund!

Und zwei, drei Herzschläge noch, dann verschwindet die Helligkeit in der offenen Tür, Cornelius füllt sie fast aus, Warum gerade hier, gibt es nicht nettere Orte am See, eine Gestalt mit Stimme, seiner mal angenehm rollenden, mal metallischen Stimme, mit der er die Leute herumbekommt. Weil uns hier keiner stört, schließ die Tür, nimm dir den Stuhl, einfach setzen: Worte wie unter verschärften Bedingungen, einer Flucht, und er schließt die Tür und setzt sich, ohne den Stuhl zu verrücken, zwischen ihnen keine vier Meter, und nun erst das Anschauen, die stumme Begrüßung. Der alte Freund, die Beine übereinandergeschlagen, in moosfarbener Cordhose und einer Wetterjacke mit Jack-Wolfskin-Zeichen, in den Händen auf dem Schoß, wie ein schmales Gebetbuch, das kleine Gerät, das ihn hergeleitet hat. Und die Rundbrille ein Stück Kalligraphie in dem etwas groben Gesicht mit Kinnspalt; fein nur wie eh und je der Mund und die Pupillen, er schaut ihn an: Bühle, wie geht's, was machst du? Kein Lehreramt mehr, wie man hört, dafür ein Buch im Kopf, gut. Es geht nichts über Projekte, bekanntlich habe ich auch eins. In den letzten Tagen über hundert Mails, zum Glück in schönster Umgebung. Du weißt, wo ich wohne? Und kein Abwarten der Antwort, auch wie eh und je, sondern gleich ein Weiterreden, Konversation über die Villa

Feltrinelli, gegen Kriegsende Domizil von Mussolini, heute Luxushotel mit nur sechzehn Zimmern, in den Klosettschüsseln Rosenblüten, der Pool aus jadegrünem Marmor und eine Augenweide auch das Cricketfeld, dazu Sterneküche, serviert in einem Pavillon, und immer himmlische Ruhe: sein Stichwort für die toten Eltern, sie nun ja beide Vollwaisen. Dieser tragische Autounfall, kurz Thema an dem Geburtstagsabend, sagt er, ich wusste ja von all dem nichts, mein Beileid. Und worüber wollen wir reden, über Aarlingen, Anfang des Jahres, odi et amo auf einer verschneiten Kühlerhaube? Auf dem Podium im Hesse-Saal wäre noch ein Platz gewesen. Aber du hältst dich ja lieber zurück. Hast du eine Freundin oder nur das Projekt? Franz von Assisi, warum gerade der? Ein gespaltener Charakter, nehme ich an, oder war er einfach verrückt nach Gott? Und bei den letzten Worten, verrückt nach Gott, hebt er sein kleines alles könnendes Ding und fixiert ihn über das Display, macht ein Foto mit Blitz und sieht es sich gleich an – Ex-Lehrer mit Rucksack zwischen den Knien auf Altarstufe sitzend, sagt er. Und die Schüler heute, sind sie wirklich unerträglich? Er macht noch ein Foto, und eine Schwalbe schießt aus dem Gebälk, ein Zickzackflug wie eine Fledermaus durch die Kapelle, bis sie durch einen Spalt zwischen Gemäuer und Dachstuhl ins Freie entkommt. Cornelius sieht sich auch das zweite Foto an, wie die Schüler in seinem Unterricht ihre Handyfotos von ihm, er mit dichtem Bart, eine Macht aus vergangener Zeit, den Ovid in der Hand oder Kleist, Kleist, den er wie einen Trojaner in die Ethikstunden geschleust hat, den Briefwechsel mit Henriette Vogel, alles vergebens. Am Ende stand er vor fünfzehn Mädchen und Jungs, die Liebe für eine Erfindung ihrer Tage hielten. Oder verändert bei ihnen die Erinnerung alles, macht es bitterer, als es war, auch das Wiedersehen mit Cornelius. Und die Leute aus deiner Welt, fragt er ihn, sind die erträglich? Wovon lebst du? Keine leichte Frage, im

Grunde eine der schwersten, aber Cornelius tut sich damit gar nicht schwer, er sagt, von dem Geld reicher Erben, das er vermehre, heutzutage ein Sisyphos-Job. Und du, hast du auch geerbt? Er holt im Spaß sein Kärtchen aus der Jacke, Cornelius Kilian-Siedenburg, Consulting, oder was dort steht, dann erfährt er, dass ein kleiner Böcklin noch kein Erbe macht, der Tod nicht immer zum großen Geld führt. Wohl wahr, erwidert er nur und kommt auf Marlies zurück, ihre Beerdigung. Ein kleiner Dorffriedhof, viele Menschen, Bienengesumme am offenen Grab und zwischen den Blumen ein Foto von ihr aus den besten Jahren. Sie war ja eine dieser Schönen, mit denen die Alpen gesegnet sind, die Mutter im Kaffeehausgeschäft, der Vater Veterinär. Man trifft sie auf Kirchweihfesten und in der Tourismusbranche, immer lachend, aber einige zieht es in die großen Städte, Hamburg, München, Berlin. Und dort gehen sie dann irgendwann kinderlos ein, verenden an einem Krebs.

Es gibt auch Selbstmissbrauchsopfer, da kommt jede Entschädigung zu spät – wir stehen im Moment vor dem Problem der Summe, welcher Betrag wäre angemessen, etwa für ein Heiding-Opfer? Nenn mir eine Zahl, oder wäre jede zu niedrig? Cornelius hebt wieder sein smartes Ding und macht noch ein Foto mit Blitz, das Opfer beim Nachdenken. Schon in Aarlingen hat er ihn ohne zu fragen fotografiert, meist aus dem Hinterhalt, aber noch mit Geräusch, und die Filme wurden dann zur Drogerie gebracht, jedes Warten auf die Entwicklung wie ein Lauern auf die digitale Revolution. Und er hat den Freund mit Kamera sogar beneidet: um den Blick des Fotografen, so präzise wie ein Name, der sich deklinieren lässt, Cornelius, Cornelii, Cornelio, Cornelium, Cornelio, das Ablativ-o leicht betont, so hat er es einmal vorgebetet, und das beim Schwimmen. Ein Junitag, der See noch kühl, und als sie sich trocknen ließen, Schulter an Schulter mit Gänsehaut, die Lippen blau, servierte er ihm noch den Catull, Wenn ich dich nicht inniger liebe als meine Augen, mein Calvus, würde ich für dieses Geschenk dich nun hassen. Und so weiter. Bald darauf schon die Sommerferien, Cornelius fuhr nach London, um sein Englisch zu verbessern, er fuhr nach Hause, dort für Wochen nur mit der zusammen, die ihn geboren hatte. Der Vater, noch nicht Entdecker der Thaiseide, nur der Annehmlichkeiten von Paris, kauft in Frankreich Stoffe, und seiner Frau fehlt an den flautenstillen Mittagen eine Hand, also holt sie ihn für ein Schläfchen, das gar kein Schläfchen ist. Sie tut bloß, als würde sie schlafen, und lässt es durch Trägheit und leise Töne so weit kommen, dass er sie erforscht, wie er sonst den Finger in Kuchenteig tauchen darf. Und in der zweiten Ferienhälfte kam dann der Freund, vom britischen Akzent wie geadelt, und sie streunten zwischen Zartenbach und Unterried, der Beginn ihrer künftigen Jagden. Also keine Zahl, sagt Cornelius, keine Bewertung der Dinge von deiner Seite. Und warum nicht? Weil Heiding damals bezahlt hat, ja? Einer für alle. Ertrinken, ein qualvoller Tod. Aber ohne eine Zahl komme ich in meiner Sache nicht weiter. Wir sind dabei, eine Stiftung zu gründen, da geht es immer um Geld. Oder nehmen wir dein Buch: Was wird es kosten, welcher Betrag für welche Erkenntnis? Dass es heute an Heiligen fehlt? Allenthalben. Die Prominenz hat das Heilige ersetzt, auch das Wahre. Wahrheit ist nur ein Gefühl von vielen, Heiligkeit ein Wahnsinn unter anderen. Und gut ist, was Bekanntheit hat. Bleibt nur noch das Schöne als Wert, alter Freund! Und wieder hebt er sein elektronisches Wunder, es blitzt, und eine zweite Schwalbe schießt unter dem Dachstuhl hervor, noch ein Zickzackflug, länger jetzt, und dann landet sie am Gebälk, klammert sich dort fest, ein regloses Wesen und Ziel. Dein Luftgewehr, sagt Cornelius, gibt es das noch? Ich habe noch meine Gasdruckpistole. Manche Dinge behält man ewig. Und was macht unsere Hug Tulla, lebt sie? Keine Scheinfrage, es interessiert ihn wirklich, und er sagt Ja, ja, in einem Heim, bei Unterried. Und er will noch sagen, dass er sie besucht hat, will von Gewehr und Pistole weg, aber so läuft es nicht, es kommen ganz andere Worte. Das Luftgewehr, es hat seinem Namen Ehre gemacht, sich in Luft aufgelöst. Dafür habe ich jetzt einen alten Revolver, sogar dabei, nur sind die einzigen Patronen kaputt. Erodiert, heißt es so? Zu viel Feuchtigkeit, darunter leidet der Kupfermantel, also auch die Füllung. Oder ist es kein Kupfer? Noch ein Versuch der Ablenkung, aber gesagt ist gesagt, Cornelius will die Waffe sehen, ein Zeig schon, zeig her, wie früher in ihrer Bucht, wenn sie das vom Schwimmen Geschrumpfte voreinander versteckt hatten, und er holt den belgischen Gegenstand aus dem Rucksack, zielt aufs Gebälk und drückt ab, es klickt. Wie gesagt: uraltes Teil, Weltkrieg, und von Cornelius ein Schade in spaßigem Ton, Schade, da war eine Katze draußen, jetzt kann man sie nur noch fotografieren, bei dir im Arm, das Bild für deinen Buchumschlag. Mein Vater hätte es verachtet – künstlerische Menschen mit Haustier, der Gipfel des Leutseligen. Aber seine Zeit ist vorbei. Das ist jetzt unsere Zeit, Bühle! Und noch einmal das Zücken seines kleinen flachen Geräts, der Blick auf das Display, dazu ein Sitzen fast auf der Stuhlkante, halbschräg zur Altarstufe, wieder das Zielen mit dem Kameraauge auf ihn, nur hat er, Bühle, jetzt auch etwas zum Zielen und tut es über Kimme und Korn und drückt mit dem Blitzen ab, das helle Licht und helles Krachen wie eins, als würde die Kapelle bersten, und die Schwalbe in rasendem Zickzack über Cornelius, jetzt ohne blitzendes Gerät, das kleine Ding auf dem Steinboden, dafür seine Hände seitlich an der Jacke, ein ungläubiges Tasten, während er langsam vom Stuhl rutscht, den Mund weit offen.

Ewige Freundschaft, ewige Liebe, das wäre ewiges Vergessen, ein Leben im Moment bis zum Tod, und sie hatten beide nichts vergessen, keinen Aarlinger Tag, keine Stunde, wie auch die Stunde in der Kapelle Gegenwart ist, mit jedem Wort in ihm wach – er hatte immer noch die Hand in dem Wasserlauf, sie tat schon weh vor Kälte, ein Schmerz, der dem Erinnern die Waage hielt. Cornelius wand sich auf den Steinplatten und schrie, seine Jacke wurde dunkel in der Nierengegend, zwischen den Schreien hechelnder Atem, auch ein Hilf mir, aber wer weiß schon, was in so einem Fall zu tun ist. Zum Glück kannte er die Notrufnummer, weil sie im Haus auf dem Telefon stand, es gab auch gleich Verbindung, eine Frauenstimme. Und in einer Mischung aus Latein und Italienisch sagte er, was passiert war, ein Unfall mit einer Waffe, Blut, sehr viel Blut, und wo es passiert war, in der Kapelle von Campo oberhalb von Marniga am Ostufer des Sees, und verlangte den Hubschrauber, der sonst über Ertrunkenen kreist. Danach das Warten, das Ausharren, während Cornelius ihn vom Boden aus ansah, das Gesicht menschlich vor Schmerz, wie entzerrt. Atme, alter Freund, bleib wach, aber sprich nicht: seine Worte an ihn, die Worte, an die er sich erinnern konnte oder wollte; er kniete neben ihm, er hatte sich das Hemd ausgezogen und presste es auf den Blutstrom, die Wunde darunter, die auch seine war. Der Krieg unserer Väter hat uns eingeholt mit dieser einen Patrone, sagte er, und Cornelius nickte ihm zu, als würde er es verstehen, als sei alles in Ordnung, seine Schmerzen, das Blut, die Dinge zwischen ihnen; etwas von früher, aus den Nachmittagen im Schilf, lag in seinen Augen, du und ich, wir halten das aus. Geh ruhig, gelang es ihm zu sagen, geh – fast eine Absolution, und er nahm den Freundeskopf in den Arm. Es gibt auch solche, die ihr Gutes besser verstecken als alles Schlechte, die es verbergen wie eine Entstellung, derer sie sich schämen, ein Leben lang; und dann auch schon das Geräusch des Hubschraubers, der Moment, um tatsächlich zu gehen, lebe wohl, wir sind uns nichts mehr schuldig, seine letzten Worte, mehr gedacht als gesprochen. Die Waffe aber ließ er zurück, einziger Beweis, dass es ein Unglück war, und den Hubschrauber sah er noch unweit der Riesenzypresse landen, sah die Helfer mit Ausrüstung in die Kapelle eilen, dann lief er in die Macchia und brach sich den Stock aus dem Strauch, ein Wanderer von da an, quer durch Gestrüpp bis Casteletto, wo der Linienbus hält.

Er zog die Hand aus dem Rinnsal und stand langsam auf, der Stock eine Hilfe, und doch schien es Minuten zu dauern, bis er einen Fuß vor den anderen setzte, und noch viel länger, bis er die Lichtung hinter sich hatte, wieder im Wald war, Laubwald, der bergab ging. Ein Stolpern und Rutschen, den Plastiksack vor der Brust wie ein Kind, dem nichts zustoßen darf, und plötzlich das Ende des Walds vor einer Straße. Sie war schmal und führte in Kehren abwärts, zu einem Ort nicht größer als Campo, aber noch bewohnt, Rauch aus den Kaminen, und am Ortsende eine Bar, grün die drei Buchstaben, und am Dach eine Schüssel. Er versuchte jetzt, schneller zu gehen, und ein Stück vor den ersten Häusern das Ortsschild, Piccione, dort drehte sich sein Magen um. Wasser und Feigenbrei spritzten auf die Straße, Franz hätte nur gelacht, was will mein Bruder, Wein und gebratene Täubchen und ein Lager aus Samt? Das Plastikbündel jetzt über der Schulter und die Hand, die den Stock hielt, am Magen, so zog er weiter, fröstelnd am Rücken und heiß im Gesicht, ein Pochen hinter den Augen; er löste sich auf, während Cornelius geheilt wurde, eine Klinik in Verona, Einzelzimmer, Satelliten-TV und der Orden einer nicht tödlichen Schusswunde. Ein Junge mit BMX-Rad kam ihm entgegen. Wie weit bis Gubbio, rief er, und der Junge zeigte in seine Fahrtrichtung, venti, ventitre. Und bis Assisi? Ein schon kraftloser Ruf, und der Junge deutete rückwärts, hinter den kleinen Ort, uguale!, ebenso weit. Er war schon über Gubbio hinaus, ein Tagesmarsch, und er wäre am Ziel. Und das letzte Stück bis zu der Bar dann fast im Laufschritt, er konnte es noch, konnte sich noch bewegen, auch vorwärtsdenken, etwas anpeilen, jetzt fehlten nur Tisch und Stuhl, das Internet und ein Glas heißer Tee.

Die Caffè-Bar hieß Piccione wie der Ort, hinter dem Tresen eine junge Frau, Diesel-Shirt, langes Haar, auf dem Arm ein Tattoo, Fantasy; außer ihm in der Bar nur ein Alter vor einem Glas Rotwein. Er zeigte die Mastercard, und die junge Frau, eher ein früh erwachsenes Mädchen, schüttelte den Kopf, No cards. Also musste er bitten, um Tisch und Stuhl und Strombenutzung, sein Akku war leer; hinter dem Tresen auf der Arbeitsplatte ein alter PC. Internet? Er legte bittend die Hände aufeinander, Parola?, eigentlich nur das Wort für Wort, aber sie verstand, was er wollte, während er schon sein Gerät aus dem Plastiksack zog. Auf ihrer Stirn noch ein Abwägen, dann sagte sie Rosetta, ein Name als Passwort, der eigene womöglich. Er setzte sich, und seine Finger fanden kaum die Tasten, es braucht nur Tage ohne Essen und Bett, schon kann man nichts mehr, außer sich am Leben erhalten; ein Suchen, ein Tippen, und endlich das Netz, seine Belange, und er begann als Mail festzuhalten, was nach schlaflosen Nächten im Laub schon wie auf inneren Blättern vorgemerkt war. Der Alte verließ die Bar, sie waren allein. Rosetta? Er versuchte es einfach, und das Mädchen strich ihr Haar zurück und kam auf ihn zu, und wieder konnte er nur bitten. Er bat um einen Tee, Kamille, wenn möglich, und sie lief hinter den Tresen und kam mit einem Glas heißem Wasser wieder, darin ein Beutel Kamillentee, Lipton; sie stellte es auf den Tisch und setzte sich ihm gegenüber. Von hier komme man bloß weg, wenn einen jemand mitnehme, ob er sie mitnehme. Sie lachte, aber nicht nur. Und er wärmte sich die Hände an dem Glas und sagte, nein, er müsse allein weiter, auf dem Rückweg vielleicht. Nur will er gar nicht zurück und auch nicht mit ihr durchbrennen, er kann das nicht, aber kann auch kein Heiliger sein, höchstens sich selbst ein Bruder. Das Mädchen oder die junge Frau stand auf, sie steckte sich eine

Zigarette an, Come ti chiami? Eine Frage vor dem ersten Zug, wie heißt du, wenn du schon meinen Namen kennst, und er sagte etwas, und sie wiederholte es und ging mit der Zigarette ins Freie, er konnte weiterschreiben. Von draußen ihre Schritte, tippend wie sein Arbeiten; die Finger spielen endlich mit, sie wissen um jeden Buchstaben, sie fallen genau auf ihn nieder. Er ist allein und schreibt wieder, und am Anfang scheint sich alles zu gleichen, weil es nur sechsundzwanzig Buchstaben gibt, bis das Erzählen alles sich Gleichende, den Sand der Wörter durchbricht. Er erzählt von Franz und Klara, und als die Junge mit dem Fluchtwunsch vom Rauchen kommt, schreibt er die letzte Zeile und schickt sofort alles an Vila und schließt das Gerät und schiebt es ins Plastik zurück. Er dankt für den Tee, den Strom und das Internet, nimmt Stock und Bündel und verlässt die Bar, und die Mädchenfrau ruft ihm noch etwas nach, wohin er gehe, jetzt am Abend, Dove vai, Franz?, und er, über die Schulter: Weiter, immer weiter.

Franz zeigt sich nicht, er wandert, keiner kann ihn aufhalten, keiner in ihn hineinsehen, solange er sich bewegt. Und wenn es am Ende nur noch seine Lippen sind, die sich bewegen, Worte in andere Ohren hauchen, kann nichts das eigene Ohr erreichen. Ihm hört man zu, nicht umgekehrt: Jedes Wort von ihm ein Nagel mehr an dem Kästlein in ihm. Er ist das, was er spricht, was er singt. Und ist sein Tanz, sein Fasten, die Keuschheit, ein stummer Bruder Esel. Er ist der, der die Arme ausbreitet, dürr wie Winteräste, und doch die Vögel anlockt. Und nicht der, der sich um einen Leib schlingt und am Ende einen Vogelschrei ausstößt, wenn er ein Kind macht. Er ist der, der ohne Kleid vor die Leute tritt, und weiß, was er nackt wert ist. Und der, der schreibt, wenn die Augen es dulden, Verse auf den Leidenssohn, Gesänge an den Höchsten. Tu sei forte, Tu sei grande, Tu sei altissimo, Tu sei onnipotente! Er ist der Erzähler und das

Erzählte, sein Messer und sein Chirurg. Und auch die Wundmale, die man ihm glaubt: Es sind seine Worte, in anderer Ohren
gedrungen, bis sie ein Bild erzeugt haben. Er ist wie Gott, nur
kleiner. Aber mächtig auf Erden: so einer hat für sich zu bleiben – keine Frau, die ihm nicht erliegen würde, um es ihm später zu vergelten, je mehr sie erlegen ist. Also muss er allein lieben,
unter der groben Kutte eine zarte, immer offene Haut.

Kurz hinter Piccione wurde die Straße breiter, und er kam
an eine Rotunde, ehedem Kreuzung mit Ampel, jetzt in ihrem
Rund bepflanzt, in der Mitte eine Agave, an die trat er heran
und ließ die Hand auf eine ihrer Spitzen fallen. Sein Vater hatte
ihm Kopfnüsse gegeben, wenn er mit aufgeschlagenem Knie
kam und weinte. Der Gegenschmerz muss nur stärker sein als
der wahre Schmerz, und es hilft. Blut lief über den Arm, und
eine Art Frieden kehrte ein. Bis Assisi waren es noch elf Kilometer, so stand es auf einem Schild. Zwei Tage würde er bleiben, es gab reichlich Agaven in der Stadt.

*

XXI

VILA wollte nur noch tot sein: ihre Worte am Tag nach dem Gesangsabend, keine Folge von Verzweiflung, sondern von Kopfweh. Sie hatte sich erst morgens übergeben und war danach in einer Zange von Migräne, bis es schon wieder dunkel wurde. Also noch ein Tag in dem Betonhotel, auch Renz kam kaum auf die Beine, unmöglich, sich ans Steuer zu setzen; am Abend rief er Katrin an, sie sollte den Carabinierichef auf kommende Woche vertrösten und Kilian-Siedenburg doch bitte im Krankenhaus besuchen. Aber Katrin wollte schon am Sonntag in Frankfurt sein, noch Freunde treffen vor ihrer Rückreise nach Brasilien, immer hatte sie eigene Pläne und schmiss alles um. Vielleicht vor dem Abflug in Verona, sagte sie, Vila konnte es mithören, und Renz bat noch einmal um den Besuchsdienst, Renz auf dem Bett, wie er am Vorabend hineingefallen war, in Unterwäsche, das Haar zerwühlt, ein verwahrloster Vater, der seine Tochter beschwört. Erst danach zog er sich etwas an und holte aus dem Hotelrestaurant eine Minestrone, mit der sie Löffel für Löffel zu sich kam.

Ihr Kopfweh verlor sich in einem Gefühl von Leere, so als würden sich auch alle frischen Erinnerungen verlieren, und sie griff nach dem Roman, den sie von Marion Engler bekommen hatte, Rot und Schwarz in dem Ziegenledereinband, und blätterte erst darin – Renz sah sich vom Bett aus irgendein Fußballspiel an, italienische Serie A – und begann dann zu lesen. Sie las, wie sie vorher die Suppe gelöffelt hatte, ein Sichauffüllen mit Sätzen, auch noch, als Renz schon schlief, die Stirn an ihrer Achsel, während sie auf dem Bauch lag, vor sich das Buch in den Händen, bis ihr die Worte verschwammen und sie das Licht löschte und die Erinnerungen zurückkehrten. Bühl, der ihr nichts hatte sagen können außer Bleib bitte. Bühl, nach einem Schuss auf seinen alten Freund verschwunden, kaum mehr als eine Mail-Adresse. Und mit ihm verschwunden auch ein bestimmtes Konzept von Glück, das zur Hälfte ihr gehörte: das eines Glücks, das nur die etwas angeht, die es erlebt haben.

Diese Idee hatte er einfach mitgenommen, ein Gedanke in der Dämmerung, noch etwas ungenau; erst nach dem zweiten Aufwachen – sie hatten bis in den Vormittag geschlafen – von der Klarheit einer Formel. Sie frühstückte mit diesem Gedanken und packte damit ihre Sachen, während Renz bezahlte, sie trug den Gedanken in den Wagen, ein Start gegen Mittag; um eins waren sie auf der Fähre, das Übersetzen in Nebelschwaden, danach gleich die Weiterfahrt, sie wieder hinten in ihrer Klarheit.

Mit dem Verschwinden des geliebten anderen verschwindet immer auch eine Idee von Liebe, weil der andere im Grunde nicht genug von ihr hält, weil er von sich selbst nicht genug hält. Also geht er samt der Idee, die er mit in die Welt gesetzt hat, verflüchtigt sich wie die Rücklichter eines Überholenden im Nebel. Die Autobahn immer wieder in niederen Wolken, dazwischen ein sonnendurchbrochener Dunst, weißlich vom nahen Meer oder staubig von trockener Erde. Kalabrien.

Mal sah Vila aus dem Fenster, mal auf ihren Daumen, gestern hatte es nur den Kopfschmerz gegeben, jetzt gab es den wehen Nagel, darunter sogar geronnenes Blut. Sie nahm ihn in den Mund und blies dann kühlend auf die speichelnasse Kuppe, ein Pusten mit kleinen Melodien, die Art von Melodien, die etwas in einem vorbereiten, das dann doch überraschend passiert – hinter Cosenza ging sie in ihr virtuelles Privatreich, ein schneller Empfang noch vor dem Aufleben der Geschäfte am späteren Nachmittag. Zwischen dem Span nur zwei neue Mails, eine kurze, eine lange. Die kurze kam von Marion, ihr Dank für das

Fest und der Hinweis auf eine Stelle in dem geschenkten Roman, Zitat: Wann werde ich endlich soweit sein, daß ich Leuten von meiner Seele nur soviel gebe, wie sie bezahlen? Und die lange Mail kam von Bühl, wieder keine Anrede, kein Begleitwort, nur eine Überschrift, Die Geschichte von Franz und Klara, der letzte Akt. Dann drei volle Seiten, die wollte sie später lesen, für sich, und nahm sie auf ihren Stick und steckte ihn in die Tasche, kein Akt der Vernunft, eher der Magie; klar und vernünftig dagegen die Antwort an Marion: Ich gebe, damit du gibst, in der Liebe haut das nicht hin, Vila! Sie schloss ihr Gerät und sah in die Gegend, eine Schläfe an der kühlenden Scheibe. Ganze Felder, ganze Hänge noch vom Sommer verbrannt; später kahles Gebirge, ödes Land, kaum ein Ort, nur einmal eine Stadt, Lauria, nie gehört. Der erste Name, den sie kannte: Eboli, Teil eines alten Filmtitels. Machen wir Pause? Renz sah nach hinten. Oder fährst du? Sonst halte ich bei der nächsten Tankstelle.

Wie du willst – ihr Satz vor Bootsfahrten auf seine Frage Wohin?, auch noch vor der letzten Fahrt im Jahr, obwohl sie immer gleich verläuft, mit einem Ankern vor der Insel, dort oft allein im September, allein in der Schläfrigkeit des Nachmittags. Renz räumt die Kabine auf, schon für den nächsten Sommer, in einem Seitenfach noch Katrins alte Badesachen, ihr Bikini, Flossen, die Tauchbrille, er lässt alles so, sein kleiner Altar. Das Boot schwankt, und sie springt in den See, ihr Körper leuchtet beim Schwimmen, sie hat es auf einem Video gesehen, die Beine gehen auf und zu, immer wieder ihr Schoß, seine Aue: ein frühes Renzwort, schon lang außer Gebrauch, aber sicher noch in ihm. Und irgendwann vielleicht das Letzte, das er vor Augen hat, als Wort und Bild in einem, während die Augen schon nichts mehr sehen. Nach seinen ersten Affären hatte es aufgehört mit diesem Spruch in ihr Ohr, Du bist meine Aue. Er passt auch nur zu jungen verliebten Paaren und nicht zu zwei Menschen mit Umgangsliebe, oder was das bei ihnen war. Irgendwo müssen wir dann auch übernachten, sagte Renz beim Einbiegen in einen Pavesi-Autogrill mit Restaurant und Mall quer über alle Fahrbahnen. Er hielt bei den Tanksäulen, und sie lief schon in das Reich über der Autobahn mit Bars und Shoppingzeilen, Internetcorner, Pornoecke und sogar kleinen Piazzas für ganze Sippen, die hier Pause machten, entspannten, während sie im Officebereich ihre Nerven zusammennahm und die Mail ausdruckte: drei Blätter, und auch am Ende kein Wort an sie, das letzte Wort hieß *Sterben*, und das Ganze vom heutigen Tag. Sie war noch im Schlaf, da hatte er es abgeschickt von sonst wo, und sie rang mit sich, ob sie es überfliegen sollte oder noch aufbewahren, und konnte dann nicht anders, als auf der Stelle zu antworten, dass sie seine Seiten in der Hand halte, ausgedruckt in einem Autogrill bei Eboli auf ihrer Rückfahrt zum See, seinetwegen, weil die Polizei in Torri Fragen habe zu dem, was in Campo passiert sei. Mein Gott, wo bist du, was ist da passiert? Sie sah Renz und drückte auf Senden, das war getan; Renz kam aus dem Unterhaltungsbereich, eine CD in der Hand, Wir sollten noch etwas essen! Er schob sie an eine der Bars, für zwei warme Panini mit Schinken.

Und im Wagen dann die gekaufte CD, der Sänger Toto, ein melancholischer alter Herr, Lieder aus Neapel, eins davon Femmena; Renz hörte es zweimal, dreimal, er summte mit, es hielt ihn wach auf der Strecke nach Rom, bei ihr dagegen das Wort Sterben der Wachmacher. Es gab kein alarmierenderes Wort, frei von aller Zeitverschwendung – wer stirbt, hat keine Zeit mehr, nicht einmal für ein Prüfen des Todes, wie man das Wasser eines Sees mit dem Fuß prüft, bevor man hineingeht. Eingeschlossen ins Sterben, treibt man nur weg vom Leben und auf nichts zu, nichts, mit dem sich reden ließe und das noch ein Spiegel wäre, um sich zu sehen. Ich sehe weder dich noch mich je wieder: ich sterbe. Sie saß jetzt vorn, im Schoß den Ausdruck, locker gerollt. Was ist das, fragte Renz, als es längst dunkel war, nur nicht auf dem Ring um Rom, und sie sagte, die Franz-und-Klara-Geschichte, als wären es die Seiten, die sie vorgelesen hatte. Es fing an zu regnen, ein stures Fahren, bis sie endlich die Autobahn Richtung Orvieto erreichten. Renz hörte wieder die CD, er sang jetzt sogar leise mit, ein älterer Mann in seinem zu großen Wagen, nur mit den Zeichen der Melancholie, nicht wirklich melancholisch, neben ihm seine Frau mit einer ungelesenen Mail. Der Regen nahm zu, ein Prasseln gegen die Frontscheibe, und bei den Sabiner Bergen plötzlich eine endlose Kette von Rücklichtern, hoffnungslos. Renz tippte an die Blätter in ihrer Hand: Und das ist die nächste Folge aus dem Jahr zwölfhundertnochwas? Er stellte den Scheibenwischer auf schnell, und sie rollte die Blätter enger und sah durch die Rolle wie durch ein Fernrohr auf die Lichter vor ihnen. Warum fahren wir nicht ins Land? Sie schwenkte das Papierrohr und sah auf das Lippenpaar, das sie in der Nacht zum Jahr vierundachtzig, voriges Jahrhundert, aus einem Seehundschnurrbart befreit hatte, um es zu küssen, der erste von unzähligen Küssen. Ich muss in ein Bett, sagte Renz auf einmal, ich werde krank. Jetzt kommt bald die Ausfahrt Spoleto, wollen wir nach Spoleto? Er strich sich das Haar zurück, als sei es noch dicht, eine Mähne, und behielt die Faust darin, dort, wo die Kopfhaut schimmerte, und sie griff an seine Stirn, an seine Wange, beides heiß, er hatte Fieber. Spoleto, sagte sie, waren wir da nicht schon? Ich erinnere mich an einen Streit vor dem Dom, ob wir ihn anschauen sollen oder nicht. Oder gibt es da keinen Dom? Sie machte das Handschuhfach auf und nahm ein altes Italienisch-Übungsbuch heraus, das dort immer deponiert war. Und nach Spoleto kommt dann bald Assisi, ja?

Es ist nicht mehr weit, sagte Renz. Lies mir etwas vor.

Auf Italienisch, seit wann interessiert dich das? Sie schlug das Buch auf und sprach einen der Sätze für Fortgeschrittene,

Dai Lorenzo, non fare quella faccia, mi piaci anche così, ihre Art von Gesang, und Renz versuchte, es zu übersetzen, Geh, Lorenzo, tu nicht, mach nicht, oder wie? Er scherte aus der Kolonne und nahm die Ausfahrt Spoleto, ein Wechsel auf eine Schnellstraße, zu beiden Seiten jetzt flaches dunkles Land; der Regen hatte aufgehört. Es heißt: Mach nicht solche Sachen, mir gefällst du auch so, sagte sie. Eine kleine Liebeserklärung. Du hast Fieber, soll ich fahren? Sie strich mit den Blättern über die eine Hand am Steuer, Renz sah sie an. Wo hast du die ausgedruckt, in dem Pavesi? Er ließ sein Fenster ein Stück herunter, und sie nickte nur und sah wieder durch die Papierröhre, mal nach draußen, auf einzelne Gehöfte mit schwachem Licht, mal auf ihren Daumennagel. Erst ab Spoleto fuhr Renz mit zwei Händen, während sie die gerollten Blätter glattstrich, das Italienischbuch als Unterlage. Und beim ersten Assisi-Schild strömte ihr Blut in die Wangen, als sei sein Fieber, seine Krankheit, schon auf sie übergesprungen – Alte Paare sind ein gefährdetes Völkchen für sich, hatte ihr Katrin einmal erklärt. Keine Stunde, und wir sind da, sagte Renz. Liest du noch etwas vor? Mach dir das Maplight an.

Franz und Klara, der letzte Akt. Die Hütte aus Eichenzweigen, Blättern und Erde im Topino-Tal, wo es selbst in Sommernächten abkühlt, eine Luft so frisch wie der nahe Bach. Franz hört das Laub rascheln, das ihn bedeckt, aber es sind keine Mäuse, es sind seine Beine. Er friert, eine Kälte bis in die Zehen, allein die faltige Stirn glüht. Chiara? Ganz am Anfang hat er sie so genannt, dann nur noch Schwester, Sorella altissima, und jetzt, am Ende, wieder ihr Name. Ich bin hier, antwortet sie, was kann ich tun? Sie deckt noch mehr Laub auf ihn in der Dunkelheit, ein einziges Tasten, wo endet ihr Leib, wo fängt seiner an? Und Franz sagt, still sein könne sie, still für ihn beten. Beten? Klara zieht die kühle Luft ein, ihre Zahnstümpfe schmerzen. Man kann nicht ewig beten. Und es ist auch nicht die Nacht zum Stillsein, es ist die Nacht zum Reden, wenn einer den anderen bald verläßt. Die eine Stunde zwischen meinem lieben Bruder und mir, an dem Nachmittag am Mincio unter dem Eselskarren, wie lang ist das her? Sie spürt jetzt das Zittern der Beine und hört ein Rascheln, als sei er selbst schon trockenes Laub. Wovon spricht meine Schwester? Sagte ich nicht, wir beide seien ein Kästlein, das besser zubleibt? Franz will sich aufrichten, aber Klara drückt ihn nieder. Erinnere dich! Sie will ihm befehlen, also stellt er sich tot, atmet nicht mehr, ein Spiel mit ihr, bis sie im Dunkeln nach ihm schlägt, wie sie nach einer der neuen Schwestern geschlagen hat, als ihr ein Topf heruntergefallen war, die Hand streift nur sein Ohr. Es war, wie ich es sage: Stunden am Fluß, gottverlassen. War es so? Ihre Stimme ist leise, scharf, Franz reibt sich das Ohr. Wir sind nicht Herr unserer Erinnerung, flüstert er. Die meine geht gerade nach Rom, zur Witwe des Graziano Frangipani, der jungen Jacoba, die singen kann, wie eine Zither spielt, und jetzt ist genug geredet! Er stemmt sich auf, sein Atmen ist schnell, kurze Stöße aus der Brust, und Klara weiß, daß er weint, Salz in die Wunden läuft. Sie streicht über sein Wolfshaar, wie sie es nennt, und die Fieberstirn. Einer kann nur wahr erzählen, sagt sie, wenn er zugleich die verlorene Aufrichtigkeit beweint. War es die Jacoba oder war es Rom, was dich trotz müder Beine noch im letzten Jahr nach Rom hat ziehen lassen? Sie nimmt sich die Haube vom Kopf und taucht ein Stück davon in einen Napf mit Wasser neben dem Lager, sie kühlt Franz die Stirn. Meine Schwester, sagt er, sie hat mich besiegt. Wahr ist, die Witwe Jacoba war gut zu mir, wie einst Pica, meine Mutter, nach der Kerkerzeit in Perugia. Und wahr ist, man bleibt ein Kind, auch wenn das Blut in einem drängt. Und bevor ich sterbe, will ich noch die sehen, die ich so liebgewonnen habe wie die, die bei mir sitzt. Meine carissima Jacoba soll aschegraues Tuch, viele

Kerzen, ein Linnen und ein kleines Kopfkissen mitbringen. Und die Honigspeise, die sie für mich in Rom bereitet hat, damit sie mir auf der Zunge zergeht, wenn alles schwindet. Wo ist deine Hand? Franz tastet ins Dunkle, an ihren kahlen Schädel, Warum sagt die andere meiner zwei Schwestern nichts? Er fällt auf sein Lager zurück, und Klara antwortet, wenn einer wahr spreche, soll der andere still sein. Dann sei nur weiter still, sagt Franz. Und gib mir Wasser auf die Lippen. Du hast früh dein Haar gelassen, und bei mir ist es lang her, mich an weichem Haar erfreut zu haben. Unter den Flicken, die wir tragen, nur noch ein halber Mann, eine halbe Frau. Aber einmal haben wir die Hälften kühn zusammengefügt, das war am Mincio, jeder des anderen Honigspeise. Wo bleibt das Wasser? Franz rührt die Hände im Laub, ein lautes Rascheln, und Klara wringt ihre Haube über den trockenen Lippen aus. Was mein Bruder eben gesagt hat, jeder des anderen Speise, hat er es zuvor schon gewußt, was er sagt?

Nein. Es kam, wie der Blitz vom Himmel fährt.

Wer aber denkt dann solche Gedanken und legt sie uns auf die Zunge, der Himmel *in* uns? Klara flüstert wieder durch ihr Tuch. Niemals. Er gibt uns nur Wörter und Zunge.

Die Fahrt zum Mincio, ich wollte sie nicht, sagt Franz. Und das Dennoch, wo kommt es her? Sind wir willenlos, Tiere?

Tiere brauchen nur Futter und einen Platz, erwidert Klara. Und manchmal eine Hand im Fell, das reicht dem Kaninchen, dem Lamm. Aber Haut ist kein dickes Fell, sie braucht manchmal andere Haut. So wie Menschenaugen nach Blicken verlangen. Die Blicke meines Bruders sind mir immer ausgewichen. Und doch hat er mich mehr gesehen als jeder andere. Menschen verlangen nach dem, der sie sieht. Auch wenn er fast blind ist. Deine Lippen, sie sind jetzt feucht. Soll ich die Augen kühlen? Klara legt Franz den getränkten Stoff auf die Augen, sie wringt noch Tropfen heraus. Es gibt nur einen, der uns sieht und erkennt, entgegnet er, aber sie widerspricht ihm. Für die, die Gott liebe, gebe es immer zwei, ihn und einen Menschen, sagt sie, und Franz nimmt sich das Tuch von den Augen. Das wäre aber nicht des Allmächtigen Liebe, das wäre seine Strafe. Wir wären mit Verlangen geschlagen.

Dann will ich geschlagen sein, sagt Klara. Nur für die eine Stunde im Schutz des Karrens, den unser einsames Eselchen mittags zum Fluß gezogen hat, will ich es.

Das Eselchen hatte Gesellschaft, eine Schwester und einen Bruder, nur ohne Fell. Und nun sind wir still, mir schwindelt, ich fühle den Tod – bald ist es ein Esel weniger.

Klara taucht die Haube wieder ins Wasser, sie drückt sie Franz auf die Lippen. Warum denkt mein Bruder nicht nach? Er fühlt nicht den Tod, er fühlt seinen Durst. Es mangelt uns, wie sehr wir auch trinken. Dort, wo wir nicht sind, ist alles Wasser und alles Licht. Darum soll auch die Witwe des Graziano Frangipani ihre Speise aus Rom mitbringen und dich füttern, wenn du auf ihrem Tuch liegst, das kleine Kissen unter dem Kopf, damit der Honig auf der Zunge zergeht und es dir im Tode an nichts mangelt, nur an Leben.

Franz will sich aufrichten und fällt ins Laub zurück, Wem helfen solche Frauenworte? Deinem Bruder helfen sie nicht, also sei still. Oder sprich mit dir selbst und geh, der Himmel sei mit dir! Franz streckt eine Hand, er will Klara segnen und nennt sie beim Namen, seine Stimme klingt, wie sie geklungen hat, wenn er an Pfingsten zu allen Brüdern sprach, Hunderten auf Matten um ihn geschart. Chiara! Sie kniet jetzt vor dem Lager, er berührt ihren Kopf, den Flaum, der dort noch weiterwächst, das Ungestillte, und dann ihr Nein. Nein, mein liebster Bruder kennt mich: Ich werde noch bei ihm sitzen, wenn aller Honig schon aufgebraucht ist, in seinem Sterben.

UND dann schon die Stadt am Berg, in der Nacht wie ein Teil des Bergs, nur die große Basilika angestrahlt, bleiche Stütze für das ganze ansteigende Häusergebilde. Nach dem Assisi-Schild war Renz immer weitergefahren, wie sie immer weitergelesen hatte. Und jetzt? Sie machte wieder eine Rolle aus den Blättern, gar nicht einfach in den Serpentinen zur Oberstadt; Renz hatte ihr nur zugehört, nichts gesagt, und seit dem letzten Wort erneut die Faust im Haar. Er fuhr wieder mit einer Hand, erst um die engen Kurven, dann in die gewundene Gasse, die bis zur Basilika San Francesco führte. Jetzt suchen wir uns irgendein Zimmer, sagte er bei seiner Millimeterarbeit; er kannte den Wagen genauer als sie, sie unterschätzte er auch nach allen Jahren noch: Wenn es diese Stadt sein musste, war sie dabei, Vila von Assisi. Alle kleineren Unterkünfte lagen schon im Schlafdunkel, nur über dem Eingang des Hotels Giotto brannten die Lampen, und jemand erschien auf das Klingeln hin, und es gab für die eine Nacht auch ein freies Zimmer, sogar mit Garagenplatz, im September ein Glücksfall. Renz ging sofort ins Bett. Und woher weiß Bühl das alles? Eine Frage, als sie aus dem Bad kam und er mit Schüttelfrost unter zwei zusätzlichen Wolldecken lag, das Haar verklebt, und auf ihr Achselzucken hin seine Hand, klammernd. Schlaf jetzt, sagte sie, oder was willst du: dass ich über ihn rede? Ich weiß nicht, wo er ist, er ist verschwunden. Auch wenn das mit dem Schuss sicher ein Unfall war, oder warum hat er sonst die Waffe zurückgelassen? Damit die Polizei das merkt. Wird dir schon warm? Sie setzte sich zu ihm und hielt seine Hand – in Renz' nassem Gesicht ein Zug von Katrin, wenn sie als Kind, selten genug, krank im Bett lag, ganz einer Fürsorge und Übermacht ergeben, die sie sonst ablehnte, ich lege mich in deine Hände, mach, dass ich gesund werde. Sie strich Renz das Haar aus der Stirn. In ihm schien etwas zu sterben, und er wehrte sich mit dem Fieber dagegen, vielleicht der Glauben, dass es immer so weiterginge mit ihnen beiden, Tag für Tag, Jahr für Jahr. Lange Ehen sind geliebte Irrtümer. Aber unser kleines Leben – ein Gedanke wie von Renz' Stirn über ihre Hand in sie eingedrungen – löst sich auf, wenn wir jeden seiner Irrtümer, seiner Knoten kennen, das zuviele Wissen lockert die Knoten, einen nach dem anderen, endlich Luft, denkt man, und in Wahrheit ist es der freie Fall. Du musst im Moment nicht über ihn reden, sagte Renz. Aber bring mir etwas zu trinken.

Und sie lief ins Bad und füllte einen Zahnputzbecher mit Wasser und brachte ihn ans Bett, sie stützte Renz den Kopf; er glühte jetzt, sie gab ihm zu trinken. Du kannst morgen nicht fahren, sagte sie, wir bleiben noch einen Tag, ich schaue vor dem Frühstück nach einem Hotel. Und nun schlaf! Sie stellte das Glas ab, löschte die Lichter im Zimmer und ging neben ihn unter die Decke, seine Hand suchte ihre Brüste, eine Art sachtes Anklopfen, also machte sie ihm auf, sie zog ihr Oberteil hoch. Du musst den Wagen morgen um alle Ecken zum Parkplatz fahren, sagte er. Mit etwas Glück bekommt er dann endlich eine Beule, und ich bin geheilt davon! Er streichelte ihre kleinere, rechte Brust, und sie umarmte seinen nassen Kopf, darin irgendwo die Fähigkeit, mit sich im Widerspruch zu leben, etwas, das sie liebte an ihm. Und dann rutschte er an ihr ab, sein Atem wurde flacher, wie der von Kasper, wenn er auf dem Rücken gedöst hatte, die Pfoten entspannt – so verschwindend flach, dass sie ihm noch eine Hand auf die Rippen legte, um seinen alten Herzschlag zu spüren.

Beide schliefen sie bis in den Vormittag, erst geweckt vom Telefon am Bett: Das Zimmer musste geräumt werden, für Renz eine Tortur. Er konnte sich kaum auf den Beinen halten, an Weiterfahrt gar nicht zu denken, und Vila schickte eine Nachricht an Katrin, die Lage in wenigen Worten; danach Telefonate mit einem Dutzend Hotels, zuletzt ihrem alten Francesco, ganz sicher, dass die Antwort wie überall wäre, fully booked, aber genau dort gab es ein Zimmer nach Stornierung, sogar für eine Woche, falls gewünscht. One night only, sagte sie in der Sprache, die nicht zu ihr passte, und Renz stand nur dabei, zähneklappernd. Sie musste für ihn packen und die Tasche tragen, sie fuhr auch den Wagen aus der Garage und lenkte ihn, in einer Schleife durch die Einbahngassen, bis vor das Francesco, wo sie nur zum Ausladen halten durfte, wie zuletzt mit Bühl; sie brachte Renz auf das Zimmer, klein, aber mit Blick über Nachbardächer bis in die Ebene, an den Wänden wieder die Giotto-Drucke, sie half ihm beim Ausziehen, sie deckte ihn zu. Und ihre Schlussaufgabe: den Wagen zu dem höher gelegenen Parkplatz bringen, ohne Beule, nicht um Renz oder die Karosserie zu schonen, sondern sich.

Sie fuhr nur Schritttempo, erneut eine Schleife durch die Einbahngassen von Unter- und Oberstadt, und sie genoss es, allein zu fahren, allein ein Ziel anzusteuern, auch wenn es nur ein Parkplatz war, das Ganze mit Musik, ihrem alten Celentano mit einem neueren Lied, seine Stimme immer unwiderstehlicher, ein Lied über die politische Situation, non è buona, über das Klima und die Lage der Meere und überhaupt der Welt, non è buona, aber im Grunde nur über die eigene Lage, non è buona. Und auf dem Parkplatz sogar eine gute Lücke, bei einem Café unter Platanen, und alle an den Tischen schauten, wer den schwarzen Jaguar rückwärts in die Lücke fuhr. Sie stieg aus und verriegelte die Türen im Weggehen, das Geräusch in ihrem Rücken wie ein Lob für die Fahrt ohne Beule, gut gemacht, Vila. Und bei ihrem Gang zwischen den Tischen hindurch zu einem Fußweg über ewige Treppen hinunter in die Stadt war sie auf einmal ganz im Reinen mit sich, eine reine, heidnische Freude am Leben: immer noch irgendwie jung zu sein und geschickt, imstande, ein überlanges Auto durch Assisi zu lenken und auch sich selbst, ihre Geschichte mit Bühl, vor Schaden zu bewahren. Sie nahm die Treppen hinunter zur großen Basilika mit Sprüngen über die flachen Stufen, sie sah den Platz, auf dem Kasper geschrien hatte, und sah das Hotel mit dem Namen quer über der Front, ihr letztes Fenster neben dem L, sie mit dem Bauch an der Brüstung, von hinten umarmt, gehalten, erlöst. Und noch immer mehr Freude am Moment, am Dasein, als ein Versinken im Gewesenen; sie wollte über diesen Tag kommen und die nächsten Wochen, den ganzen Herbst und Winter. Sie wollte wieder den Sommer erleben, sich barfuß im Garten, sich auf dem Bug des Boots. Sie wollte neue Abende für ihre Freunde ausrichten, von interessanten Kandidaten erzählen, während Renz den Wein öffnet, einschenkt. Und sie wollte reisen, ein Reisebuch schreiben, eine Frau allein, in Marokko, in Mali. Und plötzlich auf Bühl stoßen, ein kleines Hotel aus Lehmziegeln, sein Oasenversteck. Sie wollte lieben, ganze Nachmittage lang. Aber auch miterleben, wie Katrin sich verliebt, wirklich hoffnungslos verliebt, sich auflöst, Mama, was soll ich bloß tun? Die Glocken der Basilika schlugen, als sie das Francesco betrat, sie läuteten hinter ihr her, bis auf die Toilette, die zum Hotelrestaurant gehörte, dort wusch sie sich das Gesicht – als Kind hatte sie oft geblutet, ohne es gleich zu merken, aus dem Knie, aus der Nase, Glück und Schmerz können bei ihr so zusammenliegen, dass sie einander in Strömen von Tränen aufheben.

Und mit gespülten Augen und gespültem Mund, den Autoschlüssel in der Hand, ging sie auf Zehenspitzen ins Zimmer und setzte sich zu ihrem fiebernden, in alle Decken gehüllten und im Halbdunkel hinter geschlossenen Läden nach ihr tastenden Mann. Wie spät ist es? Renz hatte Mühe zu reden, er bat sie, irgendwelche Mittel zu besorgen, die es ohne Rezept gab, gegen das Fieber, seine Gliederschmerzen, das Kopfweh. Und keinen Arzt, sagte er, das kannte sie, alle Ärzte machten ihm Angst, sogar Elfi im grünen Kittel. Und soll ich sonst noch etwas kaufen, Obst, eine Zeitung? Sie sah auf einen der Giotto-

Drucke, der heilige Franz aufgebahrt, und ein weltlicher Würdenträger untersucht die Wundmale – die womöglich echt waren: Was wissen wir schon, wenn wir kaum die eigenen Wunden begreifen. Bring noch irgendeinen Vitaminsaft mit, sagte er, sein alter Glauben an alles Künstliche.

Vila stand auf und öffnete die Läden, Hier muss Luft herein! Sie beugte sich über die Fensterbrüstung, die Maße noch für kleinere Menschen von früher; vier Stockwerke tiefer das Pflaster, auf dem schon Klara gelaufen war, mit allem, was sic einstecken musste zuletzt. Ein altes hartes Pflaster und die Dauer des Falls von hier oben bis auf den Stein nur ein paar letzte Herzschläge, nicht lang genug für die Zusammenfassung des eigenen Lebens als Kurzfilm, ja nicht einmal lang genug für den Trailer dazu. Sie sah hinunter, und alles schrumpfte bei dem Gedanken an einen Sturz, als wären auch die Stunden mit Bühl kaum mehr als die Zeit, die es brauchen würde, bis man unten am Pflaster aufplatzte zu einer Masse wie der von Kasper nach dem Unfall. Also ein Vitaminsaft, sagte sie und schloss die Läden wieder und griff an Renz' Stirn, die erschreckend heiß war; durch ihre kühlere Hand ein Erschauern seines ganzen Kopfes wie von einem Aufruhr unter der Schädeldecke – Abertausende von Bildern, die sie beide zeigen, in einer Art Pixelsturm. Wie spät ist es, fragte er noch einmal, und sie sah auf die Uhr. Es war kurz nach drei, bald machten die Geschäfte wieder auf, auch die Apotheken. Schlaf jetzt, ihr Wort im Weggehen.

EIN stiller Nachmittag in Assisi, in den Gassen oft nur ein, zwei Schwestern in Tracht, unter den Hauben auch stille Gesichter, immer mit einem Lächeln für die, die in Hosen und T-Shirt, ein offenes Hemd um die Schultern, ihnen entgegenkam, einer Spur von Nachsicht, Tochter, wir wissen Bescheid über dich, du verlangst zu viel vom Leben, selbst hier noch. Sie war über die Via San Francesco in die Oberstadt gelaufen und hatte beim Palazzo Comunale, wo Franz als junger Mann nackt vor den Bischof und die Stadt getreten war, ein Käsesandwich gegessen und anschließend in einer Farmacìa zwischen dem alten Versammlungsplatz und der nahen Basilika Santa Chiara Paracetamol und ein Thermometer, Chinaöl und den Vitaminsaft gekauft und durch dringliches Zureden sogar ein Antibiotikum erhalten, dazu noch ein Faltblatt über die heilige Klara, nach der das holzgetäfelte Arzneireich benannt war. Und mit all dem in einer Tüte ging sie auf den Platz vor der Basilika, wo sie im Jahr des Erdbebens mit Kasper von Baum zu Baum gezogen war, während Renz sich die Krypta anschaute, bis er den Hund übernahm und sie in die Kirche ging, und wo sie, Arm in Arm mit Bühl, schon einmal daran erinnert worden war, sie und Kasper damals hier auf dem Platz: die Wiederholung der Wiederholung. Also las sie jetzt in dem Faltblatt, damit wenigstens irgendetwas Neues dazukäme.

Das meiste war ihr bekannt, nur nicht, dass man Klara in Italien schon neunzehnhundertachtundfünfzig zur Schutzherrin des Fernsehens ernannt hatte, weil sie der Überlieferung nach in einer Weihnachtsnacht, geschwächt vom Fasten, auf ihrem Bett gelegen habe und zugleich bei einer Feier für den verstorbenen Franz von allen Teilnehmern als anwesend empfunden worden sei. Sie schob den Klara-Flyer wieder in die Apothekentüte und ging über den Platz und betrat die große Kirche und reihte sich in eine Schlange vor dem Zugang zur Krypta; über eine Wendeltreppe ging es hinunter in feuchtes Halbdunkel, beim ersten Besuch enttäuschend, weil sie mit einer Mumie gerechnet hatte. Aber Klaras Überreste waren hinter Stein, den ein Gitter umgab, in einem felsartigen Sarkophag, den viele mit gestreckten Händen zwischen den Stäben hindurch berührten, Gebete murmelnd, und auch sie berührte diesmal den Fels, um wenigstens hier unten eine von vielen zu sein, die nichts weiter vom Leben verlangen als den Beistand einer Toten, ein Berühren mit den Fingerkuppen, ja Kratzen an dem dunklen Felsblock, während andere schon nachdrängten, von hinten warm an sie gelehnt, anonyme Geschwister, nur fiel ihr kein Gebet ein; ihr kam bloß ein Gedanke oder blitzhafter Wunsch, kaum aufgezuckt und auch schon wieder erloschen: dass Renz an seinem Grippefieber sterbe, die Chance für ein zweites Leben. In ihrem Rücken immer mehr Gedränge, und sie löste sich von dem Gitter und ging noch an Klaras ausgestelltem Wollgewand und anderen Reliquien hinter einer gläsernen Wand vorbei, um dann, über eine zweite Treppe, wieder nach oben zu laufen, eine Flucht ans Licht, in die Spätnachmittagssonne auf dem Vorplatz und auch in den Gassen, wo sie sich öffneten. Sie suchte jetzt jeden Sonnenflecken, alles, was heller war als das Bild des toten Renz, verrenkt auf den Kacheln im Bad, und je näher sie dem Hotel kam, desto hastiger ihre Schritte, am Ende lief sie sogar die vier Etagen hinauf, statt den Fahrstuhl zu nehmen.

Aber Renz lag nicht im Bad, er lag im Bett, halb aufgedeckt schlafend, und sie deckte ihn zu. Dann packte sie die Tüte aus, tat alles auf den Zimmertisch, und zwischen den Schachteln und Flaschen etwas, das sie weder gekauft noch als Dreingabe bekommen hatte, ein Kuvert in der Größe des Faltblatts, darauf ihr Name. Ein Moment ohne Luft, ohne Halt, beispiellos, außerhalb alles Denkbaren, wie der Moment, in dem das Kuvert in die Tüte gelangt war – im Gedränge vor dem Grabsteingitter, wo sonst –, ein Augenblick nur der Dinge, als bewachten all die Sachen auf dem Tisch, die Tabletten, das Thermometer, das Chinaöl und der Vitaminsaft, ja die Tüte mit dem Aufdruck Farmacìa Santa Chiara, den Umschlag, und im nächsten Augenblick machte sie ihn schon auf, darin zwei gefaltete Blätter, ein dünnes mit nur drei Zeilen und ein dickeres, weiches, eng beschrieben, am oberen Rand das Emblem von Alitalia und ein Pinocchio, das Malpapier für die Kleinen auf langen Flügen. Sie ging damit ans Fenster und drückte die Läden halb auf, sie lehnte sich über die Brüstung ins Licht, kaum imstande, die Blätter ruhig zu halten, wenigstens die drei Zeilen zu lesen – Für die in dem großen Wagen, allein in der Enge Assisis. Für die, an die ich denke, statt sie zu küssen.

Ihr Blick fiel über den Blattrand – unten Pilger in Sandalen, dann ein Priester in Schwarz, er tauchte auf und verschwand, wie sie auf ihrer Fahrt in der Einbahnschleife durch die ganze Stadt an irgendeinem Punkt für Bühl aufgetaucht und wieder verschwunden war, in Richtung oberer Parkplatz, wenn einer sich auskennt. Folglich musste er nur am Fuß der Treppen in einer der Pilgergruppen warten, bis sie von oben kam, zu ihrem Hotel ging, der Rest war Geduld. Und die Belohnung der Geduld dann in der Krypta mit ihren menschlichen Sorgen-gerüchen, stärker als jeder geliebte Geruch – er stand genau hinter ihr, sie hätte sich nur umdrehen müssen oder die Hand zurückstrecken, aber sie hat den Fels berührt. Vila? Ihr Name als bange Frage, Renz aus dem Halbschlaf, dann wieder nur Atmen, kleine zerhackte Melodien von Luftschüben zwischen den Zähnen, und sie hängte seine Sachen über den einzigen Stuhl, beim Ausziehen auf den Boden geworfen, Hose, Jacke, Hemd, und zurück auf dem Boden blieb ein Fetzen Zeitung, wohl aus einer Tasche gerutscht, sie hob ihn auf. Kleinanzeigen, Tiermarkt, eines der Gesuche umkringelt, Wer nimmt unsere Romy? Ein Rentnerpaar auf dem Sprung ins Heim, ratlos; sie steckte den Fetzen ein und lief ins Bad und wusch sich, bis Wangen und Augen gekühlt waren. Dann rief sie Katrin an, ein kurzes Gespräch – Katrin in Verona am Flughafen, schon auf dem Weg zur Abendmaschine nach Frankfurt, sie hatte den Angeschossenen doch in der Klinik besucht. Der wird wieder, sagte sie nur. Und nach ihren Besserungswünschen für Renz –

der jetzt wach war, leise stöhnte – noch der Vorschlag, morgen Abend zu skypen, zwanzig Uhr, ihr letztes Wort. Vila machte das Telefon aus und trat ans Bett, sie griff Renz an die Stirn. Er glühte wieder, und sie gab ihm von den Tabletten, die sie durch Zureden bekommen hatte, eine Hand stützend an seinem nassen Kopf, damit er trinken konnte, die andere an ihrem Bauch, unter dem Shirt das Kuvert mit den Blättern, das zweite noch ungelesen, wie sie auch oft ein Buch an beglückender Stelle weglegte, aus Sorge, es könnte nur weniger gut weitergehen. Renz stemmte sich etwas auf. Was ist mit unserer Tochter?

Die fliegt gerade nach Frankfurt, sie meldet sich morgen. Und wünscht dir gute Besserung. Du sollst vorsichtig sein, lieber noch einen Tag im Bett bleiben. Was denkst du? Sie ging ans Fenster und sah hinunter; es war dunkel geworden, die Gasse, das Pflaster, kaum mehr zu erkennen. Katrin hatte nur gute Besserung gewünscht, der weitere Betttag: ihre Erfindung, ihre Voraussicht. Dann hätte sie Zeit, noch in sämtliche Kirchen Assisis zu gehen, auch in die wenig besuchten, bis in einer vielleicht zwei Hände von hinten kämen. Du könntest dich zu mir legen, sagte Renz, das denke ich. Willst du? Er schlug die Decke zurück und lag in der Wäsche da, die Beine bleich, die Arme gebräunt, an den Innenseiten heller, ein Körper, der ihr leidtat, und sie legte sich zu ihm, angezogen; nur aus dem Bad fiel etwas Licht aufs Bett, matt von der Leuchtröhre. Renz drehte sich auf die Seite, er sah sie an, die Augen fieberglänzend, darin geplatzte Äderchen, heimliche Wundmale. Schlaf weiter, sagte sie und streichelte seinen Arm, ein Hin und Her wie durch eine Kraft, die nicht allein mit ihr zu tun hatte, auch mit den Wänden um sie, dem alten Gemäuer, alt wie das Pflaster der Gasse, eine Kraft, die der Gegenwart ihre Bedeutung nimmt – was ist schon dabei, den Menschen seines Lebens zu streicheln, wenn er mit Fieber im Bett liegt. Renz stoppte ihre Hand, Wie lange kennen wir uns? Er tat, als würde er rechnen, aber dann sagte er: Eine Ewigkeit, heute sehr selten. Heute muss ja alles intensiv sein, wie eine Leidenschaft, auf der Stelle eindringlich. Wir leben in einer unguten Zeit.

Bitte, rief sie. Keine Vorträge.

Dann sag mir, was du an unserem Mieter findest. Nur das, mehr nicht. Und bring mir Wasser, kalt aus der Leitung, lass es vorher abrinnen! Renz stemmte sich wieder auf, seine Nasen- flügel pumpten, und sie ging ins Bad und ließ das Wasser ab- rinnen. Im Spiegel ihr blankes Gesicht, schön nur für den, der liebt. Sie würde das auf sich nehmen: alles für sich zu behalten, als hätte es zwischen ihr und Bühl auch nichts gegeben, das der Rede wert ist. Das Wasser kühlte ihren Daumen, der wieder wehtat; sie spülte die Saftreste aus dem Glas, ließ es volllaufen und brachte es ans Bett. Ich werde kein Wort sagen, Renz, wozu? Sie lief vom Bett zum Fenster und sah über die Nachbar- dächer auf die Lichter weit unten in der Ebene, sieben, acht, neun, sie versuchte, die Lichter zu zählen – sie und keine an- dere lenkte sich damit ab, die Zahl von schwach glimmenden Punkten in einem Meer aus Nacht festzustellen. Sechzehn wa- ren es, keins mehr und keins weniger, sechzehn genau. Warum schläfst du nicht? Sie ging wieder zum Bett und schaute auf Renz hinunter. Oder was hättest du gern, soll ich schreien, willst du ein Vorabenddrama? Das ist mein Leben, meins! Und dabei schlage ich gegen die Wand, so steht es in der Regie- anweisung: Sie schlägt gegen die Wand und schreit, oder willst du gegen die Wand schlagen? Besser die Frau, und der Mann verkriecht sich ins Bett, das hast du ja schon geschafft. Ein Mann wird krank, aber bekommt nur die Krankheit, die sich sehen lassen kann. Grippe, Bandscheibe, Magen-Darm. Eine Frau wird verrückt. Oder bekommt ihren Krebs – vielleicht hast du geliebt, weil es begrenzt war, das macht bloß traurig, nicht verrückt. In zwei Tagen bist du gesund. Ich nicht. Niemals. Aber ich bereue nichts, was immer auch war. Weil ich es ertrage, wie es jetzt ist. Nur das rechtfertigt unsere privaten Geschichten, Renz: ob man ihr Ende ertragen kann. Damit verdient man sich alles Gute davor. Als ich dich noch nicht kannte, mehr noch Mädchen war als eine Frau, da dachte ich, man könne intelligent sein und dabei unschuldig. Kann man wohl auch, wenn man jung ist. Aber das ist vorbei, noch etwas, das ich ertrage. Ich weiß, wie ich bin. Und du? Ein leises, einlenkendes Fragen, und wie als Antwort die späten Glocken der Basilika, Zeichen, dass die Pforten bald schlossen; unten auf dem Pflaster auch schon ein Sandalengeschlurfe der Pilger aus aller Welt. Renz suchte ihre Hand. Ich hätte nur gern etwas Nachtisch, irgendein Kompott.

Das kann ich holen, ja? Vila sah ihn an, und er bat sie zu bleiben. Also nicht – sie nahm ihren Pyjama und lief wieder ins Bad und zog sich für die Nacht an. Soll ich dir die Wahrheit erzählen? Ein Ruf ins Zimmer, wie von dem Mädchen, das sie einmal war. Nein, sagte Renz, als sie sich zu ihm legte. Es ist wirklich dein Leben. Und wir fahren morgen früh.

Du kannst morgen nicht fahren! Sie drehte sich zur Wand mit dem Giotto-Druck und hörte auf das Geräusch der Pilgersandalen – ein steter Zug aus Leuten, die hier am Ziel waren, beneidenswert ruhig, wie eins mit ihrem Schlurfen über das alte Pflaster, schon am Ziel der eigenen Monotonie.

UND die Nacht zäh und verschlungen, mal nichts als Schlaf, dann wieder halbes Wachsein, einmal sogar ein kurzes Reden, Wie lange ist das her, dass wir beide hier waren? Renz wollte sich ein bisschen erinnern, wie war dies, wie war das, die Tage vor Kaspers Tod, aber es gibt auch kein harmloses Erinnern, nicht in dem Alter. Lass uns schlafen, flüsterte Vila und lag dann selbst wach; von außen kaum ein Laut, irgendwann

Schritte tief unter dem Fenster, später ein verfrühter Vogel, sein Tschilpen ohne Antwort. Und durch das Morgenläuten der Basilika eine Befreiung aus Träumen, wie man sie lieber für sich behält. Renz' Fieber war kaum gesunken, also ein Leichtes, sich um ihn zu sorgen, erhole dich, bleib im Bett, auf einen Tag kommt es nicht an, die Polizei in Torri kann warten, schlaf, du versäumst nichts, es regnet, ein grauer Tag.

Sie aber nutzte den Regentag wie geplant und ging in jede Kirche Assisis, auch in die abgelegenen kleinsten wie Santo Stefano an einer steil aufwärts führenden Gasse oder Santa Maria delle Rose schon nah der oberen Stadtmauer. In beiden steckte sie Kerzen an, richtige Kerzen, keine Sparlampen, und später auch in Santa Maria Maggiore nah der unteren Mauer bei den Olivengärten und in der geduckten, wie aus einem Fels-stück gehauenen Sant'Apollinare-Kirche. Dort war sie ganz allein und stand lange vor dem Altar, das Haar nass vom Regen, über der Schulter die Notebooktasche, darin der Umschlag von Bühl – dass sie irgendwo arbeiten wollte, in einem Café, hatte sie Renz gesagt, und nun war auch die Tasche nass, zum Glück nur außen, ihr Gerät und der Umschlag waren trocken, das eng Geschriebene auf dem Malpapier noch immer ungelesen. Sie stand da, und nichts passierte, nicht einmal die Tür ging hin-ter ihr knarrend, keine Schritte in ihrem Rücken und schon gar nicht Hände, die ihr ruhig um die Hüften griffen, und im Nacken ein Mund, eine Stimme, wie geht es dir, geht es dir gut? Und sie machte sich noch einmal auf, lief noch einmal bergan, bis zur abgelegensten der kleinen Kirchen, San Lorenzo; dort steckte sie wieder eine Kerze an, stand wieder vor einem Altar mit Kreuz, nass und allein, und gelobte jetzt auch etwas, wenn von hinten zwei Hände kämen – Renz zu sagen, was es zu sagen gab. Sie hielt sogar den Atem an, um jedes göttliche Ent-gegenkommen in ihrem Rücken zu hören, aber da war nur das Regengeräusch auf dem Dach, also konnte sie alles für sich behalten, fast ein Trost. Und der Rückweg zum Hotel in einem Gefühl, als würde sie neben sich herlaufen, einer Frau mit nassem strähnigem Haar, Trinkerin ohne Flasche.

Im Schrank liegt ein Föhn, sagte Renz, als sie ins Zimmer kam, noch tropfend. Es ging ihm etwas besser, er hatte Appetit auf Suppe, und sie holte aus dem Restaurant Tagliolini in brodo, zwei Portionen, dazu Brot und Mineralwasser und für sich ein Glas mit umbrischem Weißwein, ihr erster Wein seit der Trattorianacht, ein Essen im Bett. Und wie war dein Tag? Renz löffelte die Suppe, und sie erzählte vom Lesen und Italienischlernen in einer Caffè-Bar, von den kleinen alten Kirchen und sogar einem Museumsbesuch – nie war ihr lügen so natürlich oder richtig erschienen, als Teil einer verborgenen Wahrheit. Und dazwischen Spaziergänge im Regen, sagte sie noch, das passende Schlusswort; ihr Haar hing weiter in Strähnen, der Föhn im Schrank funktionierte nicht, aber das Internet gegen Gebühr, und nach den Abendglocken von San Francesco das verabredete Skypen mit Katrin, aber nur bei ihr die kleine spionagehafte Kamera in Betrieb.

Sie und Renz also unsichtbar in dem zerwühlten Bett, vor sich das Notebook und auf dem Schirm Katrin im Frankfurter Wohnzimmer. Sie kniete in Sportsachen auf der alten Couch mit dem Sternchenmuster, auf der sie schon als Kind gekniet hatte, über ihrem Kopf der untere Teil eines gerahmten Pink-Floyd-Plakats, das Renz noch aus Vorzeiten, seinen vilalosen Jahren, mitgebracht hatte, der Rahmen ihr Geschenk zu seinem Fünfzigsten, als sie noch keine vierzig war: eine Frau, die sich für unsterblich gehalten hatte, wenn sie gut umarmt wurde. Renz drängte Katrin, von dem Krankenbesuch zu erzählen. Wie geht es dem armen Mann, ist er ansprechbar?

Mehr als das. Er bat mich, in Frankfurt einen Bauplatz anzuschauen, er will dort eine Wohnung kaufen, Lindenstraße neunundzwanzig, was das für eine Adresse sei.

Gutes Westend, sagte Renz. Und können wir etwas für ihn tun, hat er Fernsehen und so weiter? Vielleicht bestellst du ihm einen Film, Tom Horn. Steve McQueen in seiner letzten Rolle, ich glaube, es war die letzte. Er liebt diesen Film.

Hör mal, rief Vila dazwischen, hat er noch eine Aussage gemacht? Und was ist ihm überhaupt passiert?

Was ihm passiert ist? Katrin sortierte irgendwelche Blätter neben ihrem Gerät, nie machte sie eine Sache allein, immer zwei, drei zugleich. Das Geschoss hat ihm die rechte Niere durchschlagen, die Leber gestreift und eine untere Rippe als Dorn durch den Dickdarm getrieben. Laut Polizei waren alle Patronen in dem Revolver bis auf eine verrottet. Und ich habe ihn gefragt: Wer hat denn geschossen, Ihr alter Freund, unser Hausmieter? Und er sagte, darüber denke er noch nach, und dann erzählte er etwas von einem künstlichen Darmausgang für ein halbes Jahr, geruchsneutral durch ein Ventilsystem. Und von dem Ventilsystem kam er auf ein Kruzifix an seiner Zimmerwand. Das Werk eines Gegenwartskünstlers, sagte er, ungeeignet für Gebete. Und er fing sogar von seinem Auto an, einem Audi mit Speziallack, Night Edition, den möchte er loswerden, der ist ihm jetzt zu finster. Ich will den in Weiß, sagte er, irgendwie verwirrt durch die Schmerzmittel, das war mein Eindruck. Und als ich schon gehen wollte, hat er sich nach eurem Sommerleben am See erkundigt. Er drängte mich geradezu, davon zu erzählen, er will sich wohl auch etwas kaufen in der Gegend, und ich sagte, meine Mutter liest oder zupft welke Blättchen aus einer Bougainvillea, mein Vater schneidet hinter ihrem Rücken den Jasmin. Und abends sitzen sie auf der Terrasse und trinken Wein, und jeder träumt vor sich hin – das stimmt doch? Meine Mutter, die träumt von einer Alters-WG, sagte ich. Dass es dort zugehen könnte wie früher. Und mein alter Vater träumt davon, endlich einmal ein ernsthaftes Drehbuch zu schreiben. Er kämpft schon seit Jahren um etwas Seriöses, das stimmt doch? Und eines Tages könnte er darüber zusammenbrechen, ein Infarkt, jede Hilfe zu spät. Also bleibt meine Mutter mit dem Haus am See übrig, oder was denkst du? Ich denke, du bleibst übrig, vom Jasmin umzingelt. Du sitzt in deiner Laube, die schon keine mehr ist, und wunderst dich nur, dass du den See nicht mehr siehst. Aber zum Ausgleich gibt es im Juni den Duft Zehntausender Blüten, so betäubend verwirrend, dass du anfängst, mit deinem Mann zu reden, obwohl er längst in der Erde des Frankfurter Südfriedhofs liegt. War das jetzt zu viel?

Kati, hör zu, sagte Vila, dir geht es im Moment nicht gut, das mit Havanna ist noch kein Jahr her. Dafür geht es Renz besser, wir fahren morgen. Dann müssen wir noch in Torri zur Polizei und fahren gleich weiter. Warte zu Hause auf uns, verschieb deinen Flug, Brasilien läuft nicht davon! Sie suchte Renz' Hand, irgendeine Nähe zu ihm, seine Hilfe, aber er hielt die Arme verknotet, als hätte er immer noch Schüttelfrost. Nein, völlig unmöglich – Katrin hob sich das Haar hinter die Ohren, die Augen verdreht –, es ist ein Billigflug, man kann nicht umbuchen, und ich muss auch zu meiner Arbeit, sie wollen dort einen Staudamm bauen, wisst ihr das? In ein paar Jahren wird alles unter Wasser sein, das ganze Gebiet, und die Bewohner sonst wo, ich muss mich eilen, ich hätte gar nicht weggedurft. Aber ich wollte es, ich liebe euch, ihr seid meine winzige Familie, wir sehen uns Weihnachten, passt auf euch auf! Und sie winkte noch in die Kamera und strich sich, aus dem Winken heraus, über die Nase, dann verschwand sie vom Schirm, mit einem Ton der Verflüchtigung wie ein schlürfender Sog in den Raum zwischen ihrem Dasein und dem aller Menschen, die älter waren.

Das Kind, sagte Renz, dieses Kind, das hätte sie bekommen sollen, mein Gott, warum hat sie es nicht bekommen! Er rollte sich zum Schlafen auf die Seite, aber streckte noch eine Hand hinter sich in die Luft, nach ihrer Hand oder irgendetwas von ihr, als drohte er sonst abzustürzen, in seine ganz eigene, die renzsche Nacht, und sie drückte die Hand einen Moment lang und sah seinen Kopf, auf der Seite liegend, das Auge nur lose geschlossen. Es schien, als würde er weinen, so genau wusste sie das nie, wenn er krank war, weinen um Katrin und das Kind, um sie beide als Großeltern oder auch nur um sie beide, Mann und Frau, ihre besten Jahre, wenn es die gab: noch etwas, das sie nicht wusste. Vielleicht waren es auch nur beste Stunden, großzügig addiert, darunter die in Assisi, als Kasper noch lebte und die Erdplatten tief unter der Stadt trotz aller Spannung verhakt waren. Und sogar in den Tagen danach etwas Bestes, das zu bewahren wäre, den Tagen nach Kaspers Tod und dem Erdbeben, als Renz ihr zu essen und zu trinken gab, sie beide in denselben Mauern wie jetzt, als er sie nährte und hielt, bis sie wieder die Kraft hatte, aufzustehen und mit ihm weiterzuleben. Schlaf, sagte sie leise und schloss das Notebook; sie schob es in die Tasche zu dem Kuvert mit ihrem Namen und ging samt der Tasche ans Fenster und zählte wieder die Lichtpunkte in der Ebene.

Fünfzehn waren es, einer weniger als gestern, als sei jemand gestorben, und sie zählte noch einmal, und wieder waren es fünfzehn. Als Kind, auch schon intelligent und wohl doch nicht ganz unschuldig, hatte sie die ersten grauen Haare ihrer Mutter gezählt und die väterlichen Geldscheine in seiner Hose. Die Nachtluft war kühl, aber sie blieb am Fenster, ein Warten, bis Renz' Atem gleichmäßig strömte, dann ging sie mit der Tasche ins Bad und schloss hinter sich ab.

Empfangene Briefe, die man kaum zu öffnen wagt, das Gegenteil von Korrespondenz; man trägt sie mit sich herum, als seine gefalteten Hoffnungen und Ängste. Das zweite Blatt in dem Umschlag, das Kindermalpapier, war nur einmal gefaltet und bis an das Emblem von Alitalia und die Pinocchio-Figur beschrieben, die ersten Zeilen mit rotem Buntstift, gleich am Anfang ihr Name, Vila. Vila und Renz, das Paar, das noch nicht zu viel voneinander weiß, die beiden nachts auf ihrem Boot, einer alten Sea Ray mit Kabine unter dem Bug und Polstern im offenen Rückteil. Dann war die rote Spitze abgebrochen, es ging mit Bleistift weiter, Eine Fahrt bei leichtem Regen, die letzte in dem Jahr, das Ende ihres Sommers am Kleinen Meer, und alles Übrige, in immer engerer Schrift, verschwamm ihr. Sie schob das Blatt, so gefaltet wie zuvor, in den Umschlag zurück und legte ihn wieder in die Tasche, schloss die Tasche und stellte sie ab und machte das Licht im Bad aus – eine Dunkelheit, als steckte sie selbst in der Tasche oder dem Umschlag. Sie tastete nach dem Waschbeckenhahn und ließ sich kaltes Wasser über die Hände laufen – wie lange kann sich ein Vogel in der Luft halten, ohne mit den Flügeln zu schlagen: Frage ihrer Mutter, als sie von einem Tag auf den anderen allein war, sitzengelassen. Oder wie lange hält man es im Stockdunklen aus, ohne mit sich zu reden, dir kann nichts geschehen, hab keine Angst, und ohne sich selbst anzufassen, wo beginne ich, wo hört alles auf?

Wenn sie am Ende ihrer Stunden im Eckbalkonzimmer aus dem Bad kam, noch nass vom Duschen, stand Bühl schon da mit einem Handtuch, und sie legte die Arme um seinen Hals, und er hüllte sie ein in das Handtuch und rieb sie trocken, am Rücken, an den Beinen, am Bauch, überall, und führte sie dabei zum Bett, in Bewegungen, die sie mitmachte wie einen Tanz, bis sie eingehüllt dalag. Dann schlug er das Handtuch auf und streichelte sie noch einmal, von den Zehen und Fersen über die Schamlippen bis zu den Achseln und Ohren, auf der Bettkante sitzend. Er schloss ihre noch offene Haut an jeder Stelle, bis es gut war und sie sich anziehen konnte, imstande, das Zimmer und das Hotel zu verlassen. Sie konnte durch den Ort laufen, die Arme pendelnd, den Kopf leicht im Nacken, und die Besitzerinnen der kleinen Schmuck- und Modeläden grüßen, ihre Schwestern, die schon mit Zigarette im Mund die Rollgitter herunterließen; sie konnte die befahrene Straße überqueren und bergan gehen, so sehr beachtet und erkannt, dass sie sich selbst mochte, wenn sie durch den Hohlweg ging, nah an der Steinmauer mit ihren Fossilien, älter als jedes Verlangen, und in der Mittagsstille das Haus erreichte, noch immer erfüllt, man nenne ihr ein besseres Wort: so erfüllt, dass sie auf der Treppe zum Garten ans Geländer griff, sich dort hielt bei jeder Stufe, während die letzte Spur einer Stunde, die es auf keiner Uhr gab, warm aus ihr herauslief. Wo bleibst du? Ein Renzruf vom Bett aus, gibt es dich noch, kann ich noch rechnen mit dir, und sie stellte das Wasser ab, machte das Licht wieder an und drückte die Klospülung.

*

XXII

DER See in seiner Atempause vor dem Herbst, weit und unbewegt – kaum vorstellbar, wie er mit windgepeitschten Wellen bald alle Boote vertreibt und dicke Uferkiesel ins Rollen bringt; eine Ruhe, die mit Bangen erfüllt, je näher sie an den Oktober reicht, wie der zu lange Balanceakt, den man erst bestaunt und irgendwann kaum noch mit ansehen kann.

Vila und Renz, das erfahrene Paar, das jetzt zu viel über sich weiß – mit nur einer Pause sind sie von Assisi an ihren See gefahren, ein perfekter Spätsommertag. Auch der Abend ist noch mild, also sitzen sie nach einem Teller Tortellini mit Sahne (das Not-Essen) auf der Terrasse, Renz schon wieder mit einem Grappa, sein Fieber um die achtunddreißig, Vila mit Wörterbuch, Block und Stift. Sie sprechen nicht mehr als nötig, eine Fortsetzung der Autofahrt, da ging es nur einmal um Katrin, wie eigen sie sei, einfach weiterzuforschen an ihren Flussindianern, obwohl in dem künftigen Stausee doch alles untergehen wird; und dann die Frage, was tun, wenn es keinen Grund mehr gab, gleich nach Frankfurt zu fahren, um Katrin noch zu treffen. Am See bleiben, den Garten winterfest machen? Ein Krankenbesuch in Verona, danach eventuell Turin und Rückfahrt über die Schweiz, das Aostatal, jeder mit seinen Ideen, ansonsten Musik aus der teuren Anlage, Paolo Conte, Miles Davis, Bach, Unstrittiges, dazwischen auch Femmena, Vilas Wunsch – sie hat eine Strophe mitgeschrieben, nun will sie den Dialekt knacken, darum das Wörterbuch. Und was erzählen wir morgen der Polizei? Was wissen wir, was wissen wir nicht? Beim Nachschlagen eines Worts, Infamitá, kommt diese Frage von ihr, und Renz stemmt sich aus der Liege. Die Waffe ist ein Erbstück mit dem Namen meines Vaters, ich ging davon aus, dass alle Patronen kaputt seien. Oder wir wissen gar nichts von einer Waffe. Oder wissen, dass es nur einen gibt, der wusste, wo sie versteckt war, wollen wir das erzählen, oder was willst du? Willst du Wein? Renz tritt ins Haus und geht nach oben, er nimmt sich vor, endlich ein Geländer an die Innentreppe zu legen. Aus seinem Rotweinschrank holt er eine Flasche Terre Brune, beim Hinuntergehen stützt er sich an der Wand ab, darin Risse wie Greisenfalten – alles wiederholt sich, die Gänge, die Vergleiche, die Weine. Er öffnet die Flasche und schenkt ein, Jeder noch ein Glas? Und Vila sagt: Man kann bloß vermuten, wer die Waffe genommen hat, man weiß es nicht.

Sie trinkt von dem Wein, ausgestreckt auf ihrer Liege, im Schoß neben dem Wörterbuch auch ein richtiges Buch, noch immer Rot und Schwarz, ein langer Roman. Du willst ihn nur schützen, sagt Renz. Willst du das, ja, bist du verrückt nach ihm, oder was ist mit dir? Er legt sich auf die Liege neben ihrer Liege, das volle Glas in der Hand, und sie nimmt sich das Buch mit dem schönen Einband und versucht, dort weiterzulesen, wo sie im Auto aufgehört hat – sie will ihm nicht antworten, sie nimmt das in Kauf, wie er denkt. Jedes heimliche Paar: Liebesverrückte, die sich gefunden haben. Nur ist das Verrückte nicht verrückt, die Leute sind sich im Internet oder nach Feierabend oder bei Dreharbeiten begegnet und in keiner Psychiatrie. Das Verrückte ist nur ein Bild, während Paare wie sie und Renz tatsächlich krank sind, sich ein Leben lang wehtun. Sie schaut immer noch auf die Zeilen vor ihr, eine leider zu kleine Schrift, sie braucht eine neue Lesebrille, gerade für solche Abende. Die letzten Tage am See, nie ohne ein Buch gegen den lähmenden Ausklang, das Zusammenrechen von frühem Laub, das Stilllegen des Pools, das Ausbreiten von Planen über die Gartenmöbel, der Abbau des Dachzelts, die Übergabe des Boots an den Werftbesitzer, das Wischen der Böden im Haus; unter den Fliesen nisten die Ameisen, zwei, drei Grissinikrümel und schon sind sie da. Wir können noch einmal auf den See, sagt Renz, als hätte er seine Frage vergessen. Wir können nach Salò fahren, schlägt er ihr vor, sein üblicher Abschied in Etappen. Einmal noch dies, einmal noch das, solange das Wetter mitspielt, die Gnadentage.

Ja, warum nicht? Ein Einlenken, aber auch eine Lust: am ewigen jährlichen Seeabschied. Sie trinkt das eine Glas aus und geht auf ihr Zimmer, um noch im Bett zu lesen. Auf dem Nachttisch eine Lampe mit alter Sechzigerbirne, stromfressendes Licht, das ihr guttut; sie weiß, wo es in Frankfurt noch solche Birnen gibt, und will sich einen Vorrat anlegen, was zum Glück beiträgt, soll man horten. Und sie weiß auch, was sie dort in der ersten Woche tun wird, einer Initiative beitreten, Freunde des Museumsparks. Der Park soll zur Hälfte abgeholzt werden, ein umstrittener Plan, nur wurden jetzt schon erste Bäume markiert, Elfi hat es erzählt, hundert Jahre alte Bäume, damit das Haus für Weltkulturen, wo Katrin nach dem Abi gejobbt hat, einen Anbau bekommt, gegen den wird sie kämpfen – unter einem der Bäume war der Dreh für die Sendung mit dem Prediger: der muss nicht auch noch verschwinden. Zwischen Bologna und Modena, sie wieder hinten im Wagen, hat sie alles gelesen, was noch auf dem Malblatt stand. In warmen Nächten, wenn der See ganz ruhig ist, halten sie in der Mitte – die weite Fläche, ihr nahes All. Bei diesem Bild ein seltenes anderes Bild: Renz, mein Mann. Er kommt die Treppe herauf, seine langsamen, suchenden Schritte, dann ein Klopfen an ihrer Tür. Also, wir sagen der Polizei, dass wir im Sommer einen Einbruch hatten, dabei sei die Waffe weggekommen, sonst nur etwas Bargeld, und ich hätte es nicht gemeldet, wegen der Waffe. Gute Nacht! Sein Zuruf nicht ganz so den Abend beschließend wie sonst, die Stimme noch angeschlagen, aber auch zurückgenommen, fast betreten, und sie wünscht ihm Gute Besserung, klar und deutlich: Gute Besserung, Renz!, um ihm kein Danke oder noch mehr hinterherzurufen, mein lieber lieber Mann, oder gar in sein Zimmer zu laufen, eine Hand auf seine Wange zu legen; ein Danke dann nur von ihm, halblaut aus dem Bad, und sie greift nach ihrem Telefon und zieht aus der Jeanstasche den Zeitungsfetzen, Kleintiermarkt. Jeden Abend hört sie im Bett noch die Mailbox ab, sie kann nicht anders, drei neue Nachrichten heute, einmal Heide, das erste Essen in Frankfurt, Pimientos à la Jörg! Und zweimal ihr Büro, das nur an einem größeren Büro mit dranhängt, die Kandidatin, die keinen Sex braucht oder nichts dergleichen will, hat abgesagt, und eine andere bittet um Rückruf. Sie aber wählt die Nummer auf der Anzeige – ein Anschluss, der nicht mehr existiert, das teilt ihr eine Stimme mit, Kein Anschluss unter dieser Nummer, die einer Frau, der sie sich auf der Stelle anvertrauen würde: Man kann es nicht schonender sagen, nicht besonnener, im Klang enthalten auch der Rat, besser keine weiteren Nachforschungen anzustellen, nicht nach dem Rentnerpaar und nicht nach dem Hund. Und auch nicht nach Bühl.

Sie schlägt den Roman auf, weit hinten bei einem eingelegten Stift, *Eine Eintagsfliege* – hier hat sie auf der Terrasse ein Ausrufezeichen an den Rand gesetzt – *wird um neun Uhr morgens geboren und stirbt um fünf Uhr abends. Wie könnte sie verstehen, was Nacht heißt! Gebt ihr fünf Stunden länger zu leben, und sie sieht und versteht, was Nacht bedeutet.* Sie hatte diese fünf Stunden. Warum können Erinnerungen nicht wie Kristalle sein, frei von Schmerz, nur das Funkeln der Bilder. Wie er am Malecón ihr Gesicht in die Hände nimmt, um sie herum die grauen Hunde. Wie sie sich in Assisi am Fenster lieben, unten die ahnungslosen Pilger. Wie sie in Unterried vor den Lamas stehen, tagelang, nächtelang Zeit haben. Wie sie auf ihm liegt, in sein Gesicht vergraben. Wie er sie festhält, beruhigt. Sie schließt das Buch und steigt noch einmal aus dem Bett und tritt auf den Balkon – der Jasmin reicht schon über das Geländer, seine Triebe stehen in die Luft, sie schlingt sie um die Eisenstreben und sieht auf die dunkle Masse des Sees. Ihr Sommerglück. Und doch ist sie froh, wenn bald alles hinter ihr liegt. Sie liebt und sie flieht dieses Haus, das auch gebaut wurde, damit es eine Geschichte erzählt, die ihrer besten Jahre, Katrin noch klein, sie und Renz gegen Schulden kämpfend, ein Tigerpaar. Jeder Raum, jeder Tisch, einfach alles um sie herum: die Bäume, die Laube, der Pool, der Weg in den Ort und das Boot, erzählen von dem, was war, den Tigerzeiten, damit kann man leben. Aber jedes Ding lässt auch daran denken, wie es sein wird, erzählt schon etwas von kommenden alten Tagen.

Abends essen gehen oder kochen, später noch lesen, Musik hören, an kühlen Tagen Kaminfeuer. In die Flammen schauen, wie sie das Olivenholz aufzehren, noch ein Glas trinken, über den Garten reden, wie sich das Schöne noch schöner machen lässt, mit einem Pavillon, einer Steinfigur, Lämpchen in den Bäumen. Über das Wort Paradies lachen, sagen, dass man nicht ans Paradies glaube, und wenn es doch existierte, dort alles furchtbar wäre, die Ruhe, das Licht, der betuliche Umgang der Paradiesbewohner untereinander: sich treffen in dem Punkt, darauf anstoßen, den nächsten Tag planen. Eine Fahrt ins Valpolicella, Wein beim Erzeuger kaufen, abends ein ländlicher Gasthof, warum nicht mit Übernachtung – Reservierung, ja oder nein? Den Plan lieber fallenlassen als streiten, Dann eben nächstes Jahr sagen, sich ins Bad zurückziehen. Das gebräunte Gesicht waschen, die empfindlichen Zähne putzen, Gute Nacht rufen. Ins Bett gehen, sich einrollen, in Gedanken groß machen, jung, schön, sichtbar, darüber einschlafen. Vom frühen Morgen an wach liegen, an den Armen frieren, an Versäumtes denken, einen Sohn, eine Karriere, das andere Leben; sich zur Schnecke machen, noch einmal in den Schlaf fallen, böse träumen. Von sich selbst benommen aufstehen, Tee zubereiten, ihn mit Honig süßen, die erste Tasse im Bett, die zweite gemeinsam, bei trübem Wetter mit Bach, sonst Gianna Nannini oder Mozart. Nach dem Frühstück Mails beantworten, später die Asche im Kamin zusammenfegen, in das noch warme weiße Gebilde die Hand tauchen. Anschließend die Terrasse, Sommerlaub wegkehren, Zeitung lesen; nachmittags das Boot oder ein Anschein von Arbeit, vielleicht auch Anschein von Sex; abends mit dem ersten Wein Frieden finden. Auf die Lichter am anderen Ufer sehen, Dunkelheit und Stille kommentieren. Über das Telefonläuten erschrecken, ins Haus eilen, abheben, den Tochternamen rufen. Katrin erzählen lassen, dankbar sein, dass es sie gibt, toll finden, was sie vorhat: noch einmal Brasilien, diesmal am Unterlauf des Orinoco, ein Projekt mit Wilden, ohne Staudamm – die Ironie heraushören, ihr das Beste wünschen, sie behutsam angehen, wann man sich sehe, irgendwann im Dezember, oder gibt es schon andere Pläne? Enttäuschung verbergen, wenn Weihnachten flachfällt, nicht fragen, ob sie glücklich ist. Nicht fragen, ob sie noch ein Kind will.

Von unten plötzlich Musik, so leise, als käme sie aus dem Ort, aber sie kommt aus der Anlage im Wohnraum, also ist Renz noch einmal aufgestanden. Er hört die CD, die er unterwegs gekauft hat, und sie nimmt sich ihre Italienischnotizen vor. Infamitá heißt Schande oder Schändlichkeit, das Schlusswort einer Strophe, die im Dialekt so geht: Femmena / tu si na malafemmena / chist'uocchie 'e fatto chiagnere … / lacreme 'e 'nfamitá. Frau, du bist eine böse Frau, die meine Augen mit Tränen und Schande füllt. Eine grobe Übersetzung, nur weiß sie jetzt, was Renz dort unten mitsummt, auch wenn er es selbst nicht weiß. Die Musik bricht ab, und sie hört ihn die Treppe hinaufgehen, hört seine Tür, wie er sie hinter sich zuzieht. Und sie löscht ihr Licht und drückt eine Wange ins Kissen, das Einschlafen, eine Schwerarbeit. Nur in den Nächten von Assisi und Unterried war es ganz leicht, da schlief sie schon, ehe sie schlief, als hätte Bühl ihr alles abgenommen, auch den Wettlauf gegen sich selbst, die Jahre, die sie trennten.

Und am anderen Morgen ein niederer Himmel, der See wie altes Glas, darauf nur die Fähren zwischen Maderno und Torri, ihr ewiges Aneinander-Vorbeifahren auf halber Strecke. Vila setzt Teewasser auf, sie legt die Hände an den Kocher und geht mit warmen Händen ins Bad, sie wäscht sich das Haar für die Polizei. Zuletzt war sie als Schülerin auf einer Wache, sie hatte eine LP geklaut, Roxy Music, der Beamte ließ sie laufen, Tu das nie wieder! Man muss sehr erwachsen sein, damit man versteht, dass einer ganz anders ist als man selbst. Renz kommt herunter, sie winken sich zu, er läuft auf die Terrasse, sein Blick nach dem Wetter. Anschließend hilft er beim Frühstückmachen, er deckt Teller und Tassen, Messer und Löffel und hat ein Auge auf die Brötchen im Herd. Das Gespräch mit dem Leiter der Carabinieri ist erst um elf, also ein Frühstück ohne Eile, beide im Bademantel. Die Panini sind vom Vortag, aufgewärmt schmecken sie frisch; ihr reicht eins mit Käse, Renz isst immer zwei, das zweite mit Honig. Wir sollten das Haus verkaufen, sagt er nach dem Honigbrötchen. Er trinkt seinen Tee und stellt die Tasse ab. Jeder kann dann tun, was er will.

Unser Haus?

Vila sieht nach draußen, auf den Rasen, der noch gemäht werden muss, bevor sie abfahren. Soll ich dir einschenken? Sie will etwas Gewohntes tun, nach der Kanne greifen, Renz' Tasse füllen, den Tag angehen, aber dann greift sie nach seiner Hand, fast so ungeschützt wie beim ersten Mal.

***